O FANTASMA

Obras do autor publicadas pela Editora Record

Headhunters
Sangue na neve

Série Harry Hole
O morcego
Baratas
Garganta vermelha
Casa da dor
A estrela do diabo
O redentor
Boneco de Neve
O leopardo
O fantasma

JO NESBØ
O FANTASMA

Tradução de
Kristin Lie Garrubo

1ª edição

EDITORA RECORD
RIO DE JANEIRO • SÃO PAULO
2017

CIP-BRASIL. CATALOGAÇÃO NA FONTE
SINDICATO NACIONAL DOS EDITORES DE LIVROS, RJ

Nesbø, Jo, 1960-
N371f   O fantasma / Jo Nesbø; tradução de Kristin Garrubo. – 1ª ed. – Rio de Janeiro:
Record, 2017.
(Harry Hole; 9)

Tradução de: Gjenferd
Sequência de: O leopardo
ISBN 978-85-01-10528-8

1. Ficção norueguesa. I. Garrubo, Kristin. II. Título. III. Série.

15-22917

CDD: 838.823
CDU: 821.113.5-3

TÍTULO ORIGINAL:
GJENFERD

Copyright © Jo Nesbø, 2011

Esta tradução foi publicada com o auxílio da NORLA.

Texto revisado segundo o novo Acordo Ortográfico da Língua Portuguesa.

Todos os direitos reservados. Proibida a reprodução, no todo ou em parte, através
de quaisquer meios. Os direitos morais do autor foram assegurados.

Direitos exclusivos de publicação em língua portuguesa somente para o Brasil
adquiridos pela
EDITORA RECORD LTDA.
Rua Argentina, 171 – Rio de Janeiro, RJ – 20921-380 – Tel.: (21) 2585-2000,
que se reserva a propriedade literária desta tradução.

Impresso no Brasil

ISBN 978-85-01-10528-8

Seja um leitor preferencial Record.
Cadastre-se no site www.record.com.br e receba informações
sobre nossos lançamentos e nossas promoções.

Atendimento e venda direta ao leitor:
mdireto@record.com.br ou (21) 2585-2002.

Parte Um

1

Os guinchos a chamavam. Como uma lança, transpassavam todos os outros sons noturnos do centro de Oslo: o barulho constante dos carros do lado de fora da janela, a sirene distante que aumentava e diminuía de intensidade e os sinos da igreja que, naquele momento, começaram a tocar ali perto. Ela saiu à caça de comida. Farejou o linóleo sujo da cozinha, rapidamente registrando e classificando os rastros em três categorias: comestíveis, ameaçadores ou irrelevantes para a sobrevivência. O cheiro acre de cinzas de cigarro. O aroma adocicado de sangue em um chumaço de algodão. O odor amargo de cerveja na parte de dentro da tampa de uma Ringnes. Moléculas de gás de enxofre, nitrato de potássio e dióxido de carbono eram liberadas de um cartucho Makarov 9 × 18 mm vazio, batizado em homenagem à pistola para a qual foi fabricado. A fumaça de um cigarro ainda aceso, com filtro amarelo e papel preto, ostentando a águia imperial russa. O tabaco era comestível. E, bem ali, um cheiro de álcool, couro, gordura e asfalto. Um sapato. Ela o farejou, constatando que não era tão facilmente comestível quanto a jaqueta dentro do armário, aquela que cheirava à gasolina e ao animal em decomposição de que fora feita. Então, o cérebro de roedor passou a se concentrar em como vencer o que estava obstruindo seu caminho. Ela havia tentado passar pelos dois lados, espremendo seu corpo de 25 centímetros e bem menos que meio quilo, mas não tinha conseguido. O obstáculo estava de lado no chão, com as costas na parede, obstruindo o buraco que levava ao ninho e a seus oito filhotes recém-nascidos, cegos e sem pelos, que guinchavam cada vez mais alto, chorando por seu leite. O amontoado de carne cheirava a sal, suor e sangue. Era um ser humano. Um ser humano ainda vivo; seus ouvidos sensíveis eram capazes de captar os fracos batimentos cardíacos sob os uivos famintos dos filhotes.

Ela estava com medo, mas não tinha escolha. Alimentar sua prole era prioridade, estava acima de todos os perigos, todos os esforços, todos os instintos. Por isso, ela ficou parada com o focinho erguido, esperando encontrar uma solução.

Os sinos da igreja batiam no mesmo ritmo do coração humano. Uma batida, duas. Três, quatro...

Ela arreganhou os dentes de roedor.

Julho. Merda. Não se deve morrer em julho. Será que estou realmente ouvindo os sinos da igreja, ou tinha algum alucinógeno naquelas malditas balas? Está bem, então acaba aqui. Que diferença faz? Aqui ou ali. Agora ou depois. Mas eu realmente merecia morrer em julho? Com o canto dos passarinhos, o tilintar das garrafas, as risadas ecoando pelo rio Akerselva e a felicidade do verão espreitando do lado de fora da janela? Eu merecia ficar estirado no chão de um covil de viciados infestado de ratos, com um buraco no corpo de onde tudo se esvai: a vida, os segundos e as recordações de tudo que me trouxe até aqui? Todas as coisas, grandes e pequenas, as coincidências e as sequências de eventos. Será que sou eu? Será que é tudo? Será que é minha vida? Eu tinha planos, não? E agora não são nada além de pó, uma piada sem final, tão curta que eu teria tempo de contá-la antes desse maldito sino parar de tocar. Que inferno! Ninguém me contou que seria tão doloroso morrer. Você está aí, pai? Não vá embora, não agora. Escuta, a piada é assim: eu me chamo Gusto. Cheguei a completar 19 anos. Você foi um cara mau que comeu uma mulher má e nove meses depois eu saí de dentro dela e fui mandado para uma família adotiva antes de ter tempo de aprender a falar "papai". E lá aprontei tudo o que pude. Eles só me envolviam ainda mais naquele cobertor sufocante de carinho e me perguntavam o que eu queria para ficar mais calmo. A porcaria de um sorvete? Eles não sabiam que gente como eu e você devia levar um tiro de uma vez, ser exterminada como praga; que gente assim provoca epidemias e espalha decadência e se multiplica como ratos. Eles são os únicos culpados. Mas eles também querem coisas. Todos querem alguma coisa. Eu tinha 13 anos quando vi pela primeira vez no olhar da minha mãe adotiva o que ela queria.

"Você é tão lindo, Gusto", disse. Ela havia entrado no banheiro, e eu tinha deixado a porta aberta sem ligar o chuveiro para que o barulho não chamasse atenção dela. Ela ficou ali um segundo a mais antes de sair. E eu ri, pois agora eu sabia. É esse o meu dom, pai: consigo ver o que as pessoas querem. Será que herdei isso de você? Você também era assim? Depois que ela saiu, eu me olhei no grande espelho do banheiro. Ela não era a primeira a dizer aquilo, que eu era lindo. Eu me desenvolvi mais rápido que os outros meninos. Alto, esbelto, já musculoso e com ombros largos. Cabelos que brilhavam de tão negros; era como se toda luz refletisse neles. Maçãs do rosto salientes. Queixo largo, reto. Uma boca grande, voraz, com lábios carnudos como os de uma garota. Pele bronzeada, macia. Olhos castanhos, quase negros. "Rato-preto" foi como um dos meninos da sala me chamou. Didrik, acho que esse era o nome dele. Ele queria ser pianista. Pouco depois que completei 15 anos, ele disse em voz alta na sala de aula: "O rato-preto nem sabe ler direito."

Eu ri, e é claro que eu sabia por que ele tinha dito aquilo. Sabia o que ele queria: Kamilla. Ele estava apaixonado por ela, e ela estava evidentemente apaixonada por mim. Na festa da turma, dei uma conferida no que havia embaixo da blusa dela. Não era grande coisa. Comentei aquilo com alguns colegas, e isso deve ter chegado aos ouvidos de Didrik, que resolveu me excluir do grupo. Não que eu me preocupe tanto em ser aceito, mas bullying era bullying. Por isso fui conversar com Tutu, do motoclube. Eu já havia vendido um pouco de maconha na escola algumas vezes a pedido dele, e deixei claro que precisava de respeito para fazer um bom trabalho. Tutu disse que cuidaria do assunto. Mais tarde, Didrik se recusou a explicar como tinha conseguido prender dois dedos na dobradiça da porta do banheiro masculino, mas nunca mais me chamou de rato-preto. E, isso mesmo, ele tampouco se tornou pianista. Caralho, isso dói muito! Não, não preciso de consolo, pai, preciso de uma solução. Só uma última dose, e aí vou deixar esse mundo sem incomodar ninguém, prometo. Lá está o sino tocando outra vez. Pai?

2

Era quase meia-noite no Gardermoen, o principal aeroporto de Oslo, quando o voo SK-459 vindo de Bangkok taxiou até o portão 46. O comandante Tord Schultz freou o Airbus A340 e, em seguida, cortou o fornecimento de combustível. O gemido metálico dos motores do avião transformou-se em um rosnado afável antes de cessar por completo. Tord Schultz automaticamente anotou o horário, três minutos e quarenta segundos após a aterrissagem, doze minutos antes do horário previsto. Ele e o copiloto começaram a seguir os procedimentos para desligar toda a aeronave, uma vez que ela permaneceria ali durante a noite. Com a mercadoria. Ele abriu a pasta com o registro de voo. Setembro de 2011. Bangkok ainda estava na estação chuvosa e, como de costume, fazia um calor escaldante lá. Schultz sentia saudades de casa, aguardava ansiosamente as primeiras noites frescas de outono. Oslo em setembro. Não havia lugar melhor no mundo. Ele preencheu o formulário, anotando o quanto de combustível ainda restava no avião. O gasto de combustível. Já tivera de dar explicações por causa disso. Ao voltar de Amsterdã ou Madri, tinha voado mais rápido do que era sensato do ponto de vista financeiro, queimando milhares de coroas de combustível para chegar no horário. Seu chefe lhe deu uma bronca.

— Chegar a tempo para quê? — berrou ele. — Nenhum passageiro seu ia pegar voo de conexão!

— A companhia aérea mais pontual do mundo — murmurou Tord Schultz, citando a propaganda.

— A companhia aérea mais fodida de dinheiro do mundo! Essa é a melhor resposta que pode me dar?

Tord Schultz deu de ombros. Afinal, não podia dizer a verdade, que tinha aberto as válvulas de combustível porque ele mesmo estava com pressa. Tinha sido escalado para um voo para Bergen, Trondheim ou Stavanger. Era extremamente importante que *ele*, e não qualquer um dos outros pilotos, fizesse aquela viagem.

Já havia chegado a uma idade em que seu chefe não podia fazer nada com ele além de esbravejar. Tord procurava não cometer erros graves, o sindicato cuidava para que ele não fosse demitido, e só faltavam alguns poucos anos para chegar aos 55, *o número mágico*, a idade da aposentadoria. Suspirou. Restavam poucos anos para ele não acabar como o piloto de avião mais fodido de dinheiro do mundo.

Tord assinou o registro de voo, levantou-se e saiu da cabine para exibir aos passageiros seus dentes branquíssimos no rosto bronzeado de piloto. O sorriso que diria a todos que ele era a confiança em pessoa. O piloto. O cargo que lhe conferia prestígio aos olhos dos outros. Já havia observado como as pessoas, mulheres e homens, jovens e velhos, automaticamente o olhavam de forma diferente logo que a palavra mágica "piloto" era pronunciada. Viam nele o carisma, o charme despreocupado e juvenil, mas também a fria precisão e o pulso firme de um comandante de aeronave, o intelecto superior e a coragem daquele que desafiava as leis da física e os medos inatos das pessoas comuns. Mas isso já fazia muito tempo. Agora o viam como o mero motorista que ele era e perguntavam quanto custavam as passagens mais baratas para Las Palmas e por que havia mais espaço para esticar as pernas na Lufthansa.

Que vão para o inferno. Todos eles.

Tord Schultz se posicionou perto da saída, ao lado das aeromoças, empertigou-se e sorriu, pronunciando *"Bem-vinda, senhorita"* com seu inglês de sotaque texano arrastado que aprendera na escola de aviação de Sheppard. Recebeu um sorriso em troca. Houve uma época em que um sorriso daqueles poderia lhe render um encontro no saguão de desembarque. De fato, isso já havia acontecido. Depois de uma viagem da Cidade do Cabo a Alta. Mulheres. Esse tinha sido o problema. E a solução. Mulheres. Mais mulheres. Novas mulheres. E agora? A calvície aumentava debaixo do quepe, mas o uniforme feito sob medida acentuava seus ombros largos e a estatura alta. Foi na altura que ele pôs a culpa quando não foi aceito como piloto de caça na escola de aviação, acabando como piloto do Hércules, o burro de carga dos céus. Ele tinha dito à família que sua coluna excedia alguns centímetros, que as cabines do F-5 e do F-16 desqualificavam todos, menos os anões. A verdade era que sua altura não se comparava à de seus concorrentes. O corpo foi a única coisa que ele conseguiu manter desde aquela época, a única coisa que não tinha sido arruinada. Ao contrário dos casamentos. Da família. Dos amigos. Onde ele estava quando isso aconteceu? Provavelmente em um quarto de hotel na Cidade do Cabo ou Alta, com cocaína no nariz para compensar os drinques que tinham tomado no bar e que o deixaram impotente e com o pau em uma *"senhorita bem-vinda"* para compensar tudo que ele não era nem nunca seria.

O olhar de Tord Schultz voltou-se para um homem que vinha em sua direção entre as fileiras de assentos. Ele andava de cabeça baixa, mas ainda assim se destacava entre os outros passageiros. Era esguio e tinha ombros largos, assim como Tord. No entanto, era mais novo. Cabelos loiros e curtos se assentavam em sua cabeça como cerdas de uma escova. Parecia norueguês, mas dificilmente era um turista voltando para casa. Mais provável que fosse um expatriado com a pele bem bronzeada, quase cinzenta, típica das pessoas brancas que passaram muito tempo no sudeste da Ásia. O terno marrom de linho, sem dúvida feito sob medida, dava-lhe a impressão de seriedade. Talvez fosse um homem de negócios. Talvez de negócios nem tão prósperos assim; afinal, estava viajando na classe econômica. Mas não foi o terno nem a altura que fizeram o olhar de Tord Schultz se deter naquele homem. Foi a cicatriz. Ia do canto esquerdo da boca quase até a orelha, como uma foice ou um sorriso. Grotesca e maravilhosamente dramática.

— *See you* — disse o passageiro.

Tord Schultz sobressaltou-se, mas não teve tempo de retribuir a saudação antes de o homem sair do avião. A voz tinha sido áspera e rouca, os olhos vermelhos também indicavam que ele havia acabado de acordar.

O avião estava vazio. A van com a equipe de limpeza já estava estacionada na pista quando a tripulação deixou a aeronave. Tord Schultz observou que o russo baixo e forte foi o primeiro a sair da van.

Viu-o subir a escada com o colete refletivo amarelo com o logotipo da empresa. Solox.

See you.

O cérebro de Tord Schultz repetia as palavras enquanto ele seguia a passos largos pelo corredor em direção à sala da tripulação.

— Você não tinha uma frasqueira em cima dessa mala aí? — perguntou uma das comissárias, apontando para a mala de rodinhas Samsonite de Tord. Ele não lembrava o nome dela. Mia? Maja? De qualquer forma, tinha transado com ela em alguma escala no século passado. Ou será que não?

— Não — respondeu Tord Schultz.

See you. No sentido de "até logo"?

Passaram pela divisória em frente à entrada da sala da tripulação, onde, teoricamente, um funcionário da alfândega poderia aparecer a qualquer momento, feito o boneco que salta de uma caixa-surpresa. Noventa e nove por cento do tempo, a cadeira atrás da divisória estava vazia, e ele nunca, nem uma única vez ao longo dos trinta anos em que trabalhava na companhia aérea, foi parado e revistado.

See you.

No sentido de "estou de olho em você".

Tord Schultz se apressou para entrar na sala da tripulação.

Como de costume, Sergey Ivanov tratou de ser o primeiro a sair da van logo que o veículo parou na pista ao lado do Airbus e subiu correndo a escada da aeronave vazia. Ele levou o aspirador para dentro da cabine e trancou a porta. Vestiu as luvas de látex, puxando-as até o ponto onde começavam as tatuagens, tirou a tampa do aspirador e abriu o armário do comandante. Tirou dele a pequena frasqueira da Samsonite, abriu o zíper, removeu a placa de metal no fundo e viu que os quatro blocos, que pareciam tijolos e pesavam um quilo cada, estavam ali. Em seguida, colocou a frasqueira dentro do aspirador, enfiando-a entre a mangueira e o grande saco de pó, que ele tivera o cuidado de esvaziar pouco antes. Fechou a tampa outra vez, destrancou a porta da cabine e ligou o aparelho. Tudo levou apenas alguns segundos.

Depois de terem arrumado e limpado a cabine de passageiros, os funcionários saíram sem pressa da aeronave, guardaram os sacos de lixo azul-claros no porta-malas do Daihatsu e voltaram para a sala dos funcionários. Só alguns poucos aviões ainda pousariam e decolariam antes de o aeroporto fechar para a noite. Ivanov olhou por sobre o ombro de Jenny, a encarregada de plantão. Deu uma conferida na tela do computador, que mostrava as chegadas e partidas. Nenhum atraso.

— Vou pegar o voo de Bergen no 28 — disse ele com seu forte sotaque russo.

Pelo menos ele falava a língua local; conhecia alguns russos que tinham morado na Noruega durante dez anos e ainda precisavam recorrer ao inglês. Aliás, quando Sergey foi transferido para Oslo, há quase dois anos, seu tio deixou claro que ele deveria aprender norueguês e o consolou dizendo que talvez tivesse herdado algo de seu próprio dom para idiomas.

— Já tenho gente no 28 — retrucou Jenny. — Você pode esperar o de Trondheim no 22.

— Vou pegar o de Bergen — disse Sergey. — Nick pega o de Trondheim.

Jenny olhou para ele.

— Como quiser. Não se mate de trabalhar, Sergey.

O jovem russo sentou-se em uma das cadeiras ao longo da parede, encostando-se com cuidado no espaldar. A pele ainda estava dolorida entre as escápulas, onde o tatuador norueguês havia feito seu trabalho. Sergey tinha recebido os desenhos de Imre, o tatuador da prisão de Nizhny Tagil, e ainda faltava uma boa parte para a tatuagem ficar pronta. Ele pensou nas de Andrey e Peter, os capangas de seu tio. Os traços azuis desbotados na pele dos dois cossacos de Altai contavam as histórias de vida deles, cheias de drama e grandes feitos. Mas Sergey também tinha uma proeza da qual se gabar. Um assassinato. Sem muita importância, mas estava sendo gravado em sua pele com agulha e tinta na forma de um anjo. E talvez houvesse outro assassinato. Um grande dessa vez. Se *o necessário* de fato se tornasse necessário, dizia seu tio, alertando-o para que ficasse de prontidão e praticasse com a faca. Ele tinha dito que um homem estava a caminho. Não era certo, mas muito provável.

Provável.

Sergey Ivanov olhou para as próprias mãos. Ainda usava as luvas de látex. Evidentemente, era uma coincidência feliz que seu uniforme de trabalho também garantisse que suas impressões digitais não ficassem nos pacotes, se algo um dia desse errado. Não havia qualquer sinal de tremor nas mãos. Fazia aquilo havia tanto tempo que, de vez em quando, precisava lembrar a si mesmo do risco para se manter alerta. Esperava que as mãos não tremessem quando precisasse fazer o *necessário* — *chto nuzhno*. Então ele se tornaria merecedor da tatuagem cujo desenho já estava encomendado. Evocou a imagem mais uma vez: desabotoaria a camisa na sala de casa, em Tagil, com todos os irmãos *urka* presentes, e mostraria a eles as novas tatuagens. Não precisariam de qualquer acréscimo, de qualquer comentário. Ele não diria nada. Somente veria nos olhos de todos que ele não era mais o pequeno Sergey. Durante semanas ele pedira em suas orações noturnas que o tal homem viesse logo. E que o *necessário* se fizesse necessário.

O chamado para que a equipe de limpeza seguisse para o voo de Bergen crepitava no walkie-talkie.

Sergey se levantou. Bocejou.

O procedimento na segunda cabine era ainda mais simples.

Abrir o aspirador de pó, transferir a maleta para o armário do piloto.

A equipe de limpeza saiu do avião no instante em que a tripulação começava a embarcar. Sergey Ivanov evitou o olhar do piloto; manteve os olhos no chão, notando que ele tinha uma mala de rodinhas parecida com a de Schultz. Uma Samsonite Aspire GRT. A mesma cor vermelha. Mas sem a pequena frasqueira presa na parte superior. Não sabiam nada um sobre o outro, nada sobre quais eram os motivos de seu envolvimento, nada sobre sua origem ou família. A única coisa que ligava Sergey a Schultz e àquele jovem copiloto eram os números de telefone em seus celulares sem registro, comprados na Tailândia, para trocarem mensagens caso os planos mudassem. Sergey duvidava de que Schultz e o jovem copiloto soubessem do envolvimento um do outro. Andrey fazia questão de restringir toda a informação, divulgando apenas o estritamente necessário. Por isso, Sergey não sabia o que acontecia com os pacotes. Mas podia adivinhar. Quando um voo doméstico entre Oslo e Bergen pousava no aeroporto, não havia alfândega nenhuma, nenhum controle de segurança. Em Bergen, o piloto levava a frasqueira para o hotel onde a tripulação pernoitava. Uma batida discreta à porta do quarto no meio da noite, e quatro quilos de heroína mudavam de mãos. Mesmo que a nova droga, violino, tivesse provocado uma ligeira queda no preço da heroína, o preço pago nas ruas por uma dose era de, no mínimo, 250 coroas. Mil coroas por grama. Como a droga, já diluída, passaria por esse processo mais uma vez, isso daria um total de 8 milhões de coroas. Ele sabia fazer contas. O suficiente para ter certeza de que era mal pago. Mas Sergey também sabia que seria merecedor de uma fatia maior do bolo depois de fazer o *necessário*. E, com o novo salário, dali a uns dois anos, poderia comprar uma casa em Tagil, arranjar uma bela moça siberiana e talvez deixar a mãe e o pai morarem com eles na velhice.

Sergey Ivanov sentiu a tatuagem coçar nas costas.

Era como se até sua pele aguardasse com ansiedade o próximo capítulo.

3

O homem do terno de linho pegou o trem expresso que sai do aeroporto e desceu na Estação Central de Oslo, constatando que aquele devia ter sido um dia quente e ensolarado em sua cidade natal. O clima ainda estava ameno e acolhedor. Ele levava consigo uma mala de lona, tão pequena que chegava a ser engraçada, e saiu da estação pelo lado sul com passos ágeis e rápidos. Do lado de fora, o coração de Oslo, que alguns afirmavam ser inexistente, batia em repouso. Ritmo noturno. Os poucos carros que passavam pela rotatória da Trafikkmaskinen seguiam para o leste, em direção a Estocolmo e Trondheim, para o norte, em direção a outros bairros, ou para o oeste, em direção a Drammen e Kristiansand. Tanto no tamanho como na forma, o viaduto parecia um brontossauro, um gigante moribundo que logo desapareceria e daria lugar a edifícios residenciais e comerciais no novo bairro-vitrine de Oslo com seu esplêndido cartão-postal, a Ópera. O homem parou e olhou para o iceberg branco que ficava entre o viaduto e o fiorde. A construção já havia ganhado prêmios de arquitetura no mundo inteiro, pessoas vinham de longe para andar na rampa de mármore italiano que descia do teto até o mar. As luzes dentro do edifício, vistas através de suas grandes janelas, eram tão fortes quanto o luar que recaía sobre ele.

Caramba, é uma melhora e tanto, pensou o homem.

Ele não via ali as promessas futuras de um novo projeto urbano, mas os resquícios do passado. Pois aquele lugar tinha sido o "parque das seringas" de Oslo, o território dos viciados, onde eles injetavam as drogas e curtiam o barato escondidos atrás de antigos galpões, os filhos perdidos da cidade. Aqueles galpões eram um muro entre eles e seus pais social-democratas bem-intencionados e ignorantes. Uma melhora e tanto, pensou ele. Agora as pessoas estão indo para o inferno em um lugar mais bonito.

Fazia três anos que ele havia estado ali pela última vez. Tudo era novo. Nada tinha mudado.

Agora os viciados tinham se instalado em uma faixa de grama entre a estação e a rodovia, praticamente um canteiro lateral. Tão chapados quanto antes. Deitados de costas com os olhos fechados, como se o sol estivesse forte demais; em grupo, procurando uma veia que ainda não tivesse sumido de tanto ser picada; ou curvados, agachados com suas mochilas, sem saber que rumo tomar. Os mesmos rostos. Não os mesmos mortos-vivos de quando ele ainda circulava por ali, obviamente, pois estes já tinham morrido fazia tempo. Mas as expressões eram as mesmas.

Na rua que subia para a Tollbugata, havia mais deles. Como de certa forma eles tinham relação com o motivo de seu retorno à cidade, o homem tentou extrair daquele cenário algumas informações. Tentou determinar se o número de viciados tinha aumentado ou diminuído. Observou que havia tráfico em Plata outra vez. Aquela pequena praça do lado oeste da Jernbanetorget já havia sido a Taiwan de Oslo: uma zona de livre comércio de drogas criada para que as autoridades pudessem, até certo ponto, vigiar o que se passava ali e talvez prender compradores de primeira viagem. Mas, quando o negócio assumiu grandes proporções e Plata revelou a verdadeira face da capital norueguesa, um dos maiores pontos de venda de heroína da Europa, o lugar chegou a se tornar atração turística. O tráfico e as estatísticas de overdose eram motivo de vergonha para Oslo, mas não uma mancha na reputação da Plata. Os jornais e a TV alimentavam o restante do país com imagens de jovens viciados, zumbis no centro da cidade em plena luz do dia. Os políticos levavam a culpa. Quando a direita estava no poder, a esquerda esbravejava. "Faltam programas de reabilitação." "As penitenciárias geram usuários de drogas." "A nova sociedade de classes é responsável pelas gangues e pelo tráfico nas comunidades de imigrantes." Quando a esquerda assumia o poder, a direita fazia o mesmo. "Falta policiamento." "Facilitamos demais o acesso de estrangeiros que buscam asilo aqui." "Seis em cada sete presos são estrangeiros."

Então, a Câmara Municipal de Oslo tomou a decisão inevitável: proteger a si mesma. Empurrar a sujeira para baixo do tapete. Fechar Plata.

O homem do terno de linho viu um jovem com a camisa vermelha e branca do Arsenal nos degraus de uma escada, com quatro pessoas inquietas a sua frente. O jogador do time inglês virava a cabeça ora para a direita, ora para a esquerda com movimentos bruscos, como uma galinha. Os outros quatro fitavam o rapaz. Uma fila. O traficante na escada estava esperando até ter um número suficiente de compradores, um grupo completo, talvez cinco ou seis pessoas. Então ele receberia o pagamento pelas encomendas e os levaria até a droga. A mercadoria estaria um pouco mais adiante na esquina ou em algum quintal, onde seu parceiro aguardava. O princípio era simples: aquele que tinha a droga nunca recebia o dinheiro, e aquele que recebia o dinheiro nunca tocava na droga. Isso dificultava o trabalho da polícia para obter provas concretas de tráfico de drogas e indiciá-los. Mesmo assim, o homem do terno de linho ficou perplexo, pois aquilo que estava vendo era o antigo método usado nos anos 1980 e 1990. Quando a polícia desistiu de prender os traficantes de rua, os vendedores pararam com o esquema elaborado de reunir um grupo e começaram a vender a droga conforme os clientes apareciam; o dinheiro em uma das mãos, a droga na outra. Será que a polícia tinha começado a ir atrás dos traficantes de rua outra vez?

Um homem com roupas de ciclista em cores vivas, capacete e óculos laranja chegou pedalando. Os músculos da coxa se sobressaíam sob o short apertado, e a bicicleta parecia cara. Talvez por isso, em vez de prendê-la, ele a levou consigo quando o grupo seguiu o jogador do Arsenal, dobrando a esquina e chegando ao outro lado do prédio. Tudo era novo. Nada tinha mudado. Mas eles eram menos numerosos, não?

As prostitutas na esquina da Skippergata se dirigiam ao homem do terno de linho em um inglês cômico, *"Hey baby!", "Wait a minute, handsome!"*, mas, como resposta, ele só fazia que não com a cabeça. Aparentemente sua castidade ou a possível falta de dinheiro se espalhou depressa, mais rápido que seus passos, pois as garotas mais adiante não demonstraram qualquer interesse nele. Na sua época, as prostitutas de Oslo se vestiam de modo prático jeans e blusão. Eram poucas; a procura estava maior que a oferta. Mas agora a concorrência, mais acirrada, e havia uma variedade de saias curtas, saltos altos e meias arrastão. As mulheres africanas já pareciam estar com frio. Esperem até dezembro, ele pensou.

Ele continuou nas entranhas de Kvadraturen, a região que tinha sido o primeiro centro de Oslo, mas que agora não passava de um deserto de asfalto e tijolos com prédios administrativos, escritórios e umas 250 mil formigas operárias, que corriam para casa às quatro ou cinco da tarde, deixando o bairro para os roedores noturnos. Na época em que o rei Christian IV concebeu esse bairro de quarteirões perfeitamente quadrados, de acordo com os ideais renascentistas de ordem geométrica, o crescimento populacional de Kvadraturen era mantido sob controle por meio de incêndios. Reza a lenda que, todo dia 29 de fevereiro, podia-se ver pessoas em chamas correndo entre as casas, ouvir os gritos e vê-las ser consumidas pelo fogo, deixando apenas uma fina camada de cinzas sobre o asfalto. Se você conseguisse pegá-las antes de serem levadas pelo vento, sua casa nunca seria incendiada. Por causa do risco de incêndio, Christian IV construiu ruas largas para os padrões da pobre cidade de Oslo. Além disso, os edifícios foram construídos em alvenaria, material incomum na Noruega. E, ao passar por uma dessas paredes de alvenaria, o homem do terno de linho viu a porta aberta de um bar. Uma profanação de "Welcome to the Jungle" do Guns N' Roses, um reggae que envergonharia tanto Marley como Rose, Slash e Stradlin, chegava aos ouvidos dos frequentadores fumantes que estavam do lado de fora. Ele parou diante de um braço estendido que obstruía seu caminho.

— Tem fogo?

Uma mulher de 30 e poucos anos, rechonchuda e com seios fartos, olhava para ele. O cigarro balançava de forma provocante nos lábios pintados de vermelho.

Ele franziu o cenho e viu a amiga risonha que estava atrás dela com um cigarro aceso. A mulher de seios fartos percebeu o olhar dele e gargalhou, dando um passo para o lado a fim de se equilibrar.

— Não seja tão lento — disse ela com o mesmo sotaque sulista da esposa do príncipe herdeiro.

Certa vez ele tinha ouvido falar de uma prostituta no mercado de luxo que fizera fortuna imitando a princesa, falando como ela, vestindo-se como ela. E que as 5 mil coroas por hora incluíam um cetro de plástico que o cliente poderia usar da forma que quisesse.

A mão da mulher pegou seu braço no momento em que ele fez menção de seguir adiante. Ela se inclinou, exalando o bafo de vinho tinto no rosto dele.

— Você parece um cara legal. Não quer me dar... fogo?

Ele virou o outro lado do rosto para ela. O lado feio. O lado não--tão-legal. Percebeu que ela deu um sobressalto e soltou seu braço ao ver o rastro deixado pelo prego no incidente no Congo, que ia da boca até a orelha como uma costura mal alinhavada.

Ele continuou andando. A música mudou; agora tocava Nirvana, "Come As You Are". A versão original.

— Maconha?

A voz saiu do vão de um portão, mas ele não parou, nem se virou.

— *Speed?*

Ele estava limpo fazia três anos e não tinha a menor intenção de recomeçar.

— Violino?

Muito menos agora.

Na sua frente, na calçada, um jovem tinha parado perto de dois traficantes, falando e mostrando alguma coisa para eles. O jovem levantou o olhar quando ele se aproximou e fitou-o com olhos cinzentos e investigativos. Olhar de policial, pensou. Baixou a cabeça e atravessou a rua. Talvez fosse um pouco paranoico, afinal, era improvável que um policial tão jovem o reconhecesse.

Ali estava o hotel. O albergue. Leon.

Essa parte da rua estava quase deserta. Do outro lado, sob a luz de um poste, ele viu o ciclista que havia comprado drogas anteriormente montado na bicicleta, ajudando outra pessoa, que também usava equipamento de ciclismo completo, a injetar uma seringa no pescoço.

O homem de terno de linho balançou a cabeça e olhou para a fachada do edifício a sua frente.

Havia ali a mesma faixa cinza de sujeira, que pendia embaixo das janelas do terceiro e último andar. QUATROCENTAS COROAS POR DIA! Tudo era novo. Nada havia mudado.

O recepcionista do Hotel Leon era novo. O jovem atrás do balcão cumprimentou o homem de terno de linho com um sorriso surpreendentemente educado e sem qualquer desconfiança — o que era incrível, levando-se em consideração que ele trabalhava no Leon. Ele disse "Bem-vindo" sem ironia na voz e pediu que o novo hóspede lhe mostrasse o passaporte. O homem imaginou que talvez tivesse sido confundido com um estrangeiro por causa da pele bronzeada e do terno de linho e estendeu seu passaporte norueguês vermelho ao recepcionista. Era desgastado e cheio de carimbos. Numerosos demais para que se pudesse chamar aquilo de uma boa vida.

— Ah, ok — disse o recepcionista, devolvendo-lhe o passaporte. Colocou um formulário sobre o balcão e lhe estendeu uma caneta. — Basta preencher os campos assinalados.

Formulário de check-in no Hotel Leon?, pensou o homem. Talvez algo tivesse mudado, afinal. Ele pegou a caneta e viu o recepcionista olhar para sua mão, especificamente para seu dedo médio. Ou melhor, para aquilo que tinha sido seu dedo médio até ser decepado em uma casa em Holmenkollåsen. A primeira articulação fora substituída por uma prótese cinza-azulada de titânio fosco. Não servia para grande coisa, mas proporcionava apoio ao indicador e ao anelar na hora de pegar ou segurar alguma coisa. Por ser tão pequena, não o atrapalhava. A única desvantagem eram as longas explicações para passar pela segurança nos aeroportos.

Ele preencheu os campos de *nome* e *sobrenome*.

Data de nascimento.

Preencheu a lacuna, ciente de que se parecia mais agora com um homem na casa dos 40 do que o ser decrépito que havia deixado a Noruega três anos atrás. Ele se submetera a uma rotina rigorosa de exercícios, alimentação saudável, sono adequado e, é claro, abstenção total. Não tinha mudado para parecer mais novo, mas para não morrer. E gostava daquilo. Na verdade, sempre gostou de rotinas regulares, disciplina, ordem. Então, por que sua vida tinha sido um caos, com tantas relações rompidas e autodestruição, além de períodos obscuros sob o efeito de entorpecentes? Os campos vazios o olhavam, interrogativos, mas eram pequenos demais para as respostas que exigiam.

Endereço fixo.

Bem. O apartamento na Sofies Gate tinha sido vendido logo depois de sua partida havia três anos; a casa dos pais em Oppsal, idem. Em sua profissão atual, um endereço fixo, oficial, implicaria certo risco. Por isso, escreveu o de sempre quando fazia o check-in em outros hotéis: Chungking Mansion, Hong Kong. O que não deixava de ser verdade.

Profissão.

Homicídios. Ele não escreveu isso. O campo não estava assinalado.

Número de telefone.

Preencheu o campo com um número fictício. Celulares podem ser rastreados, tanto as conversas quanto sua localização.

Telefone de contato do parente mais próximo.

Parente mais próximo? Que marido informaria o telefone da esposa por livre e espontânea vontade ao fazer o check-in no Hotel Leon? Afinal, o lugar era o mais próximo de um bordel barato que se poderia encontrar em Oslo.

Pelo visto, o recepcionista estava lendo seus pensamentos.

— Só no caso de você passar mal e precisarmos chamar alguém.

O novo hóspede fez um gesto de compreensão com a cabeça. No caso de parada cardíaca durante o sexo.

— Não precisa colocar nada se não tiver...

— Certo — disse ele, e ficou ali refletindo sobre aquelas palavras. *Parente mais próximo*. Ele tinha a irmã, que sofria do que ela mesma chamava de "um toque de Síndrome de Down", mas que sempre havia lidado muito melhor com os problemas da vida do que seu irmão mais velho. Fora ela, ninguém. Realmente ninguém. Ainda assim, *parente mais próximo*.

Ele marcou DINHEIRO como forma de pagamento, assinou o formulário e o entregou ao recepcionista. O jovem deu uma olhada rápida. Então o homem de terno de linho finalmente a viu transparecer. A desconfiança.

— Você é... você é Harry Hole?

Harry Hole fez que sim com a cabeça.

— Isso é um problema?

O rapaz fez um gesto negativo. Engoliu em seco.

— Ótimo — disse Harry Hole. — Você tem uma chave para mim?

— Ah, desculpe! Aqui. Quarto 301.

Harry pegou a chave e notou que as pupilas do rapaz haviam se dilatado. Quando ele falou, a voz estava embargada.

— É... é que meu tio... Ele administra o hotel, ficava aqui na recepção antes. Ele me contou sobre você.

— Só coisas boas, imagino — disse Harry, sorrindo, e pegou a pequena mala de lona. Foi na direção da escada.

— O elevador...

— Não gosto de elevadores — explicou Harry, sem se virar.

O quarto era como antes. Desgastado, pequeno e relativamente limpo. Não, na verdade, tinha cortinas novas. Verdes. Rígidas. Com certeza não precisavam ser passadas. Isso lembrou Harry de pendurar o terno no banheiro e abrir o chuveiro para que o vapor o desamassasse. O terno tinha lhe custado 800 dólares de Hong Kong na Punjab House da Nathan Road, mas, para seu trabalho, era um investimento necessário: ninguém respeitava um homem vestido com trapos. Ele entrou embaixo do chuveiro. A água quente fez sua pele formigar. Depois do banho, atravessou o quarto pelado, foi até a janela e a abriu. Terceiro andar. Fundos. De uma janela aberta, soavam gemidos de entusiasmo fingido. Apoiou as mãos no varão da cortina e se inclinou para fora. Quando olhou para dentro de um contêiner aberto, imediatamente reconheceu o cheiro adocicado de lixo. Cuspiu e ouviu o som do cuspe atingindo o papel dentro da lixeira. Mas o farfalhar que se seguiu não parecia ser de papel. No mesmo instante, houve um estalo, e as cortinas verdes e duras caíram no chão a seu lado. Droga! Ele se desvencilhou do varão fino das cortinas. Era do tipo antigo, de madeira, com as extremidades bulbosas. Já havia quebrado antes, e alguém tinha tentado colá-lo com fita adesiva. Harry se sentou na cama e abriu a gaveta da mesinha de cabeceira. Uma Bíblia com capa azul-clara de couro sintético e um kit de costura que se resumia a uma linha preta enrolada em um pedaço de papelão com uma agulha enfiada no meio. Pensando bem, Harry chegou à conclusão de que aquela não era uma combinação tão despropositada assim. Os hóspedes poderiam costurar os botões arrancados das calças e depois ler sobre o perdão dos pecados. Ele se deitou e olhou para o teto. Tudo era novo. Nada... Fechou os olhos. Não tinha dormido no avião, e, com ou sem jet lag, com ou sem cortinas, teria que dormir ali. E teria o mesmo sonho de todas as noites nos últimos três anos: ele segue em disparada por um corredor, fugindo de uma estrondosa avalanche que suga todo o ar e não o deixa respirar.

Harry só precisava manter os olhos fechados um pouco mais.

Ele perdeu o controle sobre os pensamentos; os pensamentos foram se afastando dele.

Parente mais próximo.

Próximo. Parente.

Parente próximo.

Era isso que ele era. Foi por isso que voltou.

Sergey seguia pela rodovia E6, em direção a Oslo. Sonhava com a cama no apartamento em Furuset. Mantinha uma velocidade abaixo de 120 km/h, mesmo que a estrada estivesse vazia a essa hora da noite. O celular tocou. Aquele celular. A conversa com Andrey foi breve. Ele falou com o tio, ou o *ataman*, o líder, que era como Andrey o chamava. Quando desligou, Sergey não se conteve e pisou fundo no acelerador. Gritou de alegria. O homem tinha chegado. Agora, essa noite. Ele estava ali! Por enquanto, Sergey não deveria fazer nada, pois, como Andrey tinha dito, talvez tudo se resolvesse e eles não precisassem intervir. Mas agora ele deveria estar ainda mais preparado, mental e fisicamente. Treinar com a faca, dormir, estar alerta. Caso o *necessário* se fizesse necessário.

4

Ao se sentar ofegante no sofá, Tord Schultz mal ouviu o avião que passou com um estrondo acima do telhado. O suor formava uma fina camada sobre o torso nu, e o som de ferro contra ferro ainda ecoava nas paredes vazias da sala. Atrás dele estava o aparelho de ginástica com os pesos, o banco revestido de couro sintético brilhando de suor. Na tela da TV à sua frente, Donald Draper semicerrou os olhos para enxergar através da fumaça de seu próprio cigarro enquanto bebericava um copo de uísque. Outro avião rugiu acima dele. *Mad Men*. Anos 1960. Estados Unidos. Mulheres usando roupas decentes. Drinques decentes em copos decentes. Cigarros decentes sem sabor de mentol e sem filtro. A época em que aquilo que não matava nos deixava mais fortes. Só havia comprado a primeira temporada. Não parava de assistir a série. Não sabia se ia gostar dos rumos que ela estava tomando.

Tord Schultz olhou para a linha branca no tampo de vidro da mesa de centro e limpou a borda inferior do crachá. Como de costume, ele tinha usado o crachá para fazer a carreira de pó. O crachá que prendia no bolso do uniforme de comandante, o crachá que lhe dava livre acesso à cabine de pilotagem, ao céu, ao seu salário. O crachá que o tornava o que ele era. O crachá que, assim como todo o resto, lhe seria tirado se alguém ficasse sabendo daquilo. Por isso lhe parecia certo usá-lo. Em meio a toda desonestidade, havia algo íntegro naquele gesto.

Eles voltariam a Bangkok no dia seguinte. Dois dias de descanso no Sukhumvit Residence. Bom. Agora ficaria bem. Melhor que antes. Ele não tinha gostado do esquema com os voos de Amsterdã. Era arriscado demais. Depois que descobriram o envolvimento de tripulações sul--americanas no tráfico de cocaína para Schiphol, todas as tripulações, independentemente da companhia aérea, corriam o risco de passar pelo controle de bagagem de mão e revista corporal. Além do mais, quando em terra, ele mesmo levava os pacotes e os deixava dentro de sua maleta até pilotar um voo doméstico para Bergen, Trondheim ou Stavanger no mesmo dia. Voos domésticos para os quais ele *precisava* chegar a tempo, mesmo que isso significasse compensar os atrasos de Amsterdã com mais combustível. No Gardermoen, ele obviamente ficava no lado aéreo o tempo todo, por isso não passava pela alfândega, mas às vezes era preciso guardar a droga na bagagem por 16 horas antes de fazer a entrega. Além disso, nem sempre as entregas eram totalmente seguras. Estacionamentos com carros suspeitos. Restaurantes com pouquíssima gente. Hotéis com recepcionistas atentos.

Ele enrolou uma cédula de mil coroas; tinha tirado a nota do envelope recebido em sua última visita ao hotel. Havia canudinhos de plástico feitos especialmente para isso, mas ele não era assim, não se comportava como o drogado descrito por ela para o advogado. Aquela filha da mãe era esperta, alegava que queria o divórcio por não desejar que as crianças crescessem com um pai viciado, que não queria vê-lo cheirar até perder a casa para algum traficante. E isso não tinha absolutamente nada a ver com as comissárias de bordo. Ela não se importava, já não se importava havia muito tempo; a idade cuidaria disso. Ela e o advogado lhe deram um ultimato: ela ficaria com a casa, com os filhos e o restante da herança que ele ainda não havia desperdiçado com as drogas, ou o denunciariam por posse e uso de cocaína. Ela havia reunido tantas provas que até o advogado de Tord disse que ele seria condenado e demitido pela companhia aérea.

Tinha sido uma escolha fácil. A única coisa que ela lhe deixou foram as dívidas.

Ele se levantou, andou até a janela da sala e olhou para fora. Com certeza eles viriam logo, não?

Era um esquema relativamente novo. Ele levava pacotes para Bangkok. Só Deus sabia por quê. Algo como levar areia para o deserto. De qualquer forma, essa era a sexta vez, e até agora tudo tinha corrido às mil maravilhas.

Havia luzes nas casas vizinhas, mas elas ficavam muito distantes umas das outras. Casas solitárias, pensou ele. Tinham servido de residência para os oficiais na época em que o Gardermoen era uma base militar. Pareciam caixinhas idênticas; tinham apenas um andar e gramados grandes e nus entre elas. Tinham o mínimo de altura, para que não fossem atingidas por uma aeronave que estivesse voando muito baixo. E eram bem afastadas entre si, para que um incêndio causado por uma queda de avião não se propagasse.

Eles moraram ali durante o serviço obrigatório na Força Aérea, quando ele pilotava um Hércules. As crianças corriam entre as casas, visitavam filhos de outros oficiais. Sábado de verão. Os homens em volta da churrasqueira com aventais e aperitivos. A tagarelice vinda das janelas abertas da cozinha, onde as esposas preparavam saladas e bebiam Campari. Como uma cena de *Os eleitos*, seu filme favorito, aquele sobre os primeiros astronautas norte-americanos e o piloto de testes Chuck Yeager. As esposas dos pilotos eram lindas demais. Mesmo que só fossem pilotos de Hércules. Eles eram felizes naquela época, não eram? Será que foi por isso que ele se mudou de volta para ali? Um desejo inconsciente de reencontrar algo? Ou de descobrir o que tinha dado errado e consertá-lo?

Viu o carro chegar e olhou automaticamente para o relógio. Já passavam dezoito minutos do horário combinado.

Foi até a mesa de centro. Respirou fundo duas vezes. Então colocou a nota enrolada em uma extremidade da carreira, inclinou-se para a frente e inspirou o pó. As mucosas arderam. Ele lambeu a ponta do dedo, passou-a sobre o resto do pó e esfregou-a nas gengivas. O sabor era amargo. A campainha tocou.

Eram os mesmos caras mórmons de sempre. Um baixinho e um alto, os dois trajando seus melhores ternos, mas era possível ver as tatuagens no dorso das mãos. Era quase cômico.

Eles lhe deram o pacote. Meio quilo embalado em formato de salsicha, que cabia perfeitamente dentro da placa de metal do puxador retrátil da mala. Ele deveria remover o pacote depois de pousar em Suvarnabhumi e colocá-lo debaixo do tapete solto no fundo do armário dos pilotos, dentro da cabine. E essa seria a última vez que veria a encomenda. Alguém em terra provavelmente cuidaria do restante.

Quando lhe disseram que deveria levar pacotes a Bangkok, aquilo tinha parecido idiotice. Afinal, não havia lugar no mundo onde o preço das drogas nas ruas era mais alto do que em Oslo, então para que exportá-la? Não chegou sequer a perguntar, pois sabia que não teria uma resposta, mas fez questão de explicar que, na Tailândia, havia pena de morte por tráfico de heroína e, por isso, queria ser mais bem-remunerado.

Eles riram. Primeiro, o baixinho. Depois, o grandalhão. E Tord se perguntou se vias nervosas mais curtas produziam reações mais rápidas. Que talvez esse era o motivo de as cabines dos caças serem tão baixas, para excluir os pilotos altos e lentos.

O baixinho, em seu inglês tosco com sotaque russo, explicou a Tord que não era heroína, tratava-se de algo totalmente novo, tão novo que sequer havia uma lei contra aquilo. No entanto, quando Tord Schultz perguntou por que precisavam fazer contrabando de uma substância legal, eles riram ainda mais alto, mandaram Tord calar a boca e dizer logo se aceitava ou não.

Tord Schultz disse que sim. Ao mesmo tempo, ocorreu-lhe outra ideia. Quais seriam as consequências se ele recusasse?

Ele já tinha feito aquilo seis vezes.

Tord Schultz olhou para o pacote. Chegara a pensar em passar até detergente nas camisinhas e sacos para freezer que eles usavam, mas alguém havia lhe dito que os cães farejadores eram capazes de distinguir os cheiros e não se deixavam confundir com truques tão simples. Que tudo dependia de o saco plástico estar bem fechado ou não.

Ele aguardou. Nada aconteceu. Pigarreou.

— Ah, eu quase esqueci — disse Sr. Pequenino. — A entrega de ontem...

Ele pôs a mão dentro do paletó e deu um sorriso malicioso. Ou talvez não fosse malícia, quem sabe fosse apenas o humor oriental? Tord teve vontade de bater nele, de soprar fumaça de cigarro sem filtro naquele rosto, de cuspir uísque 12 anos naqueles olhos. Humor ocidental. Em vez disso, ele murmurou um "obrigado" e aceitou o envelope, que parecia muito fino. As poucas notas deveriam ser de valores altos.

Quando os dois se foram, Tord se posicionou junto da janela, vendo o carro desaparecer na escuridão, o som do motor abafado por um Boeing 737. Talvez um 600. Com certeza era da linha Next Generation. Com o som mais encorpado e mais agudo que os velhos clássicos. Tord olhou para sua própria imagem refletida na janela.

Sim, ele pegou o dinheiro. E continuaria a aceitá-lo. A aceitar tudo que a vida colocasse em seu caminho. Pois ele não era Donald Draper. Não era Chuck Yeager, tampouco Neil Armstrong. Ele era Tord Schultz. Um piloto alto e com dívidas. Viciado em cocaína. Ele deveria...

Seus pensamentos foram abafados pelo avião seguinte.

Malditos sinos! Você está vendo eles, pai, meus supostos parentes mais próximos, inclinados sobre meu caixão? Chorando lágrimas de crocodilo, os rostos aflitos dizendo: "Poxa, Gusto, por que você simplesmente não aprendeu a ser como nós?" Não, filhos da puta hipócritas metidos a santos, eu não podia fazer isso! Não podia ser igual a minha mãe adotiva, burra, mimada, cabeça-oca, falando como tudo é maravilhoso desde que se leia o livro certo, escute o guru certo, coma a porra das ervas certas. E, sempre que alguém furava a bolha daquela vaga sabedoria que ela tinha comprado, ela vinha com a mesma ladainha: "Mas olha o mundo que criamos: guerra, injustiça e desequilíbrio, pessoas que não vivem mais em harmonia consigo mesmas." Três coisas, querida. Primeira: o natural é termos guerra, injustiça e desequilíbrio. Segunda: você é a menos equilibrada da nossa familiazinha nojenta. Você só queria o amor que lhe era negado, estava se lixando para o amor que as pessoas sentiam por você. Sinto muito, Rolf, Stein e Irene, mas no coração dela só havia lugar para mim. O que torna o terceiro ponto ainda mais engraçado: nunca gostei de você, independentemente do quanto você achasse o contrário. Eu te chamava de "mamãe" porque isso te deixava feliz e facilitava minha vida. Quando fiz o que fiz foi porque você deixou que eu fizesse, porque eu não pude me conter. Porque é assim que eu sou.

Rolf, você pelo menos não me pediu que te chamasse de "papai". Você realmente se esforçou para gostar de mim, mas não conseguiu enganar a natureza. Finalmente se deu conta de que amava mais seu próprio sangue: Stein e Irene. Quando eu dizia aos outros que vocês eram meus pais adotivos, via a expressão magoada no rosto de mamãe. E o ódio no seu. Não porque isso os diminuíssem para a única função que tinham em minha vida, mas porque eu magoava a mulher que você, por incrível que pareça, amava. Acho que você é honesto o suficiente para se ver como eu o via: alguém que a certa altura da vida, inebriado por seu próprio idealismo, encarregou-se de criar um filho que não era seu, mas logo percebeu que a conta não fechava. Que o valor mensal que recebia por cuidar de mim não cobria as despesas. Foi quando descobriu que eu não passava de um estranho no ninho. Que eu devorava tudo. Tudo que você amava. Todos que você amava. Você devia ter percebido isso antes e me botado para fora, Rolf! Afinal, você foi o primeiro a descobrir que eu roubava. Da primeira vez, foi só uma nota de 100 coroas. Eu negava tudo, dizendo que tinha ganhado da mamãe. "Não é verdade, mamãe? Você me deu o dinheiro." E ela assentiu, hesitante, com lágrimas nos olhos, dizendo que provavelmente tinha se esquecido disso. Na vez seguinte, foram mil coroas. De sua gaveta da escrivaninha. Dinheiro guardado para nossas férias, você disse. "Só quero tirar férias de vocês", respondi. Foi quando você me bateu pela primeira vez. Foi como se algo tivesse se libertado dentro de você, porque você continuou me batendo. Eu já era mais alto e mais corpulento, mas nunca soube brigar. Não daquele jeito, com socos e chutes. Eu brigava de outro jeito, do jeito que levava à vitória. Mas você não parava de me bater, agora com os punhos fechados. E eu entendi por quê. Você quis estragar meu rosto. Tirar meu poder. Mas a mulher que eu chamava de mãe interveio. Então você disse aquilo. A palavra. Ladrão. Era verdade. Mas isso significava que eu tinha que destruir você, homenzinho de merda.

Stein. O irmão mais velho, caladão. O primeiro a farejar a podridão do intruso, mas esperto o suficiente para manter distância. Aplicado, inteligente; assim que pôde, fugiu para a cidade universitária mais distante possível. Tentou convencer Irene, sua querida irmã mais nova, a ir junto, achando que ela podia terminar o ensino médio lá naquela Trondheim de merda, que faria bem a ela ficar longe de Oslo. Mas mamãe se opôs à ideia. Ela não sabia de nada. Não queria saber.

Irene. A bela, graciosa, sardenta e frágil Irene. Você era boa demais para esse mundo. Você era tudo que eu não era. E, mesmo assim, você me amava. Será que me amaria se soubesse de tudo? Você me amaria se soubesse que eu comia sua mãe desde os 15 anos? Que comia sua mãe, que ela gemia, bêbada de vinho tinto, e eu a pegava por trás na porta do banheiro, do porão ou da cozinha, enquanto sussurrava "mamãe" no ouvido dela porque isso nos deixava cheios de tesão. Ela me dava dinheiro, me protegia, dizia que só queria me "pegar emprestado" até que ela ficasse velha e feia e eu conhecesse uma moça bonita. E quando eu respondia "mas mamãe, você já é velha e feia", ela dava uma risada e implorava por mais.

Eu ainda tinha os hematomas dos socos e pontapés de meu pai adotivo no dia em que liguei para o trabalho dele pedindo que voltasse para casa às três, porque eu tinha uma coisa importante para contar. Deixei a porta da frente entreaberta, para que ela não o ouvisse chegar, e falava em seu ouvido para abafar os passos, dizendo as coisas que ela gostava de ouvir.

Vi o reflexo dele na janela quando passou pelo vão da porta da cozinha.

Ele saiu de casa no dia seguinte. Irene e Stein foram informados de que mamãe e papai já não estavam muito bem fazia algum tempo e que deciram se separar. Irene ficou inconsolável. Stein estava em seu alojamento de estudantes e respondeu com uma mensagem. "Q triste. Onde querem q eu passe o Natal?"

Irene não parava de chorar. Ela me amava. É claro que me procuraria. Que procuraria o Ladrão.

Os sinos da igreja dão a quinta badalada. Há choro e lágrimas nos genuflexórios. Cocaína, lucro astronômico. Alugue um apartamento no centro da cidade em nome de um viciado que tope ganhar uma dose em troca, comece a vender em pequenas quantidades na porta ou na escadaria do prédio e aumente o preço à medida que os compradores começarem a se sentir seguros — o pessoal da cocaína paga qualquer coisa por segurança. Dê um passo à frente, suba na vida, pare com as drogas, seja alguém. Não morra numa espelunca como um perdedor fodido. O pastor pigarreia. "Estamos aqui para lembrar Gusto Hanssen."

Uma voz bem lá do fundo: "L-l-ladrão."

O pessoal do Tutu está sentado ali, com jaqueta de motoqueiro e bandana. E, mais lá no fundo, os ganidos de um cão. Rufus. O bom e leal Rufus. Vocês voltaram para o lado de cá? Ou será que já fui para o lado de lá?

Tord Schultz parou ao lado do sorridente oficial de segurança e colocou a mala da Samsonite na esteira que a levava até a máquina de raios X.

— Não entendo por que você deixa eles te escalarem para um roteiro desses — disse a aeromoça. — Bangkok duas vezes por semana.

— Eu mesmo pedi que eles fizessem isso — retrucou Tord, passando pelo aparelho de raios X.

Alguém do sindicato tinha sugerido que a tripulação fizesse greve contra a exposição à radiação a que eram sujeitos diversas vezes por dia, pois uma pesquisa nos EUA havia mostrado que o percentual de pilotos e comissários de bordo que morriam de câncer era maior que o da população em geral. No entanto, os incitadores do movimento não falaram nada sobre a expectativa de vida da tripulação, cuja média também era maior. O pessoal da aviação morria de câncer porque não havia muitas doenças de que morrer. Tinham a vida mais segura do mundo. A vida mais chata.

— Por que você quer voar tanto?

— Sou piloto, gosto de voar — mentiu Tord. Ele tirou a mala de rodinhas da esteira, estendeu o puxador e começou a andar.

Rapidamente a aeromoça o alcançou, os estalidos de seus saltos no piso de mármore cinza do Aeroporto de Oslo quase encobriram o burburinho de vozes sob as vigas de madeira e aço. Mas infelizmente não ofuscaram sua pergunta sussurrada:

— É porque ela foi embora, Tord? É porque tem tempo de sobra e nada com que preenchê-lo? É porque não aguenta ficar em casa e...

— É porque preciso das horas extras para pagar as contas — interrompeu ele. Pelo menos não era totalmente mentira.

— Sei exatamente como está se sentindo. Passei por um divórcio alguns meses atrás, como você sabe.

— Pois é — disse Tord, que nem sabia que ela tinha sido casada.

Ele lançou um rápido olhar para a mulher. Talvez uns 50? Como ela era ao acordar, sem a maquiagem? Uma aeromoça deprimente com os sonhos deprimentes de uma aeromoça. Tord tinha quase certeza de que nunca havia transado com ela. Pelo menos não de frente. Qual dos pilotos tinha contado essa piada? Um dos antigos. Um dos pilotos de caça cujo olhar dizia uísque com gelo e céu azul. Um daqueles que teve tempo de se aposentar antes que o prestígio despencasse. Assim que entraram no corredor que levava à sala da tripulação, ele acelerou. Ela já estava ofegante, mas ainda conseguia acompanhá-lo. No entanto, se mantivesse esse ritmo, ela talvez não tivesse fôlego para falar.

— Olha, Tord, já que vamos pernoitar em Bangkok, talvez a gente...

Ele bocejou alto. E sentiu, mais do que viu, ela ficar ofendida. Ainda estava meio grogue da noite anterior, tinha bebido um pouco mais de vodca e cheirado um pouco mais de pó depois que os mórmons foram embora. Não a ponto de não passar no bafômetro, é claro, mas o suficiente para temer a luta contra o sono durante as onze horas de voo.

— Olha! — exclamou ela com aquele tom de voz idiota que as mulheres usam para expressar que algo é de uma fofura incrível e impressionante.

E ele olhou. Estava vindo em sua direção: um cachorro pequeno, de pelo claro, orelhas compridas, olhos tristes e um rabo que abanava com entusiasmo. Um springer spaniel. Era guiado por uma mulher de cabelos loiros no mesmo tom, com brincos grandes, um meio-sorriso escusatório e olhos castanhos e gentis.

— Não é uma gracinha? — ronronou a aeromoça ao seu lado.

— Sim — disse Tord com a voz áspera.

O cão enfiou o focinho na virilha do piloto que seguia na frente deles e continuou seu caminho. O piloto se virou rapidamente, com as sobrancelhas erguidas e um meio-sorriso, uma expressão infantil no rosto. Mas Tord não conseguiu pensar em mais nada. Não conseguiu pensar em nada além de si próprio.

O cão usava uma roupa amarela. O mesmo tipo de colete que a mulher dos brincos usava. Os uniformes traziam a inscrição ALFÂNDEGA.

O cão se aproximava, estava a apenas cinco metros de distância agora.

Não seria nenhum problema. Não deveria ser. A droga estava embalada em camisinhas e em dois sacos plásticos para freezer. Nem uma molécula de odor conseguiria escapar. Por isso, ele só precisava sorrir. Relaxar e sorrir. Nada mais, nada menos. Tord se virou para a tagarela a seu lado, como se as palavras dela exigissem uma grande concentração.

— Com licença — disse uma voz.

Tinham passado pelo cão, e Tord continuou andando.

— Com licença! — A voz soou mais incisiva.

Tord olhou para a frente. A porta da sala da tripulação ficava a menos de dez metros de distância. O porto seguro. Dez passos. E pronto.

— Com licença, senhor.

Sete passos.

— Acho que ela está te chamando, Tord.

— O quê?

Tord parou. Teve de parar. Olhou para trás com o que esperava ser uma surpresa não muito forçada. A mulher do colete amarelo se aproximou deles.

— O cão farejou algo diferente no senhor.

— É mesmo? — Tord olhou para o cachorro. Como?, pensou ele.

O animal retribuiu seu olhar abanando o rabo loucamente, como se Tord fosse seu novo amiguinho.

Como? Dois sacos para freezer e camisinhas. Como?

— Isso significa que precisamos revistá-lo. O senhor pode nos acompanhar, por favor.

Ainda havia gentileza nos olhos castanhos dela, mas no final da frase não havia nenhum ponto de interrogação. No mesmo instante ele entendeu. Quase agarrou o crachá no peito.

A cocaína.

Ele tinha se esquecido de limpar o crachá depois da última carreira. Tinha que ser isso.

Mas eram apenas alguns grãozinhos, algo que ele poderia justificar com facilidade dizendo que alguém havia pegado emprestado seu crachá em uma festa. Isso não era seu principal problema agora. A mala de rodinhas. Ela seria revistada. Como piloto, ele já havia treinado e repetido procedimentos de emergência tantas vezes que os realizava quase automaticamente. Aliás, essa era a intenção. Mesmo quando o pânico se instaurasse, era isso que devia ser feito, era isso que o cérebro, na falta de outras instruções, seguia: o procedimento de emergência. Quantas vezes ele tinha visualizado essa situação: um agente da alfândega pedindo que ele o acompanhasse? Quantas vezes tinha pensado no que deveria fazer? Quantas vezes havia treinado mentalmente? Tord se virou para a comissária de bordo com um sorriso resignado, olhando para o crachá de relance.

— Parece que fui escolhido, Kristin. Você pode levar minha mala?

— A mala vem conosco — disse a agente da alfândega.

Tord Schultz se virou outra vez.

— Pelo que entendi, você disse que o cão farejou algo diferente em mim, não na mala.

— Tem razão, mas...

— Há documentos de voo dentro da mala que os outros tripulantes precisam conferir. A não ser que queira se responsabilizar pelo atraso de um Airbus A340 lotado, com destino a Bangkok. — Ele percebeu que tinha enchido os pulmões e estufado a musculatura do peitoral dentro de sua jaqueta de comandante. — Se perdermos nosso *slot*, podemos ter horas de atraso e centenas de milhares de coroas de prejuízo para a companhia aérea.

— Sinto muito, mas o regulamento...

— Trezentos e quarenta e dois passageiros — interrompeu-a Schultz. — Muitas crianças.

Ele torceu para que ela ouvisse a preocupação séria de um comandante de aeronave, não o pânico incipiente de um traficante de drogas.

A agente afagou a cabeça do cachorro e olhou para ele.

Ela parece uma dona de casa, pensou Tord. Uma mulher com filhos e responsabilidades. Uma mulher que deveria compreender sua situação.

— A mala vem junto — intimou ela.

Outro agente apareceu. Ficou parado ali, atrás da policial da alfândega, de pernas abertas e braços cruzados.

— Vamos acabar logo com isso. — Tord suspirou.

Gunnar Hagen, o chefe da Divisão de Homicídios da polícia de Oslo, recostou-se em sua cadeira giratória e estudou o homem do terno de linho. Três anos atrás, a ferida em seu rosto tinha cor de sangue, e ele parecia um homem acabado. Mas, agora, seu ex-subalterno apresentava um aspecto saudável, estava com uns quilinhos a mais muito bem-vindos, e os ombros preenchiam o terno. Um terno. Hagen se lembrou do investigador de calça jeans e botas, sempre as mesmas. Outro item inusitado era o adesivo na lapela que dizia que ele não era um funcionário, mas um visitante: HARRY HOLE. Sua posição na cadeira, porém, era a mesma, mais deitado do que sentado.

— Você está com uma cara melhor — disse Hagen.

— Sua cidade também — retrucou Harry, com um cigarro ainda apagado entre os dentes.

— Você acha?

— Uma bela Ópera. Menos viciados nas ruas.

Hagen se levantou e foi até a janela. Do sexto andar da sede da polícia, ele pôde ver o novo bairro de Oslo, Bjørvika, banhado pelo sol. A restauração estava em pleno andamento. A fase de demolição tinha acabado.

— No ano passado houve uma queda acentuada no número de mortes por overdose.

— Os preços subiram, o consumo baixou. E a prefeitura conseguiu o que tanto queria: Oslo já não é a campeã europeia de overdoses. *Happy days are here again* — cantarolou Harry e pôs as mãos na nuca, dando a impressão de que iria escorregar da cadeira.

Hagen suspirou.

— Você não me contou o que te trouxe a Oslo, Harry.

— Não te contei?

— Não. Ou, mais especificamente, à Divisão de Homicídios.

— Não é normal visitar velhos amigos?

— É, pelo menos para as pessoas socialmente normais.

— Bem... — Harry mordeu o filtro do cigarro Camel. — Eu trabalho com homicídios.

— *Trabalhava* com homicídios, você quer dizer, né?

— Deixe-me reformular: minha profissão, minha especialidade, é homicídios. E ainda é a única coisa com que sei trabalhar.

— Então, o que você quer?

— Exercer minha profissão. Investigar homicídios.

Hagen demonstrou surpresa.

— Você quer trabalhar para mim outra vez?

— Por que não? Se não estou enganado, fui um dos melhores.

— Errado — disse Hagen e se virou para a janela de novo. — Você era o melhor. — E repetiu em voz mais baixa: — O melhor e o pior.

— Estou de olho em um dos homicídios relacionados ao tráfico de drogas.

Hagen deu uma risada irônica.

— Qual deles? Tivemos quatro só no último semestre. Não chegamos a lugar algum em nenhum deles.

— Gusto Hanssen.

Hagen não respondeu; continuou a observar as pessoas que relaxavam lá fora, no gramado. E os pensamentos vieram automaticamente. Fraudadores da Previdência Social. Ladrões. Terroristas. Por que ele via isso em vez de trabalhadores que aproveitavam algumas horas de folga merecidas sob o sol de setembro? O olhar policial. A cegueira policial. Ele não prestou muita atenção à voz de Harry.

— Gusto Hanssen, 19 anos. Conhecido da polícia, traficante e usuário. Encontrado morto num apartamento na Hausmanns Gate em 12 de julho. Sangrou até a morte depois de ter sido baleado no peito.

Hagen soltou outra risada, tão irônica quanto a primeira:

— Por que quer o único caso que, de fato, foi solucionado?

— Acho que você já sabe a resposta.

— Sei, sim — suspirou Hagen. — Mas se eu fosse te dar um emprego de novo, te daria um dos outros casos. O caso do policial infiltrado, por exemplo.

— Não. Quero esse.

— Existem pelo menos cem razões para você nunca pegar esse caso, Harry.

— E elas são...?

Hagen se virou para Harry.

— Acho que basta citar a primeira: o caso foi solucionado.

— Além disso?

— O caso não é nosso, é da Kripos. Eu não tenho vagas na minha equipe; ao contrário, estou cortando pessoal. Você não tem o perfil adequado... Quer que eu continue?

— Humm. Onde ele está? — perguntou Harry.

Hagen apontou para a janela. Para o outro lado do gramado, onde se via um edifício cinza atrás da folhagem amarela das tílias.

— Botsen — disse Harry. — Prisão preventiva.

— Por enquanto.

— Tem restrição a visitas?

— Quem localizou você em Hong Kong e te contou sobre o caso? Foi...

— Não — interrompeu Harry.

— Então?

— Então.

— Quem?

— Talvez eu tenha lido sobre isso na internet.

— Dificilmente — retrucou Hagen, com um sorriso forçado e olhos sem vida. — O caso saiu nos jornais um único dia e depois caiu no esquecimento. E a matéria não citava nomes. Na verdade, foi apenas uma nota sobre um viciado que tinha atirado em outro por causa de drogas. Nada que pudesse despertar o interesse de alguém. Nada que chamasse atenção.

— Com exceção do fato de que eram dois adolescentes. Um de 19 anos, outro de 18.

A voz de Harry havia mudado de timbre.

Hagen deu de ombros.

— Ou seja, os dois com idade suficiente para matar e para morrer — concluiu Hagen. — Seriam convocados para o serviço militar logo depois do Ano-novo.

— Você pode arranjar um encontro com ele?

— Quem te contou, Harry?

Harry esfregou a nuca.

— Um amigo na Perícia Técnica.

Hagen sorriu. Dessa vez o sorriso chegou aos olhos.

— Caramba, Harry, você é tão gentil. Pelo que eu saiba, você só tem três amigos na polícia. Entre eles, Bjørn Holm, na Perícia Técnica. E Beate Lønn, no mesmíssimo departamento. Então, qual deles te contou?

— Beate. Você arranja a visita?

Sentado à mesa, Hagen estudou Harry. Olhou para o telefone.

— Com uma condição, Harry. Que você prometa ficar bem longe desse caso. Há paz e harmonia entre a gente e o pessoal da Kripos agora, e a última coisa que eu preciso é de atritos com eles.

Foi a vez de Harry dar um sorriso forçado. Ele tinha afundado tanto na cadeira que conseguia analisar com atenção a fivela de seu cinto.

— Você e o rei da Kripos de repente se tornaram melhores amigos?

— Mikael Bellman saiu de lá — disse Hagen. — Daí a paz e a harmonia.

— Vocês se livraram do psicopata? *Happy days...*

— Pelo contrário. — A risada de Hagen soou cavernosa. — Bellman está mais presente que nunca. Está trabalhando aqui no prédio.

— Caralho. Aqui na Divisão de Homicídios?

— Deus me livre. Ele está à frente da CrimOrg há mais de um ano.

— Vocês têm novas siglas também.

— Crime Organizado. Eles uniram um monte de departamentos. Roubos, contrabando, drogas. Tudo virou a Divisão contra o Crime

Organizado. Mais de duzentos funcionários, a maior unidade da divisão criminal.

— Humm. Mais do que ele tinha na Kripos.

— Mesmo assim, o salário dele diminuiu. E, quando gente como ele aceita cargos com salário inferior, você sabe o que isso significa?

— Ele está atrás de mais poder — respondeu Harry.

— Foi Bellman quem pôs o tráfico de drogas na linha, Harry. Bom trabalho de infiltração. Detenções e batidas policiais. Há menos gangues e nenhum conflito interno. Como eu disse, os índices de mortes por overdose estão em queda... — Hagen apontou o dedo para o teto. — E Bellman está em ascensão. Ele tem destino certo, Harry.

— Eu também — disse o ex-policial e se levantou. — Botsen. Estou contando com uma autorização para visita me aguardando quando eu chegar lá.

— Temos um acordo?

— Claro que sim — disse Harry, apertando a mão estendida de seu ex-chefe. Em seguida, foi em direção à porta. Hong Kong tinha sido uma boa escola para mentirosos. Ele ouviu Hagen pegar o telefone. Ao chegar à soleira, se virou:

— Quem é o terceiro?

— O quê?

Hagen olhava para o telefone enquanto apertava as teclas com força.

— O terceiro amigo que tenho no prédio?

O chefe da Divisão de Homicídios, Gunnar Hagen, pôs o fone no ouvido, dirigiu um olhar cansado a Harry e disse com um suspiro:

— Quem você acha que é? — E falou ao telefone: — Alô? Aqui é Hagen. Gostaria de uma autorização para visita. Sim? — Hagen colocou a mão sobre o bocal do fone. — Sem problemas. Estão comendo agora, mas pode aparecer lá ao meio-dia.

Harry sorriu, articulou um "obrigado" e fechou a porta sem fazer barulho.

Tord Schultz estava dentro do cubículo, fechando a calça e vestindo o paletó. Não chegaram a revistar os orifícios. A agente da alfândega, a mesma que o havia parado, aguardava do lado de fora. Estava ali parada feito uma professora depois de uma prova oral.

— Obrigada pela cooperação — disse ela, indicando a porta com a mão.

Tord imaginou que o pessoal da alfândega já devia ter tido longas discussões sobre a necessidade de se desculpar toda vez que não encontrava drogas em alguém que havia sido acusado pelo cão farejador. A pessoa que tinha sido parada, tratada como suspeita e constrangida, com certeza acharia apropriado um pedido de desculpas. Mas será que os agentes deveriam se desculpar por fazerem seu trabalho? Os cães farejavam pessoas que não portavam drogas frequentemente, e um pedido de desculpas seria o reconhecimento de um erro de procedimento, uma falha do sistema. Por outro lado, pelas faixas em seu uniforme, provavelmente sabiam que ele era um comandante. Ele não tinha apenas três faixas, não era um cinquentão fracassado que ocupava o assento do lado direito como copiloto depois de ter estragado sua carreira. Pelo contrário, tinha as quatro faixas que demonstravam disciplina e ordem, que indicavam que ele era um homem que tinha sua vida e aquela situação sob controle. Elas eram a prova de que ele pertencia à casta dos brâmanes do aeroporto. Um comandante de aeronave deveria receber um pedido de desculpas de uma agente da alfândega com duas faixas no uniforme, não importando se isso era apropriado ou não.

— Naturalmente, é bom saber que alguém está sempre a postos — disse Tord, procurando a mala de rodinhas. Na pior das hipóteses, eles revistaram a bagagem. Mas o cão não havia indicado a mala. E, de qualquer forma, as placas de metal que revestiam o espaço onde estava o pacote eram impermeáveis a tudo que havia de mais moderno em termos de raios X.

— A mala já vai chegar — tranquilizou a agente da alfândega.

Houve alguns segundos de silêncio, e eles olharam um para o outro.

Divorciada, pensou Tord.

No mesmo instante, outro agente entrou na sala.

— Sua mala... — disse.

Tord olhou para ele. Viu algo em seu olhar. Sentiu um bolo no estômago, subindo, pressionando o esôfago. Como? Como?

— Tiramos tudo da mala e a pesamos — disse o agente. — Uma Samsonite Aspire GRT de 60 centímetros vazia pesa 5,8 kg. A sua pesa 6,3 kg. Quer explicar o porquê?

O oficial era profissional demais para sorrir abertamente, mas, mesmo assim, Tord Schultz viu o triunfo em seus olhos. O oficial se inclinou um pouco para a frente, baixando a voz:

— Ou quer que a gente o faça?

Harry foi para a rua depois do almoço no Olympen. O velho estabelecimento ligeiramente extravagante na região oeste da cidade tinha sido reformado, tornando-se uma versão cara de um restaurante da região leste, com grandes pinturas dos antigos bairros operários. Não que não fosse impressionante, com os lustres e tudo o mais. Até a cavalinha estava boa. Mas não era... o Olympen.

Ele acendeu um cigarro e atravessou o Botsparken, o parque entre a sede da polícia e as velhas paredes de alvenaria da prisão de Oslo. Passou por um homem que grampeava um surrado cartaz vermelho no tronco de uma tília centenária, uma árvore protegida por lei. O sujeito não parecia ter consciência de que estava cometendo uma grave infração bem em frente às janelas do prédio com o maior número de policiais da Noruega. Harry parou por um momento. Não para impedir o crime, mas para dar uma olhada no cartaz. Ele anunciava um show do Russian Amcar Club no Sardines. Harry se lembrava tanto da banda desfeita havia tempos quanto da casa noturna já extinta. Olympen. Harry Hole. Pelo visto, esse era o ano da ressurreição dos mortos. Ele estava prestes a seguir adiante quando ouviu uma voz trêmula às suas costas.

— Tem violino?

Harry se virou. O homem usava uma jaqueta G-Star nova e limpa. Ele se inclinava para a frente, como se resistisse a uma forte ventania, e seus joelhos estavam flexionados de modo inconfundível como os dos viciados em heroína. Harry estava a ponto de responder quando entendeu que a pergunta tinha sido feita ao homem do cartaz. Mas este simplesmente foi embora sem responder. Novas abreviaturas para as divisões policiais, novas terminologias para as drogas. Velhas bandas, velhas boates.

A fachada da Penitenciária de Oslo, Botsen na linguagem popular, foi construída no meio do século XIX e consistia numa entrada espremida entre duas alas, o que para Harry sempre evocava a imagem de um homem detido entre dois policiais. Ele tocou a campainha, olhou para a câmara, ouviu o zumbido baixo e empurrou o portão. Lá dentro, um agente penitenciário uniformizado o acompanhou. Subiram uma escadaria e passaram por uma porta e por dois outros guardas antes de entrarem na sala de visitas retangular e sem janelas. Harry já estivera nesse lugar antes. Era ali que os presidiários podiam encontrar seus entes queridos. Fora feita uma tentativa pouco convincente de criar um ambiente acolhedor ali dentro. Ele evitou o sofá e sentou-se numa das cadeiras, sabendo muito bem o que se passava ali nos poucos minutos que o presidiário tinha com a esposa ou namorada.

Harry esperou. Descobriu que ainda estava com o adesivo de visitante da sede da polícia colado na lapela, descolou-o e enfiou-o no bolso. O sonho com o corredor estreito e a avalanche tinha sido pior que de costume: da última vez Harry ficou enterrado com a boca cheia de neve. Mas esse não era o motivo pelo qual seu coração batia forte agora. Será que era de esperança? Ou de medo?

Não teve tempo de chegar a qualquer conclusão antes de a porta se abrir.

— Vinte minutos — anunciou o guarda.

Ele saiu e bateu a porta, trancando-a.

O rapaz permaneceu em pé na sala. Estava tão diferente que Harry por um instante quase gritou que tinham trazido a pessoa errada, que não era aquela pessoa que ele desejava ver. O garoto usava jeans da Diesel e um moletom preto de capuz do Machine Head. Harry percebeu que não se tratava do antigo álbum do Deep Purple, mas sim da nova banda de heavy metal. Obviamente, o gosto musical era um indício, mas a prova definitiva estava nos olhos e nas maçãs do rosto. Mais especificamente os olhos castanhos e as maçãs do rosto salientes de Rakel. Era quase chocante ver o quanto eles tinham ficado parecidos. Ele certamente não havia herdado a beleza da mãe, tinha uma testa grande demais para isso, o que conferia ao rapaz um aspecto sombrio, quase agressivo, que era reforçado pela franja lisa que Harry sempre presumira ter sido herança do pai de Moscou. Um alcoólatra que o menino nunca tinha conhecido de verdade; ele era muito novo quando Rakel o levara de volta para Oslo. Onde ela mais tarde encontrou Harry.

Rakel.

O grande amor de sua vida. Simples assim. E complicado.

Oleg. Inteligente, sério. Oleg, sempre muito introvertido, que não se abria com ninguém, com exceção de Harry. Harry nunca tinha dito isso a Rakel, mas ele sabia mais do que ela o que Oleg pensava, sentia e desejava. Harry e Oleg jogando Tetris no Game Boy, os dois determinados a superar a pontuação um do outro. Harry e Oleg patinando no gelo em Valle Hovin, na época em que Oleg pretendia ser patinador de provas de longa distância e de fato tinha talento para isso. Oleg, que sorria paciente e indulgentemente toda vez que Harry prometia que no outono ou na primavera eles iriam a Londres ver o Tottenham jogar no White Hart Lane. Oleg, que, quando era tarde, ficava com sono e distraído, às vezes chamando-o de "pai". Cinco anos se passaram desde a última vez que o tinha visto. Cinco anos se passaram desde que Rakel o levara para longe de Oslo, longe das lembranças horrendas do Boneco de Neve, longe do mundo de violência e assassinatos habitado por Harry.

E agora ele estava ali na porta, com 18 anos, quase adulto, encarando-o com olhos inexpressivos. Pelo menos Harry não era capaz de interpretar o que havia neles.

— Olá — disse Harry.

Merda, ele não tinha impostado a voz, ela saiu como um sussurro rouco. O rapaz deve ter pensado que ele estava prestes a chorar ou algo parecido. Como que para distrair Oleg e a si próprio, Harry tirou o maço de Camel e colocou um cigarro entre os lábios.

O ex-policial ergueu os olhos e viu o rubor que se espalhava pelo rosto de Oleg. E a raiva. Aquela raiva explosiva que surgia de repente, obscurecendo os olhos e fazendo as veias do pescoço e da testa saltarem e vibrarem como as cordas de um violão.

— Relaxa, não vou acender — disse Harry, fazendo um gesto em direção à placa de PROIBIDO FUMAR na parede.

— Foi a mamãe, não foi? — A voz também tinha envelhecido. E estava furiosa.

— O quê?

— Foi ela que chamou você.

— Não, não foi ela, eu...

— É claro que foi.

— Não, Oleg, ela nem sabe que estou na Noruega.

— Você está mentindo! Está mentindo como sempre!

Harry olhou para Oleg com espanto:

— Como sempre?

— Do mesmo jeito que mentiu sobre estar sempre do nosso lado, toda aquela baboseira... Mas já é tarde demais. Então trate de se mandar de volta pro... pro fim do mundo!

— Oleg, escuta aqui...

— Não! Não quero te escutar. Você não tem o direito de vir aqui! Não pode vir brincar de pai agora, entendeu? — Harry viu o rapaz engolir em seco. Viu a raiva nos olhos recuar antes de eles serem inundados por outra onda de escuridão. — Você não é ninguém para nós. Você é alguém que surgiu em nossa vida, passou uns anos com a gente e puft... — Oleg fez uma tentativa de estalar os dedos, mas eles só deslizaram um contra o outro sem fazer qualquer som. — Sumiu.

— Não é verdade, Oleg, e você sabe disso.

Harry ouviu sua própria voz, agora firme e segura como um porta-aviões. Mas o bolo no estômago lhe dizia outra coisa. Ele estava acostumado a ser xingado em interrogatórios e aquilo não o afetava em nada. Na melhor das hipóteses, ficava ainda mais calmo. Mas com esse menino, com Oleg... ele não tinha defesa alguma.

Oleg deu uma risada amarga.

— Vamos ver se funciona agora? — Ele pressionou o dedo médio contra o polegar. — Some... agora!

Harry levantou as palmas das mãos.

— Oleg...

O jovem fez que não com a cabeça e bateu na porta atrás de si sem tirar os olhos de Harry.

— Guarda! A visita acabou. Me tire daqui!

Harry continuou sentado por alguns segundos depois de Oleg ter ido embora.

Então se levantou com dificuldade e se arrastou para fora do presídio, para o sol que banhava o Botsparken.

Ficou parado ali olhando para a sede da polícia. Pensando. Em seguida, começou a caminhar em direção ao centro de detenção provisória. Mas, na metade do caminho, ele parou, encostou-se em uma árvore e fechou os olhos com tanta força que os sentiu lacrimejar. Maldita luz. Maldito jet lag.

5

— Vou só dar uma olhada, não vou pegar nada — disse Harry. O plantonista na recepção do centro de detenção provisória olhou hesitante para Harry.

— Vamos lá, você me conhece, não é, Tore?

Nilsen pigarreou.

— Com certeza. Mas você voltou a trabalhar aqui, Harry?

Harry deu de ombros.

Nilsen inclinou a cabeça e semicerrou os olhos. Como se quisesse filtrar suas impressões visuais. Remover aquilo que não era importante. E, pelo visto, o que sobrou estava a favor de Harry.

Nilsen soltou um suspiro, desapareceu e voltou com uma gaveta. Como Harry tinha imaginado, os objetos encontrados com Oleg ao ser preso tinham permanecido ali, no local para onde o garoto fora levado inicialmente. Os detentos eram transferidos para Botsen quando ficava evidente que passariam mais do que alguns dias em prisão preventiva, mas os pertences deles nem sempre eram enviados para o presídio.

Harry conferiu o conteúdo. Moedas de pouco valor. Um chaveiro com duas chaves, uma caveira e um bóton do Slayer. Um canivete suíço com uma lâmina, chaves de fenda e chaves Allen. Um isqueiro descartável. E mais uma coisa.

Harry ficou abalado, embora já estivesse ciente daquilo. Os jornais tinham chamado o ocorrido de "uma rixa no mundo das drogas".

Era uma seringa descartável, ainda dentro da embalagem plástica.

— Só isso? — perguntou ele e retirou o chaveiro da caixa, segurando-o debaixo do balcão enquanto analisava as chaves. Pelo jeito, Nilsen não gostou de Harry ter colocado o objeto fora de seu campo de visão e se inclinou para a frente.

— Nenhuma carteira? — perguntou Harry. — Nenhum cartão de banco ou identidade?

— Parece que não.

— Você pode conferir a relação dos itens para mim?

Nilsen pegou o formulário que estava dobrado no fundo da gaveta, colocou os óculos e olhou para o papel.

— Havia um celular, mas eles o pegaram. Provavelmente para verificar se ele tinha realizado alguma ligação para a vítima.

— Humm. Mais alguma coisa?

— Que mais poderia ter? — perguntou Nilsen, passando os olhos pelo formulário. Finalmente chegou à conclusão de que tinha verificado a folha inteira. — Não mesmo.

— Obrigado, era só isso. Obrigado pela ajuda, Nilsen.

O plantonista fez um gesto com a cabeça. Ainda estava de óculos.

— O chaveiro.

— Claro.

Harry o colocou de volta na gaveta e viu Nilsen conferir que ainda tinha duas chaves.

O ex-policial saiu, atravessou o estacionamento e chegou na Åkebergveien. Continuou até a Tøyen e a Urtegata. Pequena Karachi. Mercadinhos, *hijabs* e idosos sentados em cadeiras de plástico do lado de fora de seus cafés. E o Farol, o café do Exército de Salvação para os mendigos da cidade. Harry sabia que em dias como esse haveria pouco movimento, mas assim que chegasse o inverno e o frio, as mesas lá dentro seriam disputadas. Café e sanduíches feitos na hora. Roupas limpas, a moda das estações passadas, tênis azuis do estoque excedente do exército. Na enfermaria do andar de cima: curativos nas feridas mais recentes do campo de batalha das drogas ou, se a situação estivesse muito ruim, uma injeção de vitamina B. Por um instante, Harry pensou em dar uma passada para ver Martine. Talvez ela ainda estivesse trabalhando lá. Um poeta escreveu que depois do grande amor vêm os pequenos. Ela havia sido um desses. Mas não iria vê-la por causa disso. Oslo não era uma cidade tão grande, e os usuários de drogas mais antigos se reuniam ali ou no café da Missão Urbana, que ficava na Skippergata. Não era improvável que ela tivesse conhecido Gusto Hanssen. E Oleg.

No entanto, Harry decidiu fazer as coisas na sequência certa. Passou pelo Akerselva. Olhou para o rio que passava embaixo da ponte. A água barrenta que Harry lembrava de sua infância estava limpa como a de um córrego na montanha. Diziam que era possível até pescar truta ali. Ao longo das margens do rio, ali estavam eles: os traficantes de drogas. Tudo era novo. Nada tinha mudado.

Ele subiu a Hausmanns Gate. Passou pela Jakobskirke. Olhou para os números das casas. Uma placa do Teatro da Crueldade. Uma porta cheia de pichações com uma carinha sorridente. Um terreno baldio, local de algum incêndio anterior. E ali estava. Um prédio típico de Oslo, construído no século XIX, pálido, modesto, quatro andares. Harry deu um empurrãozinho no portão, que se abriu. Destrancado. O caminho dava diretamente em uma escadaria. Cheirava a urina e lixo.

Ao subir as escadas, Harry notou as mensagens em código pichadas nas paredes. Corrimão frouxo. Portas com marcas de arrombamento e fechaduras novas, mais fortes e mais numerosas no lugar das que foram destruídas. No terceiro andar, ele parou: sabia que havia chegado ao local do crime. Fitas de isolamento brancas e laranja formavam uma cruz em frente à porta.

Ele pôs a mão no bolso e pegou as duas chaves que havia tirado do chaveiro de Oleg enquanto Nilsen lia o formulário. Harry não tinha certeza de quais de suas próprias chaves ele tinha usado para substituí--las na hora da pressa, mas, de qualquer forma, era fácil mandar fazer outras em Hong Kong.

Uma das chaves era da Abus, e Harry sabia que pertencia a um cadeado, pois ele mesmo havia comprado um da mesma marca. Mas a outra era uma chave Ving. Ele a colocou na fechadura. Conseguiu inseri-la pela metade antes que ela travasse. Tentou empurrá-la. Tentou girá-la.

— Merda.

Harry pegou o celular. O número dela estava na lista dos contatos apenas com a letra B. Como só havia oito nomes registrados na agenda do aparelho, a primeira letra era suficiente.

— Lønn.

O que Harry mais gostava em Beate Lønn, além de ela ser um dos dois peritos criminais mais hábeis com quem já havia trabalhado, era o fato de ela sempre se limitar àquilo que era relevante. Assim como Harry, nunca atrasava uma investigação com palavras supérfluas.

— Olá, Beate. Estou em Hausmanns Gate.

— A cena do crime? O que você está...

— Não consigo entrar. Você tem a chave?

— Se eu tenho a chave?

— É você que manda no negócio todo, não é?

— Claro que tenho a chave. Mas não pretendo entregá-la a você.

— Óbvio que não. Mas você deve ter algumas coisinhas para conferir novamente na cena do crime. Eu me lembro de um guru dizendo que, em casos de homicídio, um perito nunca consegue realizar seu trabalho com cem por cento de perfeição.

— Você se lembra disso, então.

— Era a primeira coisa que ela dizia a todos os novatos. Talvez eu pudesse te acompanhar e ver como você trabalha.

— Harry...

— Não vou tocar em nada.

Silêncio. Harry sabia que estava abusando dela. Beate era mais que uma colega, era uma amiga e, ainda mais importante, também era mãe.

Ela suspirou.

— Me dê vinte.

Para ela, dizer "minutos" era supérfluo.

Para ele, dizer "obrigado" era supérfluo. Por isso, Harry simplesmente desligou.

O agente Truls Berntsen caminhou a passos lentos pelo corredor da CrimOrg. Pela sua experiência, sabia que, quanto mais devagar ele andava, mais rápido o tempo passava. E se havia uma coisa que ele tinha de sobra era tempo. Aguardando-o no escritório estavam uma cadeira surrada, uma mesa pequena com uma pilha de relatórios que residia ali mais para manter as aparências e um computador, que, na maioria das vezes, ele usava para navegar na internet. Mas até isso tinha ficado chato depois que foram reforçadas as regras sobre quais sites poderiam ser acessados. E já que lidava com drogas e não com crimes sexuais, ele facilmente poderia se ver em uma saia justa.

Ele passou pelo vão da porta esforçando-se para não derramar o conteúdo da xícara de café, que estava quase transbordando, e pousou-a sobre a mesa. Tomou cuidado para não derramar nada no folheto do novo Audi Q5. Duzentos e onze cavalos. SUV, mas não um carro de paquistanês. Carro de mafioso. Pelo menos deixava os velhos Volvo V70 da polícia para trás com facilidade. Um carro que mostrava que você era alguém. Um carro que mostraria para ela, a dona da nova casa em Høyenhall, que você era alguém. E não um ninguém.

Manter o status quo. Esse era o foco agora. Assegurar os ganhos que já obtivemos, foi o que Mikael disse na reunião da equipe na segunda-feira. O que significava garantir que novos participantes não entrassem no jogo.

— Sempre podemos desejar que haja ainda menos drogas nas ruas. Mas tendo atingido tanto em tão pouco tempo, como nós fizemos, sempre há o risco de um retrocesso. Lembrem-se de Hitler e Moscou. O importante é não dar um passo maior que as pernas.

O agente Berntsen sabia mais ou menos o que isso significava. Longos dias com as pernas esticadas sobre a mesa.

Às vezes ele sentia falta do trabalho na Kripos. Homicídios não eram como drogas, não se tratava de política, bastava solucionar o caso, ponto final. Mas o próprio Mikael Bellman insistiu em que Truls o acompanhasse de Bryn até a sede da polícia, dizendo que precisava de aliados no território inimigo, alguém em quem confiasse, alguém que pudesse dar-lhe cobertura se fosse atacado. Nas entrelinhas, completou: assim como ele próprio, Mikael, dera cobertura a Truls. Mais recentemente, naquele caso em que Truls tinha pegado pesado com um garoto que havia sido preso. Por azar, o moleque tinha ficado com uma lesão na vista. Mikael obviamente dera uma bronca em Truls, dizendo que detestava violência policial, que aquilo não podia acontecer em sua unidade, que, como chefe, infelizmente tinha o dever de denunciá-lo à corregedoria para que eles avaliassem se o caso deveria ser encaminhado à Unidade de Investigações. Entretanto, o moleque praticamente recuperou a visão, Mikael fez um acordo com o advogado dele, a acusação de posse de drogas foi retirada, e, depois disso, nada aconteceu.

Assim como nada estava acontecendo ali.

Longos dias com as pernas esticadas sobre a mesa.

E era exatamente isso que Truls Berntsen estava prestes a fazer quando ele, assim como fazia pelo menos dez vezes por dia, olhou para Botsparken e a velha tília no meio da alameda que levava ao presídio.

Estava ali.

O cartaz vermelho.

Ele sentiu um arrepio na pele, a pulsação subir. Seu humor se alterou.

Levantou-se depressa e vestiu a jaqueta, abandonando o café.

A Igreja de Gamlebyen ficava a oito minutos de caminhada da sede da polícia. Truls Berntsen desceu a Oslo Gate até Minneparken, virou à esquerda para a ponte Dyvekes e chegou ao coração da cidade, ao local onde ela havia sido fundada. A igreja em si era muito modesta, sem aqueles ornamentos piegas da igreja neorromântica que ficava ao lado da sede da polícia. Mas a Igreja de Gamlebyen tinha histórias mais interessantes. Isso se metade daquilo que sua avó havia lhe contado durante a infância em Manglerud fosse verdade. A família Berntsen se mudara de um prédio medíocre do centro para Manglerud, no subúrbio, quando o local foi construído no fim da década de 1950. Mas curiosamente foram eles, os Berntsen, naturais de Oslo, com três gerações de trabalhadores da construção civil, que se sentiram como forasteiros, pois a maioria dos habitantes dos subúrbios dos anos 1950 eram agricultores e pessoas de lugares longínquos que vinham para a cidade com o intuito de começar uma nova vida. E, nos anos 1970 e 1980, quando seu pai ficava bêbado e xingava tudo e todos, Truls recorria a seu melhor e único amigo, Mikael, ou à avó que vivia em Gamlebyen. Ela havia lhe contado que aquela igreja fora construída sobre um mosteiro do século XII, onde os monges se trancaram durante a peste negra para rezar, mas o povo dizia que eles tinham feito isso para escapar de seu dever cristão de ajudar o próximo e cuidar dos portadores da doença contagiosa. Depois de meses sem nenhum sinal de vida, o magistrado da cidade arrombou a porta do mosteiro, e as ratazanas estavam se regalando com os cadáveres putrefatos dos monges.

A história de ninar favorita da avó de Truls era a da construção de um manicômio no mesmo terreno, conhecido como "Casa dos Loucos".

Alguns dos loucos reclamavam que homens vestidos de hábitos de monge andavam pelos corredores à noite. E, quando um dos pacientes tirou o capuz de um deles, surgiu um rosto pálido coberto de mordidas de ratazana e órbitas oculares vazias. A história predileta de Truls, no entanto, era aquela de Askild Øregod, o Orelhudo. Ele viveu há mais de cem anos, na época em que Oslo, então chamada de Kristiania, tornou-se uma cidade de verdade e a igreja já havia sido construída fazia tempo naquele terreno. Diziam que o fantasma dele assombrava o cemitério, as ruas próximas, o porto e a área de Kvadraturen. Mas nunca ia longe, pois tinha uma perna só e precisava ficar perto de seu túmulo para retornar a ele antes do amanhecer. Era o que dizia sua avó. Com 3 anos, Askild Øregod perdeu uma das pernas embaixo da roda de um carro de bombeiros, mas a avó dizia que era típico da região leste da cidade o fato de preferirem lhe dar um apelido relacionado às orelhas grandes. Os tempos eram difíceis, e para uma criança com apenas uma perna, o futuro era bastante óbvio. Askild Øregod começou a pedir esmola, e, na cidade em expansão, sua figura manca se tornou conhecida, sempre sorridente e disposta a trocar algumas palavras com alguém. Principalmente com aqueles que passavam o dia nos bares e estavam desempregados, mas mesmo assim tinham dinheiro. Alguma moeda podia chegar às mãos de Askild Øregod também. No entanto, ele às vezes precisava de um dinheirinho a mais, e então era capaz de contar à polícia quem andava especialmente generoso. E quem, depois de ter tomado algumas, sem se importar com o mendigo inofensivo que circulava por ali, comentava que tinha participado do assalto a uma joalheria da Karl Johans Gate ou a um comerciante de madeira de Drammen. Começaram a correr boatos de que Askild Øregod era orelhudo demais, e, depois do desmantelamento de uma quadrilha de Kampen, o jovem desapareceu. Ele nunca mais foi encontrado, mas certa manhã de inverno, na escadaria da Igreja de Gamlebyen, havia uma muleta e duas orelhas decepadas. Fora enterrado em algum lugar do cemitério, mas como nenhum padre havia abençoado o corpo, o espírito de Askild assombrava o local. E depois do cair da noite, em Kvadraturen ou em torno da igreja, era possível se deparar com um homem coxo, de gorro puxado bem para baixo, implorando por uns tostões. E, quem não desse moedas para o mendigo teria má sorte.

Era isso que a avó de Truls Berntsen tinha lhe contado. Mesmo assim, ele ignorou o homem magro com um casaco exótico e pele bronzeada sentado ao lado do portão do cemitério pedindo esmola. Truls seguiu a passos largos pela trilha de cascalho entre as lápides, contando, e virou para a esquerda ao chegar à lápide 7, para a direita quando chegou à lápide 3, e parou diante da lápide 4.

O nome entalhado na lápide não lhe disse nada. A. C. Rud. Ele morreu com apenas 29 anos, quando a Noruega conquistou sua independência, em 1905, mas, com exceção dos anos de nascimento e morte, a lápide não tinha nenhum outro texto, nem os votos comuns de "descanse em paz". Talvez porque a pedra bruta fosse muito pequena. Mas a superfície vazia e áspera da lápide a tornava perfeita para escrever mensagens com giz; deveria ter sido por isso que eles a escolheram.

LTZHUSCRDTO MEEIQU

Truls decifrou o texto de acordo com o código simples que usavam para que as pessoas que passavam por ali não compreendessem o que estava escrito. Ele começou do fim, lendo as letras em pares.

QUEIME TORD SCHULTZ

Truls Berntsen não anotou a mensagem. Não precisava. Tinha boa memória para os nomes que o faziam ficar mais perto do banco de couro de um Audi Q5 2.0 manual de 6 marchas. Usou a manga da jaqueta para apagar as letras.

O pedinte ergueu os olhos assim que Truls passou por ele na saída. Malditos olhos castanhos de coitadinho. Com certeza, tinha uma tropa de mendigos e um carrão parado em algum lugar, uma Mercedes, não era disso que eles gostavam? O sino da igreja tocou. Na lista de preços estava escrito que um Q5 custava 666 mil coroas. Se houvesse alguma mensagem subliminar nisso, passou despercebida por Truls Berntsen.

— Você está com uma cara boa — disse Beate ao enfiar a chave na fechadura. — Ganhou um dedo também.

— Fabricado em Hong Kong — retrucou Harry, esfregando a pequena prótese de titânio.

Ele observou a mulher pequena e pálida enquanto ela destrancava a porta. Os cabelos loiros, fininhos e curtos, estavam presos por um elástico. Sua pele era tão delicada e translúcida que ele podia ver a fina rede de vasos sanguíneos na têmpora. Ela o fazia lembrar as cobaias de laboratório usadas em pesquisas contra o câncer.

— Como você escreveu que Oleg morava no endereço da cena do crime, pensei que as chaves dele abririam a porta.

— A fechadura que estava aqui provavelmente foi quebrada há tempo — explicou Beate, abrindo a porta. — Qualquer um podia entrar. Colocamos essa fechadura para evitar que algum dos viciados volte e contamine a cena do crime.

Harry assentiu. Era típico em casos como esse, em que o crime acontece em um lugar frequentado por viciados. Uma fechadura ali não fazia sentido, ela seria destruída imediatamente. Os viciados normalmente arrombavam os lugares onde eles sabiam que os frequentadores podiam ter drogas. E mesmo aqueles que procuravam o local faziam o possível para roubar um do outro.

Beate afastou as fitas de isolamento, e Harry entrou. Roupas e sacos plásticos estavam pendurados nos ganchos da entrada. Ele olhou dentro de um dos sacos plásticos. Rolos de papel toalha vazios, latas de cerveja vazias, uma camiseta molhada com manchas de sangue, pedaços de papel-alumínio, um maço de cigarros também vazio. Em um canto foram empilhadas caixas vazias de pizza congelada, uma torre que chegava até a metade da parede. Também havia quatro cabideiros brancos iguais. Harry ficou intrigado até se dar conta de que obviamente se tratava de objetos roubados que os usuários não conseguiram vender. Ele lembrou que, nos apartamentos dos viciados, sempre se deparavam com coisas que alguém em algum momento pensou ser possível converter em dinheiro. Certa vez, encontraram sessenta celulares obsoletos em uma mala; em outra ocasião, uma motoneta semidesmontada, estacionada dentro da cozinha.

Harry caminhou pela sala. Cheirava a uma mistura de suor, madeira molhada de cerveja, cinzas úmidas e algo doce que Harry não sabia identificar. A sala não tinha móveis convencionais. Havia quatro colchões no chão, como se estivessem em volta de uma fogueira de acampamento. De um deles saía um arame dobrado em um ângulo de 90 graus com ponta em forma de Y. O quadrado de piso de madeira entre os colchões estava preto de queimaduras em volta de um cinzeiro vazio. Harry supôs que a equipe da polícia o havia esvaziado.

— Gusto estava deitado aqui, junto da parede da cozinha — disse Beate no vão da porta da cozinha, apontando para o local onde o corpo tinha sido encontrado.

Em vez de entrar no cômodo, Harry permaneceu na soleira e olhou ao redor. Era um hábito. Não o hábito do perito criminal de processar o local do crime a partir da periferia, passando o pente-fino, centímetro por centímetro, em direção ao corpo. Também não era o hábito do policial de radiopatrulha, o primeiro a chegar ao local, que sabia que poderia contaminar a cena do crime com suas próprias pegadas ou, na pior das hipóteses, estragar aquelas que estavam ali. Naquele caso, o pessoal de Beate já tinha feito o que era preciso. Tratava-se do hábito do investigador tático. Aquele que sabe que só terá uma chance para permitir que as primeiras impressões sensoriais, aqueles detalhes quase imperceptíveis, criem sua narrativa, deixem suas marcas antes de o cimento endurecer. Tinha que ser naquele momento, antes de a parte analítica do cérebro entrar em ação, aquela que exigia fatos já estabelecidos. Harry costumava definir a intuição como conclusões simples e lógicas tiradas a partir de informações sensoriais comuns que o cérebro não conseguia ou não tinha tempo de converter em uma linguagem clara.

No entanto, essa cena de crime não revelou muito a Harry sobre o homicídio que tinha ocorrido ali.

Tudo que ele via, ouvia e cheirava indicava um lugar com frequentadores relativamente aleatórios que se reuniam ali, usavam drogas, dormiam, comiam e, depois de algum tempo, desapareciam. Seguiam para outro local, para um quarto num albergue de moradores de rua, um parque, um contêiner, um saco de dormir com forro barato debaixo de uma ponte ou um com madeira pintada de branco debaixo de uma lápide.

— Naturalmente, tivemos que fazer uma limpeza aqui — disse Beate, em resposta a uma pergunta que ele não precisou fazer. — Havia lixo por todo lado.

— Drogas? — perguntou Harry.

— Um saco plástico com chumaços de algodão que não foram fervidos — respondeu Beate.

Harry entendeu. Os viciados mais acabados e ferrados de dinheiro guardavam os chumaços de algodão usados para limpar as impurezas da droga na hora de encher a seringa. Num momento de desespero, os chumaços de algodão poderiam ser fervidos, e a infusão, injetada.

— E também uma camisinha com sêmen e heroína.

— Ah é? — Harry fez um ar de espanto. — Será que dá um barato?

Harry viu o rubor no rosto de Beate, um eco da tímida policial recém-formada de que ele ainda se lembrava.

— Vestígios de heroína, para ser exata. Achamos que a camisinha foi usada para armazenar a droga e então, depois de o conteúdo ter sido consumido, foi usada para o fim a que se destina.

— Humm — disse Harry. — Drogados que se preocupam com contracepção. Nada mau. Descobriu quem...

— O DNA encontrado na parte interna e na parte externa da camisinha combinou com dois velhos conhecidos. Uma moça sueca e Ivar Torsteinsen, mais conhecido como Hivar entre os policiais infiltrados.

— Hivar?

— Ele ameaçava os policiais com seringas usadas, alegando que era soropositivo.

— Bem, isso explica a camisinha. Antecedentes de crimes violentos?

— Não. Só uma infinidade de furtos, posse e tráfico. E até contrabando.

— Mas fazia ameaças com seringas?

Beate suspirou e foi até a sala, ficando de costas para ele.

— Sinto muito, mas não há pontas soltas nesse caso, Harry.

— Oleg nunca fez mal a ninguém, Beate. Ele simplesmente não é assim. Esse Hivar, no entanto...

— Hivar e a moça sueca já foram... bem, eliminados da investigação, pode-se dizer assim.

Harry olhou para as costas dela.

— Mortos?

— Overdose. Uma semana antes do homicídio. Heroína de baixa qualidade misturada com fentanil. Provavelmente não tinham dinheiro para violino.

O olhar de Harry percorreu as paredes. A maioria dos usuários com um grau de dependência maior e sem moradia fixa tinha um ou dois esconderijos regulares, lugares secretos onde podiam ocultar ou guardar a sete chaves seu estoque de drogas. Às vezes, dinheiro. Eventualmente, outros pertences de valor incalculável. Levar determinados objetos consigo era fora de cogitação. Um viciado de rua normalmente usava a droga em lugares públicos, e, a partir do momento em que ela fizesse efeito, tornava-se presa fácil para os abutres. Por isso os esconderijos eram sagrados. Um viciado apático seria capaz de empenhar tanta energia e imaginação para disfarçar seu esconderijo que até policiais e cães farejadores experientes desistiam de encontrá-lo. Era um lugar que o viciado nunca revelava a ninguém, nem mesmo a seu melhor amigo. Pois ele sabia, por experiência própria, que nenhum amigo de carne e osso poderia ser mais próximo que os amigos codeína, morfina e heroína.

— Vocês procuraram esconderijos aqui dentro?

Beate fez que não com a cabeça.

— Por que não? — perguntou Harry, ciente de que era uma pergunta idiota.

— Porque provavelmente teríamos de pôr abaixo o apartamento inteiro para encontrar algo que, de qualquer forma, não seria relevante para a investigação — respondeu Beate com paciência. — Porque temos recursos limitados. E porque tínhamos provas suficientes.

Harry assentiu. Era a resposta que ele merecia.

— Que provas? — perguntou ele em voz baixa.

— Achamos que o assassino atirou de onde estou agora. — Era costume entre os peritos criminais não usar nomes. Ela esticou um dos braços para a frente. — À queima-roupa. Menos de um metro. Havia resíduos de pólvora dentro e em volta das feridas de entrada da bala.

— No plural?

— Dois tiros.

Ela olhou para ele com uma expressão compreensiva, indicando que sabia o que ele estava pensando: não havia possibilidade de a defesa alegar que o tiro tivesse sido disparado acidentalmente.

— Foram dois tiros no peito. — Beate estendeu o dedo médio e o indicador direitos e pousou-os sobre a blusa do lado esquerdo, como se estivesse usando linguagem de sinais. — Considerando que tanto a vítima como o assassino estavam em pé, e que a arma foi disparada de forma instintiva, o ferimento de saída do primeiro tiro mostra que o assassino teria entre um e oitenta e um e oitenta e cinco de altura. O suspeito tem um metro e oitenta e três.

Meu Deus. Ele pensou no menino que tinha visto na sala de visitas do presídio. Parecia que tinha sido ontem que Oleg mal batia no peito de Harry quando os dois brincavam de luta.

Ela passou do vão da porta para a cozinha. Apontou para a parede ao lado do fogão engordurado.

— Como vê, as balas entraram aqui e aqui. Isso corrobora a ideia de que o segundo tiro veio logo depois do primeiro, enquanto a vítima ainda caía. A primeira bala perfurou o pulmão, a segunda passou de raspão pela parte superior do tórax e chegou a atingir a escápula. A vítima...

— Gusto Hanssen — disse Harry.

Beate parou. Olhou para ele. Assentiu.

— Gusto Hanssen não morreu imediatamente. Havia impressões na poça de sangue e suas roupas estavam sujas, o que mostra que ainda conseguiu se mover depois de cair. Mas não deve ter demorado muito a morrer.

— Entendi. E o que... — Harry passou a mão pelo rosto. Ele precisava dormir algumas horas. — O que liga Oleg ao homicídio?

— Duas pessoas telefonaram para a Central de Operações às oito e cinquenta e sete da noite e disseram que ouviram um som semelhante ao de tiros vindos do prédio. Uma delas mora em Møllergata, do outro lado do cruzamento, a outra, bem aqui em frente.

Com os olhos semicerrados, Harry observou a Hausmanns Gate pela janela encardida

— Nada mau ser capaz de ouvir os sons vindos de outro prédio bem no centro da cidade.

— Não se esqueça de que era julho. Noite quente. Todas as janelas estavam abertas, época de férias, quase nenhum trânsito. Além do mais, os vizinhos estavam tentando fazer com que a polícia interditasse esse lugar, então pode-se dizer que não era preciso muito para eles denunciarem qualquer desordem. O agente da Central de Operações pediu que eles permanecessem onde estavam e ficassem de olho no prédio até a chegada das viaturas da polícia. O pessoal da radiopatrulha foi informado imediatamente. Duas viaturas chegaram às nove e vinte da noite e ficaram a postos aguardando a cavalaria.

— A Delta?

— Sim, aqueles caras sempre levam um tempo para colocar os capacetes e a armadura. Então as duas viaturas receberam uma mensagem da Central de Operações de que os vizinhos viram um menino sair pelo portão e contornar o prédio, indo em direção ao Akerselva. Portanto, dois policiais desceram até o rio, onde encontraram...

Ela hesitou até receber um gesto quase imperceptível de assentimento de Harry.

— ... Oleg. Ele não resistiu, estava tão chapado que mal se deu conta do que estava acontecendo. Achamos pólvora em sua mão e no braço direito.

— A arma do crime?

— Como se trata de um calibre raro, uma Makarov 9 mm, não há muitas opções.

— Bem, a Makarov é a arma predileta do crime organizado nos países da antiga União Soviética. O projétil também é compatível com uma Fort-12, usada pela polícia da Ucrânia. E algumas outras.

— Exatamente. Encontramos cartuchos vazios no chão com restos de pólvora. A pólvora da Makarov tem uma mistura diferente de salitre e enxofre, e também um pouco de etanol, assim como na pólvora sem enxofre. A composição da pólvora no cartucho vazio é a mesma daquela que foi encontrada em torno do ferimento de entrada da bala e na mão de Oleg.

— Hum. E a arma?

— Não foi encontrada. Tínhamos equipes de mergulhadores fazendo buscas no rio e no entorno, mas nada foi achado. Isso não significa que a pistola não esteja lá, lama e lodo... bem, você sabe.

— Sei.

— Dois garotos que moravam aqui prestaram depoimento e disseram que Oleg já havia exibido uma pistola, gabando-se de que é do tipo usado pela máfia russa. Nenhum dos dois tem conhecimento sobre armas, mas depois de terem visto imagens de umas cem pistolas, eles identificaram uma Odessa. E, como você com certeza sabe, ela usa...

Harry fez que sim. Makarov 9 mm. Além disso, era quase inconfundível. A primeira vez que viu uma Odessa, ele pensou na pistola futurista e, ao mesmo tempo, antiquada da capa de um dos álbuns do Foo Fighters, um de seus muitos CDs que haviam parado na casa de Rakel e Oleg.

— Suponho que essas testemunhas eram superconfiáveis, tinham apenas um minúsculo probleminha com drogas?

Beate não respondeu. Ela não precisava. Harry sabia que ela sabia o que ele estava fazendo: agarrando-se a qualquer coisa.

— E os testes de sangue e urina de Oleg — disse Harry, puxando as mangas do paletó para baixo, como se fosse importante naquele momento que elas não subissem. — O que mostraram?

— Violino. É claro que o estado dele pode ser considerado um atenuante.

— Pois é. Aí você pressupõe que ele estava chapado quando baleou Gusto Hanssen. Mas então como fica o motivo?

Beate dirigiu a ele um olhar vago.

— O motivo?

Harry sabia o que ela estava pensando: é possível imaginar que um viciado mate outro viciado por qualquer outro motivo além de drogas?

— Se Oleg já estivesse chapado, por que mataria alguém? — perguntou Harry. — Em geral, homicídios como esse são atos desesperados, motivados pela necessidade de usar drogas ou por uma abstinência incipiente.

— Motivação faz parte do seu departamento. Eu sou perita criminal.

Harry respirou fundo.

— Ok. Algo mais?

— Imaginei que você queria ver as fotos — respondeu Beate e abriu uma pasta fininha de couro.

Harry pegou a pilha de fotos. A primeira coisa que chamou sua atenção foi a aparência de Gusto. Ele não tinha palavras para descrevê-lo. Bonito, atraente, esses não eram termos adequados. Mesmo morto, com os olhos fechados e a camisa encharcada de sangue, Gusto Hanssen possuía a beleza indefinível mas evidente de um jovem Elvis Presley, do tipo que atrai tanto homens quanto mulheres, como a graciosidade andrógina das divindades em todas as religiões. Harry folheou as fotos. Depois das primeiras imagens do corpo inteiro, o fotógrafo focou mais o rosto e as feridas de bala.

— O que é isso aí? — perguntou ele, apontando para uma foto da mão direita de Gusto.

— Ele tinha sangue embaixo das unhas. Foram tiradas amostras, mas infelizmente acabaram sendo destruídas.

— Destruídas?

— Essas coisas acontecem, Harry.

— Não no seu departamento.

— A amostra foi destruída a caminho do teste de DNA no Instituto Forense. Na verdade, isso não nos estressou muito. O sangue estava relativamente fresco, mas coagulado o suficiente para que, provavelmente, não tivesse nada a ver com o homicídio. Além do mais, já que a vítima injetava drogas em si mesmo, é possível que se trate de seu próprio sangue. Mas...

— Mas, se não for o sangue da vítima, seria interessante saber com quem ele brigou naquele dia. Olha os sapatos... — Ele mostrou a Beate uma das imagens do corpo inteiro. — Não são Alberto Fasciani?

— Desde quando você entende de sapatos, Harry?

— Um dos meus clientes em Hong Kong fabrica esses sapatos.

— Um cliente, é? E pelo que eu saiba, os Fasciani originais só são feitos na Itália.

Harry deu de ombros.

— Impossível perceber a diferença. Mas se forem Alberto Fasciani, não combinam com a roupa que ele está vestindo. Parece algo que dariam a ele no Farol.

— Os sapatos podem ser roubados — disse Beate. — Gusto Hanssen tinha o apelido de Ladrão. Era conhecido por roubar tudo que encontrasse pela frente, principalmente drogas. Dizem que roubou um cão farejador na Suécia e o usava para encontrar esconderijos de drogas.

— Talvez ele tenha achado o esconderijo de Oleg. Ele disse alguma coisa nos interrogatórios?

— Continua calado como um túmulo. A única coisa que disse é que nem se lembra de ter estado no apartamento.

— Talvez ele não tenha estado mesmo.

— Encontramos o DNA dele, Harry. Fios de cabelo, suor.

— Claro, ele vivia aqui, dormia aqui.

— No cadáver, Harry.

Ele ficou calado, olhando para o nada.

Beate ergueu a mão, talvez para colocá-la no ombro de Harry, mas mudou de ideia e a deixou cair.

— Você conseguiu falar com ele?

Harry fez que não com a cabeça.

— Ele me mandou embora.

— Ele está com vergonha.

— Com certeza.

— Estou falando sério. Você é o ídolo dele. Para Oleg, é humilhante o fato de você vê-lo assim.

— Humilhante? Já enxuguei as lágrimas e assoprei os machucados daquele garoto. Espantei os monstros e deixei a luz acesa.

— Aquele garoto não existe mais, Harry. Agora Oleg não quer sua ajuda; ele quer ser igual a você.

Harry batia um dos pés nas tábuas do assoalho enquanto olhava para a parede.

— Não sirvo de exemplo para ninguém, Beate. Ele sabe disso.

— Harry...

— Vamos descer até o rio?

Sergey estava de pé na frente do espelho do apartamento. Abriu a trava de segurança e apertou o botão. A lâmina saiu e refletiu a luz. Era uma bela faca, uma navalha siberiana, ou "ferro", como os *urkas*, a casta dos criminosos da Sibéria, a chamavam. Era a melhor arma branca do mundo. Um punho comprido e delgado com uma lâmina longa e fina. De acordo com a tradição, ela é dada de presente pelo criminoso mais velho da família depois de a pessoa se mostrar merecedora. Mas as tradições estavam caindo em desuso. Hoje em dia, era comum comprar, roubar ou fazer uma cópia pirata daquela navalha. Mas a sua tinha sido um presente do tio. De acordo com Andrey, o *ataman* tinha deixado a navalha embaixo do colchão antes de passá-la para o sobrinho. Sergey lembrou-se da crença popular:

caso o "ferro" fosse colocado debaixo do colchão de algum doente, ele absorveria as dores e o sofrimento e os transferiria para a pessoa que seria esfaqueada. Esse era um dos mitos que os *urkas* tanto prezavam, assim como aquele que dizia que, se alguém se apoderasse de seu "ferro", ele logo seria vítima de infortúnios e morte. Romantismo e velhas superstições que estavam desaparecendo. Mesmo assim, ele havia recebido o presente com grande e talvez exagerada reverência. E por que não o faria? Ele devia tudo ao tio. Ele o havia tirado da encrenca em que se metera, tinha cuidado da papelada de sua ida à Noruega e até havia lhe arranjado o emprego como faxineiro no Aeroporto de Oslo. O trabalho era bem-remunerado, mas, pelo visto, parecia do tipo que os noruegueses não queriam; eles preferiam viver do fundo de garantia. E as penas por delitos menores na Rússia não representavam nenhum problema; o tio tratou de limpar seus antecedentes criminais. Por isso, Sergey beijou o anel azul de seu benfeitor ao receber o presente. E tinha de admitir que a navalha era belíssima. Um punho marrom-escuro feito de chifre de cervo e uma cruz ortodoxa incrustada cor de marfim.

Sergey mexeu o quadril do jeito que havia aprendido, sentiu que estava na posição correta e estendeu a navalha para a frente com um movimento rápido. Enfiar e tirar. Enfiar e tirar. Rápido, mas não tanto, para que a longa lâmina entre por completo a cada estocada.

Usaria uma navalha porque o homem que ele ia matar era policial. E a morte de um policial sempre levava a uma caçada mais intensa, por isso era importante deixar o menor número possível de pistas. Com uma bala, sempre se podia descobrir de onde havia partido o tiro, de qual arma e quem tinha atirado. O corte de uma navalha lisa e limpa era anônimo. Uma facada não era igualmente anônima: ela poderia revelar o comprimento e o formato da lâmina. Por isso Andrey lhe recomendara que não enfiasse a arma no coração, mas que cortasse a carótida do policial. Sergey nunca tinha cortado uma garganta, nem apunhalado alguém no coração, somente enfiara a lâmina na coxa de um georgiano apenas porque ele era georgiano. Então decidiu que precisava ter algo em que treinar, algum ser vivo. O vizinho paquistanês tinha três gatos, e toda manhã, quando saía no corredor, o fedor de mijo chegava ao seu nariz.

Sergey baixou a navalha e continuou com a cabeça inclinada para baixo. Ergueu o olhar de modo a ver a própria imagem no espelho. Ele estava preparado, bem, em forma; era ameaçador, perigoso. Parecia o cartaz de um filme. A tatuagem mostraria que tinha matado um policial.

Ele ficaria atrás do policial. Avançaria. Com a mão esquerda, agarraria seu cabelo, puxando a cabeça para trás. Colocaria a ponta da navalha no pescoço dele, do lado esquerdo, penetraria a pele, e a lâmina percorreria a garganta formando uma meia-lua. Assim.

O coração faria jorrar uma cascata de sangue, três batidas, e o jorro diminuiria. O policial já teria sofrido morte cerebral.

Dobraria a navalha, enfiaria-a no bolso e deixaria o local depressa, mas não tanto. Não olharia nos olhos de ninguém se houvesse outras pessoas no local. Sairia andando e então estaria livre.

Ele deu um passo para trás. Posicionou-se outra vez, inspirou. Visualizou a cena. Soltou o ar. Avançou. Viu o brilho fosco e maravilhoso da lâmina, como o de uma joia valiosa.

6

Beate e Harry saíram na Hausmanns Gate, viraram para a esquerda, dobraram a esquina do prédio e passaram pelo terreno com as ruínas do incêndio, ainda com cacos enegrecidos de vidro e tijolos queimados no cascalho. Atrás deles, um barranco coberto de vegetação descia até o rio. Harry notou que não havia portas nos fundos do prédio e que apenas uma estreita escada de incêndio que saía do último andar poderia servir como rota de fuga.

— Quem mora no apartamento vizinho do mesmo andar? — perguntou Harry. — Ninguém — disse Beate. — Escritórios vazios. As salas da *Anarkisten*, uma revista alternativa que...

— Sei. Não foi uma revista ruim. O pessoal que escrevia a sessão de cultura está atualmente nos grandes jornais. O local estava trancado?

— Foi arrombado. Provavelmente está aberto faz tempo.

Harry olhou para Beate, que, um pouco frustrada, fez um gesto concordando com o que Harry não precisava dizer: que alguém poderia ter estado no apartamento de Oleg e ter saído por ali sem ser visto. Ele estava se agarrando a qualquer coisa.

Desceram pelo caminho que margeava o Akerselva. Harry constatou que o rio não era tão largo, e um rapaz com um bom arremesso seria capaz de jogar uma pistola para a outra margem.

— Já que não encontraram a arma do crime... — disse Harry.

— O Ministério Público não precisa da arma, Harry.

Ele entendeu. A pólvora na mão. As testemunhas que o viram mostrar a arma. O DNA no corpo da vítima.

Diante deles, recostados em um banco verde de ferro, dois garotos brancos de moletons cinza com capuz olharam em sua direção, cochicharam e se afastaram.

— Parece que os traficantes ainda farejam o policial que há em você, Harry.

— Pode ser. Achei que eram só os marroquinos que vendiam maconha por aqui. — Eles já têm concorrência. Kosovares, albaneses, somalis, gente da Europa Oriental. Estrangeiros que requerem asilo e vendem de tudo: anfetamina, metanfetamina, ecstasy, morfina.

— Heroína.

— Duvido. É quase impossível conseguir heroína comum em Oslo hoje em dia. É o violino que é o negócio, e isso só se consegue nos arredores de Plata. A não ser que queira ir a Gotemburgo ou Copenhague, onde aparentemente o violino ainda é uma novidade.

— Toda hora ouço falar desse violino. O que é?

— Uma nova droga sintética. Não é um inibidor respiratório tão potente quanto a heroína comum, portanto, mesmo que estrague vidas, provoca menos overdoses. É extremamente viciante; todos que o experimentam querem mais. Só que é tão caro que os mais pobres não conseguem pagar.

— Então eles compram outras drogas para substituí-la?

— A morfina está bombando.

— Um passo para a frente, dois para trás.

Beate meneou a cabeça.

— É a guerra contra a heroína que conta. E essa ele ganhou.

— Bellman?

— Então você já sabe?

— Hagen disse que ele já desmantelou a maioria das quadrilhas de heroína.

— As gangues paquistanesas. Os vietnamitas. O *Dagbladet* chamou Bellman de general Rommel depois de ter prendido uma grande quadrilha de norte-africanos. Os motoqueiros de Alnabru. Estão todos atrás das grades.

— Os motoqueiros? Na minha época eles vendiam anfetamina e injetavam heroína feito loucos.

— Los Lobos. Os aspirantes a Hell's Angels. A gente acha que eles eram uma das duas quadrilhas que vendiam violino. Mas foram detidos numa operação que prendeu muita gente, seguida de uma batida em Alnabru. Você precisava ter visto o sorriso triunfante de Bellman nos jornais. Ele estava lá pessoalmente.

— "Vamos fazer o que é certo?"

Beate riu. Outra coisa que ele gostava nela: era cinéfila o suficiente para compreender quando citava falas muito boas de filmes muito ruins. Harry lhe ofereceu um cigarro, que ela recusou. Ele acendeu o seu.

— Bom, como foi que Bellman conseguiu o que a Divisão de Narcóticos não chegou nem perto de fazer durante todos os meus anos na polícia?

— Sei que você não gosta dele, mas de fato ele é um bom líder. Na Kripos, o pessoal o amava. Estão chateados com o chefe de polícia por tê-lo levado embora.

— Hum. — Harry respirou fundo. Sentiu como aquilo apaziguou a avidez em seu sangue, como o saciou. Nicotina. Uma palavra polissílaba terminada em "ina", como heroína. — Então, quem sobrou?

— Esse é o problema do extermínio de pragas. Você interfere em uma cadeia alimentar e não sabe se simplesmente abriu espaço para o surgimento de outra coisa. Algo pior do que aquilo que eliminou...

— Há alguma coisa que indique isso?

— De repente, não conseguimos mais informação da rua. Nossos informantes não sabem de nada. Ou ficam de boca fechada. Só conseguimos ouvir pessoas sussurrando sobre o homem de Dubai. Que ninguém viu e cujo nome ninguém sabe, uma espécie de mestre de marionetes invisível. Sabemos que violino está sendo vendido na cidade, mas não conseguimos encontrar a fonte. Os traficantes que pegamos dizem que compraram de outros. Não é comum alguém esconder os rastros tão bem. E isso nos diz que se trata de uma organização única e extremamente profissional que controla a importação e a distribuição.

— O homem de Dubai. Misterioso, genial. Já não vimos esse filme antes? E no fim das contas é um bandido comum.

— Agora é diferente, Harry. No início do ano, houve alguns assassinatos relacionados ao tráfico de drogas. Com uma crueldade que nunca presenciamos. E ninguém diz nada. Dois traficantes vietnamitas foram encontrados pendurados pelos pés em uma viga dentro do apartamento onde faziam suas vendas. Afogados. Eles estavam com sacos plásticos cheios de água amarrados na cabeça.

— Isso não é um método árabe, é russo.

— Como?

— Eles penduram a vítima pelos pés e amarram um saco plástico na cabeça dela, deixando-o frouxo no pescoço para que o ar entre. Aí começam a derramar água sobre as solas dos pés. A água percorre o corpo até o saco plástico, que se enche lentamente. O método se chama Homem na Lua.

— Como você sabe isso?

Harry deu de ombros.

— Havia um chefão quirguistanês podre de rico chamado Biraiev. Nos anos 1980, ele conseguiu arranjar uma das roupas de astronauta originais usadas na Apolo 11. Dois milhões de dólares no mercado negro. Quem tentasse enganá-lo ou não pagasse suas dívidas, era forçado a vestir a roupa. Filmavam o rosto do coitado enquanto a água enchia o capacete. Em seguida, o filme era passado a todos os outros com dívidas vencidas.

Harry soprou a fumaça para o céu.

Beate olhou para ele, meneando a cabeça.

— O que você realmente andou fazendo em Hong Kong, Harry?

— Você me perguntou isso no telefone.

— E você não respondeu.

— Exatamente. Hagen disse que podia me dar outro caso em vez desse. Comentou algo sobre um policial infiltrado que foi assassinado.

— Pois é — disse Beate, parecendo aliviada por não falarem mais do caso de Gusto e Oleg.

— O que aconteceu?

— Um jovem agente antidrogas infiltrado. Foi trazido pela maré até o ponto em que o teto inclinado da Ópera encontra as águas do fiorde. Turistas, crianças etc. Todo mundo só falava nisso.

— Baleado?

— Afogado.

— E como sabem que foi homicídio?

— Não havia ferida externa e, de fato, parecia que ele tinha caído no mar por acidente. Afinal, ele já havia sido visto nos arredores da Ópera. Mas aí Bjørn analisou a água dos pulmões. No fim, era água doce. E a água do fiorde de Oslo é, como se sabe, salgada. Ao que parece, alguém lançou ele ao mar para dar a impressão de que morreu afogado.

— Bem... Como agente infiltrado, ele devia percorrer muito essa região ao longo do rio. Água doce que, além do mais, desemboca perto da Ópera.

Beate sorriu.

— É bom ter você de volta, Harry. Mas Bjørn levantou essa possibilidade e comparou a flora bacteriana, os microrganismos, esse tipo de coisa. A água dos pulmões estava limpa demais para ser proveniente do Akerselva. Tinha passado por filtros de água potável. Meu chute é que foi afogado numa banheira. Ou num tanque da estação de tratamento. Ou...

Harry jogou o cigarro no chão.

— Num saco plástico.

— Pois é.

— O homem de Dubai. O que sabem sobre ele?

— O que acabei de te contar, Harry.

— Você não me contou nada.

— Exatamente.

Pararam perto da ponte Ankerbrua. Harry deu uma olhada na hora.

— Tem algum compromisso? — perguntou Beate.

— Não — respondeu Harry. — Só fiz isso para te dar a oportunidade de dizer que tem um compromisso sem se sentir culpada por me abandonar.

Beate sorriu. Por sinal, ela era até bonitinha quando sorria, pensou Harry. Era curioso que ainda não tivesse arranjado algum namorado. Ou talvez tivesse. Ela era uma das oito pessoas na agenda do seu celular, mas nem isso ele sabia.

B de Beate.

H era de Halvorsen, seu antigo parceiro de polícia e pai do filho de Beate. Morto em serviço. Mas Harry ainda não o havia tirado da lista de contatos.

— Você chegou a falar com Rakel? — perguntou Beate.

R. Harry quis saber se o nome dela surgiu como associação à palavra "abandonar". Ele fez que não. Beate esperou que ele dissesse algo, mas Harry nada tinha a acrescentar.

Eles começaram a falar ao mesmo tempo.

— Você deve ter...

— Bem, tenho...

Ela sorriu e completou:

— ... um compromisso.

— Claro.

Ele viu Beate seguir em direção à rua.

Então se sentou em um dos bancos e olhou para o rio, para os patos que nadavam num remanso tranquilo.

Os dois jovens de moletom de capuz voltaram. Aproximaram-se dele.

— Você é *five-o*?

Gíria americana para policial, tirada de um seriado de TV. Eles tinham farejado Beate. Não ele.

Harry fez que não.

— Está atrás de...

— Paz — disse Harry. — Paz e sossego.

Do bolso interno do paletó, ele tirou um par de óculos de sol Prada. Cortesia do dono de uma loja da Canton Road que estava um pouco atrasado em seus pagamentos, mas que julgava justa a maneira como havia sido tratado. O modelo era feminino; Harry, no entanto, não ligava para isso. Ele gostava dos óculos.

— Aliás — gritou ele quando os dois já estavam se afastando. — Vocês têm violino?

Um deles só fungou em resposta.

— No centro — disse o outro, apontando por sobre o ombro.

— Onde?

— Procure Van Persie ou Fàbregas.

A risada dos dois se desvaneceu enquanto eles seguiam na direção do Blå, o clube de jazz.

Harry se recostou, observando o movimento estranhamente eficaz dos patos, que os fazia deslizar sobre a superfície da água feito patinadores sobre gelo negro. Oleg se mantinha calado. Como os culpados se mantêm calados. Esse é um privilégio deles, a única estratégia sensata. E agora, o que fazer? Como investigar um caso já resolvido, como responder perguntas que já encontraram respostas adequadas? O que Harry pensava que poderia fazer? Desafiar a verdade ao negá-la? Da mesma forma que faziam os pais dos acusados quando ele era inspetor da Divisão de Homicídios, reproduzindo o bordão patético "Meu filho? Nunca!". Ele sabia por que queria investigar o caso. Porque era a única coisa que sabia fazer. A única coisa com que podia contribuir. Ele era a dona de casa que insistia em cozinhar no velório de seu filho, o músico que levava seu instrumento ao enterro do amigo. A necessidade de fazer algo, como distração ou gesto de consolo.

Um dos patos se aproximou dele, na esperança de ganhar um pedaço de pão, talvez. Não sabia se ia ganhar algo, mas sempre havia a possibilidade. Era apenas uma relação entre a estimativa de energia gasta e a probabilidade de recompensa. Esperança. Gelo negro.

Harry se endireitou de repente. Tirou as chaves do bolso do paletó. Tinha acabado de lembrar por que comprara o cadeado aquela vez. Não era para ele. Era para o patinador. Para Oleg.

7

O agente Truls Berntsen teve uma breve discussão com o inspetor da delegacia do Aeroporto de Oslo. Berntsen disse que sabia, sim, que o aeroporto fazia parte do distrito policial de Romerike e que ele não tinha nada a ver com a detenção. Mas, como agente do setor de Operações Especiais, ele havia passado um tempo de olho no detento e tinha sido alertado por um de seus informantes de que Tord Schultz fora pego com drogas. Ele apresentou seu distintivo: agente da polícia, 3ª categoria, Operações Especiais, Crime Organizado, Distrito Policial de Oslo. O inspetor deu de ombros e então, sem mais nem menos, o levou para uma das três celas.

Assim que a porta da cela se fechou, Truls olhou para fora para verificar se o corredor e as outras duas celas estavam vazios. Em seguida, sentou-se sobre o tampo do vaso sanitário e olhou para a cama, identificando o homem que estava sentado ali, curvado para a frente e com as mãos na cabeça.

— Tord Schultz?

O homem ergueu o rosto. Ele tinha tirado o paletó, e, se não fosse pelas insígnias da camisa, Berntsen nunca imaginaria que era um comandante de avião. Os comandantes não deveriam ter um aspecto assim: apavorado, pálido e com olhos arregalados de choque. Por outro lado, em sua maioria, as pessoas ficavam assim quando eram pegas pela primeira vez. Berntsen havia demorado um pouco para localizar Tord Schultz no Aeroporto de Oslo. Mas o restante foi simples. De acordo com a STRASAK, a base de dados de processos penais, Tord Schultz não tinha antecedentes criminais, nunca teve problemas com a polícia, e, pelo que constava em seu registro extraoficial, não tinha qualquer relação conhecida com o tráfico de drogas.

— Quem é você?

— Fui enviado por aqueles para quem você trabalha, Schultz, e nesse caso não estou me referindo à companhia aérea. Entendeu?

Schultz apontou para o crachá que estava pendurado no pescoço de Berntsen.

— Você é policial. Está tentando me enganar.

— Seria bom para você se eu estivesse fazendo isso, Schultz. Configuraria um erro processual e uma possibilidade para seu advogado conseguir te absolver. Mas a gente vai resolver isso sem advogado. Ok?

O comandante continuou com os olhos arregalados e as pupilas dilatadas, que absorviam o máximo possível de luz, o mínimo vislumbre de esperança. Truls Berntsen suspirou. Tudo o que podia fazer era torcer para que Schultz entendesse o que estava prestes a falar.

— Você sabe o que é um queimador? — perguntou Berntsen, sem esperar uma resposta. — É alguém que destrói os casos da polícia. Ele corrompe provas ou dá um sumiço nelas, faz com que erros processuais sejam cometidos para que o caso nunca possa ser levado ao tribunal, ou que haja outras falhas na investigação que resultem na liberação do detido. Entendeu?

Schultz piscou duas vezes e fez um gesto lento de compreensão.

— Ótimo — continuou Berntsen. — A situação é a seguinte: agora somos dois homens em queda livre com somente um paraquedas. Eu acabo de pular do avião para te salvar, mas por enquanto não precisa me agradecer, só confiar cem por cento em mim para evitar nossa queda. *Capisce?*

Os olhos piscaram algumas vezes. Pelo visto, ele não tinha entendido.

— Era uma vez um policial alemão, um queimador — prosseguiu Berntsen. — Ele trabalhava para uma quadrilha de albano-kosovares que importa heroína pela rota dos Bálcãs. A droga é transportada de caminhão dos campos de ópio do Afeganistão e da Turquia, passando pela ex-Iugoslávia até Amsterdã, de onde a quadrilha a encaminha para a Escandinávia. Muitas fronteiras a serem atravessadas, muita gente a ser paga. Entre eles, esse queimador. E um dia, um jovem albano-kosovar foi pego com o tanque de gasolina cheio de ópio bruto. Os blocos nem foram embrulhados, apenas colocados diretamente no tanque de combustível. Ele foi preso, e, no mesmo dia, a quadrilha entrou em contato com o queimador alemão. O policial foi ver o jovem, explicou quem era e pediu que relaxasse, dariam um jeito nisso. Disse que voltaria no dia seguinte para conversarem sobre o depoimento que deveria dar à polícia. Tudo que o jovem tinha de fazer até lá era manter a boca fechada. Mas o cara era um novato, nunca tinha sido preso. Devia ter escutado muitas histórias sobre o que acontece quando você se inclina para pegar o sabonete no chão do banheiro do presídio. De qualquer forma, ele deu com a língua nos dentes já no primeiro interrogatório, delatando todo o esquema na esperança de que sua pena pudesse ser reduzida. Para conseguir provas contra o queimador, a polícia instalou um microfone escondido na cela. Mas o policial corrupto não compareceu conforme o combinado. Apenas seis meses mais tarde, eles o encontraram. Alguns pedaços espalhados em um campo de tulipas. Eu sou um cara da cidade grande, mas ouvi dizer que esse tipo de coisa dá um bom fertilizante.

Berntsen olhou para Tord Schultz enquanto esperava as perguntas habituais.

O comandante havia se empertigado na cama, e seu rosto tinha recuperado um pouco da cor. Pigarreou.

— Por que... hum... o queimador? Não foi ele quem delatou o esquema.

— Porque não há justiça, Schultz. Só soluções necessárias para problemas práticos. O queimador, que ia destruir provas, tinha ele mesmo se transformado em uma. Estava comprometido, e, se a polícia o pegasse, ele poderia levar os investigadores até a quadrilha. Como o queimador não era um irmão albano-kosovar, mas apenas alguém que tinha se vendido, fazia sentido liquidá-lo. E eles sabiam que a polícia não daria prioridade a esse assassinato. Por que fariam isso? A vítima tinha recebido seu castigo, e a polícia não se lançaria numa investigação se isso provocasse um escândalo nos jornais. Concorda?

Schultz não respondeu.

Berntsen se inclinou para a frente. Baixou o tom de voz, tornando-a mais firme.

— Não quero ser encontrado em pedaços num campo de tulipas, Schultz. Para nós, a única saída é que a gente confie um no outro. Um único paraquedas. Entendeu?

O comandante pigarreou.

— E o albano-kosovar? Conseguiu uma pena mais branda?

— Não sei dizer. Ele foi encontrado pendurado na parede da cela antes do julgamento. Alguém enfiou a parte de trás da cabeça dele no gancho de pendurar roupa.

O rosto do comandante ficou sem cor outra vez.

— Respire fundo, Schultz — aconselhou Truls Berntsen.

Era a parte que ele mais gostava nesse trabalho. A sensação de que, pelo menos dessa vez, era *ele* quem estava no controle.

Schultz se inclinou na cama e encostou a cabeça na parede. Fechou os olhos.

— E se eu rejeitar sua ajuda e a gente fingir que nunca teve essa conversa?

— Não adianta. Nosso patrão não quer que você se sente no banco das testemunhas.

— Então o que você está dizendo é que não tenho escolha?

Berntsen sorriu. E soltou sua frase favorita:

— Escolha, Schultz, é um luxo que você não tem faz tempo.

O estádio de Valle Hovin. Um pequeno oásis de concreto em meio a um deserto de gramados verdes, bétulas, jardins e varandas com flores. No inverno, era usado como pista de patinação no gelo; no verão, era palco de shows de monstros sagrados como Rolling Stones, Prince e Bruce Springsteen. Rakel até convenceu Harry certa vez a ir a um show do U2, embora ele sempre odiasse shows em estádios. Ela chegou até a zombar dele, dizendo que, no fundo, Harry era um fundamentalista musical.

A maior parte do tempo, porém, Valle Hovin ficava, assim como agora, ermo, decaído, feito uma fábrica abandonada que havia produzido algo bastante ultrapassado. As melhores lembranças de Harry daquele local era ver Oleg treinar patinação no gelo. Ficar ali, vendo ele se esforçar. Lutar. Falhar. Falhar. E aí ter sucesso. Nada absurdo, apenas um novo recorde pessoal: segundo lugar no campeonato para sua faixa etária. Mais do que o suficiente para o coração bobo de Harry se encher de orgulho, tanto que ele precisou assumir um ar indiferente para evitar um vexame para os dois.

— Nada mau, Oleg.

Harry olhou em volta. Não se via uma alma viva. Então ele inseriu a chave Ving na fechadura da porta dos vestiários, debaixo da arquibancada. Lá dentro tudo permanecia como antes, só um pouco mais desgastado. Ele entrou no vestiário masculino. Com a quantidade de lixo no chão, era evidente que quase ninguém mais passava ali. Um lugar onde se podia ficar sozinho. Harry caminhou entre os armários. A maioria estava destrancada. Foi quando encontrou o que estava procurando, o cadeado Abus.

Ele tentou inserir a chave na abertura dentada. Não entrou. Merda!

Harry se virou. Seu olhar vagou pelas fileiras dos armários amassados de ferro. Parou. Outro armário também tinha um cadeado Abus. E um círculo riscado na tinta verde. Um O.

A primeira coisa que Harry viu ao abrir o armário foram os patins de Oleg. As lâminas longas e delgadas tinham uma mancha escura de ferrugem.

Na porta, do lado de dentro, presas na grade de ventilação, havia duas fotos. Duas fotos de família. Uma mostrava cinco rostos. A maioria deles era desconhecida: duas crianças e seus supostos pais. Mas havia uma terceira criança, e Harry a reconheceu. Tinha acabado de vê-la em outras imagens. Imagens da cena do crime.

Era o belo rapaz. Gusto Hanssen.

Harry se perguntou se a beleza de Gusto tinha despertado nele aquela sensação imediata de que o jovem não pertencia àquela foto. Ou melhor, de que ele não pertencia àquela família.

Curiosamente, não se podia dizer o mesmo sobre o homem alto que estava sentado atrás da mulher morena e do filho dela na outra foto. Foi tirada num dia de outono alguns anos atrás. Eles tinham feito um passeio em Holmenkollen, caminharam em meio à folhagem cor de laranja, e Rakel havia colocado sua câmera sobre uma pedra, com o disparador automático ativado.

Será que realmente era ele mesmo? Harry não se lembrava de ter tido feições tão despreocupadas como naquela foto.

Os olhos de Rakel brilhavam, e era possível escutar sua risada, aquela risada que ele amava, da qual nunca se cansava, da qual sempre se lembrava. Ela também ria quando estava com outras pessoas, mas com ele e Oleg o riso assumia um tom ligeiramente diferente, um tom que somente eles conheciam.

Harry verificou o conteúdo do armário.

Havia um suéter branco com listras azul-claras na gola, nas mangas e na bainha. Não era o estilo de Oleg; ele usava jaquetas curtas e camisetas pretas do Slayer e do Slipknot. Harry cheirou o suéter. Perfume suave, feminino. Havia também um saco plástico na prateleira de cima. Ele o abriu e, no mesmo instante, perdeu o fôlego. Era um kit de usuário, duas seringas, uma colher, um elástico, um isqueiro e um rolo de algodão. A única coisa que faltava era a droga. Harry estava prestes a pôr o saco de volta quando notou mais uma coisa. Uma camiseta que estava no fundo do armário. Um uniforme vermelho e branco. Ele o pegou. Era de um time de futebol, com uma propaganda no peito: *Fly Emirates*. Arsenal.

Harry olhou para a foto, para Oleg. Até ele estava sorrindo. Sorrindo como se acreditasse, pelo menos naquele momento, que havia ali três pessoas que concordavam que aquilo era legal, que ia dar certo, que queriam que as coisas continuassem do jeito que estavam. Então, por que sair da linha? Por que o homem que estava ao volante tinha que perder o controle da direção?

"Do mesmo jeito que mentiu sobre estar sempre do nosso lado."

Harry pegou as duas fotos que estavam presas na porta do armário e as enfiou no bolso interno do paletó.

Quando saiu, o sol estava se pondo atrás da colina de Ullernåsen.

8

Está vendo que estou sangrando, pai? Estou me esvaindo em seu sangue ruim. E no seu também, Oleg. Era você quem deveria estar aqui ouvindo os sinos da igreja. Maldito Oleg. Amaldiçoo o dia em que te conheci. Você tinha ido a um show no Oslo Spektrum. Judas Priest. Eu estava do lado de fora e me juntei à multidão que saía do local.

— Uau, camiseta legal — eu disse. — Onde comprou?

Você me dirigiu um olhar desconfiado.

— Amsterdã.

— Você viu Judas Priest em Amsterdã?

— Por que não?

Eu não sabia nada sobre Judas Priest, mas pelo menos tinha verificado que se tratava de uma banda, não de um cara, e que o vocalista se chamava Rob alguma coisa.

— Maneiro! Priest é o máximo!

Você ficou tenso por um momento e olhou para mim. Alerta, como um animal que farejou alguma coisa. Um perigo, uma presa, um adversário. Ou, no seu caso, uma alma gêmea. Porque você, Oleg, pelo jeito que andava, com as costas curvadas e arrastando os pés, carregava sua solidão como um casaco pesado e molhado. Eu escolhi você justamente por causa disso. Falei que lhe pagaria uma Coca-Cola se você me contasse sobre o show de Amsterdã.

Aí você falou sobre o Judas Priest, sobre o show no Heineken Music Hall dois anos antes, sobre dois amigos de 18 e 19 anos que deram um tiro em si mesmos com uma espingarda depois de terem ouvido um álbum da banda com uma mensagem subliminar. Apenas um deles sobreviveu. Você falou sobre como Priest era heavy metal, mas tinha uma pegada de speed metal. E, vinte minutos mais tarde, você havia falado tanto de gothic metal e death metal que estava na hora de mudar de assunto.

— Vamos curtir um barato, Oleg. Comemorar esse encontro de almas gêmeas. O que você acha?

— O que você quer dizer?

— Conheço uma turma maneira que vai fumar um pouco no parque.

— Ah, é?

Cético.

— Nada pesado, só um pouco de *ice*.

— Não faço esse tipo de coisa, cara.

— Caralho, eu também não. Só dá uma experimentada num cachimbo. Você e eu. *Ice* de verdade, não aquela merda de pó. Exatamente como o Rob.

Oleg parou no meio do gole do refrigerante.

— Rob?

— Pois é.

— Rob Halford?

— Com certeza. O *roadie* dele comprou do mesmo cara de quem vou comprar agora. Você tem grana?

Eu disse aquilo com tanta naturalidade e desenvoltura que não vi qualquer desconfiança no olhar sério que ele me lançou:

— Rob Halford fuma *ice*?

Ele puxou da carteira as 500 coroas que pedi. Eu disse para ele aguardar, me levantei e fui embora. Segui até a ponte de Vaterland. Aí, fora de seu campo de visão, virei à direita, atravessei a rua e andei uns trezentos metros até a Estação Central. Pensei que nunca mais veria o filho da mãe do Oleg Fauke.

Só quando eu estava no túnel debaixo das plataformas com um cachimbo na boca entendi que ele e eu ainda não tínhamos acabado nossa conversa. Nem de longe. Ele estava em pé na minha frente em silêncio. Suas costas deslizaram pela parede até ele se sentar ao meu lado. Oleg estendeu a mão. Eu lhe dei o cachimbo. Ele inalou. Tossiu. E estendeu a outra mão:

— O troco.

E assim a dupla Gusto e Oleg se tornou um fato consumado. Todo dia, depois de terminar o expediente no depósito da Clas Ohlson, a loja onde ele estava trabalhando durante as férias de verão, a gente passeava no shopping Oslo City, nos parques, tomava banho nas águas sujas do Middelalderparken e ficava assistindo à construção de um bairro inteiro em torno da nova Ópera.

Falávamos sobre nossos planos e as pessoas que nos tornaríamos no futuro, e sobre os lugares que íamos visitar. Enquanto isso, fumávamos e cheirávamos tudo que conseguíamos comprar com o salário de Oleg.

Eu contei a ele sobre o homem que me criou, aquele filho da mãe que me expulsou de casa porque a esposa deu em cima de mim. E você, Oleg, falou de um cara que namorava sua mãe, um policial que se chamava Harry e que você dizia ser gente finíssima. Alguém em quem se podia confiar. Mas aí disse que algo deu errado. Primeiro, entre ele e sua mãe. Depois, vocês acabaram envolvidos em um caso de homicídio que ele estava investigando. E foi então que você e sua mãe se mudaram para Amsterdã. Eu disse que o cara com certeza era "gente finíssima", mas que a expressão era meio careta. E você disse que "filho da mãe" era mais careta, e ainda por cima infantil, e perguntou se por acaso ninguém tinha me falado que "filho da puta" era muito melhor. E perguntou também por que eu falava com sotaque exagerado da região leste da cidade, sendo que nem de lá eu era. Eu disse que o exagero era um princípio meu, que às vezes falar as coisas erradas era o mais correto a se fazer. O sol brilhava, e eu pensei que aquilo tinha sido a melhor coisa que alguém já havia falado sobre mim.

A gente pedia dinheiro por diversão na Karl Johan Gate. Uma vez surrupiei um skate na frente da Prefeitura e o troquei por *speed* na Estação Central meia hora depois. A gente pegou o barco para a ilha de Hovedøya, nadou e tomou cerveja. Umas garotas queriam que eu me juntasse a elas no veleiro do pai. Você subiu no mastro e mergulhou na água, passando pelo convés por um triz. A gente pegou o bonde até Ekeberg para ver o pôr do sol; era a época da Norway Cup, e um técnico de futebol de Trøndelag olhou para mim e eu disse que podia chupar ele por mil coroas. Ele tirou o dinheiro, e eu esperei até ele estar com as calças na altura dos joelhos antes de correr. E depois você me contou que ele ficou com uma cara totalmente desolada e se virou para você, como se fosse pedir que assumisse a tarefa. Nossa, como nós rimos!

Aquele verão parecia que ia durar para sempre. Mas acabou. Gastamos seu último salário em baseados, soprando a fumaça para o céu pálido e vazio da noite. Você disse que ia voltar a estudar, que ia tirar boas notas e cursar direito que nem sua mãe. E que depois você entraria na porra da Academia de Polícia! A gente riu até ficar com lágrimas nos olhos.

Quando a escola começou, eu passei a te ver menos. E, depois, menos ainda. Você morava com sua mãe lá em Holmenkollen, e eu passava as noites num colchão no local onde uma banda ensaiava. Eles diziam que tudo bem, desde que eu cuidasse dos equipamentos e não ficasse ali durante os ensaios. Então desisti de você, pensei que tivesse voltado à segurança de sua vidinha convencional. E foi mais ou menos nessa época que comecei a traficar pra valer.

Na verdade, foi por acaso. Eu tinha surrupiado grana de uma mulher com quem havia passado uma noite. Aí fui até a Estação Central e perguntei se Tutu tinha *ice*. Tutu gaguejava e era o escravo de Odin, o chefe dos Los Lobos de Alnabru. Ele ganhou esse apelido quando Odin precisou lavar dinheiro do tráfico e mandou uma mala cheia de grana a uma agência oficial de apostas na Itália para apostar num jogo de futebol que já tinha resultado certo; o time da casa ia ganhar de 2 a 0. Odin havia instruído Tutu sobre como dizer o placar em inglês "two-nil", mas Tutu estava tão nervoso e gaguejava tanto que o agente de apostas só ouviu "two-two" e escreveu isso no cupom. Quando faltavam dez minutos para acabar o jogo, o time da casa, é claro, estava vencendo por 2 a 0, e tudo estava calmo. Menos Tutu, que tinha acabado de descobrir pelo canhoto do recibo que havia apostado o dinheiro em "tu-tu". Em 2 a 2. Sabia que Odin iria lhe dar um tiro no joelho. O chefe sempre dava tiros nos joelhos das pessoas. Mas aí vem a reviravolta na história. No banco do time da casa, estava um atacante polonês recém-comprado que falava italiano tão mal quanto Tutu falava o inglês, e ele não tinha entendido que o jogo estava comprado. Por isso, quando o treinador o mandou para o campo, ele entrou para cumprir sua obrigação: marcar gols. Duas vezes. Tutu se salvou. Ao aterrissar em Oslo na mesma noite, foi direto a Odin para contar a ele a tremenda sorte que havia tido, mas foi então que sua sorte o abandonou. Ele começou com a parte ruim, relatando como pisou na bola e apostou o dinheiro no resultado errado, e estava tão ansioso e gaguejava tanto que Odin perdeu a paciência, tirou o revólver da gaveta e deu um tiro no joelho de Tutu muito antes de ele chegar à parte em que o polonês entrou em campo.

De qualquer forma, naquele dia, na Estação Central, Tutu me disse que n-n-ão havia mais *ice*, que eu devia me contentar com p-p-pó. Era mais barato, e as duas coisas eram metanfetamina, mas eu não suporto pó. *Ice* são pedaços brancos e deliciosos de cristal que dão um barato daqueles, enquanto aquela merda de pó amarelo e fedorento que se vende em Oslo é misturado com bicarbonato de sódio, açúcar de confeiteiro, aspirina, suplemento de B12 e o diabo. Ou, para os entendidos, são analgésicos com gosto de *speed*. Mas eu comprei o que ele tinha com um descontinho e ainda sobrou dinheiro para um pouco de bolinha. E já que a anfetamina é até saudável se comparada com a metanfetamina, só demora um pouco mais a surtir efeito, eu cheirei o *speed*, misturei a metanfetamina com mais bicarbonato de sódio e a vendi na Plata com um lucro razoável.

No dia seguinte, voltei para Tutu e repeti o esquema, só que comprei um pouco mais. Cheirei uma parte, o resto diluí e vendi. A mesma coisa no terceiro dia. Falei que podia pegar um pouco mais se me desse crédito até o dia seguinte, mas ele só riu. Quando voltei no outro dia, Tutu disse que o patrão achava que a gente deveria criar um esquema mais o-o--organizado. Eles me viram vender a droga e gostaram. Se eu vendesse dois lotes por dia, isso significava 5 mil direto no bolso. E assim me tornei um dos traficantes de rua de Odin e Los Lobos. Recebia a droga de Tutu de manhã e entregava o lucro do dia e eventuais sobras às cinco da tarde. O plantão diurno. Nunca tinha sobras.

Tudo correu bem por aproximadamente três semanas. Era uma quarta--feira em Vippetangen. Eu tinha vendido dois lotes, estava com o bolso cheio de grana e o nariz cheio de *speed*, e de repente não via nenhum motivo para me encontrar com Tutu na Estação Central. Em vez disso, mandei uma mensagem dizendo que estava tirando férias e ia pegar um navio para a Dinamarca. É o tipo de falha que é de se esperar de uma pessoa que usa anfetaminas por tanto tempo.

Na volta, ouvi boatos de que Odin andava a minha procura. E aquilo me assustou um bocado, especialmente porque eu já sabia como Tutu ganhara seu apelido. Então comecei a andar por Grünerløkka, sempre de cabeça baixa, à espera do Juízo Final. Mas Odin tinha outras preocupações mais importantes do que um vendedor que lhe devia alguns milhares de coroas. A concorrência tinha chegado à cidade. "O homem de Dubai." Não no mercado de anfetamina, mas de heroína, mais importante do que qualquer outra coisa para Los Lobos. Alguns diziam que eram bielorrussos, outros, que eram lituanos, e outros, que eram noruegueses e paquistaneses. O que todos sabiam era que se tratava de um esquema profissional, que eles não tinham medo de nada e que era melhor saber pouco do que muito.

Foi um outono de merda.

Eu já havia torrado a grana fazia tempo, não tinha mais trabalho e precisava ficar quietinho no meu canto. Eu tinha conseguido um comprador para o equipamento da banda da Bispegata, ele tinha ido lá para ver, estava convencido de que o equipamento era meu, afinal, eu morava ali! Só faltava combinar a hora de buscar tudo. Aí, como um anjo, Irene apareceu para me salvar. Irene, sardenta e boazinha. Era uma manhã de outubro em Sofienbergparken, e eu estava um pouco ocupado com uns caras. De repente, ela estava ali na minha frente, quase chorando de alegria. Perguntei se tinha grana, e ela sacou um cartão Visa. De seu pai, Rolf. Fomos no primeiro caixa eletrônico e limpamos a conta dele. Primeiro, Irene foi contra, mas quando expliquei que minha vida dependia disso, ela entendeu que era necessário. Trinta e um mil. Fomos ao Olympen, comemos e bebemos, compramos uns gramas de *speed* e voltamos para Bispelokket. Ela contou que tinha brigado com a mãe. Irene passou a noite comigo. No dia seguinte, eu a levei à Estação Central. Tutu estava sentado na moto, vestindo uma jaqueta de couro com a cabeça de um lobo nas costas. Com bigode em forma de ferradura, uma bandana de pirata e tatuagens escapando da gola da camisa, mas mesmo assim parecia um pau-mandado. Ele estava a ponto de pular da moto e correr atrás de mim quando se deu conta de que eu estava indo em sua direção. Dei a ele os 20 mil que estava devendo, mais 5 mil de juros. Agradeci o empréstimo para minhas férias, na esperança de que a gente pudesse virar a página. Tutu ligou para Odin enquanto ficava olhando para Irene. Eu vi o que ele queria. E olhei para Irene também. Coitada da linda e pálida Irene.

— Odin diz que quer mais c-c-cinco mil — disse Tutu. — Senão tenho ordem de te e-e-e-e-es-es...

Ele respirou fundo.

— Espancar — completei.

— Agora mesmo — disse Tutu.

— Ok, vendo dois lotes hoje.

— Vai ter que p-p-pagar por eles.

— Vai lá, vendo isso em duas horas.

Tutu olhou para mim. Fez um gesto para Irene, que estava esperando perto da escadaria que levava à praça.

— E e-e-ela?

— Ela me ajuda.

— Meninas são boas v-v-vendedoras. Ela usa?

— Ainda não — falei.

— L-l-ladrão — disse Tutu, abrindo seu sorriso forçado e sem alguns dentes.

Contei o dinheiro. Tudo o que eu tinha. Era sempre assim. A última gota de sangue que se esvai de mim. Uma semana depois, perto do Elm Street Rock Café, um rapaz parou na nossa frente.

— Esse é o Oleg — disse, pulando do muro onde eu estava sentado. — Essa é minha irmã, Oleg.

Eu o abracei. Percebi que ele manteve a cabeça erguida, que estava olhando por cima do meu ombro. Para Irene. E, através da jaqueta jeans, senti seu coração acelerar.

O agente Berntsen estava com os pés em cima da mesa e o telefone no ouvido. Ele havia ligado para a Delegacia de Lillestrøm, distrito policial de Romerike, e se apresentado como Thomas Lunder, técnico de laboratório da Kripos. O agente com quem falou tinha acabado de confirmar que receberam de Gardermoen o saco plástico com o que pressupunham ser heroína. O procedimento determinava que todas as drogas apreendidas no país fossem enviadas para o laboratório, em Bryn, onde eram submetidas a testes. Uma vez por semana, um carro da Kripos passava pelos distritos policiais da região leste para fazer a coleta. Os outros locais enviavam suas amostras de drogas por meio de entregadores próprios.

— Tudo bem — disse Berntsen, mexendo no falso crachá que tinha a foto dele e a identificação "THOMAS LUNDER, *KRIPOS*" embaixo. — Estou indo para Lillestrøm de qualquer forma, então levo o saco até Bryn. Gostaríamos de submeter uma apreensão dessa magnitude a testes o quanto antes. Ótimo, então a gente se vê amanhã de manhã.

Ele desligou o telefone e olhou pela janela, para a nova área que se erguia em torno de Bjørvika. Pensou em todos os pequenos detalhes: as dimensões dos parafusos, as porcas, a qualidade da argamassa, a flexibilidade dos vidros, todas as coisas que precisavam se encaixar para que o todo funcionasse. E sentiu uma profunda satisfação. Pois funcionava. Essa cidade funcionava.

9

Longas e delgadas, as pernas dos pinheiros desapareciam dentro das saias verdes, que lançavam as sombras de fim de tarde sobre o cascalho na frente da casa. Harry parou e enxugou o suor, depois de ter subido as ladeiras íngremes desde Holmendammen. Observou a casa escura. As toras de madeira tingidas de preto gritavam solidez, segurança, uma fortaleza contra os *trolls* e a natureza. Não tinha sido o suficiente. As casas vizinhas eram grandes mansões nada elegantes sob constante reforma e expansão. Øystein, salvo como "Ø" na lista de contatos, tinha dito que a construção tradicional de toras de madeira era a expressão da nostalgia da burguesia endinheirada pelo que era natural, simples e saudável. Mas o que Harry via era a doença, a perversão, uma família sob o cerco de um assassino em série. De qualquer forma, ela havia optado por manter a casa.

Harry foi até a porta e tocou a campainha.

Passos pesados soaram do lado de dentro. No mesmo instante, Harry percebeu que deveria ter telefonado primeiro.

A porta se abriu.

O homem que estava diante dele tinha uma franja loira, uma franja que havia sido abundante na juventude e que, sem dúvida, lhe trouxera vantagens. Por isso tinha sido preservada na vida adulta, na esperança de que a versão um pouco menos viçosa ainda surtisse efeito. Ele vestia uma camisa azul-clara bem-passada, que Harry imaginou também ser do tipo que aquele homem usava quando mais jovem.

— Pois não? — disse o homem. Rosto amigável, gentil. Olhos que pareciam nunca ter encontrado nada além de gentileza. Um pequeno jogador de polo estava bordado no bolso da camisa.

Harry sentiu a garganta seca. Lançou mais um olhar para a placa com o nome embaixo da campainha.

Rakel Fauke.

Mesmo assim, esse homem de rosto bonito e inexpressivo estava ali segurando a porta como se pertencesse a ele. Harry sabia que tinha algumas opções de frases razoáveis para aquele momento, mas escolheu a seguinte:

— Quem é você?

O homem diante dele fez aquela expressão que Harry nunca tinha conseguido na vida. Franziu o cenho e sorriu ao mesmo tempo. O divertimento condescendente do ser superior diante do atrevimento do ser inferior.

— Já que você está aí fora e eu estou aqui dentro, seria mais natural que você me dissesse quem é *você*. E o que você quer.

— Como quiser — disse Harry, bocejando alto. Sempre podia pôr a culpa no fuso horário. — Estou aqui para falar com a pessoa cujo nome está na porta.

— E você é de onde?

— Das Testemunhas de Jeová — respondeu Harry, dando uma olhada no relógio.

O homem automaticamente desviou o olhar de Harry para ver se ele estava acompanhado.

— Meu nome é Harry e venho de Hong Kong. Onde ela está?

O outro demonstrou surpresa.

— O Harry?

— Como esse é o nome mais fora de moda na Noruega há uns cinquenta anos, podemos supor que sim.

O homem agora estudava Harry com um gesto de assentimento e um meio-sorriso nos lábios, como se o cérebro estivesse processando as informações sobre o indivíduo à sua frente. Mas não fez qualquer menção de sair do vão da porta ou responder a alguma pergunta.

— E aí? — disse Harry, apoiando o peso do corpo na outra perna.

— Vou avisar que você esteve aqui.

Harry esticou o pé depressa. Inclinou automaticamente a sola do sapato, de modo que a porta batesse contra a sola em vez do couro. Era esse tipo de coisa que sua nova profissão lhe ensinara. O homem olhou para o pé de Harry e depois para ele. O divertimento condescendente tinha sumido. Ele estava prestes a dizer algo. Algo que colocaria os pingos nos is. Mas Harry sabia que ele mudaria de ideia assim que visse seu olhar, aquele olhar que fazia as pessoas mudarem de ideia.

— Você deve... — disse o homem. Parou. Piscou. Harry esperou. Pela confusão. Pela hesitação. Pela retirada. Mais uma piscadela. O homem pigarreou. — ... Ela não está em casa.

Harry ficou imóvel. Deixou o silêncio repercutir. Dois segundos. Três.

— Eu... Humm... — continuou o homem. — Não sei quando ela volta.

Nenhum músculo se moveu no rosto de Harry, enquanto o rosto do outro homem saltava de uma expressão a outra, como se procurasse uma por trás da qual se esconder. Voltou ao ponto de partida: a gentileza.

— Eu me chamo Hans Christian. Eu... eu sinto muito por ter sido um tanto rude, mas de vez em quando surgem algumas solicitações estranhas relacionadas a esse caso, e o mais importante para Rakel nesse momento é ter um pouco de paz. Sou o advogado dela.

— Dela?

— Deles. Dela e de Oleg. Quer entrar?

Harry fez que sim.

Na mesa da sala havia pilhas de papéis. Harry chegou mais perto. Partes do processo. Relatórios. O volume indicava que não pouparam esforços em sua busca.

— Será que posso perguntar a você por que está aqui? — indagou Hans Christian. Harry folheou os documentos. Testes de DNA. Depoimentos de testemunhas.

— Bem, será que pode fazer essa pergunta?

— O quê?

— Por que *você* está aqui? Não tem um escritório onde possa preparar a defesa?

— Rakel quer participar, afinal, ela também é formada em Direito. Escuta aqui, Hole. Sei muito bem quem você é. Sei que teve uma relação bem próxima com Rakel e Oleg, mas...

— E qual é sua relação com eles, exatamente?

— Minha?

— Sim. Parece que está cuidando dos dois.

Harry ouviu a ironia em sua própria voz e sabia que estava se expondo, sabia que o outro olhava para ele com surpresa. E que tinha perdido o controle da situação.

— Rakel e eu somos velhos amigos — disse Hans Christian. — Cresci aqui perto, estudamos Direito juntos, e... Bem, quando você passa os melhores anos da vida com uma pessoa, é claro que cria laços com ela.

Harry assentiu. Sabia que deveria ficar calado. Sabia que qualquer coisa que dissesse só pioraria a situação.

— Ah, é? É curioso então que eu nunca tenha visto ou ouvido nada sobre você enquanto eu e Rakel estávamos juntos.

Não deu tempo de Hans Christian responder. A porta se abriu.

Harry sentiu uma garra apertar seu coração.

Ali estava ela. A figura era a mesma, esbelta, ereta. O rosto, o mesmo, com formato de coração, os olhos castanhos e a boca um pouco larga, risonha. O cabelo, quase o mesmo, comprido, mas com o tom negro talvez um pouco apagado. O olhar, porém, tinha mudado. Era o olhar de um animal perseguido, assustado, selvagem. Mas assim que pôs os olhos em Harry, algo pareceu voltar. Algo do que ela havia sido antes. Algo do que eles tinham sido antes.

— Harry — disse Rakel. E, ao som de sua voz, o resto voltou, tudo voltou.

Harry deu dois passos largos e a abraçou. O cheiro de seu cabelo. Os dedos dela em suas costas. Rakel se soltou primeiro. Ele deu um passo para trás e olhou para ela.

— Você está com uma cara boa — disse Rakel.

— Você também.

— Seu mentiroso.

Ela deu um sorriso breve. As lágrimas já enchiam seus olhos.

Assim ficaram. Harry deixou que ela o estudasse, deixou que sua mente absorvesse o rosto três anos mais velho e com a nova cicatriz.

— Harry — repetiu ela, inclinando a cabeça, rindo. A primeira lágrima tremulou em seus cílios e se soltou, formando um caminho na pele macia.

Em algum lugar da sala, um homem com um jogador de polo na camisa pigarreou e disse algo sobre ter que ir a uma reunião.

Então eles ficaram sozinhos.

Enquanto Rakel fazia o café, Harry viu os olhos dela se fixarem na prótese de metal no dedo, mas nenhum dos dois comentou nada. Tinham um acordo tácito de nunca mencionar o Boneco de Neve. Harry se sentou à mesa da cozinha e contou sobre a nova vida em Hong Kong. Contou aquilo que podia. Aquilo que queria. Que o trabalho como "consultor de dívidas" de Herman Kluit consistia em visitar os devedores, apresentar as dívidas que já deviam ter sido pagas, e, de forma amigável, não deixar que fossem esquecidas. Em resumo, a consultoria se resumia em aconselhar os devedores a quitar suas dívidas o mais rápido possível. Harry contou que suas principais qualificações — e, no fundo, as únicas — eram seu um metro e noventa de altura, os ombros largos, os olhos injetados de sangue e a cicatriz recém-adquirida.

— Tudo amigável e profissional. Terno, gravata, empresas multinacionais em Hong Kong, Taiwan e Xangai. Hotéis com serviço de quarto. Elegantes edifícios comerciais. Tudo civilizado. São operações confidenciais, como nos bancos da Suíça, só que com um toque chinês. Com apertos de mão e frases de cortesia ocidentais. E sorrisos asiáticos. Em geral, pagam no dia seguinte. Herman Kluit está contente. Nós nos entendemos.

Ela serviu o café e se sentou. Respirou fundo.

— Consegui um emprego no Tribunal Internacional de Haia, no escritório em Amsterdã. Pensei que, se deixássemos para trás essa casa, essa cidade, toda a atenção...

Se me deixassem para trás, pensou Harry.

— ... as recordações, então tudo ficaria melhor. E por um tempo pareceu que sim. Mas aí começou. Primeiro, acessos de raiva absurdos. Quando criança, Oleg nunca sequer levantou a voz. Teve seus ataques de mau humor, sim, mas nunca... foi daquele jeito. Disse que eu tinha estragado a vida dele ao levá-lo embora de Oslo. Ele disse isso porque sabia que eu não tinha como me defender. E quando comecei a chorar, ele também chorou. Perguntou por que eu te afastei, foi você que nos salvou do... do...

Ele fez um gesto para que ela prosseguisse sem falar o nome.

— Oleg começou a chegar mais tarde em casa — continuou Rakel. — Disse que estava com uns amigos, mas eram amigos que eu não conhecia. Um dia ele admitiu que tinha ido a um café em Leidseplein e fumado maconha.

— O Bulldog, aquele dos turistas?

— Exatamente, deve ser parte da experiência de se estar em Amsterdã, pensei. Mas, ao mesmo tempo, estava com medo. O pai dele... bem, você já sabe.

Harry fez que sim. A família russa de Oleg por parte do pai. Alta sociedade. Entorpecentes, acessos de fúria e depressões. Terra de Dostoiévski.

— Ele ficava muito tempo sozinho no quarto ouvindo música. Coisas pesadas. Bem, você conhece essas bandas.

Harry fez que sim mais uma vez.

— Mas discos seus também — completou Rakel. — Frank Zappa. Miles Davis. Supergrass. Neil Young. Supersilent.

Os nomes vieram com tanta rapidez e naturalidade que Harry suspeitou de que ela também os escutava às escondidas.

— Aí, um dia, eu estava passando aspirador no quarto dele quando encontrei dois comprimidos com carinhas felizes.

— Ecstasy?

Ela fez que sim.

— Dois meses depois, eu me candidatei a um cargo na Advocacia-Geral e fui aceita. Voltamos para cá.

— Para a segura e inocente Oslo.

Ela deu de ombros.

— Ele precisava mudar de ambiente. Um novo começo. E funcionou. Como sabe, ele não é do tipo que tem muitos amigos, mas reencontrou alguns deles e estava indo bem na escola, até...

A voz de Rakel de repente começou a falhar.

Harry esperou. Ela tomou um gole de café. Recompôs-se.

— Ele começou a ficar fora vários dias seguidos. Eu não sabia como agir. Ele fazia o que bem entendia. Liguei para a polícia, para psicólogos, sociólogos. Oleg não era maior de idade, mesmo assim ninguém poderia fazer nada enquanto não houvesse qualquer prova de que ele estava usando drogas ou infringindo a lei. Eu me senti tão impotente. Eu... que sempre pensava que havia algo de errado com os pais, que sempre tinha uma solução quando os filhos dos outros perdiam o rumo. Não fique apático, não se iluda. Aja!

Harry olhou para a mão dela, que estava ao lado da sua sobre a mesa de centro. Os dedos delicados. As veias finas das costas da mão pálida, que normalmente estava bronzeada no início do outono. Mas ele não se deixou levar pelo impulso de pôr a mão sobre a dela. Algo o impediu. Oleg o impediu. Ela suspirou.

— Então eu resolvi ir até o centro procurá-lo. Noite após noite. No fim, o encontrei. Ele estava numa esquina da Tollbugata e ficou feliz em me ver. Disse que estava contente. Que tinha um trabalho e que dividia um apartamento com alguns amigos. Que precisava de liberdade, que não era para eu fazer tantas perguntas. Que essa era sua versão de ter um ano livre para dar a volta ao mundo, como os outros jovens de Holmenkollen fazem. Uma volta ao mundo no centro de Oslo.

— O que ele estava vestindo?

— Como assim?

— Nada. Continue.

— Ele disse que voltaria logo para casa. E terminaria o ensino médio. Então combinamos que ele vinha almoçar comigo aqui em casa no domingo.

— E ele fez isso?

— Fez. E depois de ele ter ido embora, descobri que havia entrado no meu quarto e roubado meu porta-joias. — Rakel suspirou, um suspiro profundo. — O anel que você comprou para mim em Vestkanttorget estava naquele porta-joias.

— Vestkanttorget?

— Você não se lembra?

O cérebro de Harry rebobinou os fatos com rapidez. Havia algumas lacunas em branco, alguns buracos negros e grandes áreas vazias que o álcool simplesmente tinha consumido. Mas havia também trechos repletos de cor e textura. Por exemplo, aquele dia que passearam pelo mercado de pulgas de Vestkanttorget. Será que Oleg estava junto? Estava, sim. Claro. A foto. O disparador automático. As folhas de outono. Ou será que foi outro dia? Tinham andado de barraca em barraca. Brinquedos velhos, louças, caixas de charutos enferrujadas, discos de vinil com e sem capa, isqueiros. E um anel dourado.

O anel parecera tão solitário ali. Por isso Harry o comprou e o pôs no dedo de Rakel. Para dar ao anel uma nova casa, disse. Algo assim. Um ato despropositado que ele sabia que ela interpretava como timidez, como uma declaração de amor disfarçada. E talvez tenha sido isso. Pelo menos os dois riram. Do gesto, do anel, do fato de saberem que o outro sabia. De estar tudo bem. Pois tudo que eles queriam e, ao mesmo tempo, não queriam estava naquele anel desbotado e barato. A promessa de se amarem profundamente e pelo máximo de tempo possível, e de irem embora quando não houvesse mais amor. Quando ela afinal foi embora, os motivos foram outros. Motivos melhores. No entanto, Harry constatou que ela havia cuidado da bijuteria com carinho e a guardado no porta-joias com as peças que herdara de sua mãe austríaca.

— Vamos dar uma saída enquanto ainda há um pouquinho de luz do sol? — perguntou Rakel, sorrindo.

— Vamos — respondeu Harry, sorrindo também. — Vamos, sim.

Subiram a rua que serpenteava até o topo da ladeira. Para o leste, as árvores frondosas tinham folhas tão vermelhas que pareciam estar em chamas. A luz cintilava sobre o fiorde feito metal derretido. Mas, como de costume, era a parte da cidade feita pelo homem que fascinava Harry. O aspecto de formigueiro. As casas, os parques, as ruas, os guindastes, os barcos no porto, as luzes que começavam a ser ligadas. Os carros e os trens que seguiam de um lado para o outro. Todas as nossas atividades. E a pergunta que apenas aquele que tem tempo de parar e olhar para as formigas atarefadas lá embaixo se permite fazer: por quê?

— Sonho com paz e sossego — disse Rakel. — Só isso. E você, sonha com o quê?

Harry deu de ombros.

— Que estou num corredor estreito e que vem uma avalanche de neve e me enterra.

— Nossa!

— Bem, você sabe, eu e minha claustrofobia.

94

— Muitas vezes sonhamos com algo que tememos e desejamos ao mesmo tempo. Desaparecer, ser enterrado. De certa forma, há alguma segurança nisso, não?

Harry enfiou as mãos nos bolsos.

— Fui pego por uma avalanche há três anos. Vamos dizer que é simples assim.

— Então você não escapou de seus fantasmas, mesmo indo para longe, para Hong Kong?

— Escapei, sim — disse Harry. — Restaram poucos.

— Ah, é?

— É. De fato, é possível deixar as coisas para trás, Rakel. O segredo é ter coragem de encarar os fantasmas, e aí você passa a enxergá-los exatamente pelo que são: mortos e impotentes.

— Então... — disse Rakel num tom de voz que deu a entender que ela não estava gostando daquele assunto. — Alguma mulher em sua vida?

A pergunta veio com facilidade. Com tanta facilidade que Harry não acreditou que ela tinha sido feita.

— Bem...

— Conte.

Rakel tinha posto os óculos escuros. Era difícil avaliar o quanto ela queria ouvir. Harry pensou que poderia haver uma troca de informações. Mas talvez ele não quisesse ouvir.

— Ela era chinesa.

— Era? Já morreu?

Rakel deu um sorriso brincalhão, e Harry teve a impressão de que ela conseguiria aguentar a barra. Preferia que ela fosse um pouco mais sensível.

— Uma executiva em Xangai. Ela cuida muito bem de seu *guanxi*, sua rede de contatos úteis. Cuida de seu marido chinês tão rico quanto velho. E, quando é conveniente, ela cuida de mim.

— Em outras palavras, você está explorando a natureza prestativa dela?

— Gostaria de poder dizer isso.

— Ah, é?

— Ela faz exigências bastante específicas sobre onde e quando. E como. Ela gosta de...

— Chega! — disse Rakel.

Harry deu um sorriso torto.

— Como você sabe, sempre tive uma queda por mulheres que sabem o que querem.

— Já disse que chega.

— Entendi.

Os dois continuaram andando em silêncio. Enfim, Harry pronunciou as palavras que estavam escritas em letras maiúsculas em sua mente:

— E esse tal de Hans Christian?

— Hans Christian Simonsen? É o advogado de Oleg.

— Nunca ouvi falar de nenhum Hans Christian Simonsen em casos de homicídio.

— Ele é daqui da vizinhança. Estudamos juntos na faculdade de Direito. Ele veio oferecer seus serviços.

— Entendi.

Rakel riu.

— Pelo que me lembro, ele me convidou para sair uma ou duas vezes na época da faculdade. E queria que eu fizesse um curso de dança de salão com ele.

— Pelo amor de Deus!

Rakel riu ainda mais alto. Meu Deus, como ele havia sentido falta daquela risada.

Ela lhe deu um empurrãozinho.

— Como sabe, sempre tive uma queda por homens que sabem o que querem.

— Tudo bem — disse Harry. — E o que eles já fizeram por você?

Rakel não respondeu. Não era necessário. Em vez disso, uma ruga se formou entre as grossas sobrancelhas pretas. No passado, sempre que aquela ruga surgia em sua testa, Harry costumava passar o dedo indicador por ela.

— Às vezes é mais importante ter um advogado dedicado do que um advogado tão experiente que já sabe o resultado de antemão.

— Você quer dizer alguém que já sabe que é uma causa perdida?

— Na sua opinião, eu deveria ter contratado um dos veteranos velhos e cansados?

— Bem, os melhores de fato *são* bastante dedicados.

— Isso é um homicidiozinho motivado por drogas, Harry. Os melhores estão ocupados com os casos que trazem prestígio.

— Então, o que Oleg contou a seu advogado dedicado?

Rakel suspirou.

— Que não se lembra de nada. Além disso, ele não quer falar sobre o assunto.

— E é em cima disso que vocês vão montar a defesa?

— Escuta, Hans Christian é um advogado brilhante em sua área, ele entende do assunto. Está se aconselhando com os melhores. E ele trabalha dia e noite, de verdade.

— Você está explorando a natureza prestativa dele, em outras palavras?

Dessa vez, Rakel não riu.

— Sou mãe. É simples. Estou disposta a fazer qualquer coisa pelo meu filho.

Pararam onde a floresta começava, e cada um deles se sentou em um toco largo de abeto. Como um balão de festa exausto, o sol descia em direção às copas das árvores a oeste.

— Sei por que você veio — disse Rakel. — Mas o que exatamente você pretende fazer?

— Descobrir se Oleg é realmente culpado.

— Por quê?

Harry deu de ombros.

— Porque sou investigador. Porque é assim que colocamos ordem nesse formigueiro. Ninguém pode ser condenado antes que se tenha certeza da culpa.

— E você não tem certeza?

— Não, não tenho certeza.

— E é só por isso que você está aqui?

As sombras dos abetos se estenderam sobre eles. Harry se encolheu dentro do terno de linho; pelo visto, seu termostato ainda não havia se ajustado ao paralelo 60 graus Norte.

— É curioso — disse ele. — De todo o tempo que ficamos juntos, lembro-me apenas de momentos isolados. Assim, quando vejo uma foto, lembro-me daquele momento da forma como ele está registrado na imagem. Da forma como estamos na foto. Mesmo sabendo que não era verdade.

Harry olhou para Rakel. Ela apoiava o queixo em uma das mãos. O sol brilhava em seus olhos semicerrados.

— Mas talvez seja esse o motivo pelo qual tiramos fotos — continuou Harry. — Precisamos forjar provas para sustentar a afirmação equivocada de que éramos felizes. Pois a ideia de que não fomos felizes, pelo menos em algum momento, é insuportável. Nós, adultos, mandamos as crianças sorrirem nas fotos, envolvendo-as em nossa mentira, e sorrimos, fingimos felicidade. Mas Oleg não conseguia sorrir se não fosse sincero, ele não era capaz de mentir, não tinha o dom. — Harry se virou outra vez para o sol e ainda teve tempo de ver os últimos raios se estenderem como dedos amarelos agarrando as copas dos abetos sobre a colina. — Encontrei uma foto de nós três na porta do armário dele, no vestiário de Valle Hovin. E quer saber, Rakel? Ele está sorrindo naquela foto.

Harry focou nos abetos. Era como se a cor de repente tivesse sido sugada deles, e agora estavam ali, feito sentinelas, enfileiradas e vestidas de preto. Então ele sentiu ela se aproximando, sentiu a mão dela se enfiando embaixo de seu braço, sentiu a cabeça encostando em seu ombro, sentiu o cheiro do cabelo e o calor do rosto dela através do tecido de linho.

— Não preciso de foto nenhuma para lembrar o quanto éramos felizes, Harry.

— Humm.

— Talvez ele tenha aprendido a mentir. Isso acontece com todos nós.

Harry concordou. Uma rajada de vento o fez estremecer. Quando foi que ele aprendeu a mentir? Foi aquela vez em que sua irmã perguntou se a mãe deles os via do céu? Será que ele aprendeu tão cedo assim? Será que foi por isso que achou tão fácil mentir para si mesmo ao fingir não saber o que Oleg andara fazendo? Oleg não perdeu a inocência porque aprendeu a mentir nem porque aprendeu a injetar heroína ou a roubar as joias de sua mãe. Mas porque aprendeu, de forma eficaz e sem riscos, a vender uma substância que consome a alma, destrói o corpo e manda o comprador diretamente para o inferno frio e gotejante da dependência. Ainda que Oleg fosse inocente do assassinato de Gusto, seria culpado mesmo assim. Ele os havia mandado de avião. Para Dubai.

Fly Emirates.

Dubai fica nos Emirados Árabes Unidos.

Não havia nenhum árabe, apenas traficantes com a roupa do Arsenal vendendo violino. Roupas que foram entregues a eles juntamente com as instruções sobre como vender as drogas do jeito certo: um cara com a grana, um cara com a droga. Uma roupa que chamava atenção e, ao mesmo tempo, comum, que mostrava o que vendiam e a que organização pertenciam. Não uma das quadrilhas efêmeras que sempre eram derrubadas por sua própria ganância, estupidez, preguiça e imprudência, mas uma organização que não corria riscos desnecessários, não revelava nada sobre quem estava por trás do negócio e parecia ter o monopólio sobre a nova droga preferida dos viciados. E Oleg era um deles. Harry não sabia grande coisa sobre futebol, mas tinha quase certeza de que Van Persie e Fàbregas eram jogadores do Arsenal. E tinha certeza absoluta de que um torcedor do Tottenham jamais teria uma camisa do Arsenal a não ser que houvesse um motivo muito especial. Isso, pelo menos, Oleg tinha lhe ensinado.

Havia uma boa razão para Oleg não querer falar nem com ele nem com a polícia. Ele trabalhava para alguém ou alguma organização que ninguém sabia quem ou o que era. Alguém ou alguma organização que fazia todos ficarem calados. Esse era o ponto de partida para Harry.

Rakel desatou a chorar, enterrando o rosto no pescoço dele. As lágrimas aqueciam sua pele, escorriam para dentro da camisa, chegavam ao peito, ao coração.

A noite caiu rapidamente.

Sergey estava deitado na cama, olhando para o teto.

Os segundos passavam, um a um.

Essa era a pior parte: esperar. E ele nem sabia ao certo se aquilo iria acontecer. Se seria necessário. Ele dormia mal. Tinha sonhos ruins. Precisava saber. Ligou para Andrey e perguntou se poderia falar com o tio. Mas ele respondeu que o *ataman* não estava disponível. Nada mais que isso.

Sempre foi assim com o tio. A maior parte de sua vida, Sergey nem soube da existência dele. Foi só depois que ele, ou seu testa de ferro armênio, surgiu do nada e deu um jeito nas coisas que Sergey começou a fazer perguntas. Era impressionante que o restante da família soubesse tão pouco sobre o tio. Sergey descobriu que ele veio do Oeste e se casou com uma integrante da família nos anos 1950. Alguns diziam que ele era da Lituânia, de uma família de *kulaks*, a camada mais alta de fazendeiros e proprietários de terras, a qual tinha sido deportada por Stalin e enviada para a Sibéria. Outros diziam que ele fazia parte de um pequeno grupo de Testemunhas de Jeová da Moldávia que foi deportado para a Sibéria em 1951. Uma velha tia lhe contou que, embora fosse um homem letrado, poliglota e educado, ele imediatamente adotou um modo simples de viver, aderindo às antigas tradições siberianas dos *urkas* como se fossem suas. E que talvez tenha sido justamente sua capacidade de adaptação, aliada a seu óbvio talento para os negócios, que fez com que os outros em pouco tempo o aceitassem como líder. Logo ele chegou a comandar uma das operações de contrabando mais rentáveis de todo o sul da Sibéria. Nos anos 1980, os negócios cresceram tanto, que as autoridades não podiam mais ser subornadas para fazer vista grossa. Quando a União Soviética estava prestes a desmoronar, a polícia partiu para o ataque de forma tão violenta e sangrenta que, de acordo com um vizinho, mais pareceu uma guerra do que a simples imposição da lei. Primeiro, houve relatos de que o tio tinha sido morto. Disseram que foi baleado nas costas e que a polícia, com medo de represálias, jogou o corpo no rio Lena às escondidas. Um dos policiais roubou a faca dele e não conseguiu deixar de se gabar disso. Entretanto, um ano mais tarde, ele deu sinal de vida na França. Disse que estava escondido, e a única coisa que queria saber era se sua esposa estava grávida. Ela não estava; portanto, ninguém de Tagil teve notícias durante anos. Não até sua esposa morrer. Então ele apareceu no enterro, contou o pai de Sergey. Ele pagou tudo, e um enterro russo ortodoxo não sai barato. Também deu dinheiro para os parentes que precisavam de ajuda. O pai de Sergey não estava entre eles, mas foi com ele que o tio fez um levantamento sobre os parentes que a esposa tinha em Tagil. E foi nessa ocasião que lhe apresentaram seu sobrinho, o pequeno Sergey. Na manhã seguinte, o tio desapareceu outra vez, tão misteriosa e inexplicavelmente quanto tinha aparecido. Os anos se passaram, Sergey se tornou adolescente e depois adulto, e todos pensavam que o tio, já idoso em sua última ida à Sibéria, estaria morto e enterrado fazia tempo. Mas então, quando Sergey foi preso por tráfico de maconha, um homem de repente surgiu, um armênio que se apresentou como testa de ferro do tio. Ele deu um jeito no caso e lhe fez o convite para ir à Noruega.

Sergey olhou para o relógio. E constatou que se passaram exatamente doze minutos desde a última vez que tinha visto as horas. Fechou os olhos e tentou visualizá-lo. O policial.

Aliás, havia mais um detalhe naquela história da suposta morte do tio. Logo depois, o policial que roubou a faca foi encontrado na floresta boreal, ou melhor, o que sobrou dele. O resto tinha sido comido por ursos.

Já estava completamente escuro tanto lá fora quanto dentro do quarto quando o telefone tocou.

Era Andrey.

10

Tord Schultz abriu a porta de sua casa, olhou para a escuridão lá dentro e, por algum tempo, ficou escutando o silêncio. Sem acender a luz, sentou-se no sofá e aguardou o rugido reconfortante do próximo avião.

Eles o soltaram.

Um homem que havia se apresentado como inspetor de polícia tinha entrado na cela, se agachado diante dele e perguntado por que diabos ele escondia fécula de batata em sua mala de mão.

— Fécula de batata?

— É o que o laboratório forense da Kripos diz ter recebido.

Seguindo o procedimento de emergência, Tord Schultz repetiu a mesma coisa que ele dissera ao ser detido: que não sabia como o saco tinha parado ali nem o que continha.

— Você está mentindo — acusara o inspetor de polícia. — E vamos ficar de olho em você.

Em seguida, o homem segurara a porta da cela e indicara com um gesto que ele deveria ir embora dali.

Tord teve um sobressalto ao ouvir o som estridente que, de súbito, preencheu a sala vazia e escura. Ele se levantou e caminhou às cegas até o telefone que estava em cima de uma cadeira de madeira ao lado do banco de supino.

Era o gerente operacional. Ele informou que, até segunda ordem, Tord seria afastado dos voos internacionais e transferido para os domésticos.

Tord perguntou o porquê.

O chefe disse que fizeram uma reunião para discutir a situação dele.

— Suponho que saiba que não podemos colocá-lo em voos internacionais com essa suspeita pairando sobre você.

— Mas por que não me proíbem de voar de uma vez?

— Então...

— Então?

— Se a empresa suspender você e isso vazar para a imprensa, os jornalistas logo chegarão à conclusão de que achamos que você tem culpa no cartório. Hum... Sem querer ofendê-lo.

— E vocês não acham isso?

Houve um instante de silêncio antes de ele responder.

— Seria prejudicial para a empresa se admitíssemos ter suspeitas de que um de nossos pilotos é traficante de drogas, não?

Ele queria ofendê-lo.

O que o gerente operacional disse em seguida foi abafado pelo barulho de um TU-154.

Tord desligou.

Tateou os objetos até chegar ao sofá. Passou a ponta do dedo sobre o tampo de vidro da mesa de centro. Sentiu as manchas de muco, saliva e restos de cocaína. E agora? Uma dose ou uma carreira? Uma dose *e* uma carreira?

Ele se levantou. O Tupolev se aproximava, bem baixo. A luz veio do mezanino, invadiu a sala, e, por um instante, Tord olhou para seu próprio reflexo na janela.

Ficou escuro outra vez. Mas ele viu. Viu com os próprios olhos aquilo que sabia que veria no olhar dos colegas. O desprezo, a censura e, o pior de tudo, a pena. Voos domésticos. Vamos ficar de olho em você. *See you.*

Se não pudesse fazer voos internacionais, ele já não teria mais serventia alguma. Seria apenas um risco, um homem desesperado, endividado, viciado em cocaína. Um homem no radar da polícia, um homem sob pressão. Ele não sabia muito do esquema, porém mais do que o suficiente para que pudesse destruir a infraestrutura montada pela quadrilha. E eles fariam o que tinham de fazer. Tord Schultz pôs as mãos na nuca e suspirou. Ele não nasceu para pilotar um caça. A aeronave rodopiava rumo ao solo, e ele não tinha a capacidade necessária para recuperar o controle. Só ficava parado, olhando o chão se aproximar. Sabia que sua única chance de sobrevivência era abandonar a aeronave. Ele precisava acionar o assento ejetor. Cair fora. Agora.

Ele teria de recorrer a alguém importante na polícia, alguém que certamente estava acima do dinheiro corrupto das quadrilhas de tráfico de drogas. Precisava ir ao topo.

É isso, pensou Tord Schultz. Respirou fundo, sentindo os músculos, cuja tensão sequer havia notado, relaxarem. Ele iria até o topo.

Mas primeiro uma dose.

E uma carreira.

Na recepção, Harry recebeu a chave do quarto do mesmo recepcionista.

Ele agradeceu e subiu a escada. No caminho entre a estação de metrô de Egertorget e o Hotel Leon, não tinha visto nenhuma camisa do Arsenal.

Ao se aproximar do quarto 301, diminuiu o passo. Duas das lâmpadas do corredor estavam queimadas, tornando-o escuro o bastante para que ele visse a luz que escapava pela fresta embaixo de sua porta. Em Hong Kong, o preço da energia elétrica forçou Harry a abandonar o mau hábito norueguês de não apagar as luzes ao sair de casa, mas talvez a camareira as tivesse deixado acesas. Nesse caso, ela também havia esquecido de trancar a porta.

Com a chave na mão direita, Harry parou diante da porta, que se abriu sozinha. À luz da única lâmpada do teto, viu um vulto. Estava de costas para ele, inclinado sobre sua mala de lona, aberta em cima da cama. Assim que a porta bateu de leve na parede, o vulto se virou com calma, e um homem de rosto alongado repleto de rugas fitou Harry com os olhos meigos de um São Bernardo. Era alto, curvado e vestia um sobretudo e uma blusa de lã com um colarinho clerical sujo no pescoço. Os cabelos longos e desgrenhados estavam divididos ao meio, e, nas laterais da cabeça, Harry se deparou com as maiores orelhas que já tinha visto. O homem devia ter no mínimo 70 anos. Os dois não podiam ser mais diferentes; mesmo assim, a primeira coisa que veio à mente de Harry foi que estava olhando sua própria imagem no espelho.

— Que diabos está fazendo aqui? — perguntou ele, ainda no corredor. Era o procedimento habitual.

— O que está parecendo? — A voz era mais jovem que o rosto, forte e com o característico sotaque sueco que, por alguma razão, os religiosos gostam tanto. — Obviamente, arrombei a porta para ver se encontrava algo de valor aqui. — Ele levantou as mãos. A mão direita segurava um adaptador universal; a esquerda, uma edição de bolso de *Pastoral americana*, de Philip Roth. — Mas você não tem nada. — Jogou as coisas sobre a cama. Espiou dentro da pequena mala de lona e lançou um olhar indagador para Harry. — Nem uma máquina de barbear?

— Porra, mas que...

Sem se importar com os procedimentos habituais, Harry entrou no quarto e fechou bruscamente a mala.

— Calma, meu filho — disse o homem, erguendo as palmas das mãos. — Não é nada pessoal. Você é novo aqui. É só uma questão de quem vai te roubar primeiro.

— Aqui? Isso quer dizer...

O velho estendeu a mão.

— Bem-vindo. Sou Cato. Moro no 310.

Harry olhou para a mão, que tinha o aspecto de uma grande frigideira encardida.

— Vamos — insistiu Cato. — A mão é a única parte do meu corpo que é conveniente tocar.

Harry se apresentou e apertou a mão do sujeito. Era surpreendentemente macia.

— Mãos de clérigo — disse o homem, como se lesse seus pensamentos. — Tem alguma coisa para beber, Harry?

Harry fez um gesto em direção à mala e às portas abertas do armário.

— Você já viu tudo o que tenho.

— Sim, vi que você não tem nada. Estou perguntando se carrega algo aí com você. Agora, no bolso do paletó, por exemplo.

Harry tirou o Game Boy e o jogou na cama, onde os outros pertences estavam espalhados.

Cato inclinou a cabeça e olhou para Harry. A orelha ficou dobrada sobre o ombro.

— Com aquele terno, pensei que você fosse um daqueles clientes que se hospedam no hotel por poucas horas, não alguém que fosse passar um tempo aqui. O que você está fazendo aqui, na verdade?

— Acho que essa fala é minha.

Cato pôs uma das mãos no braço de Harry e o olhou nos olhos.

— Meu filho — disse ele com a voz grave, passando dois dedos sobre o tecido. — É um belo terno. Quanto pagou por ele?

Harry estava prestes a dizer algo. Uma frase cortês com pitadas de antipatia e um tom de ameaça. Mas não adiantaria nada. Ele desistiu. E sorriu.

Cato sorriu também.

Como um reflexo no espelho.

— Não vou ficar te importunando: além do mais, preciso ir para o trabalho agora.

— E em que você trabalha?

— Veja só, você também tem um pouquinho de interesse pelo próximo. Prego a palavra do Senhor aos infelizes.

— A essa hora?

— Minha clientela não segue os horários convencionais da igreja. Adeus.

Com uma reverência galante, o velho se virou e saiu. Quando ele passou pelo vão da porta, Harry viu um de seus maços de cigarros Camel despontar do bolso do sobretudo de Cato. Harry fechou a porta. Um cheiro de homem velho e cinzas permaneceu no quarto. Foi até a janela e a abriu. Os sons da cidade imediatamente invadiram o cômodo: o ruído baixo e constante do trânsito, o som de jazz vindo de uma janela aberta, uma sirene de polícia distante, aumentando e diminuindo de intensidade, um infeliz gritando sua dor entre as fachadas dos prédios, seguido do som de vidro quebrando, o vento sussurrando nas folhas secas, os saltos dos sapatos de uma mulher. Os sons de Oslo.

Um leve movimento o fez olhar para baixo. A luz da lâmpada solitária na parede dos fundos recaía sobre o contêiner de lixo embaixo da janela. Harry teve o vislumbre de uma cauda marrom. Um rato estava ali, erguendo o focinho acetinado em sua direção. Harry se lembrou de algo dito por Herman Kluit, que talvez se referisse a seu próprio trabalho: "Um rato não é nem bom nem mau, ele só faz o que um rato tem que fazer."

Era a pior fase do inverno de Oslo. O período antes de o gelo se assentar no fiorde, quando o vento soprava salgado e gélido pelas ruas do centro da cidade. Como de costume, fiquei na Dronningens Gate, vendendo *speed*, diazepam e Rohypnol. Bati o pé no chão. Não consegui sentir meus dedos e avaliei se o lucro do dia deveria ser gasto com as caríssimas botas Freelance que eu tinha visto na vitrine da Steen & Strøm. Ou com *ice*, que, segundo ouvi dizer, estava à venda na Plata. Talvez eu pudesse até pegar um pouco de *speed*, Tutu nem iria perceber, e comprar as botas. Mas, pensando melhor, seria mais seguro roubar as botas e pagar a Odin o que lhe era devido. Afinal, eu estava melhor que Oleg, que teve de começar do zero vendendo maconha naquele inferno de gelo perto do rio. Tutu deu a ele o ponto embaixo da ponte Nybrua, onde ele tinha a concorrência de gente de lugares fodidos do mundo inteiro e provavelmente era o único que falava norueguês fluente entre a ponte Ankerbrua e o porto.

Vi um cara com a roupa do Arsenal um pouco mais adiante. Normalmente, quem ficava ali era Bisken, um sulista cheio de espinhas com coleira de cachorro. Cara novo, mas o procedimento era o mesmo: ele deveria reunir um grupinho para levá-los até a droga. Por enquanto, três clientes esperavam à sua frente. Só Deus sabe do que tinham tanto medo. Os policiais já haviam desistido dessa área fazia tempo, e se pegassem algum traficante nessa rua, era só para mostrar serviço. Ou algum político tinha posto a boca no trombone outra vez.

Um sujeito vestido como se estivesse indo à igreja passou pelo grupinho, e vi que ele e o cara do Arsenal trocaram gestos quase imperceptíveis. Ele parou diante de mim. Casaco da Ferner Jacobsen, terno de Ermenegildo Zegna e o cabelo dividido para o lado, típico dos coristas do Sølvguttene. Era alto.

— Uma pessoa quer te conhecer. — O homem falava inglês com forte sotaque russo.

Pensei que fosse a mesma coisa de sempre. Ele viu meu rosto, pensou que eu estava ali para me prostituir e queria um boquete ou minha bunda de adolescente. E devo admitir que, em dias como aquele, eu chegava a cogitar uma mudança de ramo: carros com assentos aquecidos e lucro quatro vezes maior por hora.

— Não, obrigado — respondi.

— A resposta certa é "sim, obrigado" — disse o cara, me pegou pelo braço e me arrastou em direção a uma limusine preta que, no mesmo instante, encostou silenciosamente na beira da calçada. A porta de trás se abriu e, já que era inútil resistir, comecei a pensar num preço justo. Afinal, um estupro pago é melhor do que um de graça.

Fui empurrado para o banco de trás, e a porta se fechou com um clique suave, como acontece nos carros supercaros. Pelos vidros, que, de fora pareciam pretos e impenetráveis, vi que a gente estava seguindo para o oeste. No banco do motorista, vi um cara baixinho com uma cabeça minúscula demais para comportar tudo o que havia nela: um nariz gigante, uma bocarra de tubarão esbranquiçada e sem lábios e olhos esbugalhados que pareciam ter sido presos ali com uma cola vagabunda. Também usava um terno caro digno de um funeral, e seu cabelo também era dividido para o lado, como o dos meninos do coral. Ele olhou para mim pelo retrovisor:

— Boas vendas, hein?

— Que vendas, seu bosta?

O baixinho deu um sorriso amigável e fez um gesto com a cabeça. Eu já tinha decidido que não daria desconto se fosse atender os dois clientes, caso eles pedissem, mas vi no olhar daquele cara que eles não estavam a fim de mim. Que era outra coisa, alguma coisa que eu ainda não sabia. Passamos pela Prefeitura. A embaixada americana. O Palácio Real. Seguíamos ainda mais para o oeste. Kirkeveien. A televisão estatal da Noruega. E aí, mansões e endereços de ricaços.

A gente parou em uma ladeira, diante de um casarão de madeira, e os agentes funerários entraram comigo pelo portão. Enquanto caminhávamos em direção à porta de carvalho, olhei em volta. A propriedade era tão grande quanto um campo de futebol, tinha macieiras e pereiras, uma torre de cimento que mais lembrava um bunker, semelhante aos reservatórios usados em países desérticos, uma garagem para dois carros com um portão de ferro. Uma cerca de arame de uns 2 ou 3 metros de altura rodeava tudo aquilo. Eu já tinha uma ideia do rumo que aquilo estava tomando. Limusine, inglês com sotaque russo, "boas vendas?", mansão-fortaleza.

Na antessala, o mais alto dos homens de terno me revistou, e então ele e o baixinho foram para um canto, onde havia uma pequena mesa com toalha vermelha de feltro e um monte de velhos ícones e crucifixos pendurados na parede. Os dois tiraram suas armas dos coldres de ombro, deixaram-nas em cima do feltro vermelho e colocaram uma cruz sobre cada pistola. Então o homem mais baixo abriu a porta para outra sala.

— *Ataman* — chamou, fazendo um gesto para que eu entrasse.

O homem que estava lá dentro devia ser tão velho quanto a poltrona de couro onde estava sentado. Arregalei os olhos. Dedos nodosos seguravam um cigarro preto.

A lareira gigantesca crepitava, e eu fiz questão de me posicionar perto dela para sentir o calor nas costas. A luz das chamas cintilava na camisa de seda e no rosto do velho. Ele pousou o cigarro e estendeu a mão com o dorso voltado para mim, como se eu fosse beijar a grande pedra azul que ele tinha no dedo anelar.

— Safira da Birmânia — disse ele. — De 6,6 quilates, 4.500 dólares por quilate.

O idoso tinha um sotaque. Não era fácil de detectar, mas estava ali. Polônia? Rússia? Algum lugar da Europa Oriental.

— Quanto? — perguntou ele, encostando o anel no queixo.

Demorei uns segundos para entender o que ele queria dizer.

— Um pouco abaixo de 30 mil — falei.

— Quanto abaixo?

Pensei um pouco.

— Acho que 29.700 está bem próximo.

— O dólar custa 5,83.

— Por volta de 170 mil.

O velho fez um gesto de aprovação.

— Dizem que você é bom.

Seus olhos de velho brilhavam, mais azuis que a porcaria da safira da Birmânia.

— E é verdade — eu disse.

— Já te vi em ação. Tem muito a aprender, mas posso ver que é mais esperto que os outros. Você consegue olhar para um cliente e saber quanto ele está disposto a pagar.

Dei de ombros. Pensei em quanto ele estaria disposto a pagar.

— Mas também dizem que você é ladrão.

— Só roubo quando vale a pena.

O idoso riu. Mas, como foi a primeira vez que o vi, pensei que fosse uma crise de tosse do tipo câncer no pulmão. Era uma espécie de som gorgolejante no fundo da garganta que mais parecia o ruído de uma barca velha lá do sul. Então ele fixou os olhos frios e azuis em mim e disse, com o mesmo tom de voz que poderia ter usado para me explicar a segunda lei de Newton:

— Se roubar de mim, te mato.

O suor escorria pelas minhas costas. Forcei-me a encará-lo. Seus olhos pareciam a Antártida. Nada. Terra desolada, fria, maldita. Mas eu sabia o que ele queria. Número um: dinheiro.

— Esses motoqueiros te deixam vender dez gramas por conta própria a cada cinquenta gramas que você vende para eles. Dezessete por cento. Comigo, você só vende minha droga e recebe sua parte em dinheiro. Quinze por cento. Você terá sua própria esquina. Serão três pessoas. O cara do dinheiro, o cara da droga e o olheiro. Sete por cento para o da droga, três por cento para o olheiro. Você acerta com Andrey todo dia à meia-noite. — Ele fez um gesto para o menor dos coristas.

Esquina. Olheiro. X-9 do caralho.

— Feito — eu disse. — Me passa a camisa.

O velho sorriu, um sorriso reptiliano que mostrava qual era o lugar dele na hierarquia.

— Andrey cuidará disso.

Conversamos um pouco. Ele me perguntou sobre meus pais, amigos, se tinha algum lugar para morar. Contei que estava morando com minha irmã adotiva e não menti mais do que o necessário, pois tinha a impressão de que ele já sabia as respostas. Só num ponto eu me atrapalhei um pouco, quando ele perguntou por que eu falava com o sotaque arcaico da região leste da cidade se cresci numa família de acadêmicos na região norte, e respondi que meu pai, meu pai de verdade, era da região leste. Que merda, nem sabia se isso era verdade, mas era o que eu sempre imaginava, pai: você lá na região leste, numa falta de grana do caralho, desempregado, morando em um apartamento minúsculo, gelado, nada bom para criar um filho. Ou talvez eu tivesse começado a falar com esse sotaque só para irritar Rolf e os filhos de nariz empinado do vizinho. E aí descobri que aquilo me dava uma espécie de vantagem, tipo quando você faz tatuagem nas mãos; as pessoas ficavam com medo, afastavam-se um pouco, me davam mais espaço. Enquanto eu falava sobre minha vida, o velho analisava meu rosto o tempo todo, batendo o anel de safira no braço da poltrona em um ritmo regular e incessante, como se tivesse fazendo uma contagem regressiva. Houve uma pausa no interrogatório, e tudo que se ouvia eram as batidas do anel. Tive a sensação de que a gente ia explodir se eu não quebrasse o silêncio.

— Mansão maneira.

Soou tão idiota que quase enrubesci.

— Foi a residência do chefe da Gestapo na Noruega entre 1942 e 1945. Hellmuth Reinhard.

— Aposto que os vizinhos não te incomodam.

— A casa vizinha também é minha. Um tenente de Reinhard morava lá. Ou vice-versa.

— Vice-versa?

— Nem tudo aqui é tão fácil de entender — respondeu o velho, abrindo seu sorriso de lagarto.

Dragão-de-komodo.

Eu sabia que devia ser cauteloso, mas não me contive.

— Tem uma coisa que não entendo. Odin me paga dezessete por cento, e isso é mais ou menos o padrão, mas você quer uma equipe de três e vai abrir mão de um total de 25 por cento. Por quê?

O olhar do velho focava um dos lados do meu rosto.

— Porque três é mais seguro que um, Gusto. O risco dos meus vendedores é meu risco também. Se eu perder todos os peões, será só uma questão de tempo até eu mesmo levar um xeque-mate, Gusto.

Era como se ele repetisse meu nome apenas para ouvi-lo.

— Mas o lucro...

— Não se preocupe com isso — respondeu ele com rispidez. Então sorriu, e a voz ficou suave novamente. — Nossa mercadoria vem direto da fonte, Gusto. Tem um grau de pureza seis vezes maior que o da chamada heroína, que primeiro é diluída em Istambul, depois em Belgrado e, em seguida, em Amsterdã. Mesmo assim, pagamos menos por grama, entende?

Fiz que sim.

— Você pode diluir a droga umas sete ou oito vezes a mais que os outros.

— Nós a diluímos sim, mas menos que os outros. Vendemos algo que de fato pode ser chamado de heroína. Isso você já sabe, e foi por isso que aceitou tão depressa uma comissão mais baixa. — A luz das chamas na lareira cintilava em seus dentes brancos. — Porque sabe que vai vender o melhor produto da cidade, que vai vender três ou quatro vezes mais do que a farinha de trigo de Odin. Você sabe disso porque vê isso todo dia: compradores que passam direto por uma fila de traficantes para ir até aquele que está vestindo...

— ... a camisa do Arsenal.

— Já no primeiro dia os clientes vão saber que é você quem tem a mercadoria boa, Gusto.

Em seguida, o velho me acompanhou até a porta da frente.

Como ele tinha ficado com um cobertor de lã sobre as pernas o tempo todo, pensei que fosse aleijado ou algo assim, mas ele se levantou de forma surpreendentemente ágil. Não saiu da casa; pelo visto não queria ser visto do lado de fora. Ele pôs a mão em meu braço, logo acima do cotovelo. Apertou de leve o tríceps.

— Até breve, Gusto.

Assenti com a cabeça. Como já disse, eu sabia qual era a outra coisa que ele queria. "Já te vi em ação." Ele vinha me observando de dentro de uma limusine com vidros escuros, como se eu fosse uma porra de um Rembrandt. Por isso, eu sabia que conseguiria as coisas do meu jeito.

— O olheiro vai ser minha irmã. E o cara da droga, um sujeito chamado Oleg.

— Tudo bem. Algo mais?

— Quero a camisa número 23.

— Arshavin — murmurou o corista mais alto com satisfação. — Russo. Ele provavelmente nunca tinha ouvido falar de Michael Jordan.

— Vamos ver. — O velho deu uma risadinha e olhou para o céu. — Agora Andrey vai te mostrar uma coisa, e então poderá começar.

A mão dele ficou alisando meu braço, e a porra do sorriso não se desfez. Eu estava assustado. E animado. Assustado e animado como um caçador de dragões-de-komodo.

Os coristas dirigiram até a marina deserta de Frognerkilen. Eles tinham as chaves de um portão, e passamos de carro pelos barcos que estavam nas docas secas para o inverno. Na extremidade de um dos cais, paramos e saímos do carro. Meus olhos se fixaram na água parada e negra. Andrey abriu o porta-malas.

— Venha aqui, Arshavin.

Fui até ele e olhei para dentro do porta-malas.

O cara ainda estava com o colar de cachorro e a camisa do Arsenal. Bisken sempre foi feio, mas o aspecto dele quase me fez ter ânsia de vômito. Em seu rosto cheio de espinhas havia grandes buracos pretos de sangue coagulado, uma das orelhas estava rasgada, e uma das órbitas tinha, em vez de olhos, algo que parecia um mingau. Quando consegui desviar meu olhar daquilo, notei que também havia um pequeno furo na roupa logo acima do M de "Emirates". Parecia um buraco de bala.

— O que aconteceu? — gaguejei.

— Ele falou com o policial disfarçado.

Eu sabia de quem ele estava falando. Era um agente infiltrado, ou pelo menos era isso que ele pensava, que andava à espreita em Kvadraturen.

Andrey esperou e deixou que eu desse uma boa olhada no defunto antes de perguntar:

— Entendeu a mensagem?

Fiz que sim. Não conseguia parar de olhar para aquele olho deformado. Que porra fizeram com ele?

— Peter — disse Andrey.

Juntos, eles tiraram o corpo do porta-malas, arrancaram dele a camiseta do Arsenal e o atiraram do cais. A água negra o recebeu, engolindo-o sem qualquer som. Acabou.

Andrey jogou a camiseta para mim.

— Isso é seu agora.

Enfiei o dedo no furo feito pela bala. Virei a peça e dei uma olhada nas costas.

Número 52. Bendtner.

11

Eram seis e meia da manhã, quinze minutos antes de o sol nascer, de acordo com a última página da edição matutina do *Aftenposten*. Tord Schultz dobrou o jornal e o deixou na cadeira a seu lado. Passou os olhos mais uma vez pelo saguão vazio, detendo-se na porta.

— Ele costuma chegar cedo ao trabalho — disse o guarda atrás do balcão da recepção.

Tord Schultz tinha pegado um trem para Oslo de madrugada e viu a cidade acordar enquanto caminhava da Estação Central em direção ao leste por Grønlandsleiret. Ele passou por um caminhão de lixo. Os homens tratavam os contêineres com uma brutalidade que, para Tord, não tinha nada a ver com eficiência. Pilotos de F-16. Um comerciante paquistanês carregou as caixas de mercadorias até a frente de sua loja, parou, enxugou as mãos no avental e deu um sorriso de bom-dia para ele. Piloto de Hércules. Depois da Igreja de Grønland, ele virou para a esquerda. Uma enorme fachada de vidro, construída e projetada nos anos 1970, erguia-se diante dele. A sede da polícia.

Às seis e trinta e sete, a porta se abriu. O recepcionista pigarreou, e Tord ergueu a cabeça. Ao receber um gesto de confirmação do guarda, pôs-se de pé. O homem que vinha em sua direção era mais baixo que ele.

Seu andar era rápido e ágil, e seu cabelo, mais comprido do que Tord esperaria de alguém que comandava o maior esquadrão anti-drogas da Noruega. Quando o homem se aproximou, Tord notou as listras brancas e rosadas no rosto bronzeado, de uma beleza quase feminina. Ele se lembrou de uma aeromoça que tinha uma deficiência de pigmentação. Na pele queimada de sol, uma faixa branca surgia no pescoço, passava por entre os seios e desaparecia em seu sexo depilado. O efeito disso era que o restante da pele parecia uma meia de náilon bem apertada.

— Mikael Bellman?

— Pois não, em que posso ajudá-lo? — respondeu o homem sorridente, mas sem diminuir o passo.

— Uma conversa a sós.

— Lamento, mas preciso preparar uma reunião. Mas você pode ligar...

— *Preciso* falar com o senhor agora — disse Tord, surpreendendo-se com o tom insistente de sua própria voz.

— É mesmo?

O chefe da CrimOrg já havia inserido o crachá no leitor da catraca dos funcionários, mas se deteve e o observou.

Tord Schultz se aproximou ainda mais. Baixou a voz, apesar de o guarda ser a única outra pessoa no saguão.

— Meu nome é Tord Schultz, sou comandante da maior companhia aérea da Escandinávia e tenho informações sobre tráfico de drogas para a Noruega via Aeroporto de Oslo.

— Entendi. Estamos falando de grandes volumes?

— Oito quilos por semana.

Tord sentiu o olhar do outro examinando-o. Sabia que, naquele exato momento, o cérebro de Bellman reunia e processava todas as informações disponíveis: a linguagem corporal, a roupa, a postura, a expressão no rosto, o anel de casamento — que ele, por algum motivo, ainda usava no dedo —, o furo na orelha, o sapato lustroso, o vocabulário, a firmeza do olhar.

— Talvez você deva se registrar — disse Bellman, fazendo um gesto para o recepcionista.

Tord Schultz fez que não com a cabeça.

— Prefiro que essa reunião permaneça absolutamente confidencial.

— Segundo as regras, todos precisam ser registrados, mas garanto que as informações não saem daqui da sede.

Bellman fez um sinal para o guarda.

No elevador, Schultz ficou passando o dedo sobre seu nome impresso no adesivo, que o guarda o instruíra a usar na lapela.

— Algum problema? — perguntou Bellman.

— Não, imagina — respondeu Tord. Porém, ele continuou a passar o dedo, na esperança de apagar o nome.

O escritório do chefe da Divisão contra o Crime Organizado era surpreendentemente pequeno.

— Não é uma questão de tamanho — disse Bellman, o tom indicando que estava acostumado com a reação. — Foram feitas grandes coisas aqui. — Ele apontou para um retrato na parede. — Lars Axelsen, chefe da antiga Divisão Antirroubo. Participou do desmantelamento da Quadrilha de Tveita na década de 1990.

Ele indicou uma cadeira para Tord se sentar. Pegou um bloco de anotações, olhou para o piloto e colocou o bloco de volta ao lugar.

— Então?

Tord respirou fundo. E falou. Começou com o divórcio. Era necessário. Precisava começar explicando o porquê. Então passou para quando e onde. Em seguida, para quem e como. No fim, contou sobre o queimador.

Durante todo o tempo, Bellman ficou inclinado para a frente, prestando bastante atenção. Somente quando Tord contou sobre o queimador, o rosto perdeu sua expressão concentrada, mas profissional. Depois do espanto inicial, uma vermelhidão começou a cobrir as manchas de pigmentação brancas. Uma coisa estranha de se ver; era como se ele tivesse uma chama acesa dentro do corpo. Tord perdeu o contato visual com Bellman, que passou a olhar com ar ressentido para a parede atrás do piloto, talvez para o retrato de Lars Axelsen.

Assim que Tord acabou, Bellman suspirou e baixou a cabeça.

Quando a ergueu outra vez, Tord viu que havia algo novo em seus olhos. Algo duro e desafiador.

— Sinto muito — disse Bellman. — Em meu nome, em nome dessa corporação, peço desculpas por não termos nos livrado dessa praga.

Tord pensou que Bellman deveria estar dizendo aquilo a si mesmo, não a ele, um piloto que tinha traficado oito quilos de heroína por semana.

— Entendo que está preocupado — continuou ele. — Gostaria de dizer que não tem nada a temer, mas minha amarga experiência me diz que, quando esse tipo de corrupção vem à tona, sua extensão vai muito além de um único indivíduo.

— Faz sentido.

— Já falou sobre isso com mais alguém?

— Não.

— Alguém sabe que você está conversando comigo?

— Não, ninguém.

— Realmente ninguém?

Tord olhou para ele. Deu um sorriso torto sem dizer o que pensava. Para quem poderia ter contado?

— Ok. Como deve saber, o caso que você me trouxe é grande, grave e delicadíssimo. Preciso ter muito cuidado aqui dentro para não deixar alertas aqueles que não devem ser alertados. Isso significa que tenho que levar isso para meus superiores. Pelo que me contou, eu deveria colocá-lo em prisão preventiva, mas uma prisão agora pode nos entregar. Portanto, até que a situação esteja resolvida, você deve ir para casa e ficar lá. Entende? Não fale com ninguém sobre essa conversa, não saia de casa, não abra a porta para estranhos, não atenda ligações de números desconhecidos.

Tord fez um gesto de compreensão.

— Quanto tempo vai demorar?

— No máximo três dias.

— Entendido.

Bellman fez menção de falar algo, mas hesitou por um instante. Finalmente, disse:

— Tem uma coisa que nunca consegui aceitar. O fato de que algumas pessoas estão dispostas a acabar com a vida de outras só para ganhar dinheiro. Quer dizer, posso compreender se você for um agricultor paupérrimo do Afeganistão. Mas um norueguês com o salário de piloto...

Tord Schultz sustentou o olhar de Bellman. Ele tinha se preparado para isso; a sensação foi quase de alívio quando o policial finalmente fez esse comentário.

— ... Mesmo assim, é um ato corajoso chegar aqui de livre e espontânea vontade e abrir o jogo. Sei que você sabe o que está arriscando. Não será fácil ser você de agora em diante, Schultz.

Com isso, o chefe da CrimOrg se levantou e estendeu a mão. E ocorreu a Tord Schultz o mesmo pensamento que teve ao se aproximar dele na recepção: Mikael Bellman tinha a altura perfeita para ser piloto de caça.

Ao mesmo tempo que Tord Schultz saía da sede da polícia, Harry Hole tocava a campainha da casa de Rakel. Ela abriu a porta, vestida com um robe e com os olhos semicerrados. Bocejou.

— Vou ficar mais bonita com o passar do dia — disse ela.

— Ainda bem que isso vai acontecer com um de nós — retrucou Harry e entrou.

— Boa sorte — disse ela um pouco depois, diante da mesa da sala repleta de pilhas de papel. — Está tudo aí. Relatórios de investigação. Fotos. Recortes de jornal. Depoimentos de testemunhas. Ele é meticuloso. Preciso ir trabalhar.

Quando ela bateu a porta, Harry já havia preparado sua primeira xícara de café e arregaçado as mangas.

Depois de três horas de leitura, precisou fazer uma pausa para combater o desânimo. Pegou a xícara e foi até a janela da cozinha. Disse a si mesmo que estava ali para encontrar qualquer dúvida que pairasse sobre a culpa de Oleg, não provas de sua inocência. A *dúvida* era o suficiente. Mesmo assim, o material reunido ali era inequívoco. E todos os seus anos de experiência como investigador de homicídios não o ajudavam: com uma frequência surpreendente, as coisas eram exatamente do jeito que pareciam ser.

Depois de mais de três horas, a conclusão continuou a mesma. Não havia nada naquele material que sugerisse outra explicação. Isso não significava que não havia outra explicação para o caso, mas sim que ela não estava *nesse* material. Foi o que disse a si mesmo.

Harry foi embora antes de Rakel voltar para casa, tentando se convencer de que estava cansado por causa do jet lag, que precisava dormir. Mas, no fundo, ele sabia o verdadeiro motivo. Não conseguiria contar a ela que, depois de ler todos aqueles papéis, estava ainda mais difícil agarrar-se à dúvida, a dúvida que era o caminho, a verdade e a vida, a única possibilidade de salvação.

Harry pegou o casaco e saiu. Percorreu a pé todo o caminho de Holmenkollen até o Schrøder, passando por Ris, Sogn Ullevål e Bolteløkka. Pensou em entrar, mas desistiu. Optou por continuar seguindo rumo ao leste, atravessou o rio e foi até Tøyen.

Quando abriu a porta do Farol, a luz do dia já se despedia lá fora. Tudo continuava do jeito que ele lembrava. Paredes claras, assim como a decoração, janelas grandes que deixavam passar o máximo de luz. E, em meio a toda a claridade, estava ali a clientela da tarde, em volta das mesas repletas de café e sanduíches. Alguns apoiavam a cabeça nos tampos das mesas, como se tivessem acabado de cruzar a linha de chegada de uma maratona, outros mantinham conversas em voz baixa no linguajar incompreensível dos viciados, e outros ainda não causariam estranhamento se estivessem tomando café espresso no United Bakeries, em meio à armada burguesa de carrinhos de bebê.

Alguns tinham acabado de ganhar roupas usadas, as quais ainda estavam guardadas em sacos plásticos ou já estavam vestidas. Outros pareciam corretores de seguro ou professoras do interior.

Harry abriu caminho até o balcão, e uma moça gordinha e sorridente de moletom com capuz do Exército de Salvação lhe ofereceu café e pão de forma com queijo marrom.

— Hoje não, obrigado. Martine está aqui?

— Ela está trabalhando no ambulatório.

A moça apontou para o pronto-socorro do Exército de Salvação no andar de cima.

— Mas ela deve estar acab...

— Harry!

Ele se virou.

Martine Eckhoff continuava bem baixinha. O rosto felino, sorridente, tinha a mesma boca desproporcionalmente larga e um nariz que se resumia a uma ligeira protuberância. As pupilas pareciam ter se derramado até a borda das íris castanhas, assumindo o formato de um buraco de fechadura, algo que ela já havia explicado ser congênito e que se chamava coloboma ocular.

Ela ficou na ponta dos pés e lhe deu um longo abraço. Quando finalmente o soltou, pegou suas mãos e ficou olhando para ele. Harry viu uma sombra passar pelo sorriso de Martine assim que ela viu a cicatriz no rosto.

— Como você... emagreceu.

Harry riu.

— Obrigado. Mas não sou eu quem emagreceu, é...

— Já sei! — gritou Martine. — Eu engordei. Mas todos engordam, Harry. Todos menos você. Por sinal, tenho uma desculpa para estar gorda...

Ela passou a mão na barriga, onde a blusa preta de lã de carneiro estava esticada ao máximo.

— Hã. Foi Rikard quem fez isso com você?

Ela deu uma risada e fez que sim com entusiasmo. Seu rosto estava vermelho, o calor irradiava dele como de uma tela de plasma.

Foram até a única mesa vaga. Harry se sentou e olhou para a barriga enorme que tentava se acomodar em uma cadeira. Parecia absurda naquele cenário de vidas destruídas e desespero apático.

— Gusto — disse ele. — Você conhece o caso?

Ela suspirou.

— Claro. Todos aqui o conheciam. Ele fazia parte da comunidade. Não era um frequentador assíduo, mas a gente o via de vez em quando. Todas as meninas que trabalham aqui eram apaixonadas por ele, sem exceção. Ele era tão lindo!

— E Oleg, o suposto assassino?

— Ele também vinha aqui de vez em quando. Com uma menina.

— Ela franziu a testa. — Suposto? Há alguma dúvida sobre isso?

— É o que estou tentando descobrir. Você falou de uma menina?

— Uma graça, mas uma coisinha tão pálida. Ingunn? Iriam? — Ela se virou para o balcão. — Oi! Como é o nome da irmã adotiva de Gusto? — E antes que alguém tivesse tempo de responder, ela mesma gritou: — Irene!

— Cabelo ruivo e sardas? — perguntou Harry.

— Ela era tão pálida que, se não fosse pelo cabelo, seria invisível. Estou falando sério. No fim, o sol parecia atravessar a pele da menina.

— No fim?

— Pois é, o pessoal aqui acabou de falar sobre isso, que faz muito tempo que ela não aparece. Perguntei a vários frequentadores se ela se mudou da cidade ou coisa assim, mas parece que ninguém sabe aonde Irene foi parar.

— Você se lembra de alguma coisa que tenha acontecido na época do homicídio?

— Nada de especial, com exceção da noite do crime em si. Ouvi as sirenes da polícia e percebi que provavelmente se tratava de algum dos nossos fregueses quando um de seus colegas recebeu um telefonema e saiu apressado daqui.

— Eu achava que havia uma regra tácita de que os agentes infiltrados não podiam trabalhar aqui dentro do café...

— Não acho que ele estava trabalhando, Harry. Ele ficava sozinho naquela mesa ali, fingindo ler *Klassekampen*. Modéstia à parte, acho que ele vinha até aqui para ficar olhando para *moi*.

Martine pôs a palma da mão sobre o peito com ar sedutor.

— Parece que você atrai policiais solitários, então.

Ela riu.

— Fui eu que dei em cima de você, se esqueceu disso?

— Moça de família cristã que nem você? Duvido.

— Na verdade, os olhares dele passaram a me incomodar, mas ele parou de vir quando a gravidez ficou evidente. De qualquer forma, naquela noite ele saiu daqui correndo, e eu o vi desaparecer na direção de Hausmanns Gate. Afinal, o local do crime é a alguns metros daqui. Logo depois, começaram os boatos de que Gusto tinha sido baleado. E de que Oleg estava preso.

— O que você sabe sobre Gusto, além do fato de ele ser filho adotivo e mexer com a cabeça das mulheres?

— O apelido dele era Ladrão. E vendia violino.

— Ele era traficante de quem?

— Ele e Oleg eram traficantes da turma de motoqueiros de Alnabru, Los Lobos. Mas acho que depois passaram para Dubai. Todos que recebem a oferta de Dubai a aceitam. Eles têm a heroína mais pura, e, quando surgiu o violino, os traficantes com a camisa do Arsenal eram os únicos que tinham a droga. Pelo jeito continua assim.

— O que você sabe sobre Dubai? Quem é ele?

Martine fez que não com a cabeça.

— Não sei nem se é uma pessoa ou uma organização.

— Tão presente nas ruas e tão invisível nos bastidores... Será que há alguém que saiba de alguma coisa?

— Com certeza sim, mas quem sabe de algo não quer falar nada.

Alguém chamou Martine.

— Fique aí — disse ela a Harry, esforçando-se para se levantar da cadeira. — Volto já.

— Não, preciso ir — disse Harry.

— Para onde?

Houve um segundo de silêncio quando os dois se deram conta de que ele não tinha uma resposta adequada àquela pergunta.

Tord Schultz estava sentado à mesa da cozinha, perto da janela. O sol estava quase se pondo, mas ainda havia luz suficiente para ver as pessoas caminhando pela rua entre as casas. Mas ele não estava olhando para a rua. Deu uma mordida no sanduíche de pão com mortadela.

Os aviões sobrevoavam o telhado da casa. Chegavam e partiam. Pousavam e decolavam. Pousavam e decolavam.

Tord Schultz escutava os sons dos diferentes motores. Era como uma linha do tempo. Os velhos motores tinham o som *certo*, tinham exatamente o ronco, o ardor caloroso que evocava as boas lembranças, a trilha sonora da época em que as coisas importavam: trabalho, pontualidade, família, as carícias de uma mulher, o reconhecimento dos colegas. Os motores da nova geração deslocavam mais ar, mas eram frenéticos, precisavam fazer a aeronave avançar mais depressa com menos combustível, maior eficiência, não tinham espaço para problemas insignificantes. Ele olhou outra vez para o grande relógio em cima da geladeira. Seu tique-taque era rápido como um pequeno coração amedrontado. Sete horas. Mais doze horas de espera. Logo estaria escuro. Ele ouviu um Boeing 747. Tipo Classic. O melhor. O som ficou cada vez mais forte até se tornar um rugido que fez os vidros tremerem e o copo tilintar contra a garrafa meio vazia na mesa. Tord Schultz fechou os olhos. Era o som do otimismo com relação ao futuro, da força bruta, da arrogância. O som da invencibilidade de um homem no auge de sua vida.

Quando o som sumiu e a quietude retornou de repente, Tord notou que o silêncio estava diferente. Como se o ar tivesse outra densidade.

Como se houvesse mais alguém ali.

Ele se virou na direção da sala. Pôde enxergar o banco de supino e parte da mesa de centro. Olhou para o piso de parquet, para as sombras vindas da parte do cômodo que ele não enxergava. Prendeu a respiração por um instante e ficou à escuta. Nada. Só o tique-taque do relógio em cima da geladeira. Então deu mais uma mordida no sanduíche, tomou um gole e se recostou na cadeira. Uma aeronave grande estava prestes a pousar. Ele podia ouvir sua aproximação, abafando o tempo que ainda tiquetaqueava. E pensou que ela deveria estar passando entre a casa e o sol, pois uma sombra recaiu sobre ele e a mesa.

Harry andou pela Urtegata e desceu a Platous Gate até Grønlandsleiret. Seguia para a sede da polícia como se estivesse no piloto automático, e fez uma pausa em Botsparken. Olhou para a prisão, para as paredes sólidas de pedra cinza.

Será que ele realmente tinha alguma dúvida sobre quem havia matado Gusto Hanssen?

Todos os dias, um voo da Scandinavia Airlines saía direto de Oslo com destino a Bangkok pouco antes da meia-noite. De lá havia voos para Hong Kong cinco vezes por dia. Harry podia ir para o Hotel Leon naquele mesmo instante. Levaria exatamente cinco minutos para arrumar a mala e fazer o check-out. Pegaria o trem expresso para o Gardermoen. Compraria a passagem no balcão da companhia aérea. Jantaria e leria os jornais no ambiente relaxante e impessoal do aeroporto.

Harry se virou. Viu que o cartaz vermelho do dia anterior tinha sumido.

Ele continuou pela Oslo Gate e, ao passar pelo Minnepark, próximo do cemitério de Gamlebyen, ouviu uma voz vinda das sombras perto da cerca.

— Tem 200 coroas pra gastar? — perguntou em sueco.

Harry parou, e o pedinte veio até ele. O sobretudo era longo e esfarrapado, e a luz do holofote fazia com que as grandes orelhas lançassem sombras sobre seu rosto.

— Suponho que esteja pedindo um empréstimo? — perguntou Harry, pegando sua carteira.

— Doação — respondeu Cato ao estender a mão. — Nunca vai receber isso de volta. Deixei minha carteira no Leon.

O velho não tinha bafo de aguardente ou cerveja, só cheirava a fumo e a algo que fazia Harry se lembrar da infância e de brincar de esconde-esconde na casa do avô. Ele se escondia no guarda-roupa e inalava o cheiro adocicado das peças que ficavam penduradas ali fazia anos e deveriam ter a mesma idade da casa.

Harry só achou uma nota de 500 coroas e a estendeu a Cato.

— Toma.

Cato olhou para a nota. Passou a mão por ela.

— Ouvi algumas coisas por aí — disse ele. — Dizem que você é policial.

— Ah, é?

— E que bebe. Qual veneno você toma?

— Jim Beam.

— Ahn, Jim. Um velho conhecido do meu Johnny. E que você conhece aquele menino. Oleg.

— Você o conhece?

— A prisão é pior que a morte, Harry. A morte é simples, liberta a alma. Mas a prisão corrói a alma até não sobrar mais nada de humano dentro de você. Até você se tornar um fantasma.

— Quem te contou sobre Oleg?

— Minha congregação é grande, e meus paroquianos são muitos, Harry. Eu só ouço coisas por aí. Dizem que você está procurando uma pessoa. Dubai.

Harry olhou para o relógio. Normalmente, os voos não estavam lotados nessa época do ano. De Bangkok ele também poderia ir a Xangai. Zhan Yin tinha mandado uma mensagem dizendo que estaria sozinha no fim de semana. Que os dois poderiam ir para a casa de campo.

— Torço para que não o encontre, Harry.

— Não disse que vou...

— Aqueles que o encontram morrem.

— Cato, hoje à noite vou...

— Você ouviu falar de Besouro?

— Não, mas...

— Seis pernas de inseto que perfuram seu rosto.

— Preciso ir, Cato.

— Eu já vi com meus próprios olhos. — Cato baixou o queixo, apoiando-o no colarinho clerical. — Debaixo da ponte Älvsborg, perto do porto de Gotemburgo. Um policial que estava investigando uma quadrilha de heroína. Atiraram um tijolo com pregos no rosto dele.

Harry finalmente se deu conta do que o outro estava falando. *Zhuk*. Besouro. Originalmente russo, esse método era usado em delatores. Primeiro, pregavam uma das orelhas da vítima no chão, bem embaixo de uma viga. Depois enfiavam seis grandes pregos pela metade em um tijolo comum, penduravam o tijolo numa corda, passavam-na pela viga e forçavam o delator a morder a outra ponta da corda. O objetivo, e o simbolismo, era que, enquanto o delator conseguisse manter a boca fechada, ele continuaria vivo. Harry já havia visto o resultado do método realizado pela Tríade de Taipei num coitado que foi encontrado num beco de Tanshui. Tinham usado pregos de cabeças largas que não faziam furos muito grandes ao penetrar. Mas, quando o resgate chegou e tirou o tijolo do morto, a pele do rosto saiu junto.

Cato enfiou a nota de 500 coroas no bolso da calça enquanto pousava a outra mão no ombro de Harry.

— Entendo que queira proteger seu filho. Mas imagine se foi ele mesmo quem matou o outro rapaz? Aquele rapaz também tinha um pai, Harry. Chamam de abnegação quando os pais lutam pelos filhos, mas eles só querem proteger a si mesmos. E não é preciso coragem moral; trata-se apenas do egoísmo dos genes. Quando eu era criança e meu pai lia a Bíblia para nós, eu achava que Abraão era covarde por obedecer a Deus, que pediu a ele que sacrificasse o filho. Depois de adulto, entendi que um pai realmente abnegado se dispõe a sacrificar o filho se isso servir a um propósito maior. Pois esse tipo de coisa existe, de verdade.

Harry jogou o cigarro na calçada.

— Você está enganado. Oleg não é meu filho.

— Não? Por que está aqui então?

— Sou policial.

Cato riu.

— O sexto mandamento, Harry. Não levantar falso testemunho.

— Esse não é o oitavo? — Harry pisou no cigarro aceso. — E, pelo que me lembro, o mandamento diz que não se deve levantar falso testemunho contra o próximo, o que significa que é permitido mentir sobre si mesmo. Mas talvez você não tenha concluído o curso de Teologia.

Cato deu de ombros.

— Eu e Jesus não temos qualificações formais. Somos homens da palavra. Mas, assim como todos os xamãs, profetas e charlatães, podemos às vezes incutir esperanças falsas e consolo verdadeiro.

— Você nem é cristão, é?

— Digo apenas que a fé nunca me fez bem, só a dúvida. Então ela se tornou meu baluarte.

— A dúvida.

— Exatamente. — Os dentes amarelos de Cato brilhavam no escuro. — Eu pergunto: será que Deus de fato não existe? Será que ele não tem mesmo um propósito?

Harry riu baixinho.

— Pelo visto, não somos muito diferentes, Harry. Eu tenho um colarinho clerical falso; você, uma estrela de xerife falsa. Até que ponto sua fé é inabalável? Até que ponto deve proteger aqueles que encontraram um rumo e cuidar para que os que estão perdidos sejam castigados de acordo com seus pecados? Você também não é um cético?

Com um tapinha no fundo do maço, Harry pegou mais um cigarro.

— Infelizmente, não há mais dúvidas nesse caso. Vou voltar para casa.

— Então, boa viagem. Preciso ir para minha celebração.

Um carro buzinou, e Harry se virou automaticamente. Um par de faróis o cegou antes de fazer a curva. A viatura diminuiu a velocidade ao se aproximar da garagem da sede da polícia, as luzes de freio semelhantes a brasas no escuro. E quando Harry se virou outra vez para Cato, ele tinha sumido. Era como se o velho padre tivesse sido engolido pela escuridão; tudo que Harry ouviu foram os passos na direção do cemitério.

Como esperado, ele demorou cinco minutos para arrumar a mala e fazer o check-out no Hotel Leon.

— Damos um pequeno desconto a hóspedes que pagam em dinheiro — disse o rapaz da recepção.

Nem tudo era novo.

Harry procurou na carteira. Dólares de Hong Kong, yuan, dólares americanos, euros. O celular tocou. Harry levou o aparelho ao ouvido enquanto formava um leque com as notas e as estendia ao rapaz.

— Pronto.

— Sou eu. O que você está fazendo?

Merda. Ele tinha planejado ligar para ela quando chegasse ao aeroporto. Tudo da forma mais simples e brutal possível. Uma punhalada só.

— Estou fazendo o check-out. Posso ligar para você daqui a dois segundos?

— Só queria avisar que Oleg entrou em contato com o advogado. Humm... quero dizer, com Hans Christian.

— Coroas norueguesas — disse o rapaz.

— Oleg disse que quer te encontrar, Harry.

— Droga!

— Desculpa? Harry, você está aí?

— Você aceita Visa?

— É mais barato para você ir até um caixa eletrônico e sacar o dinheiro.

— Ele quer me encontrar?

— Foi o que ele disse. O mais rápido possível.

— Não dá, Rakel.

— Por que não?

— Porque...

— Tem um caixa eletrônico a alguns metros, descendo a Tollbugata.

— Por quê?

— Só pega o cartão, ok?

— Harry?

— Em primeiro lugar, não é possível, Rakel. Ele não pode receber visitas, e eu não consigo dar um jeito nisso pela segunda vez.

— E em segundo lugar?

— Em segundo lugar, não vejo sentido, Rakel. Li os documentos. Eu...

— Você o quê?

— Acho que ele atirou em Gusto Hanssen, Rakel.

— Não aceitamos Visa. Tem algum outro cartão? MasterCard, American Express?

— Não! Rakel?

— Então podemos aceitar dólares e euros. O câmbio não é muito favorável, mas de qualquer forma é melhor que cartão.

— Rakel? Rakel? Merda!

— Algum problema, Sr. Hole?

— Ela desligou. Isso é o suficiente?

12

Eu estava na Skippergata, vendo um temporal cair. O inverno ainda não tinha chegado pra valer, mas, em compensação, vinha chovendo bastante naqueles dias. Não que isso tivesse diminuído a procura. Oleg, Irene e eu vendíamos mais em um dia do que em uma semana inteira trabalhando para Odin e Tutu. Eu tirava uns 6 mil por dia, e, ao contar as outras camisas do Arsenal no centro da cidade, calculei que o velho devia faturar uns 2 milhões de coroas por semana. E isso era uma estimativa pessimista.

Toda noite, antes de acertar com Andrey, eu e Oleg contávamos minuciosamente o dinheiro e verificávamos o estoque. Nunca faltava um tostão sequer. Não valia a pena.

E eu podia confiar cem por cento em Oleg. Acho que ele não tinha imaginação para pensar em me roubar, ou nunca entendeu o conceito de roubo. Talvez fosse assim porque seu cérebro e seu coração só conseguiam se concentrar em Irene. Era quase cômico ver como ele abanava o rabo quando ela estava por perto. E como ela ignorava completamente a adoração dele. Porque Irene só via uma coisa.

Eu.

Aquilo não me incomodava nem me deixava lisonjeado, era apenas o modo como as coisas eram e sempre tinham sido.

Eu conhecia ela muito bem, sabia exatamente como fazer aquele coração puro bater, aquela boca doce sorrir e aqueles olhos azuis se encherem de lágrimas. Podia ter deixado ela ir embora, ter escancarado a porta e dito "vai". Mas sou um ladrão, e um ladrão não abre mão de qualquer coisa que um dia possa lhe dar dinheiro. Irene era minha, mas os 2 milhões por semana eram do velho.

Incrível como 6 mil por dia desaparecem depressa para quem gosta de usar cristais de metanfetamina como cubos de gelo na bebida e de roupas de grife. Era por isso que eu ainda morava no local de ensaio da banda, junto com Irene, que dormia num colchão atrás da bateria. Mas ela se cuidava, não encostava nem em cigarro, comia só aquelas bobagens vegetarianas e tinha aberto uma conta bancária. Oleg morava na casa da mãe, então devia estar nadando na grana. Além do mais, ele ficou um pouco careta, estava estudando e tinha até começado a treinar lá no estádio de Valle Hovin.

Enquanto eu estava ali na Skippergata, pensando na vida e fazendo contas, vi um vulto se aproximando em meio à chuva grossa. Óculos embaçados, cabelos ralos colados à cabeça e uma jaqueta impermeável que provavelmente tinha sido presente de Natal da namorada gorda e feia. Quer dizer: ou a namorada desse cara era feia ou ele não tinha namorada. Tirei essa conclusão ao olhar para seu jeito de andar. Ele mancava. Com certeza já inventaram uma palavra melhor para definir o que ele tinha, mas eu sou do tipo que fala "perneta", "demente" e "preto".

Ele parou diante de mim.

A essa altura do campeonato, o tipo de gente que comprava heroína já não me surpreendia mais, mas esse cara certamente não era um comprador comum.

— Quanto...

— 350 por uma dose.

— ... pagariam por um grama de heroína?

— Pagaríamos? A gente vende, babaca.

— Sei disso. Só estou fazendo uma pesquisa.

Olhei para ele. Jornalista? Assistente social? Ou talvez político? Enquanto eu trabalhava para Odin e Tutu, um cara parecido chegou dizendo que era da Câmara Municipal, de uma comissão, e me perguntou com uma educação do caralho se eu podia participar de uma reunião da comissão sobre drogas e juventude. Eles queriam ouvir as "vozes das ruas". Fui lá por diversão e os ouvi falando sobre o Programa Europeu Contra as Drogas e um grande plano internacional para uma sociedade livre de narcóticos. Ganhei refrigerante e pães doces e ri tanto que chorei. Mas a mulher que conduziu a reunião era uma quarentona gostosa, uma loira falsa com traços masculinizados, peitos enormes e voz grossa. Por um instante me perguntei se ela havia feito cirurgia de mudança de sexo. Depois da reunião, ela me abordou dizendo que era assessora da Secretaria Municipal de Serviços Sociais e Tratamento de Toxicodependentes, que queria conversar mais comigo sobre esses assuntos e se a gente poderia se encontrar na casa dela um dia. Ela morava sozinha num sítio. Abriu a porta vestida com calças de montaria apertadas e exigiu que a coisa fosse feita no estábulo. Se ela realmente tinha tirado o pau, aquilo não me incomodou. Tinham deixado tudo bonitinho, e os peitos eram maravilhosos. Mas é esquisito foder uma mulher que faz sons de um aeromodelo a dois metros de dois cavalos ruminantes que ficavam olhando com ar semi-interessado. Depois, eu tirei palha do meio do traseiro e perguntei se ela podia me emprestar mil coroas. A gente continuou a se ver até eu começar a ganhar 6 mil por dia e, entre uma transa e outra, ela teve tempo de me contar que uma assessora da Secretaria Municipal não tinha a função de ficar escrevendo cartas em nome de sua chefe, mas de fazer política. Que mesmo sendo escrava nesse momento, era ela quem fazia as coisas acontecerem. E quando as pessoas certas entendessem isso, seria a vez dela de ocupar o cargo de secretária municipal. Ao ouvi-la falar sobre a Prefeitura, aprendi que todos os políticos, os grandes e os pequenos, querem as mesmas coisas: poder e sexo. Nessa sequência. Se eu sussurrasse "secretária municipal" no ouvido dela enquanto enfiava dois dedos, ela era capaz de esguichar até o chiqueiro. Não estou brincando. E, no rosto do cara na minha frente, vi aquele mesmo desejo doentio e intenso.

— Vai se foder.

— Quem é seu chefe? Quero falar com ele.

Chame o seu gerente? O cara era louco ou simplesmente imbecil.

— Se manda.

O cara não se mexeu, só ficou ali com o quadril torto e tirou algo do bolso da jaqueta impermeável. Um saco plástico com pó branco, parecia ter mais ou menos um grama e meio.

— Isso é uma amostra. Leve-a para seu chefe. Custa 800 coroas por grama. Cuidado com a dosagem, divida isso em dez porções. Volto aqui depois de amanhã, no mesmo horário.

O homem me entregou o saquinho, deu meia-volta e saiu mancando pela rua.

Normalmente, eu jogaria aquele saquinho na lixeira mais próxima. Nem podia vender aquela merda por conta própria, tinha uma reputação a zelar.

Mas havia um brilho nos olhos daquele louco. Como se ele soubesse de algo. Por isso, depois de encerrar o expediente e acertar com Andrey, levei Oleg e Irene até o parque das seringas. Lá, perguntamos se alguém queria testar o produto. Já participei de um teste antes com Tutu. Quando havia uma nova droga na cidade, era comum que se recorresse àqueles usuários que estavam mais afundados no vício, que estavam dispostos a testar qualquer coisa que fosse de graça, que pouco se importavam se aquilo ia matar ou não, porque sabiam que a morte estava logo ali na esquina.

Quatro se ofereceram, mas disseram que deviam ganhar uma dose de heroína normal de brinde. Falei que isso estava fora de cogitação, e sobraram três. Reparti as doses.

— Muito pouco! — gritou um dos viciados, com a dicção de quem acabou de sofrer um derrame. Falei para calar a boca se quisesse sobremesa.

Irene, Oleg e eu ficamos observando enquanto os caras procuravam veias entre as crostas de sangue. Finalmente se injetaram com movimentos surpreendentemente eficazes.

— Ai, caralho — gemeu um deles.

— Uiiii — gritou outro.

Então tudo ficou quieto. Silêncio total. Foi como mandar um foguete para o espaço e perder contato com ele. Mas eu já sabia, podia ver no êxtase de seus olhos antes de eles irem embora: Houston, we have no problem. Quando aterrissaram outra vez, já estava escuro. A viagem durou mais de cinco horas, o dobro do barato normal da heroína. O teste foi unânime. Nunca viram nada como esse lance. Queriam mais, o restante do saco, agora, por favor, e, cambaleantes, aproximaram-se da gente que nem os zumbis de "Thriller". Demos gargalhadas e nos mandamos.

Meia hora depois, estávamos sentados no meu colchão, no local de ensaio da banda, e eu precisava raciocinar. Duzentos e cinquenta miligramas de heroína é uma dose normal, mas, nesse caso, os caras mais viciados da cidade ficaram chapados como iniciantes com um quarto disso. Caralho! O cara me deu droga pura. Mas o que era aquilo? Tinha o aspecto, o cheiro e a consistência da heroína, mas cinco horas de barato com uma dose tão pequena? De qualquer forma, percebi que eu estava com uma mina de ouro na mão. Oitocentas coroas por grama, que podia ser diluído três vezes e vendido a 1.400 coroas. Cinquenta gramas por dia. Trinta mil direto no bolso. No meu bolso. E nos de Oleg e Irene.

Sugeri um plano de negócios a eles. Expliquei os números.

Eles se entreolharam. Não pareceram tão entusiasmados quanto eu esperava.

— Mas Dubai... — protestou Oleg.

Menti, dizendo que não havia perigo nenhum enquanto a gente não enganasse o velho. Primeiro, iríamos até lá para dizer que não queríamos mais aquilo, que tínhamos encontrado Jesus ou algo assim. Então ficaríamos quietinhos por um tempo até começarmos nosso próprio esquema em pequena escala.

Eles se entreolharam outra vez. E de repente entendi que tinha uma coisa ali, uma coisa que eu não havia percebido até aquele exato momento.

— É só que... — retrucou Oleg enquanto seu olhar se fixava na parede.

— Eu e Irene, nós...

— Vocês o quê?

Ele se contorceu que nem uma minhoca e enfim olhou para Irene em busca de ajuda.

— Eu e Oleg temos planos de nos juntar — respondeu ela. — Estamos guardando dinheiro para dar entrada num apartamento em Bøler. A gente estava pensando em trabalhar até o verão e então...

— E então?

— Então a gente vai terminar o ensino médio — disse Oleg. — E talvez começar a faculdade.

— Direito — completou Irene. — Afinal, Oleg tem notas muito boas. — Ela riu do jeito que sempre ria quando pensava que tinha dito algo idiota, mas as bochechas, normalmente pálidas, estavam quentes e vermelhas de felicidade. Eles tinham engatado um namoro às escondidas, sem eu saber. Caralho. Como não percebi isso?

— Direito — falei, e abri o saquinho onde ainda havia mais da metade do pó. — Isso não é para gente que quer ser chefe de polícia?

Nenhum dos dois respondeu.

Peguei a colher que eu usava para comer cereal e a limpei na calça.

— O que está fazendo? — perguntou Oleg.

— Isso merece uma comemoração — falei, derramando pó na colher. — Além do mais, a gente precisa testar o produto antes de recomendá-lo ao velho.

— Então está tudo bem? — perguntou Irene, com alívio na voz. — Continuamos como antes?

— Claro, querida. — Pus o isqueiro embaixo da colher. — Essa é para você, Irene.

— Eu? Acho que não...

— Por mim, irmãzinha. — Olhei para ela e sorri. Aquele sorriso que a gente sabia que ninguém conseguia resistir. — Não gosto de me drogar sozinho, sabe. É meio deprimente.

O pó derretido borbulhava na colher. Eu não tinha algodão e pensei em usar um pedaço de filtro de cigarro para purificar a droga completamente. Mas já parecia pura. Branca e com consistência uniforme. Por isso, só deixei que ela esfriasse alguns segundos antes de colocá-la direto na seringa.

— Gusto... — começou Oleg.

— Vamos com cuidado para não termos uma overdose, pois aqui tem o suficiente para três. Você está convidado para a festa, meu amigo. Mas talvez queira só assistir?

Não precisei olhar para ele. Conhecia Oleg muito bem. Puro de coração, cego de amor e revestido da coragem que o levou a pular de um mastro de 15 metros de altura dentro do fiorde de Oslo.

— Está bem — disse ele, arregaçando a manga da camisa. — Estou dentro.

A mesma armadura que o faria afundar, afogar-se feito um rato.

Acordei com pancadas na porta. Eu tinha a sensação de que estavam abrindo um buraco na minha cabeça, e tive medo antes de tomar coragem e abrir um dos olhos. A luz da manhã entrava pelas fendas entre as placas de madeira pregadas nas janelas. Irene estava deitada no colchão dela, e vi um pé com o Puma Speed Cat branco de Oleg despontando entre dois amplificadores de guitarra. Pelo som que vinha da porta, percebi que a pessoa tinha passado a usar os pés.

Levantei e cambaleei até a porta para abri-la enquanto tentava me lembrar de alguma mensagem sobre os ensaios da banda ou se alguém iria até ali buscar algum equipamento. Entreabri a porta e, como era meu costume, pus o pé na parte de dentro. Não adiantou. O empurrão me fez cair no meio da bateria. Um barulho do caralho. Depois que consegui me desvencilhar dos suportes dos címbalos e do tarol, ergui os olhos e me deparei com Stein, meu querido irmão adotivo.

Riscar "querido".

Ele parecia mais alto, mas o corte de cabelo militar e o olhar escuro e cheio de ódio eram os mesmos. Ele abriu a boca e disse alguma coisa, mas eu estava surdo com o tinir dos címbalos. Automaticamente, protegi a cabeça com os braços quando ele se aproximou de mim. Mas ele passou, pulou a bateria e foi até Irene no colchão. Ela acordou com um grito quando ele pegou seu braço e a pôs de pé.

Ele a segurou com uma das mãos enquanto usava a outra para enfiar alguns pertences em sua mochila. Ela já havia parado de resistir quando ele a arrastou em direção à porta.

— Stein... — ensaiei.

Ele parou no vão da porta e me olhou com ar interrogativo, mas eu não tinha mais nada a dizer.

— Você já fez estrago suficiente nessa família — disse ele.

Stein parecia a porra do Bruce Lee ao levantar o pé e fechar a porta de ferro com um chute. O ar vibrou. Oleg levantou a cabeça sobre o amplificador e disse alguma coisa, mas fiquei surdo outra vez.

Eu estava de costas para a lareira e senti o calor formigar na pele. As chamas e a porcaria de um abajur antigo eram as únicas fontes de luz na sala. O velho estava sentado na poltrona de couro, olhando para o homem que a gente tinha trazido da Skippergata de limusine. Ele estava com a mesma jaqueta impermeável. Atrás dele, Andrey tirou a venda de seus olhos.

— Então você é o fornecedor desse produto de que tanto ouvi falar? — perguntou o velho.

— Sou — respondeu o homem, colocando os óculos e olhando ao redor.

— Qual é a origem?

— Estou aqui para vender o produto, não para fornecer informações.

O velho esfregou o queixo com dois dedos.

— Então não estou interessado. Nesse ramo, pegar mercadoria roubada dos outros sempre acaba em morte. E pessoas mortas trazem problemas e comprometem os negócios.

— Não se trata de mercadoria roubada.

— Eu diria que tenho uma boa ideia de onde esse produto veio; é algo que ninguém nunca viu. Por isso, repito: não compro nada antes de ter certeza de que isso não vai nos prejudicar.

— Deixei que vocês me trouxessem até aqui de olhos vendados porque compreendo a necessidade de discrição. Espero que vocês possam demonstrar a mesma boa vontade.

Seus óculos ficaram embaçados por causa do calor, mas ele não os tirou. Andrey e Peter já o tinham revistado no carro, mas naquele momento eu revistei seu olhar, a linguagem corporal, a voz, as mãos. A única coisa que encontrei foi solidão. Não havia uma namorada gorda e feia, só o homem e sua droga fantástica.

— Eu nem tenho como saber se você é policial — disse o velho.

— Com isso aqui? — retrucou o homem, apontando para a perna que mancava.

— Se trabalha com importação, por que nunca ouvi falar de você antes?

— Porque sou novo. Não tenho antecedentes, e ninguém me conhece, nem na polícia, nem nesse ramo. Tenho uma profissão respeitável e até agora vivi uma vida normal. — Ele fez uma careta, e percebi que era para ser um sorriso. — Uma vida anormalmente normal, como alguns com certeza diriam.

— Hum. — O velho ficou alisando o queixo. Aí ele pegou minha mão e me puxou para junto da cadeira em que estava sentado. Fiquei ao seu lado, olhando para o homem. — Sabe o que acho, Gusto? Acho que ele mesmo faz o produto. O que você acha?

Pensei bem.

— Talvez — falei.

— Sabe, Gusto, não é preciso ser nenhum Einstein da Química. Tem receitas detalhadas na internet sobre como transformar ópio em morfina e depois heroína. Vamos supor que você conseguiu dez quilos de ópio bruto. Aí você arranja algum equipamento de fervura, uma geladeira, um pouco de metanol e uma ventoinha, e pronto! Você tem oito quilos e meio de cristais de heroína. Depois você dilui isso e fica com um quilo e meio de heroína de rua.

O homem da jaqueta impermeável pigarreou.

— Na realidade, exige um pouco mais que isso.

— A questão é onde consegue o ópio.

O homem meneou a cabeça.

— Ah! — exclamou o velho devagar, dando um tapinha no meu braço.

— Não opiáceo. Opioide.

O homem não respondeu.

— Você ouviu o que ele disse, Gusto? — O velho apontou o indicador para o pé torto. — Ele produz uma droga totalmente sintética. Não precisa da ajuda da natureza e do Afeganistão, ele usa simplesmente a química e faz tudo na mesa da cozinha. Controle total e nenhum contrabando ou fator de risco. E, no mínimo, cria uma substância tão potente quanto a heroína. Temos um gênio diante de nós, Gusto. Esse tipo de empreendedorismo merece respeito.

— Respeito — murmurei.

— Quanto consegue produzir?

— Dois quilos por semana, talvez. Depende.

— Pego tudo — disse o velho.

— Tudo? — perguntou o homem em tom neutro, sem surpresa na voz.

— Sim, tudo que você produzir. Permita-me apresentar uma proposta de negócios, senhor...?

— Ibsen.

— Ibsen?

— Se o senhor não se importar.

— Imagine, ele também era um grande artista. Portanto, sugiro uma parceria, Sr. Ibsen. Integração vertical. Monopolizamos o mercado e podemos estabelecer o preço que quisermos. Maior margem de lucro para nós dois. O que diz?

Ibsen fez que não com a cabeça.

O velho inclinou o rosto com um pequeno sorriso na boca sem lábios.

— Por que não, Sr. Ibsen?

Vi o homenzinho se empertigar, agigantando-se naquela jaqueta-usada-o-ano-todo-pela-pessoa-mais-sem-graça-do-mundo, que além disso era grande demais.

— Se eu te der o monopólio, senhor...?

O velho uniu as pontas dos dedos das mãos.

— Me chame do que quiser, Sr. Ibsen.

— Não quero depender de um único comprador, Sr. Dubai. É arriscado demais. E isso significa que o senhor pode pressionar os preços para baixo. Por outro lado, também não quero ter muitos compradores, porque o risco de a polícia me rastrear se torna maior. Procurei o senhor por ser conhecido como invisível, mas quero mais um comprador. Já fiz contato com Los Lobos. Espero que compreenda.

O velho deu sua risada de motor de barca velha:

— Preste atenção, Gusto. Ele não só conhece a ciência farmacêutica, como também é um homem de negócios. Bom, Sr. Ibsen, então está combinado.

— O preço...

— Pago o que você pediu. Você vai descobrir que esse é um ramo onde não se perde muito tempo pechinchando, Sr. Ibsen. A vida é curta demais, e a morte, próxima demais. Podemos combinar a primeira entrega na próxima terça-feira?

Ao seguir para a porta, o velho fingiu que precisava se apoiar em mim. Suas unhas rasparam a pele do meu braço.

— Pensou em exportação, Ibsen? Não há controle na saída de entorpecentes da Noruega, sabe?

Ibsen não respondeu. Mas agora eu vi. Vi o que ele queria. Ali, com seu pé torto e o quadril arqueado. Vi no reflexo da testa suada e lisa sob o cabelo ralo. Os óculos já não estavam embaçados, e ele tinha o mesmo brilho no olhar que vi na Skippergata. O troco, pai. Ele queria dar o troco. Por tudo que ele não tinha recebido: respeito, amor, admiração, aceitação, todas aquelas coisas que as pessoas dizem que não dá para comprar. É claro que dá. Mas com dinheiro, não com a porra da compaixão. Não é verdade, pai? A vida te deve coisas, e se você não recebe essas coisas, você tem que cobrar, tem que se tornar um cobrador de dívidas filho da puta. E se a gente queimar no inferno por causa disso, o céu não vai ter ninguém. Não é verdade, pai?

Harry estava perto do portão de embarque, olhando para fora. Para os aviões que taxiavam, indo para a pista ou voltando dela.

Ele estaria em Xangai dali a dezoito horas.

Gostava de Xangai. Gostava da comida, de passear por Bund, de caminhar ao longo do rio Huangpu até o Hotel Peace, de entrar no Old Jazz Bar e ouvir os velhos músicos de jazz tocarem seu repertório padrão. Gostava de pensar que eles estavam ali tocando ininterruptamente desde a revolução de 1949. Gostava dela. Gostava da relação que eles tinham e de tudo o que não tinham, mas ambos ignoravam essa última parte.

A capacidade de ignorar. Era um dom excelente, com o qual ele não tinha sido agraciado. Porém, era algo que havia praticado muito nos últimos três anos. Não bater a cabeça na parede se não fosse necessário.

Até que ponto sua fé é inabalável? Você também não é um cético?

Ele estaria em Xangai dali a dezoito horas.

Podia estar em Xangai dali a dezoito horas.

Caralho.

Ela atendeu no segundo toque.

— O que você quer?

— Não desligue outra vez, ok?

— Estou aqui.

— Escuta, aquele Nils Christian faz tudo o que você quer?

— Hans Christian.

— Ele está tão apaixonado que você conseguiria convencê-lo a participar de um golpe?

13

Havia chovido a noite inteira, e, de onde estava, em frente à penitenciária de Oslo, Harry podia ver uma nova camada de folhas cobrindo o parque como uma lona amarela molhada. Ele não havia dormido muito; tinha ido direto do aeroporto para a casa de Rakel. Hans Christian o encontrou lá, não apresentou grandes objeções a seu plano e foi embora. Em seguida, Rakel e Harry tomaram chá juntos e conversaram sobre Oleg. Sobre como as coisas eram antes. Mas não sobre como elas poderiam ter sido. De madrugada, Rakel falou que Harry podia dormir no quarto de Oleg. Antes de se deitar, ele usou o computador do rapaz para fazer uma busca e encontrou velhos artigos sobre o policial que foi encontrado morto embaixo da ponte Älvsborg, em Gotemburgo. As informações confirmaram o que Cato tinha lhe contado. Harry também encontrou uma matéria no *Göteborgstidningen*, um jornal sempre sensacionalista, e nela dizia que havia boatos de que o morto era um queimador, explicando que aquele era o termo usado para definir uma pessoa que destruía provas contra criminosos. Rakel o tinha acordado havia apenas duas horas, com uma xícara fumegante de café e um sussurro. Ela sempre fazia isso, sempre iniciava o dia sussurrando, tanto para ele quanto para Oleg, como se quisesse suavizar a transição dos sonhos para a realidade.

Harry olhou para a câmera, ouviu o zumbido baixo e empurrou a porta. Ele entrou rapidamente. Segurou a maleta de forma bem visível à sua frente e apresentou a carteira de identidade à agente penitenciária, virando o lado do rosto sem cicatriz para ela.

— Hans Christian Simonsen... — murmurou ela sem olhar para Harry, os olhos percorrendo a lista diante de si. — Ah, sim. Para Oleg Fauke.

— Isso mesmo — confirmou Harry.

Outro agente o guiou pelos corredores e pelo pátio interno no meio da prisão. O homem comentava que o outono prometia ser quente e chacoalhava o molho de chaves toda vez que destrancava uma porta. Passaram pelo espaço comunitário, e Harry viu uma mesa de pingue-pongue com duas raquetes, um livro aberto em uma mesa e uma pequena cozinha onde havia frios, pão de forma e uma faca de cortar pão. Mas nenhum presidiário.

Pararam diante de uma porta branca, e o guarda a destrancou.

— Achei que as portas das celas estavam abertas a essa hora do dia — comentou Harry.

— As outras estão, mas esse preso está em regime de reclusão total — disse o guarda. — Só sai uma hora por dia.

— Mas onde estão todos os outros?

— Só Deus sabe. Talvez eles tenham conseguido pegar o sinal do canal pornô na sala de TV outra vez.

Depois que o guarda trancou a porta pelo lado de fora, Harry ficou parado até ouvir os passos se afastando. A cela era do tipo comum. Dez metros quadrados. Uma cama, um armário, uma escrivaninha com cadeira, prateleiras para livros, uma TV. Oleg estava sentado à escrivaninha e olhou surpreso para ele.

— Você queria me ver — disse Harry.

— Achei que eu estava proibido de receber visitas — disse Oleg.

— Isso não é uma visita, é uma consulta com seu advogado.

— Advogado?

Harry fez que sim. E viu que Oleg começou a entender. Menino esperto.

— Como...

— O tipo de homicídio que você presumivelmente cometeu não exige prisão de segurança máxima, então não foi tão difícil. — Harry abriu a maleta, tirou o Game Boy e o estendeu a Oleg. — Toma. É pra você.

Os dedos de Oleg percorreram o display.

— Onde conseguiu isso?

Harry achou que conseguia vislumbrar um quase sorriso no rosto sério do rapaz.

— Modelo clássico de pilha. Encontrei esse em Hong Kong. Meu plano era acabar com você no Tetris da próxima vez que a gente se encontrasse.

— Nunca! — Oleg riu. — Nem nisso, nem na natação subaquática.

— Aquela vez na piscina de Frognerbadet? Humm. Pelo que me lembro, cheguei a ficar um metro na sua frente...

— Você ficou um metro *atrás* de mim! Mamãe foi testemunha.

Harry ficou quieto para não estragar aquele momento, absorvendo a alegria do rosto do garoto.

— Você queria falar comigo sobre o que, Oleg?

As nuvens se formaram no semblante do rapaz outra vez. Ele revirou o Game Boy, como se estivesse procurando o botão de ligar.

— Não se apresse, Oleg, mas, em geral, é mais fácil simplesmente começar pelo começo.

O rapaz levantou a cabeça e olhou para Harry:

— Posso confiar em você? Não importa o que aconteça?

Harry fez menção de dizer algo, mas se deteve. Apenas fez que sim com a cabeça.

— Você tem que arranjar uma coisa pra mim...

Foi como se cravassem uma faca no coração de Harry. Ele já sabia o que viria em seguida.

— Aqui só têm heroína e *speed*, mas eu preciso de violino. Você pode me ajudar, Harry?

— Foi por isso que você me chamou?

— Você é o único que conseguiu driblar a proibição de visitas.

Oleg fitou Harry com seus olhos escuros e sérios. Apenas um leve tremor na pele fina embaixo de um deles revelou o desespero.

— Você sabe que não posso fazer isso, Oleg.

— É claro que pode! — A voz ecoou áspera e metálica nas paredes da cela.

— E aqueles para quem você estava vendendo, eles não podem te fornecer alguma coisa?

— Vendendo o quê?

— Caralho, não minta pra mim! — Harry bateu a palma da mão na tampa da maleta. — Achei a roupa do Arsenal no seu armário no Valle Hovin.

— Você arrombou...

— Achei isso também. — Harry jogou a fotografia da família Hanssen na mesa à sua frente. — A menina da foto, você sabe onde ela está?

— Quem...

— Irene Hanssen. Vocês eram namorados.

— Como...

— Foram vistos juntos no Farol. No armário, tem uma blusa que cheira a flores do campo e um kit de usuário para duas pessoas. Dividir o esconderijo de drogas é mais íntimo do que dividir uma cama, não é? Além do mais, sua mãe me contou que, quando te achou na cidade, você parecia um idiota feliz. Meu diagnóstico: apaixonado.

O pomo de adão de Oleg subiu e desceu.

— Então? — insistiu Harry.

— Não sei onde ela está! Ok? Ela simplesmente desapareceu. Pode ser que o irmão mais velho tenha levado ela embora outra vez. Pode ser que ela esteja trancafiada em alguma clínica de desintoxicação. Pode ser que tenha pegado um avião e fugido de toda essa merda.

— Ou pode ser que a história não tenha um final tão feliz assim. Quando você a viu pela última vez?

— Não me lembro.

— Você se lembra da hora exata.

Oleg fechou os olhos.

— Faz 122 dias. Muito antes do que aconteceu com Gusto, então o que isso tem a ver?

— Uma coisa tem muito a ver com a outra, Oleg. Um homicídio é uma baleia-branca. Uma pessoa que desaparece sem mais nem menos é uma baleia-branca. Se você vê uma baleia-branca duas vezes, trata-se da mesma baleia. O que você pode me contar sobre Dubai?

— É a maior cidade, mas não a capital, dos Emirados Árabes Unid...

— Por que você os protege, Oleg? O que você não pode contar?

Oleg tinha encontrado o botão de ligar e desligar do aparelho e o movia para cima e para baixo repetidas vezes. Em seguida, tirou as pilhas, abriu o tampo de metal da lata de lixo ao lado da escrivaninha e jogou-as ali dentro antes de devolver o brinquedo a Harry.

— Não funciona.

Harry olhou para o Game Boy e o enfiou no bolso.

— Se você não pode me arranjar violino, vou injetar aquela merda de mistura que consigo aqui. Ouviu falar de Fentanil e heroína?

— Fentanil é o principal ingrediente de uma overdose, Oleg.

— Exatamente. Aí depois você pode dizer a minha mãe que foi culpa *sua*.

Harry não respondeu. A tentativa patética de manipulação de Oleg não o deixou zangado, só lhe deu vontade de abraçá-lo bem apertado. Harry nem precisava ver as lágrimas nos olhos do rapaz para tomar conhecimento da batalha que estava sendo travada em seu corpo e em sua mente. Ele era capaz de sentir fisicamente o desespero de Oleg, a ânsia. E aí não existe mais nada, nenhuma moral, nenhum amor, nenhuma consideração, só a ideia fixa do barato, do entorpecimento, da paz. Certa vez, Harry esteve a ponto de aceitar uma injeção de heroína, mas um breve instante de discernimento o levou a dizer não. Talvez tenha sido impedido pela certeza de que a heroína conseguiria o que a bebida ainda não tinha conseguido: matá-lo. Talvez tenha sido impedido pela menina que lhe contara como ficou viciada depois da primeira dose, porque nada, nada do que tinha vivido ou era capaz de imaginar superava aquilo. Talvez tenha sido impedido pelo amigo de Oppsal, que se internou na clínica de desintoxicação porque tinha a esperança de que a primeira injeção depois daquele período se aproximaria ao doce êxtase inicial. O mesmo amigo que depois contou que começou a chorar ao ver o filho de três meses receber a primeira vacina na coxa, porque aquilo desencadeou uma ânsia tão grande pela droga, que ele quase largou tudo para ir direto do posto de saúde para Plata.

— Vamos fazer um acordo — disse Harry, ouvindo a própria voz embargada. — Arranjo o que você está pedindo e você me conta tudo que sabe.

— Tá bom! — respondeu Oleg, e Harry viu suas pupilas se dilatarem. Ele já havia lido em algum lugar que, no caso de pessoas muito afundadas no vício da heroína, partes do cérebro poderiam ser ativadas antes mesmo da aplicação da seringa, de forma que eles começavam a sentir o barato enquanto derretiam o pó e preparavam a veia. Harry sabia que eram aquelas partes do cérebro de Oleg que gritavam naquele momento, que ali dentro não havia outra resposta a não ser "tá bom!", independentemente de ser mentira ou verdade.

— Mas não quero comprar na rua — disse Harry. — Tem violino em seu esconderijo?

Oleg pareceu hesitar por um instante.

— Você já conhece meu esconderijo.

Harry se lembrou de que havia uma coisa que era sagrada para um viciado em heroína: o esconderijo.

— Vamos, Oleg. Você não guarda droga num lugar a que outro usuário tem acesso. Onde fica seu outro esconderijo, o estoque de reserva?

— Só tenho um.

— Não vou roubar nada de você.

— Estou falando que não tenho outro esconderijo!

Harry percebeu que ele estava mentindo, mas aquilo não era importante. Provavelmente isso significava que não havia violino no local.

— Volto amanhã — disse Harry. Ele se levantou, bateu na porta e aguardou. Mas ninguém veio. Finalmente, girou a maçaneta. A porta se abriu. Definitivamente não era uma prisão de segurança máxima.

Harry voltou pelo mesmo caminho por onde tinha entrado. O corredor estava vazio, e o espaço comunitário também, mas Harry notou que os frios e o pão permaneciam ali, enquanto a faca tinha sido guardada. Ele seguiu até a porta que levava ao pátio interno. Para sua surpresa, descobriu que também estava aberta.

Somente perto da recepção ele se deparou com portas trancadas. Comentou o fato com a agente penitenciária que estava atrás do vidro. Ela franziu as sobrancelhas e olhou para o monitor acima dela.

— De qualquer forma, ninguém passa daqui.

— Menos eu, espero.

— O quê?

— Nada.

Harry já havia andado quase cem metros pelo parque em direção a Grønlandsleiret quando a ficha caiu. As salas vazias, as portas abertas, a faca de cortar pão. Ele parou de repente. Seu coração bateu tão acelerado que sentiu náusea. Ouviu um pássaro cantar. Sentiu o cheiro da grama. Então se virou e correu de volta para a penitenciária. O medo deixou sua boca seca, e o coração começou a bombear adrenalina para todo o corpo.

14

O violino atingiu Oslo feito um asteroide de merda. Oleg uma vez me explicou a diferença entre um meteorito e um meteoroide e todo tipo de coisa que pode cair bem na nossa cabeça a qualquer momento, e aquilo, com certeza, era um asteroide, uma daquelas monstruosidades que podem assolar a Terra com... Caralho, você entende o que quero dizer, pai, não ria. A gente vendia doses simples, doses duplas, um grama, cinco gramas de uma vez. O dia inteiro. O centro estava em polvorosa. E aí a gente subiu o preço. E as filas ficaram ainda mais longas. E aí a gente subiu o preço de novo. E as filas continuaram do mesmo tamanho. E aí a gente subiu o preço mais uma vez. E então foi um inferno.

Uma quadrilha de albaneses e kosovares assaltou nossa equipe atrás do prédio da Bolsa de Valores. Os dois irmãos estonianos que operavam sem olheiro foram pegos pelo grupo com tacos e socos-ingleses. Roubaram a grana e a droga, quebraram os ossos do quadril dos dois. Duas noites depois, uma quadrilha vietnamita partiu para o ataque na Prinsens Gate, dez minutos antes de Andrey e Peter irem buscar o faturamento do dia. Eles pegaram o cara da droga sem que o cara da grana e o olheiro percebessem. A pergunta era: "E agora?"

A questão foi respondida dois dias depois.

Antes de os policiais aparecerem, os cidadãos de Oslo que saíam cedo para trabalhar viram um cara de olhos puxados que pendia de ponta--cabeça da ponte Sannerbrua. Estava vestido como um louco, com camisa de força e uma mordaça na boca. A corda amarrada nos tornozelos tinha o comprimento exato para que ele, mesmo se curvando, não conseguisse manter a cabeça fora da água. Pelo menos não por muito tempo, não até os músculos abdominais não aguentarem mais.

Na mesma noite, Oleg e eu ganhamos uma arma de Andrey. Era russa, ele só confiava em coisas russas. Fumava cigarros pretos russos, usava um celular russo (não estou brincando, pai. Um Gresso, negócio de luxo, super-caro, feito de jacarandá-africano, mas supostamente à prova d'água, que não emite sinais se não estiver ligado, por isso os policiais não conseguem rastreá-lo) e era fã declarado de pistolas russas. Andrey explicou que a arma era uma Odessa, a versão barata de uma Stechkin, como se algum de nós soubesse do que ele estava falando. Em todo caso, o que uma Odessa tinha de especial era que ela podia disparar rajadas. Tinha um pente que comportava vinte balas Makarov 9 mm, a mesma que Andrey e Peter e alguns dos outros traficantes usavam em suas pistolas. A gente ganhou uma caixa de cartuchos, e ele nos mostrou como carregar, travar e disparar aquela pistola esquisita, dizendo que era preciso segurá-la com precisão e mirar um pouco abaixo do ponto que se pretendia acertar. E que não era para atingir a cabeça, mas qualquer parte do tronco. Se a gente girasse a pequena chave lateral para a posição C, ela disparava rajadas, e um leve aperto no gatilho seria o suficiente para dar uns três ou quatro tiros. Mas ele nos garantiu que, em noventa por cento dos casos, só mostrar a pistola já era o suficiente. Depois que Andrey foi embora, Oleg disse que aquela parecia a arma da capa de algum álbum do Foo Fighters e que ele não atiraria em ninguém, nem fodendo, que a gente devia jogar a arma no lixo. Então eu disse que ficaria com ela.

Os jornais surtaram, estampando manchetes sobre guerra de gangues, banho de sangue nas ruas, tipo L.A. e o caralho. Os políticos da oposição gritavam que a política anticrime era um fracasso, que a política antidrogas era um fracasso, que o prefeito era um fracasso, que a administração mu-nicipal era um fracasso. Uma cidade fracassada, foi a opinião de um louco do Partido dos Agricultores, que disse que Oslo deveria ser eliminada do mapa, que era a vergonha do país. Quem levou mais críticas foi o chefe de polícia, mas, como se sabe, a corda sempre arrebenta do lado mais fraco, e, depois que um somali baleou dois integrantes de sua tribo à queima--roupa perto da Plata em plena manhã sem que ninguém fosse pego, o chefe da CrimOrg entregou seu pedido de demissão. A secretária municipal de Assuntos Sociais — também presidente do Conselho da Polícia — disse que o crime, as drogas e a polícia eram sobretudo responsabilidade do Estado, mas que ela se viu incumbida de garantir que os cidadãos de Oslo pudessem andar nas ruas com segurança. Tinha uma foto dela na matéria. E atrás estava sua assessora, minha velha conhecida. A loira quarentona. Ela parecia séria e profissional. Eu conheci a mulher cheia de tesão e vestindo calças de montaria bem justas.

Certa noite, Andrey chegou cedo, disse que encerraríamos o expediente mais cedo e que eu devia acompanhá-lo até Blindern.

Quando ele passou direto pela propriedade do velho, comecei a pensar coisas muito ruins. Mas aí Andrey felizmente entrou no terreno vizinho, aquele da outra casa que o velho disse que também era dele. Andrey me levou lá dentro. A casa não era tão vazia quanto parecia do lado de fora. Atrás das paredes descascadas e dos vidros rachados, era mobiliada e aquecida. O velho estava numa sala com estantes de livros que iam do chão ao teto, e música clássica saía de enormes alto-falantes. Eu me sentei na única cadeira que restava na sala, e Andrey saiu e fechou a porta.

— Gostaria de pedir que faça uma coisa por mim, Gusto — disse o velho, pondo a mão em meu joelho.

Olhei de relance para a porta fechada.

— Estamos em guerra — continuou ele, levantando-se. Foi até uma das prateleiras e tirou um livro grosso com uma capa marrom manchada. — Esse texto é de 600 a.C. Não sei chinês, por isso só tenho essa versão em francês de mais de duzentos anos, feita por um jesuíta chamado Jean Joseph Marie Amiot. Comprei o livro num leilão e o arrematei por 190 mil coroas. Trata de como enganar o inimigo na guerra e é a obra mais citada sobre o assunto. Era uma bíblia tanto para Stalin quanto para Hitler e Bruce Lee. E quer saber? — Ele recolocou o livro na estante e pegou outro. — Prefiro esse aqui. — Ele jogou outro livro na minha direção.

Era um exemplar fininho com capa azul, pelo visto relativamente novo. *Xadrez para iniciantes.*

— Sessenta coroas na feira anual de livros — disse o velho. — Vamos fazer um roque.

— Roque?

— Um lance em que uma torre se posiciona ao lado do rei como forma de protegê-lo. Vamos fazer uma aliança.

— Com uma torre?

— Pense na torre da Prefeitura.

Pensei.

— A administração municipal — disse o velho. — Há uma assessora na Secretaria Municipal de Assuntos Sociais chamada Isabelle Skøyen, que é quem, na prática, administra a política antidrogas da cidade. Conferi com uma fonte, e ela é perfeita. Inteligente, eficiente e extremamente ambiciosa. Segundo a minha fonte, ela só não chegou mais longe porque tem um estilo de vida que pode render alguns escândalos. Ela gosta de uma farra, diz exatamente o que quer e tem amantes por todo lado.

— Soa absolutamente horrível — eu disse.

O velho me lançou um olhar de censura antes de continuar:

— O pai chegou a ser prefeito pelo Partido dos Agricultores, mas foi descartado quando quis entrar na política nacional. Minhas fontes dizem que Isabelle herdou o sonho do pai, e como suas chances são maiores no Partido dos Trabalhadores, ela abandonou o partidinho camponês. Em suma, tudo a respeito de Isabelle Skøyen é flexível e pode ser adaptado a suas ambições. Além do mais, ela é solteira, e a fazenda da família tem dívidas bastante significativas.

— Então, o que a gente faz? — perguntei, como se eu mesmo controlasse o comércio de violino.

O velho sorriu, como se achasse aquilo charmoso.

— Vamos ameaçá-la e levá-la até a mesa de negociação, onde a forçaremos a formar uma aliança. E as ameaças cabem a você, Gusto. É por isso que está aqui agora.

— Eu? Eu vou ameaçar uma mulher da política?

— Exatamente. Uma mulher da política com quem você já fez sexo, Gusto. Uma funcionária da administração municipal que se aproveitou de sua posição e de seu cargo para abusar sexualmente de um adolescente com graves problemas sociais.

Não acreditei no que estava ouvindo, até que ele tirou uma fotografia do bolso interno do paletó e a colocou na mesa diante de mim. Parecia ter sido tirada de dentro de um carro com vidros escurecidos. Era da Tollbugata e mostrava um jovem entrando numa Land Rover. A placa era visível. O jovem era eu. O carro pertencia a Isabelle Skøyen.

Tive um calafrio.

— Como sabe...

— Querido Gusto, já disse que fiquei de olho em você. Tudo que quero é que você entre em contato com Isabelle Skøyen através do número particular que sei que você tem e conte a versão dessa história que irá para as páginas dos jornais. Em seguida, marque uma reunião confidencial entre nós três.

Ele foi até a janela e olhou para o tempo desolador lá fora.

— Você verá que ela vai arrumar um espaço na agenda.

15

Durante os últimos três anos em Hong Kong, Harry tinha corrido mais do que em toda sua vida anterior. Ainda assim, durante os treze segundos que demorou para percorrer os cem metros até a entrada da prisão, diversos cenários passaram por sua cabeça, e todos terminavam do mesmo jeito: ele chegava tarde demais.

Harry tocou a campainha e resistiu à tentação de dar um soco na porta enquanto esperava o clique da fechadura automática. Finalmente, ele ouviu o zumbido e subiu correndo os degraus que levavam à recepção.

— Esqueceu alguma coisa? — perguntou a agente penitenciária.

— Sim — disse Harry e esperou até que ela o deixasse entrar. — Dispare o alarme! — gritou ele imediatamente. Soltou a maleta e saiu correndo. — A cela de Oleg Fauke!

Seus passos lançaram ecos pela galeria vazia, pelos corredores vazios e pelo espaço comunitário vazio. Ele não se sentia ofegante; mesmo assim, a respiração parecia ecoar em sua cabeça.

Os gritos de Oleg chegaram até Harry assim que ele entrou no último corredor.

A porta da cela estava entreaberta, e os segundos antes de ele entrar naquele lugar lembravam seu pesadelo, a avalanche, os pés que não queriam se mover rápido o suficiente.

Em seguida, ele entrou e analisou a situação.

A escrivaninha estava tombada, papéis e livros, espalhados pelo chão. No fundo do quarto, com as costas no guarda-roupa, estava Oleg. A camiseta preta do Slayer estava encharcada de sangue. Ele segurava a tampa de metal da lixeira diante do corpo. Não parava de gritar. Diante dele, Harry viu uma regata Gym Tech; acima dela, um pescoço grosso e suado; mais acima, uma cabeça calva e, finalmente, a mão erguida segurando a faca de cortar pão. Houve um tinir de metal contra metal quando a lâmina atingiu a tampa da lixeira. O homem devia ter notado a mudança de luz no quarto, pois, no momento seguinte, ele se virou para Harry. Inclinou a cabeça e segurou a faca mais para baixo, apontando-a para o recém-chegado.

— Fora daqui!

Harry procurou não encarar a arma; em vez disso, focalizou os pés. Atrás do homem, Oleg havia desabado no chão. Comparado com alguém que pratica artes marciais, Harry tinha um repertório lamentavelmente curto de técnicas de ataque. Ele só conhecia duas. E apenas duas regras também. Número um: não há regras. Número dois: tome a iniciativa. Harry investiu contra o homem com os movimentos mecânicos de alguém que aprendeu, treinou e repetiu apenas duas formas de atacar. Lançou-se na direção da faca, de modo que o homem teve de recuar o braço para conseguir golpeá-lo. E assim que seu oponente começou a fazer esse movimento, Harry levantou o pé direito e moveu o quadril. Antes de a faca avançar, o pé de Harry desceu com toda força no joelho do homem, bem em cima da patela. E uma vez que a anatomia humana não oferece muita proteção contra um golpe vindo desse ângulo, o quadríceps imediatamente se rompeu, seguido dos ligamentos da articulação do joelho. No instante em que a patela foi pressionada para baixo, posicionando-se em frente à tíbia, o tendão patelar também se dilacerou.

O homem foi ao chão com um grito. A faca tilintou contra o piso, e ele levou as mãos ao joelho. Os olhos se arregalaram quando ele tateou a patela, encontrando-a numa posição totalmente anormal.

Harry afastou a faca com um chute e ergueu o pé para concluir o ataque do jeito que tinha aprendido: pisoteando a musculatura da coxa, causando assim hemorragias internas tão fortes que seu oponente não conseguiria se levantar outra vez. Mas ele viu que isso já havia sido feito e baixou o pé de novo.

Ele ouviu o som de passos rápidos e o chacoalhar de chaves vindos do corredor.

— Por aqui! — gritou Harry e foi até Oleg, passando por cima do homem que berrava no chão.

Ele ouviu a respiração ofegante no vão da porta.

— Tire esse homem daqui e chame um médico — gritou Harry, tentando abafar os berros persistentes.

— Puta que pariu, o que...

— Não se preocupe com isso agora, só arranje um médico. — Harry rasgou a camiseta do Slayer e passou os dedos pelo sangue até encontrar a ferida. — E o médico precisa ver Oleg primeiro, aquele ali só tem um joelho detonado.

Harry segurou o rosto de Oleg entre as mãos ensanguentadas enquanto o homem era retirado da cela, gritando.

— Oleg? Você está aí? Oleg?

O menino entreabriu os olhos, e a palavra que escapou de seus lábios saiu tão fraca que Harry mal a ouviu. Sentiu um aperto no peito.

— Oleg, está tudo bem. Ele não perfurou nada que tenha muita utilidade.

— Harry...

— E logo logo vai ter festa, eles vão te dar morfina.

— Cala a boca, Harry.

Harry se calou. Oleg arregalou os olhos. Eles tinham um brilho febril, desesperado. Sua voz era rouca, mas soou bem clara:

— Você devia ter deixado ele terminar o trabalho, Harry.

— Do que você está falando?

— Você tem que me deixar fazer isso.

— Fazer o quê?

Nenhuma resposta.

— Fazer o que, Oleg?

Oleg pôs a mão na nuca de Harry e o puxou bem para perto.

— Isso é uma coisa que você não pode deter, Harry — sussurrou. — Já começou, só tem que seguir seu curso. Se você se meter nisso, mais pessoas vão morrer.

— Quem vai morrer?

— É grande demais, Harry. Vai te devorar, vai devorar todos nós.

— Quem vai morrer? Quem você está protegendo, Oleg? É Irene?

Oleg fechou os olhos. Seus lábios mal se moviam. Em seguida, o movimento parou por completo. E Harry pensou que ele parecia ter 11 anos e tinha acabado de pegar no sono depois de um longo dia. Então ele disse:

— É você, Harry. Eles vão matar você.

Quando Harry saiu da prisão, as ambulâncias já haviam chegado. Ele pensou em como as coisas eram antes. Em como a cidade era antes. Em como sua vida era antes. Quando usou o computador de Oleg na noite anterior, ele procurou por Sardines e Russian Amcar Club. Não encontrou nada que indicasse que eles haviam ressuscitado. Afinal, talvez seja demais esperar pela ressurreição. A vida não ensina muito, mas uma coisa ela deixa bem clara: não há volta.

Harry acendeu um cigarro, e antes de dar a primeira tragada, naquele segundo em que o cérebro já comemora a nicotina que passará pela corrente sanguínea, ele se lembrou do som que sabia que ouviria pelo resto da tarde e da noite, aquela primeira palavra quase inaudível que escapou pelos lábios de Oleg na cela:

"Pai."

Parte Dois

16

A ratazana lambeu o metal. Tinha gosto salgado. Ela se assustou quando a geladeira despertou e começou a zumbir. O sino da igreja ainda tocava. Havia um caminho para o ninho que ela não ousara tentar. Não tivera coragem, pois o ser humano que bloqueava sua entrada ainda não estava morto. Mas as lamúrias dos filhotes a deixavam desesperada. Então ela seguiu em frente. Correu para dentro da manga da camisa do homem ali caído. Cheirava levemente a fumaça. Não a fumaça de cigarros ou fogueiras, mas algo diferente. Algo que tinha estado na roupa e depois fora removido, deixando apenas algumas moléculas de ar entre os fios mais intrincados do tecido. Ela chegou até o cotovelo, mas ali ficou apertado demais. Em seguida, parou e escutou. Ao longe, soou uma sirene da polícia.

São os pequenos momentos e as pequenas escolhas, pai. Aqueles que a gente acha que não têm a menor importância. Mas eles se acumulam. E antes que a gente se dê conta, eles se tornam um rio, e a correnteza nos arrasta, nos leva ao seu destino. E meu destino era esse aqui. Que merda, justo no mês de julho. Não, meu destino não era esse! Eu tinha outros destinos bem diferentes, pai.

Quando paramos em frente à casa, Isabelle Skøyen estava ali, com as pernas ligeiramente afastadas e calças de montaria apertadas.

— Andrey, você espera aqui — ordenou o velho. — Peter, você verifica a área.

Saímos da limusine para o cheiro do estábulo, o zunido das moscas e o som distante dos sinos das vacas. Ela apertou a mão do velho com cerimônia, sem dar qualquer atenção para mim, e nos convidou a entrar e tomar um cafezinho, com ênfase no "um".

No hall havia imagens dos garanhões das melhores linhagens, com o maior número de troféus e Deus sabe o que mais. O velho percorreu a fileira de fotos, perguntando se eram puro-sangue inglês e elogiando as coxas delgadas e o peitoral robusto, de modo que comecei a me perguntar se ele estava falando dos animais ou da dona da casa. De qualquer forma, funcionou; os olhos de Isabelle se tornaram um pouco mais calorosos, e suas respostas, menos ríspidas.

— Vamos sentar na sala e conversar — sugeriu ele.

— Proponho que façamos isso na cozinha — retrucou ela, e o gelo estava de volta à sua voz.

Nós nos sentamos, e ela pôs a cafeteira no centro da mesa.

— Sirva o café para nós, Gusto — pediu o velho, olhando para fora. — É uma bela fazenda a que tem aqui, Sra. Skøyen.

— Aqui não tem nenhuma "senhora".

— Onde eu cresci chamávamos de "senhora" todas as mulheres que sabiam tocar uma fazenda, fossem elas viúvas, divorciadas ou solteiras. Era uma forma de demonstrar respeito.

Ele se virou para ela e deu um sorriso largo. Skøyen sustentou seu olhar. E, por uns dois segundos, o silêncio foi tão profundo que tudo que se ouvia era a mosca retardada que batia no vidro, querendo sair.

— Obrigada — disse ela.

— Bem. Vamos esquecer as tais fotos por enquanto, Sra. Skøyen.

Isabelle se ajeitou na cadeira. Na conversa que tivemos ao telefone, ela tentou fazer pouco-caso da situação quando expliquei que algumas fotos de nós dois poderiam ser enviadas à imprensa. Ela disse que era uma mulher solteira, mas sexualmente ativa, que transava com homens um pouco mais novos, e daí? Em primeiro lugar, ela era uma simples assessora, e, em segundo lugar, ali era a Noruega, hipocrisia era coisa de eleições presidenciais nos Estados Unidos. Então, sem meias palavras, pintei em cores vivas as ameaças: que ela de fato me pagou, que eu podia provar isso. Que ela simplesmente era uma cliente, e prostituição e drogas eram assuntos com os quais ela lidava em nome da Secretaria Municipal de Assuntos Sociais, não?

Dois minutos depois, já tínhamos combinado a data, o horário e o local do nosso encontro.

— A imprensa já escreve o suficiente sobre a vida particular dos políticos — continuou o velho. — Em vez disso, vamos falar de uma proposta de negócios. Uma boa proposta de negócios, ao contrário da extorsão, precisa dar vantagens a ambas as partes. Concorda?

Ela franziu a testa. O velho deu um largo sorriso.

— Quanto à proposta, ela não envolve necessariamente dinheiro — prosseguiu ele. — Mesmo que essa fazenda com certeza não se administre sozinha. Mas isso seria corrupção. O que ofereço é uma transação puramente política. Sigilosa, é verdade, mas isso também é coisa que se faz na Prefeitura todo dia. E é para o bem dos habitantes, estou certo?

Skøyen fez outro gesto com a cabeça, cautelosa.

— Essa transação tem que ficar entre nós, Sra. Skøyen. Como eu já disse, em primeiro lugar, ela vai beneficiar a cidade, e apenas posso garantir vantagens à senhora se tiver ambições políticas. Supondo que esse seja o caso, é claro que poderei encurtar bastante seu caminho até um cargo de chefia na Prefeitura. Ou talvez um cargo importante na política nacional.

A xícara de café que ela segurava parou na metade do caminho até a boca.

— Não estou nem pensando em pedir que faça algo antiético, Sra. Skøyen. Vou apenas esclarecer onde temos interesses em comum e depois deixar a seu critério fazer o que acho certo.

— Vou fazer o que você acha certo?

— A administração municipal está numa situação de muita pressão. Antes dos acontecimentos infelizes dos últimos meses, a câmara tinha como meta tirar Oslo da lista das cidades com maior consumo de heroína da Europa. Vocês deveriam diminuir o tráfico, o recrutamento entre os jovens e, principalmente, o número de mortes por overdose. Nesse exato momento, isso parece algo bastante remoto, não é verdade, Sra. Skøyen?

Ela não respondeu.

— Precisamos de um herói, ou uma heroína, que faça uma faxina, arrancando o mal pela raiz.

Ela fez um gesto lento de assentimento.

— Sua primeira tarefa seria uma boa faxina nas quadrilhas e nos cartéis.

Isabelle fungou.

— Obrigada, mas já tentaram isso em todas as cidades grandes da Europa. Novas quadrilhas brotam feito pragas. Onde há demanda, sempre vão surgir novas ofertas.

— Exatamente — disse o velho. — Feito pragas. Estou vendo que tem uma plantação de morangos ali fora, Sra. Skøyen. Usa manta de jardinagem ou cultura de cobertura?

— Uso. Cultivo trevo-subterrâneo.

— Posso oferecer trevos-subterrâneos à senhora — disse o velho. — Com as cores da camisa do Arsenal.

Ela olhou para ele. Vi seu cérebro voraz trabalhar a mil por hora. O velho estava com cara de satisfeito.

— Cultura de cobertura, meu querido Gusto — disse ele ao tomar um gole de café —, são ervas daninhas plantadas a fim de evitar o surgimento de outras pragas. Usa-se o trevo-subterrâneo porque ele é menos nocivo que outras alternativas. Entendeu?

— Acho que sim. Haverá pragas de qualquer forma, e é mais inteligente facilitar o crescimento de uma que não acabe com os morangos.

— Exatamente. E nessa pequena analogia, os morangos são a visão da administração municipal sobre uma Oslo livre de drogas, e as pragas são todas as quadrilhas que vendem a perigosíssima heroína e causam anarquia nas ruas da cidade. Nós e o violino somos a cultura de cobertura.

— De modo que...? — perguntou Isabelle.

— De modo que primeiro será necessário arrancar todas as pragas que não sejam o trevo-subterrâneo. E, em seguida, deixar o trevo-subterrâneo em paz.

— E por que o trevo-subterrâneo seria a melhor opção? — questionou ela.

— Não atiramos em ninguém. Atuamos de forma discreta. Vendemos uma substância que dificilmente causa morte por overdose. Com o monopólio no cultivo do morango, podemos subir nossos preços de tal forma que o número de usuários caia e menos jovens se tornem usuários. Sem prejuízo para nosso lucro total, admito. Com poucos usuários e poucos vendedores, os viciados não encheriam mais os parques e as ruas do centro. Em resumo, Oslo vai ser um colírio para os olhos dos turistas, dos políticos e dos eleitores.

— Não sou secretária municipal de Assuntos Sociais.

— Ainda não. Mas arrancar praga tampouco é tarefa para secretárias municipais. Elas têm suas assessoras para esse tipo de coisa. Para tomar todas as pequenas decisões do dia a dia que, juntas, constituem aquilo que de fato é posto em prática. Obviamente, você segue a linha adotada pela administração municipal, mas é você quem estabelece o contato diário com a polícia, quem discute suas atividades em Kvadraturen, por exemplo. É evidente que vai ter de se destacar um pouco mais em suas funções, mas me parece que possui certo talento nesse sentido. Uma pequena entrevista sobre o tratamento de toxicodependentes em Oslo aqui, uma declaração sobre mortes por overdose ali. De modo que, quando o sucesso for um fato, tanto a imprensa quanto seus colegas de partido saberão quem é o cérebro por trás de tudo... — Ele abriu seu sorriso de dragão-de-komodo.

— A vencedora orgulhosa do prêmio de maior morango da feira anual de produtos agrícolas.

Todos ficaram calados, inclusive a mosca, que desistiu das tentativas de fuga ao descobrir o açucareiro.

— Essa conversa, obviamente, nunca aconteceu — disse Isabelle.

— Claro que não.

— Nós nem nos conhecemos.

— Uma pena, mas é verdade, Sra. Skøyen.

— E você tem alguma ideia de como eu posso... arrancar essas pragas?

— É claro que nós podemos ajudar com algumas coisas. Nesse ramo, há uma longa tradição em se dedurar pessoas para acabar com a concorrência, e nós vamos fornecer à senhora a informação necessária. Naturalmente, a senhora também fornecerá à Secretaria Municipal de Assuntos Sociais sugestões para o Conselho da Polícia. Além disso, você precisará de alguém de confiança dentro da força policial. Talvez alguém que possa se beneficiar de fazer parte de uma história de sucesso desse tipo. Uma... Como devo dizer...?

— Pessoa ambiciosa que pode ser pragmática, desde que isso resulte em benefícios para a cidade? — Isabelle Skøyen levantou a xícara de café como num brinde. — Vamos para a sala?

Sergey estava deitado de costas no banco, enquanto o tatuador analisava os desenhos em silêncio.

Ele havia chegado à saleta na hora marcada, e o tatuador estava fazendo um grande dragão nas costas de um adolescente que cerrava os dentes enquanto uma mulher, que pelo visto era sua mãe, o consolava, perguntando repetidas vezes ao tatuador se o desenho precisava ser tão grande. Ao final do procedimento, ela pagou e, na saída, perguntou ao filho se ele estava feliz agora que tinha uma tatuagem ainda mais legal que a de Preben e de Kristoffer.

— Esse fica melhor nas costas — disse o tatuador, apontando para um dos desenhos.

— *Tupoy* — resmungou Sergey. Idiota.

— O quê?

— Tudo tem que ser idêntico ao desenho. Preciso falar isso toda vez?

— Tá bom. Só não consigo terminar tudo hoje.

— Sim, é para fazer tudo. Pago o dobro.

— Está com pressa então?

Sergey respondeu com um gesto breve. Andrey tinha telefonado para ele todos os dias para mantê-lo atualizado. No entanto, ao receber a ligação de hoje, Sergey não estava preparado para o que Andrey tinha a dizer.

Que o *necessário* tinha se tornado necessário.

E o primeiro pensamento que lhe ocorreu quando desligou o telefone foi que não havia escapatória.

Imediatamente corrigiu a si mesmo: não havia *escapatória*? Quem queria escapatória?

Talvez ele tivesse pensado dessa forma porque Andrey havia lhe contado que o policial conseguira desarmar o presidiário que eles pagaram para matar Oleg Fauke. Tudo bem, o presidiário era apenas um norueguês que nunca tinha matado ninguém com uma faca, mas, de qualquer forma, isso significava que não seria tão fácil como da última vez, não seria como meter uma bala naquele traficantezinho; afinal, aquilo tinha sido uma simples execução. Quanto ao policial, seria preciso aproximar-se furtivamente, aguardar até que ele estivesse exatamente onde queria e pegá-lo quando ele menos esperava.

— Não quero ser um desmancha-prazeres, mas as suas tatuagens não são exatamente uma obra de arte. As linhas são difusas, e a tinta é ruim. Que tal dar uma repaginada nelas?

Sergey não respondeu. O que esse cara sabia sobre qualidade? As linhas eram difusas porque o tatuador da prisão tinha de usar uma corda de violão afiada e presa a um barbeador elétrico como agulha, e a tinta era feita de sola de sapato derretida misturada com urina.

— O desenho — disse Sergey. — Agora!

— Você tem certeza de que quer uma pistola? Você é que sabe, mas minha experiência diz que as pessoas se ofendem com símbolos violentos. Só pra te avisar, sabe?

Pelo visto, o cara não sabia nada sobre as tatuagens dos criminosos russos. Não sabia que o gato significava que a pessoa tinha sido condenada por roubo, que a igreja com duas cúpulas indicava que tinha cumprido duas sentenças. Não sabia que a queimadura que ele tinha no peito era uma tatuagem que ele havia removido usando compressas de pó de magnésio diretamente sobre a pele. Era o desenho de uma genitália feminina e fora feita durante o cumprimento de sua segunda pena, por um grupo de georgianos, membros da Semente Negra. Eles achavam que Sergey lhes devia dinheiro depois de um jogo de cartas.

O tatuador também não fazia ideia de que a pistola no esboço da tatuagem, uma Makarov, a arma usada pela polícia russa, simbolizava que ele, Sergey Ivanov, tinha matado um policial.

Ele não sabia nada, e era melhor assim. Era mais conveniente que aquele tatuador continuasse a se dedicar ao desenho de borboletas, ideogramas chineses e dragões coloridos em jovens noruegueses que pensavam que as tatuagens do catálogo tinham algum significado.

— Vamos começar então? — perguntou o tatuador.

Sergey hesitou um instante. O tatuador tinha razão, ele estava sendo precipitado. Tinha se perguntado por que tanta pressa, por que não podia esperar até depois de o policial estar morto? E ele deu a si mesmo a resposta que queria ouvir: se fosse pego depois do assassinato e levado para uma prisão norueguesa, onde não havia tatuadores entre os presidiários como na Rússia, a droga da tatuagem já estaria feita. Pelo menos, teria isso.

Mas Sergey sabia que também havia outra resposta àquela pergunta.

Será que ele estava fazendo a tatuagem antes do assassinato porque no fundo estava com medo? Com tanto medo que não tinha certeza se conseguiria levar isso até o fim? Será que era por isso que ele precisava fazer a tatuagem agora, para cortar todas as amarras, eliminar a possibilidade de recuar, de modo a ser *forçado* a realizar o assassinato?

Nenhum *urka* siberiano suportaria andar por aí com uma mentira gravada na pele. E ele queria cometer aquele crime, *sabia* disso, então que pensamentos eram esses, de onde vinham?

Ele sabia de onde vinham.

O traficante. O moleque com a camisa do Arsenal.

Ele tinha começado a aparecer em seus sonhos.

— Manda ver — ordenou Sergey.

17

— De acordo com o médico, Oleg vai estar bem dentro de poucos dias — disse Rakel. Ela estava encostada na geladeira, segurando uma caneca de chá.

— Ele deve ser transferido para um lugar onde absolutamente ninguém possa encontrá-lo — concluiu Harry.

Junto à janela da cozinha, ele observava a cidade lá embaixo, onde as filas de carros serpenteavam feito vaga-lumes pelas ruas principais no rush da tarde.

— Imagino que a polícia tenha algum lugar para pessoas que precisam de proteção especial — observou ela.

Rakel não tinha ficado histérica ao saber do atentado a Oleg; recebera notícia com uma espécie de serenidade resignada. Como se já esperasse aquilo. Ao mesmo tempo, Harry viu a indignação em seu rosto. E aquela expressão agressiva também.

— Ele vai ter que ficar numa prisão, mas vou falar com o promotor sobre uma transferência — disse Hans Christian Simonsen. O advogado veio assim que recebeu o telefonema de Rakel e estava sentado à mesa da cozinha, com manchas de suor nas axilas.

— Veja se consegue evitar os canais oficiais — recomendou Harry.

— O que você quer dizer? — perguntou o advogado.

— As portas estavam destrancadas, ou seja, pelo menos um dos agentes penitenciários fazia parte do esquema. Como não temos ideia de quem está envolvido nisso, precisamos desconfiar de todos.

— Você não está sendo um pouquinho paranoico agora?

— A paranoia salva vidas — disse Harry. — Você consegue dar um jeito, Simonsen?

— Vou ver o que posso fazer. E o lugar onde ele está agora?

— Ele está internado no Hospital Ullevål, e dois policiais em quem confio estão tomando conta dele. Mais uma coisa: o homem que atacou Oleg está no mesmo hospital, mas ele está sendo submetido a uma série de restrições.

— Incomunicável? — perguntou Simonsen.

— Isso. Você poderia ter acesso ao que ele disse à polícia ou ao advogado?

— Essa é mais difícil.

Simonsen coçou a cabeça.

— Provavelmente não vão conseguir arrancar uma única palavra dele, mas, de qualquer forma, faça uma tentativa — disse Harry, abotoando o sobretudo.

— Aonde você vai? — perguntou Rakel, pousando uma das mãos em seu braço.

— À origem do problema — respondeu Harry.

Já eram oito horas da noite, e o trânsito da capital do país onde as pessoas têm a jornada de trabalho mais curta do mundo já havia melhorado fazia algum tempo. O rapaz parado nos degraus de uma escada no final da Tollbugata vestia a camisa número 23. Arshavin. A cabeça estava coberta pelo capuz do moletom, e ele usava um par de tênis Air Jordan branco. As calças jeans Girbaud estavam tão engomadas que quase podiam ficar de pé sozinhas. Um verdadeiro *gangsta* nos mínimos detalhes, tudo copiado do último clipe de Rick Ross. Harry pensou que, se aquelas calças caíssem, revelariam cuecas boxer e uma tatuagem com apologia à violência, mas nenhuma cicatriz de facada ou bala.

Harry foi até ele sem olhar para os lados.

— Violino, uma dose.

O rapaz olhou para o ex-policial sem tirar as mãos do bolso do moletom e assentiu.

— Então? — insistiu Harry.

— Vai ter que esperar, *boraz*. — O rapaz falava com um sotaque paquistanês, o qual, na opinião de Harry, certamente era deixado de lado quando ele comia as almôndegas da mãe em sua casa tipicamente norueguesa.

— Não tenho tempo de esperar até juntar um grupo.

— Relaxa, é rápido.

— Pago cem a mais.

O rapaz o olhou de cima a baixo. Harry sabia mais ou menos o que ele pensava: um homem de negócios feio, com terno esquisito, consumidor moderado, que morre de medo de ser visto ali por algum colega ou alguém de sua família. Um homem que está pedindo para se ferrar.

— Seiscentas — disse o rapaz.

Harry suspirou e concordou.

— *Idra* — disse o rapaz e começou a andar.

Harry imaginou que aquilo devia ser uma ordem para acompanhá-lo.

Dobraram a esquina e entraram num pátio por um portão aberto. O homem da droga era negro, provavelmente norte-africano, e estava encostado numa pilha de pallets de madeira. A cabeça balançava ao ritmo da música do iPod. Um dos fones de ouvido estava pendurado em seu ombro.

— Uma dose — disse o Rick Ross com a camisa do Arsenal.

O homem da droga tirou algo de um bolso do casaco e o estendeu a Harry com a palma da mão voltada para baixo, de modo que não fosse possível ver o que continha ali. Harry olhou para o saquinho que havia acabado de comprar. O pó era branco, mas com alguns fragmentos escuros.

— Tenho uma pergunta — disse Harry, enfiando o saquinho no bolso.

Os dois ficaram alertas, e Harry viu a mão do cara da droga se mover em direção à região lombar. Ele presumiu que havia uma pistola de calibre pequeno no cós da calça.

— Algum de vocês já viu essa menina?

Ele estendeu a foto da família Hanssen.

Eles olharam a foto e fizeram que não com a cabeça.

— Tenho 5 mil coroas para quem me der uma pista, me contar um boato, qualquer coisa.

Os dois homens se entreolharam. Harry esperou. Então eles deram de ombros e se voltaram para Harry outra vez. Talvez já tivessem passado por isso antes: um pai que procura sua filha no submundo das drogas de Oslo. De qualquer forma, eles careciam do cinismo ou da imaginação necessários para inventar algo que pudesse lhes render a recompensa.

— Tudo bem — disse Harry. — Mas eu gostaria que mandassem lembranças a Dubai e que avisassem a ele que tenho informações que podem lhe interessar. É sobre Oleg. Digam a ele que pode ir ao Hotel Leon e perguntar por Harry.

No mesmo instante, ela apareceu. E Harry tinha razão, parecia uma Beretta da série Cheetah. Nove milímetros. Coisinha desagradável de cano curto.

— Você é *baosh*?

Gíria de norueguês. Polícia.

— Não — respondeu Harry, tentando engolir a náusea que sempre sentia ao olhar para o cano de uma arma.

— Você está mentindo. Você não injeta violino, você é infiltrado.

— Não estou mentindo.

O cara da droga fez um gesto breve para Rick Ross, que se aproximou de Harry e puxou a manga de seu paletó para cima. Harry tentou desviar os olhos do cano da pistola. Ouviu um assobio baixo.

— Parece que o branquelo injeta mesmo — concluiu Rick Ross.

Harry tinha usado uma agulha de costura comum, esterilizada pela chama do isqueiro. Picou o antebraço em quatro ou cinco pontos, girando a agulha e esfregando as feridas com sabão de amônia para lhes dar uma coloração mais avermelhada. Por fim, furou de leve as veias dos dois braços de forma que o sangue se acumulasse sob a pele, criando alguns hematomas impressionantes.

— Ainda acho que ele está mentindo — disse o cara da droga, mudando de posição e segurando a coronha da arma com as mãos.

— Por quê? Olha, ele até tem uma seringa e papel-alumínio no bolso.

— Ele não está com medo.

— O que você está dizendo? Olha pro cara!

— Ele não está com medo o suficiente. Ó, *baosh*, prepara uma injeção agora mesmo.

— Você ficou maluco, Rage?

— Cale a boca!

— Relaxe aí. Por que está tão nervoso?

— Acho que Rage não gostou de você ter falado o nome dele — disse Harry.

— Cale a boca você também! Prepara a seringa! E é pra usar seu próprio saquinho.

Harry nunca havia preparado heroína ou injetado qualquer coisa antes, pelo menos não em estado consciente, mas já havia usado ópio e sabia qual era o procedimento: derreter a droga até que ela assumisse a forma líquida e puxar a solução para dentro da seringa. Não devia ser tão difícil assim. Ele se agachou e colocou o pó sobre o papel-alumínio. Alguns grãos caíram no chão; ele umedeceu o dedo, conseguiu pegá-los e os esfregou nas gengivas, tentando simular ansiedade. Tinha um gosto amargo, parecido com o de outras substâncias que ele havia testado como policial. Mas tinha também um vestígio quase imperceptível de amônia. Não, não era amônia. Lembrava mais o cheiro de mamão passado. Ele acendeu o isqueiro, torcendo para que eles atribuíssem sua falta de jeito ao fato de que estava trabalhando com uma arma apontada para sua testa.

Dois minutos depois, a injeção estava pronta.

Rick Ross havia recuperado seu jeito de *gangsta* descolado. Tinha puxado as mangas do casaco até os cotovelos e estava ali com as pernas afastadas, os braços cruzados e a cabeça ligeiramente inclinada para trás.

— Injeta — mandou ele. Teve um sobressalto e estendeu a mão num gesto preventivo. — Não tô falando contigo, Rage!

Harry olhou para os dois. Rick Ross não tinha nenhuma marca nos antebraços nus, e Rage parecia nervoso demais. Harry ergueu o punho esquerdo em direção ao ombro. Seu antebraço estalou, e ele inseriu a agulha em um ângulo de 30 graus. E torceu para que parecesse realista.

— Aaah — gemeu Harry.

Realista o suficiente para que não se preocupassem em saber se a agulha de fato foi injetada numa veia ou somente na carne.

Ele revirou os olhos e tombou de joelhos.

Realista o suficiente para que se deixassem enganar por um orgasmo fingido.

— Não se esqueçam de dar o recado a Dubai — sussurrou Harry.

Então ele se levantou e seguiu cambaleando em direção ao Palácio Real, a oeste.

Ele só parou de fingir quando chegou à Dronningens Gate.

Na Prinsens Gate, veio o efeito retardado. Era aquela pequena parte da dose que tinha chegado à corrente sanguínea e alcançado o cérebro através dos capilares. Parecia um eco distante do barato de uma injeção diretamente na veia. Mesmo assim, Harry sentiu as lágrimas brotarem em seus olhos. Era como reencontrar uma amante que você pensava que nunca mais ia ver. Os ouvidos se encheram não de música, mas de luz celestial. E, no mesmo instante, ele entendeu por que chamavam aquilo de violino.

Eram nove horas da noite. Na CrimOrg, as luzes dos escritórios estavam apagadas, e os corredores, vazios. Mas, na sala de Truls Berntsen, a tela do computador lançava uma luz azul sobre o policial que tinha os pés na mesa. Ele havia apostado 1.500 coroas no Manchester City e estava prestes a perder. Mas agora tinham uma cobrança de falta. Tévez a dezoito metros do gol.

Ele ouviu a porta se abrir, e o indicador direito foi automaticamente para a tecla ESC. Mas era tarde demais.

— Espero que o *streaming* não esteja sendo pago com o dinheiro do meu orçamento.

Mikael Bellman se acomodou na cadeira. Truls já havia notado que, conforme Bellman subia na hierarquia, aos poucos abandonava os vícios de linguagem que haviam adquirido na infância em Manglerud. Era só quando falava com Truls que ele às vezes voltava a ser de lá.

— Você leu o jornal?

Truls fez que sim. Já que não tinha outra coisa para fazer, ele continuou a ler o jornal depois de ter terminado as seções policial e de esportes. Entre outras coisas, ele estudou minuciosamente as fotos da assessora da Secretaria Municipal, Isabelle Skøyen. Ela passou a ser fotografada em estreias e eventos sociais depois do verão, quando o *VG* publicou uma entrevista com ela com a manchete "A Varredora das Ruas". No tabloide, Skøyen se atribuía os louros pela faxina que tirou quadrilhas e viciados das ruas de Oslo e se lançava como futuro membro do Parlamento. De qualquer forma, o governo municipal estava tendo sucesso. Na opinião de Truls, os decotes dela se tornavam mais profundos à medida que a popularidade da oposição caía, e logo o sorriso nas fotos seria tão largo quanto seu traseiro.

— Tive uma conversa extraoficial com a presidente do Conselho da Polícia — disse Bellman. — Ela vai recomendar minha nomeação como chefe de polícia ao ministro da Justiça.

— Puta merda! — exclamou Truls. Tévez tinha colocado a bola no ângulo.

Bellman se levantou.

— Achei que você iria gostar de saber. Aliás, eu e Ulla estamos convidando algumas pessoas para irem lá em casa no próximo sábado.

Truls sentiu aquela mesma pontada de sempre ao ouvi-lo dizer o nome de Ulla. — Casa nova, cargo novo, você sabe. E, afinal, você ajudou a construir o terraço.

Ajudei, pensou Truls. Construí aquela porra toda.

— Então, se você não estiver muito ocupado... — continuou Bellman, fazendo em seguida um gesto para a tela do computador. — Está convidado.

Truls aceitou o convite. Assim como tinha aceitado todos os convites desde que se conheceram quando eram meninos. Assim como tinha aceitado ser espectador da óbvia felicidade de Mikael Bellman e Ulla. Seria mais uma noite em que esconderia quem ele realmente era e o que sentia.

— Outra coisa — disse Bellman. — Lembra aquele cara que pedi que você eliminasse do registro de visitas da recepção?

Truls fez que sim com a cabeça sem mudar de expressão. Bellman havia telefonado explicando que um tal Tord Schultz tinha acabado de fazer uma visita e havia lhe dado informações sobre tráfico de drogas e um queimador em suas próprias fileiras. Ele estava preocupado com a segurança do homem, e o nome deveria ser eliminado dos registros para o caso de o queimador trabalhar no prédio e ter acesso a ele.

— Tentei ligar para ele diversas vezes, mas ninguém atende. Estou um pouco preocupado. Você tem certeza absoluta de que a empresa de segurança eliminou o nome dele dos registros e de que ninguém mais ficou sabendo disso?

— Certeza absoluta, senhor chefe de polícia — respondeu Truls. O Manchester City estava na defesa e chutou a bola para longe. — Você por acaso teve mais notícias daquele inspetor chato do aeroporto?

— Não — respondeu Bellman. — Parece que ficou mais calmo, aceitou que o pó era fécula de batata. Mas por quê?

— Só queria saber, senhor chefe de polícia. Mande lembranças ao dragão.

— Prefiro que você não fale assim, ok?

Truls deu de ombros.

— É você que a chama desse jeito.

— Estou me referindo ao "chefe de polícia". Só será oficial daqui a umas duas semanas.

O gerente operacional suspirou. O encarregado de plantão tinha acabado de ligar para dizer que o voo para Bergen estava atrasado porque o comandante não compareceu nem avisou sobre qualquer imprevisto. Tiveram de improvisar e conseguir um novo piloto às pressas.

— Schultz está passando por um momento difícil — disse o gerente operacional. — Ele nem atende o telefone — acrescentou o encarregado.

— Era isso que eu temia. Às vezes ele faz umas viagens extras nas horas vagas.

— Pois é, ouvi falar disso. Mas isso aqui não são "horas vagas". Por pouco não tivemos de cancelar o voo.

— Como eu disse, ele está passando por dificuldades no momento. Vou falar com ele.

— Todos nós temos dificuldades, Georg. Preciso apresentar um relatório completo, você entende?

O gerente operacional hesitou. Mas desistiu.

— Claro.

Assim que desligaram, uma imagem surgiu na memória do gerente operacional. Uma tarde, churrasco, verão. Campari. Budweiser e bifes gigantescos vindos diretamente do Texas, transportados por um piloto em experiência. Ele e Else num quarto. Ninguém os tinha visto escapar. Ela gemia baixinho, para que não se ouvisse nada além dos gritos das crianças brincando, aviões chegando e a risada despreocupada das outras pessoas bem do lado de fora da janela aberta. Os aviões que não paravam de chegar. A gargalhada retumbante de Tord depois de mais uma história clássica da aviação. E os gemidos da esposa dele.

18

— Você comprou violino?

Beate Lønn olhou incrédula para Harry, que estava sentado em um canto de sua sala. Ele tinha livrado a cadeira das garras da luz forte da manhã que entrava pela janela e a levado para a sombra, e ali entrelaçava as mãos em torno da xícara de café que Beate lhe dera. O suor cobria seu rosto feito filme de PVC, e ele tinha pendurado o paletó no espaldar da cadeira.

— Você não...?

— Está maluca? — Harry bebericou o café escaldante. — Um alcoólatra não pode fazer esse tipo de coisa.

— Ótimo, pois, caso contrário, acharia que você havia errado o alvo — disse ela, apontando para o braço dele.

Harry olhou para o braço. Além do terno, tinha trazido apenas três cuecas, um par de meias extras e duas camisas de mangas curtas em sua bagagem. Ele havia pensado em comprar o que precisava em Oslo, mas até então não tivera tempo. E naquela manhã tinha acordado com algo tão semelhante a uma ressaca que vomitou muito. O resultado da injeção no músculo era uma marca com o formato dos Estados Unidos.

— Quero que você analise isso para mim — disse Harry.

— Por quê?

— Por causa das fotos da cena do crime que mostram o saquinho que encontraram com Oleg.

— E?

— Vocês têm câmeras muito boas. Deu para ver que o pó era totalmente branco. Olha aqui, esse pó tem alguns fragmentos marrons. Quero saber o que são.

Beate tirou uma lupa da gaveta e se inclinou sobre o pó que Harry tinha despejado na capa da *Forensic Magazine*.

— Tem razão. As amostras que temos são brancas, mas nos últimos meses não houve uma única apreensão, então isso é bem interessante. Sobretudo porque um inspetor da delegacia do aeroporto ligou recentemente e falou sobre algo semelhante a isso.

— O quê?

— Encontraram um saco de pó na bagagem de mão de um piloto. O inspetor quis saber como chegamos à conclusão de que se tratava de fécula de batata pura, pois ele viu com os próprios olhos que havia grãos marrons no pó.

— Ele achou que o piloto estava fazendo contrabando de violino para a Noruega?

— De fato, até agora não foi feita uma única apreensão de violino nas fronteiras, portanto, o inspetor nem deve ter visto a droga em si. A heroína branca é rara, a maior parte que chega é marrom, por isso ele primeiro chutou que eram dois lotes da droga já misturada com alguma outra substância. Por sinal, o piloto não estava entrando no país, mas saindo.

— *Saindo?*

— Isso mesmo.

— Para onde?

— Para Bangkok.

— Ele estava levando fécula de batata para Bangkok?

— Provavelmente alguns noruegueses queriam fazer molho branco para seus bolinhos de peixe.

Ela sorriu enquanto ficava vermelha com a própria tentativa de ser engraçada.

— Hã. Outra coisa. Li há pouco tempo sobre um agente infiltrado que foi encontrado morto no porto de Gotemburgo. Havia boatos de que ele era um queimador. Houve algum boato semelhante sobre o agente infiltrado morto aqui em Oslo?

Beate fez que não com a cabeça.

— Pelo contrário, ele era conhecido pela empolgação para prender os bandidos. Pouco antes de ser morto, falou que o peixe grande tinha mordido sua isca, e ele queria pegá-lo sozinho.

— Sozinho, hein?

— Ele não quis falar mais nada, disse que não confiava em ninguém além de si mesmo. Parece com alguém que você conhece, Harry?

Ele esboçou um sorriso, levantou-se e enfiou os braços no paletó.

— Aonde você vai?

— Visitar um velho amigo.

— Não sabia que você tinha um.

— Modo de falar. Liguei para o chefe da Kripos.

— Heimen?

— Isso. Perguntei se poderia me passar a lista das pessoas com quem Gusto falou no celular antes do assassinato. Ele respondeu que, em primeiro lugar, o caso era tão óbvio que nem tinham compilado uma lista desse tipo. Em segundo lugar, se o tivessem feito, nunca dariam essa lista a um... Como ele disse...? — Harry fechou os olhos. — Policial exonerado, alcoólatra e traidor como eu.

— Como eu disse antes, não sabia que você tinha velhos amigos.

— Pois é, agora preciso fazer amizades em outros lugares.

— Ok. De qualquer forma, vou analisar esse pó ainda hoje.

Harry parou no vão da porta.

— Você disse que o violino apareceu em Gotemburgo e Copenhague recentemente. Isso quer dizer que apareceu lá depois de ter chegado a Oslo?

— Sim.

— Normalmente, não é o contrário? As novas drogas primeiro surgem em Copenhague e depois se propagam para o norte, não?

— Talvez você tenha razão. Mas por quê?

— Não sei direito ainda. Como você disse que era o nome daquele piloto?

— Eu não disse. Schultz. Tord Schultz. Algo mais?

— Sim. Você chegou a pensar que aquele agente infiltrado pode ter tido razão?

— Razão?

— De ficar calado e não confiar em ninguém. Talvez ele soubesse que havia um queimador em algum lugar.

Harry olhou em volta para a grande e arejada recepção na sede da Telenor em Fornebu. A dez metros de distância, Harry viu duas pessoas aguardando atendimento junto ao balcão. Elas receberam adesivos com a identificação de visitante, e as pessoas com quem a queriam se encontrar vieram recepcioná-las do outro lado das catracas. Aparentemente, a Telenor tinha tornado os procedimentos mais rígidos, e o plano de Harry de dar uma de penetra no escritório de Klaus Torkildsen não era mais tão bom assim.

Harry avaliou a situação.

Com certeza, Torkildsen não apreciaria a visita. Simplesmente porque, no passado, ele foi condenado por atentado ao pudor, algo que tinha conseguido esconder da empresa, mas durante vários anos Harry usou esse deslize para forçá-lo a lhe dar informações muito além daquelas que uma empresa de telefonia teria base legal para fornecer. De qualquer forma, sem a autoridade conferida por um distintivo de policial, Torkildsen provavelmente nem receberia Harry.

À direita das quatro catracas que levavam aos elevadores havia um portão maior que tinha sido aberto para deixar passar um grande grupo de visitantes. Harry tomou uma decisão rápida. Ele se aproximou do grupo a passos largos e andou até o centro da multidão, que se movia lentamente em direção ao funcionário da Telenor que mantinha o portão aberto. Harry se dirigiu à pessoa a seu lado, um homem baixo com feições chinesas.

— *Nǐ hǎo* — disse ele em chinês.

— O quê?

Harry viu o nome no adesivo. Yuki Nakazawa.

— *Ah, japonês.*

Harry riu e lhe deu vários tapinhas no ombro, como se fosse um velho conhecido. Yuki Nakazawa sorriu, hesitante.

— Lindo dia — continuou Harry, ainda com a mão no ombro do outro.

— Sim — disse Yuki. — De qual empresa você é?

— TeliaSonera — respondeu Harry.

— Muito bom.

Passaram pelo funcionário da Telenor, e, pelo canto do olho, Harry viu que ele se aproximava. Sabia mais ou menos o que ele diria. E estava certo.

— Desculpe, senhor, não posso deixá-lo entrar sem um crachá.

Yuki Nakazawa olhou surpreso para o homem.

Torkildsen tinha uma nova sala. Depois de ter percorrido quase um quilômetro de um escritório com divisórias baixas, Harry finalmente viu um vulto conhecido de porte considerável em um compartimento de vidro.

Harry entrou sem qualquer cerimônia.

O homem estava de costas para ele, com um telefone ao ouvido. Harry viu o borrifo de saliva no vidro quando ele disse:

— Agora precisam fazer o servidor SW2 funcionar, caralho!

Harry pigarreou.

A cadeira girou. Klaus Torkildsen tinha ficado ainda mais gordo. Um terno de elegância surpreendente, feito sob medida, conseguia esconder parcialmente os quilos a mais, porém nada foi capaz de esconder a expressão de puro medo que tomou conta de seu rosto peculiar. A singularidade consistia no fato de que, com uma superfície facial tão grande à disposição, os olhos, o nariz e a boca acharam melhor se reunir numa pequena ilha no meio do oceano de rosto. Os olhos focaram a lapela de Harry.

— Yuki... Nakazawa?

— Klaus!

Harry deu um largo sorriso e abriu os braços.

— Que diabos você está fazendo aqui? — perguntou Klaus Torkildsen entre os dentes.

Harry baixou os braços.

— Também fico feliz em te ver.

Ele se empoleirou na beirada da mesa. No mesmo lugar onde costumava se sentar. Invadir e conquistar. Uma técnica simples e eficaz para dominar o adversário. Torkildsen engoliu em seco, e Harry viu grandes e brilhantes gotas de suor brotarem em sua testa.

— A rede de telefonia celular de Trondheim — resmungou Torkildsen e indicou o telefone. — Era para o servidor estar funcionando desde a semana passada. Não dá mais para confiar nas pessoas, caralho. Estou sem tempo, o que você quer?

— A lista de chamadas do celular de Gusto Hanssen desde maio.

Harry pegou uma caneta e anotou o nome em um papelzinho amarelo.

— Sou gerente de operações agora, não trabalho mais na manutenção.

— Tudo bem, mas você ainda consegue me fornecer esse tipo de informação.

— Você tem alguma autorização?

— Se tivesse, teria ido direto ao meu contato na polícia em vez de procurar você.

— E por que seu promotor não quer autorizar isso?

O velho Torkildsen não teria feito essa pergunta. Ele tinha se tornado mais destemido. Estava mais autoconfiante. Será que era o cargo? Ou alguma outra coisa? Harry viu a parte de trás de um porta-retratos sobre a mesa. O tipo de foto pessoal que você leva para o trabalho para não esquecer que tem alguém. Então, a não ser que fosse um cachorro, era uma mulher. Talvez um filho até. Quem diria? O velho exibicionista arranjou uma mulher.

— Não trabalho mais na polícia — disse Harry.

Torkildsen achou graça.

— Mas mesmo assim quer informações sobre chamadas telefônicas?

— Não preciso de muita coisa, só desse telefone.

— Por que eu faria isso? Se descobrirem que eu forneci esse tipo de informação a um civil, vou ser demitido. E vai ser fácil descobrir que entrei no sistema e peguei as informações.

Harry não respondeu.

Torkildsen deu uma risada amarga.

— Já sei. É a mesma velha tática de chantagem covarde. Se eu não fornecer as informações, você vai se encarregar de que meus colegas fiquem sabendo daquela sentença.

— Não. Não vou te dedurar. Só estou te pedindo um favor, Klaus. Isso é pessoal. O filho da minha ex-namorada corre o risco de ser condenado injustamente à prisão perpétua.

Harry viu a papada de Torkildsen estremecer, formando uma onda que seguiu pelo pescoço até ser absorvida pelo restante da massa corporal e desaparecer. Harry nunca tinha chamado Klaus Torkildsen pelo primeiro nome até aquele dia. Torkildsen olhou para ele. Piscou, concentrado. As gotas de suor brilhavam na testa, e Harry viu como a calculadora do cérebro somou, subtraiu, e, por fim, chegou a um resultado.

Torkildsen gesticulou e se recostou na cadeira, que rangeu sob o peso.

— Sinto muito, Harry. Gostaria de ajudar. Mas, nesse momento, não posso me dar ao luxo de ter esse tipo de compaixão. Espero que você compreenda.

— Claro — afirmou Harry, esfregando o queixo. — É absolutamente compreensível.

— Obrigado — respondeu Torkildsen com visível alívio e fez menção de se levantar, evidentemente no intuito de conduzir Harry para fora de sua sala de vidro e de sua vida.

— Então, se você não arranjar os números, não vão ser apenas seus colegas que vão saber de sua prática de exibicionismo, mas sua esposa também. Já tem filhos? Sim? Um, dois?

Torkildsen se encolheu na cadeira. Olhou incrédulo para Harry. O velho e trêmulo Klaus Torkildsen.

— Você... você disse que não...

Harry fez um gesto de indiferença.

— Lamento. Mas nesse momento não posso me dar ao luxo de ter esse tipo de compaixão.

Eram nove e dez da noite, e o Schrøder estava meio cheio.

— Não queria que você fosse até meu trabalho — disse Beate. — Heimen ligou contando que você perguntou por registros telefônicos e disse que queria falar comigo. Ele me advertiu contra qualquer envolvimento no caso de Gusto.

— Pois é — disse Harry. — Foi bom você ter vindo até aqui.

Harry conseguiu fazer contato visual com Rita, que servia cerveja do outro lado do salão. Ele ergueu dois dedos. Ela fez um gesto de assentimento. Fazia três anos que ele não ia ali, mas a atendente ainda compreendia a linguagem de sinais de seu velho freguês: uma cerveja para a acompanhante, um café para o alcoólatra.

— Seu amigo se mostrou solícito com relação aos registros telefônicos de Gusto?

— Muito solícito.

— O que você descobriu então?

— Que Gusto devia estar duro, porque sua assinatura foi cancelada diversas vezes. Ele não fez muitas ligações, mas ele e Oleg tiveram algumas conversas breves. Ele telefonava frequentemente para Irene, a irmã adotiva, mas não há registro de conversa entre eles nas semanas anteriores à morte dele. Fora isso, ele ligava mais para a PizzaXpressen. Vou passar na casa da Rakel depois e pesquisar os outros nomes na internet. O que você pode me contar sobre a análise?

— A droga que você comprou é quase idêntica às amostras de violino que já analisamos. Mas há uma pequena diferença na composição química. E também há a questão dos fragmentos marrons.

— E?

— Não se trata de um princípio ativo. É simplesmente um revestimento que se usa em comprimidos, você sabe, para torná-los mais fáceis de serem engolidos ou para melhorar o sabor.

— É possível identificar o fabricante desse revestimento?

— Em teoria, sim. Mas pesquisei um pouco, e o que acontece é que as empresas farmacêuticas em geral fazem seus próprios revestimentos. Ou seja, em nível global, há milhares de fabricantes.

— Então não conseguiremos nada com isso?

— Não com o revestimento em si — respondeu Beate. — Mas na parte interna de alguns desses fragmentos marrons ainda havia vestígios do comprimido. Era metadona.

Rita veio com o café e a cerveja. Harry agradeceu, e ela se retirou.

— Achei que a metadona era líquida e vinha em garrafas.

— A metadona usada no que chamam de "reabilitação de toxicodependentes assistida por medicamentos" vem em garrafas. Por isso liguei para o Hospital St. Olav. Eles fazem pesquisas com opioides e opiáceos e me contaram que comprimidos de metadona são usados no tratamento da dor.

— E o violino?

— Disseram que era bem possível que a metadona modificada tivesse sido usada na fabricação, sim.

— Isso só significa que o violino não é feito do zero, mas como isso pode nos ajudar?

— Isso pode nos ajudar muito — respondeu Beate, segurando o copo de cerveja. — Porque há pouquíssimos fabricantes de comprimidos de metadona. E um deles está aqui em Oslo.

— A AB? A Nycomed?

— O Hospital de Oncologia. Eles têm um departamento de pesquisa que desenvolveu um comprimido de metadona contra dores extremas.

— Câncer.

Beate fez que sim. Uma das mãos levou o copo de cerveja até a boca enquanto a outra pegou algo e pôs na mesa diante de Harry.

— Do Hospital de Oncologia?

Beate fez que sim de novo.

Harry pegou o comprimido. Ele era redondo, pequeno e tinha as letras HO gravadas no revestimento marrom.

— Sabe o que acho, Beate?

— Não.

— Acho que a Noruega criou um novo produto de exportação.

— Você quer dizer que alguém no país produz e exporta violino? — perguntou Rakel. Ela estava de braços cruzados, encostada no batente da porta do quarto de Oleg.

— Há algumas coisas que indicam isso — respondeu Harry, digitando o próximo nome da lista que recebeu de Torkildsen. — Em primeiro lugar, Oslo parece ser o epicentro de tudo. Ninguém na Interpol tinha visto ou ouvido falar de violino antes de aparecer em Oslo, e só agora ele chegou às ruas da Suécia e da Dinamarca. Em segundo lugar, a droga contém comprimidos picados de metadona, e tenho certeza de que eles são produzidos na Noruega. — Harry clicou no botão BUSCAR. — Em terceiro lugar, um piloto foi pego recentemente no Gardermoen com algo que poderia ser violino, mas que foi trocado por outra coisa.

— Trocado?

— Nesse caso, há um queimador no esquema. A questão é que esse piloto estava saindo do país, com destino a Bangkok.

Harry sentiu o cheiro do perfume de Rakel se aproximando. Notou que ela havia deixado o batente da porta e se inclinava por cima de seu ombro. O brilho da tela do computador era a única luz no quarto às escuras.

— Foto sexy. Quem é essa daí?

Sua voz estava bem perto do ouvido dele.

— Isabelle Skøyen. Assessora da Secretaria Municipal de Assuntos Sociais. Uma das pessoas para quem Gusto ligou. Ou melhor, foi ela quem ligou para ele.

— Essa camiseta de doador de sangue parece ser de um tamanho pequeno demais para ela, não é?

— Deve ser parte do trabalho de alguém da política promover a doação de sangue.

— Mas ela é apenas assessora da Secretaria Municipal...

— De qualquer forma, a mulher diz que é do grupo sanguíneo AB, Rh negativo, e então doar sangue se torna simplesmente um dever.

— Sangue raro, então. É por isso que está olhando a imagem há tanto tempo? Harry sorriu.

— Tinha um monte de informações aqui. Criadora de cavalos. "Varredora das Ruas."

— Foi ela que recebeu o crédito por ter colocado todas as quadrilhas de tráfico de drogas atrás das grades.

— Nem todas, pelo visto. Gostaria de saber que assunto ela e alguém como Gusto teriam em comum.

— Ela coordenou o trabalho antidrogas da Secretaria de Assuntos Sociais. Talvez o tenha usado para obter informações.

— A uma e meia da manhã?

— Ops!

— Melhor eu perguntar isso a ela.

— Aposto que vontade não falta.

Ele virou a cabeça na direção de Rakel. O rosto dela estava tão perto que ele não conseguiu focá-la.

— Estou escutando o que acho que estou escutando?

Ela riu baixinho.

— De jeito nenhum. Ela parece vulgar.

Harry inspirou devagar. Ela não se moveu.

— E o que te faz pensar que eu não gosto do tipo vulgar? — perguntou ele.

— E por que você está sussurrando?

Os lábios dela se moveram tão perto dos dele, que Harry pôde sentir a corrente de ar que veio junto com suas palavras.

Por dois longos segundos, o cooler do computador foi a única coisa que se ouviu ali. De repente, ela se ergueu. Fitou Harry com um olhar absorto e distante e pôs as mãos nas faces como que para resfriá-las. Então ela se virou e saiu.

Harry inclinou a cabeça para trás, fechou os olhos e praguejou em voz baixa. Ouviu-a mexer em alguma coisa na cozinha. Respirou fundo umas duas vezes e decidiu que o que tinha acabado de acontecer não tinha acontecido. Tentou se concentrar de novo. E continuou sua pesquisa.

Harry pesquisou os nomes que ainda restavam na lista. Em alguns deles, apareceram como resultados provas de esqui de dez anos atrás ou relatos de encontros de família; em outros, nem isso. Eram pessoas que não existiam mais, que não estavam mais sob os holofotes quase onipresentes da sociedade moderna, que foram para algum cantinho sombrio e ali aguardavam a próxima dose e mais nada.

Harry olhou para a parede, para um cartaz de um cara com cocar na cabeça. Estava escrito JÓNSI logo abaixo dele. Harry não sabia ao certo, mas achava que ele tinha alguma coisa a ver com a banda islandesa Sigur Rós. Sons etéreos e uma voz em falsete. Bem longe de Megadeth e Slayer. Mas naturalmente o gosto de Oleg podia ter mudado. Ou ter sofrido a influência de alguém. Harry pôs as mãos na nuca.

Irene Hanssen.

Ele se deu conta de que algo havia chamado sua atenção na lista de ligações. Gusto e Irene tinham se falado ao telefone praticamente todo dia durante algum tempo, mas, depois da última conversa entre os dois, Gusto sequer havia tentado ligar para a irmã. Como se tivessem brigado. Ou talvez Gusto soubesse que, depois daquele dia, não seria possível falar com Irene por telefone. Porém, na manhã do dia em que foi baleado, Gusto ligou para o telefone residencial dela. E alguém atendeu. A conversa durou um minuto e doze segundos. Por que Harry tinha achado isso estranho? Ele tentou seguir o fio da meada até a origem de seu estranhamento, mas teve de desistir. Ele discou o número do telefone fixo. Ninguém atendeu. Tentou o celular de Irene. Uma voz lhe disse que o número estava temporariamente bloqueado. Contas que não foram pagas. Dinheiro.

Tudo começava e terminava com dinheiro. Era sempre assim com as drogas. Harry pensou por um instante. Tentou lembrar o nome que Beate tinha dito. O piloto que foi pego com pó na bagagem de mão. A memória de policial ainda funcionava bem. Ele digitou TORD SCHULTZ no site da lista telefônica.

Um número de celular apareceu.

Harry abriu uma gaveta da escrivaninha de Oleg para procurar uma caneta. Ele levantou um exemplar da *Masterful Magazine* e bateu os olhos num recorte de jornal dentro de uma pasta de plástico. Imediatamente reconheceu seu próprio rosto mais jovem. Ele tirou a pasta, folheou os outros recortes. Quase todos eram de casos nos quais Harry tinha trabalhado; em alguns artigos havia apenas uma menção a ele ou uma foto. Também estava ali uma entrevista antiga que ele dera a uma revista de psicologia; tinha respondido, não sem certa irritação, algumas perguntas sobre assassinos em série. Harry fechou a gaveta. Olhou em volta. Sentiu a necessidade de quebrar alguma coisa. Então desligou o computador, fechou sua malinha, foi direto para o corredor e vestiu o paletó de linho. Rakel veio até ele. Ela tirou um grão de poeira invisível de sua lapela.

— É muito curioso — disse ela. — Faz tanto tempo que não te vejo... Eu estava começando a te esquecer, e aí você aparece de novo.

— Pois é. Isso é uma coisa boa?

Ela deu um sorriso breve.

— Não sei. É uma coisa boa e ruim ao mesmo tempo. Você entende?

Harry fez que sim e a abraçou.

— Você é a pior coisa que aconteceu na minha vida — disse ela.

— E a melhor. Mesmo agora você consegue me fazer esquecer tudo, só por estar aqui. Não, não sei se isso é bom.

— Eu sei.

— O que é isso? — perguntou Rakel, apontando para a mala.

— Vou fazer check-in no Hotel Leon.

— Mas...

— A gente se fala amanhã. Boa noite, Rakel.

Harry lhe deu um beijo na testa, abriu a porta e saiu na noite quente de outono.

O rapaz da recepção do Hotel Leon disse que não precisava preencher outro formulário de check-in e ofereceu a Harry o mesmo quarto da última vez, o 301. Harry disse que estava tudo bem se arrumassem o varão quebrado da cortina.

— Quebrou outra vez? — perguntou o rapaz. —- Foi o inquilino anterior. Às vezes ele tinha uns ataques de raiva, coitado. — Ele estendeu a chave do quarto para Harry. — Ele também era policial.

— Hóspede fixo?

— Sim. Agente infiltrado. Secreto.

— Bom, parece que ele não era tão secreto assim, já que você sabia que ele era policial.

O rapaz sorriu.

— Deixe-me ver se tenho um varão para a cortina no quarto dos fundos.

O rapaz saiu do campo de visão de Harry.

— O Homem da Boina parecia muito com você — disse uma voz grave. Harry se virou.

Cato estava sentado em uma poltrona naquilo que, com um pouco de boa vontade, poderia ser chamado de lobby. Ele estava com cara de cansado e meneou a cabeça lentamente.

— Muito parecido, Harry. Muito intenso. Muito paciente. Muito teimoso. Infelizmente. Não era tão alto quanto você, claro, e tinha olhos cinzentos. Mas ele tinha o mesmo olhar de policial e também era solitário. E morreu no mesmo quarto em que você está hospedado. Você deveria ter ido embora, Harry. Deveria ter pegado aquele avião.

Ele gesticulou algo incompreensível com os dedos longos. O olhar era tão tristonho que Harry por um instante pensou que o velho começaria a chorar. Cambaleante, ele se esforçou para ficar de pé, e Harry se virou para o rapaz na recepção.

— É verdade o que ele está dizendo?

— Quem? — perguntou o recepcionista.

— Ele — respondeu Harry, virando-se para Cato. Mas o homem já tinha sumido. Devia ter caminhado depressa para a escuridão perto da escada. — O agente infiltrado morreu no meu quarto?

O rapaz olhou para Harry antes de responder.

— Não, ele desapareceu. Foi levado pela água até perto da Ópera. Olha, não tenho nenhum varão para cortina, mas que tal usar esse fio de náilon? Você pode enfiar ele na cortina e amarrar as pontas nos suportes do varão.

Harry concordou com um gesto.

Às duas horas da manhã, Harry fumava seu último cigarro. As cortinas e o fio fino de náilon estavam no chão. Do outro lado do pátio, viu uma mulher dançando sozinha uma valsa inaudível. Escutou os sons da cidade e olhou para a fumaça que se espiralava em direção ao teto. Estudou os caminhos tortuosos que ela percorria, as formas aparentemente aleatórias que ela fazia, e tentou enxergar um desenho nelas.

19

Dois meses se passaram entre o encontro do velho com Isabelle e o início da faxina.

Os primeiros a serem presos foram os vietnamitas. No jornal estava escrito que os policiais fizeram batidas em nove locais ao mesmo tempo, encontraram cinco pontos de venda de heroína e prenderam trinta e seis vietcongues. Na semana seguinte, foi a vez dos albaneses e kosovares. A polícia usou a tropa de elite para invadir um apartamento em Helsfyr, um lugar que o chefão dos ciganos achava que ninguém conhecia. Então foi a vez dos norte-africanos e dos lituanos. O cara que assumiu o cargo de chefe da CrimOrg, um sujeito com aparência de modelo e cílios longos, disse ao jornal que eles haviam recebido denúncias anônimas. Durante as semanas seguintes, os traficantes de rua, todos, desde os negões somalis até os noruegueses branquelos, foram parar na cadeia. Mas nenhum dos nossos, dos que usavam a camisa do Arsenal, estava nesse grupo. Começamos a notar que havia mais espaço para nós na cidade e que as filas ficaram mais longas. O velho recrutou alguns dos traficantes desempregados, mas cumpriu sua parte do acordo: o tráfico de heroína ficou menos visível no centro de Oslo. A gente diminuiu a importação da droga, já que o violino era muito mais rentável. Era uma droga cara, e alguns viciados tentaram inicialmente migrar para morfina, mas depois de um tempo mudaram de ideia.

Vendíamos mais rápido do que Ibsen conseguia produzir.

Era meio-dia e meia de uma terça-feira, e a gente já não tinha mais nada. Como era absolutamente proibido usar celular — meu Deus, o velho achava que Oslo era Baltimore —, fui até a Estação Central e, de um dos telefones públicos, liguei para o celular russo. Andrey disse que estava ocupado, mas que ia ver o que podia fazer. Oleg, Irene e eu sentamos na escada que dava para a

Skippergata, afastamos os compradores e demos uma relaxada. Uma hora mais tarde, vi um homem manco se aproximando. Era o próprio Ibsen. Ele estava furioso. Xingava e resmungava. Até avistar Irene. Aí foi como se a tempestade tivesse passado, e ele adotou um tom mais conciliador. Fomos até os fundos do prédio, onde ele nos entregou um saco plástico com cem saquinhos.

— Vinte mil — disse ele, estendendo a mão. — Nesse ramo, o pagamento é à vista.

Puxei-o para o canto e disse que a próxima vez que o estoque acabasse, poderíamos ir até a casa dele.

— Não quero visitas — retrucou ele.

— Talvez eu pague um pouco mais de 200 por saquinho — sugeri.

Ele olhou para mim, desconfiado.

— Você tem planos de começar seu próprio negócio? O que seu chefe diz sobre isso?

— Isso fica entre nós dois — afirmei. — A gente está falando de uma mixaria. Uns dez a vinte saquinhos para amigos e conhecidos.

Ele deu uma gargalhada.

— Vou levar a menina — continuei. — Aliás, o nome dela é Irene.

Ele parou de rir. Olhou para mim. Tentou rir outra vez, mas não conseguiu. E agora tudo estava escrito em letras maiúsculas em seus olhos. A solidão. A ganância. O ódio. E o desejo. Aquele desejo do caralho.

— Sexta-feira — disse ele. — Às oito da noite. Ela toma gim?

Fiz que sim com a cabeça. A partir de agora, ela toma.

Ele me deu o endereço.

Dois dias depois, o velho me convidou para jantar. Por um instante, pensei que Ibsen tinha me dedurado, mas aí me lembrei de seu olhar. Fomos servidos por Peter e nos sentamos à mesa comprida da fria sala de jantar enquanto o velho contava que tinha cortado a importação de heroína de Amsterdã e por terra, e agora só importava de Bangkok por intermédio de alguns pilotos. Ele me explicou os números, verificou se eu tinha entendido e repetiu a pergunta de sempre: se eu me mantinha longe de violino. Ele continuou sentado ali na penumbra, me olhando, e, quando ficou tarde, chamou Peter e pediu que me levasse para casa. No carro, cogitei perguntar a Peter se ele achava que o velho era impotente.

Ibsen morava num apartamento típico de solteiro num prédio em Ekeberg. Tela de plasma grande, geladeira pequena e nada nas paredes. Ele serviu um gim sem graça com uma água tônica que já havia perdido o gás, sem limão, mas com três cubos de gelo. Irene seguiu minhas instruções. Foi simpática, sorriu e deixou a conversa comigo. Ibsen ficou o tempo todo com um sorriso idiota, olhando boquiaberto para ela, mas felizmente conseguia fechar a boca toda vez que a baba estava prestes a escorrer. O filho da mãe colocou música clássica. Recebi meus saquinhos e combinamos que eu passaria ali de novo dentro de quinze dias. Com Irene.

Então veio o primeiro relatório sobre a queda no número de mortes por overdose. Só não escreveram nele que, em poucas semanas, usuários iniciantes de violino já apareciam na fila com tremedeiras e olhos arregalados de abstinência. E choravam, segurando suas notas amassadas, ao saberem que o preço tinha subido outra vez.

Depois da terceira visita à casa de Ibsen, ele me chamou no canto e disse que, da próxima vez, queria que Irene fosse sozinha. Eu falei que tudo bem, mas eu ia querer cinquenta saquinhos e o preço seria 100 coroas cada. Ele concordou.

Não foi fácil convencer Irene, e dessa vez os velhos truques não foram suficientes. Tive que ser duro com ela. Explicar que essa era minha chance. Nossa chance. Perguntar se ela queria que eu continuasse dormindo num colchão no local de ensaio de uma banda. Por fim, ela disse, choramingando, que era claro que não queria isso. Mas que também não queria... E eu disse que ela não precisava fazer nada, que ela só deveria ser um pouco boazinha com aquele pobre coitado solitário, que ele não devia ter tido muita diversão na vida com aquele pé. Ela finalmente concordou e falou que eu tinha que prometer que não diria nada a Oleg. Depois que ela saiu, eu me senti tão mal que diluí um saquinho de violino e fumei um cigarro. Acordei com alguém me sacudindo. Ela estava inclinada sobre meu colchão e chorava tanto que as lágrimas caíam em meu rosto e faziam meus olhos arderem. Ibsen tinha tentado forçar a barra, mas ela havia conseguido fugir.

— Você pegou os saquinhos?

Evidentemente essa foi a pergunta errada. Ela desmoronou por completo. Então eu disse que tinha algo que faria tudo ficar bem outra vez. Preparei uma seringa, e ela me fitou com olhos arregalados e molhados quando encontrei uma veia azul em sua pele fina e branca e inseri a agulha. Ao pressionar o êmbolo, senti os espasmos do corpo dela repercutirem no meu. Sua boca se abriu como num orgasmo. E o entorpecimento cerrou uma cortina vítrea em seu olhar.

Talvez Ibsen fosse nojento, mas de química ele entendia.

Eu sabia que tinha perdido Irene. Vi isso em seus olhos quando fiz aquela pergunta sobre os saquinhos. Nunca seria a mesma coisa. Naquela noite, vi Irene se afastar de mim em seu torpor juntamente com as minhas chances de ficar milionário.

O velho, no entanto, continuou ganhando milhões. Mesmo assim, ele queria mais, e mais rápido. Era como se tivesse algum prazo, ou uma dívida que precisava ser paga. Pois eu não o via gastando dinheiro, a casa era a mesma, a limusine era a mesma, embora agora estivesse limpa, e o quadro de funcionários continuava o mesmo: Andrey e Peter. Nosso único concorrente era Los Lobos. Mas eles também aumentaram o esquema de tráfico de rua. Contrataram os vietnamitas e marroquinos que já não estavam na cadeia. E vendiam violino, não só no centro de Oslo, mas também em Kongsvinger, Tromsø e Trondheim e, segundo os boatos, também em Helsinque. Talvez Odin e Los Lobos ganhassem mais que o velho, mas o fato é que os dois dividiam o mercado, não havia luta por território, ambos estavam se tornando podres de ricos. Qualquer homem de negócios que batesse bem da cabeça estaria satisfeito com o status quo, caralho.

Só havia duas nuvens naquele céu azul.

Uma era o agente infiltrado com aquela boina ridícula. A gente sabia que a polícia tinha recebido instruções para não mexer com o pessoal com a camisa do Arsenal por enquanto, pois eles não eram prioridade, mas, mesmo assim, o Homem da Boina andava xeretando nosso negócio. A outra era que Los Lobos começaram a vender violino mais barato em Lillestrøm e Drammen do que em Oslo, o que levou alguns de nossos clientes a pegarem o trem até lá.

Um dia, fui convocado pelo velho, que me mandou levar uma mensagem a um policial. O nome dele era Truls Berntsen, e a tarefa teria que ser cumprida com toda a discrição. Perguntei por que Andrey ou Peter não podiam fazer isso, mas o velho explicou que o contato teria que ser feito por alguém que não pudesse levar a polícia ao seu encalço. E que, apesar de também ter informações que poderiam comprometê-lo, eu era o único, além de Peter e Andrey, em quem ele confiava. Sim, em muitos aspectos, ele confiava em mim. O Chefão das Drogas confia no Ladrão, pensei.

A mensagem era que ele tinha combinado uma reunião com Odin para discutir a questão de Drammen e Lillestrøm. Eles se encontrariam no

McDonald's de Kirkeveien, em Majorstuen, na quinta-feira às sete horas da noite. Tinham alugado todo o andar de cima para uma festa infantil, e o espaço seria fechado para os outros clientes da lanchonete. Eu já visualizava a cena: bexigas, serpentinas, chapeuzinhos e um palhaço de merda. Que ficaria com cara de tacho ao ver os convidados da festa de aniversário: motoqueiros musculosos com olhares assassinos e tachas de metal nos nós dos dedos, dois metros e meio de concreto cossaco, e Odin e o velho tentando matar um ao outro apenas com o olhar por cima das batatas fritas.

Truls Berntsen morava sozinho num apartamento em Manglerud, mas, quando toquei a campainha num domingo de manhã, não tinha ninguém em casa. A vizinha, que pelo jeito ouviu a campainha, inclinou-se para fora da varanda e gritou que Truls estava na casa de Mikael construindo um terraço. E enquanto eu dirigia até o endereço que ela tinha me dado, pensei que Manglerud devia ser uma porra de uma cidadezinha de interior. Pelo visto, todo mundo se conhecia.

Eu já havia ido a Høyenhall, a Beverly Hills de Manglerud. Casarões com vista para Kværndalen, o centro e Holmenkollen. Parei na rua e olhei para o esqueleto de uma casa inacabada. Diante dela, havia um grupo de caras sem camisa, cada um com uma lata de cerveja. Eles discutiam, riam e apontavam para aquilo que aparentemente se transformaria num terraço. Imediatamente reconheci um deles. Aparência de modelo e cílios longos. O novo chefe da Divisão contra o Crime Organizado. Assim que me viram, os homens pararam de falar abruptamente. E eu entendi por quê. Todos eram policiais, do tipo que farejavam um bandido. A situação era constrangedora. Eu não tinha perguntado nada ao velho, mas é óbvio que me passou pela cabeça que Truls Berntsen era o aliado na polícia que ele tinha sugerido a Isabelle Skøyen.

— Pois não? — disse o homem dos cílios longos. Ele era sarado pra caramba. Tanquinho de dar inveja. Eu ainda podia me retirar e procurar Berntsen mais tarde. Então nem sei direito por que fiz o que fiz.

— Quero falar com Truls Berntsen — eu disse em alto e bom som. Os outros se viraram para um homem que tinha largado a lata de cerveja e veio andando até mim que nem pata-choca. Ele parou tão perto, que os outros não podiam nos ouvir. Tinha cabelos loiros e queixo bem proeminente. Seus olhos de porco irradiavam desconfiança e ódio. Se ele fosse um bicho de estimação, teria sido sacrificado por motivos puramente estéticos.

— Não sei quem é você — falou ele em voz baixa. — Mas posso imaginar, e não quero nenhuma merda de visita desse tipo. Entendeu?

— Entendi.

— Fala logo.

Falei o local, o dia e a hora da reunião. E que Odin tinha avisado que iria com o bando todo.

— Ele não ousaria fazer outra coisa — grunhiu Berntsen.

— Temos informações de que eles acabaram de receber um grande lote de heroína. — Os caras do terraço tinham voltado a tomar cerveja, mas vi que o chefe da CrimOrg lançava olhares em nossa direção. Falei baixo e me concentrei para não esquecer nada. — Está armazenado no clube de Alnabru, mas vai sair de lá daqui a uns dois dias.

— Vamos fazer algumas prisões e uma batida depois.

Berntsen grunhiu outra vez, e só agora me dei conta de que era para ser uma risada.

— Era só isso — eu disse e me virei para sair.

Eu já havia percorrido alguns metros na rua quando ouvi alguém me chamar. Não precisei me virar para saber quem era. Eu tinha visto no olhar dele o que ele queria. Afinal, essa era a minha especialidade. Ele me alcançou, e eu parei.

— Quem é você? — perguntou ele.

— Gusto. — Afastei o cabelo dos olhos para que ele os visse melhor. — E você?

Por um instante, ele me olhou surpreso, como se minha pergunta fosse um atrevimento. Então respondeu com um breve sorriso:

— Mikael.

— Tudo bem, Mikael? Onde você malha?

Ele pigarreou.

— O que você está fazendo aqui?

— O que eu disse. Vim falar com Truls. Posso tomar um gole da sua cerveja?

Foi como se as estranhas manchas brancas em seu rosto de repente se iluminassem. Havia raiva em sua voz quando ele disse:

— Se já fez o que tinha de fazer, sugiro que caia fora daqui.

Enfrentei seu olhar. Olhos verdes furiosos. Mikael Bellman tinha uma beleza tão estonteante, que tive vontade de tocar seu peitoral. Sentir a pele suada e aquecida pelo sol nas pontas dos dedos. Sentir os músculos que automaticamente se enrijeceriam com o choque da minha audácia. O mamilo que ficaria rígido quando eu o apertasse entre o polegar e o indicador. A dor deliciosa do soco que ele me daria para salvar sua reputação. Mikael Bellman. Eu senti o desejo. Meu próprio desejo doentio.

— A gente se vê — eu disse.

Naquela mesma noite, eu descobri. Como conseguir aquilo que imagino que você nunca conseguiu. Porque se você tivesse conseguido, você não teria me largado, não é? Descobri como me tornar inteiro. Como me tornar um ser humano. Como me tornar um milionário.

20

O sol brilhava tão intenso no fiorde, que Harry teve de semicerrar os olhos atrás de seus óculos de sol femininos.

Oslo não estava apenas passando por um *facelift* em Bjørvika; também havia ganhado próteses de silicone na forma de um novo bairro que se projetava sobre o fiorde, onde a cidade sempre tinha sido despeitada e sem graça. A maravilha siliconada se chamava Tjuvholmen e parecia um lugar muito caro. Apartamentos caros com vista cara para o fiorde, ancoradouros caros, pequenas butiques caras com peças únicas, galerias com piso de madeira vinda de uma floresta de que você nunca ouviu falar e que era mais espetacular do que a arte nas paredes. O mamilo na parte mais proeminente da orla era um restaurante exclusivo e com preços que ajudavam Oslo a superar Tóquio como a cidade mais cara do mundo.

Harry entrou, e um maître gentil lhe deu as boas-vindas.

— Estou procurando Isabelle Skøyen — disse Harry, olhando para dentro do salão. Parecia lotado.

— Sabe em nome de quem foi feita a reserva? — perguntou o maître com um leve sorriso que indicou a Harry que todas as mesas tinham sido reservadas com antecedência.

A mulher que havia atendido a ligação de Harry para o gabinete da Secretaria Municipal de Assuntos Sociais na Prefeitura inicialmente só estava disposta a lhe informar que Isabelle Skøyen tinha saído para almoçar. Mas Harry respondeu que esse era exatamente o motivo pelo qual estava telefonando, uma vez que ele a aguardava no Hotel Continental. A mulher, um tanto surpresa, disse que o almoço era no Sjømagasinet.

— Não — disse Harry. — Posso entrar e procurar?

O maître hesitou. Estudou o terno.

— Tudo bem — falou Harry. — Estou vendo ela.

Ele passou pelo maître, antes de o julgamento final ser proferido.

Ele reconheceu o rosto e a pose das imagens da internet. Ela estava inclinada sobre o bar, os cotovelos apoiados no balcão, virada para o salão. Provavelmente estava esperando a pessoa com quem ia almoçar, mas parecia estar atuando num palco. E, ao olhar para os homens nas mesas, Harry entendeu que ela pelo visto fazia as duas coisas. Seu rosto grosseiro, quase masculino, era dividido ao meio por um nariz com o formato do gume de um machado. Mesmo assim, Isabelle Skøyen possuía uma espécie de beleza convencional do tipo que outras mulheres geralmente chamam de imponente. Os olhos eram pintados de preto em torno das íris azuis e frias, o que lhe conferia um olhar lupino de predador. Por isso o cabelo constituía um contraste quase cômico: uma cabeleira loira de boneca, arrumada em cachos graciosos de cada lado do rosto másculo. Mas era o corpo de Isabelle Skøyen que mais chamava atenção.

Ela era muito alta e atlética, com ombros e quadris largos. As calças pretas justas destacavam as coxas grossas e musculosas. Harry constatou que os seios ou eram comprados, sustentados por um sutiã excepcional, ou eram simplesmente impressionantes. A busca no Google lhe mostrara que ela se dedicava à criação de cavalos numa fazenda em Rygge; que havia se divorciado duas vezes, a última delas de um empresário do mercado financeiro que tinha em seu currículo quatro fortunas e três falências; que já havia participado do campeonato norueguês de tiro; que era doadora de sangue; que estava sendo criticada por ter demitido um colaborador porque ele era "muito fracote" e que posava para os fotógrafos em estreias de cinema e teatro com muita boa vontade. Em poucas palavras, uma mulher e tanto.

Ele entrou em seu campo de visão, e Isabelle Skøyen não desviou os olhos de Harry, como se tivesse o direito de ficar olhando para ele o tempo todo. Harry continuou a seguir até ela, ciente de que pelo menos uma dúzia de olhares o acompanhava.

— Você é Isabelle Skøyen — disse.

Ela parecia estar prestes a lhe dar uma resposta curta e grossa, mas mudou de ideia e inclinou a cabeça.

— É isso o que acontece nos restaurantes caros de Oslo, não é? Todos são alguém. Então... — Ela prolongou o ditongo final enquanto o avaliava outra vez. — Quem é você?

— Harry Hole.

— Você não me é estranho. Já apareceu na TV?

— Faz muitos anos. Antes disso.

Ele apontou para a cicatriz do rosto.

— Já sei, você é o policial que prendeu aquele assassino em série, não é?

Agora havia dois caminhos. Harry optou pelo mais fácil.

— Eu era.

— E o que você faz agora? — perguntou ela, desinteressada, espiando por cima do ombro dele, em direção à entrada. Comprimiu os lábios vermelhos e arregalou os olhos umas duas vezes. Deveria ser um almoço importante.

— Confecção de roupas e calçados — disse Harry.

— Estou vendo. Terno bacana.

— Botas bacanas. Rick Owens?

Ela olhou para Harry como se estivesse vendo-o pela primeira vez. Fez menção de dizer algo, mas os olhos captaram um movimento atrás dele.

— A pessoa com quem vou almoçar já chegou. Até a próxima, Harry, quem sabe?

— Bem, eu tinha esperanças de poder conversar um pouco com você.

Ela riu e se inclinou para a frente.

— Gostei da iniciativa, Harry. Mas são onze e meia da manhã, estou totalmente sóbria e já tenho um compromisso. Tchau.

Ela se afastou, os saltos ressoando pelo restaurante.

— Gusto Hanssen foi seu amante?

Harry fez a pergunta em voz baixa, e Isabelle Skøyen já estava a três metros de distância. Mesmo assim, ela se retesou, como se ele tivesse encontrado uma frequência específica em meio ao ruído dos saltos, as vozes e os tons suaves de Diana Krall ao fundo, atingindo em cheio seus tímpanos.

Skøyen se virou.

— Você ligou para ele quatro vezes na mesma noite, a última vez foi à uma e trinta e quatro da madrugada.

Harry se sentou em uma das cadeiras do bar, e Isabelle Skøyen voltou os três metros. Ela se avultou sobre ele. Harry pensou na história da Chapeuzinho Vermelho e do Lobo Mau. E ela não era Chapeuzinho.

— O que você quer, Harryzinho? — perguntou.

— Quero que me conte tudo sobre Gusto Hanssen.

O nariz de machado se moveu, e os seios majestosos se empinaram. Harry viu que a pele dela tinha poros grandes e escuros, como os pontos reticulados de uma história em quadrinhos vintage.

— Já que sou uma das poucas pessoas nessa cidade que se preocupam em manter os toxicodependentes vivos, também sou uma das poucas que se lembram de Gusto Hanssen. Nós o perdemos, isso foi triste. Tenho o número dele gravado em meu celular. Nós o chamamos para uma reunião da comissão do Órgão Consultivo de Assuntos Relacionados a Drogas. O nome dele é muito parecido com o de um velho amigo meu e às vezes erro as teclas. Acontece.

— Quando foi a última vez que você o viu?

— Escuta aqui, Harry Hole — sibilou ela em voz baixa e com ênfase no sobrenome, aproximando o rosto ainda mais do dele. — Se entendi direito, você não é policial, mas um cara que trabalha com confecção de roupas e calçados. Não vejo motivo para falar com você.

— Sabe de uma coisa? — disse Harry, encostando no balcão. — Estou com uma tremenda vontade de falar com alguém. E, se não for com você, vai ser com um jornalista. Eles gostam tanto de falar sobre escândalos, celebridades e esse tipo de coisa...

— Celebridade? — desdenhou Skøyen, dando um sorriso deslumbrante que não era destinado a ele, mas a um homem de terno que estava perto do maître e acenava para ela. — Eu sou apenas a assessora de uma Secretaria Municipal, Harry. Algumas fotos em um jornal não tornam ninguém uma celebridade. Veja como você mesmo foi esquecido rapidamente.

— Acho que os jornais veem você como uma estrela em ascensão.

— É mesmo? Talvez, mas até os piores tabloides precisam de algo concreto, e você não tem nada. Ligar para o número errado...

— Acontece. No entanto, o que não acontece...

Harry respirou fundo. Isabelle estava certa, ele não tinha nada. Por isso, ele optou por abandonar o caminho mais fácil.

— ... é sangue AB negativo aparecer, coincidentemente, duas vezes num caso de homicídio. Uma em cada duzentas pessoas tem esse tipo sanguíneo. Então, se o relatório da análise do Instituto Forense mostra que o sangue embaixo da unha de Gusto é AB negativo e está escrito no jornal que você tem esse mesmo tipo sanguíneo, um velho investigador pode tirar suas próprias conclusões. Tudo que preciso fazer é pedir uma análise de DNA, e então vamos saber com certeza em quem Gusto enfiou suas presas pouco antes de ser morto. Isso não te parece uma manchete interessante, Skøyen?

A assessora da Secretaria Municipal piscava como se as pálpebras fossem fazê-la falar.

— Me diga, aquele ali não é o príncipe herdeiro do Partido dos Trabalhadores? — perguntou Harry, semicerrando os olhos. — Qual é mesmo o nome dele?

— Podemos conversar — disse Isabelle Skøyen. — Mais tarde. Mas você tem que prometer manter silêncio.

— Quando e onde?

— Me dê seu número, eu te ligo depois do expediente.

Do lado de fora do restaurante, o fiorde brilhava com a mesma intensidade de antes. Harry pôs os óculos de sol e acendeu um cigarro para comemorar um blefe bem-sucedido. Ele se sentou na beira do cais, saboreou cada tragada, recusou-se a sentir a ânsia por álcool que, apesar dos pesares, ainda persistia e ficou observando os brinquedos insanamente caros que a classe trabalhadora mais rica do mundo tinha ancorados ali. Apagou o cigarro, cuspiu no fiorde. Estava pronto para a próxima visita da lista.

Harry disse à recepcionista do Hospital de Oncologia de Oslo que tinha hora marcada, e ela lhe deu um formulário. Harry preencheu o nome e o número de telefone, mas deixou o campo EMPRESA em branco.

— Visita particular?

Harry fez que não com a cabeça. Sabia que aquilo era um hábito das boas recepcionistas: ter uma visão geral e coletar informações sobre as pessoas que chegavam e saíam e sobre quem trabalhava ali. Quando era investigador e estava atrás de informações confidenciais sobre os funcionários de uma empresa, ia direto à recepcionista.

Ela indicou o escritório no fundo do corredor. No caminho, Harry passou por portas fechadas com visores de vidro que davam para grandes salas com pessoas de jalecos brancos, bancadas com balões de ensaio e suportes para provetas e armários de aço trancados com grandes cadeados, os quais, Harry pensou, deveriam ser um paraíso para qualquer viciado.

No final do corredor, Harry parou diante de uma porta fechada e, por precaução, leu a placa com o nome: Stig Nybakk. Ele mal tinha batido à porta quando uma voz disse:

— Pode entrar!

Nybakk estava atrás da mesa com o telefone no ouvido, mas fez um gesto para Harry entrar e indicou uma cadeira. Depois de dizer "sim" três vezes, "não" duas vezes, "puxa vida" e dar uma boa gargalhada, ele desligou e, com olhos animados, fitou o recém-chegado. Por força do hábito, Harry já afundara na cadeira e esticara as pernas.

— Harry Hole. Você não deve se lembrar de mim, mas eu me lembro de você. — Já prendi muitas pessoas — disse Harry.

Mais uma boa gargalhada.

— A gente estudava na Oppsal Skole, eu estava umas duas séries abaixo de você.

— Os mais novos sempre se lembram dos mais velhos.

— Deve ser verdade. Mas, para ser franco, eu não me lembro de você da escola. Certa vez, você estava na TV e alguém me disse que era ex-aluno da Oppsal e amigo do Tamancão.

— Pois é.

Harry olhou para os sapatos, dando a entender que não estava interessado em falar sobre sua vida particular.

— Então você acabou se tornando investigador de homicídios? Que homicídio vocês estão investigando atualmente?

— Eu... — começou Harry, pensando em como se manter o mais próximo possível da verdade — ... estou investigando um homicídio ligado ao tráfico de drogas. Vocês conseguiram dar uma olhada na substância que mandei?

— Conseguimos.

Nybakk pegou o telefone outra vez, digitou um número e coçou freneticamente a cabeça enquanto aguardava.

— Martin, você pode vir aqui? — perguntou ele. — Sim, é sobre aquela análise.

Nybakk desligou; três segundos de silêncio se seguiram. Nybakk sorriu. Harry sabia que ele vasculhava o cérebro para encontrar um assunto que pudesse preencher a pausa. Ele não disse nada. Nybakk pigarreou.

— Você morava naquela casa amarela perto do campo. Eu cresci na casa vermelha no topo da ladeira. A família Nybakk, sabe?

— Claro — mentiu Harry, mais uma vez se dando conta de que lembrava pouquíssima coisa da infância.

— Vocês ainda têm a casa?

Harry mudou a posição das pernas. Sabia que não conseguiria escapar daquilo antes de o tal Martin chegar.

— Meu pai morreu faz três anos. Demorou um pouco para vendermos a casa, mas...

— Fantasmas.

— Como?

— É importante deixar que os fantasmas saiam da casa antes de vendê-la, não? Minha mãe morreu no ano passado, mas a casa continua vazia. Casado? Com filhos?

Harry fez que não com a cabeça. E passou a bola para o lado do outro:

— Mas estou vendo que você é casado.

— Ah, é?

— O anel. — Harry indicou a mão do outro. — Eu tinha um exatamente igual.

Nybakk levantou a mão com o anel e sorriu.

— Tinha? Você é separado?

Harry se xingou por dentro. Por que as pessoas insistiam em conversar? Separado? Claro que ele era separado. Separado da pessoa que amava. Das pessoas que amava. Harry pigarreou.

— Ah, você chegou — disse Nybakk.

Harry se virou. Uma figura curvada, vestindo um jaleco azul de laboratório, estava no batente da porta, espreitando-o com hostilidade. Uma comprida franja negra pendia sobre uma testa grande e pálida. Olhos muito fundos. Harry nem tinha ouvido ele chegar.

— Esse é Martin Pran, um de nossos melhores cientistas — apresentou Nybakk. Aquele ali, pensou Harry, é o Corcunda de Notre-Dame.

— Então, Martin? — perguntou Nybakk.

— A droga que vocês chamam de violino não é heroína, mas sim uma substância semelhante ao levorfanol.

Harry gravou o nome.

— E o que é isso?

— Um opioide que é quase uma bomba atômica — interveio Nybakk. — Um analgésico extremo. Seis a oito vezes mais potente que a morfina. Três vezes mais forte que a heroína.

— Sério?

— Sério — disse Nybakk. — O efeito dura o dobro do tempo da morfina. De oito a quatorze horas. Se ingerir apenas três miligramas de levorfanol, é anestesia geral. Metade disso no caso de uma injeção direto na veia.

— Parece perigoso.

— Não tão perigoso quanto se poderia pensar. Doses moderadas de opioides puros como a heroína não afetam tanto o corpo. É a dependência que destrói a qualidade de vida.

— Mas os viciados em heroína dessa cidade morrem feito moscas!

— Sim, mas por dois motivos principais. Primeiro, porque a heroína é misturada com outras substâncias que a transformam em veneno puro. Se, por exemplo, você misturar heroína e cocaína...

— *Speedball* — disse Harry. — John Belushi.

— Que Deus o tenha. O outro motivo é que a heroína inibe a respiração. Se injetar uma dose muito grande, você simplesmente para de respirar. E, conforme o usuário se torna mais tolerante à droga, ele passa a consumir doses cada vez maiores. Mas o interessante com levorfanol é que ele não é um inibidor respiratório tão forte, nem de longe. Não é verdade, Martin?

O Corcunda fez que sim sem erguer os olhos.

— Então... — Harry olhou para Pran. — Mais forte que a heroína, tem efeito mais prolongado, e, além disso, as chances de overdose são menores. Parece a droga dos sonhos de um viciado.

— Dependência — murmurou o Corcunda. — E preço.

— O que disse?

— Vemos isso nos pacientes. — Nybakk suspirou. — Ficam dependentes num estalar de dedos. Mas, no caso de pacientes de câncer, isso não acontece. Nós aumentamos a dosagem de forma planejada. O objetivo é prevenir a dor, não ficar um passo atrás dela. E o levorfanol é uma substância cara de se produzir e de se importar. Esse pode ser o motivo pelo qual não a vemos nas ruas.

— Isso não é levorfanol — interveio Martin Pran.

Harry e Nybakk se viraram para ele.

— É uma substância modificada.

Pran ergueu a cabeça. E Harry viu um brilho em seus olhos, como se uma luz ali dentro tivesse acabado de se acender.

— Como assim? — perguntou Nybakk.

— Vamos demorar para descobrir como, mas, ao que parece, pelo menos uma das moléculas de cloro foi substituída por uma molécula de flúor. Talvez não seja tão caro de se produzir.

— Meu Deus! — exclamou Nybakk com voz incrédula. — Estamos falando de um Dreser?

— Pode ser — cogitou Pran, com um sorriso quase imperceptível.

— Meu Deus! — exclamou novamente Nybakk, coçando a cabeça com as mãos. — Então estamos falando de um gênio. Ou de alguém com muita sorte.

— Senhores, sinto muito, mas estou um pouco perdido — disse Harry.

— Ah, perdão — desculpou-se Nybakk. — Heinrich Dreser. Ele inventou a aspirina em 1897. Em seguida, o cientista fez algumas modificações na diacetilmorfina. Não é preciso muito, uma molécula aqui, outra ali, e pronto! A substância passou a se ligar a outros receptores do corpo humano. Onze dias depois, Dreser tinha criado uma nova droga. Era vendida como remédio para a tosse até 1913.

— E a droga era...?

— O nome supostamente deveria fazer alusão à forma feminina de herói.

— Heroína — concluiu Harry.

— Certo.

— E a parte externa? — perguntou Harry, dirigindo-se a Pran.

— É chamada de revestimento — retrucou o Corcunda com antipatia. — O que tem ela?

O rosto estava virado para Harry, mas os olhos se desviavam para a parede. Como um animal que quer fugir dali, pensou ele. Ou que não quer encarar outro que o olha diretamente nos olhos. Ou apenas um ser humano com um grau de timidez um pouco acima da média. Mas outra coisa também chamou a atenção de Harry, algo no modo como ele ficava de pé, sua postura torta.

— Bem — continuou Harry —, o pessoal da perícia criminal acha que os fragmentos marrons de violino provêm do revestimento de comprimidos bem picados. E que se trata do mesmo... hum, revestimento que vocês usam nas pílulas de metadona que são fabricadas aqui no Hospital de Oncologia.

— E? — disse Pran rapidamente.

— Será que o violino pode ser feito aqui na Noruega por alguém que tenha acesso aos comprimidos de metadona de vocês?

Stig Nybakk e Martin Pran se entreolharam.

— Acontece que nós fornecemos comprimidos de metadona para outros hospitais também, portanto, muitas pessoas têm acesso a ele — explicou Nybakk. — Mas o violino é química de alto nível. — Ele bufou. — O que diz, Pran? Temos alguns talentos no meio científico norueguês que seriam capazes de inventar uma substância assim?

Pran fez que não com a cabeça.

— E sorte, que tal? — perguntou Harry.

O cientista deu de ombros.

— É claro que é possível que Brahms tenha tido sorte ao escrever *Ein deutsches Requiem*.

Houve um silêncio no escritório. Nem Nybakk parecia ter algo a acrescentar.

— Bom... — disse Harry, levantando-se.

— Espero que tenha sido de alguma ajuda. — Nybakk estendeu a mão para Harry. — E mande lembranças ao Tamancão. Ele ainda deve trabalhar no plantão noturno na Hafslund Energi, brincando de ligar e desligar os disjuntores da cidade, não?

— Alguma coisa assim.

— Será que ele não gosta da luz do dia?

— Ele não gosta de encheção de saco.

Nybakk deu um sorriso hesitante.

A caminho da saída, Harry parou duas vezes. A primeira foi para dar uma olhada em um laboratório vazio cujas luzes tinham sido apagadas ao fim do expediente. A segunda, na frente de uma porta com uma placa em que se lia o nome Martin Pran. A luz escapava pela fresta embaixo da porta. Harry girou a maçaneta com cuidado. Estava trancada.

A primeira coisa que Harry fez ao se sentar no carro alugado foi conferir o celular. Ele viu uma chamada não atendida de Beate Lønn, mas nenhuma mensagem de Isabelle Skøyen ainda. Perto do estádio Ullevål, Harry se deu conta de como havia errado o timing para sair da cidade. A população com a jornada de trabalho mais curta do mundo já estava voltando para casa. Ele demorou cinquenta minutos até Karihaugen.

Os dedos de Sergey tamborilavam no volante do carro. Teoricamente, ele não costumava pegar engarrafamento para ir ao trabalho na hora do rush, mas, quando estava no turno da noite, acabava preso no trânsito na saída da cidade. Os carros escoavam lentamente feito lava morna em direção a Karihaugen. Ele tinha feito uma pesquisa no Google sobre o policial. Viu notícias velhas. Casos de homicídio. Ele havia pegado um assassino em série na Austrália. Isso chamou a atenção de Sergey, porque, naquela mesma manhã, ele assistira a um programa no Animal Planet. Era sobre a inteligência dos crocodilos no Território do Norte, na Austrália, sobre como eles estudavam os hábitos de suas presas. Um homem que acampava na mata geralmente caminhava por uma trilha ao longo do *billabong* para buscar água logo depois de acordar. Na trilha, ele estava a salvo do crocodilo, que ficava lá embaixo, na água, encarando-o. Se passasse mais uma noite no mesmo lugar, o crocodilo continuaria no mesmo lugar no dia seguinte. Se pernoitasse ali uma terceira vez, ele andaria novamente na trilha pela manhã, mas não veria nenhum crocodilo. Não antes de perceber o movimento no matagal e de o animal arremessar os dois dentro da água.

O policial parecia pouco à vontade nas imagens que Sergey havia encontrado na internet. Como se não gostasse de ser fotografado. Ou de ser visto.

O telefone tocou. Era Andrey, que foi direto ao ponto.

— Ele está hospedado no Hotel Leon.

O sotaque do sul da Sibéria lembrava uma metralhadora, staccato, mas Andrey o fazia parecer suave e fluido. Ele disse o endereço duas vezes, lenta e claramente, e Sergey o memorizou.

— Ótimo! — exclamou ele, tentando parecer entusiasmado. — Vou perguntar em que quarto ele está hospedado. E esperarei no fim do corredor. Quando ele sair do quarto e estiver indo para a escada ou o elevador, obrigatoriamente estará de costas para mim.

— Não, Sergey.

— Não?

— Não no hotel. Ele já deve estar preparado para uma visita nossa ao Leon.

Sergey teve um sobressalto.

— Preparado?

Ele mudou de faixa e se posicionou atrás de um carro alugado, enquanto Andrey explicava que o policial tinha entrado em contato com dois de seus vendedores e havia pedido que eles dissessem ao *ataman* que ele estava hospedado no Hotel Leon. O que cheirava a uma armadilha. O *ataman* tinha deixado claro que Sergey teria de fazer o trabalho em outro lugar.

— Onde, então? — perguntou Sergey.

— Espere por ele fora do hotel — disse Andrey.

— Mas onde vou *fazer* aquilo?

— Você escolhe — respondeu Andrey. — Mas meu método favorito é a emboscada.

— Emboscada?

— Sempre emboscada, Sergey. E mais uma coisa...

— O quê?

— Ele está começando a descobrir coisas que não queremos que ele descubra. Isso significa que temos certa urgência.

— O que... hum, o que isso quer dizer?

— O *ataman* disse que você tem todo o tempo necessário para a tarefa, mas não mais que isso. Hoje é melhor do que amanhã. Que é melhor do que depois de amanhã. Entendeu?

— Entendi — respondeu Sergey, torcendo para que Andrey não o tivesse ouvido engolir em seco.

Quando desligaram, ele ainda estava no engarrafamento. Ele nunca na vida se sentiu tão sozinho.

Era o rush do fim do dia, e o engarrafamento só chegou ao fim em Berger, pouco antes da entrada de Skedsmo. A essa altura, Harry já estava no carro fazia uma hora e tinha passado por todas as estações de rádio antes de, numa atitude de puro protesto, acabar na NRK, de música clássica. Vinte minutos depois, ele viu a placa de saída para o Aeroporto de Oslo. Tinha discado o número de Tord Schultz um monte de vezes durante o dia, mas ninguém atendeu. Um colega de Schultz que ele finalmente conseguiu encontrar na companhia aérea disse que não fazia ideia de onde Tord poderia estar, que ele costumava ficar em casa quando não estava de serviço. E confirmou o endereço residencial que Harry tinha achado na internet.

Já começava a escurecer quando Harry leu a placa da rua e viu que estava no lugar certo. Dirigiu devagar entre as casas idênticas, semelhantes a caixas de sapatos, que ladeavam a rua recém-asfaltada. Deduziu em qual delas o piloto morava pelas casas vizinhas, que estavam suficientemente iluminadas para que ele pudesse ler os números na parede. A casa de Tord Schultz, no entanto, estava completamente às escuras.

Harry estacionou o carro. Olhou para cima. Um vulto prateado saiu da escuridão, um avião, imponente como uma ave de rapina. As luzes passaram sobre os telhados, e a aeronave desapareceu, levando o barulho consigo como se arrastasse a cauda de um vestido de noiva.

Harry foi até a porta da frente, encostou o rosto na janela do hall de entrada e tocou a campainha. Esperou. Tocou a campainha de novo. Aguardou por um minuto.

Então quebrou o vidro com um chute.

Enfiou a mão lá dentro, alcançou o trinco e abriu a porta.

Passou por cima dos cacos de vidro no corredor e foi até a sala.

A primeira coisa que chamou sua atenção foi a escuridão; estava mais densa do que deveria em uma sala, mesmo sem a luz acesa. Ele percebeu que as cortinas estavam fechadas. Blackouts grossos, do tipo que usavam no quartel militar de Finnmark para tapar o sol da meia-noite.

A segunda coisa que chamou sua atenção foi a sensação de não estar sozinho. E já que a experiência de Harry dizia que tais sensações quase sempre eram provocadas por impressões bastante concretas, ele passou a se concentrar nelas, reprimindo suas próprias reações totalmente naturais: frequência cardíaca acelerada e a vontade de sair dali correndo. Ele ficou à escuta, mas tudo que ouvia era um relógio que fazia tique-taque em algum lugar, provavelmente num quarto. Ele farejou. Havia um cheiro enjoativo e abafado, mas também algo mais, algo distante, mas conhecido. Ele fechou os olhos. Em geral, podia senti-los antes que eles chegassem. Ao longo dos anos, Harry aprendeu a traçar estratégias para afastá-los. Mas dessa vez eles invadiram sua mente antes que tivesse tempo de trancar a porta. Os fantasmas. O local cheirava a cena de crime.

Harry abriu os olhos, e sua vista foi ofuscada. A luz entrou pela claraboia do mezanino à sua frente. Percorreu o chão da sala. O som do avião invadiu o cômodo, e, no segundo seguinte, a sala estava escura outra vez. Mas ele tinha visto. E então não foi mais possível reprimir a frequência cardíaca acelerada e a vontade de recuar.

Era o Besouro. *Zhuk*. Ele pairava no ar bem diante de seu rosto.

21

O rosto estava completamente desfigurado.

Harry acendeu a luz e olhou para o homem morto.

A orelha direita havia sido pregada ao chão de parquet, e o rosto tinha seis crateras negras e ensanguentadas. Ele não precisava procurar pela arma do crime, ela pendia bem diante dele, na altura de sua cabeça. Um tijolo estava preso na ponta da corda pendurada sobre a viga do teto. Seis pregos vermelhos de sangue saíam dele.

Harry se agachou e levantou o braço do cadáver. O corpo estava frio e havia *rigor mortis*, apesar da temperatura da sala. *Livor mortis*, também. A combinação entre a força da gravidade e a ausência de pressão arterial tinha feito com que o sangue se concentrasse nos pontos mais baixos do corpo, dando ao antebraço um tom levemente avermelhado. O homem estava morto fazia pelo menos doze horas, pensou Harry. A camisa branca recém-passada estava levantada, deixando um pouco da pele do abdome à mostra. Ela ainda não tinha a coloração verde causada pelas bactérias que logo começariam a consumi-lo, um banquete que geralmente só se inicia depois de quarenta e oito horas do óbito e irrompe da barriga para fora.

Além da camisa, ele usava uma gravata que tinha sido afrouxada, calças sociais pretas e sapatos recém-engraxados. Como se tivesse acabado de chegar de um enterro ou do trabalho, pensou Harry.

Ele pegou o telefone e avaliou se deveria ligar para a Central de Operações ou direto para a Divisão de Homicídios. Discou o número da central enquanto olhava ao redor. Não tinha visto nenhum indício de arrombamento, nem mesmo sinais de luta. Fora o tijolo e o cadáver, não havia indício de nada diferente, e Harry sabia que, quando a

Perícia Técnica chegasse, tampouco acharia algo. Nenhuma impressão digital, nenhuma marca de sapato, nenhum DNA. E os investigadores não teriam por onde começar; nenhum vizinho viu nada, nenhuma câmera de vigilância em algum posto de gasolina das redondezas captou algum rosto desconhecido, nenhuma ligação reveladora para o telefone de Schultz. Nada. Enquanto aguardava o atendimento, ele foi para a cozinha. Por força do hábito, pisou com cuidado e não tocou em nada. A primeira coisa que viu foi um prato sobre a mesa. Nele havia uma fatia de pão com mortadela comida pela metade. Sobre o espaldar da cadeira, o paletó que formava conjunto com a calça que o cadáver estava vestindo. Harry conferiu os bolsos e encontrou 400 coroas, um adesivo, uma passagem de trem e um crachá da companhia aérea. *Tord Schultz*. O rosto com o sorriso profissional da foto era parecido com os restos que ele tinha visto na sala.

— Central de Operações.

— Tenho um cadáver aqui. O endereço é...

Harry notou o adesivo.

— Pois não?

Tinha algo de familiar nele.

— Alô?

Harry pegou o adesivo. Na parte de cima estava escrito DISTRITO POLICIAL DE OSLO. Embaixo estava escrito TORD SCHULTZ e uma data. Ele tinha visitado a sede da polícia ou uma delegacia três dias antes. E agora estava morto.

— Alô?

Harry desligou.

Sentou.

Pensou.

Passou uma hora e meia revistando a casa. Em seguida, limpou todos os lugares onde podia ter deixado impressões digitais e tirou o saco plástico que havia amarrado na própria cabeça para não soltar fios de cabelo. Todos os investigadores de homicídios e todos os profissionais que atuavam em cenas de crime eram obrigados a registrar suas impressões digitais e seu DNA. Se Harry deixasse algum rastro, a polícia demoraria cinco minutos para descobrir que ele tinha estado ali. O resultado da revista foram três pequenos sacos de cocaína e quatro garrafas com algo que supunha ser bebida contrabandeada. Além disso, não restava absolutamente nada, como ele havia imaginado.

Ele saiu, entrou no carro e foi embora.

Distrito Policial de Oslo.

Merda, merda, merda.

Depois de estacionar o carro no centro, Harry ficou parado por alguns instantes, observando ao redor. Só então discou o número de Beate.

— Olá, Harry.

— Duas coisas. Vou te pedir um favor. E te dar uma informação anônima: há mais um homem morto nessa história.

— Acabei de saber disso.

— Então vocês já estão sabendo? — perguntou Harry, surpreso. — O método se chama *zhuk*. A palavra russa para "besouro".

— Você está falando de quê?

— Do tijolo.

— Que tijolo?

Harry respirou.

— *Você* está falando de quê?

— Gojko Tošić.

— Quem é ele?

— O cara que atacou Oleg.

— E?

— Foi encontrado morto na cela.

Harry olhou diretamente para um par de faróis que vinha em sua direção.

— Como...?

— Estão investigando isso agora. Parece que ele se enforcou.

— Pode mudar o sujeito para a terceira pessoa do plural. Eles o enforcaram. Mataram o piloto também.

— O quê?

— Tord Schultz está na sala da casa dele, perto do Gardermoen.

Dois segundos se passaram antes de Beate responder.

— Vou avisar a Central de Operações.

— Ok.

— O que era a outra coisa?

— O quê?

— Você disse que queria me pedir um favor.

— Ah, tá. — Harry pescou o adesivo de seu bolso. — Queria ver se você podia conferir o registro de visitas na sede da polícia. Ver quem Tord Schultz visitou três dias atrás.

Houve mais um silêncio.

— Beate?

— Sim. Você tem certeza de que isso é algo em que quero me meter, Harry?

— Tenho certeza de que isso é algo em que você não quer se meter.

— Vá se foder.

O ex-policial desligou.

Harry deixou o carro alugado no estacionamento de Kvadraturen e foi caminhando para o Hotel Leon. Passou em frente a um bar, e a música o fez lembrar a noite de sua chegada, a convidativa "Come As You Are" do Nirvana. Ele não se deu conta de que havia entrado no local até estar diante do balcão, que mais parecia um intestino de tão sinuoso.

Três clientes estavam sentados ali, curvados. Teve a impressão de que havia acabado de chegar a um velório que se estendia havia um mês sem que ninguém enterrasse o morto. O local cheirava a cadáveres e carne queimada. O barman olhou para Harry com olhos que diziam "faça o pedido agora ou se mande" enquanto lentamente desenroscava uma rolha de um abridor de vinho. Ele tinha três grandes letras góticas tatuadas em seu pescoço largo. EAT.

— Qual é o pedido? — gritou o barman, mal conseguindo abafar a voz de Kurt Cobain, que convidava Harry a se juntar a ele como um amigo.

Harry umedeceu os lábios, que de repente tinham ficado secos. Olhou para as mãos inquietas do barman. Era um abridor de vinho simples e com poucas voltas, que exige mãos firmes e treinadas, mas que, em contrapartida, só precisa de umas duas rotações para entrar fundo na rolha e de um puxão rápido. A rolha em questão estava totalmente perfurada, mas aquele não era um bar onde se vendia muito vinho. Então, que mais eles serviam? Ele viu sua própria imagem distorcida no espelho atrás do barman. O rosto desfigurado. Mas não era só seu rosto, eram os rostos de todos eles, de todos os fantasmas. E Tord Schultz tinha acabado de se juntar ao grupo. Os olhos percorreram as garrafas na prateleira espelhada e, assim como um míssil guiado por calor, encontraram o alvo. O velho inimigo. Jim Beam.

"And I swear that I don't have a gun", gritou Kurt Cobain.

Harry pigarreou. Só uma dose.

"No, I don't have a gun."

Ele fez o pedido.

— O quê? — gritou o barman, inclinando-se para a frente.

— Jim Beam.

"No, I don't have a gun."

— Gim o quê?

Harry engoliu em seco. Cobain repetia "Memory...". Harry já havia ouvido "Come as you are" mais de cem vezes, mas só naquele momento percebeu que sempre pensou que Kurt Cobain cantasse alguma outra coisa nessa parte.

Memory. In memoriam. Onde ele viu isso? Numa lápide?

Ele captou um movimento no espelho. No mesmo instante, o telefone começou a vibrar em seu bolso.

— Gim o quê? — gritou o barman, deixando o abridor de vinho sobre o balcão.

Harry pegou o telefone. Olhou para o display. R. Ele atendeu.

— Oi, Rakel.

— Harry?

Mais um movimento atrás dele.

— Quanto barulho, Harry. Onde você está?

Harry se levantou e andou depressa em direção à saída. Inspirou o ar lá fora, cheio de fumaça dos canos de descarga, mas ainda assim mais fresco.

— O que você está fazendo? — insistiu Rakel.

— Estou me perguntando se vou para a direita ou para a esquerda — respondeu Harry. — E você?

— Vou dormir. Você está sóbrio?

— O quê?

— Você me ouviu. Conheço seu tom de voz, sei quando você está estressado. E, pelos sons ao fundo, você parecia estar em um bar.

Harry pegou o maço de Camel. Conseguiu tirar um cigarro. Notou que os dedos estavam trêmulos.

— Foi bom você ter ligado, Rakel.

— Harry?

Ele acendeu o cigarro.

— Sim?

— Hans Christian deu um jeito para que Oleg fique em prisão preventiva num local sigiloso. É um lugar na região leste, mas ninguém sabe onde.

— Nada mau.

— Ele é um bom homem, Harry.

— Não duvido.

— Harry?

— Estou aqui.

— Vamos supor que a gente possa plantar provas. Vamos supor que eu assumisse a culpa pelo assassinato. Você me ajudaria?

Harry respirou fundo.

— Não.

— Por que não?

A porta se abriu atrás dele, mas ele não ouviu os passos se afastando.

— Vou te ligar do hotel, ok?

— Ok.

Harry desligou e atravessou a rua sem olhar para trás.

Sergey olhou para o homem que atravessou a rua.

Viu-o desaparecer dentro do Hotel Leon.

Ele tinha chegado tão perto. Tão perto. Primeiro dentro do bar e agora ali fora, na rua.

Sergey ainda estava com a mão no bolso da jaqueta e apertava o cabo de chifre de cervo da navalha. A lâmina estava a postos e cortava o forro do bolso. Por duas vezes ele esteve prestes a avançar, agarrar o cabelo de sua vítima com a mão esquerda, enfiar a faca no pescoço dela e desenhar uma meia-lua com o gume afiado. É verdade que o policial era mais alto do que ele tinha imaginado, mas isso não seria um problema.

Nada seria um problema. Conforme a frequência cardíaca desacelerava, ele sentia a calma retornar. A calma que ele havia perdido, que o medo reprimira. E, mais uma vez, ele sentiu que estava ansioso, ansioso para cumprir sua tarefa, para tornar realidade a história que já estava escrita.

Aquele era o lugar, a emboscada que Andrey havia mencionado. Sergey tinha visto o olhar do policial quando ele fitou as garrafas. Era o mesmo olhar de seu pai quando saiu da prisão. Sergey era o crocodilo australiano, o animal sabia que o homem pegaria a mesma trilha para buscar algo para beber. Ele sabia que era só uma questão de tempo.

Harry estava deitado na cama do quarto 301, soprava fumaça em direção ao teto e escutava a voz dela ao telefone.

— Eu sei que você já fez coisas piores do que plantar provas — disse Rakel. — Então, por que não? Por que não fazer isso por uma pessoa de que você gosta?

— Você está bebendo vinho branco — afirmou ele.

— Como você sabe que não é vinho tinto?

— Posso sentir.

— Bem, me diga por que você não me ajudaria.

— Preciso fazer isso?

— Precisa sim, Harry.

Harry apagou o cigarro na xícara de café vazia que estava sobre a mesa de cabeceira.

— Eu, policial exonerado que não cumpriu as leis, acho que a lei significa algo. Isso parece maluquice?

— Continue.

— A lei é a cerca que nós erguemos à beira do abismo. Cada vez que alguém a transgride, a cerca sofre uma avaria. Então temos que consertá-la. O culpado precisa ser punido por seu crime.

— Não, *alguém* precisa ser punido pelo crime. Alguém precisa sofrer o castigo e mostrar para a sociedade que assassinatos são inaceitáveis. Qualquer bode expiatório pode erguer a cerca.

— Você está tornando a lei insignificante. Você é formada em Direito, sabe disso.

— *Sou* mãe, *trabalho* como assessora jurídica. E você, Harry? Você é policial? Foi isso que você se tornou? Um robô, um escravo do formigueiro e de pensamentos que outros já tiveram? Você está aí?

— Estou.

— Você tem alguma resposta para mim?

— Bem... Por que você acha que eu vim para Oslo?

Pausa.

— Harry?

— O quê?

— Desculpe.

— Não chore.

— Eu sei. Desculpe.

— Não peça desculpas.

— Boa noite, Harry. Eu...

— Boa noite.

Harry acordou. Ele ouviu algo. Algo que soou mais alto do que o som de seus próprios passos rápidos pelo corredor e a avalanche de neve. Deu uma olhada no relógio. Uma e trinta e quatro. O varão quebrado da cortina estava inclinado no parapeito da janela e formava a silhueta de uma tulipa. Levantou-se, foi até a janela e olhou para o pátio. Uma lata de lixo estava tombada no asfalto e ainda trepidava. Ele encostou a testa no vidro gelado.

22

Era cedo, e o trânsito matutino rastejava rumo a Grønlandsleiret. Truls caminhava para a sede da polícia. Ele avistou o cartaz vermelho preso na tília pouco antes de chegar às portas com as curiosas escotilhas. Imediatamente ele deu meia-volta e passou pelas filas de carros que se moviam devagar pela Oslo Gate em direção ao cemitério.

Ele entrou no local, deserto como sempre àquela hora do dia. Pelo menos no que dizia respeito aos vivos. Parou diante da lápide de A. C. Rud. Não havia nenhuma mensagem ali, portanto deveria ser dia de pagamento.

Ele se agachou e cavou a terra junto à pedra. Pegou o envelope marrom. Resistiu à tentação de abri-lo e contar o dinheiro ali mesmo; apenas o enfiou no bolso do paletó. Estava prestes a se levantar quando a súbita sensação de estar sendo observado o fez continuar agachado por mais uns dois segundos, como se refletisse sobre A. C. Rud e a efemeridade da vida ou qualquer besteira do gênero.

— Permaneça agachado, Berntsen.

Uma sombra havia caído sobre ele. E, com ela, o frio, como se o sol tivesse desaparecido atrás de uma nuvem. Truls Berntsen teve a impressão de estar em queda livre e sentiu um aperto no peito. Então era assim que seria desmascarado.

— Temos outro tipo de trabalho para você dessa vez.

Truls tornou a sentir o chão firme sob os pés. A voz. O leve sotaque. Era ele.

O policial olhou de relance para o lado. Viu o vulto de cabeça curvada a duas lápides de distância, em aparente atitude de oração.

— Você precisa descobrir onde estão escondendo Oleg Fauke. Olhe para a frente!

Truls fitou o retrato na lápide diante dele.

— Eu tentei — respondeu. — Mas a transferência não consta em nenhum registro. Pelo menos não em algum registro a que eu tenha acesso. E as pessoas com quem conversei não ouviram falar dele, por isso acho que ele deve constar no sistema com outro nome.

— Você precisa falar com aqueles que sabem onde ele está. Fale com o advogado de defesa. Simonsen.

— Por que não com a mãe? Afinal, ela deve...

— Nada de mulheres! — As palavras saíram feito chicotadas. Se houvesse outras pessoas no cemitério, elas com certeza as teriam ouvido. Ele voltou a falar com mais calma. — Faça uma tentativa com o advogado de defesa. E se isso não funcionar...

Na pausa que se seguiu, Berntsen ouviu um rumorejar nas copas das árvores do cemitério. Devia ser o vento, foi ele que deixou o dia tão frio de repente.

— Tem um cara chamado Chris Reddy — continuou a voz. — Na rua, ele é conhecido por Rebite. Ele vende...

— *Speed*. Rebite significa anfet...

— Cale a boca, Berntsen. Só escute.

Truls obedeceu. E escutou. Como tinha feito todas as vezes em que aquela voz havia pedido que ele calasse a boca. Permanecera em silêncio quando lhe pediram que cavasse merda. Quando pediram que...

A voz deu um endereço.

— Você ouviu um boato de que Rebite andou por aí se gabando de que foi ele que baleou Gusto Hanssen. Então você vai interrogá-lo. E durante o interrogatório ele vai fazer uma confissão. Deixo a critério de vocês combinarem os detalhes para que seja cem por cento crível. Mas primeiro você vai tentar fazer Simonsen falar. Entendido?

— Sim, mas por que Rebite...

— Isso não é problema seu, Berntsen. Sua única preocupação deve ser o quanto?

Truls Berntsen engoliu em seco. Mais uma vez. Varrer merda. Engolir merda.

— Quanto?

— Isso aí. Sessenta mil.

— Cem mil.

Nenhuma resposta.

— Olá?

Mas tudo que ele ouviu foi o sussurro do trânsito matutino.

Berntsen ficou em silêncio. Olhou de relance para o lado. Não havia ninguém ali. Sentiu que o sol tinha começado a emitir calor outra vez. E 60 mil estava bom, sim.

Ainda havia neblina quando Harry parou o carro diante da sede da fazenda de Skøyen às dez horas da manhã. A mulher estava sorrindo no topo da escada, batendo com o chicote de leve na coxa. Quando Harry saiu do carro alugado, ouviu o cascalho estalar sob os calcanhares das botas de Isabelle.

— Bom dia, Harry. O que você sabe sobre cavalos?

Harry bateu a porta do carro.

— Perdi um bom dinheiro com eles. Isso serve?

— Então você é apostador também?

— Também?

— Assim como você, fiz algumas investigações. Você tem tantas façanhas quanto vícios. Pelo menos é o que seus colegas acham. Foi em Hong Kong que você perdeu o dinheiro?

— No Hipódromo de Happy Valley. Uma vez só.

Ela começou a andar em direção a um edifício baixo pintado de vermelho, e ele teve de apertar o passo para acompanhá-la.

— Você já montou, Harry?

— Meu avô tinha um pangaré em Åndalsnes.

— Cavaleiro experiente, então.

— Também foi apenas uma vez. Meu avô dizia que cavalos não eram brinquedos. Que montar por lazer era falta de respeito com os animais que trabalhavam para ele.

Ela parou diante de um suporte de madeira com duas selas estreitas de couro.

— Nenhum cavalo meu viu e jamais verá uma carroça ou um arado. Enquanto eu os selo, sugiro que você dê uma passada no hall de entrada ali... — Ela apontou para a sede da fazenda. — Lá no armário você vai encontrar uma roupa adequada do meu ex-marido. Temos que poupar seu terno elegante, não?

No armário do hall de entrada, Harry encontrou uma blusa e uma calça jeans que de fato cabiam nele. Em compensação, o ex-marido devia ter pés pequenos, pois ele não conseguiu calçar nenhum dos sapatos antes de achar, no fundo do armário, um par de tênis azuis do Exército norueguês em bom estado.

Ele voltou para o pátio, e Isabelle estava pronta, com os dois cavalos selados. Harry abriu a porta do passageiro do carro alugado, sentou--se com as pernas para fora, trocou de sapato, tirou as palmilhas, deixou-as no chão do veículo e pegou os óculos de sol no porta-luvas.

— Pronto.

— Essa é a Medusa — disse Isabelle, passando a mão no focinho de uma grande alazã. — Ela é uma Oldenburger da Dinamarca, a raça perfeita para o hipismo. Tem 10 anos e é a líder da manada. E esse é o Balder, ele tem 5 anos. É castrado, vai seguir a Medusa.

Ela lhe estendeu as rédeas do cavalo menor e montou a égua.

Harry pôs o pé esquerdo no estribo e se instalou na sela. Sem aguardar o comando, o cavalo acompanhou Medusa.

Harry mentiu ao dizer que só tinha montado uma vez, mas aquilo era algo completamente diferente de montar no couro estável do pangaré do avô. Ele precisava se equilibrar na sela e, ao apertar os joelhos nos flancos, podia sentir o movimento dos músculos e as costelas do cavalo esbelto. E, quando Medusa acelerou o ritmo na trilha e Balder fez o mesmo, Harry teve a impressão de que estava sentado em um Fórmula 1. No final do campo, eles pegaram uma trilha que desaparecia floresta adentro e subia uma colina. Em determinado ponto, onde havia uma bifurcação na trilha, Harry tentou conduzir Balder para a esquerda, mas ele o ignorou, seguindo os passos de Medusa do lado direito.

— Eu achava que o garanhão era o líder da manada — disse Harry.

— Em geral é assim — respondeu Isabelle por cima do ombro. — Mas tudo é uma questão de caráter. Uma égua forte, ambiciosa e esperta pode desbancar todos se ela quiser.

— E você quer.

Isabelle Skøyen riu.

— Claro. Quem quiser ter êxito, precisa estar apto a enfrentar a competição. A política é uma questão de poder.

— E você gosta de competir?

Ele a viu dar de ombros.

— A competição é saudável. Quem é mais forte e melhor pode tomar decisões, e isso beneficia a manada inteira.

— E a vencedora também pode acasalar com quem quiser?

Isabelle Skøyen não respondeu. Harry olhou para ela. As costas estavam arqueadas, e os glúteos firmes pareciam massagear o cavalo enquanto ele movia suavemente o quadril de um lado para o outro. Chegaram a uma clareira. O sol brilhava, e chumaços de névoa estavam espalhados pela paisagem mais abaixo.

— Vamos deixar os cavalos descansarem — disse Isabelle Skøyen e desmontou. Depois de amarrarem os cavalos a uma árvore, Isabelle se deitou na relva e acenou para Harry se juntar a ela. Foi o que ele fez, e pôs os óculos de sol.

— Me diga uma coisa, esses são óculos de sol para homens? — perguntou ela, caçoando.

— Protegem contra o sol — retrucou Harry, pegando o maço de cigarros.

— Gosto disso.

— Gosta de quê?

— De ver homens confiantes de sua masculinidade.

Harry olhou para ela. Skøyen estava inclinada sobre os braços e tinha desabotoado mais um botão da blusa. Ele torceu para que as lentes dos óculos de sol fossem escuras o suficiente. Ela sorriu.

— Então, o que você pode me contar sobre Gusto? — perguntou Harry.

— Gosto que os homens digam a verdade — disse ela.

O sorriso se tornou mais largo.

Uma libélula escura passou zunindo em seu último voo do outono. Harry não gostou do que viu nos olhos de Isabelle. O que ele tinha visto desde que havia chegado. A antecipação do deleite. Para alguém que poderia ter a carreira ameaçada por um escândalo, ela não parecia sentir a menor inquietação.

— Não gosto de falsidade — disse ela. — Como blefar, por exemplo.

O triunfo irradiava de seus olhos azuis emoldurados por rímel.

— Liguei para um contato na polícia, sabe? E além de me contar um pouco sobre o lendário investigador de homicídios Harry Hole, ele me informou que não foi feita nenhuma análise desse tipo no caso de Gusto Hanssen. Pelo visto, a amostra foi destruída. Não há sangue AB nas unhas da vítima. Você blefou, Harry.

Harry acendeu o cigarro. Não sentiu o sangue subir às faces e às orelhas. Ele se perguntou se talvez tivesse ficado velho demais para enrubescer.

— Bem, se todo o contato que você teve com Gusto foram algumas conversas inocentes, por que estava com tanto medo de que eu mandasse o sangue para análise de DNA?

Ela riu baixinho.

— Quem disse que eu estava com medo? Talvez eu só quisesse que você viesse até aqui. Visse a paisagem e coisa e tal.

Harry constatou que *não* estava velho demais para corar, deitou-se e soprou fumaça em direção ao céu ridiculamente azul. Fechou os olhos e tentou pensar em boas razões para não trepar com Isabelle Skøyen. Havia diversas.

— Tem alguma coisa errada nisso? — perguntou ela. — Apenas estou dizendo que sou uma mulher adulta e solteira que tem necessidades naturais. Isso não significa que sou leviana. Nunca me envolveria com alguém que não visse como um igual, como Gusto, por exemplo. — Harry ouviu a voz de Skøyen chegar mais perto. — Com um macho grande e adulto, no entanto...

Ela pousou a mão quente em sua barriga.

— Gusto e você já ficaram deitados aqui onde estamos agora? — perguntou Harry em voz baixa.

— O quê?

Ele se apoiou nos cotovelos e apontou para os tênis azuis. — Seu armário estava cheio de sapatos masculinos caríssimos tamanho 42. Esses aqui eram os únicos tamanho 45.

— E daí? Talvez eu tenha recebido uma visita masculina com pé tamanho 45 — retrucou ela, a mão subindo e descendo.

— Esse tênis foi fabricado para o Exército norueguês por um tempo, e, quando trocaram de modelo, o estoque excedente foi transferido para organizações de caridade, que distribuíram os calçados entre os mais necessitados. Na polícia, a gente chama isso aqui de sapato de viciado, porque o Exército de Salvação os doava no Farol. Obviamente, a pergunta é: por que uma visita casual, tamanho 45, deixa um par de sapatos aqui. A explicação natural deve ser que o sujeito de repente adquiriu um novo par.

A mão de Isabelle Skøyen parou de se mover. Então Harry continuou:

— Um colega me mostrou as fotos da cena do crime. Quando Gusto morreu, ele estava vestindo uma calça barata, mas um par de sapatos caros demais. Alberto Fasciani, se não me engano. Um presente generoso. Quanto você pagou por eles? Cinco mil?

— Não faço ideia do que está falando.

Ela retirou a mão. Harry olhou com desgosto para a própria ereção, que já pressionava a calça emprestada. Balançou as solas dos pés.

— Deixei as palmilhas no carro. Aliás, você sabia que o suor dos pés é um material de DNA excelente? Com certeza, vamos encontrar alguns restos microscópicos de pele também. E não deve ter muitas lojas em Oslo que vendem calçados Alberto Fasciani. Uma? Duas? De qualquer forma, será uma tarefa simples cruzar os dados com os do seu cartão de crédito.

Isabelle Skøyen já estava sentada. Seus olhos focaram a paisagem ao redor.

— Você está vendo as fazendas? — perguntou ela. — Não são belas? Amo terras cultivadas. E detesto florestas. Com exceção das florestas plantadas pelo homem. Odeio o caos.

Harry estudou o perfil dela. O nariz de machado parecia literalmente letal.

— Me fale sobre Gusto Hanssen.

Ela deu de ombros.

— Por quê? Pelo visto, você já entendeu a maior parte mesmo.

— Você pode escolher quais perguntas vai responder. As minhas ou as da imprensa.

Ela deu uma risada breve.

— Gusto era jovem e lindo. Aquele tipo de garanhão que é bonito de se ver, mas tinha genes duvidosos. De acordo com o pai adotivo, o pai biológico era um criminoso, e a mãe, viciada. Não era um cavalo para reprodução, mas era divertido de montar, se você... — Ela respirou fundo. — Ele vinha aqui e a gente fazia sexo. Às vezes, eu dava dinheiro a ele. Ele se encontrava com outras pessoas também, não era nada especial.

— Isso te deixava com ciúmes?

— Ciúmes? — Isabelle fez que não com a cabeça. — Sexo nunca me deixou com ciúmes. Eu também saía com outros homens. E, depois de um tempo, comecei a me encontrar com uma pessoa especial. Então terminei com Gusto. Ou talvez ele já tivesse terminado comigo. Parecia que não precisava mais do dinheiro que ganhava de mim. Mas no final ele entrou em contato comigo de novo. Ficou me incomodando. Acho que talvez tivesse problemas com dinheiro. E com drogas também.

— Como ele era?

— Como assim? Ele era egoísta, nada confiável, charmoso. Um canalha autoconfiante.

— E o que ele queria?

— Eu pareço uma psicóloga, Harry?

— Não.

— Não mesmo. Pessoas não me interessam muito.

— De verdade?

Isabelle Skøyen fez que sim. Olhou para a paisagem. Havia um brilho nos olhos.

— Gusto era solitário — disse ela.

— Como você sabe?

— Sei o que é a solidão. E ele sempre se autodepreciava.

— Autoconfiança e autodepreciação?

— Não há contradição aí. Você sabe até onde pode chegar, mas isso não significa que você se vê como alguém digno de ser amado.

— E isso se deve a quê?

— Já disse que não sou psicóloga.

— Tem razão.

Harry esperou.

Ela pigarreou.

— Os pais dele o abandonaram. Em sua opinião, qual é o impacto disso na cabeça de um menino? Por trás de toda a pose e da cara de mau, havia alguém que achava que não valia grande coisa. Assim como aqueles que o abandonaram. Isso não é uma lógica simples, senhor ex-policial?

Harry olhou para ela. Assentiu. Percebeu que ela ficou desconfortável com seu olhar. Mas não fez as perguntas que ela evidentemente sabia que ele tinha na ponta da língua: qual era sua história? Qual era o tamanho de sua própria solidão, de sua autodepreciação, por trás de toda aquela fachada?

— E Oleg, você chegou a conhecer ele?

— O que foi preso pelo assassinato? Nunca. Mas Gusto o mencionou algumas vezes, disse que era seu melhor amigo. Acho que era o único.

— E Irene?

— Mencionou ela também. Era como uma irmã.

— Ela era irmã dele.

— Não de sangue, Harry. Nunca é a mesma coisa.

— Não mesmo?

— As pessoas são ingênuas e pensam que temos a capacidade de amar de forma altruísta. Mas tudo gira em torno de passar adiante os genes que são mais parecidos com os nossos. Vejo isso todo dia na criação de cavalos, pode acreditar. E, sim, os seres humanos são como cavalos, somos animais de rebanho. Um pai vai proteger seu filho biológico; um irmão vai proteger sua irmã biológica. Num conflito, instintivamente vamos tomar o partido de quem se parece mais conosco. Vamos supor que você esteja na selva e de repente se depara com um homem branco, vestido como você, que está lutando com um homem negro, seminu, com pintura de guerra. Cada um deles tem uma faca e é uma luta de vida ou morte. Você tem uma pistola. Qual é seu primeiro pensamento instintivo? Atirar no homem branco para salvar o negro? Não mesmo.

— Ok. E isso prova o quê?

— Prova que nossa lealdade é biologicamente determinada, que ela parte de um epicentro que se resume a nós mesmos e nossos genes.

— Quer dizer que você daria um tiro em um dos dois para proteger seus genes?

— Sem hesitar.

— Que tal matar os dois só para garantir?

Ela olhou para ele.

— O que você quer dizer?

— O que você estava fazendo na noite em que Gusto foi morto?

— O quê? — Ela semicerrou os olhos ao encarar o sol e, em seguida, olhou para ele com um largo sorriso. — Você suspeita que eu tenha matado Gusto, Harry? E que eu esteja atrás desse... Oleg?

— Basta responder a pergunta.

— Eu lembro onde estava porque pensei nisso ao ler sobre o homicídio no jornal. Eu estava numa reunião com representantes do grupo de investigação antidrogas da polícia. Eles devem ser testemunhas confiáveis. Você quer nomes?

Harry fez que não com a cabeça.

— Algo mais?

— Bem, e esse Dubai? O que sabe sobre ele?

— Ahn, Dubai. Assim como todos os outros, sei muito pouco. Fala-se dele, mas a polícia não chega a lugar algum. É sempre assim, os chefões sempre escapam.

Harry procurou uma mudança no tamanho das pupilas, na coloração do rosto. Se Isabelle Skøyen estava mentindo, ela mentia bem.

— Estou perguntando porque você limpou as ruas de todos os traficantes, com exceção de Dubai e de uma ou duas quadrilhas sem importância.

— Eu não, Harry. Sou apenas uma assessora que segue as determinações da Secretaria Municipal de Assuntos Sociais e a política da Câmara Municipal. E aquilo que você chama de limpeza das ruas foi feito pela polícia.

— Pois é. A Noruega é um país de conto de fadas. Mas eu passei os últimos anos no mundo real, Skøyen. E o mundo real é movido por dois tipos de pessoas. Aquelas que querem poder e aquelas que querem dinheiro. O primeiro tipo quer uma estátua em praça pública; o segundo, prazer. E a moeda que usam quando fazem transações entre si para conseguirem o que querem se chama corrupção.

— Tenho muito o que fazer hoje, Hole. Aonde você quer chegar?

— Quero chegar ao ponto em que evidentemente outras pessoas não chegaram por falta de coragem ou imaginação. Se você mora há muito tempo numa cidade, geralmente vê a situação como um mosaico de detalhes que conhece bem. Mas quem passa um tempo fora e volta não conhece os detalhes, vê só o quadro geral. E o quadro geral indica que a situação de Oslo é favorável para dois grupos. Para os traficantes que ficaram com o mercado só para si e para os políticos que levaram o crédito pela faxina.

— Você está dizendo que sou corrupta?

— Você é:

Ele viu a fúria nos olhos dela. Indubitavelmente genuína. Ele só queria saber se era a ira dos justos ou dos culpados. Então, do nada, ela riu. Uma risada cristalina, com jeito surpreendente de menina.

— Gosto de você, Harry. — Ela se levantou. — Conheço os homens, e na hora do aperto eles são uns fracotes. Mas acho que você talvez seja uma exceção.

— Bem — disse Harry. — Então você pelo menos sabe com quem está lidando.

— A realidade me chama, querido.

Harry se virou, viu o traseiro voluptuoso de Isabelle Skøyen se mover em direção aos cavalos.

Ele a seguiu. Montou Balder. Conseguiu pôr os pés nos estribos. Olhou para cima e encarou Isabelle. Ela tinha um sorriso desafiador no rosto forte, belamente esculpido, e uniu os lábios como num beijo. Em seguida, estalou a língua e bateu com os calcanhares nos flancos de Medusa. E arqueou suavemente as costas quando o grande animal saltou para a frente.

Balder reagiu sem qualquer aviso, e por pouco Harry não se desequilibrou.

Isabelle seguia na frente de novo, e pedaços de terra molhada choviam feito granizo dos cascos de Medusa. Então a égua começou a cavalgar ainda mais rápido, e Harry viu o rabo do animal se mover ao fazer uma curva. Ele encurtou as rédeas do jeito que aprendera com o avô, mas sem apertá-las. A trilha era tão estreita, que os galhos chicotearam Harry, mas ele se encolheu na sela e manteve os joelhos bem firmes nos flancos do cavalo. Ele sabia que não seria capaz de parar, por isso se concentrou em manter os pés nos estribos e a cabeça baixa. Em sua visão periférica, as árvores passavam bruxuleantes, formando listras amarelas e vermelhas. Automaticamente, ele se ergueu um pouco na sela, pondo o peso sobre os joelhos e os estribos. Debaixo dele, os músculos trabalhavam. Ele tinha a sensação de estar montado numa jiboia. E a essa altura, os dois tinham encontrado uma espécie de ritmo, acompanhado pelo tamborilar trovejante dos cascos no chão. O sentimento de medo competia com o de determinação. A trilha se tornou mais reto, e a cinquenta metros de distância, Harry viu Medusa e Isabelle. Por um instante a imagem pareceu ter sido congelada, como se tivessem parado de correr, como se a égua e a amazona pairassem logo acima do chão. A seguir, Medusa retomou o galope. Passou-se mais um segundo antes de Harry perceber o que era.

E aquele segundo foi valioso.

Na Academia de Polícia, ele tinha lido algumas pesquisas que mostravam como, em situações críticas, o cérebro humano tenta processar quantidades enormes de informação em pouquíssimo tempo. Em alguns policiais, isso pode ser paralisante, em outros, provoca a sensação de que o tempo passa mais devagar, de que a vida está passando diante dos olhos, e com isso eles conseguem ser mais observadores e analíticos. No caso de Harry, por exemplo, ele pensou que, a uma velocidade de quase setenta quilômetros por hora, ele havia percorrido vinte metros, e só faltavam trinta metros, noventa segundos, para a ribanceira que Medusa tinha acabado de saltar.

E era impossível mensurar a extensão dela.

Que Medusa era uma égua de hipismo adulta e treinada, montada por uma cavaleira experiente, enquanto Balder era mais novo e menor, e tinha um novato de quase noventa quilos no dorso.

Que Balder era um animal de rebanho e que Isabelle Skøyen evidentemente sabia disso.

Que, de qualquer forma, era tarde demais para parar.

Harry deu mais rédea e pressionou os calcanhares na barriga de Balder. Sentiu uma última aceleração. O silêncio foi abrupto. O tamborilar parou. Eles flutuaram. Lá embaixo ele viu a copa de uma árvore e um córrego. Então ele pegou impulso para a frente e bateu a cabeça no pescoço do cavalo. Os dois caíram.

23

Você também era ladrão, pai? Pois o tempo todo eu sabia como me tornar um milionário. Meu lema é roubar enquanto vale a pena, então fui paciente e esperei. E esperei. Esperei tanto tempo que, caralho, quando a chance finalmente apareceu, achei que a merecia.

O plano era tão simples como genial. Enquanto a turma dos motoqueiros de Odin estava na reunião com o velho no McDonald's, eu e Oleg roubaríamos parte do estoque de heroína em Alnabru. Em primeiro lugar, não teria ninguém no local, já que Odin levaria ao encontro todos os músculos de que poderia dispor. Em segundo lugar, Odin nunca saberia que tinha sido roubado porque seria preso no McDonald's. Quando estivesse no banco dos réus, ele deveria agradecer a mim e a Oleg por termos reduzido a quantidade apreendida na batida policial. O único problema eram os policiais e o velho. Se eles percebessem que alguém tinha se antecipado e abocanhado parte do lote e isso chegasse aos ouvidos do velho, a gente estaria ferrado. Solucionei o problema do jeito que aprendi com o russo: com um roque, uma aliança estratégica. Eu simplesmente fui até o prédio em Manglerud, e, dessa vez, Truls Berntsen estava em casa.

Ele me olhou com desconfiança enquanto expliquei o plano, mas eu não estava preocupado. Porque já havia visto a ganância em seus olhos. Ele era mais uma dessas pessoas que querem a desforra, que acham que o dinheiro pode comprar um remédio contra o desespero, a solidão e a amargura. Que pensam que não apenas existe uma coisa chamada justiça, mas que ela é uma mercadoria. Expliquei que a gente precisava de sua competência para esconder as pistas e para destruir qualquer coisa que eles eventualmente encontrassem. Talvez até fazer com que a suspeita recaísse em outras pessoas, se necessário. Vi as faíscas saindo de seus olhos quando eu disse que a gente pegaria cinco quilos do lote de vinte. Dois para mim e dois para ele, um para Oleg. Vi que ele conseguiu fazer a conta sozinho: um milhão e duzentos vezes dois. Dois milhões e quatrocentos para ele.

— E esse Oleg é o único com quem você falou sobre isso? — perguntou ele.

— Sim, eu juro.

— Vocês têm armas?

— Uma Odessa.

— O quê?

— A versão barata da Stechkin.

— Ok. Os investigadores talvez nem pensem na quantidade desde que não encontrem vestígios de arrombamento, mas pelo jeito seu medo é que Odin saiba quantos quilos de droga deveriam estar ali e vá atrás de você?

— Não — falei. — Estou pouco me lixando pra Odin. É do meu chefe que tenho medo. Não faço ideia de como, mas sei que ele sabe a quantidade exata de heroína que há naquele lote.

— Vou pegar metade — disse ele. — Então você e Boris podem dividir o resto.

— Oleg.

— Você deve estar feliz por eu ter uma memória ruim. Mas eu precisaria apenas de poucas horas para encontrá-lo e de nenhuma para acabar com vocês. — Ele carregou bastante no r de "acabar".

Foi Oleg quem teve a ideia de como iríamos camuflar o roubo. Era tão fácil e óbvio, que não posso acreditar que eu mesmo não tinha pensado nisso.

— A gente simplesmente substitui o que a gente for roubar por fécula de batata. A polícia só relata o número de quilos da apreensão, não o grau de pureza, não é?

Como eu já disse, o plano era tão genial quanto simples.

Na noite em que Odin e o velho foram à festa de aniversário no McDonald's e discutiram os preços de violino em Drammen e Lillestrøm, Berntsen, Oleg e eu estávamos no escuro do lado de fora da cerca do Clube dos Motoqueiros de Alnabru. Berntsen tinha assumido a direção, e a gente estava usando meias de náilon, jaquetas pretas e luvas. Nas mochilas, levávamos armas, furadeiras, chaves de fendas, pés de cabra e seis quilos de fécula de batata empacotados em sacos plásticos. Oleg e eu havíamos explicado onde estavam as câmeras de vigilância de Los Lobos. A gente se manteve no ponto cego o tempo todo ao escalar a cerca e correr até a parede lateral do lado esquerdo. Já que o tráfego pesado da rodovia E6 logo ali embaixo abafaria tudo, a gente sabia que podia fazer o barulho que quisesse. Por isso, Berntsen meteu a furadeira na parede de madeira e mandou ver, enquanto Oleg ficava de vigia e eu cantarolava "Been Caught Stealing". A música estava na trilha sonora do GTA de Stein, e ele tinha dito uma vez que era de uma banda que se chamava Jane's Addiction. Eu me lembrava disso porque era um nome legal, mais legal que a música, na verdade. Oleg e eu estávamos em território conhecido e sabíamos que era fácil obter uma visão geral do Clube dos Motoqueiros: ele se resumia a um salão amplo. Mas como tiveram a prudência de fechar todas as janelas com tábuas de madeira, o plano era furar um pequeno buraco para espreitarmos o lugar e termos certeza de que ele estava vazio antes de a gente entrar. Foi Berntsen quem insistiu nisso, ele tinha se recusado a acreditar que Odin deixaria vinte quilos de heroína, com valor de rua de 25 milhões, sem proteção. A gente conhecia Odin melhor que ele, mas nós cedemos. Segurança em primeiro lugar.

— Pronto — disse Berntsen e tirou a furadeira da parede, que morreu com um rosnado.

Olhei pelo buraco. Não vi porra nenhuma. Ou alguém tinha apagado a luz ou a gente não havia perfurado a parede. Eu me virei para Berntsen, que estava limpando a broca.

— Que droga de isolamento é esse? — perguntou ele, erguendo o dedo. Nele havia algo com textura de gema de ovo e cabelo.

Fomos uns dois metros adiante e fizemos outro furo. Olhei dentro dele. E ali estava o velho e bom Clube dos Motoqueiros. Com os mesmos móveis de couro, o mesmo bar e a mesma foto de Karen McDougal, coelhinha do ano, posando sobre uma moto personalizada. Nunca descobri o que dava mais tesão no pessoal: a mulher ou a moto.

— Caminho livre — eu disse.

A porta dos fundos estava decorada com fechaduras e trincos.

— Achei que você tinha dito que só havia uma fechadura! — reclamou Berntsen.

— Era assim antes — falei. — Pelo jeito, Odin ficou um pouco paranoico.

O plano era desaparafusar e tirar a fechadura com jeito e colocá-la de volta na hora de ir embora, para que não houvesse sinais de arrombamento. Ainda poderia dar certo, mas não dentro do tempo estipulado. Mãos à obra.

Depois de vinte minutos, Oleg deu uma olhada no relógio e disse que a gente deveria acelerar. Não sabíamos exatamente quando seria a batida policial, com certeza em algum momento depois das detenções, e elas obrigatoriamente teriam que acontecer rápido, já que Odin não ficaria tomando chá de cadeira quando percebesse que o velho não apareceria.

Demoramos meia hora para abrir a porra da porta, três vezes mais que o previsto. Pegamos as armas, puxamos as meias de náilon sobre o rosto e entramos. Berntsen primeiro. A gente mal tinha passado da porta quando ele se ajoelhou segurando a arma com as mãos feito um agente da SWAT.

Junto à parede do lado direito, havia um cara sentado numa cadeira. Odin deixara Tutu como cão de guarda. No colo, ele tinha uma espingarda de cano serrado. Mas o cão de guarda estava de olhos fechados, boca escancarada e a cabeça encostada na parede. As más línguas diziam que Tutu era gago até quando roncava, mas agora ele estava dormindo feito uma criança.

Berntsen se levantou e caminhou na ponta dos pés até Tutu, com a arma na mão. Oleg e eu o seguimos, cautelosos.

— Só tem um buraco — sussurrou Oleg para mim.

— O quê? — sussurrei para ele.

A ficha caiu.

Olhei para o último buraco da furadeira. E calculei mais ou menos onde o primeiro deveria estar.

— Puta merda — sussurrei, mesmo que já tivesse percebido que não havia mais motivo para falar baixo.

Berntsen havia chegado até Tutu e deu um empurrãozinho nele. Tutu tombou para o lado e caiu no chão. Ficou deitado com a cara no concreto, de forma que a gente podia ver o furo redondo na parte de trás de sua cabeça.

— Foi furado mesmo — disse Berntsen. Ele enfiou o dedo no buraco da parede.

— Caralho — murmurei para Oleg. — Qual é a probabilidade de isso acontecer, cara?

Mas ele não respondeu, só ficou olhando para o corpo com uma expressão de quem não sabe se vai vomitar ou chorar.

— Gusto, o que nós fizemos? — disse ele.

Não sei o que deu em mim, mas desatei a rir. Não consegui me conter. A postura superdescolada do policial, com as mãos nos quadris e o queixo proeminente, o desespero de Oleg, com o rosto coberto pela meia de náilon, e a boca aberta de Tutu, que, afinal de contas, tinha um cérebro. Ri tanto que chorei. Até que de repente levei um tapa e fiquei vendo estrelas.

— Controle-se, senão leva outro — garantiu Berntsen, esfregando a palma da mão.

— Obrigado — retruquei, falando sério. — Vamos achar a droga.

— Primeiro a gente precisa resolver o que fazer com o Sr. Furado aqui.

— Já está tarde demais — adverti. — Agora vão descobrir que teve um assalto de qualquer jeito.

— Não se a gente levar Tutu para o carro e reinstalar as fechaduras — disse Oleg com voz fina e chorosa. — Se descobrirem que parte da droga sumiu, vão pensar que foi ele quem a roubou.

Berntsen olhou para Oleg com aprovação.

— Seu parceiro é esperto. Vamos começar.

— A droga primeiro — falei.

— O Sr. Furado primeiro — insistiu Berntsen.

— A droga — repeti.

— O Sr. Furado.

— Pretendo me tornar milionário essa noite, seu policial do caralho. Berntsen levantou a mão.

— O Sr. Furado.

— Calem a boca!

Era Oleg.

Nós o encaramos.

— A lógica é simples. Se Tutu não estiver no porta-malas antes de a polícia chegar, a gente perde a droga e a liberdade. Se Tutu, mas não a droga, estiver no porta-malas, a gente só perde o dinheiro.

Berntsen se virou para mim.

— Parece que Boris concorda comigo. Dois contra um.

— Ok — eu disse. — Vocês levam o cadáver e eu procuro a droga.

— Errado — discordou Berntsen. — Nós carregamos o corpo e você limpa a sujeira. — Ele apontou para a pia na parede ao lado do bar.

Enchi um balde de água enquanto Oleg e Berntsen pegavam Tutu pelas pernas e o arrastavam em direção à porta, deixando um fino rastro de sangue. Sob o olhar incentivador de Karen McDougal, esfreguei a parede e depois o chão, tirando miolos e sangue. Eu mal tinha terminado e estava prestes a começar a procurar a droga quando ouvi um som vindo da porta, ainda aberta, que dava para a rodovia E6. Tentei me convencer de que o som estava indo em outra direção. De que ele não estava ficando cada vez mais alto e mais próximo. De que era fruto da minha imaginação. Sirenes de polícia.

Dei uma olhada no bar, no escritório e no lavabo. Era um edifício simples, não tinha sótão, não tinha porão, não tinha muitos lugares onde esconder vinte quilos de heroína. Então me deparei com a caixa de ferramentas. O cadeado. Que não estava ali antes.

Oleg gritou alguma coisa lá da porta.

— Me passe o pé de cabra — gritei também.

— A gente precisa se mandar! Estão muito perto!

— O pé de cabra!

— Agora, Gusto!

Eu sabia que estava ali dentro. Vinte e cinco milhões de coroas, bem na minha frente, dentro de uma porra de uma caixa de madeira. Comecei a chutar o cadeado.

— Vou atirar, Gusto!

Eu me virei para Oleg. Ele estava apontando aquela porra de pistola russa para mim. Não que fosse me acertar àquela distância, mais de dez metros, mas só o fato de ele apontar uma arma para mim mexeu comigo.

— Se eles pegarem você, pegam a gente também! — gritou ele, mal contendo as lágrimas. — Vamos!

Investi contra o cadeado outra vez. As sirenes estavam cada vez mais próximas. Mas elas sempre parecem estar mais perto do que realmente estão.

Ouvi o som de algo semelhante a uma chicotada bem perto de mim. Olhei para a porta de novo e senti um arrepio subir pela espinha. Era Berntsen. Ele segurava uma arma fumegante.

— O próximo eu não vou errar — disse ele com calma.

Dei um último chute na caixa e corri.

Pulamos a cerca, chegamos à rua e tiramos as meias de náilon da cabeça no momento em que os faróis das viaturas da polícia entraram na rua. Caminhamos calmamente ao encontro deles.

Eles passaram por nós em alta velocidade e pararam na frente do clube. Seguimos até o topo da ladeira, onde Berntsen tinha estacionado seu carro. Entramos e fomos embora sem pressa. Quando passamos em frente ao clube, eu me virei e olhei para Oleg no banco de trás. Luzes azuis passavam pelo seu rosto, que estava vermelho pelas lágrimas e pela meia apertada de náilon. Ele parecia completamente inerte, só olhava para a escuridão lá fora como se estivesse pronto para morrer.

Ninguém disse nada até Berntsen parar em um ponto de ônibus em Sinsen.

— Você pisou na bola, Gusto — disse ele.

— Eu não tinha como saber sobre as fechaduras — respondi.

— Isso se chama preparação — retrucou Berntsen. — Sondagens e esse tipo de coisa. A gente vai estranhar uma porta aberta com a fechadura e os trincos desaparafusados.

Entendi que ele usou "a gente" para se referir à polícia. Cara esquisito.

— Peguei a fechadura e os trincos. — Oleg fungou. — Isso vai dar a impressão de que Tutu se mandou ao ouvir as sirenes, nem teve tempo de trancar a porta. E as marcas dos parafusos podem ser de algum arrombamento qualquer no último ano, não?

Berntsen olhou para Oleg no retrovisor.

— Aprenda com seu amigo, Gusto. Ou melhor, não aprenda nada com ele não. Oslo não precisa de mais ladrões espertos.

— Tá bom — falei. — Mas talvez não seja a coisa mais inteligente do mundo ficar estacionado em local proibido num ponto de ônibus com uma porra de um cadáver no porta-malas.

— Concordo — afirmou Berntsen. — Então saiam.

— O cadáver...

— Podem deixar o Sr. Furado comigo.

— Onde...

— Não é da sua conta. Fora!

Saímos e vimos o Saab de Berntsen ir embora.

— A partir de agora, a gente precisa ficar longe desse cara — concluí.

— Por quê?

— Ele matou um homem, Oleg. Precisa eliminar todas as provas. Agora, ele vai achar um lugar para esconder o cadáver. Mas depois...

— Ele precisa eliminar as testemunhas.

Fiz que sim. Eu me senti mal. Então me ocorreu um pensamento otimista.

— Parecia que ele estava pensando em um bom esconderijo para Tutu, não?

— Eu ia usar aquele dinheiro para me mudar com Irene para Bergen — disse Oleg.

Olhei para ele.

— Entrei no curso de Direito na universidade de lá. Irene está em Trondheim com Stein. Pensei em convencer sua irmã a ir morar comigo.

Pegamos o ônibus até o centro. Eu não estava mais aguentando o olhar vazio de Oleg, precisava dar vida a ele.

— Vem cá — falei.

Enquanto preparava uma dose no local de ensaio da banda, vi que ele me olhava com impaciência, querendo intervir, como se achasse que eu não estava fazendo aquilo direito. Ao puxar a manga da camisa para aplicar a injeção, entendi o porquê. Oleg tinha marcas de agulha espalhadas pelo antebraço inteiro.

— Só até Irene voltar — disse ele.

— Você tem seu próprio estoque também? — perguntei.

Ele fez que não com a cabeça.

— Foi roubado.

Naquela noite eu o ensinei como se faz um bom esconderijo de drogas.

Truls Berntsen já aguardava havia mais de uma hora no estacionamento quando um carro finalmente parou na última vaga que, de acordo com a placa, era reservada ao escritório de advocacia Bach & Simonsen. Ele havia decidido que aquele era o lugar certo, pois apenas dois carros tinham entrado e saído dessa parte do estacionamento durante a hora que ele permanecera ali, além de não ter câmera de vigilância. Truls verificou que a placa do carro era a mesma que tinha encontrado no registro de automóveis. Hans Christian Simonsen dormia até tarde. Ou talvez não dormisse, talvez tivesse relações com alguma mulher. O homem que saiu do carro tinha uma franja loira com jeito de menino, daquele tipo que os babacas da região oeste costumavam ter na juventude.

Truls Berntsen colocou os óculos de sol, enfiou a mão no bolso do casaco e apertou a coronha da pistola, uma Steyr austríaca semiautomática. Ele não levou o revólver de serviço para não dar ao advogado informações desnecessárias. Andou depressa para interceptar Simonsen enquanto ele ainda estivesse entre os carros. Uma ameaça surte mais efeito quando é feita de forma rápida e agressiva. Se a vítima não tiver tempo de mobilizar outros pensamentos além do medo pela própria vida, ela lhe dará o que você quiser imediatamente.

Seu sangue parecia borbulhar; os ouvidos, a virilha e a garganta latejavam. Ele visualizava o que ia acontecer. A pistola na cara de Simonsen, tão perto que seria a única coisa que ele lembraria. "Onde está Oleg Fauke? Responda depressa e com precisão, senão vou te matar agora mesmo." A resposta. Então: "Se você disser a alguém que essa conversa aconteceu, vamos voltar e te matar. Entendeu?" Sim. Ou apenas um gesto estupefato com a cabeça. Talvez micção involuntária. Truls sorriu com a ideia. Apertou o passo. Agora também sentia o latejo na barriga.

— Simonsen!

O advogado ergueu os olhos. E seu rosto se iluminou.

— Ah, olá, Berntsen! Truls Berntsen, não é?

A mão direita de Truls se deteve no bolso do casaco. E seu rosto deve ter assumido uma expressão de surpresa, pois Simonsen deu uma boa gargalhada.

— Tenho boa memória para rostos, Berntsen. Você e seu chefe Mikael Bellman investigaram o caso de desvio de fundos do Museu Heider. Eu era o advogado de defesa. Sinto dizer isso, mas vocês ganharam a ação.

Simonsen riu outra vez. Aquela risada jovial e ingênua da região oeste. A risada de gente que cresceu achando que todos desejavam o bem uns aos outros, num lugar onde as pessoas tinham dinheiro o suficiente para se dar ao luxo de fazer isso. Truls odiava todos os Simonsen desse mundo.

— Posso ajudá-lo, Berntsen?

— Eu... — Truls Berntsen se atrapalhou. Aquilo não era seu forte, decidir o que fazer estando cara a cara com... com o quê? Com pessoas que ele sabia serem capazes de pensar mais rápido que ele? Tudo tinha corrido bem naquela vez em Alnabru, eram apenas os dois jovens, e ele conseguiu assumir o comando da situação. Mas Simonsen tinha terno, formação, falava diferente, com superioridade... Caralho!

— Só queria dizer oi.

— Oi? — disse Simonsen com um ponto de interrogação no tom de voz e no rosto.

— Oi — disse Berntsen, forçando um sorriso. — Uma pena aquele caso. Você vai vencer na próxima vez.

Então ele foi para a saída com passos rápidos. Sentiu o olhar de Simonsen em suas costas. Varrer merda, comer merda. Que todos eles se fodam!

Tente o advogado de defesa, e se isso não funcionar, tem um cara chamado Chris Reddy, que todos conhecem por Rebite.

O traficante de *speed*. Truls torceu para que houvesse uma desculpa para ele ser violento durante a prisão.

Harry nadou em direção à luz, à superfície. O sol ficou cada vez mais forte. Então ele despertou. Abriu os olhos e viu o céu. Ele estava deitado de costas. Alguma coisa entrou em seu campo de visão. Uma cabeça de cavalo. E algo mais.

Ele protegeu os olhos do sol. Havia uma pessoa montada em um dos animais, mas a luz o impedia de ver direito.

A voz parecia vir de longe.

— Achei que já tivesse montado antes, Harry.

Harry gemeu e se pôs de pé enquanto repassava o que havia acabado de acontecer. Balder tinha saltado sobre a ribanceira e aterrissado do outro lado com as patas dianteiras, de forma que Harry foi lançado para a frente e bateu com a testa no cavalo. Os pés saíram dos estribos, e ele escorregou pelo flanco do animal enquanto se agarrava às rédeas. Lembrou vagamente que Balder também tinha caído, mas ele havia conseguido afastá-lo com o pé para não ter um cavalo de meia tonelada em cima de seu corpo.

As costas pareciam detonadas, mas, de resto, ele se sentiu mais ou menos inteiro.

— O pangaré do meu avô não saltava precipícios — disse Harry.

— Precipício? — Isabelle Skøyen riu e lhe estendeu as rédeas de Balder. — Isso daí é uma fenda pequena de 5 metros. Consigo saltar mais do que isso *sem* um cavalo. Não sabia que você era medroso, Harry. Vamos apostar corrida até a fazenda?

— Balder? — disse Harry, voltando-se para o cavalo e passando a mão em seu focinho enquanto eles observavam Isabelle Skøyen e Medusa desaparecerem rumo ao campo aberto. — Você sabe andar a furta-passo?

Harry parou num posto de gasolina na rodovia E6 e comprou um café. Quando voltou ao carro, deu uma olhada no espelho. Isabelle tinha feito um curativo no arranhão da testa e um convite para que ele a acompanhasse na estreia de *Don Giovanni*, na Ópera. ("É impossível encontrar alguém que seja mais alto que eu de salto, e isso é o tipo de coisa que não fica nada bem no jornal.") Finalmente, ela lhe deu um abraço forte de despedida. Harry pegou seu celular e ligou para o número que aparecia na tela como chamada não atendida.

— Onde você estava? — perguntou Beate.

— No campo — respondeu Harry.

— Não tinha mesmo muito o que encontrar na cena do crime de Gardermoen. Meu pessoal passou o pente-fino no lugar. Nada. A única coisa que descobrimos é que os pregos são de aço comum, mas com uma cabeça grande, de 16 milímetros de alumínio, e que o tijolo provavelmente vem de um prédio de Oslo construído no fim do século XIX.

— Ah, é?

— Encontramos sangue de porco e pelo de cavalo na argamassa. Na época, havia um pedreiro de renome que usava isso na mistura, e esse tipo de coisa pode ser encontrado em muitos prédios do centro de Oslo. O tijolo pode ter vindo de qualquer um deles.

— Entendi.

— Ou seja, também não temos qualquer pista aí.

— Também?

— Então, com relação àquela visita de que você falou. Deve ter sido em algum outro lugar e não na sede da polícia, pois lá não havia registro de ninguém com o nome de Tord Schultz. Afinal, só está escrito DISTRITO POLICIAL DE OSLO no adesivo, e há adesivos semelhantes em diversas delegacias.

— Ok. Obrigado.

Harry procurou nos bolsos até encontrar o que queria. O adesivo de visitante de Tord Schultz. E seu próprio adesivo, aquele que recebeu quando visitou Hagen na Divisão de Homicídios no dia em que chegou a Oslo. Ele os colocou lado a lado sobre o painel do carro. Estudou os dois. Chegou a uma conclusão e os enfiou de volta no bolso. Girou a chave na ignição, respirou fundo, constatou que ainda cheirava a cavalo e decidiu procurar um velho rival de Høyenhall.

24

Começou a chover por volta das cinco da tarde, e, quando Harry tocou a campainha do casarão às seis, o bairro de Høyenhall estava tão escuro quanto no inverno. A casa apresentava todos os indícios de ter sido construída recentemente: ainda havia restos de materiais de construção empilhados ao lado da garagem, e embaixo da escada Harry viu latas de tinta e embalagens de produtos para isolamento térmico.

Harry notou um vulto se movimentando atrás do vidro texturizado e sentiu os pelos da nuca se arrepiarem.

Então um homem abriu a porta com rapidez e firmeza, como se não tivesse medo de ninguém. Mesmo assim, ele se retesou ao ver Harry.

— Boa noite, Bellman — cumprimentou o ex-policial.

— Harry Hole, que surpresa.

— Surpresa?

Bellman deu uma breve risada.

— Sim, é uma surpresa ver você aqui na minha porta. Como ficou sabendo onde eu moro?

— Na maioria dos países, o chefe de uma divisão como a CrimOrg tem um guarda-costas no portão, você sabia disso? Estou incomodando?

— Nem um pouco — disse Bellman, coçando o queixo. — Só estou me perguntando se vou te convidar para entrar ou não.

— Bem — disse Harry —, a chuva molhou tudo aqui fora. E venho em paz.

— Você não sabe o que essa palavra significa — retrucou Bellman e abriu a porta. — Limpe os sapatos, por favor.

Mikael Bellman guiou Harry pelo corredor, passando por pilhas de caixas de papelão e uma cozinha que ainda estava sem eletrodomésticos até chegar a uma sala. Harry constatou que era uma boa casa. Não luxuosa como algumas mansões que vira na região oeste, mas com cômodos bem-divididos e amplo espaço para uma família. A vista para Kværnerdumpa, o centro e a Estação Central era fantástica. Harry fez um comentário a respeito.

— O terreno quase custou mais do que a casa — disse Bellman. — Peço desculpas pela bagunça, acabamos de fazer a mudança. Vamos dar uma festa de inauguração na semana que vem.

— E você se esqueceu de me convidar? — perguntou Harry, tirando o paletó molhado.

Bellman sorriu.

— Posso te convidar para tomar uma bebida agora. O que...

— Eu não bebo. — Harry também sorriu.

— Ah, droga! — exclamou Bellman, sem sinal visível de remorso. — A gente esquece rápido. Vê se consegue achar uma cadeira em algum canto, e eu vou ver se acho um bule de café e duas xícaras.

Dez minutos depois, eles estavam sentados diante das janelas olhando para o terraço e a vista. Harry foi direto ao ponto. Mikael Bellman o ouviu sem interrompê-lo, mesmo quando Harry notou a descrença em seus olhos. Quando Harry terminou, Bellman recapitulou:

— Você quer dizer que o piloto, Tord Schultz, tentou contrabandear violino para fora do país. Ele foi pego, mas liberado da prisão preventiva depois que um queimador com identificação de polícia trocou o violino por fécula de batata. E que Schultz, depois de solto, foi executado em sua própria casa, provavelmente porque seu mandante descobriu que ele foi até a sede da polícia e estava com medo de que ele contasse o que sabia.

— Isso.

— E você acredita que ele foi até a sede da polícia porque tinha um adesivo onde estava escrito DISTRITO POLICIAL DE OSLO?

— Comparei o adesivo com o que recebi ao visitar Hagen. Ambos têm uma leve falha na barra horizontal do H. Com certeza foi a mesma impressora.

— Não vou te perguntar como conseguiu o adesivo de Schultz, mas como pode ter certeza de que isso não foi apenas uma visita normal? Talvez ele quisesse explicar algo sobre a fécula de batata para ter certeza de que acreditamos nele.

— Porque o nome dele foi tirado do registro de visitas. Era importante que essa visita fosse mantida em segredo.

Mikael Bellman suspirou.

— Sempre achei que nós deveríamos ter trabalhado juntos, Harry, não um contra o outro. Você teria gostado da Kripos.

— Do que você está falando?

— Antes de eu dizer isso, preciso realmente te pedir um favor. Que você não conte a ninguém tudo o que vou te falar esta noite.

— Tudo bem.

— Esse caso já me colocou numa situação delicada. Quem recebeu a visita de Schultz fui eu. De fato, ele queria falar sobre o que sabia. Entre outras coisas, ele disse algo de que já estou suspeitando faz tempo: temos um queimador entre nós. Acho que essa pessoa trabalha na sede, é estreitamente ligada aos casos que temos na CrimOrg. Pedi a Schultz que aguardasse em casa enquanto eu levaria o caso dele à direção. Tive que agir com cuidado para não alarmar o queimador. No entanto, cautela muitas vezes significa lentidão. Conversei com o chefe de polícia, que está prestes a se aposentar, mas ele não quis intervir e deixou a meu critério descobrir como lidar com o caso.

— Por quê?

— Como eu já disse, ele está prestes a se aposentar. Não precisa de um caso entediante envolvendo um policial corrupto como presente de despedida.

— Então ele quis manter esse assunto embaixo do tapete até sair?

Bellman fixou os olhos na xícara de café.

— É bem provável que eu seja o próximo chefe de polícia, Harry.

— Você?

— E ele deve ter pensado que eu já poderia lidar com a minha primeira dose de merda de uma vez. Mas o problema é que fui lento demais no gatilho. Quebrei a cara. A gente podia ter forçado Schultz a desmascarar o queimador logo. Mas todos os outros integrantes da quadrilha iriam correr para se esconder. Então eu pensei: e se colocássemos um grampo em Schultz? Assim ele nos levaria primeiro a todos os outros que queremos pegar. Quem sabe, talvez até o chefão de Oslo no momento.

— Dubai.

Bellman fez que sim.

— O problema era: em quem eu poderia confiar na sede? Eu tinha acabado de escolher a dedo um pequeno grupo, tinha conferido todos a fundo, quando chegou a notícia de uma denúncia anônima...

— Dizendo que Tord Schultz foi encontrado morto — completou Harry.

Bellman o observou com olhar afiado.

— E agora o problema é: se vazar a informação de que você titubeou, isso pode acabar com a sua nomeação — continuou o ex-policial.

— Sim, mas não é isso que me preocupa. O problema é que nada do que Schultz conseguiu me contar pode ser usado para qualquer coisa. Estamos na mesma. O suposto policial que visitou Schultz na cela e que pode ter substituído a droga...

— O que tem ele?

— Bom, ele se identificou como policial. O inspetor do Aeroporto de Oslo acha que ele se apresentou como Thomas alguma coisa. Temos cinco homens com esse nome na sede da polícia. Nenhum deles na CrimOrg. Enviei as fotos deles, mas o inspetor não reconheceu nenhum. Ou seja, pelo que sabemos, o queimador nem mesmo é da polícia.

— Hum. Era só uma pessoa com uma identidade falsa de policial. Ou, mais provável, alguém como eu, um ex-policial.

— Por quê?

Harry deu de ombros.

— Só um policial é capaz de enganar outro policial.

A porta da frente se abriu.

— Querida! — chamou Bellman. — Estamos aqui dentro.

A porta da sala também se abriu, e Harry viu um rosto doce e bronzeado de uma mulher de 30 e poucos anos. O cabelo loiro estava preso num rabo de cavalo na nuca, e ele se lembrou da ex-mulher de Tiger Woods.

— Deixei as crianças na mamãe. Você vem, querido?

Bellman pigarreou.

— Temos uma visita.

Ela inclinou a cabeça.

— Estou vendo, querido.

Bellman olhou para Harry com uma expressão resignada.

— Olá — disse ela, lançando um olhar provocante para Harry. — Papai e eu estamos chegando com mais algumas caixas. Você gostaria...

— Costas detonadas e uma saudade repentina de casa — murmurou Harry. Ele esvaziou a xícara de café e se levantou. — Outra coisa — lembrou quando ele e Bellman estavam na porta da frente da casa. — Aquela visita de que falei, no Hospital de Oncologia.

— Sim?

— Tinha um cara ali, um cientista corcunda estranho. Martin Pran. Só um palpite, mas queria saber se você poderia dar uma verificada nele para mim.

— Para você?

— Desculpe, velho hábito. Para a polícia. Para o país. Para a humanidade.

— Palpite?

— É mais ou menos o que tenho a oferecer nesse caso. Se você puder me dizer qualquer coisa que encontrarem...

— Vou avaliar.

— Obrigado, Mikael.

Harry achou estranho pronunciar o primeiro nome dele. Pensou se já tinha feito isso antes. Mikael abriu a porta em meio à chuva, e rajadas de ar frio sopraram na direção deles.

— Sinto muito pelo menino — disse Bellman.

— Qual deles?

— Os dois.

— Ahn.

— Conheci Gusto Hanssen, sabe? Ele veio aqui uma vez.

— Aqui?

— Sim. Um rapaz de uma beleza estonteante. Do tipo... — Bellman procurou as palavras. Desistiu. — Você também chegou a ter uma quedinha pelo Elvis? *Man crush*, como dizem os americanos.

— Bem... — disse Harry e tirou o maço de cigarros do bolso. — Não.

Ele podia jurar que viu as manchas brancas de acromatose de Mikael Bellman ficarem vermelhas.

— O menino tinha aquele tipo de rosto. E carisma.

— O que ele queria aqui?

— Falar com um policial. Havia um grupo de colegas fazendo um mutirão aqui em casa. Você sabe, quem só tem salário de policial precisa fazer o máximo possível por conta própria.

— Ele falou com quem?

— Com quem? — Bellman voltou-se para Harry, mas seus olhos pareciam focados em algo ao longe, em alguma coisa que ele tinha acabado de avistar. — Não me lembro. Esses drogados sempre têm alguma coisa para contar, desde que isso dê a eles uma nota de mil coroas para uma dose. Boa noite, Harry.

Quando Harry passou por Kvadraturen, já estava escuro. Um trailer parou um pouco mais adiante, perto de uma prostituta negra. A porta se abriu, e três rapazes, que deveriam ter 20 e poucos anos, saíram do veículo. Um deles filmava enquanto o outro se dirigia à mulher. Ela fez que não com a cabeça. Provavelmente não queria participar de um *gang bang* que vazaria no YouPorn. Eles também tinham internet no lugar de onde ela vinha. Família, parentes. Talvez pensassem que o dinheiro que ela mandava para casa era do emprego como garçonete. Ou talvez não pensassem isso, mas tampouco faziam perguntas. Quando Harry se aproximou, um dos meninos cuspiu no asfalto na frente dela e disse em voz estridente e embriagada.

— Negona barata.

Harry encontrou o olhar cansado da mulher. Eles se cumprimentaram com um gesto silencioso, como se vissem algo que reconheciam no outro. Os outros dois garotos notaram Harry e se empertigaram. Garotos altos, bem nutridos. Bochechas rosadas, bíceps de academia, talvez um ano de boxe tailandês ou caratê.

— Boa noite, gente.

Harry sorriu sem diminuir o passo.

Ele logo ouviu a porta do trailer bater e o motor acelerar.

Do veículo vinha a mesma música de sempre. "Come As You Are". O convite.

Harry diminuiu o passo. Por um instante. Então apressou-se outra vez, caminhando sem olhar para os lados.

Na manhã seguinte, Harry acordou com o celular tocando. Ele se sentou na cama, semicerrou os olhos diante da claridade que vinha da janela sem cortinas, esticou o braço em direção ao paletó que estava pendurado na cadeira e vasculhou os bolsos até encontrar o telefone.

— Fala.

— Sou eu, Rakel. — Ela estava ofegante, agitada. — Soltaram Oleg. Ele está livre, Harry!

25

Sob a luz da manhã, Harry ficou de pé no meio do quarto de hotel. Estava nu; apenas a orelha direita era tapada pelo celular. No quarto em frente ao seu, do outro lado do pátio, uma mulher o observava com olhos sonolentos e a cabeça inclinada enquanto mastigava lentamente uma fatia de pão.

— Hans Christian só ficou sabendo disso ao chegar ao trabalho, há quinze minutos — disse Rakel no telefone. — Soltaram Oleg no fim da tarde de ontem. Outra pessoa confessou ter matado Gusto. Não é fantástico, Harry?

Sim, pensou. Fantástico no sentido de inacreditável.

— Quem confessou?

— Um tal Chris Reddy, conhecido como Rebite. Ele é desse universo das drogas. Atirou em Gusto porque ele lhe devia dinheiro por anfetamina.

— Onde Oleg está agora?

— Não sabemos. Acabamos de receber a notícia.

— Pense, Rakel! Onde ele pode estar?

A voz de Harry soou mais severa do que ele havia pretendido.

— Qual... qual é o problema?

— A confissão. A confissão é o problema, Rakel.

— O que tem ela?

— Você não entende? A confissão é uma farsa!

— Não, não. Hans Christian diz que é detalhada e muito convincente. Afinal, foi por isso que soltaram Oleg.

— Esse Rebite disse que atirou em Gusto porque ele lhe devia dinheiro. Ou seja, um assassino frio. Que depois fica com a consciência tão pesada que confessa o crime do nada?

— Mas quando ele viu que a pessoa errada estava prestes a ser condenada... — Esqueça isso! Um toxicodependente desesperado só tem uma coisa na cabeça: se drogar. Simplesmente não há espaço para a consciência pesada, pode ter certeza. Esse Rebite é um viciado sem grana, que, em troca de um pagamento razoável, está mais do que disposto a confessar um homicídio e então retirar a confissão em um momento posterior, depois de o principal suspeito ter sido solto. Você não enxerga qual é o esquema aqui? Quando o gato entende que não consegue pegar o pássaro na gaiola...

— Pare! — gritou Rakel, em lágrimas.

Mas Harry não parou.

— ... ele precisa tirar o pássaro lá de dentro.

Ele a ouviu chorar. Sabia que provavelmente tinha apenas verbalizado algo em que Rakel já havia pensado, mas não tivera coragem de enfrentar.

— Você não pode me tranquilizar, Harry?

Ele não respondeu.

— Não quero mais estar com medo — sussurrou ela.

Harry inspirou.

— Já vencemos outras dificuldades e vamos vencer essa, Rakel.

Ele desligou. E mais uma vez constatou: ele tinha se tornado um mentiroso brilhante.

Num gesto preguiçoso, a mulher da janela do outro lado acenou para ele.

Harry passou a mão pelo rosto.

Agora a única questão era quem acharia Oleg primeiro, Harry ou eles.

Pense!

Oleg foi solto ontem à tarde, em algum lugar da região leste. Um viciado desesperado por violino. Ele teria ido direto a Oslo, à Plata, a não ser que tivesse um estoque de reserva em algum esconderijo. Não conseguiria entrar no apartamento na Hausmanns Gate, a cena do crime, que ainda estava interditada. Então, onde ele iria dormir, sem dinheiro, sem amigos... Urtegata? Não, Oleg sabia que podia ser visto ali, que a notícia de sua soltura logo iria se espalhar.

Só tinha um lugar onde Oleg poderia estar.

Harry deu uma olhada no relógio. Era preciso chegar lá antes que o pássaro voasse.

O estádio de Valle Hovin estava tão deserto como da outra vez. A primeira coisa que Harry viu ao dobrar a esquina do prédio dos vestiários era que um dos vidros no nível da rua estava quebrado. Ele olhou lá dentro. Havia cacos no chão. Foi depressa até a porta de entrada e a abriu com a chave que ainda estava com ele. Foi até a porta do vestiário e entrou.

Foi como se um trem de carga o atingisse.

No chão, Harry esforçava-se para respirar enquanto alguém em cima dele tentava atacá-lo. Alguém fedorento, molhado e desesperado. Harry se contorceu, procurando se desvencilhar das garras do agressor. Resistiu ao reflexo de bater; em vez disso, agarrou um braço e uma das mãos, e conseguiu dobrá-los. Ergueu-se sobre os joelhos ao mesmo tempo que usou o golpe para pressionar o rosto do outro contra o chão.

— Ai! Porra! Me solta!

— Sou eu! É o Harry, Oleg.

Ele soltou, ajudou o garoto a se levantar e levou-o até o banco do vestiário.

O rapaz se encontrava em um estado deplorável. Pálido. Magro. Olhos esbugalhados. E fedia a uma mistura indescritível de dentista e excrementos. Mas não estava sob efeito de drogas.

— Achei... — disse Oleg.

— Você achou que eram eles.

Oleg cobriu o rosto com as mãos.

— Vem cá — disse Harry. — Vamos lá pra fora.

Eles se sentaram na arquibancada. Ficaram ali na pálida luz da manhã que brilhava sobre o pavimento de concreto rachado. Harry pensou em todas as vezes que tinha ficado ali vendo Oleg patinar, ouvindo as lâminas dos patins cantarem antes de se enfiarem no gelo outra vez, vendo os reflexos foscos dos holofotes na superfície verde--mar que, às vezes, se tornava branca e leitosa.

Estavam sentados bem perto um do outro, como se a arquibancada estivesse cheia de gente.

Harry ficou ouvindo a respiração de Oleg por um tempo antes de começar.

— Quem são eles, Oleg? Você precisa confiar em mim. Se eu consigo te encontrar, eles também conseguem.

— E como você me achou?

— É o que chamamos de dedução.

— Sei o que é. Excluir as opções improváveis e ver o que sobra.

— Quando você veio para cá?

Oleg deu de ombros.

— Ontem à noite. Umas nove horas.

— Por que não ligou para sua mãe assim que saiu? Você sabe que corre risco de vida aqui fora.

— Ela só teria me levado a algum lugar, teria me escondido. Ela ou aquele Nils Christian.

— Hans Christian. Eles vão te encontrar, você sabe disso.

Oleg olhou para as próprias mãos.

— Achei que você tivesse ido atrás de uma dose — disse Harry. — Mas você está limpo.

— Estou assim faz mais de uma semana.

— Por quê?

Oleg não respondeu.

— É ela? É Irene?

Oleg olhou para o concreto, como se também pudesse se ver lá embaixo. Ouvir o ruído estridente dos patins na pista. Ele fez um gesto lento de assentimento.

— Sou o único que está tentando encontrar Irene. Ela não tem ninguém além de mim.

Harry não disse nada.

— Aquele porta-joias que roubei da mamãe...

— O que tem ele?

— Vendi aquilo em troca de droga. Menos o anel que você comprou para ela.

— Por que não vendeu o anel também?

Oleg sorriu.

— Em primeiro lugar, ele não tem grande valor.

— O quê? — Harry fez uma cara de espanto. — Eu fui enganado?

Oleg riu.

— Um anel de ouro com uma risca preta? Isso se chama cobre oxidado. Com um pouco de chumbo para aumentar o peso.

— Então, por que você simplesmente não deixou aquela bugiganga com ela?

— A mamãe não o usa mais. Por isso eu queria dar o anel para Irene.

— Cobre, chumbo e tinta dourada.

Oleg deu de ombros.

— Achei que era uma boa. Lembro como mamãe ficou feliz quando você colocou aquele anel no dedo dela.

— Do que mais você lembra?

— Domingo. Vestkanttorget. O sol estava se pondo, e a gente andava em meio às folhas de outono. Você e mamãe sorriam e davam risada de alguma coisa. Eu tinha vontade de segurar sua mão, mas eu não era mais um menininho. Você comprou o anel numa barraca onde se vendiam objetos de alguém que tinha morrido.

— Você se lembra de tudo isso?

— Lembro, sim. E pensei que, se Irene demonstrasse metade da felicidade da mamãe...

— Ela demonstrou?

Oleg olhou para Harry. Piscou.

— Não me lembro. A gente devia estar chapado quando dei o anel a ela.

Harry engoliu em seco.

— Ele está com ela — disse Oleg.

— Quem?

— Dubai. Ele está com Irene. Eles a pegaram como refém para que eu não abra a boca.

Harry fitou Oleg, que baixou os olhos.

— Foi por isso que não te contei nada — concluiu o rapaz.

— Você *tem certeza* disso? E eles ameaçaram fazer mal a Irene se você falar?

— Eles não precisam fazer isso. Sabem que não sou burro. Além do mais, eles precisam mantê-la de boca fechada também. Eles estão com ela, Harry.

Harry mudou de posição. Lembrou que eles costumavam se sentar exatamente daquela forma antes de competições importantes. Com a cabeça curvada, em silêncio, numa espécie de concentração mútua. Oleg não queria conselhos. E Harry não tinha nenhum para dar. Mas o rapaz gostava de ficar assim.

Harry pigarreou. Essa não era uma das competições de Oleg.

— Se quer salvar Irene, sua única chance é me ajudar a encontrar Dubai — disse Harry.

Oleg olhou para ele. Enfiou as mãos embaixo das coxas e começou a bater nervosamente com os pés no chão. Como sempre fazia. Então assentiu.

— Comece pelo assassinato — disse Harry. — Leve o tempo que precisar.

Oleg fechou os olhos por alguns segundos. Depois os abriu.

— Eu estava chapado, tinha acabado de injetar violino na beira do rio, bem atrás do nosso apartamento na Hausmanns Gate. Era mais seguro. Se os outros me vissem com uma dose no apartamento, poderiam ficar tão desesperados que pulariam em cima de mim para me roubar, sabe?

Harry fez que sim.

— A primeira coisa que notei ao subir a escada foi que a porta do escritório em frente estava arrombada. De novo. Não pensei mais nisso. Entrei em nossa sala, e Gusto estava ali. Diante dele havia um homem com uma touca ninja. Ele apontava uma pistola para Gusto. E não sei se foi o efeito da droga ou o que ele falou comigo, mas eu logo percebi que não era um assalto, que Gusto seria morto. Então reagi instintivamente. Eu me lancei sobre a pistola, mas fui lento demais, ele teve tempo de disparar. Caí no chão, e, quando ergui os olhos outra vez, eu estava ao lado de Gusto e tinha um cano de pistola apontado para a minha testa. O homem não disse uma palavra, eu tinha certeza de que ia morrer. — Oleg parou, respirou fundo. — Mas ele pareceu hesitante. Então fez um gesto como se falasse com a mão, e em seguida a passou pela garganta.

Harry entendeu. Cale a boca ou morra.

— Ele repetiu o gesto, e eu fiz que sim com a cabeça. Então ele foi embora. Gusto sangrava feito um porco, e é claro que percebi que ele precisava de atendimento urgente. Mas não tive coragem de sair dali, tinha certeza de que o homem da pistola ainda estava do lado de fora, pois eu não havia escutado os passos dele na escada. E, se ele me visse, talvez mudasse de opinião e atirasse em mim.

Os pés de Oleg não paravam quietos.

— Tentei tomar o pulso de Gusto, tentei falar com ele, dizer que buscaria ajuda. Mas ele não respondeu. Então não consegui mais sentir o pulso. Não aguentei ficar ali. Eu me mandei. — Oleg se alongou, entrelaçando as mãos e erguendo-as acima da cabeça, como se estivesse com dor nas costas. Quando continuou, sua voz saía com dificulda-de. — Eu estava chapado, não conseguia pensar direito. Fui até o rio. Pensei em nadar. Talvez tivesse sorte e morresse afogado. Aí ouvi as sirenes. E então eles estavam ali... E só consegui pensar no gesto e na mão na garganta. E que eu precisava ficar de boca fechada. Sei como é aquela gente, já ouvi rumores sobre como eles fazem as coisas.

— E como fazem?

— Eles encontram seu ponto fraco. Primeiro, eu estava com medo por causa da mamãe...

— Mas para eles foi mais fácil pegar Irene — completou Harry. — Ninguém iria estranhar o sumiço de uma garota que vive nas ruas.

Oleg olhou para Harry. Engoliu em seco.

— Então você acredita em mim?

Harry fez um gesto de indiferença.

— Quando se trata de você, sou fácil de ser enganado, Oleg. Pelo visto, é isso que acontece quando você... quando você... você sabe.

Havia lágrimas nos olhos de Oleg.

— Mas... mas é totalmente inverossímil. Todas as provas...

— As peças se encaixam — disse Harry. — A fuligem de pólvora caiu em seu braço na hora que você se lançou sobre o assassino. O sangue de Gusto, quando você tomou seu pulso. E foi naquele momento que você deixou suas impressões digitais nele. O motivo pelo qual nin-guém viu outra pessoa além de você sair do prédio foi que o assassino entrou no escritório, saiu pela janela e desceu a escada de incêndio que dá para o rio. Foi por isso que você não ouviu passos na escada.

Oleg tinha fixado um olhar pensativo em Harry.

— Mas por que Gusto foi morto? E por quem?

— Não sei. Mas acho que ele foi morto por alguém que você conhece.

— Alguém que eu conheço?

— Sim. Foi por isso que ele usou gestos. Para que você não reconhecesse a voz. E o capuz indica que ele também tinha medo de que outros pudessem identificá-lo. Talvez ele já tivesse sido visto pela maioria das pessoas que morava ali.

— Mas por que ele me poupou?

— Também não sei.

— Não entendo. Afinal, eles tentaram me matar na prisão mais tarde. Mesmo que eu não tivesse falado uma única palavra.

— Talvez o assassino não tivesse recebido instruções detalhadas sobre o que fazer com possíveis testemunhas. Ele ficou indeciso. Por um lado, você poderia desmascará-lo baseado na linguagem corporal e no andar, caso o tivesse visto várias vezes antes. Por outro, você estava tão chapado que talvez não captasse grande coisa.

— A droga salva vidas, então? — disse Oleg com um sorriso hesitante.

— Pois é, mas o chefe não concordou com a decisão do assassino ao ouvir o relato dele. Só que era tarde demais. Então, para ter certeza de que você não abriria o bico, eles sequestraram Irene.

— Eles sabiam que eu ficaria calado enquanto Irene estivesse com eles, então, por que me matar?

— Eu entrei na história.

— Você?

— Isso. Eles sabiam que eu estava em Oslo desde o momento em que meu avião aterrissou. Sabiam que eu podia fazer você falar, que o fato de eles estarem com Irene não seria o suficiente. Por isso Dubai ordenou que te silenciassem na prisão.

Oleg concordou com um gesto lento.

— Me conte sobre Dubai — pediu Harry.

— Nunca o vi, mas acho que fui uma vez à casa dele.

— E onde é isso?

— Não sei. Os capangas dele buscaram Gusto e eu e nos levaram a uma casa, mas puseram uma venda nos nossos olhos.

— Como sabe que era a casa de Dubai?

— Pelo que Gusto disse. E parecia uma casa habitada, com mobília e tapetes e cortinas, se você...

— Entendi. Continue.

— Fomos levados a um porão, e só então retiraram a venda. Havia um homem morto no chão. Eles disseram que era o que faziam com quem tentasse enganá-los. Que a gente deveria olhar bem para ele. E depois contar o que tinha acontecido em Alnabru. Por que a porta não estava trancada quando a polícia chegou. E por que Tutu tinha desaparecido.

— Alnabru?

— Vou chegar lá.

— Ok. E esse homem, como ele foi morto?

— O que você quer dizer?

— Ele tinha ferimentos no rosto? Ou foi baleado?

— Eu não sabia como ele tinha morrido até Peter pisar na barriga do cadáver. Então a água escorreu pelos cantos da boca.

Harry umedeceu os lábios.

— Você sabe quem era o homem morto?

— Sei. Um agente infiltrado que costumava frequentar os mesmos lugares que a gente. Nós o chamávamos de Homem da Boina por causa do chapéu que usava.

— Entendi.

— Harry?

— O quê?

Os pés de Oleg batiam freneticamente no concreto.

— Não sei muito sobre Dubai. Nem Gusto queria falar sobre ele. Mas sei que se você tentar pegá-lo, você vai morrer.

Parte Três

26

Impaciente, a ratazana dava voltas no mesmo lugar. O coração humano batia, mas estava ficando cada vez mais fraco. Ela parou perto do sapato outra vez. Mordeu o couro. Macio, mas espesso e sólido. Percorreu toda a extensão do corpo outra vez. A roupa tinha um cheiro mais forte que o dos sapatos, de suor, comida e sangue. Ele, pois ela farejou que era um macho, estava exatamente na mesma posição, não tinha se mexido, ainda bloqueava a entrada. Ela arranhou de leve o abdome humano. Sabia que esse era o caminho mais curto. Batimentos cardíacos fracos. Agora não faltava muito para que ela pudesse começar.

Pai, não é que a gente tenha que parar de viver. Mas é preciso morrer para a merda acabar. Devia haver um método melhor, concorda? Uma fuga indolor para a luz, em vez dessa escuridão fria do caralho que recai sobre a gente. Alguém devia ter colocado um pouquinho de opiato naquelas balas Makarov, devia ter feito o que eu fiz com Rufus, aquele cão sarnento; devia ter me dado uma passagem só de ida para a Euforia, boa viagem, caramba! Mas tudo que é bom nesse mundo de merda ou precisa de prescrição médica, ou está esgotado, ou tem um preço tão alto, que você tem que desembolsar sua alma para poder experimentar. A vida é um restaurante que não cabe no seu bolso. A morte, a conta pela comida que você nem teve tempo de comer. Então, como você vai passar por ela de qualquer jeito, você pede o prato mais caro do cardápio, não é? Talvez você consiga dar uma colherada.

Ok, vou parar de reclamar, pai, não vá embora agora, você não ouviu o restante da história. O restante é bom. Onde a gente estava? Ah, depois do lance de Alnabru, poucos dias se passaram até que Peter e Andrey viessem buscar Oleg e eu. Amarraram uma venda nos olhos de Oleg e nos levaram para a casa do velho. Lá, descemos até o porão, que eu ainda não conhecia. Fomos guiados por um corredor longo, estreito e baixo, onde era preciso curvar a cabeça. Os ombros roçavam nas paredes. Depois de um tempo, percebi que não era um porão, mas um túnel subterrâneo. Uma rota de fuga, talvez. O que não tinha ajudado o Homem da Boina. Ele parecia um rato afogado. Bem, ele era um rato afogado.

Depois amarraram a venda nos olhos de Oleg outra vez e o levaram para o carro, e eu fui chamado para ver o velho. Ele estava numa cadeira bem diante de mim, e não havia uma mesa entre nós.

— Vocês estiveram lá? — perguntou.

Enfrentei seu olhar.

— Se você está perguntando se nós estivemos em Alnabru, a resposta é não.

Ele me estudou em silêncio.

— Você é como eu — disse ele, enfim. — É impossível ver se está mentindo.

Não vou jurar, mas acho que vi um sorriso.

— Então, Gusto, você entendeu o que era aquilo lá embaixo?

— Era o agente infiltrado. O Homem da Boina.

— Certo. E por quê?

— Não sei.

— Chuta.

Em uma vida anterior, o velho deve ter sido um professor chato. Mas tudo bem, eu respondi:

— Ele roubou alguma coisa.

O velho fez que não com a cabeça.

— Ele descobriu que eu moro aqui. Ele sabia que não tinha provas suficientes para conseguir um mandado de busca e apreensão. Depois da prisão de Los Lobos e a batida em Alnabru outro dia, ele deve ter somado um mais um: nunca conseguiria o tal do mandado, não importando a solidez de seu caso... — O velho arreganhou os dentes. — Tínhamos dado um aviso a ele e pensamos que isso fosse detê-lo.

— Ah, é?

— Agentes infiltrados do tipo dele confiam na identidade falsa. Eles acham que é impossível descobrir quem são. Quem é sua família. Mas tudo pode ser encontrado nas bases de dados da polícia, só é preciso ter as senhas certas. Algo que não é problema se você, por exemplo, conta com alguém que ocupa um cargo de confiança na CrimOrg. E como nós o advertimos?

Respondi sem pensar.

— Ameaçaram acabar com os filhos dele?

Algo se tornou sombrio no rosto do velho.

— Não somos monstros.

— Desculpe.

— Além do mais, ele não tinha filhos. — Risada de motor de barca. — Mas ele tinha uma irmã. Ou talvez apenas uma irmã adotiva.

Eu fiz um gesto de compreensão. Era impossível ver se ele estava mentindo.

— Falamos que ela seria estuprada e depois assassinada. Mas eu o julguei mal. Em vez de pensar em cuidar de seus parentes, ele partiu para o ataque. Um ataque solitário, mas desesperado. Ele conseguiu entrar aqui ontem à noite. Não estávamos preparados para isso. Ele provavelmente amava muito essa irmã. Estava armado. Fui até o porão, ele me seguiu. E aí morreu. — Ele inclinou a cabeça para o lado. — Como?

— Estava escorrendo água de sua boca. Afogado?

— Acertou. Morreu afogado onde?

— Foi morto em algum lago e depois trazido para cá ou coisa assim.

— Não. Ele entrou aqui e morreu afogado. Então?

— Então não se...

— Pense! — A palavra soou como o estalo de um chicote. — Se quiser sobreviver, você precisa ser capaz de pensar, raciocinar com base no que vê. Assim é a vida real.

— Tudo bem, tudo bem. — Tentei pensar. — Aquele porão não é um porão, mas um túnel.

O velho cruzou os braços.

— E?

— Ele é mais comprido que a extensão do terreno. É claro que pode desembocar em algum lugar a céu aberto.

— Mas?

— Mas você já contou que é dono da casa vizinha, então ele deve levar até lá.

O velho sorriu, satisfeito.

— Adivinhe quantos anos tem aquele túnel?

— É antigo, sem dúvida. As paredes são verdes de musgo.

— Algas. Depois de a Resistência ter feito quatro tentativas frustradas de atentado contra essa casa, o chefe da Gestapo construiu o túnel. Eles conseguiram manter segredo sobre sua existência. Quando Reinhard voltava para casa à tarde, ele usava a entrada principal para que todo mundo o visse. Acendia as luzes e passava pelo túnel até a casa vizinha, onde de fato morava. Em seguida, mandava o tenente alemão, que todos pensavam morar naquela casa, vir para esta aqui. E esse tenente ficava aqui, de preferência perto das janelas, usando o mesmo uniforme do chefe da Gestapo.

— Fazendo as vezes de alvo fácil.

— Exatamente.

— Por que você está me contando isso?

— Porque quero que saiba como é a vida real, Gusto. A maioria das pessoas desse país não sabe nada sobre isso, não sabe o quanto custa sobreviver. Estou te contando tudo isso porque quero que se lembre de que confiei em você.

Ele olhou para mim como se tivesse dito algo muito importante. Fingi que havia entendido, mas só queria voltar para casa. Talvez ele tenha percebido isso.

— Foi bom te ver, Gusto. Andrey vai levar vocês.

Quando o carro passou pela universidade, estava tendo algum evento estudantil no campus. Ouvimos as guitarras entusiasmadas de uma banda que tocava num palco ao ar livre. Jovens passavam por nós na Blindernveien. Rostos alegres, cheios de esperança, como se alguém tivesse prometido alguma coisa a eles, um futuro ou sei lá o quê.

— O que foi? — perguntou Oleg, ainda de olhos vendados.

— Isso — eu respondi. — É a vida irreal.

— E você não faz ideia de como ele se afogou? — perguntou Harry.

— Não — respondeu Oleg. A inquietação nos pés tinha aumentado, o corpo todo tremia.

262

— Você estava com os olhos vendados, mas me conte tudo que lembra sobre a ida e a volta desse lugar. Todos os sons. Quando saíram do carro, você ouviu algum trem ou bonde, por exemplo?

— Não. Mas quando chegamos estava chovendo, então ouvi os pingos.

— Chuva pesada, chuva leve?

— Leve. Mal senti quando saí do carro, mas foi quando escutei os pingos.

— Bom, se uma chuva leve faz tanto ruído, talvez seja porque está caindo nas folhas das árvores, não?

— Talvez.

— E a superfície que você pisou para chegar até a porta da casa. Asfalto? Pedra? Grama?

— Cascalho. Acho. Sim, tinha ruído de cascalho. Era assim que eu seguia Peter; ele é maior, então fazia mais barulho.

— Ótimo. Escada até a porta?

— Sim.

— Quantos degraus?

Oleg gemeu.

— Tudo bem — disse Harry. — Ainda estava chovendo na hora que você chegou à porta?

— Sim, claro.

— Quero dizer, você ainda sentia a chuva cair em seu cabelo?

— Sim.

— Ou seja, a entrada não tinha nenhuma cobertura.

— Você está pensando em vasculhar a cidade inteira atrás de casas sem cobertura na entrada?

— Bem, algumas regiões de Oslo foram construídas em épocas diferentes, e casas de uma determinada época têm coisas em comum.

— E em qual período foi construído um casarão de madeira com jardim, caminho de cascalho e escada que leva até uma porta sem cobertura, sem trilhos de bonde nas imediações?

— Você está parecendo um inspetor-chefe. — Harry não conseguiu esboçar o sorriso ou a risada que esperava.

— Quando saíram de lá, você notou algum outro som nas redondezas?

— Como?

— Como o sinal sonoro de um semáforo.

— Não, nada disso. Mas tinha música.

— Gravada ou ao vivo?

— Ao vivo, eu acho. Os címbalos eram nítidos. Eu conseguia escutar as guitarras meio que indo e vindo com o vento.

— Parece ao vivo. Bem lembrado.

— Só me lembro disso porque estava tocando uma de suas músicas.

— *Minhas* músicas?

— De um de seus discos. Eu me lembro disso porque Gusto disse que aquela era a vida irreal, e eu pensei que aquilo tinha sido um comentário meio que inconsciente. Ele devia ter ouvido a letra da música que estavam tocando.

— Que trecho da letra?

— Alguma coisa sobre sonho, não me lembro agora. Mas você ouvia o tempo todo um disco que tinha aquela música.

— Vamos, Oleg, isso é importante.

Oleg olhou para Harry. Os pés pararam de se mexer. Ele fechou os olhos e cantarolou, hesitante.

— *It's just a dreamy Gonzales...* — Ele abriu os olhos de novo, o rosto vermelho. — Algo assim.

Harry cantarolou para si mesmo. E fez que não com a cabeça.

— Sinto muito — disse Oleg. — Não tenho certeza, e durou só alguns segundos.

— Tudo bem — tranquilizou-o Harry, pousando uma das mãos em seu ombro. — Então me conte o que aconteceu em Alnabru.

O pé de Oleg começou a se mover para a frente e para trás outra vez. Ele respirou fundo duas vezes, concentrando a respiração no abdome, como havia aprendido a fazer antes de assumir sua posição na linha de largada. Então começou o relato.

Quando ele terminou, Harry ficou um bom tempo esfregando a nuca.

— Vocês furaram um homem até a morte, então?

— Nós, não. Foi o policial.

— Cujo nome você não sabe? Nem o departamento onde ele trabalhava.

— Não, tanto Gusto quanto ele eram rigorosos nesse sentido. Gusto disse que era melhor eu não saber.

— E vocês não fazem ideia de onde foi parar o corpo?

— Não. Você vai me denunciar?

— Não. — Harry pegou o maço e tirou um cigarro.

— Me dá um? — perguntou Oleg.

— Sinto muito, rapaz. Faz mal para a saúde.

— Mas...

— Com uma condição. Que você deixe Hans Christian te esconder e eu encontrar Irene.

Oleg olhou para os prédios residenciais na colina atrás do estádio. Ainda havia floreiras nas sacadas. Harry estudou seu perfil. O pomo de adão que se movia para cima e para baixo no pescoço magro.

— Combinado — disse ele.

— Ótimo.

Harry estendeu um cigarro a Oleg e acendeu os dois.

— Agora entendo esse dedo de metal — disse Oleg. — É para fumar.

— Pois é — concordou Harry, que segurava o cigarro entre a prótese de titânio e o dedo médio enquanto telefonava para Rakel. Ele não precisou pedir o número do celular de Hans Christian porque ele já estava com ela. O advogado disse que iria até ali imediatamente.

Oleg se encolheu, como se de repente tivesse ficado frio.

— Onde ele vai me esconder?

— Não sei, nem devo saber.

— Por que não?

— Tenho testículos muito sensíveis. Falo pelos cotovelos só de ouvir as palavras "bateria de carro".

Oleg deu uma risada. Breve, mas foi uma risada.

— Não acredito. Você teria deixado eles te matarem sem dizer uma única palavra.

Harry olhou para o rapaz. Poderia continuar a fazer piadinhas o dia inteiro só para ter aqueles breves sorrisos.

— Você sempre teve expectativas muito altas com relação a mim, Oleg. Altas demais. E eu sempre quis que você me visse melhor do que sou.

Oleg olhou para as próprias mãos.

— Todos os meninos veem o pai como um herói, não?

— Talvez. Eu não queria que você me visse como um traidor, como um fugitivo. Mas, afinal, deu no que deu. O que quero dizer é que mesmo que eu não tenha conseguido estar sempre a seu lado, isso não significa que você não é importante para mim. A gente não consegue levar a vida que gostaria de ter. Somos prisioneiros de... coisas. De quem somos.

Oleg ergueu o queixo.

— Das drogas e outras merdas.

— Isso também.

Eles expiraram ao mesmo tempo. Olharam para a fumaça que subia em direção à imensidão do céu azul. Harry sabia que a nicotina não era capaz de aplacar o vício de Oleg, mas pelo menos representava alguns minutos de distração. E isso era tudo o que importava, os próximos minutos.

— Harry?

— Sim?

— Por que você não voltou?

Harry deu mais uma tragada antes de responder.

— Porque sua mãe achou que eu não era uma boa companhia para vocês. E ela tinha razão.

Harry olhou para a frente e continuou fumando. Sabia que Oleg não queria que olhasse para ele agora. Rapazes de 18 anos não gostam de ser vistos chorando. Também não deveria abraçá-lo nem dizer alguma coisa. Harry só deveria estar ali. Focado. Concentrando-se no desafio que estavam prestes a enfrentar.

Quando ouviram o carro chegar, os dois desceram da arquibancada e foram para o estacionamento. Harry viu Hans Christian colocar, de mansinho, uma das mãos sobre o braço de Rakel, detendo-a quando ela estava prestes a sair correndo do carro e vir ao encontro do filho.

Oleg se virou para Harry, estufou o peito, apertou sua mão e deu um esbarrão em seu ombro. Mas Harry não o deixou escapar tão facilmente e o abraçou.

— Vença — sussurrou em seu ouvido.

O último endereço conhecido de Irene Hanssen era a casa geminada dos pais, que ficava em Grefsen. Havia ali um pequeno jardim gramado, com macieiras sem frutos e um balanço.

Um jovem que, pela estimativa de Harry, devia ter 20 e poucos anos abriu a porta. O rosto era familiar. E o cérebro de policial fez uma busca que demorou apenas uma fração de segundo antes de encontrar dois resultados na base de dados.

— Eu me chamo Harry Hole. E você talvez seja Stein Hanssen?

— Pois não?

O rosto tinha aquela mistura de inocência e cautela típica dos jovens que já passaram por experiências boas e ruins, mas que ainda oscilam entre a franqueza que revela seu caráter e a precaução que inibe suas atitudes na hora de encarar o mundo.

— Eu te reconheci de uma foto. Sou amigo de Oleg Fauke.

Harry procurou alguma reação nos olhos cinzentos de Stein, mas não viu nada de diferente neles.

— Você talvez tenha ouvido falar que ele foi solto, que outra pessoa confessou o assassinato de seu irmão adotivo.

Stein Hanssen fez que não com a cabeça. O movimento foi quase imperceptível.

— Sou ex-policial. Estou tentando encontrar Irene, sua irmã.

— Por quê?

— Para ter certeza de que ela está bem. Prometi a Oleg que faria isso.

— Ótimo. Assim ele vai poder continuar entupindo ela de drogas?

Harry mudou de posição.

— Oleg está limpo agora. Não sei se você sabe, mas isso requer muito esforço. E ele está limpo porque queria tentar encontrá-la sozinho. Ele a ama, Stein. Mas não vou encontrar Irene apenas por causa dele, e sim por todos nós. Tenho fama de ser relativamente bom em encontrar pessoas.

Stein Hanssen olhou para Harry. Hesitou um pouco. Então abriu a porta.

Harry o seguiu e entrou na sala. Era arrumada, bem decorada e parecia completamente desabitada.

— Seus pais...

— Eles não moram mais aqui. E eu só fico na casa quando não estou em Trondheim.

Ele carregava os erres daquele jeito que antigamente era considerado um símbolo de status para as famílias que podiam se dar ao luxo de empregar babás vindas de Sørland. Um tipo de erre que tornava sua voz fácil de ser identificada, pensou Harry, sem saber por quê.

Em cima de um piano que parecia nunca ter sido usado havia uma foto. Ela devia ter sido tirada havia uns seis ou sete anos. Irene e Gusto eram mais novos, versões menores de si mesmos, com roupas e cortes de cabelo que, Harry imaginou, deixariam os dois muito envergonhados hoje em dia. Atrás deles, Stein ostentava uma expressão séria. A mãe estava de braços cruzados, com um sorriso condescendente, quase sarcástico. O pai sorria, e Harry pensou que provavelmente tinha sido ideia dele tirar a foto da família. Pelo menos era o único que mostrava entusiasmo.

— Essa é a família, então.

— Era. Meus pais são divorciados. Meu pai se mudou para a Dinamarca. Ou melhor, fugiu para lá. Minha mãe está internada. O resto... bem, acho que o resto você já sabe.

Harry fez que sim. Um morto. Uma desaparecida. Muitas baixas para uma só família.

Harry se sentou em uma das poltronas.

— O que você pode me contar que facilite minha busca por Irene?

— Não faço ideia.

Harry sorriu.

— Tente.

— Irene se mudou para minha casa em Trondheim depois de ter se envolvido em alguma coisa que não quis me contar. Mas com certeza Gusto a enganou. Ela idolatrava o garoto, fazia qualquer coisa por ele, tinha a ilusão de que ele se importava com ela só porque ele acariciava seu rosto de vez em quando. Passados alguns meses, ela recebeu um telefonema, disse que precisava voltar a Oslo e se recusou a dizer o motivo. Isso faz mais de quatro meses, e desde então não a vi, nem tive notícias dela. Depois de duas semanas sem conseguir entrar em contato, fui até a polícia e registrei seu desaparecimento. Eles fizeram a ocorrência e me perguntaram algumas coisas, e não aconteceu mais nada. Ninguém se importa com uma viciada desaparecida.

— Alguma teoria? — perguntou Harry.

— Não, mas ela não sumiu por vontade própria. Ela não é do tipo que simplesmente dá o fora, como... como certas pessoas.

Harry entendeu que ele se referia ao pai. Ainda assim, a carapuça serviu.

Stein Hanssen coçou a casquinha de um machucado no antebraço.

— O que vocês veem nela? Em jovens que poderiam ser suas filhas? Vocês acham que podem tê-las?

Harry olhou para ele com surpresa.

— Vocês? O que você quer dizer?

— Vocês, velhos, que ficam babando por ela. Só porque ela parece uma lolita de 14 anos.

Harry pensou na foto que estava na porta do armário no Valle Hovin. Stein Hanssen tinha razão. E Harry pensou que talvez estivesse errado. Irene poderia ter sido vítima de algo que não tinha nada a ver com o caso.

— Você estuda em Trondheim. Universidade de Ciência e Tecnologia?

— Isso.

— Que curso?

— Informática.

— Ah. Oleg também queria entrar na faculdade. Você o conhece?

Stein fez que não com a cabeça.

— Nunca chegou a falar com ele?

— Em umas duas ocasiões, a gente se viu rapidamente. Encontros muito breves.

Harry olhou para o antebraço de Stein. Parecia ter sido provocada por um acidente de trabalho. Mas, além da casquinha da ferida, o braço não tinha nenhuma outra marca. Claro que não, Stein Hanssen era um sobrevivente, ele se daria bem na vida. Harry se levantou.

— De qualquer forma, lamento o que aconteceu com seu irmão.

— Irmão adotivo.

— Pois é. Você poderia me dar o número do seu telefone? Para o caso de haver alguma novidade.

— Como o quê?

Eles se entreolharam. A resposta ficou ali, pairando entre os dois; era insuportável articulá-la, era desnecessário dar esclarecimentos. Parte da casquinha se soltou, e um fio de sangue escorreu em direção à mão.

— Sei de uma coisa que talvez possa ajudar — disse Stein Hanssen quando Harry já estava na escada. — Os lugares onde você pretende procurar por ela. Urtegata. O café dos moradores de rua. Os parques. Os albergues. A zona de prostituição. Esquece, já fui em todos eles.

Harry fez que sim. Pôs os óculos de sol femininos.

— Deixe o telefone ligado, ok?

Harry foi até o Lorry para almoçar, mas já na entrada sentiu uma vontade imensa de tomar uma cerveja e deu meia-volta. Em vez disso, entrou num lugar novo em frente à Casa da Literatura. Saiu depois de uma rápida olhada na clientela e acabou no restaurante Pla, onde pediu uma versão tailandesa de tapas.

— E para beber? Singha?

— Não.

— Tiger?

— Vocês só têm cerveja?

O garçom entendeu o recado e voltou com água.

Harry comeu os camarões gigantes e o frango, mas não tocou na linguiça à moda tailandesa. Então telefonou para a casa de Rakel pedindo que ela desse uma olhada nos CDs que ele tinha levado para Holmenkollen ao longo dos anos e que tinham ficado lá. Alguns ele gostava de ouvir por prazer; com os outros, buscava apenas redenção. Elvis Costello, Miles Davis, Led Zeppelin, Count Basie, Jayhawks, Muddy Waters. Mas eles não tinham salvado ninguém.

Numa parte separada da estante havia o que ela, sem ironia notável, chamava de *Música do Harry*.

— Quero que você leia todos os títulos das músicas — disse ele.

— Você está brincando?

— Vou explicar depois.

— Ok. Primeiro é Aztec Camera.

— Você...

— Sim, organizei em ordem alfabética.

Ela parecia sem jeito.

— Isso é algo que um garoto faria.

— Não, isso é algo que Harry faria. E são seus discos. Posso ler agora?

Depois de vinte minutos, eles tinham chegado a Wilco sem que Harry tivesse feito qualquer associação. Rakel soltou um suspiro, mas continuou:

— "When You Wake Up Feeling Old".

— Hum. Não.

— "Summerteeth".

— Hum. Próximo.

— "In A Future Age".

— Espere!

Rakel esperou.

Harry começou a rir.

— Isso foi engraçado? — perguntou Rakel.

— O refrão de "Summerteeth". Ele é assim... *It's just a dream he keeps having.*

— Isso não parece muito bom, Harry.

— É sim! Quero dizer, a versão original é legal. É tão legal, que eu coloquei no CD player várias vezes para Oleg. Mas ele entendeu a letra como *"It's just a dreamy Gonzales".* — Harry deu outra risada e desatou a cantar: — *It's just a dreamy Gon...*

— Por favor, Harry.

— Tudo bem. Mas você pode entrar no computador de Oleg e procurar algo na internet para mim? Dê uma olhada no site da banda Wilco. Veja se eles fizeram algum show em Oslo esse ano. E, se sim, onde exatamente ele aconteceu.

Rakel falou novamente depois de seis minutos.

— Só um.

Ela falou o lugar.

— Obrigado — disse Harry.

— Agora você está com aquela voz de novo.

— Que voz?

— A de empolgação. A voz de garoto.

Assim como um exército inimigo, nuvens ameaçadoras cor de aço invadiram o fiorde de Oslo às quatro horas da tarde. De Skøyen, Harry seguiu em direção ao Frognerparken e estacionou na Thorvald Erichsens Vei. Depois de ter ligado para o celular de Bellman três vezes sem que ninguém o atendesse, ele telefonou para a sede da polícia e ficou sabendo que Bellman tinha saído cedo do trabalho para treinar com o filho no Clube de Tênis de Oslo.

Harry olhou para as nuvens. Em seguida, entrou no clube e deu uma conferida nas instalações.

Uma sede bem estruturada, com quadras de saibro, de piso sintético, até uma quadra central com arquibancadas. Mesmo assim, somente duas das doze quadras estavam sendo usadas. Na Noruega, as pessoas jogavam futebol e faziam esqui nórdico. Ser jogador de tênis assumido suscitava olhares desconfiados e sussurros abafados.

Harry encontrou Bellman em uma das quadras de saibro. Ele tirava bolas de uma cesta de metal e jogava-as com cuidado para um menino que provavelmente estava praticando a esquerda cruzada, mas era difícil dizer, pois as bolas iam em todas as direções. Harry entrou pelo portão da cerca, foi até a quadra e se posicionou ao lado de Bellman.

— Parece que ele está suando — disse Harry, pegando o maço de cigarros.

— Harry — cumprimentou Mikael Bellman, sem parar de jogar as bolas e sem desviar os olhos do garoto. — Está progredindo.

— Ele se parece com você, é...?

— Meu filho. Filip. Dez anos.

— O tempo passa rápido. Tem talento?

— Falta muito para alcançar o pai, mas tenho fé. Só precisa de um empurrão.

— Pensei que a lei não permitisse mais que os pais fizessem isso com os filhos.

— Queremos o melhor para os nossos filhos, mas às vezes fazemos um desserviço a eles, Harry. Mova as pernas, Filip!

— Você descobriu alguma coisa sobre Martin Pran?

— Pran?

— O corcunda esquisito do Hospital de Oncologia.

— Ah, pois é, sua intuição. Sim e não. Quer dizer, dei uma olhada nos registros, sim. E não, não consta nada sobre ele. Realmente nada.

— Tá. Queria pedir outra coisa.

— Abaixe os joelhos! E o que seria?

— Um pedido de exumação do corpo de Gusto, a fim de ver se há sangue embaixo das unhas para uma nova análise.

Bellman desviou os olhos do filho, evidentemente para ver se Harry estava falando sério.

— Há uma confissão muito plausível, Harry. Acho que posso afirmar com convicção que o pedido seria rejeitado.

— Gusto tinha sangue embaixo das unhas. A amostra desapareceu antes de ser analisada.

— Isso acontece.

— Muito raramente.

— E a quem você acha que esse sangue pertenceria?

— Não sei.

— Você não sabe?

— Não. Mas se a primeira amostra foi sabotada, isso significa que ela representa perigo para alguém.

— Pode ser desse traficante de *speed*, por exemplo. Rebite?

— O nome dele é Chris Reddy.

— De qualquer forma, você já não encerrou esse caso agora que Oleg Fauke está solto?

— O garoto não deveria segurar a raquete com as duas mãos para fazer um *backhand*?

— Você tem noção de tênis?

— Vi muitos jogos na TV.

— Um *backhand* com uma mão só confere personalidade ao jogador.

— Nem sei se o sangue tem algo a ver com o homicídio, talvez alguém só tenha medo de ser associado a Gusto...

— Quem, por exemplo?

— Dubai, talvez. Além do mais, não acredito que Rebite tenha matado Gusto.

— Ah, é? Por que não?

— Um traficante barra-pesada que faz uma confissão assim do nada?

— Entendo sua desconfiança — disse Bellman. — Mas é uma confissão. E das boas.

— E afinal é só um homicídio relacionado ao tráfico de drogas — continuou Harry, desviando de uma bola perdida. — E vocês têm mais o que fazer, têm outros casos que precisam ser solucionados.

Bellman suspirou.

— É a mesma coisa de sempre, Harry. Nossos recursos são limitados demais para que possamos priorizar um caso que já teve uma solução.

— Teve *uma* solução? Que tal ter *a* solução?

— Como chefe, você é obrigado a usar expressões evasivas.

— Tá bom, então deixe eu te oferecer as soluções de dois casos. Em troca de ajuda para achar apenas uma casa.

Bellman parou novamente de jogar as bolas.

— Quais casos?

— Um homicídio em Alnabru. Um motoqueiro chamado Tutu. Uma fonte me contou que uma furadeira atravessou seu crânio.

— E a fonte está disposta a prestar depoimento?

— Talvez.

— E o outro?

— O agente infiltrado cujo corpo apareceu perto da Ópera. A mesma fonte o viu morto no chão do porão de Dubai.

Bellman semicerrou os olhos. As manchas de acromatose ficaram vermelhas, o que fez Harry pensar em um tigre.

— Papai!

— Vá encher a garrafa de água no vestiário, Filip.

— O vestiário está trancado, papai!

— E qual é a senha?

— O ano em que o rei nasceu, mas eu não me lembro...

— Trate de se lembrar e mate a sede, Filip.

O garoto saiu pelo portão, cabisbaixo.

— O que você quer, Harry?

— Quero uma equipe para vasculhar a área em torno de Frederikkeplassen e da Universidade de Oslo dentro de um raio de um quilômetro. Quero uma lista dos casarões que se encaixam nessa descrição.

Ele deu um papel para Bellman.

— O que aconteceu em Frederikkeplassen?

— Só um show.

Ciente de que não receberia mais informações, Bellman olhou para o papel e leu em voz alta:

— Casarões antigos de madeira com longo caminho de cascalho, árvores com folhas e uma escada na frente da porta de entrada, sem pórtico? Parece a descrição de metade das construções de Blindern. O que você está procurando?

Harry acendeu um cigarro.

— Um ninho de ratos. Um ninho de águias.

— E se acharmos a casa, o que faremos?

— Você e seu pessoal vão precisar de um mandado de busca e apreensão para fazer alguma coisa, enquanto um cidadão comum como eu poderia simplesmente se perder por ali numa noite de outono e ser obrigado a procurar abrigo na casa mais próxima.

— Ok, vou ver o que consigo. Mas primeiro me explique por que está tão obcecado com a ideia de pegar esse Dubai.

Harry deu de ombros.

— Saudades da época em que eu era policial, talvez. Arranje a lista e mande-a para o endereço de e-mail que está no fim dessa folha. Aí vamos ver o que posso te oferecer.

Quando Harry estava indo embora, Filip voltava, sem a água. A caminho do carro, ele ouviu o som de uma bola acertando as cordas da raquete e alguns palavrões em voz baixa.

Dentro da armada de nuvens, houve um estrondo que lembrava o ribombo distante de canhões, e, quando Harry entrou no carro, já estava escuro como a noite. Ele ligou o motor e telefonou para Hans Christian Simonsen.

— Aqui é Harry. Qual é a pena máxima por violação de sepultura?

— Bem, acho que quatro ou seis anos.

— Você estaria disposto a correr esse risco?

Uma breve pausa.

— Para quê?

— Para pegar o assassino de Gusto. E talvez a pessoa que está atrás de Oleg.

Uma longa pausa.

— Se você tem certeza de que sabe o que está fazendo, estou dentro.

— E se eu não tiver certeza?

Uma pausa breve.

— Estou dentro também.

— Tudo bem, descubra onde Gusto está enterrado e arranje pás, uma lanterna, uma tesoura de unha e duas chaves de fenda. Vamos fazer isso amanhã à noite.

Harry dirigia pela Solli plass quando a chuva caiu, chicoteando os telhados, chicoteando as ruas, chicoteando o homem que estava em Kvadraturen, bem em frente à porta aberta do bar.

O rapaz da recepção lançou um olhar triste para Harry quando ele entrou no hotel.

— Você quer um guarda-chuva emprestado?

— Não, a não ser que seu hotel tenha goteiras — respondeu Harry e passou a mão pelo cabelo eriçado, soltando um borrifo de água. — Alguma mensagem?

O rapaz riu como se aquilo tivesse sido uma piada.

Ao subir a escada para o segundo andar, Harry achou ter ouvido passos e parou. Ficou à escuta. Silêncio. Será que tinha escutado apenas o eco de seus próprios passos? Ou a outra pessoa também havia parado?

Harry continuou devagar. No corredor, ele acelerou, enfiou a chave no buraco da fechadura e abriu a porta. Percorreu com os olhos o quarto escuro e, em seguida, o quarto iluminado da mulher do outro lado do pátio. Não havia ninguém ali. Ninguém ali, ninguém aqui.

Ele acendeu a luz.

Assim que o ambiente se iluminou, viu o próprio reflexo na janela. E uma pessoa atrás dele. No mesmo instante, sentiu dedos pesados em seu ombro.

Só um fantasma pode ser tão rápido e silencioso, pensou Harry, virando-se depressa. Mas ele sabia que era tarde demais.

27

— Eu os vi. Uma vez. Era como um cortejo fúnebre. A mão imensa e suja de Cato ainda estava no ombro de Harry.

Harry ouviu sua própria respiração ofegante e sentiu os pulmões pressionarem as costelas.

— Quem você viu?

— Eu estava falando com um dos caras que vendiam aquela porcaria. Era conhecido como Bisken e usava uma coleira de couro. Ele me procurou porque estava com medo. A polícia o havia pegado com heroína, e ele tinha contado ao Homem da Boina onde Dubai morava. O Homem da Boina prometeu a ele proteção e redução da pena se prestasse depoimento no tribunal. Mas, na noite anterior, o cadáver do Homem da Boina foi encontrado perto da Ópera, e ninguém da polícia tinha ouvido falar de acordo algum. E enquanto eu estava com ele, eles chegaram, num carro preto. Ternos pretos, luvas pretas. Ele era velho. Rosto largo. Parecia um aborígine branco.

— Quem?

— Ele era invisível. Eu o vi, mas... ele não estava lá. Como um fantasma. E assim que Bisken o viu, simplesmente ficou paralisado, não tentou fugir nem ofereceu resistência. Depois que eles foram embora, parecia que tinha sido só um sonho.

— Por que não me contou isso antes?

— Porque sou um covarde. Você tem um cigarro?

Harry lhe deu um maço, e Cato se acomodou na poltrona.

— Você está caçando um fantasma, e eu não quero me envolver nisso.

— Mas...?

Cato deu de ombros. Harry lhe entregou o isqueiro.

— Sou um homem velho, moribundo. Não tenho nada a perder.

— Você está morrendo?

Cato acendeu o cigarro.

— Nada grave talvez, mas somos todos moribundos, Harry. Só quero te ajudar.

— Como?

— Não sei. Quais são seus planos?

— Você está dizendo que posso confiar em você?

— Não, caralho, você não pode confiar em mim. Mas sou um xamã. Também posso me tornar invisível. Também tenho a capacidade de ir e vir sem que ninguém perceba.

Harry esfregou o queixo.

— Por quê?

— Eu já disse.

— E eu ouvi, mas estou te perguntando mais uma vez.

Cato olhou para Harry com um olhar de censura. Depois, quando isso não adiantou, ele soltou um suspiro profundo e aborrecido.

— Talvez eu mesmo tenha tido um filho uma vez. Um filho por quem não fiz o que deveria ter feito. Talvez isso seja uma nova chance. Você não acredita em segundas chances, Harry?

O ex-policial olhou para o homem velho. Os sulcos no rosto pareciam ainda mais profundos na escuridão, como vales, como cortes feitos a faca. Harry estendeu a mão, e, relutante, Cato tirou o maço de cigarros do bolso e o devolveu.

— Aprecio isso, Cato. Vou avisar se precisar de você. Mas o que vou fazer agora é relacionar Dubai ao assassinato de Gusto. Daí as pistas vão apontar diretamente para o queimador da polícia e para o assassinato do agente infiltrado que foi afogado na casa de Dubai.

Cato meneou a cabeça lentamente.

— Você tem um coração puro e corajoso, Harry. Talvez você vá para o céu.

Harry pôs um cigarro entre os lábios.

— Então parece que teremos um final feliz de qualquer forma.

— O que merece uma comemoração. Posso te convidar para uma bebida, Harry Hole?

— Quem vai pagar?

— Eu, claro. Se você me emprestar o dinheiro. Você vai rever seu Jim, eu, meu Johnny.

— Fique longe de mim.

— Vamos... No fundo, Jim é um homem bom.

— Boa noite, durma bem.

— Boa noite. Não durma tão bem assim, para o caso de...

— Boa noite.

Esteve ali o tempo todo, mas Harry tinha conseguido reprimi-lo. Até aquele momento, até o convite de Cato para tomar uma bebida. Foi o suficiente, agora já era impossível ignorar o desejo intenso. Começou com o violino; aquilo foi o estopim, soltou os cães mais uma vez. E agora eles estavam arreganhando os dentes e arranhando com as unhas, latindo até ficarem roucos e devorando suas entranhas. Harry se deitou na cama de olhos fechados, escutando a chuva e torcendo para que o sono viesse e aquilo passasse.

O sono não veio.

Ele tinha um número de telefone na lista de contatos a quem dedicara duas letras. AA. Alcoólicos Anônimos. Trygve, um integrante do grupo a quem já havia recorrido em crises anteriores. Três anos. Por que recomeçar agora, agora que tudo estava em jogo e ele precisava estar mais sóbrio do que nunca? Era uma loucura. Ele ouviu um grito lá fora. Seguido de uma risada.

Às onze e dez, ele se levantou da cama e saiu. Mal percebeu a chuva que molhava sua cabeça ao atravessar a rua em direção à porta aberta. Dessa vez não ouviu nenhum passo atrás de si, pois a voz de Kurt Cobain enchia seus ouvidos, a música parecia abraçá-lo. Ele entrou, sentou na cadeira em frente ao balcão e chamou o barman, apontando:

— Uís...que. Jim... Beam.

O homem parou de enxugar o balcão, deixou o pano ao lado do abridor de vinho e tirou a garrafa da prateleira espelhada. Encheu o copo e o colocou diante de Harry. Ele apoiou os cotovelos no balcão e fixou os olhos no líquido dourado, marrom. Naquele momento, nada mais importava.

Nem Nirvana nem Oleg nem Rakel nem Gusto nem Dubai. Nem o rosto de Tord Schultz. Nem o vulto que, ao entrar, abafou os ruídos vindos da rua por um instante. Nem o fato de que o vulto se movia em sua direção. Nem o tom cantante da mola no momento em que a lâmina da navalha foi acionada. Nem a respiração pesada de Sergey Ivanov, que estava a um metro de distância, com as mãos abaixadas.

Sergey olhou para as costas do homem. Ele tinha posto os dois braços sobre o balcão. Não poderia ser mais perfeito. A hora havia chegado. O coração batia. Acelerado, agitado, como no começo, quando tirava os pacotes de heroína da cabine. O medo tinha ido embora havia muito tempo, mas agora ele o sentia de novo, ele estava vivo. Estava vivo e ia matar um homem. Ia *tomar* sua vida, torná-la parte da sua própria. A ideia por si só o fez crescer, como se já tivesse devorado o coração do inimigo. Agora. Os movimentos. Sergey tomou fôlego, deu um passo para a frente e pôs a mão esquerda na cabeça de Harry. Como se o abençoasse. Como se fosse batizá-lo.

28

Sergey Ivanov não conseguiu agarrar o cabelo. Simplesmente não conseguiu. A porra da chuva tinha molhado o cabelo do homem, e os curtos fios escapavam de seus dedos, impedindo-o de puxar a cabeça para trás. Sua mão esquerda foi rápida e segurou a testa da vítima, inclinando sua cabeça para trás enquanto a mão direita empunhava a navalha diante do pescoço. O corpo do homem estremeceu. Sergey moveu a lâmina e sentiu que ela tocou sua presa, que ela cortou a pele. Isso! O esguicho quente de sangue no polegar. Não tão forte quanto o esperado, mas com mais três batimentos cardíacos aquilo iria acabar. Ele ergueu os olhos para o espelho, querendo ver o chafariz. Viu dentes arreganhados e uma ferida aberta de onde o sangue fluía, escorrendo pela camisa. E o olhar do homem. Foi esse olhar, frio e furioso como o de um predador, que o fez perceber que o trabalho ainda não estava concluído.

Quando Harry sentiu a mão em sua cabeça, instintivamente entendeu tudo. Não se tratava de um freguês bêbado ou de um velho conhecido; eram eles. A mão escorregou, e isso deu a Harry uma fração de segundo para olhar no espelho, ver o brilho do aço. Ele já sabia o que o metal queria atingir. Então a mão foi até sua testa e forçou sua cabeça para trás. Era tarde demais para colocar a mão entre a garganta e a lâmina da faca, portanto, Harry pressionou os sapatos contra a barra de apoio para os pés na parte inferior do balcão e ergueu o tronco com um movimento ágil, ao mesmo tempo forçando o queixo na direção do peito. Não sentiu nenhuma dor quando a navalha cortou sua pele, não sentiu nada até a faca atingir o osso do queixo e atravessar o sensível periósteo.

Então encontrou o olhar do outro homem no espelho. Ele tinha puxado a cabeça de Harry para bem perto da sua, de forma que pareciam dois amigos posando para uma foto. Harry sentiu a pressão da lâmina à procura do caminho para uma das duas carótidas, e sabia que em poucos segundos ela o encontraria.

Sergey envolveu a testa do homem com o braço e puxou-a com toda força. A cabeça se inclinou um pouco para trás, e no espelho ele viu a lâmina finalmente encontrar a brecha entre o queixo e o peito e ir entrando. O aço fez um corte na garganta e continuou para a direita, em direção à carótida. *Blin!* O homem conseguiu levantar a mão direita e enfiar um dedo entre a lâmina e a carótida. Mas Sergey sabia que o gume afiadíssimo atravessaria um dedo com facilidade. Era só fazer pressão.

Harry sentiu a pressão da lâmina, mas sabia que ela não ia passar dali. O elemento que tinha a maior relação entre força e peso. Nada cortava o titânio, feito em Hong Kong ou não. Mas o cara era forte, era só uma questão de tempo até ele perceber que a lâmina da navalha nada poderia contra isso.

Com a mão livre, ele tateou em cima do balcão, derrubou a bebida, encontrou algo.

Era um abridor de vinho em formato de T. Do tipo mais simples e com poucas voltas. Ele agarrou o cabo, deixando a ponta entre o dedo indicador e o médio. Sentiu o pânico se instalar ao ouvir a lâmina subir pelo toco da prótese. Voltou os olhos para baixo para conseguir enxergar o espelho. Ver onde deveria acertar. Ergueu a mão e deu um golpe logo atrás da própria cabeça.

Percebeu que o corpo do outro enrijeceu quando a ponta do abridor de vinho perfurou a pele de seu pescoço. Mas foi uma ferida superficial e inócua, que não o deteve. Ele começou a fazer pressão com a lâmina novamente. Harry se concentrou. Era um abridor de vinho que exigia mãos firmes e treinadas. Mas, em contrapartida, só precisava de umas duas rotações para entrar fundo na rolha. Harry girou duas vezes. Sentiu a ponta perfurar a carne. Penetrar fundo. Sentiu uma resistência. O esôfago. Então ele deu o puxão final.

Foi como se tivesse puxado a rolha na lateral de um barril cheio de vinho tinto.

Sergey Ivanov estava totalmente consciente, e viu no espelho quando a primeira batida do coração liberou um esguicho de sangue. Seu cérebro registrou aquilo, analisou e concluiu: o homem cuja garganta ele tinha tentado cortar havia perfurado uma artéria com um abridor de vinho, e, a essa altura, a vida se esvaía dele. Sergey teve tempo de pensar em mais três coisas antes do segundo batimento e de ficar inconsciente.

Que ele tinha decepcionado seu tio.

Que nunca mais veria sua amada Sibéria.

Que seria enterrado com uma mentira tatuada no corpo.

Na terceira batida do coração, ele tombou. E, quando a música do Nirvana acabou, Sergey Ivanov estava morto.

Harry se levantou da cadeira. No espelho, viu o corte que atravessava o queixo. Mas isso não era o mais perigoso; o pior eram os cortes profundos na garganta, de onde o sangue escorria. A gola da camisa estava tingida de vermelho.

Os outros três fregueses já haviam deixado o local. Ele olhou para o homem que estava estirado no chão. Ainda escorria sangue do furo na garganta, mas ele não estava sendo bombeado. Isso significava que o coração havia parado de bater e que Harry não precisava se preocupar em reanimá-lo. E mesmo que a chama da vida ainda estivesse acesa, Harry sabia que essa pessoa jamais revelaria algo sobre o mandante. Pois ele viu a tatuagem despontar do colarinho. Não conhecia os símbolos, mas sabia que eram russos. Semente Negra, talvez. Bem diferente da tatuagem tipicamente ocidental do barman, que estava espremido contra a parede espelhada, olhando a cena com suas pupilas negras que pareciam cobrir todo o branco dos olhos, em choque. O silêncio era total. Harry olhou para o copo de uísque derrubado na sua frente.

— Peço desculpas pela bagunça — disse.

Em seguida, pegou o pano do bar e limpou primeiro o balcão, no lugar onde tinha posto as mãos, depois o copo e então o cabo do abridor de vinho, o qual pôs de volta no lugar. Conferiu que nenhuma gota de seu próprio sangue tinha caído no balcão ou no chão. Agachou-se sobre o defunto e enxugou sua mão ensanguentada, o longo cabo de ébano e a fina lâmina da navalha. A arma, pois era uma arma e não tinha nenhuma outra função, era mais pesada que qualquer outra faca que ele já havia segurado. O gume, tão afiado quanto o de uma faca japonesa de sushi. Harry hesitou. Então dobrou a lâmina dentro do cabo, ouviu um suave clique quando ela se fechou, acionou a trava e enfiou a navalha no bolso do paletó.

— Tudo bem pagar com dólar? — perguntou Harry, e usou o pano para tirar uma nota de vinte dólares da carteira. — Dizem que é muito comum nos Estados Unidos.

O barman deixou escapar alguns murmúrios, como se quisesse dizer algo, mas tivesse perdido a língua. Harry estava prestes a ir embora quando se deteve. Virou-se e olhou para a garrafa na prateleira espelhada. Umedeceu os lábios. Ficou imóvel por um segundo. Seu corpo pareceu se contrair, e ele foi embora.

Harry atravessou a rua sob a chuva torrencial. Eles sabiam onde estava hospedado. Era evidente que poderiam tê-lo seguido, mas o rapaz da recepção também poderia ter fornecido alguma informação. Ou talvez o queimador tivesse procurado seu nome na lista de hóspedes que os hotéis rotineiramente passavam para a Interpol. Se entrasse pelos fundos, Harry teria como subir até o quarto sem ser notado.

A porta dos fundos estava trancada. Harry praguejou.

A recepção estava vazia quando ele entrou.

Nas escadas e no corredor, ele deixou um rastro semelhante a uma mensagem em código Morse escrita com pontos vermelhos sobre o linóleo azul-claro.

Já dentro do quarto, levou o kit de costura da mesinha de cabeceira para o banheiro, tirou a roupa e se inclinou sobre a pia, que logo ficou vermelha. Ele molhou uma toalha e lavou o pescoço e o queixo, mas logo brotou mais sangue dos cortes. Na luz fria e branca, conseguiu passar a linha pelo buraco da agulha e a enfiou nas dobras de pele do pescoço, primeiro na parte inferior e depois na parte superior da ferida. Foi alinhavando, parou para enxugar o sangue e continuou.

A linha se partiu pouco antes de ele terminar os pontos. Harry praguejou, tirou os pedaços de linha do corte e recomeçou o trabalho com linha dupla. Em seguida, costurou o ferimento do queixo, que era mais fácil. Limpou o sangue do torso e tirou a camisa limpa da mala. Sentou-se na cama. Estava tonto, mas tinha pressa. Eles não deviam estar longe, era preciso agir rapidamente, antes de descobrirem que ele estava vivo. Harry discou o número de Hans Christian Simonsen, e, depois de quatro toques, ouviu uma voz sonolenta:

— Alô.

— Aqui é Harry. Onde Gusto está enterrado?

— No cemitério de Vestre.

— Você está com o equipamento?

— Estou.

— Vamos agir essa noite. Me encontre na calçada do lado direito do cemitério daqui a uma hora.

— *Agora?*

— Exatamente. E leve curativos.

— Curativos?

— Um barbeiro desajeitado, só isso. Daqui a uma hora, ok?

Uma breve pausa. Um suspiro.

— Ok.

Harry estava prestes a desligar quando pensou ter ouvido uma voz sonolenta, a voz de outra pessoa. Mas, ao vestir a roupa, ele já havia se convencido de que estava enganado.

29

Harry estava debaixo de um poste de luz solitário. Ele já aguardava ali havia vinte minutos quando Hans Christian, vestido com roupa esportiva preta, veio andando rápido pela calçada.

— Estacionei em Monolittveien — disse ele, ofegante. — É comum usar terno de linho para violar uma sepultura?

Harry ergueu a cabeça, e Hans Christian arregalou os olhos.

— Meu Deus, que horror. Aquele barbeiro...

— Não recomendo — disse Harry. — Vamos sair da luz.

Ao entrar na penumbra, Harry parou.

— Curativos?

— Aqui.

Enquanto Harry colocava os curativos com cuidado sobre a linha de costura no pescoço e no queixo, Hans Christian olhava para os casarões às escuras na colina atrás deles.

— Pode relaxar, ninguém consegue nos ver — garantiu Harry, pegando uma das pás e retomando a caminhada.

Hans Christian o seguiu, apressado, pegou uma lanterna e a acendeu.

— Agora eles conseguem nos ver — observou Harry.

Hans Christian apagou a lanterna.

Atravessaram o memorial de guerra, passaram pelos túmulos dos marinheiros britânicos e seguiram em frente pelos caminhos de cascalho. Harry constatou que não era verdade que a morte igualava todos os homens; as lápides neste cemitério da região oeste eram maiores e mais polidas do que as da região leste. O cascalho fazia barulho a cada passo e, como eles andavam cada vez mais depressa, o ruído parecia alto e constante.

Pararam diante dos túmulos dos ciganos.

— É o segundo caminho à esquerda — murmurou Hans Christian, tentando segurar o mapa que tinha impresso na posição certa para captar um pouco da esparsa luz do luar.

Harry olhou para a escuridão de onde tinham vindo.

— Algum problema? — sussurrou Hans Christian.

— Só achei ter ouvido passos. Eles pararam quando nós paramos.

— Harry ergueu a cabeça, como se farejasse algo no ar. — É só eco. Vamos.

Dois minutos depois, os dois estavam diante de uma lápide modesta, de pedra escura. Harry aproximou a lanterna antes de acendê-la. A epígrafe tinha sido cinzelada em letras douradas:

GUSTO HANSSEN
14.03.1992 — 12.07.2011
DESCANSE EM PAZ

— Bingo! — sussurrou Harry com frieza.

— Como vamos... — começou Hans Christian, mas foi interrompido pelo som da pá de Harry, que acabava de entrar na terra fofa. Ele pegou sua pá e se lançou à tarefa.

Eram três e meia da madrugada, e a lua tinha desaparecido atrás das nuvens quando a pá de Harry encontrou algo duro.

Quinze minutos mais tarde, o caixão branco havia sido desenterrado. Eles pegaram uma chave de fenda cada um, ficaram de joelhos sobre o caixão e começaram a soltar os seis parafusos da tampa.

— Não vamos conseguir tirar a tampa se nós dois ficarmos em cima dela — disse Harry. — Um de nós precisa ir lá para cima para que o outro consiga abrir. Algum voluntário?

Quando Harry terminou a pergunta, Hans Christian já estava na metade do caminho para fora da cova.

Harry espremeu um pé ao lado do caixão, pôs o outro na parede da cova e enfiou os dedos embaixo da tampa. Então ele fez força e, por hábito, começou a respirar pela boca. Mesmo antes de olhar para baixo, sentiu o calor subir do caixão. Sabia que era o processo de putrefação produzindo energia, mas o que fez os pelos de sua nuca se arrepiarem foi o barulho. O crepitar das larvas de mosca na carne. Ele apoiou a tampa do caixão na parede da cova com o joelho.

— Ilumine aqui embaixo — pediu.

Corpos de larvas brancas e rastejantes brilhavam dentro e em volta da boca e do nariz do defunto. As pálpebras estavam afundadas, uma vez que os globos oculares eram a primeira coisa a ser devorada.

Harry ignorou o som de Hans Christian vomitando e começou a analisar o caso. O rosto tinha uma coloração escura; era impossível afirmar se era Gusto Hanssen, mas a cor do cabelo e o formato do rosto indicavam que sim.

No entanto, outro detalhe chamou a atenção de Harry e o fez parar de respirar.

Gusto estava sangrando.

Na mortalha branca cresciam rosas vermelhas, rosas de sangue que se espalhavam pelo tecido.

Harry demorou dois segundos para entender que o sangue vinha dele. Pôs a mão no pescoço. Sentiu os dedos ficarem pegajosos de sangue. A linha de costura tinha se rompido.

— Sua camiseta — disse Harry.

— O quê?

— Preciso estancar o sangue aqui.

Harry ouviu o breve som de um zíper, e, alguns segundos depois, uma camiseta veio voando para dentro do túmulo. Ele a agarrou, viu o logotipo. Assistência Jurídica Gratuita dos Estudantes de Direito. Meu Deus, um tolo idealista. Harry amarrou a camiseta em torno do pescoço sem saber se seria de alguma utilidade, mas era tudo que ele podia fazer no momento. Então inclinou-se sobre Gusto, pegou a mortalha com as mãos e a rasgou. O corpo estava escuro, levemente inchado, e larvas saíam dos buracos de bala no peito.

Harry constatou que os ferimentos de bala batiam com o relatório.

— Me passe a tesoura.

— A tesoura?

— A tesoura de unha.

— Ah, merda. — Hans Christian tossiu. — Esqueci. Talvez eu tenha alguma no carro, quer que eu...?

— Não precisa — disse Harry, tirando a longa navalha do bolso do paletó. Soltou a trava e apertou o botão. A lâmina saiu com um impulso brutal, tão forte que o cabo tremeu. Ele sentiu o equilíbrio perfeito da arma.

— Estou escutando algo — disse Hans Christian.

— É uma música do Slipknot — disse Harry. — "Pulse of the Maggots". — Ele cantarolava baixinho.

— Não, caramba! Alguém está vindo.

— Deixe a lanterna aí para que eu tenha luz e dê o fora — disse Harry, levantando as mãos de Gusto e estudando as unhas da mão direita.

— Mas você...

— Vá — ordenou Harry. — Agora.

Harry ouviu os passos rápidos de Hans Christian se afastando. A unha do dedo médio de Gusto estava mais curta que as outras. Ele analisou o indicador e o anelar e disse calmamente:

— Sou da funerária, estamos fazendo hora extra. — Virou o rosto para o guarda muito novo, uniformizado, que estava na beirada da cova, encarando-o. — A família não estava totalmente satisfeita com a manicure.

— Saia daí! — ordenou o guarda com apenas um leve tremor na voz.

— Por quê? — perguntou Harry, tirando um saquinho plástico do bolso do paletó. Segurou-o debaixo do dedo anelar do cadáver e cortou a unha com cuidado. A lâmina atravessou a unha como se cortasse manteiga. Uma arma realmente fantástica. — Para sua infelicidade, as instruções dizem que você não pode tomar providências diretas contra invasores.

Harry usou a ponta da navalha para raspar o resíduo seco de sangue embaixo da unha curta.

— Se você fizer isso — continuou —, vai ser mandado embora, não vai entrar na Academia de Polícia e não vai ter permissão para portar armas grandes e atirar em alguém em legítima defesa.

Harry passou para o dedo indicador.

— Faça o que dizem as instruções, rapaz, ligue para algum adulto na polícia. Se tiver sorte, eles chegarão em meia hora. Mas se for para ser realista, a gente vai ter que esperar até o expediente de amanhã. Pronto! — Harry fechou os sacos, colocou-os no bolso do paletó, fechou a tampa do caixão e se arrastou para fora do túmulo. Ele tirou a terra do terno e se agachou para pegar a pá e a lanterna.

Viu os faróis de um carro que se aproximava da capela.

— De fato, eles disseram que viriam imediatamente — disse o jovem vigia, recuando até uma distância segura. — Contei a eles que se tratava do túmulo daquele garoto que foi baleado. Quem é você?

Harry desligou a lanterna, e tudo ficou um breu.

— Sou aquele para quem você deve torcer.

Harry correu.

Ele seguiu para o leste, afastando-se da capela e percorrendo o mesmo caminho pelo qual tinha vindo.

Rumou para um ponto luminoso que supôs ser um dos postes de Frognerparken. Se conseguisse entrar no parque, seria capaz de correr mais rápido do que qualquer um, considerando sua forma atual. Ele torcia para que não tivessem cães. Odiava cães. Era melhor ficar nos caminhos de cascalho para não tropeçar em lápides e arranjos florais, mas o ruído de suas passadas tornava mais difícil ouvir possíveis perseguidores. No memorial de guerra, Harry passou para o gramado. Não ouviu ninguém atrás de si. Mas então ele viu: um cone de luz trêmulo nas copas das árvores lá em cima. Alguém com uma lanterna corria em seu encalço.

Harry foi para a calçada e correu em direção ao parque. Tentou bloquear as dores no pescoço e correr de forma leve e eficiente, concentrando-se na técnica e na respiração. Disse a si mesmo que estava ganhando distância. Correu em direção ao Monólito; sabia que seria visto sob as luzes do caminho que seguia pela colina, e seus perseguidores pensariam que estava correndo rumo ao portão principal do lado leste do parque.

Harry esperou até passar o topo da colina e sair do campo de visão de seu perseguidor antes de virar no sentido sudoeste, para a Madserud Allé. Por enquanto, a adrenalina tinha conseguido bloquear os sinais de fadiga, mas a essa altura ele já sentia os músculos se retesarem. Por um segundo, tudo ficou preto, e pensou que tivesse perdido a consciência. Mas rapidamente estava de volta; uma náusea repentina o invadiu, seguida de uma tontura devastadora. Ele olhou para baixo. O sangue fluía viscoso da manga do paletó, escorrendo entre os dedos feito a geleia de morango fresquinha sobre a fatia de pão na casa do avô. Não aguentaria correr por muito tempo.

Ele se virou. Viu um vulto passar pela luz do poste do topo da colina. Um homem grande, mas que não corria de forma desajeitada. Roupa preta justa. Sem uniforme de polícia. Será que era o grupo Delta? No meio da noite, com um alerta tão recente? Só porque alguém estava cavando num cemitério?

Harry deu um passo. Não tinha condições de fugir de qualquer coisa nesse estado. Precisava encontrar um lugar onde pudesse se esconder.

Ele viu uma das casas de Madserud Allé. Saiu da calçada, desceu em disparada por um barranco de grama, tendo de dar passadas largas para não cair, atravessou a rua asfaltada, pulou a cerca baixa, passou por entre as macieiras e foi até os fundos da casa. Ali, jogou-se na grama molhada. Respirou, sentiu o estômago se contrair, preparando-se para expulsar seu conteúdo. Concentrou-se na respiração enquanto ficava à escuta.

Nada.

Mas era só uma questão de tempo até eles aparecerem. E Harry precisava de algo decente para enfaixar o pescoço. Ele se levantou e foi até a varanda da casa. Olhou pelo vidro da porta. Sala escura.

Deu um chute no vidro, quebrando-o, e colocou a mão dentro do buraco. A velha, boa e ingênua Noruega. A chave estava na porta. Ele entrou na casa em meio à escuridão.

Prendeu a respiração. Os quartos provavelmente ficavam no andar de cima. Ele acendeu um abajur.

Poltronas de veludo. TV de tubo. Enciclopédia geral. Uma mesa cheia de fotos de família. Tricô. Moradores idosos. E pessoas de idade dormiam bem. Ou era o contrário?

Harry achou a cozinha, acendeu a luz. Deu uma olhada nas gavetas. Talheres, toalhas de mesa. Tentou lembrar onde costumavam guardar itens de primeiros socorros quando ele era criança. Abriu a gaveta de baixo. E lá estavam fita adesiva comum, marrom, prata. Ele escolheu a terceira opção e abriu duas portas antes de encontrar o banheiro. Tirou o paletó e a camisa, pegou a ducha manual e, com a cabeça sobre a banheira, observou o esmalte branco ganhar um filtro vermelho. Então usou a camiseta para se enxugar e tentou pressionar as bordas da ferida com os dedos enquanto passava a fita diversas vezes em torno do pescoço. Verificou se não estava muito apertado, afinal, precisava de um pouco de sangue para o cérebro. Vestiu a camisa. Outra tontura. Ele se sentou na borda da banheira.

Percebeu um movimento e levantou a cabeça.

Do vão da porta, um rosto idoso e pálido de mulher o fitou com olhos arregalados, assustados. Sobre a camisola, ela usava um robe vermelho acolchoado que emitiu um brilho estranho quando ela se movimentou. Harry imaginou que tinha sido feito de um tecido sintético proibido que não existia mais, cancerígeno, de amianto ou coisa parecida.

— Sou policial — disse Harry. Pigarreou. — Ex-policial. E no momento estou com alguns probleminhas.

Ela não disse nada, só ficou ali, parada.

— É claro que vou pagar pelo vidro quebrado.

Harry pegou o paletó no chão do banheiro e tirou a carteira.

Deixou algumas notas em cima da pia.

— Dólares de Hong Kong. É... melhor do que parece.

Ele tentou sorrir para ela e viu duas lágrimas escorrendo pelas faces enrugadas.

— Puxa, querida — disse Harry em pânico, com a sensação de que as coisas só pioravam, de que estava perdendo o controle da situação. — Não fique com medo. De verdade, não vou te machucar. Vou embora imediatamente, ok?

Ele enfiou o braço na manga do paletó e foi na direção dela. A senhora recuou com passos curtos e arrastados, mas sem tirar os olhos dele. Erguendo as palmas das mãos, Harry caminhou depressa até a porta.

— Obrigado. E desculpe.

Então ele empurrou a porta e saiu para a varanda.

O estampido provocado pelo impacto da bala na parede fez Harry pensar em uma arma de grosso calibre. Então veio o som do segundo disparo, a explosão de pólvora, confirmando que ele estava certo.

Harry se agachou assim que o terceiro tiro espatifou o espaldar da cadeira de jardim a seu lado.

Calibre muito grosso.

Harry engatinhou de ré, voltando para a sala.

— Deite no chão! — gritou ele no momento em que a janela da sala explodiu. Os cacos de vidro tilintaram no piso, na TV de tubo e na mesa com as fotos de família. Ainda agachado, Harry atravessou a sala correndo, passou pelo hall e foi até a porta da frente que dava para a rua. Abriu-a. Viu uma pequena chama saindo do cano de uma arma na janela aberta de uma limusine preta que era iluminada por um dos postes. Sentiu uma dor lancinante no rosto, e um som alto, estridente, metálico começou a tocar. Harry se virou automaticamente e viu que a campainha tinha sido destruída por um tiro. Grandes lascas brancas de madeira despontavam da parede.

Ele recuou outra vez. Deitou no chão.

Calibre mais grosso que o de qualquer arma da polícia. Harry pensou no grande vulto que tinha visto correr na colina. Não era um policial.

— Você tem alguma coisa no rosto...

Era a mulher idosa; ela precisou gritar para competir com o som da campainha, que havia travado. Estava atrás dele, no fundo do corredor. Harry apalpou o rosto. Era uma lasca de madeira. Ele a arrancou. Ficou aliviado por ela ter atingido seu rosto do mesmo lado da cicatriz, pois assim não prejudicaria sua aparência de modo significativo. Houve outro estampido. Dessa vez, foi a janela da cozinha que se despedaçou. Ele estava prestes a ficar sem dólares de Hong Kong.

Além da campainha, ele ouviu sirenes ao longe. Harry ergueu a cabeça. Atrás do hall e da sala, viu que as luzes estavam acesas nas casas vizinhas. A rua estava iluminada feito uma árvore de Natal. Ele seria um alvo fácil se corresse sob a luz dos postes, independentemente do caminho que escolhesse. As opções eram ser baleado ou ser preso. Não, nem isso. Seus perseguidores também ouviram as sirenes e sabiam que o tempo estava se esgotando. E Harry não havia reagido ao tiroteio, então eles concluíram que provavelmente estava desarmado. Eles iriam persegui-lo. Ele precisava fugir. Pegou o telefone. Droga, por que não se dera ao trabalho de incluir o número dele com a letra T? A agenda de seu celular não estava exatamente cheia.

— Qual é o número do auxílio à lista telefônica mesmo? — gritou ele por cima do som da campainha.

— O número... do... auxílio à lista?

— Isso.

— Bem... — Pensativa, ela pôs um dedo na boca, ajeitou o robe vermelho de amianto e se sentou em uma cadeira de madeira. — Tem o 1880. Mas acho que são muito mais simpáticos no 1881. Lá não são tão rápidos e estressados, eles têm tempo de conversar se você tiver alguma...

— Auxílio à lista 1880 — disse uma voz nasalada no ouvido de Harry.

— Asbjørn Treschow — disse Harry. — Com "C" e "H".

— Temos um Asbjørn Berthold Treschow de Oppsal, em Oslo, e um Asbjø...

— É ele! Pode me passar o número do celular?

Uma eternidade de três segundos mais tarde, uma voz familiar e carrancuda atendeu.

— Não quero nada.

— Tamancão?

Pausa longa sem resposta. Harry visualizou o rosto espantado de seu amigo gordo da juventude.

— Harry? Quanto tempo.

— Seis ou sete anos, no máximo. Você está no trabalho?

— Estou. — O tom de voz com o ditongo prolongado indicava desconfiança. Ninguém ligava para Tamancão assim à toa.

— Preciso de um favor rapidinho.

— Posso imaginar. E aquela nota de cem que emprestei a você? Você disse que...

— Preciso que você desligue a luz na área de Frognerparken e Madserud Allé.

— Você o quê?

— Temos uma ação policial aqui. Um cara surtou com uma arma de fogo. A gente precisa deixá-lo sem luz. Você ainda está na subestação de Montebello?

Nova pausa.

— Pode-se dizer que sim, mas você ainda é policial?

— Claro. Escuta, isso realmente tem certa urgência.

— Estou pouco me lixando. Não tenho autorização para fazer esse tipo de coisa. Você precisa falar com Henmo, e ele...

— Ele está dormindo, e a gente não tem tempo! — gritou Harry.

No mesmo instante, outro tiro foi disparado, despedaçando o armário da cozinha. Houve uma barulheira quando a louça caiu e se espatifou no chão.

— Que diabos foi isso? — perguntou Tamancão.

— O que você acha? Você pode escolher entre ser responsável por uma interrupção no fornecimento de energia elétrica durante quarenta segundos ou pela morte de muita gente.

Houve uns dois segundos de silêncio do outro lado da linha. Aí veio a resposta, lentamente:

— Olha só, Harry. Agora *eu* estou no comando. Você nunca imaginou que isso fosse acontecer, não é?

Harry respirou fundo. Viu um vulto esgueirando-se pela varanda.

— Não, Tamancão, nunca imaginei que isso pudesse acontecer. Você pode...

— Você e Øystein nunca pensaram que eu fosse ser alguém na vida, pensaram?

— Não, a gente se enganou mesmo.

— Se você pedir por favo...

— Desligue a porra da luz! — berrou Harry. E descobriu que a ligação tinha caído. Ele se pôs em pé, pegou a velhinha e quase a arrastou para dentro do banheiro. — Fique aqui! — sussurrou, bateu a porta e correu para a entrada, que estava aberta. Ele se lançou em direção à luz, preparando-se para a saraivada de balas.

E então ficou tudo preto.

Tão preto que, ao aterrissar e rolar no caminho de ardósia, Harry pensou, num momento de desorientação, que estava morto. Mas logo percebeu que Asbjørn Treschow, o Tamancão, tinha desligado a chave, apertado uma tecla ou sabe-se lá que diabos as pessoas fazem na subestação. E que ele tinha quarenta segundos.

Harry correu às cegas no breu. Tropeçou na cerca, levantou-se outra vez, sentiu o asfalto sob seus pés e continuou correndo. Ouviu vozes gritando e sirenes se aproximando, e também o ronco de um motor sendo ligado. Harry pegou a direita, vendo o suficiente para se manter na rua. Estava na parte sul de Frognerparken, talvez conseguisse se salvar. Ele passou por casarões às escuras, árvores, um bosque. O bairro ainda estava sem luz. O motor do carro se aproximou. Ele cambaleou para a esquerda, para o estacionamento diante das quadras de tênis. Uma depressão formada pela chuva na superfície de cascalho quase o fez cair. A única coisa que ele conseguia ver na escuridão eram as linhas de cal nas quadras de tênis atrás da cerca de arame. Harry viu o contorno da sede do Clube de Tênis de Oslo. Escalou o muro em frente à porta do vestiário e pulou para o outro lado no exato instante em que os faróis do carro iluminaram a parede. Aterrissou e rolou de lado sobre o piso de concreto. Foi um pouso suave; mesmo assim sentiu vertigens.

Harry ficou quietinho, esperando.

Não ouviu nada.

Olhou atentamente para a escuridão lá em cima.

Então, do nada, foi cegado por uma luz.

A lâmpada externa no telhado. A energia havia voltado.

Harry ficou deitado durante dois minutos escutando as sirenes. Carros que iam e vinham na rua do clube. Equipes de busca. A área com certeza já estava cercada. Logo chegariam os cães.

Não tinha como fugir, por isso precisava procurar abrigo.

Ele se levantou, lançou um olhar sobre a beirada do muro.

Em seguida, olhou para a caixa com a luz vermelha e o teclado numérico ao lado da porta.

O ano em que o rei nasceu. Caralho, se ele soubesse...

Ele visualizou em sua mente uma foto de uma revista de fofocas e tentou 1941. Houve um bipe, e ele girou a maçaneta. Trancada. Espera, o rei não era muito novinho quando a família real foi passear em Londres em 1940? 1939. Um pouco mais velho, talvez. Harry temia que tivesse apenas três tentativas. Tentou 1938. Girou a maçaneta. Merda. Talvez 1937? A luz ficou verde. A porta se abriu.

Harry entrou depressa e ouviu o clique da porta sendo trancada.

Os ruídos desapareceram. Segurança.

Ele acendeu a luz.

Vestiário. Bancos estreitos de madeira. Armários de ferro.

Naquele momento sentiu toda sua exaustão. Poderia ficar ali até o amanhecer, até a caçada terminar. Ele examinou o vestiário. Uma pia com espelho no meio da parede. Quatro chuveiros. Um vaso sanitário. Em seguida, abriu uma porta pesada de madeira no fundo do vestiário.

Uma sauna.

Harry entrou e fechou a porta. Cheiro de madeira. Deitou-se em um dos largos bancos de madeira diante do aquecedor desligado. Fechou os olhos.

30

Eram os três. Estavam correndo de mãos dadas por um corredor, e Harry gritou que precisavam segurar firme assim que a avalanche os atingisse, para não se separarem. Então ele ouviu o som da neve bem atrás deles, primeiro um ronco, depois um bramido. Em seguida, a escuridão branca, o caos negro. Ele os segurou com toda a força, mas mesmo assim sentiu as mãos escorregarem das suas.

Harry acordou com um sobressalto. Olhou para o relógio e constatou que tinha dormido três horas. Soltou o ar num chiado longo, como se tivesse prendido a respiração durante todo esse tempo. O corpo parecia ter levado uma surra. O pescoço estava doendo. A dor de cabeça era latejante. E ele suava. Estava tão encharcado, que o paletó tinha manchas escuras. Não precisava se virar para ver a causa. O aquecedor. Alguém tinha ligado o aquecedor da sauna.

Ele se pôs de pé e cambaleou até o vestiário. Havia roupas no banco, e lá fora ele pôde ouvir o som de bolas de tênis batendo nas cordas da raquete. Viu que o interruptor do lado de fora da sauna estava ligado. Provavelmente eles queriam uma sauna quente depois de uma partida de tênis.

Harry foi até a pia. Olhou sua imagem no espelho. Olhos vermelhos, rosto vermelho, inchado. O colar ridículo de fita adesiva prata, o jeito como a borda da fita tinha se fixado na pele macia do pescoço. Ele jogou água no rosto e saiu para o sol da manhã.

Três homens, todos com o bronzeado e as pernas finas de aposentados, pararam o jogo e olharam para ele. Um deles ajustou os óculos:

— Falta um homem para jogarmos em dupla, meu jovem. Você gostaria...

Harry olhou para a frente e falou com tranquilidade:

— Sinto muito, rapazes. Tenho cotovelo de tenista.

Harry sentiu os olhares em suas costas enquanto caminhava rumo à região de Skøyen. Deveria ter um ponto de ônibus em algum lugar por ali.

Truls Berntsen bateu à porta do chefe.

— Pode entrar!

Bellman estava com um telefone ao ouvido. Parecia calmo, mas Truls conhecia Mikael muito bem. A mão que o tempo todo passava pelo cabelo bem-cuidado, a maneira um pouco mais apressada de falar, a ruga de concentração na testa.

Bellman desligou.

— Manhã estressante? — perguntou Truls, estendendo uma xícara de café fumegante ao chefe.

Bellman olhou, surpreso, para a xícara e a aceitou.

— O chefe de polícia — disse Bellman, indicando o telefone. — Os jornais estão em cima dele por causa daquela velhinha de Madserud Allé. A casa foi praticamente destruída por tiros, e ele quer que eu explique o que aconteceu.

— O que você respondeu?

— Que a Central de Operações mandou uma viatura lá depois que o vigia do cemitério de Vestre informou que havia gente revirando o túmulo de Gusto Hanssen. Que os violadores já tinham escapado quando a viatura chegou ao local, mas aí começou um tiroteio em Madserud Allé. Alguém começou a atirar em quem tinha invadido a casa. A velhinha está em choque, só diz que o invasor era um jovem de bons modos, de dois metros e meio de altura e uma cicatriz no rosto.

— Você quer dizer que o tiroteio está ligado à violação do túmulo?

Bellman fez que sim.

— Havia terra no chão da sala. É quase certo que seja do túmulo. Então agora o chefe de polícia quer saber se o crime de fato tem ligação com o tráfico ou se há alguma outra disputa entre quadrilhas em andamento. Ou seja, se eu tenho o controle da situação.

Bellman foi até a janela e passou o dedo indicador pelo nariz fino.

— E foi por isso que você me chamou? — perguntou Truls, tomando um gole de café.

— Não — respondeu Bellman, de costas para Truls. — Estou pensando naquela noite em que recebemos a informação anônima de que o pessoal do Los Lobos estaria reunido no McDonald's. Você não participou das prisões, né?

— Não — respondeu Berntsen e tossiu. — Não tinha como. Eu estava doente aquela noite.

— A mesma doença que acabou de pegar agora? — perguntou Bellman sem se virar.

— Hã?

— Alguns policiais estranharam o fato de a porta do Clube dos Motoqueiros não estar trancada quando chegaram lá. E eles ficaram curiosos para saber como o tal Tutu, que, de acordo com Odin, estaria lá de vigia, conseguiu escapar. Afinal, ninguém tinha como saber que a gente apareceria. Ou tinha?

— Pelo que eu saiba, não — respondeu Truls.

Bellman espiou pela janela e se balançou para a frente e para trás. As mãos nas costas. Para a frente. E para trás.

Truls enxugou o suor em cima do lábio superior. Torceu para que Bellman não notasse seu nervosismo.

— Algo mais?

Bellman continuava se balançando. Para a frente e para trás. Como um menininho que tenta espiar por cima do muro, mas não tem altura para isso.

— Era só isso, Truls. E... obrigado pelo café.

De volta ao seu próprio escritório, ele foi até a janela. Viu aquilo que Bellman deveria ter visto lá fora. O cartaz vermelho que tinha sido pendurado na árvore.

Era meio-dia, e, como de costume, na calçada do lado de fora do Schrøder, algumas almas sedentas já esperavam Rita abrir o restaurante.

— Ai, ai, ai! — exclamou ela ao ver Harry.

— Pode ficar sossegada, não quero cerveja, só café da manhã — garantiu Harry. — E um favor.

— Estou me referindo ao pescoço — disse Rita enquanto segurava a porta para ele. — Está totalmente azul. E o que é...

— Fita adesiva — respondeu Harry antes que ela terminasse a pergunta.

Ela meneou a cabeça e foi atender o pedido. No Schrøder havia uma política: cada um cuida da própria vida.

Harry sentou-se à mesa de sempre, no cantinho perto da janela, e ligou para Beate Lønn.

Caiu na secretária eletrônica. Ele aguardou o bipe.

— Oi, é o Harry. Ontem à noite conheci uma mulher mais velha que, provavelmente, ficou muito impressionada comigo e acho que não devo me aproximar de delegacias e coisas assim por algum tempo. Por isso, vou deixar dois sacos com amostras de sangue aqui no restaurante Schrøder. Venha pessoalmente e procure a Rita. Também vou te pedir outro favor. Bellman destacou algumas viaturas para verificar alguns endereços em Blindern. Quero que você, da forma mais discreta possível, consiga cópias das listas feitas por cada equipe antes que elas sejam enviadas para a CrimOrg.

Harry desligou. Em seguida, telefonou para Rakel. Mais uma secretária eletrônica.

— Olá, é o Harry. Estou precisando de roupas limpas, e acho que havia algumas lá na sua casa... daquela época. Vou subir um pouco o nível e fazer check-in no Hotel Plaza, então, se você puder mandar algo para lá num táxi quando chegar em casa, seria... — Ele percebeu que automaticamente estava procurando uma expressão que pudesse fazê-la sorrir. "Show de bola", "maneiro", "da hora". Mas acabou optando por uma palavra convencional. — ... ótimo.

Rita chegou com um café e um ovo frito, e Harry discou o número de Hans Christian. Ela dirigiu a ele um olhar de repreensão. O restaurante Schrøder tinha regras tácitas contra o uso de laptops, jogos de tabuleiro e celulares. Esse era um lugar para beber, de preferência cerveja, comer, conversar ou ficar calado e, no máximo, ler o jornal. Ler um livro era tolerável.

Harry indicou que só demoraria alguns segundos, e Rita fez um gesto indulgente.

Hans Christian parecia aliviado e apavorado ao mesmo tempo.

— Harry? Caramba. Deu certo?

— Numa escala de um a dez...

— Me fale.

— Você ficou sabendo do tiroteio de Madserud Allé?

— Nossa! Foi você?

— Você tem alguma arma?

Harry pensou ter ouvido Hans Christian engolir em seco.

— Vou precisar de uma, Harry?

— Você não. Eu.

— Harry...

— Só para legítima defesa. Em caso de necessidade.

Pausa.

— Só tenho uma velha carabina do meu pai. Ele caçava alces com ela.

— Ótimo. Você poderia buscar a arma, embrulhá-la em alguma coisa e entregar o pacote no Schrøder dentro de quarenta e cinco minutos?

— Posso tentar. O... o que você vai fazer?

— Eu... — disse Harry, deparando-se com o olhar de advertência de Rita lá do balcão. — Vou tomar café da manhã.

Ao se aproximar do cemitério de Gamlebyen, Truls Berntsen viu uma limusine preta estacionada do lado de fora do portão por onde costumava entrar. Ele se aproximou, a porta do lado do passageiro se abriu e um homem desceu. Estava vestido de terno preto e deveria ter mais de dois metros de altura. Mandíbula proeminente, franja lisa e um toque asiático que Truls sempre associou aos lapões, finlandeses e russos. O paletó parecia feito sob medida, mas ainda assim estava apertado demais nos ombros.

Ele deu um passo para o lado e fez um gesto com a mão, indicando que Truls deveria ocupar o banco do passageiro.

Truls diminuiu a velocidade. Se aqueles fossem os homens de Dubai, isso seria uma violação inesperada da regra sobre contato direto. Ele olhou em volta. Não viu ninguém.

Hesitou.

Se quisessem se livrar do queimador, aquele seria o melhor modo de fazê-lo.

Ele olhou para o gigante. Era impossível ler alguma coisa na expressão de seu rosto, e Truls também não conseguiu avaliar se era bom ou ruim o fato de o homem não ter se dado ao trabalho de colocar os óculos de sol.

Obviamente, ele poderia dar meia-volta e fugir. Mas e daí?

Audi Q5, murmurou Truls baixinho para si mesmo. Então, entrou no carro. A porta foi fechada de imediato. Ficou estranhamente escuro, talvez por causa da película nos vidros. E o ar-condicionado era excepcionalmente eficaz, pois a temperatura parecia estar abaixo de zero lá dentro. No banco do motorista estava um homem com o rosto parecido com o de um lobo. Também vestia terno preto. Franja lisa. Russo, com certeza.

— Que bom que você pôde vir — disse uma voz atrás de Truls. Ele não precisou se virar. O sotaque. Era ele. Dubai. O homem que ninguém sabia quem era. Ou que ninguém *mais* sabia quem era. No entanto, para Truls, de que adiantava saber um nome, conhecer um rosto? Não se cospe no prato em que se come.

— Quero que você capture uma pessoa para nós.

— Capture?

— Sim. E a entregue para nós. Não precisa se preocupar com o resto.

— Já disse que não sei onde Oleg Fauke está.

— Não é Oleg Fauke, Berntsen. É Harry Hole.

Truls Berntsen não conseguia acreditar no que estava ouvindo.

— Harry Hole?

— Você não sabe quem é?

— Porra, se sei. Era da Divisão de Homicídios. Doido varrido. Bêbado. Solucionou alguns casos. Ele está na cidade?

— Ele está hospedado no Hotel Leon. Quarto 301. Você vai capturá-lo lá exatamente à meia-noite de hoje.

— E como eu vou "capturá-lo"?

— Prenda ele. Dê um nocaute. Diga que quer mostrar seu barco. Faça o que quiser, só o leve para a marina de Kongen. De lá, a gente faz o resto. Cinquenta mil.

O resto. Ele estava falando em matar Hole. Em homicídio. Homicídio de um *policial*.

Truls abriu a boca para dizer um não, mas a voz do banco de trás se antecipou à dele:

— Euros.

A boca de Truls Berntsen ficou aberta com um "não" no meio do caminho entre o cérebro e as cordas vocais. Em vez do não, a boca repetiu as palavras que ele mal acreditava que tinha ouvido:

— Cinquenta mil *euros*?

— Então?

Truls deu uma olhada no relógio. Tinha pouco mais de onze horas. Ele pigarreou.

— Como vocês sabem que ele vai estar em seu quarto à meia-noite?

— Porque ele sabe que iremos até lá.

— O quê? — disse Truls. — Você quer dizer que ele *não* sabe que iremos lá?

A voz atrás dele riu. Parecia o motor barulhento de uma daquelas barcas de madeira.

304

31

Eram quatro horas da tarde, e Harry estava debaixo de um chuveiro no décimo nono andar do Hotel Radisson Plaza. Ele torcia para que a fita adesiva resistisse à água quente. A água, pelo menos, aliviava um pouco a dor. Seu quarto era o 1937, e, quando ele pegou as chaves, um pensamento percorreu sua mente. O ano do nascimento do rei, Koestler, sincronicidade e tal. Harry não acreditava nisso. Ele acreditava na capacidade do cérebro humano de encontrar padrões. Mesmo onde não havia padrões de verdade. Por isso, como investigador, sempre foi um cético. Duvidava e investigava, investigava e duvidava. Via os padrões, mas duvidava da culpa. Ou vice-versa.

Harry ouviu o telefone tocar. O som discreto e agradável. O som de um hotel caro. Ele fechou o chuveiro e foi até a cama. Atendeu.

— Tem uma mulher aqui — avisou a recepcionista. — Rakel Fauske. Desculpe, *Fauke*, ela está dizendo. Ela tem algo para o senhor.

— Pode pedir para ela subir — disse Harry.

Olhou para o terno que tinha pendurado no armário. Parecia ter passado pelas duas guerras mundiais. Ele abriu a porta e amarrou uma pesada toalha de banho de uns dois metros quadrados na cintura. Sentou na cama e ficou ouvindo. Escutou o barulho do elevador e, depois, os passos. Um pouco duros, curtos, numerosos, como se ela sempre estivesse usando uma saia justa. Harry fechou os olhos por um instante e, quando os abriu novamente, ela estava diante dele.

— Olá, homem nu. — Rakel sorriu, deixou as sacolas no chão e se sentou na cama ao lado dele. — O que é isso? — Ela passou os dedos pela fita.

— Só um curativo improvisado — respondeu Harry. — Você não precisava vir pessoalmente.

— Isso eu entendi — disse ela. — Mas não achei nenhuma roupa sua. Elas devem ter sumido na mudança para Amsterdã.

Foram jogadas fora, pensou Harry. Tudo bem.

— Mas aí falei com Hans Christian, e ele tinha um armário cheio de roupas que não usa. Não são exatamente seu estilo, mas vocês vestem quase o mesmo tamanho.

Rakel abriu as sacolas, e Harry assistia, horrorizado, enquanto ela tirava uma camisa Lacoste, quatro cuecas recém-passadas, uma calça jeans Armani com a barra dobrada, uma blusa com gola V, uma jaqueta Timberland, duas camisas com o jogador de polo e até um par de sapatos marrons de couro macio.

Ela começou a arrumar as coisas no guarda-roupa, e ele se levantou para assumir a tarefa. Rakel o observou, sorrindo enquanto colocava uma mecha de cabelo atrás da orelha.

— Você não compraria roupas novas até que aquele terno ficasse podre. Não é verdade?

— Bem... — disse Harry, mexendo nos cabides. As roupas lhe eram estranhas, mas tinham um leve cheiro familiar. — Tenho que admitir que estava pensando em comprar uma camisa nova e um par de cuecas.

— Você está sem cuecas limpas?

Harry olhou para ela.

— Defina o que é limpo.

Rakel sorriu. Sua mão permaneceu no ombro dele.

— Você está quente — indicou ela. — Febril. Tem certeza de que a ferida embaixo do seu "curativo" não está inflamada?

Harry fez que não com a cabeça, sorridente. Sabia que a ferida estava inflamada, sentiu isso por causa da dor latejante, incômoda. Mas com sua experiência de muitos anos na Divisão de Homicídios, ele também sabia de outra coisa: a polícia tinha interrogado o barman e os fregueses do bar e já estava ciente de que quem havia matado o homem da navalha tinha deixado o local com cortes fundos na garganta e no pescoço. Provavelmente já haviam alertado todos os consultórios médicos e estavam vigiando as emergências da cidade. E a essa altura não havia tempo para ser posto em prisão preventiva.

Ela acariciou o ombro dele; a mão subiu em direção ao pescoço e desceu, passando pelo peito de Harry. Ele pensou que Rakel deveria

306

estar sentindo seu coração bater e que ela era igual àquela TV da Pioneer que deixou de ser produzida por ser boa demais — podia-se ver que a imagem era boa porque o preto era realmente preto.

Ele tinha conseguido abrir uma fresta em uma das janelas; o hotel não queria suicidas pulando dali. E, mesmo no décimo nono andar, eles ouviam o barulho do trânsito da tarde, algumas buzinas de carro, e, vindo de algum lugar, talvez de outro quarto, uma canção inadequada para aquele momento.

— Você tem certeza de que quer isso? — perguntou ele, sem tentar disfarçar a voz rouca com pigarros. Eles ficaram ali, parados, ela com a mão no ombro de Harry, seus olhos fixos nos dele, como se ele fosse seu parceiro de tango.

Rakel fez que sim.

Um preto tão cósmico e intenso que te arrebatava. Ele nem percebeu quando ela fechou a porta com o pé. Só a ouviu bater com suavidade infinita, o som de um hotel caro, como um beijo.

E enquanto faziam amor, ele só pensava na escuridão e no cheiro. A escuridão de seus cabelos, das sobrancelhas e dos olhos pretos. E o cheiro do perfume cujo nome ele nunca havia lhe perguntado, mas que era só dela, que estava em sua roupa, em seu armário, que tinha passado para suas próprias roupas na época em que ficavam penduradas bem perto das dela. E que agora estava no guarda-roupa desse quarto. Porque as roupas do outro, de Hans, também tinham sido guardadas no guarda-roupa dela. E ela as pegara lá, não na casa dele, talvez nem tivesse sido ideia do outro, talvez ela simplesmente as tivesse tirado do armário e vindo direto para o hotel. Mas Harry não disse nada. Pois ele sabia que ela só lhe fora emprestada. Ele a tinha naquele exato momento, e podia se contentar com isso ou nada. Por isso ficou calado. Fez amor com ela do mesmo jeito de sempre, intensa e lentamente. Não se deixou perturbar pela voracidade e impaciência de Rakel, mas o fazia com tanta paixão que ela alternava entre suspiros. Não porque era assim que *ele pensava* que ela queria que fosse, mas porque era assim que *ele queria* que fosse. Porque ela só lhe fora emprestada. Ele só dispunha daquelas poucas horas.

E quando Rakel gozou, seu corpo se retesou, e ela olhou para ele com aquela expressão paradoxal de quem havia sido enganada. Todas as noites que tiveram juntos voltaram à cabeça de Harry, e ele teve vontade de chorar.

Depois compartilharam um cigarro.

— Por que você não quer me contar que vocês estão juntos? — perguntou Harry, fumando e estendendo o cigarro a Rakel.

— Porque não estamos juntos. É só... um refúgio temporário. — Ela fez que não com a cabeça. — Não sei. Não sei de mais nada. Eu deveria ficar longe de tudo e de todos.

— Ele é um bom homem.

— É exatamente isso. Preciso de um bom homem, então por que não quero um? Por que somos tão irracionais se no fundo sabemos o que nos faz bem, caramba?

— O ser humano é uma espécie pervertida e corrupta — disse Harry. — E não há cura, apenas paliativos.

Rakel se aconchegou a ele.

— É disso que gosto tanto em você, esse otimismo irrefreável.

— Espalhar a felicidade é minha missão, querida.

— Harry?

— Sim?

— Será que há um caminho de volta? Para nós?

Harry fechou os olhos. Escutou as batidas do coração. As suas e as dela.

— Não de volta. — Ele se virou para ela. — Mas se você ainda acha que temos um futuro...

— Está falando sério?

— Isso aqui é só um papo despretensioso pós-sexo, não é?

— Bobo.

Ela lhe deu um beijo na bochecha, entregou o cigarro a ele e se levantou. Vestiu-se.

— Você sabe que pode ficar lá em casa, no andar de cima — sugeriu ela.

Harry fez que não com a cabeça.

— Nesse momento, é melhor assim — disse ele.

— Lembre-se de que te amo. Nunca se esqueça disso. Independentemente do que acontecer. Você promete?

Ele fez que sim. Fechou os olhos. A porta bateu com a mesma suavidade da primeira vez. Então ele abriu os olhos de novo. Deu uma olhada no relógio.

Nesse momento, é melhor assim.

O que ele deveria fazer, senão ficar ali? Voltar com ela para Holmenkollen, facilitar o trabalho de Dubai e incluir Rakel nesse confronto, assim como tinha feito no caso do Boneco de Neve? Pois ele sabia agora que eles tinham vigiado seus passos desde o primeiro dia, que tinha sido supérfluo mandar o convite para Dubai por intermédio de seus traficantes. Eles o encontrariam antes que Harry os encontrasse. E então encontrariam Oleg.

A única vantagem que ele tinha era escolher o local. O local do crime. E ele tinha escolhido. Não ali no Plaza, aquilo era só uma pequena pausa para ter algumas horas de sono e se recompor um pouco. O local era o Hotel Leon.

Harry tinha cogitado entrar em contato com Hagen. Ou Bellman. Explicar a situação a eles. Mas isso não lhes daria outra opção senão prendê-lo. De qualquer forma, era só uma questão de tempo antes de a polícia relacionar as três descrições dadas pelo barman de Kvadraturen, pelo guarda de Vestre e pela velhinha de Madserud Allé. Um homem de um metro e noventa e três, com terno de linho, uma cicatriz de um lado do rosto, queixo e pescoço enfaixados. Logo eles iniciariam uma busca por Harry Hole. Daí a urgência.

Ele se levantou com um gemido, abriu o guarda-roupa.

Vestiu uma das cuecas recém-passadas e uma camisa com um jogador de polo. Avaliou a calça Armani. Meneou a cabeça, soltou um palavrão bem baixinho e preferiu pôr o terno de linho.

Então pegou a sacola de tênis que estava na chapeleira. Hans Christian havia explicado que era a única coisa que ele tinha com espaço suficiente para uma carabina.

Harry a jogou sobre o ombro e saiu. A porta se fechou com um estalido suave.

32

Não sei se é possível dizer exatamente como aconteceu a virada no placar. Em que momento o violino assumiu a dianteira e começou a governar nossas vidas, em vez de o contrário. Tudo tinha ido por água abaixo: o negócio que tentei fechar com Ibsen, o golpe em Alnabru... E Oleg andava com aquela cara de russo em depressão, dizendo que a vida sem Irene não tinha sentido. Depois de três semanas, a gente estava injetando mais que ganhava, andava chapado no trabalho e sabia que as coisas estavam indo para o brejo. O que, àquela altura, já significava que tínhamos menos do que o suficiente para a próxima dose. Parece uma bosta de um clichê, é um clichê, mas é a pura verdade. Tão simples e tão impossível. Acho que posso dizer com certeza que nunca amei ninguém, quero dizer, nunca amei de verdade. Mas eu estava perdidamente apaixonado por violino. Pois, enquanto Oleg se drogava para aliviar os males do coração, eu usava a droga como ela deveria ser usada: para ser feliz. E aí quero dizer muito feliz. Era melhor que comida, sexo, sono, sim, melhor que respirar.

Não fui pego de surpresa quando Andrey, certa noite depois do ajuste de contas, me puxou para um canto e disse que o velho estava preocupado.

— Estou bem — retruquei.

Ele explicou que, se eu não tomasse jeito e comparecesse limpo ao trabalho todo santo dia, o velho me enviaria à força para uma clínica de reabilitação.

Eu ri. Disse que não sabia que esse trabalho tinha regalias como plano de saúde e coisa e tal. Oleg e eu teríamos dentista e aposentadoria também?

— Oleg não.

Vi em seus olhos mais ou menos o que isso significava.

Foda-se, eu não tinha nenhuma intenção de ficar limpo. E Oleg também não. Então pouco nos lixamos, e na noite seguinte a gente se drogou até não poder mais. Nós vendemos metade do estoque, usamos o resto, alugamos um carro e fomos para Kristiansand. Colocamos a bosta do Sinatra no último volume, "I Got Plenty of Nothing", que era bem verdade. A gente nem tinha carteira de habilitação, caralho. No fim, Oleg também cantou, mas só para abafar Sinatra e *moi*, alegou ele. A gente riu e bebeu cerveja morna, como nos velhos tempos. Nos hospedamos no Hotel Ernst, que não era tão brega quanto o nome, mas quando perguntamos na recepção que parte da cidade os traficantes frequentavam, só recebemos um olhar vazio como resposta. Oleg me contou sobre o festival que havia acontecido na cidade, que tinha ido para o brejo por causa de um idiota que tinha tanta vontade de se tornar respeitável que contratava bandas muito bacanas que não cabiam no orçamento. De qualquer forma, os carolas da cidade diziam que metade da população entre 18 e 25 anos tinha se tornado usuária de drogas por causa desse festival. Mas a verdade é que a gente não encontrou nenhum cliente, só ficou vagando na escuridão da noite no calçadão, onde havia um único bêbado e quatorze corais de música gospel que perguntavam se a gente queria conhecer Jesus.

— Só se ele quiser violino — eu respondia.

Mas, pelo jeito, Jesus não queria violino, e a gente voltou para nosso quarto de hotel e injetou uma dose de boa-noite. Nem sei por que, mas a gente acabou ficando ali no vilarejo. A gente não fazia nada, só se drogava e cantava Sinatra. Uma noite eu acordei com Oleg de pé ao meu lado. Ele segurava um cachorro. Disse que tinha sido acordado pelo barulho de uma freada do lado de fora da janela, e, quando olhou para lá, o cão estava estirado na rua. Eu dei uma olhada nele. Não parecia nada bem. Oleg e eu concordamos, a coluna estava fraturada. O animal ainda por cima era sarnento e tinha muitas feridas velhas. O coitado havia apanhado muito, só Deus sabe se do dono ou de outros cachorros. Mas era bonitinho. Olhos castanhos e calmos que me olhavam como se eu pudesse consertar aquilo que estava errado. Por isso fiz uma tentativa. Dei comida e água a ele, passei a mão em sua cabeça e conversei com o bicho. Oleg disse que a gente precisava levá-lo a um veterinário, mas eu sabia o que eles iam fazer, e então a gente manteve o cão no quarto, pendurou a plaquinha de NÃO PERTURBE na porta, deixou o coitadinho deitado na cama. A gente se revezou para ficar acordado e verificar se ele estava respirando. Ele só ficava deitado ali, cada vez mais quente e com o pulso cada vez mais fraco. No terceiro dia, dei um nome a ele, Rufus. Por que não? É bom ter um nome quando você está prestes a morrer.

— Ele está sofrendo — disse Oleg. — O veterinário vai sacrificá-lo com uma injeção. Não dói nada.

— Ninguém vai injetar uma droga barata no Rufus — afirmei, preparando a seringa.

— Você está louco? — perguntou Oleg. — Isso é violino, vale 2 mil.

Talvez. Em todo caso, Rufus deixou esse mundo na porra de uma classe executiva.

Pelo que me lembro, o tempo estava nublado na viagem de volta. De qualquer forma, não tinha Sinatra, não tinha cantoria.

Quando chegamos a Oslo, percebi que Oleg morria de medo do que iria acontecer. Curiosamente, eu estava muito despreocupado. Como se soubesse que o velho não iria mexer com a gente. Éramos dois viciados inofensivos rumo ao fundo do poço. Duros, desempregados e, em breve, sem violino. Oleg descobriu que o termo "viciado" tinha mais de cem anos, datava da época em que os primeiros viciados em heroína roubavam sucata no porto da Filadélfia para financiar o consumo. E foi exatamente isso que eu e Oleg fizemos. Começamos a entrar às escondidas nos canteiros de obra perto do porto de Bjørvika e a roubar o que encontrávamos. Cobre e ferramentas eram nosso tesouro. O cobre, vendíamos para um ferro-velho em Kalbakken; as ferramentas, para dois pedreiros da Lituânia.

Mas, conforme a ideia se popularizava entre os viciados, as cercas ficaram mais altas, os vigias noturnos se tornaram mais numerosos, os policiais entraram em cena e os compradores sumiram. E ali estávamos nós, com o vício que nos chicoteava feito um senhor de escravos furioso. E eu sabia que precisava ter uma ideia muito boa, arranjar uma solução final. E foi o que fiz.

É claro que eu não disse nada a Oleg.

Levei um dia inteiro para preparar o discurso. Então liguei para ela.

Irene tinha acabado de chegar em casa depois da academia. Ela pareceu quase feliz ao ouvir minha voz. Falei sem parar por uma hora. Ela chorou quando terminei.

Na noite seguinte, fui até a Estação Central, e já estava na plataforma quando o trem vindo de Trondheim chegou.

Suas lágrimas escorreram quando ela me abraçou.

Tão nova. Tão carinhosa. Tão preciosa.

Como já disse, nunca amei ninguém de verdade. Mas devo ter estado bem perto disso, pois eu mesmo quase chorei.

33

Pela fresta da janela do quarto 301, Harry ouviu o sino da igreja bater onze badaladas em algum lugar na escuridão. Havia uma vantagem na dor que sentia no queixo e no pescoço: ela o mantinha acordado. Ele se levantou da cama, levou a cadeira até a parede ao lado da janela e se sentou, ficando de frente para a porta com a carabina no colo.

Havia parado na recepção ao chegar, e lá pediu uma lâmpada forte para substituir a que estava queimada em seu quarto e um martelo para bater uns pregos que estavam saindo da soleira da porta. Disse que ele mesmo cuidaria disso. Em seguida, trocou a lâmpada fraca do corredor logo em frente à sua porta e usou o martelo para soltar a soleira e tirá-la.

De onde estava sentado, ele veria a sombra na fresta debaixo da porta assim que eles chegassem.

Harry fumou mais um cigarro. Conferiu a carabina. Acabou com o restante do maço. Lá fora, na escuridão, o sino da igreja bateu doze badaladas.

O telefone tocou. Era Beate. Ela contou que tinha recebido cópias de quatro das cinco listas entregues pelas patrulhas que haviam vasculhado a área de Blindern.

— O último carro já havia entregado a lista para a CrimOrg — disse ela.

— Obrigado. Você recebeu as amostras de Rita no Schrøder?

— Sim, senhor. Falei para o pessoal de medicina forense que deveria ser prioridade. Eles estão analisando o sangue agora.

Pausa.

— E? — perguntou Harry.

— E o quê?

— Conheço esse tom de voz, Beate. Tem algo mais.

— Análises de DNA não são feitas em algumas horas, Harry. Pode...

— ... levar dias para ter um resultado completo.

— Pois é. Por enquanto está incompleto.

— Quão incompleto?

Harry ouviu passos no corredor.

— Bem, há pelo menos cinco por cento de chance de erro.

— Você já tem um perfil preliminar do DNA e já encontrou um registro correspondente, não é?

— A gente só usa análises incompletas para dizer quem *não* pode ser.

— O resultado bateu com quem?

— Não quero falar nada antes de...

— Fale.

— Não. Mas posso dizer que o sangue não é do próprio Gusto.

— E?

— E não é de Oleg. Tudo bem?

— Muito bem — disse Harry, sentindo que tinha prendido a respiração. — Mas...

Uma sombra embaixo da porta.

— Harry?

Harry desligou. Mirou a carabina na porta. Esperou. Três batidas curtas. Ele aguardou. Ficou à escuta. A sombra não se afastou. Ele andou na ponta dos pés ao longo da parede até a porta, fora de uma eventual linha de fogo. Observou pelo olho mágico.

Viu as costas de um homem.

A jaqueta era tão curta que ele conseguia ver o cós da calça. Um pedaço de pano preto saía do bolso de trás, um gorro, talvez. Ele não usava cinto. Os braços bem junto à lateral do corpo. Se o homem portava uma arma, ela teria de estar em um coldre de ombro ou no tornozelo. Nada muito comum.

O homem se virou para a porta e bateu duas vezes, dessa vez com mais força. Harry prendeu a respiração enquanto estudava a imagem distorcida de um rosto. Distorcida, mas, ainda assim, havia algo de inconfundível nele. Um queixo proeminente. A figura coçou o queixo com um crachá que estava pendurado no pescoço. Do jeito que os policiais faziam às vezes, quando iam realizar uma prisão. Merda! A polícia tinha sido mais rápida que Dubai.

Harry hesitou. Se o cara estava munido de um mandado de prisão, ele também tinha um papel azul com a ordem de busca e apreensão que já havia mostrado para o recepcionista e devia ter recebido a chave mestra. Harry pensou por um instante. Ele voltou na ponta dos pés, escondeu a carabina atrás do guarda-roupa. Retornou e abriu a porta.

— O que quer e quem é você? — perguntou ao lançar um olhar para a direita e para a esquerda do corredor.

O homem fixou os olhos nele.

— Caralho, você está péssimo, Hole. Posso entrar?

Ele mostrou o crachá.

Harry leu.

— Truls Berntsen. Você trabalhava para Bellman, não?

— Ainda trabalho. Ele manda lembranças.

Harry deu um passo para o lado e deixou Berntsen entrar primeiro.

— Aconchegante — comentou o policial, olhando em volta.

— Pode sentar — disse Harry, fazendo um gesto em direção à cama e se acomodando na cadeira em frente à janela.

— Chiclete? — perguntou Berntsen e lhe estendeu um pacote.

— Dá cárie. O que você quer?

— Simpático como sempre.

Berntsen deu uma risada que soou como um grunhido, rolou o chiclete, posicionando-o entre os dentes e o maxilar proeminente e se sentou.

O cérebro de Harry registrou o tom de voz, a linguagem corporal, o movimento dos olhos, o cheiro. O homem estava relaxado, mas ao mesmo tempo ameaçador. Palmas das mãos abertas, nenhum sinal de movimentos bruscos, mas os olhos buscavam informações, analisavam a situação, preparavam algo. Harry já estava arrependido de ter guardado a carabina. Não ter porte de arma era o menor de seus problemas.

— Achamos sangue na camisa de Gusto Hanssen após a violação do túmulo no cemitério de Vestre ontem à noite. E a análise de DNA mostra que o sangue é seu.

Harry observou Berntsen dobrar com cuidado o papel metálico do chiclete. Agora ele se lembrava do policial. Costumavam chamá-lo de

Beavis. O garoto de recados de Bellman. Burro e esperto. E perigoso. Um Forrest Gump do mal.

— Não faço ideia do que você está falando — disse Harry.

— Não mesmo? — perguntou Berntsen e suspirou. — Um erro no registro, talvez? Então é melhor você vestir seus trapos. Vou levá-lo até a sede da polícia para fazer um novo exame de sangue.

— Estou procurando uma menina — disse Harry. — Irene Hanssen.

— Ela está no cemitério de Vestre?

— Está desaparecida desde o verão, pelo menos. Ela é irmã adotiva de Gusto Hanssen.

— Isso é novidade para mim. De qualquer forma, você deve ir comigo lá embaixo...

— É a menina do meio — disse Harry tirando a foto da família Hanssen do bolso do paletó e estendendo-a a Berntsen. — Preciso de um pouco de tempo. Não muito. Depois vocês vão entender por que eu teria que fazer isso desse jeito. Prometo me apresentar pessoalmente dentro de quarenta e oito horas.

— 48 horas — disse Berntsen estudando a foto. — Bom filme. Nolte e aquele negro. McMurphy?

— Murphy.

— Exatamente. Esse cara parou de ser engraçado. Não é estranho? Você tem uma coisa e, de repente, um dia, simplesmente a perde. Como acha que deve ser essa sensação, Hole?

Harry olhou para Truls Berntsen. Ele não tinha mais tanta certeza sobre a comparação com Forrest Gump. Berntsen colocou a foto na direção da luz. Semicerrou os olhos, concentrado.

— Está reconhecendo ela?

— Não — respondeu Berntsen e devolveu a foto, contorcendo-se um pouco. Evidentemente era desconfortável sentar em cima do pedaço de pano que ele tinha no bolso de trás, pois logo o transferiu para o bolso da jaqueta. — Vamos passar lá na sede da polícia, e aí a gente avalia suas quarenta e oito horas.

Seu tom de voz era suave. Suave demais. Harry pensou consigo mesmo. Beate conseguira prioridade para sua análise de DNA no Instituto de Medicina Forense e, mesmo assim, ainda não havia recebido o resultado completo. Então, como Berntsen já havia analisado o sangue na mortalha de Gusto? E mais uma coisa. Berntsen não havia mudado o pedaço de pano de um bolso para o outro rápido o suficiente. Não era um gorro, era uma touca ninja. Como a que tinha sido usada no assassinato de Gusto.

E a próxima ideia seguiu na esteira da primeira. O queimador.

Será que não era a polícia que tinha chegado primeiro, mas o lacaio de Dubai? Harry pensou na carabina atrás do guarda-roupa. Mas era tarde demais para escapar; ouviu passos se aproximando no corredor lá fora. Duas pessoas. Uma delas tão grande que fazia as tábuas do piso rangerem. Os passos se detiveram em frente à porta. As sombras de dois pares de pernas invadiram o quarto pela fresta embaixo da porta. É claro que ele podia esperar que fossem colegas de Berntsen, que realmente se tratasse de uma prisão. Mas ele tinha ouvido o piso ranger. Um homem grande. Imaginava que tivesse mais ou menos o tamanho da figura que havia corrido atrás dele em Frognerparken.

— Vamos então — disse Berntsen, ficando de pé e posicionando-se diante de Harry. Coçou como que por acaso o peitoral embaixo da lapela da jaqueta. — Uma voltinha, só eu e você.

— Parece que vamos ter companhia — disse Harry. — Estou vendo que você trouxe reforço.

O ex-policial fez um gesto na direção da sombra na fresta da porta. Um terceiro vulto tinha surgido. Um vulto alongado, reto. Truls seguiu seu olhar. E Harry viu o espanto genuíno em seu rosto. Aquele espanto que tipos como Truls Berntsen não conseguiam disfarçar. Não era o pessoal dele.

— Saia de perto da porta — sussurrou Harry.

Truls parou de mascar o chiclete e olhou para ele.

Truls Berntsen gostava de carregar sua pistola Steyr em um coldre de ombro, deixando a arma bem rente ao peito. Assim ela ficava menos visível caso estivesse de frente para alguém. E como sabia que Harry Hole era um investigador experiente, treinado pelo FBI em Chicago, Truls estava ciente de que ele automaticamente detectaria o volume de uma pistola nos lugares onde normalmente uma pessoa carrega uma arma. Não que Truls imaginasse que usaria sua Steyr, mas ele tinha tomado precauções. Se Harry resistisse, ele o levaria dali com a Steyr discretamente nas costas, colocando a touca ninja para que eventuais testemunhas não fossem capazes de identificá-lo na companhia de Hole pouco antes de ele sumir da face da Terra. O Saab estava estacionado num beco, e Berntsen tinha até quebrado a lâmpada do único poste do local para que ninguém visse a placa. Cinquenta mil euros. Ele seria paciente. Teria uma casa em Høyenhall um pouco mais adiante, com vista para a deles. Para ela.

Harry Hole parecia menor do que o gigante que ele tinha na memória. E mais feio. Pálido, feio, sujo e esgotado. Resignado, desconcentrado. Seria uma tarefa mais simples do que havia imaginado. Por isso, quando Hole lhe disse, com voz sussurrante, para se afastar da porta, a primeira reação de Truls Berntsen foi de irritação. O cara começaria com seus truques infantis agora, quando tudo parecia tão fácil? Mas sua segunda reação foi pensar que esse era exatamente o tom de voz que eles usavam. Os policiais em situações críticas. Nada de exageros ou dramas, só uma fala clara, neutra e fria que não dava a menor chance para mal-entendidos. E maior chance de sobrevivência.

Por isso, quase sem pensar, Truls Berntsen deu um passo para o lado.

No mesmo instante, a parte de cima da porta explodiu dentro do quarto.

Assim que Truls Berntsen se virou, ele concluiu instintivamente que o cano deveria ter sido serrado para que a carga de chumbo tivesse tanta dispersão a uma distância tão curta. Ele já estava com a mão na Steyr. Com o coldre de ombro na posição normal e sem a jaqueta, ele teria sacado a arma mais rápido, uma vez que a coronha estaria quase do lado de fora do coldre.

Truls rolou por cima da cama enquanto soltava a arma, e já estava com ela empunhada quando a porta se abriu totalmente com um estrondo. Ele ouviu o vidro se partindo atrás de si antes de tudo ser abafado por mais um estrondo.

O som invadiu seus ouvidos e, no instante seguinte, havia uma tempestade de neve no quarto.

Viu a silhueta de dois homens em meio à neve que vinha do vão da porta. O maior deles levantou a arma. A cabeça quase alcançava o batente da porta; deveria ter bem mais de dois metros de altura. Truls apertou o gatilho. E apertou de novo. Sentiu o maravilhoso coice da arma e a certeza ainda mais maravilhosa de que daquela vez era para valer, foda-se o que viria depois. O grandão foi jogado para trás antes de recuar e desaparecer. Truls apontou a arma para o outro homem, que estava ali, imóvel. Plumas brancas caíam lentamente em volta dele. Truls o tinha na mira, mas não apertou o gatilho. Ele o via mais claramente agora. O rosto de lobo. Junto com o cara que tinha o tipo de rosto que Truls sempre associara a lapões, finlandeses e russos.

O cara ergueu a arma, segurando-a à frente. O dedo no gatilho.

— Calminho, Berntsen — disse ele.

Truls Berntsen soltou um urro.

Harry caiu.

Quando o primeiro tiro passou por cima de sua cabeça, ele se agachou e, em seguida, recuou até a janela. Teve a sensação de que ela estava cedendo antes de se lembrar de que era de vidro. Ela se estilhaçou.

Então ele estava em queda livre.

O tempo parou de repente, como se ele tivesse caído dentro da água. As mãos e os braços se movimentavam feito nadadeiras lentas, numa tentativa instintiva de impedir que o corpo desse uma cambalhota para trás. Pensamentos confusos passavam velozes pelas sinapses do cérebro.

Ele aterrissaria de cabeça e quebraria o pescoço.

Que sorte seu quarto não ter cortinas.

A mulher nua de ponta-cabeça estava na janela do outro lado.

Então ele se viu cercado por objetos inofensivos. Caixas de papelão vazias, jornais velhos, fraldas usadas, caixas de leite e pão dormido da cozinha do hotel, filtros de café usados.

Ficou ali deitado de costas no contêiner de lixo em meio a uma chuva de cacos de vidro. Da janela em cima dele surgiam clarões como os de flashes de câmeras fotográficas. Disparos de arma. Mas tudo era estranhamente silencioso, como se os tiros viessem de uma TV com o volume baixo. Ele sentiu que a fita adesiva em torno do pescoço tinha rasgado. Que o sangue fluía. E, por um momento insano, cogitou simplesmente ficar deitado ali. Fechar os olhos, dormir, ir embora. Teve a impressão de que era um mero observador ao se levantar, sair do contêiner e correr a toda a velocidade para o portão no fundo do pátio. Conseguiu abri-lo, ouviu um urro furioso vindo da janela e saiu na rua. Escorregou na tampa de um bueiro, mas mesmo assim se manteve em pé. Viu uma mulher negra trabalhando de calça jeans justa. Ela sorriu automaticamente e fez um biquinho para ele antes de reavaliar a situação e olhar para o outro lado.

Harry desatou a correr.

E decidiu que dessa vez só iria correr.

Até não precisar mais.

Até eles o pegarem.

Ele torceu para que não demorasse muito.

Nesse meio-tempo, ele faria o que era programado para fazer: fugir, tentar escapar, tentar sobreviver algumas horas, alguns minutos, alguns segundos.

O coração batia em protesto, e, ao atravessar a rua na frente de um ônibus noturno, ele começou a rir e continuou correndo em direção à Estação Central.

34

Harry estava trancado ali. Foi o que constatou ao acordar. Na parede, acima dele, havia um cartaz que mostrava um corpo humano sem a pele. Do lado, uma escultura de madeira talhada com esmero de um homem crucificado sangrando até a morte. Ao lado dele, por sua vez, havia uma fileira de armários com remédios.

Ele se virou no sofá. Tentou retomar o raciocínio da noite anterior. Tentou visualizar a imagem. Ainda não tinha conseguido ligar os pontos e, por enquanto, até esses pontos eram simples suposições.

Suposição número um. Truls Berntsen era o queimador. Como funcionário da Divisão contra o Crime Organizado, ele provavelmente estava na posição perfeita para trabalhar com Dubai.

Suposição número dois. Beate tinha encontrado o DNA de Truls Berntsen nas unhas de Gusto. Por isso ela não quis dizer nada antes de ter cem por cento de certeza; a análise do sangue apontava para alguém da própria polícia. E, se estivesse certo, Gusto tinha arranhado Truls Berntsen no dia em que morreu.

Mas aí vinha a parte difícil. Se Berntsen de fato trabalhava para Dubai e tinha sido incumbido da tarefa de liquidar Harry, por que os Blues Brothers apareceram e tentaram explodir a cabeça dos dois? E, se eram os rapazes de Dubai, como eles e o queimador se enfrentaram daquele jeito? Será que no fim de contas não estavam do mesmo lado, ou será que simplesmente foi uma operação malcoordenada? Talvez Truls Berntsen tivesse agido sozinho para impedir que Harry entregasse as provas encontradas no túmulo de Gusto e o desmascarasse?

Ele ouviu o barulho de chaves, e a porta se abriu.

— Bom dia — cantarolou Martine. — Como está se sentindo?

— Melhor — mentiu Harry, olhando para o relógio. Seis da manhã. Ele afastou o cobertor com um movimento brusco e pôs os pés no chão.

— Nossa enfermaria não foi projetada para servir de alojamento — disse Martine. — Fique deitado que vou trocar o curativo do pescoço.

— Obrigado por ter me acolhido ontem à noite — disse Harry. — Mas, como eu já disse, me esconder implica certo risco no momento, por isso acho que devo ir embora.

— Deite!

Harry olhou para ela. Suspirou e obedeceu. Fechou os olhos e ficou ouvindo Martine abrir e fechar gavetas, o tilintar de uma tesoura contra um vidro, o som dos primeiros fregueses chegando para o café da manhã no andar de baixo.

Ela começou a tirar o curativo que tinha feito na noite anterior, e Harry usou a outra mão para ligar para Beate. Ouviu a mensagem minimalista na secretária eletrônica. Bipe.

— Sei que o sangue é de um ex-investigador de homicídios da Kripos — disse Harry. — Mesmo que você receba a confirmação do Instituto de Medicina Forense, você deve esperar antes de revelar isso a alguém. Por si só, não é o suficiente para conseguir um mandado de prisão, e se a gente chacoalhar mais a gaiola, corremos o risco de que queime todo o caso e desapareça. Por isso, vamos prendê-lo por alguma outra coisa e assim poderemos trabalhar em paz: arrombamento e homicídio no Clube dos Motoqueiros de Alnabru. Se não me engano, foi com ele que Oleg tentou roubar o clube. E Oleg vai depor como testemunha. Por isso quero que você passe, por fax, uma foto de Truls Berntsen, atualmente investigador na CrimOrg, para o escritório de advocacia de Hans Christian Simonsen, pedindo que ele mostre a foto a Oleg para identificação.

Harry desligou, respirou fundo e sentiu a ânsia vir de repente e com tanta força que ele arfou. Virou-se para o lado; sentiu o estômago revirar.

— Está doendo? — perguntou Martine enquanto passava o chumaço de algodão embebido em álcool pelo pescoço e pelo queixo. Harry fez que não com a cabeça e apontou para a garrafa aberta de álcool.

— Entendi. — Ela fechou o recipiente com a tampa. — Isso nunca vai melhorar? — questionou, baixinho.

— O quê? — indagou Harry com voz rouca.

Ela não respondeu.

O olhar de Harry vagou pela enfermaria para encontrar uma distração, algo que pudesse mudar o foco de sua mente, qualquer coisa. O olhar encontrou o anel de ouro que ela havia tirado e deixado sobre o sofá antes de começar a cuidar de sua ferida. A essa altura, ela e Rikard já estavam casados fazia alguns anos. Havia riscos no anel; não era novo nem tinha a superfície lisa da aliança de Torkildsen, da Telenor. Harry sentiu um arrepio repentino, e seu couro cabeludo começou a coçar, o que obviamente poderia ser apenas suor.

— Ouro puro? — perguntou ele.

Martine começou a colocar o novo curativo.

— É uma aliança de casamento, Harry.

— E daí?

— E daí que é óbvio que é de ouro. Não importa se você é pobre ou mesquinho; não se compra uma aliança que não seja de ouro.

Harry fez um gesto de compreensão. Sua cabeça não parava de coçar, e ele sentiu os pelos da nuca se eriçarem.

— Bom, eu já comprei.

Ela riu.

— Nesse caso você é o único do mundo, Harry.

Ele fitou o anel. Pronto, era isso.

— Com certeza sou o único, caralho... — disse ele devagar.

Os pelos da nuca nunca o enganavam.

— Espere aí, não acabei!

— Está tudo bem.

Harry já havia se levantado.

— Você pelo menos deveria ganhar uma roupa nova e limpa. Você está fedendo a lixo, suor e sangue.

— Os mongóis tinham o costume de se cobrir de excrementos de animais antes de grandes batalhas — comentou Harry enquanto abotoava a camisa. — Se você quiser me dar algo, um cafezinho não seria...

Ela olhou para ele, resignada. E, meneando a cabeça, saiu da enfermaria e desceu a escada.

Harry procurou o celular, apressado.

— Pois não?

Klaus Torkildsen parecia um zumbi. O choro de criança no fundo explicava o porquê.

— Aqui é Harry Hole. Se você fizer uma coisa para mim, nunca mais vou te incomodar, Torkildsen. Gostaria que você conferisse algumas estações de base. Preciso saber todos os locais onde o celular de Truls Berntsen, com endereço em algum lugar de Manglerud, esteve na noite de 12 de julho.

— Não conseguimos determinar o local com a exatidão do metro quadrado, nem mapear...

— ... os movimentos minuto a minuto. Sei de tudo isso. Só faça o melhor que puder.

Silêncio.

— Era só isso?

— Não, tem mais um nome. — Harry fechou os olhos. Visualizou as letras na placa da porta do Hospital de Oncologia. Murmurou. Então pronunciou o nome no microfone do celular.

— Anotado. E "nunca mais" significa...?

— Nunca mais.

— Está bem. Mais uma coisa.

— Pode falar.

— A polícia perguntou sobre seu número ontem. Você não tem nenhum número registrado.

— Tenho um número chinês não registrado. Como assim?

— Tive a impressão de que eles queriam rastreá-lo. O que está acontecendo?

— Tem certeza de que quer saber, Torkildsen?

— Não — respondeu ele depois de uma pausa. — Ligo pra você quando tiver alguma coisa.

Harry desligou e pensou bem. Ele estava sendo procurado. Mesmo que a polícia não achasse seu nome vinculado ao número, poderiam somar um mais um se conferissem os registros telefônicos de Rakel e encontrassem um número chinês. Ele poderia ser localizado pelo telefone, então precisava se desfazer dele.

Quando Martine voltou com uma xícara de café fumegante, Harry se permitiu tomar dois goles e então, sem rodeios, perguntou a ela se poderia lhe emprestar seu telefone por uns dois dias.

Ela o fitou com aquele olhar direto e puro e disse que sim, se ele achava que era importante...

Harry assentiu, pegou o pequeno celular vermelho, deu um beijo na bochecha de Martine e desceu até o café com sua xícara. Cinco mesas já estavam ocupadas, e outros insones chegavam. Harry se sentou a uma mesa e passou para o novo aparelho os números mais importantes da agenda de sua imitação chinesa de iPhone. Mandou-lhes uma breve mensagem sobre o novo número.

Os viciados são tão indecifráveis quanto as outras pessoas, mas num ponto eles são bastante previsíveis. Portanto, ao deixar seu telefone chinês na mesa para ir ao banheiro, Harry teve certeza do que ia acontecer. Quando voltou, o celular tinha sumido. Havia iniciado uma viagem que a polícia acompanharia de perto através das estações de base espalhadas pela cidade.

Harry, por sua vez, saiu e desceu Tøyengata rumo a Grønland.

Uma viatura da polícia veio subindo a ladeira em sua direção. Ele abaixou a cabeça automaticamente, pegou o telefone vermelho de Martine e fingiu digitar algo para esconder o rosto o máximo possível.

A viatura passou. Nas próximas horas, seu desafio seria se manter escondido. Mas agora ele sabia uma coisa. Sabia por onde começar.

Truls Berntsen morria de frio debaixo de duas camadas de ramas de abeto.

Ele tinha passado o mesmo filme em sua cabeça a noite inteira, vezes sem fim. O rosto de lobo que recuou cuidadosamente, repetindo a palavra "calminho" como uma prece de cessar-fogo, enquanto eles ainda estavam de arma em punho. O homem com rosto de lobo. O motorista da limusine estacionada em frente ao portão do cemitério de Gamlebyen. O homem de Dubai. No momento em que se curvou para arrastar o colega grandão que Truls tinha baleado, ele teve de baixar a arma, e Truls entendeu que o cara estava disposto a arriscar a vida para tirar o companheiro dali. O homem com rosto de lobo deveria ser ex-soldado, ex-policial, alguma dessas coisas que envolvem um código de honra, pelo menos. O grandão soltou um gemido. Ele estava vivo. Truls sentiu alívio e decepção ao mesmo tempo. Mas deixou o homem com rosto de lobo ter o trabalho de pôr o grandão de pé e ouviu o som de passos enquanto os dois cambaleavam pelo corredor em direção à porta dos fundos. Quando eles ficaram fora de vista, Truls vestiu a touca ninja e saiu correndo. Passou pela recepção, entrou no Saab e dirigiu direto até aquele lugar: não teve coragem de ir para casa. Pois aquele era seu esconderijo, seu lugar secreto. O lugar onde ninguém podia vê-lo, o lugar que só ele conhecia e para onde ia quando queria olhar para ela.

Ficava em Manglerud, numa área bastante procurada pelas pessoas que gostavam de fazer caminhadas, mas elas se mantinham nas trilhas e nunca subiam em seu rochedo, que era rodeado por um denso matagal.

A casa de Mikael e Ulla Bellman ficava na colina logo em frente ao rochedo, e dali Truls tinha uma vista perfeita para a janela da sala, onde ele a vira sentada tantas noites. Apenas sentada no sofá com seu rosto lindo, o corpo delicado que quase não havia mudado com o passar dos anos. Ela ainda era Ulla, a moça mais bonita de Manglerud. Às vezes, Mikael também ficava sentado ali na sala. Truls via os dois se beijarem e se acariciarem, mas sempre desapareciam dentro do quarto antes que algo mais acontecesse. Ele nem sabia se queria ter visto mais. Pois o que mais gostava era vê-la ali sozinha. No sofá, com um livro, sentada sobre as pernas dobradas. De vez em quando, ela lançava um olhar para a janela da sala como se sentisse que estava sendo observada. E Truls ficava excitado com a ideia de que ela talvez soubesse que ele estava ali fora, em algum lugar.

Mas agora a janela da sala estava às escuras. Eles tinham se mudado. Ela havia se mudado. E não havia nenhum lugar com vista panorâmica para a casa nova. Ele tinha verificado tudo. E do jeito que as coisas estavam, talvez não precisasse disso. Talvez não precisasse de nada mais. Era um homem jurado de morte

Eles o induziram a procurar Hole no Hotel Leon à meia-noite e então partiram para o ataque.

Tentaram se livrar dele. Tentaram queimar o queimador. Mas por quê? Porque ele sabia demais? Afinal, ele era um queimador, os queimadores sabem demais, isso faz parte do jogo. Truls não conseguia entender aquilo. Caralho! Não importava o motivo, só precisava se manter vivo.

Sentia tanto frio e cansaço, que os ossos doíam, mas não tinha coragem de ir para casa antes de amanhecer e antes de ter conferido que o caminho estava livre. Se conseguisse entrar em seu apartamento, teria munição suficiente para aguentar um cerco. É claro que deveria ter baleado os dois capangas quando teve oportunidade, mas se fizessem outra tentativa, mostraria a eles que não seria nada fácil acabar com Truls Berntsen.

Truls se levantou. Tirou as folhas em formato de agulha da roupa, tremendo de frio, e esfregou os braços para se esquentar. Olhou para a casa outra vez. Começava a amanhecer. Ele pensou nas outras Ullas. Como, por exemplo, aquela moreninha do Farol, Martine. Ele realmente chegou a pensar que poderia tê-la. Ela lidava com pessoas perigosas, e ele poderia protegê-la. Mas ela o havia ignorado, e, como de costume, ele não tivera coragem de se aproximar e acabar de vez com a rejeição. Então achou melhor esperar um pouco, ter esperança, prolongar aquilo, atormentar-se, conseguir ver um sinal de incentivo onde homens menos desesperados apenas veriam uma delicadeza normal. Um dia, por acaso, ele ouviu alguém dizer algo a ela e se deu conta de que estava grávida. Puta desgraçada. São todas putas. Que nem aquela garota que tinha sido olheira de Gusto Hanssen. Puta, puta. Ele odiava essas mulheres. E os homens que sabiam como conquistá-las.

Ele pulava e esfregava os braços, mas sabia que aquele frio duraria para sempre.

Harry tinha voltado para Kvadraturen. Entrou no Postcafeen. Ele abria primeiro, quatro horas antes do Schrøder, e ele precisou encarar uma fila de fregueses sedentos por cerveja até conseguir comprar algo que passasse por um café da manhã.

Rakel foi a primeira pessoa para quem ele ligou. Pediu que ela conferisse a caixa de entrada do e-mail de Oleg.

— Sim — disse ela. — Tem uma mensagem de Bellman para você. Parece uma lista de endereços.

— Ok. Encaminhe para Beate Lønn.

Ele lhe deu o endereço de e-mail.

Em seguida, enviou uma mensagem a Beate dizendo que as listas haviam sido enviadas e terminou de tomar seu café da manhã. Levantou-se e foi para o Stortorvets Gjæstgiveri, onde tomou mais uma xícara de café bem filtrado antes de Beate ligar.

— Então, comparei as listas que foram entregues pelas viaturas com a lista que você encaminhou. O que é aquilo?

— É a lista que Bellman recebeu e passou para mim. Só queria ver se ele obteve o relatório correto ou se foi manipulado.

— Entendi. Todos os endereços que eu tinha estão na lista que você e Bellman receberam.

— Hum — disse Harry. — Você não recebeu a lista entregue por uma das viaturas, não foi isso?

— Para que isso tudo, Harry?

— Estou tentando fazer com que o queimador nos ajude.

— Nos ajude como?

— Indicando a casa onde Dubai mora.

Silêncio.

— Vou ver se consigo arranjar a última lista — disse Beate.

— Obrigado. A gente se fala.

— Espere.

— Sim?

— Você não está interessado no DNA do sangue embaixo da unha de Gusto?

35

Era verão, e eu era o rei de Oslo. Tinha recebido meio quilo de violino em troca de Irene e vendido metade na rua. Seria o capital inicial de algo grande, um novo cartel que tiraria o velho de campo. Mas primeiro era preciso comemorar o novo negócio. Peguei uns trocados do valor da venda de violino e comprei uma roupa que combinava com os sapatos que ganhei de Isabelle Skøyen. Eu parecia um ricaço; nem pestanejaram quando entrei na porra do Grand Hotel pedindo uma suíte. A gente ficou lá de farra durante alguns dias. Esse "a gente" variava um pouco, mas era verão em Oslo; havia mulheres, rapazes... Era como nos velhos tempos, só com uma droga um pouco mais pesada. Até Oleg se animou e, por um tempo, voltou a ser o que era antes. Ficou claro que eu tinha mais amigos do que lembrava, e a droga ia embora mais rápido do que se podia imaginar. Fomos expulsos do Grand Hotel e nos hospedamos no Christiania. Depois no Radisson, Holbergs plass...

Era óbvio que aquilo não podia durar para sempre, mas que se foda, o que dura para sempre?

Vi uma limusine preta do outro lado da rua umas duas vezes, quando saía do hotel, mas existem várias limusines por aí. De qualquer forma, ela só estava parada ali.

E então chegou o dia inevitável em que o dinheiro acabou, e eu precisei vender mais violino. Eu escondia a droga em um dos armários de vassouras do andar de baixo, dentro das placas do teto, atrás de alguns cabos elétricos. No entanto, ou eu estava delirando ou alguém tinha me visto ir lá antes. Porque o estoque foi roubado. E eu não tinha nenhuma reserva.

A gente estava de volta à estaca zero. Só que não havia mais "a gente". Estava na hora de fazer o check-out. E de injetar a primeira dose do dia, que agora teria de ser comprada na rua. Mas quando fui fechar a conta do quarto que ocupamos por mais de duas semanas, faltavam 15 mil coroas.

Fiz a única coisa sensata.

Corri.

Passei correndo pelo lobby e saí para a rua, atravessei o parque e fui em direção ao mar. Ninguém me seguiu.

Segui caminhando até Kvadraturen para comprar violino. Não havia um único jogador do Arsenal à vista, só os desesperados de olhos fundos que vagavam por lá à procura de um vendedor. Falei com um cara que queria me vender metanfetamina. Ele disse que fazia dias que não tinha como arranjar violino, que o abastecimento simplesmente tinha parado. Mas havia boatos de que alguns viciados espertos vendiam suas últimas doses de violino a 5 mil coroas cada na Plata. Assim eles poderiam comprar heroína para uma semana.

Eu não tinha essa merda de dinheiro e percebi que estava fodido. Três alternativas. Vender alguma coisa, enganar alguém ou roubar.

Primeiro, vender. Mas o que me restava, se até minha irmã adotiva eu havia vendido? Lembrei. A Odessa. Ela estava no local de ensaio da banda, e os paquistaneses de Kvadraturen com certeza desembolsariam 5 mil por uma arma que disparava rajadas de tiros como aquela. Por isso continuei correndo rumo ao norte da cidade, passando pela Ópera e pela Estação Central. Mas devia ter tido um arrombamento lá, pois a porta estava com cadeado novo, e os amplificadores das guitarras tinham sumido. A bateria foi a única coisa que restou. Procurei a arma, mas é claro que a tinham levado também. Ladrões desgraçados.

Próxima alternativa, enganar alguém. Peguei um táxi, instruindo o motorista a seguir para oeste, até Blindern. O cara encheu minha paciência falando de dinheiro; ele devia ter sacado a situação. Pedi que parasse no fim da rua, junto aos trilhos do trem, saltei do carro e comecei a correr, deixando o motorista para trás. Atravessei correndo o Forskningsparken, mesmo sem ter ninguém atrás de mim. Corria porque tinha pressa. Só não sabia o porquê.

Abri o portão da propriedade e avancei pelo caminho de cascalho. Espiei pela fresta lateral do portão da garagem. A limusine estava ali. Bati na porta do casarão.

Andrey a abriu. O *ataman* não estava em casa, disse. Apontei para a casa vizinha, atrás do reservatório de água, insistindo que ele devia estar ali, pois a limusine estava na garagem. Ele repetiu que o *ataman* não estava em casa. Eu disse que precisava de dinheiro. O capanga do velho falou que não podia me ajudar e que era para eu nunca mais voltar. Implorei por violino, só dessa vez. Ele contou que a droga estava esgotada no momento, que Ibsen não tinha um ingrediente, que eu precisaria esperar umas duas semanas. Eu disse que estaria morto antes disso, que tinha de arranjar dinheiro ou violino.

Andrey fez menção de fechar a porta, mas tive tempo de impedi-lo com o pé.

Eu disse que, se ele não me desse a droga, eu iria contar à polícia onde o velho morava.

Andrey olhou para mim.

— Você quer morrer? — perguntou ele com seu rosto de comediante. — Lembra-se de Bisken?

Segurei a porta com a mão. Disse que os policiais pagariam bem para saber onde Dubai e seus capangas viviam. E mais um pouco para saber o que tinha acontecido com Bisken. E mais ainda se eu contasse sobre o agente infiltrado no chão do porão.

Andrey fez que não com a cabeça lentamente.

Aí eu disse ao filho da puta do cossaco "passhol v'chorte", que acho que é a expressão russa para "vá se foder", e fui embora.

Senti seu olhar queimando minhas costas por todo o caminho até o portão.

Eu não fazia ideia de por que o velho tinha me deixado escapar quando eu e Oleg sumimos com a droga, mas sabia que não conseguiria me safar dessa vez. Só que eu não me importava, eu ouvia uma única coisa: os gritos desesperados das minhas veias.

Subi até a trilha atrás da igreja de Vestre Aker. Vi umas velhinhas circulando por ali. Viúvas a caminho do túmulo, de seus maridos e delas próprias, com bolsas cheias de grana. Mas eu não seria capaz de fazer aquilo, caralho. Eu, o Ladrão, fiquei ali parado, suando feito um porco, morrendo de medo de umas senhorinhas de 80 e poucos anos com osteoporose. Era de chorar.

Era sábado, e pensei em quais dos meus amigos poderiam me emprestar dinheiro. Não levei muito tempo fazendo isso. A resposta era: nenhum.

Aí me lembrei de um cara que me emprestaria dinheiro, sim. Pelo bem dele.

Entrei furtivamente no ônibus e fui para o leste, voltando para o outro lado da cidade. Desci em Manglerud.

Dessa vez Truls Berntsen estava em casa.

Ele abriu a porta de seu apartamento e ouviu mais ou menos o mesmo ultimato que eu tinha feito a Andrey. Se ele não desembolsasse cinco notas bem gordas, eu botaria a boca no trombone, falaria para a polícia que ele tinha matado Tutu e escondido o corpo depois.

Mas Berntsen pareceu tranquilo demais, perguntou se eu queria entrar. Assim a gente com certeza poderia chegar a um acordo, disse.

Mas havia uma coisa muito errada em seu olhar.

Por isso fiquei ali parado e falei que não tinha o que discutir, que ou ele pagava ou eu o denunciava em troca de dinheiro. Ele disse que a polícia não pagava gente para delatar policiais. Mas que 5 mil estava ok, afinal, tínhamos uma história juntos, éramos quase amigos. Ele disse que não tinha tanta grana em casa, por isso a gente teria que dar uma passada no caixa eletrônico, o carro estava na garagem.

Pensei um pouco. Havia algo errado, mas a ânsia pela droga era insuportável, ela bloqueava qualquer raciocínio sensato. Então, mesmo sabendo que não era uma boa, aceitei.

— Você tem o resultado final, então? — perguntou Harry, e seus olhos percorreram a clientela do café. Nenhum tipo suspeito. Ou melhor, um monte de tipos suspeitos, mas nenhum deles parecia um policial.

— Tenho — respondeu Beate.

Harry ajeitou o telefone.

— Acho que já sei de quem é...

— Ah, é? — perguntou Beate com uma surpresa evidente.

— É. Para termos amostras do DNA de uma pessoa em nossos registros, ou ela já foi considerada suspeita, ou foi condenada, ou é um policial que contaminou a cena do crime. Nesse caso, é a última alternativa. Ele se chama Truls Berntsen, é um agente da Divisão contra o Crime Organizado.

— E como você sabe?

— Bem, pode-se dizer que as circunstâncias apontam para ele.

— Tudo bem — afirmou Beate. — Não duvido de que haja um bom raciocínio por trás disso.

— Obrigado.

— Mesmo assim, está totalmente errado.

— Como?

— O sangue embaixo das unhas de Gusto não é de ninguém chamado Berntsen.

Enquanto eu estava ali diante da porta do apartamento de Truls Berntsen, que tinha ido buscar a chave do carro, olhei para baixo. Para meus sapatos. Sapatos bonitos pra caralho. Aí pensei em Isabelle Skøyen.

Ela não era tão perigosa quanto Berntsen. E era louca por mim, não era? Completamente louca por mim.

Então, antes de Berntsen voltar, desci as escadas pulando sete degraus por vez e apertei o botão do elevador em cada andar.

Peguei o metrô até a Estação Central. Primeiro pensei em telefonar para ela, mas mudei de ideia. Ela sempre poderia me esnobar por telefone, mas não seria capaz de fazer isso se eu, lindo e maravilhoso, batesse pessoalmente em sua porta. Além do mais, era sábado, o que significava que seu tratador estava de folga. Levando em consideração que cavalos e porcos não pegam comida na geladeira e se viram sozinhos, provavelmente ela estava em casa. Portanto, na Estação Central, entrei sorrateiramente em um vagão da linha de Østfold destinado aos passageiros que tinham o tíquete mensal, pois a viagem até Rygge custava 144 coroas, coisa que eu ainda não tinha. Fui a pé da estação até a fazenda. É um bom pedaço. Especialmente quando começa a chover. O que acabou acontecendo.

Quando entrei no pátio, vi que o carro dela estava ali, um daqueles 4x4 que pareciam navios abrindo caminho pelas ruas do centro. Bati na porta da sede; ela havia me ensinado que era assim que se chamava a casa onde os animais não entram. Mas ninguém me atendeu. Eu gritei, o eco ressoou pelas paredes, mas não houve resposta. Obviamente, ela podia ter saído para andar a cavalo. Tudo bem, afinal, eu sabia onde ela guardava o dinheiro, e ali no campo as pessoas ainda não haviam começado a trancar as portas de casa. Girei a maçaneta e, sim, a porta estava aberta.

Quando eu estava subindo para o quarto, ela, de repente, apareceu no topo da escada. Suntuosa, as pernas afastadas, vestida de robe.

— O que você está fazendo aqui, Gusto?

— Queria te ver — disse, abrindo um sorriso. De uma orelha à outra.

— Você está precisando de um dentista — afirmou ela com frieza.

Entendi o que ela quis dizer; eu estava com umas manchas marrons nos dentes. Eles pareciam podres, mas nada que uma escova de aço não pudesse consertar.

— O que você está fazendo aqui? — repetiu ela. — Dinheiro?

Essa era a questão entre Isabelle e eu: éramos iguais, não precisávamos fingir.

— Cinco mil? — sugeri.

— Não dá, Gusto, já acabou. Quer que eu te leve de volta à estação?

— O quê? Vamos lá, Isabelle. Que tal uma trepada?

— Psiu!

Demorou um segundo antes da minha ficha cair. Fui lerdo, mas a culpa era daquele desespero todo pela droga. Ela estava ali de robe no meio do dia, mas totalmente maquiada.

— Está esperando alguém? — perguntei.

Ela não respondeu.

— Arrumou outro homem pra te comer?

— É o que acontece quando você some, Gusto.

— Sou bom em reencontros — eu disse, agarrando-a tão rápido que ela perdeu o equilíbrio.

— Você está molhado — disse ela, resistindo, como costumava fazer quando queria que eu fosse mais rude.

— Está chovendo — respondi, mordendo o lóbulo de sua orelha. — Qual é sua desculpa?

Eu já estava com uma das mãos dentro do robe.

— E você está fedendo. Me solta!

Passei a mão pela boceta recém-depilada, encontrei a abertura. Ela estava molhada. Encharcada. Eu podia enfiar dois dedos ali de uma vez. Molhada demais. Senti algo pegajoso. Tirei a mão. Os dedos estavam cobertos de uma coisa esbranquiçada e viscosa. Olhei para ela, espantado. Vi o sorriso de triunfo quando ela se inclinou em minha direção e sussurrou:

— Como eu disse, quando se some...

Perdi o controle, levantei a mão para dar um tapa nela, mas Isabelle a segurou com firmeza. A filha da puta era forte.

— Vá embora, Gusto.

Senti uma coisa nos olhos. Se eu não me conhecesse bem, pensaria que eram lágrimas.

— Cinco mil — sussurrei, com a voz embargada.

— Não. Porque você sempre vai voltar. E não queremos isso.

— Sua puta desgraçada! — berrei. — Você está se esquecendo de algumas coisas bem importantes. Me dê logo o dinheiro, senão vou até os jornais e conto todo seu esquema. E não estou me referindo às nossas transas, mas a todo esse negócio de "fazer-a-faxina-em-Oslo", que isso tudo era obra sua e do velho. Pseudossocialistas, dinheiro da droga e política na mesma cama, caralho. Quanto você acha que os tabloides vão me pagar, hein?

Ouvi a porta do quarto se abrir.

— Se eu fosse você, ia embora agora mesmo — disse Isabelle.

Ouvi o ranger das tábuas do assoalho na escuridão atrás dela.

Eu quis correr, realmente quis. Mesmo assim, fiquei parado.

Algo se aproximou.

Tive a impressão de ver as manchas em seu rosto brilharem no escuro. O cara que estava comendo Isabelle. O tigrão.

Ele pigarreou.

E, então, veio até a luz.

Ele era tão estonteantemente lindo que, mesmo no estado em que eu me encontrava, senti aquilo de novo. O desejo de pôr a mão em seu peito. De sentir a pele suada e aquecida pelo sol nas pontas dos dedos. De sentir os músculos que automaticamente se enrijeceriam diante da minha audácia.

— Quem? — perguntou Harry.

Beate pigarreou e repetiu:

— Mikael Bellman.

— Bellman?

— Isso.

— Gusto tinha o sangue de Mikael Bellman embaixo das unhas quando morreu?

— Parece que sim.

Harry inclinou a cabeça para trás. Isso mudava tudo. Será que mudava tudo mesmo? Não precisava ter algo a ver com o assassinato. Mas tinha a ver com alguma outra coisa. Com algo que Bellman não queria falar.

— Saia daqui — disse Bellman com voz baixa, já que não havia a necessidade de alterar a voz.

— Então são vocês dois — eu disse, soltando Isabelle. — Achei que ela tinha feito contato com Truls Berntsen. Você foi esperta, Isabelle, subiu ainda mais na hierarquia. Como é o esquema? Berntsen só está dentro como seu escravo, Mikael?

O nome dele saiu mais como uma carícia. Afinal de contas, foi assim que a gente se apresentou um para o outro naquele dia, Gusto e Mikael. Como dois rapazes, dois possíveis companheiros de aventuras. Vi como isso quase acendeu algo em seus olhos, como quase os inflamou. Bellman estava absolutamente nu, talvez por isso imaginei que ele não fosse me atacar. Mas ele foi rápido demais. Logo estava em cima de mim, me dando uma gravata.

— Deixe ela em paz!

Ele me arrastou até o topo da escada. Meu nariz estava espremido entre os músculos de seu tórax e a axila, e eu sentia o cheiro. Um pensamento martelava em minha mente: se ele quer que eu vá embora, por que está me arrastando escada acima? Não consegui me soltar com socos, então optei por cravar as unhas em seu peito e puxei a mão como uma garra. Senti que uma das unhas pegou em seu mamilo. Ele falou um palavrão e afrouxou a gravata. Consegui me soltar e pulei. Pousei na metade da escada, mas me mantive de pé. Disparei pelo hall, peguei a chave do carro dela e corri até o pátio. É claro que o veículo também estava destrancado. Os pneus deram voltas no cascalho quando soltei a embreagem. Pelo retrovisor, vi Mikael Bellman sair correndo e alguma coisa cintilar em sua mão. Então os pneus pegaram aderência, minhas costas bateram no encosto do banco, o carro voou pelo pátio e seguiu para a estrada.

— Foi Bellman que levou Truls Berntsen para a Divisão de Homicídios — disse Harry. — Será que Berntsen exercia a função de queimador a mando de Bellman?

— Você está ciente do rumo que as coisas estão tomando, Harry?

— Estou — disse o ex-policial. — E daqui em diante, você não precisa ter mais nada a ver com isso, Beate.

— Não vou parar agora nem fodendo! — Houve um crepitar no telefone. Harry não se lembrava de ter ouvido Beate Lønn falando palavrão antes. — É minha equipe, Harry. Não quero que gente como Berntsen a jogue na lama.

— Ok — concordou Harry. — Mas não vamos tirar conclusões precipitadas. Tudo que podemos provar é que Bellman encontrou Gusto. Ainda não temos nada concreto contra Truls Berntsen.

— O que você quer fazer, então?

— Vou começar de outra forma. E, se for como estou pensando, todos vão ruir como peças enfileiradas de um dominó. O problema é continuar livre por tempo suficiente para conseguir pôr o plano em prática.

— Quer dizer que você tem um plano?

— Claro que tenho.

— Um *bom* plano?

— Eu não disse isso.

— Mas ainda assim um plano, né?

— Com certeza.

— Você está mentindo, não está?

— Não totalmente.

Eu dirigia em alta velocidade na rodovia E18 em direção a Oslo quando me dei conta da encrenca em que tinha me metido.

Bellman tentou me arrastar escada acima. Para o quarto. Onde guardava a arma com que tinha corrido atrás de mim. Caralho, ele estava disposto a acabar comigo para me silenciar. Isso só poderia significar que ele estava atolado em merda. O que ele faria agora? Ele me prenderia, é claro. Por roubo de carro, tráfico, pela conta do hotel... tinha opções de sobra. Ele me colocaria atrás das grades antes que eu tivesse tempo de falar com alguém. E não havia a menor dúvida sobre o que aconteceria: eles iriam fazer com que parecesse suicídio. Ou um dos presos ia dar um jeito em mim. Portanto, a coisa mais idiota que eu podia fazer era continuar dirigindo esse carro, que a polícia provavelmente já estava procurando. Por isso pisei fundo. Meu destino era a região leste, e assim não tive que atravessar a cidade toda. Fui até a parte mais elevada de Oslo, para as pacatas áreas residenciais. Estacionei a certa distância e segui a pé a partir dali.

O sol reapareceu, e as pessoas estavam na rua empurrando carrinhos de bebê, com churrasqueiras descartáveis no cesto de redinha embaixo do assento. Sorrindo para o sol como se ele fosse a própria felicidade.

Joguei a chave do carro em um jardim e fui até os prédios de apartamentos com varanda.

Achei o nome no interfone junto à porta de entrada e apertei o botão.

— Sou eu — falei quando ele finalmente atendeu.

— Estou um pouco ocupado — disse a voz no alto-falante.

— E eu sou viciado em drogas — falei.

Era para ser uma brincadeira, mas senti o impacto daquelas palavras. Oleg achava engraçado quando eu, às vezes, perguntava aos clientes de sacanagem se por acaso eram viciados em drogas e queriam um pouco de violino.

— O que você quer? — perguntou a voz.

— Quero violino.

A fala dos clientes tinha se tornado minha.

Silêncio.

— Não tenho. Estou sem. A base para a produção está em falta.

— Base?

— A base de levorfanol. Você quer a fórmula também?

Sabia que era verdade, mas ele tinha que ter alguma coisa. Tinha que ter. Raciocinei. Eu não podia ir para o local de ensaio da banda, eles com certeza estariam me esperando lá. Oleg. O bom e velho Oleg me deixaria entrar.

— Você tem duas horas, Ibsen. Se não for até Hausmanns Gate com quatro doses, vou direto até a polícia e conto tudo. Não tenho mais nada a perder. Entendeu? Hausmanns Gate, 92. É só entrar e subir até o terceiro andar.

Tentei visualizar a cara dele. Morrendo de medo, suando. Tarado miserável do caralho.

— Está bem — disse ele.

Isso aí. Ele só precisava fazê-los entender a gravidade da situação.

Harry bebeu o restante do café em um só gole e olhou para a rua. Estava na hora de ir.

Ao caminhar pela Youngstorget em direção às lojas de kebab de Torggata, ele recebeu uma ligação.

Era Klaus Torkildsen.

— Boas notícias — disse ele.

— Sério?

— No horário em questão, o telefone de Truls Berntsen foi captado por quatro estações de base do centro de Oslo, o que o situa na mesma área da Hausmanns Gate, 92.

— Qual é a extensão da área?

— Bem, é uma espécie de hexágono com oitocentos metros de diâmetro.

— Ok — disse Harry, assimilando a informação. — E o outro cara?

— Não achei nada exatamente no nome dele, mas ele tinha um telefone celular registrado pelo Hospital de Oncologia.

— E?

— E, como já disse, são boas notícias. O telefone dele também estava na mesma área, no mesmo horário.

— Entendi. — Harry entrou por uma porta, passou por três mesas cheias e parou diante de um balcão que exibia kebabs estranhamente reluzentes. — Você tem o endereço dele?

Harry anotou as informações dadas por Klaus Torkildsen em um guardanapo.

— Você tem algum outro número nesse endereço?

— Como assim?

— Só quero saber se ele tem uma esposa ou companheira.

Harry ouviu Torkildsen digitar. Aí veio a resposta:

— Não. Ninguém mais nesse endereço.

— Obrigado.

— Então temos um acordo? De que nunca mais vamos nos falar?

— Temos. Só que há uma última coisa. Quero que você dê uma conferida nos registros telefônicos de Mikael Bellman. Com quem ele falou nos últimos meses e onde ele estava na data e no horário do assassinato.

Torkildsen deu uma risada alta.

— O chefe da CrimOrg? Esqueça! Posso esconder ou justificar a busca por informações sobre um investigadorzinho, mas o que você está pedindo provocaria minha demissão imediata.

Mais risos, como se a ideia fosse realmente cômica.

— Espero que você honre sua palavra, Hole.

A ligação tinha caído.

Quando o táxi chegou ao endereço que Harry havia escrito no guardanapo, um homem aguardava do lado de fora do prédio.

Harry saiu do carro e se aproximou dele.

— Ola Kvernberg, o zelador?

O homem fez que sim.

— Inspetor Hole. Fui eu que liguei. — Ele viu o zelador olhar com cara feia para o táxi, que tinha ficado ali esperando. — A gente usa táxi quando não há viaturas disponíveis.

Kvernberg olhou para a identidade de policial que o homem lhe mostrou.

— Não vi arrombamento nenhum.

— Mas houve uma chamada referente a isso, então vamos verificar. Você tem a chave mestra, não?

Kvernberg mostrou o molho de chaves.

Ele destrancou a porta principal enquanto Harry estudava as campainhas.

— A testemunha achou que tinha visto alguém escalando as varandas e invadindo o terceiro andar.

— Quem ligou? — perguntou o zelador enquanto subiam.

— Isso é uma informação confidencial, Kvernberg.

— Você tem alguma coisa na calça.

— Molho de kebab. Estou avaliando se devo mandá-la para a lavanderia. Você pode destrancar essa porta?

— A do farmacêutico?

— Ah, essa é a profissão dele?

— Trabalha no Hospital de Oncologia. A gente não deveria ligar para o trabalho dele antes de entrar?

— Prefiro ver se o ladrão está aqui e prendê-lo, se você não se importar.

O zelador murmurou um pedido de desculpas e se apressou em abrir a porta.

Hole entrou no apartamento.

Era evidente que o morador era um solteirão. Porém, um solteirão organizado. CDs clássicos numa prateleira, dispostos em ordem alfabética. Havia publicações científicas sobre química e farmacologia arrumadas em pilhas altas. Em uma estante, uma fotografia emoldurada de dois adultos e um menino. Harry reconheceu o garoto. Ele estava um pouco vergado para o lado e tinha uma expressão carrancuda. Não devia ter mais que 13 anos. O zelador estava na entrada, prestando muita atenção, e, para manter as aparências, Harry conferiu a porta da varanda antes de começar a ir de cômodo em cômodo. Abriu gavetas e armários. Mas não havia nada comprometedor.

Era tão pouco comprometedor que chegava a ser suspeito, diriam alguns colegas.

Mas Harry já tinha visto isso antes. Algumas pessoas não têm segredos, pensou. Coisa rara, sim, mas acontecia. Ouviu o zelador se mexer atrás dele, na porta do quarto.

— Não vejo nenhum sinal de arrombamento ou de que algo tenha sido roubado — disse Harry, passando pelo zelador e indo para a porta da frente. — Às vezes recebemos alarmes falsos.

— Entendi — disse o zelador, fechando a porta do quarto atrás deles. — O que você teria feito se houvesse um ladrão aí, afinal? Teria levado ele no táxi?

— Nesse caso eu chamaria uma viatura. — Harry sorriu e olhou para as botas que estavam na sapateira ao lado da porta. — Me diga, aquelas botas não têm números *muito* diferentes?

Kvernberg esfregou o queixo enquanto examinava Harry com olhar perscrutador.

— Talvez sim. Ele tem pé equino. Posso ver sua identidade mais uma vez?

Harry lhe estendeu a carteira de identidade policial.

— A data de validade...

— O táxi está me esperando — disse Harry, arrancando a identidade das mãos do zelador e seguindo apressadamente para a escada. — Obrigado pela ajuda, Kvernberg!

Fui até a Hausmanns Gate, e obviamente ninguém tinha consertado as fechaduras. Subi direto para o apartamento. Oleg não estava lá. E não havia mais ninguém. Todos estavam na rua, andando por aí, estressados. Preciso arrumar uma dose. Preciso arrumar uma dose. Eram cinco viciados que moravam juntos, e o lugar mostrava exatamente isso. Mas é claro que não havia nada ali, só garrafas vazias, seringas usadas, chumaços de algodão ensanguentados e maços de cigarros vazios. Desolação do caralho. Foi ali, sentado em cima de um colchão sujo, xingando todo mundo, que vi a ratazana. Quando as pessoas descrevem esses animais, sempre dizem que são enormes. Porém as ratazanas não são grandes. São relativamente pequenas, mas as caudas podem ser bem compridas. Ok, se elas se sentirem ameaçadas e se levantarem sobre as patas traseiras, podem parecer maiores do que são. Fora isso, são seres miseráveis que se estressam que nem a gente.

Ouvi as badaladas de um sino de igreja. E disse a mim mesmo que Ibsen viria.

Ele tinha que vir. Porra, eu estava péssimo. Lembrei-me de como os viciados nos aguardavam ansiosamente quando a gente chegava ao trabalho; eles ficavam tão felizes de nos ver que era comovente. Tremendo, com o dinheiro na mão, reduzidos a pedintes amadores. E agora eu mesmo estava assim. Ansioso para ouvir os passos mancos de Ibsen na escada, ver sua cara de idiota.

Eu tinha jogado minhas cartas como um imbecil. Só queria ter uma dose, e a única coisa que consegui foi colocar a cambada toda atrás de mim. O velho e seus cossacos. Truls Berntsen com sua furadeira e seus olhos malucos. A rainha Isabelle e o cara que trepava com ela.

A ratazana se esgueirou ao longo do rodapé. Desesperado, dei uma olhada embaixo dos tapetes e colchões. Em um deles, encontrei uma foto e um pedaço de fio de aço, torcido na forma de um L, bifurcado na ponta. A foto amassada e desbotada do passaporte de Irene. Aquele era o colchão de Oleg. Mas não entendi o fio de aço. Até que finalmente a ficha caiu. Senti as palmas das minhas mãos ficarem suadas, e o coração começou a bater mais depressa. Afinal, fui eu que ensinei Oleg a fazer um esconderijo.

36

A brindo caminho entre os turistas, Hans Christian Simonsen subiu a rampa de mármore italiano branco que fazia a Ópera parecer um iceberg. Ao chegar ao topo, ele olhou em volta e avistou Harry Hole sentado em um muro. Ele estava completamente sozinho, pois os turistas em geral passeavam do outro lado, apreciando a vista do fiorde. Harry, no entanto, estava de costas, voltado para as ruas velhas e feias.

Hans Christian se sentou ao lado dele.

— HC — disse Harry, sem erguer os olhos de um folheto. — Você sabia que esse mármore se chama Carrara branco e que a Ópera custou 2 mil coroas para cada cidadão norueguês?

— Sabia sim.

— Você conhece *Don Giovanni*?

— Mozart. Dois atos. Um jovem e arrogante libertino que se acha uma dádiva de Deus, que trai todos e faz com que todos o odeiem. Ele pensa que é imortal, mas enfim uma estátua mística aparece e tira sua vida no momento em que ambos são engolidos pela terra.

— Humm. A estreia é daqui a alguns dias. Está escrito aqui que o coral da ópera no final canta: *"Assim morre o malfeitor, a morte do pecador sempre reflete sua vida"*. Você acha que isso é verdade, HC?

— Sei que *não* é verdade. Infelizmente, a morte não é mais justa do que a vida.

— Entendi. Você ficou sabendo que um policial morto foi trazido pelas ondas até aqui?

— Eu soube.

— Tem alguma coisa que você não saiba?

— Quem atirou em Gusto Hanssen.

— Ah, a estátua mística — disse Harry, deixando o folheto de lado. — Quer saber quem foi?

— Você não quer?

— Não necessariamente. A única coisa importante aqui é provar quem *não* matou Gusto, que não foi Oleg.

— Concordo. — Hans Christian olhou para Harry. — Mas escutar você dizer isso não combina com tudo que ouvi falar do dedicado Harry Hole.

— Talvez as pessoas mudem, no fim das contas. — Harry deu um breve sorriso. — Você conferiu com aquele seu amigo promotor se eu já consto na lista de procurados pela polícia?

— Ainda não divulgaram seu nome na mídia, mas todos os aeroportos e postos de fronteiras foram alertados. Seu passaporte não vale muita coisa, por assim dizer.

— Posso esquecer a viagem para Mallorca então.

— Você sabe que está sendo procurado e mesmo assim marca um encontro na maior atração turística de Oslo?

— A lógica dos peixinhos, Hans Christian: no meio do cardume é mais seguro.

— Pensei que você considerasse a solidão mais segura.

Harry pegou o maço de cigarros, deu uma chacoalhada nele e estendeu um a Hans Christian.

— Foi Rakel quem te falou isso?

O advogado fez que sim e pegou o cigarro.

— Vocês têm passado muito tempo juntos? — perguntou Harry, fazendo uma careta.

— Algum tempo, sim. Está doendo?

— O pescoço? Uma pequena infecção, talvez. — Harry acendeu o cigarro de Hans Christian. — Você ama Rakel, não ama?

Pelo modo como o advogado tragou a fumaça, Harry imaginou que ele não fazia aquilo desde as festas da faculdade de Direito.

— Amo, sim.

Harry fez um gesto de compreensão.

— Mas você sempre esteve presente — continuou Hans Christian, fumando o cigarro. — Nas sombras, no armário, embaixo da cama.

— Parece um monstro — observou Harry.

— Pois é — concordou Hans Christian. — Tentei te exorcizar, mas não funcionou.

— Você não precisa fumar o cigarro inteiro, Hans Christian.

— Obrigado. — O advogado o jogou fora. — O que você quer que eu faça dessa vez?

— Um arrombamento.

Eles saíram logo depois do anoitecer.

Hans Christian pegou Harry no Bar Boca em Grünerløkka.

— Carro legal — comentou o ex-policial. — Carro para a família.

— Eu tinha um elkhound — disse Hans Christian. — Caça, cabana. Você sabe.

Harry fez que sim.

— Uma vida boa.

— Ele foi pisoteado por um alce. Eu me consolei pensando que aquela deveria ser uma boa maneira de um cão de caça morrer. Em serviço.

Harry assentiu. Subiram até Ryen e serpentearam pelas ruas em direção às melhores casas da região leste, com vista para toda a cidade.

— É para a direita aqui — disse Harry, apontando para uma casa às escuras. — Estacione um pouco na diagonal para que os faróis apontem diretamente para as janelas.

— Eu vou...

— Não — disse Harry. — Você vai ficar esperando aqui. Fique de olho no celular e me ligue se alguém aparecer.

Harry levou o pé de cabra e percorreu o caminho de cascalho até a casa. Outono, o ar frio da noite, o cheiro das maçãs. Ele teve um déjà vu. Ele e Øystein entrando em um jardim na ponta dos pés, e Tamancão de vigia do lado de fora. E, de repente, um vulto saiu da escuridão e veio mancando até eles com um cocar de índio, guinchando como um porco.

Ele tocou a campainha.

Aguardou.

Ninguém apareceu.

Mesmo assim, Harry tinha a sensação de que havia gente lá dentro.

Ele colocou o pé de cabra na lateral da porta, ao lado da fechadura, e a forçou com seu próprio peso com cuidado. Era uma porta antiga, corroída por cupins, e uma fechadura antiquada. Harry conseguiu forçar a porta um pouço para trás e usou a outra mão para enfiar sua carteira de identidade por dentro da fechadura. Pressionou. A fechadura se abriu num estalo. Harry entrou e fechou a porta. Ficou parado no escuro, prendeu a respiração por um instante. Sentiu um fio fininho na mão, provavelmente os restos de uma teia de aranha. O lugar cheirava a umidade e abandono. Mas também a outra coisa. A algo pungente. Doença, hospital. Fraldas e remédios.

Harry acendeu a lanterna. Viu um cabideiro vazio. Seguiu em frente.

A sala parecia ter sido coberta de pó de arroz; era como se as cores tivessem sido sugadas das paredes e da mobília. O feixe de luz percorria o ambiente. O coração de Harry parou quando viu o reflexo da luz em um par de olhos. Mas logo tornou a bater. Uma coruja empalhada. Tão cinzenta quanto o restante da sala.

Harry caminhou pela casa inteira e constatou que ela era como o apartamento com a varanda. Nada fora do comum.

Ele chegou à cozinha e descobriu os dois passaportes e as passagens aéreas em cima da mesa.

Apesar de a foto do passaporte aparentar ter uns dez anos, ele reconheceu o homem da visita ao Hospital de Oncologia. O outro era novinho em folha. Na foto, ela estava quase irreconhecível, pálida, o cabelo desgrenhado. As passagens eram para Bangkok, o voo sairia dali a dez dias.

Harry seguiu em direção ao porão. Foi até a única porta que ele ainda não tinha aberto. Havia uma chave na fechadura. Ele a abriu. Foi invadido pelo mesmo cheiro que sentira ao entrar na casa. Acendeu o interruptor ao lado da porta, e uma lâmpada iluminou a escada que levava ao porão. A sensação de que havia alguém na casa. Ou seria a intuição, tão ironizada por Bellman quando Harry lhe perguntou se havia conferido os antecedentes criminais de Martin Pran? A essa altura, Harry sabia que aquela intuição o havia enganado.

Harry quis descer as escadas, mas algo o impedia. O porão. Era idêntico ao de sua infância. Se a mãe lhe pedisse que buscasse batatas, as quais eram guardadas na escuridão do porão dentro de dois grandes sacos, Harry corria até lá, tentando não pensar. Tentava se convencer de que tinha pressa porque estava muito frio. Porque o jantar estava atrasado. Porque ele *gostava* de correr. Que não tinha nada a ver com o monstro de pele amarela que o esperava lá embaixo em algum lugar; um homem nu, sorridente, com uma língua comprida, sibilante, que entrava e saía de sua boca. Mas não era aquilo que o detinha. Era outra coisa. O sonho. A avalanche de neve pelo corredor do porão.

Harry afastou os pensamentos e desceu o primeiro degrau, que fez um rangido de alerta. Ele se forçou a ir devagar. Ainda segurava o pé de cabra. Ao chegar lá embaixo, passou pelos cômodos que serviam de despensa. Uma lâmpada no teto lançou uma luz esparsa. E criou novas sombras. Harry notou que todos os cômodos estavam trancados com cadeado. Quem tranca a despensa em seu próprio porão?

Harry enfiou a ponta do pé de cabra embaixo de uma das dobradiças. Respirou fundo, temendo o barulho. Forçou o pé de cabra para trás e ouviu um breve estalido. Ele prendeu a respiração por um instante, escutou. A casa pareceu fazer o mesmo. Silêncio absoluto.

Harry abriu a porta com cuidado. O cheiro invadiu suas narinas. Os dedos encontraram um interruptor do lado de dentro, e, no instante seguinte, o local foi iluminado. Lâmpadas fluorescentes.

Aquele cômodo era muito maior do que parecia do lado de fora. Ele o reconheceu. Era idêntico a uma sala que ele já havia visto. O laboratório do Hospital de Oncologia. Balões de ensaio e suportes para provetas. Harry foi até a bancada. Tirou a tampa de um grande recipiente de plástico. O pó branco tinha fragmentos marrons. Ele lambeu a ponta do dedo indicador, enfiou-a no pó e esfregou-o na gengiva. Amargo. Violino.

Harry teve um sobressalto. Um som. Prendeu a respiração mais uma vez. Ouviu o barulho de novo. Alguém soluçava.

Apressou-se em desligar a luz e se encolheu no escuro, com o pé de cabra em riste.

Mais um soluço.

Harry esperou alguns segundos. Então, com passos rápidos e da forma mais silenciosa possível, saiu do laboratório e foi para a esquerda, de onde o som estava vindo. Só havia mais um cômodo ali. Ele transferiu o pé de cabra para a mão direita. Foi na ponta dos pés até a porta, que tinha uma janelinha coberta por uma rede, exatamente como na casa da família dele.

Com a diferença de que essa porta era reforçada com metal.

Harry preparou a lanterna, posicionou-se rente à parede ao lado da porta, fez uma contagem regressiva, ligou a lanterna e direcionou a luz para dentro do cômodo.

Aguardou.

Depois de três segundos sem que ninguém atirasse ou se lançasse contra a luz, ele se aproximou da janelinha e olhou para dentro. A luz percorreu as paredes de alvenaria, refletiu em uma corrente, resvalou sobre um colchão e aí encontrou o que estava procurando. Um rosto.

Os olhos estavam fechados. Ela estava completamente imóvel. Como se estivesse acostumada a isso. A ser inspecionada pela luz de uma lanterna.

— Irene? — perguntou Harry gentilmente.

No mesmo instante, o telefone no bolso de Harry começou a vibrar.

37

Olhei para o relógio. Eu tinha vasculhado o apartamento inteiro, mas ainda não havia encontrado o esconderijo de Oleg. E Ibsen deveria ter chegado há vinte minutos. Ele que se atreva a não vir, aquele tarado! Era prisão perpétua por sequestro e estupro. No dia em que Irene chegou à Estação Central, eu a levei para o local de ensaio, pois tinha dito que Oleg a esperava lá. É claro que ele não estava lá, mas Ibsen, sim. Ele a segurou e eu dei a injeção. Pensei em Rufus. Que era melhor assim. Ela se acalmou, e tivemos apenas que levá-la para o carro. Ele estava com meio quilo de violino no porta-malas. Se eu me arrependi? Sim, me arrependi de não ter pedido um quilo! Não, caralho, é claro que me arrependi um pouco. Afinal, a gente não é completamente insensível. Mas, quando me vinha aquele pensamento de "merda, eu não devia ter feito isso", eu tentava me convencer de que Ibsen com certeza cuidava bem dela. Ele devia amá-la, do seu jeito meio deturpado. Mas, de qualquer forma, era tarde demais, agora era só uma questão de conseguir o remédio para ficar bom outra vez.

Tudo isso era um território novo para mim, não conseguir o que eu queria. Afinal, eu sempre havia conseguido tudo, percebi isso agora. E, se fosse ser assim dali em diante, eu preferiria morrer. Jovem e lindo, com os dentes mais ou menos intactos. Ibsen não viria. Eu já sabia. Eu estava na janela da cozinha olhando para a rua, mas aquele manco do caralho não aparecia. Nem ele, nem Oleg.

Eu tinha tentado todos. Só faltava um.

Tentei afastar aquela alternativa o máximo possível. Eu estava com medo. Com medo, sim. Mas eu sabia que ele estava na cidade, que ele tinha ficado em Oslo desde o dia em que se deu conta de que ela havia desaparecido. Stein. Meu irmão adotivo.

Olhei para a rua de novo.

Não, melhor morrer do que ligar para ele.

Os segundos passaram. Ibsen não veio.

Caralho! Melhor morrer do que continuar assim.

Fechei os olhos, mas vi bichinhos saindo das órbitas oculares, se enfiando embaixo das pálpebras, infestando meu rosto inteiro.

Morrer não era uma opção.

Restou a escolha final.

Ligar para ele ou continuar daquele jeito?

Merda, merda, merda!

Harry desligou a lanterna quando o telefone começou a tocar. Pelo número, viu que era Hans Christian.

— Alguém está chegando — sussurrou ele no ouvido de Harry. Sua voz estava rouca, tamanho seu nervosismo. — Ele estacionou do lado de fora do portão e agora está indo até a casa.

— Ok. Relaxe. Mande uma mensagem se acontecer alguma coisa. E vá embora se...

— Ir embora?

Hans Christian parecia indignado de verdade.

— Só se você perceber que tudo foi por água abaixo, ok?

— Por que eu...

Harry desligou, acendeu a lanterna outra vez e a direcionou para a janelinha.

— Irene?

A menina piscou os olhos arregalados contra a luz.

— Escuta. Meu nome é Harry, sou policial e estou aqui para te resgatar. Mas alguém está chegando e preciso verificar isso. Se ele descer até aqui, finja que nada aconteceu. Ok? Logo vou te tirar daqui, Irene. Prometo.

— Você tem... — murmurou ela, mas Harry não entendeu o resto.

— O que você disse?

— Você tem... violino?

Harry cerrou os dentes com força.

— Aguente mais um pouco — sussurrou ele.

Harry correu até o topo da escada e apagou a luz. Deixou a porta do porão entreaberta e olhou para fora. Ele tinha uma ótima visão da porta da frente. Ouviu passos no cascalho. Um pé se arrastando atrás do outro. O pé equino. Então a porta se abriu.

A luz se acendeu.

E ali estava ele. Grande, rechonchudo e afável.

Stig Nybakk.

O chefe de departamento do Hospital de Oncologia. Ele, que fazia Harry se lembrar da escola. Que conhecia Tamancão. Que tinha uma aliança de casamento com um risco preto. Que tinha um apartamento típico de um homem solteiro, onde não havia nada de anormal. Mas que também tinha uma casa herdada dos pais, a qual não tinha sido vendida.

Ele pendurou o casaco no cabideiro e foi andando na direção de Harry com a mão à sua frente. Parou abruptamente. Abanou a mão. Ele estava com uma ruga profunda na testa. Ficou parado, à escuta. E Harry de repente entendeu por quê. O fio que ele sentira no rosto ao chegar, aquele que ele pensava ser uma teia de aranha, deveria ser outra coisa. Algum fio invisível que Nybakk esticava sobre o corredor para saber se tinha recebido alguma visita indesejada.

Nybakk se moveu com rapidez e agilidade surpreendentes ao voltar ao hall de entrada e abrir o armário. Tirou algo de lá, algo feito de metal fosco. Uma espingarda.

Caralho, caralho. Harry odiava espingardas.

Nybakk pegou uma caixa de cartuchos que já estava aberta. Tirou dois grandes cartuchos vermelhos, segurando-os entre o dedo médio e o indicador.

O cérebro de Harry dava voltas, mas não conseguia pensar em uma boa ideia. Por isso, optou pela ruim. Pegou o telefone e começou a digitar.

B-u-z-i-n-e e e-s-p-e-d-e

Droga! Errou!

Ele ouviu o clique metálico quando Nybakk abriu a espingarda.

Tecla de apagar, onde você está? Aqui. Tirar o "e" e o "d". Inserir um "r" e um "e".

Ouviu os cartuchos sendo colocados.

... e-s-p-e-r-e a-t-é e-l-e e-s-t-a-r

Merda de teclas pequenas! Vamos lá!

Ouviu o clique do cano se encaixando.

... n-a j-a-n-l

Errado! Harry ouviu os passos arrastados de Nybakk se aproximarem. O tempo era curto demais, ele teria de confiar na imaginação de Hans Christian.

... L-u-z!

Ele apertou ENVIAR.

Da escuridão, Harry viu que Nybakk tinha erguido a arma até o ombro. E percebeu que o farmacêutico já havia notado que a porta estava entreaberta.

No mesmo instante, soou uma buzina. Forte e insistente. Nybakk teve um sobressalto. Olhou em direção à sala, que dava para a rua onde Hans Christian tinha estacionado. Hesitou. Então ele se virou e foi para a sala.

A buzina soou novamente e, dessa vez, não parou mais.

Harry abriu a porta do porão e seguiu Nybakk. Não precisava andar na ponta dos pés, pois sabia que a buzina abafava seus passos. Da porta da sala, Harry viu as costas de Stig Nybakk no momento em que o homem abria as cortinas. A sala foi invadida pela luz dos faróis Xenon do carro de Hans Christian.

Harry deu quatro passos longos. Stig Nybakk não o viu nem o ouviu chegar. Ele estava com uma das mãos diante do rosto para proteger os olhos da luz quando Harry esticou os braços, agarrou a espingarda e pressionou o cano contra o pescoço dele. Ao mesmo tempo, encostou os joelhos na parte de trás das pernas de Nybakk, forçando-o a se ajoelhar. O farmacêutico lutava para respirar.

Hans Christian devia ter entendido que a buzina já havia cumprido sua tarefa, pois o barulho cessou, mas Harry continuou pressionando a arma contra o pescoço do homem. Até que os movimentos de Nybakk ficassem mais lentos, perdessem o vigor e ele, enfim, murchasse.

Harry sabia que Nybakk estava prestes a perder a consciência. Com mais alguns segundos sem oxigênio, o cérebro sofreria danos irreparáveis. E, depois de mais algum tempo, Stig Nybakk, sequestrador e o cérebro por trás do violino, estaria morto.

Harry contemplou a sensação. Contou até três e soltou uma das mãos da espingarda. Nybakk desabou no chão sem emitir qualquer ruído.

O ex-policial se sentou em uma cadeira e respirou fundo. À medida que o nível de adrenalina no sangue baixava, a dor no pescoço e no queixo se tornava mais forte. Tinha ficado um pouco pior na última hora. Ele tentou ignorá-la e digitou "ok" para Hans Christian.

Nybakk começou a gemer baixinho e se encolheu em posição fetal. Harry o revistou. Pôs tudo que encontrou em cima da mesa de centro. Carteira, celular e um vidrinho de remédio com o nome de Nybakk e o do médico. Zestril. Harry lembrou que o avô tinha usado aquilo para prevenir infarto. Harry enfiou o vidrinho em seu próprio bolso, pôs a boca da arma na testa pálida de Nybakk e o mandou levantar. O farmacêutico olhou para Harry. Fez menção de dizer algo, mas mudou de ideia. Pôs-se de pé com dificuldade.

— Para onde vamos? — perguntou ele quando Harry o empurrou até o corredor.

— Para o porão — respondeu.

Stig Nybakk ainda estava cambaleante, e Harry o ajudou a descer os degraus, a espingarda nas costas. Pararam diante da porta onde ele tinha encontrado Irene.

— Como você soube que era eu?

— O anel — disse Harry. — Abra a porta.

Nybakk tirou uma chave do bolso e a girou na fechadura.

Lá dentro, ele acendeu a luz.

Irene tinha se levantado. Ela estava no canto oposto do cômodo, trêmula, com um dos ombros erguidos, como se estivesse com medo de ser espancada. Em volta do tornozelo, a garota tinha um grilhão com uma corrente que ia até o teto, onde estava presa a uma viga.

Harry notou que a corrente era comprida o suficiente para que ela se movimentasse ali dentro. Comprida o suficiente para que ela acendesse a luz.

Irene havia preferido ficar no escuro.

— Solte a menina — ordenou Harry. — E coloque o grilhão em você.

Nybakk tossiu. Levantou as palmas das mãos.

— Escute, Harry...

Harry perdeu a cabeça e bateu nele com a espingarda. Ouviu o baque surdo do metal contra carne e viu a listra vermelha que o cano da arma deixou no nariz de Nybakk.

— Fale meu nome mais uma vez — sussurrou, sentindo que as palavras saíam com certo esforço. — E vou colar sua cabeça na parede com o lado certo da espingarda.

Com as mãos trêmulas, Nybakk abriu o cadeado do grilhão. A garota tinha o olhar vago, como se nada estivesse acontecendo.

— Irene — chamou Harry. — Irene!

Ela pareceu despertar do transe e o fitou.

— Saia daqui — ordenou Harry.

Ela semicerrou os olhos, como se precisasse de toda a concentração para interpretar os sons que ele fazia e atribuir sentido às palavras. E convertê-las em ação. Irene passou por Harry e foi andando até o corredor do porão com os passos lentos e rígidos de uma sonâmbula.

Nybakk sentou-se no colchão e puxou a calça para cima. Ele tentava colocar o grilhão estreito em volta de sua própria canela gorda e branca.

— Eu...

— Em volta do pulso — disse Harry.

Nybakk obedeceu, e Harry conferiu com um puxão se a corrente estava firme.

— Tire o anel e me dê.

— Por quê? É só uma bugiganga barata...

— Porque não é seu.

Nybakk conseguiu tirar o anel e o entregou a Harry.

— Não sei de nada — garantiu ele.

— Sobre o quê? — perguntou Harry.

— Sobre o que certamente você vai me perguntar. Sobre Dubai. Eu o encontrei duas vezes, mas, nas duas ocasiões, fui levado até ele de olhos vendados, por isso não sei onde estávamos. Dois russos vinham aqui e buscavam a mercadoria duas vezes por semana, mas eu nunca ouvi nenhum nome. Escuta, se você quiser dinheiro, eu tenho...

— Era isso?

— Era o quê?

— Tudo. Era por dinheiro?

Nybakk piscou algumas vezes. Deu de ombros. Harry esperou. Um sorriso cansado passou pelo rosto do farmacêutico.

— O que você acha, Harry?

Ele fez um gesto indicando o pé.

Harry não respondeu. Não precisava ouvir a resposta de Nybakk. Não sabia se *queria* ouvir. Ele poderia chegar a compreender seus motivos. Mas não queria. Não queria entender que, para dois rapazes criados em Oppsal, nas mesmas condições em quase todos os sentidos, um defeito congênito aparentemente insignificante poderia fazer uma diferença tremenda na vida de um deles. Alguns ossos em uma posição diferente tinham resultado em um pé virado para dentro, dois números menor que o outro. *Pes equinovarus*. Pé equino. Porque o andar da pessoa que tem essa deformação lembra o trote de um cavalo. Um defeito que faz com que você comece a vida em uma posição *ligeiramente* inferior, e que você consegue ou não compensar. Que faz com que você precise se sobressair em outras coisas para se tornar atraente, para se tornar quem eles querem que você seja: os meninos que escolhem o time da sala, o cara bacana que quer amigos bacanas, a menina na janela, aquela do sorriso que faz seu coração explodir, mesmo que o sorriso não seja para você. Stig Nybakk tinha passado despercebido pela vida com seu pé equino. Tão despercebido, que Harry não se lembrava dele. E tinha se dado relativamente bem. Havia se formado, trabalhado duro, conquistado um cargo de chefia... Agora ele mesmo estava começando a selecionar o time. Porém, o mais importante estava faltando. A menina na janela. Ela continuava sorrindo para os outros. Rico. Ele tinha que se tornar rico.

Pois o dinheiro é como a maquiagem; ele encobre tudo, ele traz tudo, mesmo aquelas coisas que as pessoas dizem que não podem ser compradas: respeito, admiração, amor. Era só olhar em volta: a beleza se casa com o dinheiro o tempo todo. Então, agora era a vez dele, de Stig Nybakk, o homem do pé equino.

Ele tinha criado o violino, e o mundo estava a seus pés. Então, por que ela não o queria? Por que se afastava dele com nojo maldisfarçado, mesmo que soubesse, *soubesse*, que ele já era um homem rico e ganhava ainda mais dinheiro a cada semana que passava? Será que Irene não gostava dele porque pensava em outro homem, naquele que tinha lhe dado aquele anel idiota que ela usava? Era injusto; ele tinha trabalhado dura e incansavelmente para preencher os pré-requisitos para ser amado. E agora ela era *obrigada* a amá-lo. Por isso ele a pegou. Arrancou-a da janela. Acorrentou-a ali, para que ela nunca escapasse dele. E, para consumar o casamento forçado, ele tirou o anel de sua mão, colocando-o em seu próprio dedo.

O anel barato que Irene ganhou de Oleg, que, por sua vez, o roubou da mãe, que, por sua vez, o ganhou de Harry, que, por sua vez, o comprou em um mercado de pulgas, que, por sua vez... era como aquela brincadeira infantil, passa-anel. O dedo de Harry percorreu a risca preta na superfície dourada. Ele tinha sido atento e, ainda assim, cego.

Tinha sido atento quando encontrou Stig Nybakk e dissera: "O anel. Eu tinha um exatamente igual."

E cego porque não havia entendido em que consistia aquela semelhança. A risca de cobre que tinha ficado preta.

Foi só quando viu a aliança de Martine e a ouviu dizer que ele era o único no mundo capaz de comprar uma aliança de bijuteria que Harry fez a ligação entre Oleg e Nybakk.

Harry não teve dúvida, mesmo depois de não encontrar nada suspeito no apartamento de Stig Nybakk. Pelo contrário, a total falta de objetos comprometedores fez Harry automaticamente pensar que ele deveria guardar sua maldade em outro lugar. A casa dos pais, que estava vazia e que ele não conseguira vender. A casa vermelha na ladeira, um pouco depois da casa da família Hole.

— Você matou Gusto? — perguntou Harry.

Stig Nybakk fez que não com a cabeça. Pálpebras pesadas, ele parecia sonolento.

— Álibi? — perguntou Harry.

— Não. Não tenho.

— Então me conte tudo.

— Eu estava lá.

— Onde?

— Na Hausmanns Gate. Eu estava indo fazer uma visita a ele. Ele tinha me ameaçado, dizendo que ia me entregar à polícia. Mas, quando cheguei ao apartamento, as viaturas da polícia já estavam lá. Alguém já tinha matado Gusto.

— Já? Quer dizer que você estava planejando fazer a mesma coisa?

— Não a mesma coisa. Não tenho uma pistola.

— O que você tem então?

Nybakk deu de ombros.

— Formação em Química. Gusto estava em crise de abstinência. Ele queria violino.

Harry olhou para o sorriso cansado de Nybakk e entendeu.

— Ou seja, você sabia que Gusto injetaria na hora qualquer pó branco que você levasse para ele.

A corrente fez barulho quando Nybakk apontou para a porta.

— Irene... Posso dizer algumas palavras a ela antes...

Harry olhou para Stig Nybakk. Viu algo que ele reconheceu. Um ser humano arruinado, um homem acabado. Alguém que tinha se rebelado contra as cartas que o destino lhe dera. E havia perdido.

— Vou perguntar a ela.

Harry saiu. Irene não estava ali.

Ele a encontrou lá em cima, na sala. A garota estava em uma cadeira, sentada sob as pernas dobradas. Harry pegou um casaco do armário do hall de entrada e o colocou sobre os ombros dela. Falou com voz calma e baixa. Ela respondeu num fio de voz, como se tivesse medo dos ecos nas paredes frias da sala.

Contou que tinha sido capturada por Gusto e Nybakk, ou Ibsen, pois era como o chamavam. Que tinha sido trocada por meio quilo de violino. Que estava aprisionada ali fazia quatro meses.

Harry deixou que ela falasse. Esperou até ter certeza de que tinha esgotado o assunto antes de fazer a próxima pergunta.

Ela não sabia nada sobre o assassinato de Gusto além daquilo que Ibsen tinha lhe contado. Também não sabia quem era Dubai ou onde morava. Gusto não tinha dito nada, e Irene não quisera saber. Ela não sabia nada sobre Dubai além dos boatos de que ele andava pela cidade como um fantasma, que ninguém sabia quem ele era ou como era sua aparência, e que ele era como o vento, impossível de ser pego.

Harry fez um gesto de compreensão. Ultimamente, tinha ouvido essa metáfora com uma frequência impressionante.

— HC vai te levar até a polícia; ele é advogado e vai te ajudar a denunciar tudo isso. Depois ele vai te levar para a casa da mãe de Oleg. Você pode ficar lá por enquanto.

Irene fez que não com a cabeça.

— Vou ligar para Stein, meu irmão, posso ficar com ele. E...

— Diga.

— *Preciso* denunciar isso à polícia?

Harry olhou para ela. Tão nova. Tão pequena. Como um filhote de passarinho. Era impossível dizer qual era a extensão do dano.

— Pode deixar isso para amanhã — disse Harry.

Ele viu as lágrimas brotarem nos olhos da garota. E seu primeiro pensamento foi: finalmente. Quase pôs a mão em seu ombro, mas mudou de ideia. A mão de um homem adulto, desconhecido, talvez não fosse o que ela precisava naquele momento. Mas, no instante seguinte, as lágrimas desapareceram.

— Existe... existe alguma alternativa? — perguntou ela.

— Como o quê?

— Como nunca mais ver Ibsen. — Os olhos dela se fixaram nos dele, sem dar chance de Harry desviar o olhar. — Nunca mais — sussurrou Irene.

Então ele sentiu. A mão dela em cima da sua.

— Por favor.

Harry afagou a mão de Irene, colocou-a de volta no colo dela e se levantou.

— Vamos lá, vou te acompanhar até lá fora.

Depois de ver o carro desaparecer, Harry voltou para dentro da casa e desceu até o porão. Não encontrou nenhuma corda, mas debaixo da escada havia uma mangueira de jardim. Levou a mangueira até Nybakk e a jogou na sua frente. Olhou para a viga. Era alta o suficiente.

Harry pegou o vidrinho de Zestril que tinha encontrado no bolso de Nybakk, esvaziou o conteúdo na mão. Seis comprimidos.

— Você tem problema de coração? — perguntou Harry.

Nybakk fez que sim.

— Quantos comprimidos você tem que tomar por dia?

— Dois.

Harry pôs os comprimidos na mão de Nybakk e o vidrinho vazio no bolso de seu próprio paletó.

— Volto daqui a dois dias. Não sei o quanto se importa com sua reputação. A vergonha teria sido maior se seus pais estivessem vivos, mas tenho certeza de que já ouviu histórias sobre como os detentos tratam estupradores na prisão. Se você não estiver vivo quando eu voltar, será esquecido, seu nome nunca mais será mencionado. Caso contrário, vou te levar para a delegacia. Entendeu?

Harry saiu, e os gritos de Stig Nybakk o acompanharam até ele chegar à porta da frente. Os gritos de alguém que está absoluta e completamente sozinho com sua própria culpa, seus próprios fantasmas, sua própria solidão, suas próprias decisões. Sem dúvida, havia algo de familiar nele. O ex-policial bateu a porta atrás de si.

Harry pegou um táxi em Vetlandsveien e pediu que o motorista o levasse à Urtegata.

O pescoço latejava, como se tivesse um coração próprio, como se houvesse se transformado em algo vivo, um animal enjaulado e feroz, feito de bactérias ansiosas para sair de seu corpo. Harry perguntou se o motorista tinha algum analgésico no carro, mas ele negou com a cabeça.

Chegando perto de Bjørvika, Harry viu fogos de artifício explodirem no céu acima da Ópera. Alguma comemoração. Percebeu que ele mesmo deveria comemorar. Tinha conseguido tudo. Tinha encontrado Irene. E Oleg estava livre. Ele cumprira sua missão. Por que não se sentia em clima de festa?

— Qual é a ocasião? — perguntou Harry.

— Ah, é a estreia de algum espetáculo. Levei um pessoal chique pra lá essa noite.

— *Don Giovanni* — lembrou Harry. — Fui convidado.

— Por que não foi? Dizem que é boa.

— Tragédias me deixam muito triste.

O motorista olhou surpreso para Harry no retrovisor. Riu.

— Tragédias te deixam muito *triste*?

O telefone tocou. Era Klaus Torkildsen.

— Achei que a gente nunca mais ia se falar — disse Harry.

— Eu também. Mas eu... Bem, fiz o que você pediu mesmo assim.

— Não é mais importante. O caso está encerrado para mim.

— Tudo bem, mas você pode querer saber que pouco antes e pouco depois da hora do assassinato, Bellman, ou, pelo menos o celular dele, estava em Østfold, e ele não teria como ir ao local do crime e voltar nesse intervalo de tempo.

— Ok, Klaus. Obrigado.

— Ok. Nunca mais?

— Nunca mais. Vou embora agora.

Harry desligou. Apoiou a cabeça no encosto do banco e fechou os olhos.

Agora ele ficaria feliz.

Através das pálpebras cerradas, podia ver as faíscas dos fogos de artifício.

Parte Quatro

38

— Eu vou te encontrar lá.
     Estava consumado.

Ela era dele outra vez.

Harry avançou na fila do check-in do grande saguão de embarque do Aeroporto de Oslo. De repente, tinha um plano, um plano para o resto da vida. Um plano, pelo menos. E ele sentia algo tão inebriante que só poderia ser definido por uma palavra: *felicidade*.

No monitor acima do balcão de check-in estava escrito Thai Air, Classe Executiva.

Tudo tinha acontecido muito rápido.

Ele foi direto da casa de Nybakk para o Farol, com a intenção de devolver o telefone a Martine, mas ela disse que ele podia ficar com o aparelho até conseguir outro. Ele também permitiu que ela o convencesse a aceitar um sobretudo quase sem uso. Com ele, teria uma aparência razoavelmente apresentável. Ela também lhe deu três comprimidos de Tylenol para a dor, mesmo com ele se recusando a deixar que ela examinasse a ferida. Ela só iria trocar o curativo, pois não havia tempo. Tinha ligado para a Thai Air e fechado a passagem.

E aí aconteceu.

Ele ligou para Rakel, contou a ela que tinha encontrado Irene e, com Oleg solto, sua missão havia sido cumprida. Agora precisava sair do país antes de ele mesmo ser preso.

E foi então que ela disse aquela frase.

Harry fechou os olhos e repassou as palavras de Rakel mais uma vez:

— Eu vou te encontrar lá, Harry.

Eu vou te encontrar lá. Eu vou te encontrar lá. A fala ecoava em sua cabeça

— Quando?

Quando?

Sua maior vontade era responder "agora". Faça as malas e venha comigo!

Mas ele conseguiu ser racional.

— Escuta, Rakel, eu estou sendo procurado pela polícia, e eles provavelmente estão de olho em você para chegar até mim. Vou sozinho hoje à noite. Você me segue amanhã no voo noturno da Thai Air. Vou esperá-la em Bangkok, de lá a gente vai para Hong Kong.

— Hans Christian pode te defender se você for preso. A pena não deve ser...

— Não estou preocupado com a pena. Enquanto eu estiver em Oslo, Dubai pode me encontrar em qualquer lugar. Você tem certeza de que Oleg está num lugar seguro?

— Tenho. Mas quero que ele vá com a gente, Harry. Não posso viajar...

— É claro que ele vai vir com a gente.

— Você está falando sério?

Ele ouviu o alívio na voz dela.

— Vamos ficar juntos, e, em Hong Kong, Dubai não poderá fazer nada contra a gente. Vamos aguardar alguns dias, aí arranjo uns homens de Herman Kluit para ir até Oslo e escoltar Oleg.

— Vou contar tudo a Hans Christian. E depois vou reservar uma passagem no voo de amanhã, querido.

— Te espero em Bangkok.

Uma pequena pausa.

— Mas, Harry, você é um homem procurado. Como vai conseguir embarcar sem que...

— Próximo.

Próximo?

Harry abriu os olhos outra vez e viu que a mulher atrás do balcão sorria para ele.

Ele se aproximou e lhe entregou a passagem e o passaporte. Ela digitou o nome que constava no documento.

— Não estou encontrando seu nome, Sr. Nybakk...

Harry esboçou um sorriso tranquilizador.

— Na verdade, meu voo para Bangkok era daqui a dez dias, mas liguei para a companhia aérea há uma hora e meia e consegui remarcá-lo para hoje à noite.

A mulher digitou alguma coisa. Harry contou os segundos. Inspirou. Expirou. Inspirou.

— Ah, sim. As reservas feitas em cima da hora nem sempre aparecem imediatamente. Mas está anotado aqui que você viajaria com uma pessoa chamada Irene Hanssen.

— Ela vai viajar conforme o plano original — disse Harry.

— Ah. Alguma bagagem para despachar?

— Não.

Som de dedos digitando no teclado novamente.

Então ela enrugou a testa. Abriu o passaporte outra vez. Harry se preparou para o que viria a seguir. Ela colocou o cartão de embarque dentro do passaporte e o estendeu a ele.

— O senhor precisa se apressar, Sr. Nybakk. Estou vendo que o embarque já começou. Boa viagem.

— Obrigado — disse Harry, com um pouco mais de sinceridade do que pretendia, e correu em direção à área de embarque.

Foi só do outro lado da máquina de raios X, depois de pegar as chaves e o celular de Martine, que Harry viu que havia uma mensagem não lida. Ele estava prestes a armazená-la junto com as de Martine quando reparou que o remetente tinha um nome curto. B. Beate.

Ele correu para o portão 54. *Bangkok, última chamada.*

Leu.

CONSEGUI A ÚLTIMA LISTA. TEM UM ENDEREÇO QUE NÃO ESTAVA NA RELAÇÃO QUE VOCÊ RECEBEU DE BELLMAN. BLINDERNVEIEN, 74.

Harry enfiou o telefone no bolso. Não havia fila na imigração. Ele abriu o passaporte, e o agente conferiu o cartão de embarque e o documento. Olhou para Harry.

— A cicatriz é mais recente que a foto — explicou Harry.

O agente da imigração continuou olhando para ele.

— Arranje outra foto, Nybakk — disse, devolvendo os documentos. Fez um gesto para a pessoa atrás de Harry, indicando que era a vez dela.

Harry estava livre. A salvo. Uma vida completamente nova estava diante dele.

Diante do portão de embarque, ainda havia cinco retardatários na fila.

Harry olhou para seu cartão. Classe executiva. Ele sempre tinha viajado na classe econômica, mesmo trabalhando para Herman Kluit. Stig Nybakk tinha se dado bem. Dubai tinha se dado bem. *Estava* se dando bem. Está se dando bem. Agora, esta noite, neste instante, os clientes estavam lá, trêmulos, ansiosos, esperando o cara com a camisa do Arsenal dizer: "Podem vir."

Duas pessoas na fila.

Blindernveien, 74.

Eu vou te encontrar lá. Harry fechou os olhos para ouvir a voz de Rakel de novo. Mas o que ouviu foi: *Você é policial? Foi isso que você se tornou? Um robô, um escravo do formigueiro e de pensamentos que outros já tiveram?*

Ele era isso?

Era sua vez. A mulher do balcão olhou para ele com ar intimador.

Não, ele não era um escravo.

Estendeu o cartão de embarque à mulher.

Andou pela ponte de embarque até o avião. Através do vidro, ele viu as luzes de uma aeronave se aproximando para pouso. Passando pela casa de Tord Schultz.

Blindernveien, 74.

O sangue de Mikael Bellman embaixo da unha de Gusto.

Merda, merda!

Harry entrou na aeronave, encontrou seu lugar e afundou em um assento de couro. Meu Deus, como era macio. Ele apertou um botão, e o assento foi se reclinando, reclinando, reclinando até estar na posição horizontal. Ele fechou os olhos outra vez, queria dormir. Dormir. Até acordar como outra pessoa num lugar totalmente diferente. Ele procurou a voz dela em sua mente. Em vez disso, encontrou outra, com sotaque sueco:

Eu tenho um colarinho clerical falso, você, uma estrela de xerife falsa. Até que ponto sua fé é inabalável?

O sangue de Bellman.

... lá em Østfold, e ele não teria como...

Tudo estava conectado.

Harry sentiu a mão em seu braço e abriu os olhos.

Uma aeromoça com as maçãs do rosto salientes, típicas das mulheres tailandesas, olhou para ele com um sorriso.

— Desculpe, senhor, mas precisa colocar o assento em posição vertical antes de decolarmos.

Posição vertical.

Harry respirou fundo. Pegou o celular. Olhou para o registro da última chamada.

— O senhor precisa desligar...

Harry ergueu a mão e apertou CHAMAR.

— Não era para a gente nunca mais se falar? — respondeu Klaus Torkildsen. — Exatamente em que lugar de Østfold?

— Perdão?

— Bellman. Em que lugar de Østfold ele estava quando Gusto morreu?

— Rygge, perto de Moss.

Harry pôs o celular no bolso e se levantou.

— Senhor, o cinto de segurança...

— Desculpe — disse Harry. — Esse não é o meu voo.

— Tenho certeza de que é seu voo, senhor, nós checamos o número de passageiros e...

Harry foi andando apressadamente. Ele ouviu os passos ligeiros da aeromoça às suas costas.

— Senhor, nós já fechamos a...

— Então abra.

Outro comissário surgiu.

— Senhor, receio que as regras não nos permitam abrir...

— Estou sem meus remédios — afirmou Harry, remexendo o bolso do paletó. Achou o vidrinho vazio com a etiqueta de Zestril e o colocou diante do rosto do comissário. — Eu sou o Sr. Nybakk, viu? Você gostaria que eu tivesse um ataque cardíaco a bordo enquanto sobrevoamos... o Afeganistão?

Já havia passado das onze horas da noite, e o expresso do aeroporto, quase vazio, seguia em alta velocidade para Oslo. Harry olhou, distraído, para as manchetes que passavam no monitor que pendia do teto, na parte dianteira do vagão. Ele havia tido um plano, um plano de uma nova vida. Tinha vinte minutos para pensar em outro. Que idiotice. Naquele momento, poderia estar num avião indo para Bangkok. Mas esse era o problema, ele *não poderia* estar num avião indo para Bangkok. Simplesmente era incapaz de não se importar, de esquecer, de fugir; aquele era seu pé equino, sua falha, seu defeito físico. Podia beber, mas ficava sóbrio outra vez. Podia ir até Hong Kong, mas voltava a Oslo. Sem dúvida, tinha muitos defeitos. E o efeito dos remédios que Martine tinha lhe dado estava passando, precisava de mais. A dor o deixava tonto.

Harry estava com os olhos fixos nas manchetes sobre os números trimestrais da economia e os resultados esportivos quando lhe ocorreu: será que era exatamente isso que ele estava fazendo agora? Fugindo. Amarelando.

Não. Era diferente dessa vez. Ele tinha mudado a data da passagem para o dia seguinte à noite, no mesmo voo de Rakel. Havia até reservado para ela o assento ao lado dele na classe executiva. Harry avaliou se deveria avisá-la sobre o que estava prestes a fazer, mas sabia o que Rakel pensaria. Que ele não tinha mudado. Que ainda era movido pela mesma loucura. Que nada seria diferente, nunca. Mas assim que eles estivessem sentados lado a lado no avião, assim que a aceleração da decolagem pressionando suas costas contra o assento desse lugar à leveza e à inevitabilidade do voo, ela finalmente saberia que o passado tinha ficado para trás, lá embaixo, que a viagem deles tinha começado.

Harry fechou os olhos e murmurou o número do voo duas vezes.

Ele saiu do trem, atravessou a passarela da Ópera e seguiu a passos largos pelo mármore italiano até a entrada principal. Pelas janelas, viu as pessoas vestidas de forma elegante, conversando em meio a petiscos e drinques atrás das cordas do saguão caríssimo.

Do lado de fora, havia um homem de terno com fone de ouvido e as mãos unidas na frente do corpo como se estivesse na barreira de uma cobrança de falta. Ombros largos, mas nada corpulento. Seu olhar treinado havia visto Harry fazia tempo e, a essa altura, observava as coisas *ao redor* dele que possivelmente teriam alguma importância. O que só podia significar que ele era agente do Serviço de Segurança da Polícia e que o prefeito ou alguém do governo estava presente. O homem deu dois passos em direção a Harry quando ele se aproximou.

— Sinto muito, é uma festa particular... — começou ele, mas se deteve assim que viu a identidade policial de Harry.

— Não tem a ver com seu prefeito, amigo. Só preciso ter uma palavrinha com uma pessoa. Ossos do ofício.

O homem fez que sim, falou no microfone da lapela e deixou Harry passar. O saguão era um iglu gigante, e Harry constatou que havia ali muitos rostos que ele ainda reconhecia, apesar de seu longo exílio: os que diziam ser da imprensa, os apresentadores da TV, as celebridades dos esportes e da política, além de eminências culturais nem tão pardas assim. E Harry entendeu o que Isabelle Skøyen quis dizer ao comentar que era difícil encontrar um acompanhante mais alto que ela quando colocava um salto. Foi fácil avistá-la, agigantando-se entre os convidados.

Harry afastou a corda e abriu caminho pela multidão, pedindo licença a todos. Algumas taças de vinho branco derramavam o líquido por onde ele passava.

Isabelle estava conversando com um homem bem mais baixo que ela, mas a expressão entusiasmada e lisonjeira em seu rosto fez com que Harry imaginasse que ele a superava muito em termos de poder e status. Já estava a três metros dela quando um homem de repente surgiu diante dele.

— Sou o policial que acabou de falar com seu colega lá fora — apresentou-se Harry. — Vou falar com *ela*.

— Fique à vontade — disse o guarda, e Harry achou que era possível discernir alguma coisa nas entrelinhas.

Harry deu os últimos passos.

— Olá, Isabelle — cumprimentou ele, vendo a surpresa em seu rosto. — Espero que não esteja interrompendo... sua carreira?

— Inspetor Harry Hole — respondeu ela com uma gargalhada, como se ele tivesse contado uma piada interna.

O homem ao lado dela estendeu a mão depressa e disse seu nome, algo que era desnecessário. Uma longa carreira na Prefeitura provavelmente lhe ensinara que lidar com o povo de forma amigável é algo recompensado no dia da eleição.

—Você gostou do espetáculo, inspetor?

— Sim e não — respondeu Harry. — Fiquei feliz por ele ter acabado, e estava indo para casa quando percebi que havia alguns pontos que não foram esclarecidos.

— Como o quê?

— Bem. Já que Don Giovanni é ladrão e mulherengo, nada mais justo do que ele ser punido no último ato. Acho que entendi quem é aquela estátua que o visita e o leva ao inferno. O que gostaria de saber, no entanto, é quem contou a ela que poderia encontrar Don Giovanni exatamente naquela hora e naquele lugar? Você poderia me responder... — Harry se virou. — Isabelle?

Isabelle deu um sorriso forçado.

— Se você tiver uma teoria, é sempre interessante saber. Mas em outra ocasião. Nesse momento estou falando com...

— Preciso falar urgentemente com ela — disse Harry dirigindo-se ao homem que conversava com Isabelle. — Se o senhor me permitir, é claro.

Harry viu que Isabelle queria protestar, mas o homem se antecipou a ela.

— Claro. — Ele sorriu, fez um aceno e se virou para um casal de idosos que estava ali perto.

Harry pegou Isabelle pelo braço e a conduziu em direção às placas indicativos dos banheiros.

— Você está fedendo — vociferou ela quando ele pôs as mãos em seus ombros e a pressionou contra a parede ao lado da entrada do banheiro masculino.

— O terno foi parar no lixo umas duas vezes — disse Harry e percebeu que estavam atraindo os olhares das pessoas em volta. — Escuta, podemos fazer isso de maneira civilizada ou não. Sua cooperação com Mikael Bellman consiste em quê?

— O quê? Vai se foder, Hole.

Harry abriu a porta do banheiro com um chute e a arrastou para dentro.

Junto à pia, um senhor usando um smoking viu pelo espelho, de olhos arregalados, Harry atirar Isabelle contra a porta de um dos cubículos e apertar o pescoço dela com o antebraço.

— Bellman estava com você quando Gusto foi assassinado — disse Harry entre os dentes. — Gusto tinha o sangue de Bellman embaixo das unhas. O queimador de Dubai é o colaborador mais próximo e amigo de infância de Bellman. Se não falar agora, vou ligar para meu contato no *Aftenposten* hoje à noite e isso vai sair no jornal amanhã. E aí tudo que tenho vai parar na mesa do procurador de Justiça. Então, o que vai ser?

— Desculpe. — Era o homem de smoking. Ele tinha se aproximado, mas ainda mantinha uma distância cautelosa. — Precisam de ajuda?

— Caia fora daqui!

O homem pareceu escandalizado, não por causa das palavras, mas pelo fato de que tinha sido Isabelle Skøyen a pronunciá-las. Ele saiu, meio sem jeito.

— A gente transou — confessou ela, quase sufocando.

Harry a soltou e sentiu pelo hálito de Isabelle que ela tinha bebido champanhe.

— Você e Bellman transaram?

— Sei que ele é casado, e a gente transou, foi só isso. — Ela esfregou o pescoço. — Gusto apareceu lá em casa e arranhou Bellman quando ele o expulsou. Se quiser abrir o jogo com a imprensa sobre a trepada, fique à vontade. Suponho que você *nunca* transou com uma mulher casada. E tampouco se preocupa com o que a cobertura da mídia vai fazer com a mulher e os filhos de Mikael.

— E como vocês se conheceram? Está tentando me dizer que esse triângulo entre vocês dois e Gusto é completamente aleatório?

— Como acha que pessoas em futuros cargos de poder se conhecem, Harry? Dê uma olhada ao redor. Veja quem está nessa festa. Todos sabem que Bellman será o novo chefe de polícia de Oslo.

— E que você será encarregada de uma das secretarias da Prefeitura?

— A gente se conheceu em uma inauguração, um vernissage, não me lembro mais. Só isso. Você pode ligar e perguntar a Mikael onde foi. Mas não hoje à noite, acho que eles estão tendo uma noite em família. É só... Bem, só isso.

É só isso. Harry fitou-a.

— E Truls Berntsen?

— Quem?

— O queimador de vocês. Quem foi que mandou que ele fosse ao Hotel Leon para cuidar de mim? Foi você? Ou Dubai?

— Pelo amor de Deus, do que você está falando?

Harry viu que ela realmente não fazia ideia de quem era Truls Berntsen.

Isabelle Skøyen começou a rir.

— Harry, não fique com essa cara de desânimo.

Ele poderia estar em um avião, indo para Bangkok. Para outra vida. Quando já se dirigia à saída...

— Espera, Harry.

Ele se virou. Ela estava encostada na porta do banheiro e tinha puxado o vestido para cima. Ele viu as ligas e a parte de cima das meias. Uma mecha de cabelo loiro caía sobre a testa.

— Já que estamos com o banheiro só para nós...

Harry olhou nos olhos dela. Estavam embaçados. Não de bebida, não de excitação, era outra coisa. Será que ela estava chorando? A valentona, a solitária, a autodepreciativa Isabelle Skøyen? E daí? Ela devia ser apenas mais uma daquelas pessoas amargas, dispostas a arruinar a vida de outras para conseguir o que consideravam seu direito de nascença: serem amadas.

A porta continuou a oscilar de um lado para o outro depois que Harry saiu, friccionando a vedação de borracha, o som cada vez mais alto, como uma última salva de palmas.

Harry voltou pela passarela até a Estação Central e desceu a escadaria em direção a Plata. Havia uma farmácia 24 horas do outro lado, mas sempre tinha uma fila imensa, e ele sabia que medicamentos sem prescrição não seriam suficientes para acabar com a dor. Ele passou pelo parque das seringas. Tinha começado a chover, e os postes de luz faziam os trilhos do bonde reluzirem na Prinsens Gate. Ele avaliou o caso. Era mais fácil pegar a espingarda de Nybakk em Oppsal. Além do mais, a espingarda era mais fácil de ser manipulada. Para pegar a carabina atrás do guarda-roupa do quarto 301, precisava entrar no Hotel Leon sem ser visto, e, ainda que conseguisse fazer isso, não tinha como saber se ela já havia sido encontrada. No entanto, uma carabina era mais decisiva.

A fechadura do portão que dava para o pátio do Leon estava quebrada. Tinha sido arrombada recentemente. Harry imaginou que fora assim que os dois homens de terno haviam entrado no hotel na noite em que foram visitá-lo.

Ele entrou por ali e, como esperado, a fechadura da porta dos fundos também tinha sido forçada.

Harry subiu a escada estreita que fazia as vezes de saída de emergência. Não havia pessoas no corredor do terceiro andar. Ele bateu na porta do quarto 310 para perguntar a Cato se a polícia tinha estado ali. Ou mais alguém. O que tinham feito. O que tinham perguntado. O que tinha contado a eles. Mas ninguém abriu. Harry encostou o ouvido na porta. Silêncio.

Não houvera nenhuma tentativa de reparo na porta de seu quarto, por isso uma chave seria supérflua. Notou que o sangue tinha penetrado no cimento cru onde ele havia tirado a soleira.

Também não tinham feito nada com a janela quebrada.

Harry sequer acendeu a luz, só entrou, pôs a mão atrás do guarda--roupa e constatou que não tinham encontrado a arma. A caixa de cartuchos também não. Ela ainda estava ao lado da Bíblia na gaveta da mesinha de cabeceira. E Harry se deu conta de que a polícia não havia estado ali, que o Hotel Leon, seus hóspedes e vizinhos acharam por bem não envolver a lei por causa de uns poucos disparos sem vítimas fatais. Abriu o armário. Até sua roupa e a mala de lona continuavam ali, como se nada tivesse acontecido.

Harry avistou a mulher no quarto do outro lado do pátio.

Estava sentada diante de um espelho com as costas nuas viradas para ele. Pelo visto, penteando o cabelo. Usava um vestido que parecia estranhamente antiquado. Não velho, só antiquado, como uma roupa que pertencesse a outra época. Sem entender por que, Harry deu um grito pela janela quebrada. Um grito curto. A mulher não reagiu.

Quando voltou à rua, ele percebeu que não conseguiria seguir adiante. O pescoço parecia estar pegando fogo, e o calor fazia os poros produzirem suor aos borbotões. Ele estava encharcado e já sentia os primeiros calafrios.

A música no bar tinha mudado. Da porta aberta, Harry ouviu "And It Stoned Me", do Van Morrison.

Analgésico.

Harry começou a atravessar a rua, ouviu um som estridente e desesperado e, no instante seguinte, uma parede azul e branca dominou seu campo de visão. Por quatro segundos, simplesmente ficou ali parado no meio da rua. Então o bonde passou, e a porta aberta do bar estava lá outra vez.

O barman teve um sobressalto ao erguer os olhos do jornal e se deparar com Harry.

— Jim Beam — disse Harry.

O barman piscou duas vezes sem se mexer. O jornal caiu no chão.

Harry tirou as notas de euro da carteira, deixando-as sobre o balcão.

— Me dê a garrafa inteira.

O barman estava boquiaberto. A tatuagem onde se lia EAT tinha uma dobra de gordura sobre o T.

— Agora — ordenou Harry. — Depois vou sumir daqui.

O barman deu uma espiada nas notas. Olhou para Harry outra vez. Pegou a garrafa sem tirar os olhos dele.

O ex-policial suspirou ao ver que a garrafa tinha menos da metade de seu conteúdo. Ele a enfiou no bolso do sobretudo, olhou em volta, tentou pensar em algumas palavras inesquecíveis para sua saída, desistiu, fez um breve aceno e foi embora.

Harry parou na esquina da Prinsens com a Dronningens Gate. Primeiro, ligou para o auxílio à lista telefônica. Depois, abriu a garrafa. O cheiro de bourbon fez o estômago revirar, mas ele sabia que não conseguiria fazer o que era necessário sem algum anestésico. Três anos se passaram desde a última vez. Talvez tivesse melhorado. Ele pôs o gargalo na boca. Jogou a cabeça para trás e inclinou a garrafa. Três anos de sobriedade. O veneno atingiu o organismo como uma bomba de napalm. Não tinha melhorado coisa nenhuma, era pior que nunca.

Harry se curvou, esticou um braço e se apoiou, de pernas abertas, na parede do edifício. Assim, a calça e os sapatos permaneceriam intactos.

Ele ouviu saltos altos no asfalto atrás de si.

— Ei, senhor. Eu ser bonita? — perguntou a voz.

— Claro.

Harry conseguiu responder antes que tudo subisse pela sua garganta. O jato amarelo bateu na calçada com força e dispersão impressionantes, e ele ouviu os saltos altos desaparecerem feito castanholas. Passou as costas da mão pela boca e tentou outra vez. A cabeça para trás. Uísque e bile desceram. E subiram outra vez.

A terceira dose parou no estômago com muito custo.

A quarta acertou o alvo.

A quinta parecia o paraíso.

Harry conseguiu pegar um táxi e deu o endereço ao motorista.

Truls Berntsen se apressou em meio à escuridão. Atravessou o estacionamento na frente do prédio residencial iluminado pelas luzes vindas de lares dignos e seguros, onde, a essa hora, os moradores já estavam tomando um cafezinho e comendo uns petiscos, talvez até tomando uma cerveja, e assistindo à televisão, já que o noticiário havia acabado e a programação era mais agradável. Truls havia telefonado para a sede da polícia e tinha dito que estava doente. Não lhe pediram mais detalhes, só quiseram saber se continuaria doente durante os três dias em que o atestado médico não era necessário. Truls perguntou como diabos ele poderia saber. Malditos preguiçosos, malditos políticos hipócritas que alegavam que as pessoas, *no fundo*, queriam trabalhar se tivessem condições. Os noruegueses votavam no Partido dos Trabalhadores porque ele transformava a falta ao trabalho num direito humano, e quem não vai votar em um partido que dá três dias de folga sem atestado médico, uma carta branca para ficar em casa batendo punheta ou dar uma volta de esqui ou se recuperar depois de uma bebedeira? É claro que o Partido dos Trabalhadores sabia que tipo de regalia era essa, mas, mesmo assim, apresentava-se como um partido responsável, gabando-se de "confiar nas pessoas", fazendo o direito de faltar ao trabalho passar por uma espécie de reforma social. O Partido Progressista era mais honesto, porra, comprava votos com promessas de redução de impostos. Nem se dava ao trabalho de fazer segredo.

Ele tinha passado o dia todo pensado nisso, enquanto examinava suas armas, carregava-as, conferia as portas trancadas, controlava a entrada e a saída de todos os carros que passavam pelo estacionamento através da mira telescópica do Märklin, o grande fuzil usado em um caso de assassinato de mais de dez anos atrás. O responsável pela sala de armas apreendidas da sede da polícia provavelmente ainda acreditava que ele estava lá. Truls sabia que, mais cedo ou mais tarde, ele teria de sair para comprar comida, mas esperou até ficar escuro e com pouca gente na rua. Pouco antes das onze horas da noite, o horário de fechamento do supermercado, ele pegou sua Steyr, saiu de fininho e correu para Rimi. Passou pelas prateleiras com um olho nos alimentos e outro nos clientes que estavam ali. Comprou um estoque de refeições prontas da Fjordland para uma semana. Pequenos sacos transparentes com batatas descascadas, almôndegas, purê de ervilhas e molho. Era só jogá-los em uma panela com água fervendo por alguns minutos, abri-los e colocar o conteúdo borbulhante em um prato. Se você fechasse os olhos, até lembrava comida de verdade.

Truls Berntsen chegou à entrada do prédio, e, ao inserir a chave na fechadura, ouviu passos rápidos no escuro atrás de si. Desesperado, virou-se de repente, e a mão já estava no punho da pistola dentro da jaqueta quando se deparou com o rosto assustado de Vigdis A.

— T-te assustei? — gaguejou ela.

— Não — foi a resposta curta de Truls.

Ele entrou sem segurar a porta para ela, mas Vidgis A. conseguiu espremer a banha pela fresta da porta antes de ela bater.

Ele apertou o botão do elevador. Assustado? Estava assustado pra caralho. Cossacos siberianos estavam em seu encalço. Por acaso havia alguma coisa nisso que *não* era assustador?

Vigdis A. ofegava atrás dele. Assim como a maioria das mulheres, era obesa. Ele não teria recusado uma investida dela, mas por que ninguém lhe dizia sem rodeios que as norueguesas tinham ficado tão gordas que não só iriam perecer de um monte de doenças como também acabariam com a reprodução da espécie, despovoariam o país. Pois, no fim, não haveria homem algum que aguentasse tanta banha. Além de sua própria, é claro.

O elevador chegou, eles entraram, e os cabos rangeram de dor.

Ele tinha lido que o peso dos homens subira tanto quanto o das mulheres, mas não era visível da mesma forma. Eles ficaram com bundas menores e apenas pareciam mais corpulentos e mais fortes. Como aconteceu com ele mesmo. Caralho, ele estava *melhor* agora do que dez quilos atrás. Mas as mulheres ficavam com aquela gordura que transbordava pela calça e balançava, e aquilo dava vontade de chutá-las, só para ver o pé afundar em toda aquela maciez. Todos sabiam que a obesidade era o novo câncer; mesmo assim, faziam um escândalo reclamando de dietas malucas e enaltecendo o "corpo da mulher de verdade". Como se estar fora de forma e comer muito fosse uma espécie de ideal natural. Tipo, você pode estar horrível e, ao mesmo tempo, feliz com o corpo que tem. Melhor ter cem pessoas morrendo de doenças cardiovasculares do que uma única morrendo de transtorno alimentar. E agora até Martine estava assim. Tudo bem, ela estava grávida, ele sabia disso, mas não conseguia se livrar da ideia de que Martine havia se tornado uma *delas*.

— Você parece estar com frio — disse Vigdis A. com um sorriso.

Truls não tinha noção do que o A. significava, mas era o que estava escrito no interfone dela, Vigdis A. Ele teve vontade de dar um soco na cara dela, um golpe de direita, força total. Não precisaria se preocupar com os nós dos dedos naquelas malditas bochechas rechonchudas. Ou de dar uma boa trepada com ela. Ou os dois.

Truls sabia por que estava com tanta raiva. Era aquela porra daquele celular.

Assim que eles conseguiram fazer com que a central da Telenor rastreasse o telefone de Hole, viram que o aparelho estava bem no centro da cidade, mais especificamente nas redondezas da Estação Central. Não devia haver lugar mais movimentado em Oslo, tanto de dia como de noite. Por isso, uma dúzia de policiais se embrenhou na multidão em busca do ex-policial. Gastaram horas. E nada. Enfim, um novato teve uma ideia banal: eles sincronizariam seus relógios, se espalhariam pela área, e um deles ligaria para o número de Hole a cada quinze minutos. E se alguém ouvisse um celular exatamente naquele instante, ou visse alguém tirar um celular do bolso para atendê-lo, eles entrariam em ação; afinal, o celular teria de estar em algum lugar por ali. Dito e feito. Encontraram o telefone no bolso de um viciado que cochilava na escadaria diante de Jernbanetorget. Ele disse que tinha "ganhado" o celular de um cara no Farol.

O elevador parou.

— Boa noite — murmurou Truls e saiu.

Ele ouviu a porta se fechar, e o elevador entrou em movimento outra vez.

Almôndegas e um DVD. O primeiro *Velozes e furiosos*, talvez. Uma porcaria de filme, claro, mas havia boas cenas. Ou *Transformers*, Megan Fox e uma longa e maravilhosa punheta.

Ele a ouviu respirar. Tinha saído do elevador junto com ele. Uma boceta. Truls Berntsen teria a chance de fazer sexo essa noite. Ele sorriu e virou a cabeça. Mas esbarrou em algo. Algo duro. E frio. Truls Berntsen revirou os globos oculares. O cano de uma arma.

— Muito obrigado — ironizou uma voz conhecida. — Eu adoraria entrar.

Truls Berntsen estava sentado na poltrona, olhando para o cano da própria arma. Ele o havia achado.

— Não podemos continuar a nos encontrar dessa forma — disse Harry Hole.

Ele tinha colocado o cigarro bem no canto da boca para que seus olhos não ficassem embaçados por causa da fumaça.

Truls não respondeu.

— Você sabe por que prefiro usar sua pistola? — perguntou Harry, passando a mão sobre a carabina de caça que tinha colocado no colo.

Truls continuou calado.

— É porque prefiro que as balas que vão ser encontradas em seu corpo sejam identificadas como *suas*.

Truls deu de ombros.

Harry Hole se inclinou. Truls sentiu o hálito dele na hora. Merda, o cara estava bêbado. Já ouvira histórias sobre o que ele havia feito sóbrio, e agora ele tinha se embebedado.

— Você é um queimador, Truls Berntsen. E aqui está a prova.

Harry tirou a identidade de policial da carteira, a qual ele tinha pegado junto com a arma.

— Thomas Lunder? Não é o homem que buscou a droga no Gardermoen?

— O que você quer? — perguntou Truls, fechando os olhos e se recostando na poltrona. *Almôndegas e um DVD.*

— Quero saber qual é a conexão entre você, Dubai, Isabelle Skøyen e Mikael Bellman.

Truls teve um sobressalto na cadeira. Mikael? Que diabos Mikael tinha a ver com isso? E Isabelle Skøyen, ela não era aquela mulher da política?

— Não faço ideia...

Ele viu o cão da pistola se levantar.

— Cuidado, Hole! O gatilho é mais curto que você pensa, ele...

O cão se levantou ainda mais.

— Espere! Espere, caralho! — Truls Berntsen passou a língua por dentro da boca em busca de saliva. — Não sei nada sobre Bellman ou Skøyen, mas Dubai...

— Vamos, depressa.

— Posso te contar sobre ele...

— E o que você pode me contar sobre ele?

Truls Berntsen inspirou, reteve o ar. Então soltou-o com um gemido.

— Tudo.

39

Três olhos fitaram Truls Berntsen. Dois com íris azul-claras, completamente alcoolizados. E um preto, arredondado, de sua própria pistola. O homem que segurava a arma estava mais deitado do que sentado na poltrona, e suas longas pernas se esticavam sobre o tapete. E ele disse com voz rouca:

— Então me conte tudo, Berntsen. Fale sobre Dubai.

Truls pigarreou duas vezes. Merda de garganta seca.

— Certa noite, o interfone tocou. Eu o atendi, e uma voz disse que queria falar comigo. Primeiro, não quis deixá-lo entrar, mas aí ele mencionou um nome, e... bem...

Truls Berntsen esfregou o queixo com o polegar e o indicador.

Harry aguardou.

— Era uma história infeliz que achei que ninguém conhecia.

— Sobre...?

— Um cara que foi detido. Ele precisava que alguém lhe ensinasse boas maneiras. Achei que ninguém soubesse que havia sido eu quem... tinha dado a lição.

— Houve dano físico grave?

— Os pais queriam entrar com um processo, mas o garoto não conseguiu me reconhecer. Parece que eu tinha provocado danos em seu nervo ótico. Há males que vêm para o bem, né? — Truls deu sua risada nervosa que mais parecia um grunhido, mas logo parou. — E de repente tinha um homem na minha porta que sabia disso. Ele disse que eu havia mostrado certo dom para me manter fora do radar e que estaria disposto a pagar bem por gente como eu. Falava norueguês, de um jeito um tanto chique, sabe? Mas com um leve sotaque. Deixei ele entrar.

— Você esteve com Dubai?

— Uma vez, talvez duas. De qualquer forma, ele veio sozinho. Um senhor de idade usando um terno elegante, mas um pouco antiquado. Colete. Chapéu e luvas. Ele deixou claro o que queria que eu fizesse. E quanto pagaria. Era do tipo cauteloso. Disse que a gente não teria mais nenhum contato direto depois desse encontro, nada de telefonemas, nada de e-mails, nada que pudesse ser rastreado. E, por mim, estava bom assim.

— Então, como vocês combinavam as tarefas?

— Eu recebia instruções por meio de inscrições em uma lápide. Ele me passou a localização dela.

— Onde?

— O cemitério, Gamlebyen. Era lá que eu recebia o dinheiro também.

— Me fale sobre Dubai. Quem é ele?

Truls Berntsen olhou para o nada. Tentou ter uma noção da complexa equação que tinha à sua frente. E dos possíveis resultados.

— Está esperando o que, Berntsen? Você disse que poderia me contar tudo sobre Dubai.

— Você está ciente do risco que corro se...

— A última vez que te vi, dois capangas de Dubai tentaram te matar. Ou seja, mesmo sem essa pistola apontada para você, sinto informar que já caiu em desgraça, Berntsen. Fale logo! Quem é ele?

Os olhos de Harry Hole estavam fixos no homem. Truls tinha a impressão de que eram olhos de raios X. O cão da pistola se moveu outra vez, simplificando a equação.

— Tá bom, tá bom — disse, levantando as palmas das mãos num gesto de defesa. — O nome dele não é Dubai. Ele é chamado assim porque seus traficantes usam uma camisa de time de futebol com a propaganda de uma companhia aérea que voa para os países lá de baixo. Arábia.

— Você tem dez segundos para me contar algo que já não descobri sozinho.

— Espere, espere, já chego lá! Ele se chama Rudolf Asaiev. É russo, seus pais eram dissidentes do governo e refugiados políticos, pelo menos foi o que ele disse durante o julgamento. Já morou em diversos países e parece que fala umas sete línguas. Chegou à Noruega nos anos 1970, e pode-se dizer que foi um dos pioneiros do tráfico de maconha. Ele evitava chamar atenção, mas foi denunciado por um de seus homens em 1980. Naquela época, o tráfico de drogas tinha mais ou menos a mesma pena que traição à pátria. Por isso ele ficou preso muito tempo. Depois de sair da cadeia, ele se mudou para a Suécia e passou para a heroína.

— Mais ou menos a mesma pena, mas o lucro é muito maior.

— Certamente. Ele criou um cartel em Gotemburgo, mas, depois da morte de um agente infiltrado, teve que entrar na clandestinidade. Voltou para Oslo há uns dois anos.

— E ele te contou tudo isso?

— Não, de jeito nenhum, descobri tudo sozinho.

— É mesmo? Como? Achei que o homem era um fantasma que ninguém conhecia.

Truls Berntsen olhou para as mãos. Ergueu os olhos para Harry Hole outra vez. Mal conseguiu conter o sorriso. Ele muitas vezes sentira vontade de contar aquilo para alguém: como tinha enganado o próprio Dubai. Truls passou a língua pelos lábios rapidamente.

— Quando Dubai se sentou na poltrona onde você está agora, ele apoiou os braços nos encostos.

— E?

— As mangas da camisa subiram e deixaram uma fresta entre as luvas e a manga do paletó. Ele tinha algumas cicatrizes brancas. Do tipo que se tem quando se remove uma tatuagem, sabe? E quando vi a tatuagem no pulso, pensei...

— Prisão. Ele usava luvas para não deixar impressões digitais que pudessem ser encontradas no registro policial depois.

Truls fez que sim. Hole era bastante rápido, isso era inegável.

— Exatamente. Mas depois que aceitei as condições, ele pareceu um pouco mais à vontade. E, quando estendi a mão para selar o acordo, ele tirou uma das luvas. Consegui pegar algumas impressões razoáveis nas costas da minha mão. O DNA constava no banco de dados.

— Rudolf Asaiev. Dubai. Como será que ele conseguiu manter sua identidade escondida por tanto tempo?

Truls Berntsen demonstrou indiferença.

— A gente vê isso na CrimOrg o tempo todo. Tem uma coisa que distingue os chefões que são pegos daqueles que não são pegos. Uma organização pequena. Pouquíssimos níveis. Poucas pessoas de confiança. Os barões da droga que se sentem mais seguros com um exército a seu redor sempre acabam sendo presos. Sempre tem algum servo infiel, alguém que quer assumir o comando ou reduzir a pena com uma delação premiada.

— Você disse que talvez tenha visto ele mais de uma vez?

Truls Berntsen fez que sim.

— No Farol. Acho que era ele. Ele me viu, deu meia-volta e foi embora.

— Então é verdade esse boato de que ele fica andando pela cidade feito um fantasma?

— Quem sabe?

— O que você estava fazendo no Farol?

— Eu?

— Os policiais não podem trabalhar lá dentro.

— Conheci uma menina que trabalha lá.

— Hã. Martine?

— Você conhece ela?

— Você costumava ficar sentado lá olhando para ela?

Truls sentiu o sangue aquecer seu rosto.

— Eu...

— Relaxe, Berntsen. Você acabou de se absolver.

— C-como assim?

— Você é o cara que Martine pensou ser um agente infiltrado. Você estava no Farol quando Gusto foi assassinado, não estava?

— Agente infiltrado?

— Esqueça isso e responda.

— Caralho, você não estava pensando que eu... Por que eu teria matado Gusto Hanssen?

— Asaiev poderia tê-lo incumbido da tarefa. Mas você tinha um motivo pessoal ainda mais importante. Gusto tinha visto você matar um homem em Alnabru. Com uma furadeira.

Truls Berntsen pensou por um instante no que Hole tinha dito. Como um policial que vive cercado de mentiras o dia todo, o tempo todo, ele precisava saber distinguir um blefe da verdade.

— Aquele assassinato também lhe deu motivo para matar Oleg Fauke, que foi outra testemunha. O presidiário que tentou matar o garoto a facadas...

— Não trabalhava para mim! Você precisa acreditar, Hole, eu não tive nada a ver com aquilo. Eu só queimava provas, não matava ninguém. O negócio em Alnabru foi apenas um acidente.

Hole inclinou a cabeça para o lado.

— E quando você me visitou no Hotel Leon, não foi para me liquidar?

Truls engoliu em seco. Aquele Hole era capaz de *matá-lo*; ele era capaz disso com certeza. Meter uma bala em sua têmpora, limpar as impressões digitais da arma e deixá-la em sua mão. Nenhum sinal de arrombamento. Vigdis A. poderia dizer que tinha visto Truls voltar para casa sozinho, que ele parecia estar com frio. Solidão. Ele tinha avisado no trabalho que estava doente. Deprimido.

— Quem eram aqueles outros dois que apareceram do nada? Homens de Rudolf?

Truls fez que sim.

— Eles escaparam, mas consegui meter uma bala em um deles.

— O que aconteceu?

— Devo saber demais.

Truls esboçou uma risada, mas soou como uma tosse seca. Eles ficaram calados, olhando um para o outro.

— O que você pretende fazer? — perguntou Truls.

— Capturar Dubai — disse Hole.

Capturar. Fazia tempo que Truls não ouvia alguém usar essa palavra.

— Então você acha que ele tem poucas pessoas a sua volta? — perguntou o ex-policial.

— No máximo três ou quatro — respondeu Truls. — Talvez apenas aqueles dois.

— Entendi. Você teria outras peças de metal?

— Peças de metal?

— Além daquilo ali. — Hole fez um gesto em direção à mesa de centro, onde havia duas pistolas e uma submetralhadora MP-5, carregadas e prontas. — Vou te algemar e revistar o apartamento, mas seria mais fácil se você me mostrasse.

Truls Berntsen pensou bem. Então fez um gesto na direção do quarto.

Harry meneou a cabeça ao ver Truls abrir a porta do armário do quarto e acender uma lâmpada fluorescente, lançando uma luz azulada sobre os objetos que estavam ali: seis pistolas, dois facões, um cassetete preto, um soco-inglês, uma máscara de gás e uma arma de controle de multidões com um cilindro no meio que continha grandes cartuchos com gás lacrimogêneo. Truls conseguira a maior parte no depósito da polícia, onde eles em geral já contavam com algumas perdas.

— Você é um doido varrido, Berntsen.

— Por quê?

Hole apontou para a parede do armário. Truls tinha batido pregos para pendurar as armas e delineado o contorno de cada uma com caneta hidrográfica. Tudo tinha seu lugar.

— Colete à prova de balas num cabide? Tem medo de que amasse?

Truls Berntsen não respondeu.

— Ok — continuou Hole e tirou o colete. — Me dê a arma de controle de multidões, a máscara e a munição para a submetralhadora da sala. E uma mochila.

Hole acompanhou os movimentos de Truls enquanto ele colocava os objetos na bolsa. Voltaram para a sala, onde Harry pegou a submetralhadora MP-5.

Em seguida, passaram para a porta da frente.

— Sei o que você está pensando — disse Harry. — Mas antes de fazer alguma ligação ou tentar me deter de outra forma, acho bom deixar claro que tudo o que sei sobre você e esse caso está com um advogado. Ele foi instruído sobre como proceder se algo acontecer comigo. Entendeu?

Mentira, pensou Truls, e fez que sim.

Hole riu.

— Você acha que estou mentindo, mas você não pode ter certeza absoluta, não é?

Truls sentiu ódio por Hole. Odiou aquele sorriso, arrogante e indiferente.

— E o que acontece se você sobreviver, Hole?

— Aí seus problemas acabam. Eu desapareço, pego um avião para o outro lado do mundo. E não volto. Uma última coisa... — Hole abotoou o sobretudo comprido sobre o colete à prova de balas. — Foi você quem riscou Blindernveien, 74 daquela lista que Bellman e eu recebemos, não foi?

Truls Berntsen estava prestes a dizer um "não" automático. Mas algo, um impulso, uma ideia semiformada, o impediu de fazer isso. A verdade é que ele nunca descobrira onde Rudolf Asaiev morava.

— Foi — respondeu Truls Berntsen enquanto seu cérebro trabalhava para digerir a informação, tentando avaliar suas implicações. *A lista que Bellman e eu recebemos.* Tentava chegar a uma conclusão. Mas seu raciocínio não foi rápido o suficiente, isso nunca foi o seu forte, ele precisava de mais algum tempo.

— Foi sim — repetiu ele, torcendo para que sua surpresa não transparecesse. — Claro, fui eu que tirei aquele endereço da lista.

— Vou deixar essa carabina aqui — disse Harry, abrindo a câmara e tirando o cartucho de dentro da arma. — Se eu não voltar, ela deve ser entregue ao escritório de advocacia Bach & Simonsen.

Hole bateu a porta, e Truls ouviu suas passadas compridas na escada. Esperou até ter certeza de que ele não voltaria. Então reagiu.

Hole não tinha reparado no fuzil Märklin que estava encostado na parede atrás da cortina, ao lado da porta que dava para a varanda. Truls agarrou a arma grande e pesada e abriu bruscamente a porta da varanda. Apoiou o cano no parapeito. Estava frio e chuviscando e, ainda mais importante, praticamente não havia vento.

O policial viu Hole sair do prédio lá embaixo, o sobretudo esvoaçando enquanto ele seguia em direção ao táxi que o aguardava no estacionamento. Truls o colocou sob a mira telescópica sensível à luz. Óptica e engenharia alemãs de armamento. A imagem era granulada, mas em foco. Dali ele poderia atingir Hole sem problemas. A bala o atravessaria, e, melhor ainda, sairia exatamente na altura de seu aparelho reprodutor; afinal, a arma fora feita para a caça de elefantes. Mas, se aguardasse até Hole ficar sob a luz de um dos postes do estacionamento, o tiro seria ainda mais certeiro. E seria muito prático; a essa hora, havia pouca gente no estacionamento, e Truls teria uma distância pequena a percorrer com o corpo até seu carro.

As informações estão com um advogado? De jeito nenhum. Mas era claro que teria de avaliar se ele também precisava ser eliminado, só por via das dúvidas. Hans Christian Simonsen.

Hole estava se aproximando. O pescoço. Ou a cabeça. O colete à prova de balas era do tipo que chegava até em cima. Pesado pra caralho. Ele colocou o dedo no gatilho. Uma voz quase inaudível lhe disse que não deveria fazer isso. Era um assassinato. Truls Berntsen nunca havia matado ninguém. Não diretamente. Tord Schultz? Aquilo não foi ele, foram aqueles cachorros desgraçados de Rudolf Asaiev. E Gusto? Por sinal, quem tinha atirado naquele rapaz? Pelo menos não foi ele. Mikael Bellman. Isabelle Skøyen.

A voz se calou, e a cruz da mira parecia colada na parte de trás da cabeça de Hole. Cabum! Ele já visualizava o esguicho de sangue. Apertou o gatilho mais um pouco. Em dois segundos, Hole estaria debaixo da luz. Pena que ele não pudesse filmar aquilo. Gravar num DVD. Teria sido melhor que a Megan Fox, com ou sem as almôndegas da Fjordland.

40

Truls Berntsen respirou fundo e devagar. A pulsação havia acelerado, mas estava sob controle.

Harry Hole estava sob o feixe de luz. E sob a mira telescópica.

Era *realmente* uma pena que não podia film...

Truls Berntsen hesitou.

Raciocínio rápido nunca foi o seu forte. Não que ele fosse burro, mas às vezes as coisas simplesmente precisavam ir um pouco devagar.

Na infância, esse traço sempre o havia distinguido do amigo. Mikael era aquele que pensava e falava. Mas, no final, Truls também chegava à melhor conclusão. Como agora. Como a coisa do endereço que faltava na lista. E como aquela pequena voz que tinha dito que não devia matar Hole, não agora. Era matemática básica, diria Mikael. Harry Hole estava atrás de Rudolf Asaiev e de Truls, felizmente naquela sequência. Por isso, se Hole acabasse com Asaiev, teria eliminado pelo menos um dos problemas de Truls. E o mesmo aconteceria se o russo acabasse com o ex-policial. Por outro lado... Hole ainda caminhava sob a luz dos postes.

O dedo de Truls estava no gatilho. Ele tinha sido o segundo melhor atirador de elite da Kripos, o melhor na pistola também.

Ele soltou o ar dos pulmões. Com o corpo completamente relaxado, a arma não daria um coice muito forte. Respirou outra vez.

E baixou a arma.

Blindernveien estava iluminada diante de Harry. A rua parecia uma montanha-russa cortando a paisagem acidentada de casarões antigos, grandes jardins, edifícios universitários e gramados.

Ele esperou as luzes do táxi desaparecerem e começou a andar.

Faltavam quatro minutos para uma da manhã, e não havia ninguém na rua. Ele tinha instruído o taxista a parar na frente do número 68.

A casa de número 74 da Blindernveien ficava atrás de uma cerca de três metros de altura, a aproximadamente cinquenta metros da rua. Ao lado da casa, havia uma construção cilíndrica de alvenaria, com altura e diâmetro de cerca de quatro metros, semelhante a um reservatório de água. Harry nunca havia visto esse tipo de torre na Noruega, mas notou que a casa vizinha também tinha uma. Como esperado, um caminho de cascalho levava até os degraus na entrada do imponente sobrado de madeira. A entrada principal estava iluminada por uma única lâmpada acesa sobre uma porta de madeira escura e bastante sólida.

Duas janelas no térreo e uma no andar de cima estavam iluminadas.

Harry se posicionou na sombra de um carvalho do outro lado da rua. Pegou a mochila e a abriu. Preparou a arma de controle de multidões e pôs a máscara antigás de modo que só precisaria puxá-la sobre o rosto.

Com sorte, a chuva o ajudaria a chegar o mais perto possível. Ele se certificou de que a submetralhadora estava carregada e destravada.

Havia chegado a hora.

Mas o anestésico estava perdendo efeito.

Ele pegou a garrafa de Jim Beam, abriu a tampa. Havia um restinho quase invisível no fundo. Olhou para o casarão mais uma vez. Olhou para a garrafa. Se tudo desse certo, ele precisaria de um gole depois. Fechou a tampa e enfiou a garrafa no bolso interno do casaco junto com o pente adicional de balas da MP-5. Verificou que estava respirando bem, que o coração e os músculos recebiam bastante oxigênio. Olhou para o relógio. Uma e um. Em vinte e três horas, o voo sairia. O voo dele e de Rakel.

Harry respirou fundo duas vezes. Provavelmente havia algum alarme no portão, mas ele estava com muito peso para pular a cerca depressa e sem vontade alguma de ficar pendurado ali e se tornar um alvo fácil, como quase tinha acontecido em Madserud Allé.

Dois e meio, pensou Harry. Três.

Caminhou até o portão, girou a maçaneta, e o abriu. Agarrou a arma de controle de multidões em uma das mãos, a MP-5 na outra e começou a correr. Não pelo caminho de cascalho, mas no gramado. Foi até a janela da sala. Como policial, já participara de tantas operações que sabia como o elemento surpresa lhe dava uma vantagem espantosa. Não era só a vantagem de atirar primeiro. O choque também poderia paralisar um adversário por completo. No entanto, ele sabia que o efeito do elemento surpresa tinha uma determinada duração. Por isso já começara a contagem regressiva. Quinze segundos. Esse era o tempo que achava que tinha à disposição. Se não os neutralizasse em quinze segundos, conseguiriam se recompor, se reagrupar e revidar. Eles conheciam a casa, Harry sequer tinha visto a planta do imóvel.

Quatorze, treze.

Quando ele disparou duas bombas de gás em direção à janela da sala, as quais explodiram e se transformaram numa avalanche branca, foi como se o tempo tivesse parado e tudo parecesse um filme. Ele registrava seus movimentos, seu corpo fazia o que deveria fazer, mas o cérebro só captava pequenos fragmentos.

Doze.

Ele puxou a máscara antigás sobre o rosto, jogou a arma de controle de multidões dentro da sala, usou a MP-5 para tirar os cacos de vidro maiores do parapeito, deitou a mochila sobre o caixilho e pôs as mãos em cima dela. Ergueu uma das pernas e se jogou para o interior da casa enquanto a fumaça branca vinha ao seu encontro. O colete à prova de balas dificultava seus movimentos. Assim que chegou lá dentro, foi como entrar em uma nuvem. O campo de visão restrito pela máscara acentuou a sensação de estar em um filme de ação. Ele ouviu tiros sendo disparados e se jogou no chão.

Oito.

Mais tiros. O som seco do piso de madeira sendo destruído. O elemento surpresa *não* os deixou paralisados. Harry esperou. Então ouviu a tosse. Aquela que você não consegue segurar quando o gás lacrimogêneo arde nos olhos, no nariz, nas mucosas, no pulmão.

Cinco.

Ele abriu a MP-5 e atirou em direção ao som que vinha de dentro da nuvem branco-acinzentada. Ouviu passos curtos, pesados. Passos correndo na escada.

Três.

Harry se pôs de pé e correu na direção do barulho.

Dois.

No andar de cima não havia fumaça. Se o fugitivo escapasse para lá, as chances de Harry piorariam radicalmente.

Um. Zero.

Harry vislumbrou o contorno da lateral de uma escada, viu um corrimão com balaústres. Enfiou a MP-5 entre eles, apontando-a para cima. Apertou o gatilho. A arma sacudiu em sua mão, mas ele a segurou firme. Esvaziou o pente. Puxou a submetralhadora para si, soltou o pente e enfiou a mão no bolso do sobretudo em busca de mais munição. Encontrou apenas a garrafa vazia. Tinha perdido o pente extra enquanto estava deitado no chão! Os outros ainda estavam na mochila em cima do parapeito.

Harry soube que estava morto quando ouviu passos na escada. Descendo. Eles vinham devagar, como que hesitantes. Depois mais rápidos. Em seguida, o som de alguém que parecia escorregar pelos degraus. Harry distinguiu um vulto no nevoeiro. Um fantasma cambaleante de camisa branca e terno preto. Ele buscou apoio no corrimão, que se partiu ao meio, e escorregou inânime até o último balaústre. Harry viu os furos nas costas do paletó, onde as balas o tinham acertado. Ele foi até o corpo, pegou a franja e puxou a cabeça para trás. Teve uma sensação de asfixia e precisou lutar contra o impulso de tirar a máscara.

Em sua trajetória, uma das balas que atingiram as costas do homem tinha arrancado metade de seu nariz. Mesmo assim, Harry o reconheceu. O baixinho na porta do Hotel Leon. O homem que havia atirado nele de dentro do carro em Madserud Allé.

Harry escutou. Havia um silêncio total, fora o chiado das bombas de gás lacrimogêneo, que ainda soltavam fumaça branca aos jorros. Ele recuou até a janela da sala, pegou a mochila, conseguiu colocar um novo pente na arma e enfiou outro no bolso do sobretudo. Só agora percebeu como o suor escorria por dentro do colete.

Onde estava o grandão? E onde estava Dubai? Harry escutou outra vez. Chiado de gás. Mas ele não tinha ouvido passos no andar de cima?

Em meio ao gás, Harry viu de relance outro cômodo e uma porta aberta para a cozinha. Só havia uma porta fechada. Ele se posicionou ao lado dela, abriu-a, apontou a arma de controle de multidões para dentro e fez dois disparos. Fechou a porta e aguardou. Contou até dez. Abriu e entrou.

Vazio. Pela fumaça, ele vislumbrou estantes de livros, uma poltrona de couro preto, uma grande lareira e, sobre ela, uma pintura de um homem trajando o uniforme negro da Gestapo. Será que era uma antiga casa de nazistas? Harry sabia que Karl Marthinsen, nazista norueguês, residiu em uma casa de Blindernveien, e que a propriedade havia sido confiscada depois de ele terminar seus dias crivado de balas diante do prédio da Faculdade de Ciências Exatas.

Harry voltou, passou pela cozinha e seguiu até a porta do quarto de empregada, onde encontrou o que estava procurando: a escada dos fundos.

Em geral, esse tipo de escada também era usado como escada de incêndio, mas essa não levava a nenhuma saída. Pelo contrário; seguia para o porão, e aquela que antes tinha sido a porta dos fundos fora fechada com tijolos.

Harry conferiu que ainda havia uma bomba de gás lacrimogêneo no carregador e subiu a escada com passos longos e silenciosos. Disparou a última no corredor, contou até dez e avançou. Abriu as portas; sentia pontadas de dor no pescoço, mas ainda estava conseguindo se concentrar. Com exceção da primeira porta, que estava trancada, todos os cômodos estavam vazios. Dois dos quartos pareciam estar em uso. A cama de um deles estava sem lençol, e Harry viu que o colchão tinha manchas escuras, como se estivesse ensopado de sangue. Na mesinha de cabeceira do outro quarto, havia uma Bíblia grande e grossa. Harry olhou para ela. Letras cirílicas. Bíblia ortodoxa russa. Ao lado, havia um *zhuk* pronto para ser usado. Um tijolo vermelho com seis pregos. Exatamente da mesma espessura da Bíblia.

Harry voltou para a porta que estava trancada. O suor dentro da máscara embaçava o vidro. Ele pressionou as costas contra a parede do outro lado, levantou o pé e deu um chute na fechadura, que cedeu na quarta tentativa. Harry se agachou e disparou uma rajada de tiros para dentro do quarto, ouviu o tilintar de vidro se quebrando. Esperou a fumaça do corredor se espalhar para o interior do cômodo. Entrou. Achou o interruptor.

O quarto era maior que os outros. A cama de dossel estava desfeita. Na mesa de cabeceira, brilhava a pedra azul de um anel.

Harry pôs a mão debaixo do edredom. Ainda estava quente.

Ele olhou em volta. Evidentemente, a pessoa que tinha acabado de se levantar dali poderia ter saído pela porta e trancado o quarto depois. Se não fosse pelo fato de a chave ainda estar na porta, do lado de dentro. Harry verificou a janela. Fechada. Olhou para o sólido guarda-roupa. Abriu-o.

À primeira vista, era um guarda-roupa normal. Empurrou o fundo falso. Ele se abriu.

Uma rota de fuga. Meticulosidade alemã.

Harry afastou as camisas e os paletós e sentiu o ar frio. Um poço. Tateou a superfície com a mão. Degraus de ferro tinham sido chumbados na parede de cimento. Parecia haver mais degraus para baixo, e eles deviam levar a um porão. Uma imagem passou por seu cérebro, o fragmento de um sonho. Ele afastou a imagem, tirou a máscara antigás e se espremeu pela parede falsa. Os pés encontraram os degraus e, quando o rosto chegou à altura do fundo do armário, viu algo ali. Tinha a forma de um U, uma peça de algodão engomada. Harry a pegou, meteu-a no bolso do sobretudo e continuou a descer no escuro. Contou os degraus. Depois do vigésimo segundo, os pés atingiram o chão firme. Mas, quando pisou com o outro pé, o chão não pareceu mais tão firme assim. Ele perdeu o equilíbrio, mas teve um pouso suave. Tão suave que era suspeito.

Harry ficou imóvel, à escuta. Tirou o isqueiro do bolso da calça. Acendeu-o, deixando a chama queimar por dois segundos antes de apagá-la. Já vira o que precisava ver.

Estava deitado em cima de uma pessoa.

Uma pessoa excepcionalmente grande e excepcionalmente nua. Com a pele fria como mármore e a palidez azulada típica de alguém morto há vinte e quatro horas.

Harry se desvencilhou do corpo e foi andando pelo chão de cimento até a porta de um bunker. Tateou na parede de concreto até encontrar o interruptor. Com o isqueiro aceso, ele era o único alvo; com mais luz, todos eram alvos. Ele empunhou a MP-5 e acendeu o interruptor com a mão esquerda.

Uma fileira de lâmpadas se acendeu. Ela se estendia até outro corredor, baixo e estreito.

Harry constatou que estava sozinho. Olhou para o cadáver. O defunto estava em cima de um tapete, e uma faixa ensanguentada envolvia sua barriga. Do peito, a tatuagem da Virgem Maria olhava para Harry; ela indicava que aquele homem tinha sido criminoso desde a infância. Já que o cadáver não tinha outros ferimentos visíveis, Harry imaginou que fora a ferida envolvida pela faixa que o havia matado, muito provavelmente causada por uma bala da Steyr de Truls Berntsen.

Harry tentou abrir a porta do bunker. Trancada. A parede onde o corredor terminava consistia em uma placa de metal embutida no concreto. Em outras palavras, Rudolf Asaiev só poderia ter saído dali por um lugar: o túnel. E Harry sabia por que estava verificando todas as alternativas primeiro. O sonho.

Ele olhou atentamente para o túnel estreito.

A claustrofobia é contraproducente; ela oferece falsos sinais de perigo, algo que deve ser combatido. Ele verificou se o pente estava firme na MP-5. Que se foda. Os fantasmas só existem se você os deixa existir.

Então começou a andar.

O túnel era ainda mais estreito do que ele pensava. Precisava se agachar, e, mesmo assim, a cabeça e os ombros encostavam no teto e nas paredes cobertos de musgo. Harry tentou manter o cérebro ocupado para não dar espaço à claustrofobia. Pensou que aquela deveria ter sido uma rota de fuga usada pelos alemães, o que fazia sentido com relação à porta emparedada dos fundos. Por força de hábito, teve o cuidado de se manter relativamente orientado, e, se não estava enganado, caminhava para a casa vizinha, que tinha um reservatório de água idêntico. O túnel fora feito com esmero, tinha inclusive diversos ralos no chão para escoamento, mas era estranho que os alemães, construtores de autoestradas enormes, tivessem feito uma passagem tão estreita. No momento em que pensou nisso, a claustrofobia apertou suas garras de ferro. Ele se concentrou em contar os passos, tentou visualizar onde poderia estar em relação ao que havia na superfície. Na superfície, lá fora, onde podia ser livre e respirar. Conte, conte, pelo amor de Deus! Assim que chegou a cento e dez, viu uma linha branca no chão à sua frente. Não havia luzes um pouco mais adiante e, ao se virar, percebeu que a linha deveria indicar o meio do túnel. Levando em consideração os pequenos passos que fora forçado a dar, ele estimou que a distância que tinha percorrido seria de sessenta a setenta metros. Logo chegaria ao fim. Tentou acelerar, arrastando os pés feito um velho. Ouviu o som de um clique e olhou para baixo. O barulho veio de um dos ralos. Suas aberturas giraram, encaixando-se umas nas outras, mais ou menos como acontece quando se fecha a saída de ar do carro. E, no mesmo instante, ouviu outro som, um estrondo intenso. Harry se virou.

Viu a luz brilhar no metal. Era a placa embutida no fim do corredor. Ela se movimentou. Caiu no chão. Foi isso que fez o barulho. Harry parou e empunhou a submetralhadora. Não podia ver o que havia atrás da placa, estava escuro demais. Mas algo cintilou, como a luz do sol refletida no fiorde de Oslo numa bela tarde de outono. Houve um momento perfeito de silêncio. O cérebro de Harry disparou. O Homem da Boina tinha se afogado no túnel. Aquelas construções que pareciam reservatórios de água. O corredor subdimensionado. O musgo no teto que não era musgo, mas algas. Então ele viu a parede se aproximar. Preto-esverdeada com bordas brancas. Virou-se para correr. E viu uma parede igual se aproximando do outro lado.

41

Era como estar entre dois trens prestes a colidir. A parede de água na frente dele o atingiu primeiro e o jogou para trás. Ele sentiu a cabeça bater no chão, o corpo se erguer e rodopiar. Debateu-se, desesperado, os dedos e os joelhos raspando no concreto. Ele tentou se agarrar a alguma coisa, mas não tinha chance contra as forças a sua volta. Então, tão repentinamente quanto começou, tudo parou. Ele sentiu as correntes de água neutralizarem a força uma da outra. E então, algo tocou suas costas. Dois braços brancos com brilho esverdeado envolveram Harry por trás, dedos pálidos subiram até seu rosto. Harry tomou impulso com o pé, virou-se e viu o cadáver com a faixa em torno da barriga girar na água escura como um astronauta nu, livre da ação da gravidade. A boca aberta, cabelo e barba esvoaçando em câmera lenta. Harry pôs os pés no chão e ergueu a cabeça até o teto. Havia água até o topo. Agachou-se, vislumbrou a MP-5 e a linha branca no chão e deu as primeiras braçadas. Ele havia perdido a noção de direção até o cadáver lhe indicar qual seria o caminho de volta. Harry nadou com o corpo em posição diagonal, a fim de ter o maior espaço possível para mover os braços. Não se permitia ter outro pensamento além de nadar. A força ascensional não era um problema, pelo contrário, o colete à prova de balas o puxava para baixo. Harry avaliou se deveria arrancar o sobretudo, que se agarrava ao seu corpo, criando maior resistência. Procurou se concentrar no que precisava fazer, nadar de volta ao poço, não contar os segundos, não contar os metros. Mas ele já sentia a pressão na cabeça, como se ela estivesse prestes a explodir. E então o pensamento surgiu mesmo assim: verão, piscina de cinquenta metros. De manhã cedo, quase sem ninguém. Sol,

Rakel de biquíni amarelo. Oleg e Harry disputando para ver quem conseguia nadar por mais tempo debaixo da água. O garoto estava em forma depois da temporada de competições de patinação no gelo, mas Harry tinha uma técnica melhor. Rakel torcia e dava sua risada maravilhosa enquanto eles faziam o aquecimento. Os dois se exibiam para ela, a rainha de Frogner Lido; Oleg e Harry eram os súditos que buscavam seus favores. Então começaram a nadar. E chegaram exatamente até o mesmo ponto. Depois de quarenta metros, os dois romperam a superfície da água, ofegantes e confiantes na vitória. Quarenta metros. Dez metros até a borda da piscina. Onde puderam pegar impulso na parede e onde tinham bastante espaço para as braçadas. Um pouco mais da metade da distância até o poço. Ele não tinha nenhuma chance. Morreria ali. Morreria agora, logo. Os globos oculares pareciam estar sendo expelidos da cabeça. O voo partiria à meia-noite. Biquíni amarelo. Dez metros até a borda da piscina. Ele deu mais uma braçada. Teria que conseguir mais uma. Mas ele morreria.

Eram três e meia da madrugada. Truls Berntsen dirigia pelas ruas de Oslo sob uma fraca chuva que sussurrava contra o para-brisa. Fazia aquilo havia duas horas. Não porque procurava alguma coisa, mas porque lhe dava tranquilidade. Para pensar e para não pensar.

Alguém havia eliminado um endereço da lista que Harry Hole recebeu. E não tinha sido ele.

Afinal de contas, talvez nem tudo fosse tão óbvio quanto pensava.

Truls repassou a noite do assassinato mais uma vez.

Gusto tinha tocado a campainha, trêmulo, desesperado atrás de drogas, e ameaçou denunciá-lo se não lhe desse dinheiro para comprar violino. Por algum motivo, a droga tinha parado de circular nas ruas fazia tempo, os usuários estavam em pânico no parque das seringas, e uma dose custava 3 mil, no mínimo. Truls dissera que iriam de carro até o caixa automático, só precisava buscar a chave. Tinha levado a Steyr, não havia dúvida sobre o que precisava ser feito. Gusto usaria a mesma ameaça vezes sem fim, os viciados são bem previsíveis nesse sentido. Mas quando voltou para a porta da frente, o rapaz havia sumido. Provavelmente tinha farejado sangue. Truls pensou que estava tudo bem; Gusto não denunciaria coisa nenhuma se não tivesse nada a ganhar com isso, e, afinal de contas, ele mesmo havia participado daquele arrombamento. Era sábado, e Truls estava de plantão em casa. Ele foi para o Farol, leu um pouco, ficou olhando para Martine Eckhoff e tomou café. Então ouviu as sirenes, e, alguns segundos depois, o telefone tocou. Era a Central de Operações. Tinham recebido uma chamada alertando sobre tiros na Hausmanns Gate, 92, e não havia ninguém disponível na Divisão de Homicídios. Truls correu até lá, apenas a algumas centenas de metros do Farol. Todos os seus instintos de policial estavam alertas, e ele prestou bastante atenção nas pessoas que via pelo caminho, ciente de que isso poderia ser importante. Uma das pessoas que viu foi um jovem com gorro de lã encostado na parede de um prédio próximo. O jovem estava com os olhos fixos na viatura da polícia, estacionada logo em frente ao endereço da cena do crime. Truls notou o rapaz porque não tinha gostado do fato de ele estar com as mãos enfiadas nos bolsos do casaco North Face. O casaco era pesado e grosso demais para a estação, e aqueles bolsos poderiam estar escondendo alguma coisa. O rapaz tinha uma expressão séria, mas não parecia um traficante. Assim que a polícia conduziu Oleg Fauke para a viatura, o jovem virou de costas bruscamente e desceu a Hausmanns Gate.

Truls com certeza poderia se lembrar de umas dez pessoas que ele tinha visto próximo ao local do crime. E seria capaz de fazer teorias da conspiração com cada uma delas. O motivo pelo qual se lembrou daquele rapaz em particular foi que o havia visto de novo. Na foto de família que Harry Hole lhe mostrara no Hotel Leon.

O ex-policial tinha perguntado a Truls se reconhecia Irene Hanssen, e, honestamente, ele respondera que não. Mas não dissera a Hole quem ele *tinha reconhecido* na foto. Gusto, obviamente, mas havia mais um. O outro menino. O irmão adotivo. Era a mesma expressão séria. Era o rapaz que tinha visto perto da cena do crime.

Truls parou na Prinsens Gate, um pouco antes do Hotel Leon.

Ele estava com o rádio da polícia ligado, e enfim a mensagem que aguardava chegou à Central de Operações.

— Para zero-um. Conferimos a denúncia da confusão na Blindernveien. Parece que teve uma batalha aqui. Gás lacrimogêneo e vestígios de tiroteio. Armas automáticas, com certeza. Um homem morto a tiros.

Descemos até o porão, mas está cheio de água. Acho que a gente deve chamar a Delta para verificar o andar de cima.

— Vocês pelo menos podem averiguar se ainda tem alguém aí?

— Pode vir aqui averiguar você mesmo! Não ouviu o que eu disse? Gás e armas automáticas!

— Tudo bem, tudo bem. O que vocês querem?

— Quatro viaturas para isolar a área. A Delta, a unidade de investigação criminal e... um bombeiro hidráulico, talvez.

Truls Berntsen baixou o som do rádio. Ouviu um carro dar uma freada brusca e viu um homem alto atravessar a rua. O carro buzinou furiosamente, mas o homem nem percebeu, só continuou andando a passos largos em direção ao Hotel Leon.

Truls Berntsen semicerrou os olhos.

Será que realmente era ele? Harry Hole?

O homem estava com a cabeça baixa e um sobretudo surrado. Foi só quando ele virou a cabeça e o rosto foi iluminado pela luz do poste, que Truls viu que tinha se enganado. Havia algo familiar naquele rosto, mas não era Hole.

Truls se recostou no assento. Agora ele sabia quem tinha vencido. Olhou para sua cidade. Pois ela era *sua* agora. No teto do carro, a chuva murmurou que Harry Hole estava morto e irrompeu em lágrimas que escorreram pelo para-brisa.

Lá pelas duas da manhã, a maioria dos hóspedes já tinha cansado de tanto transar e ido para casa. Depois desse horário, o Hotel Leon ficava um pouco mais calmo. O rapaz da recepção mal ergueu a cabeça quando o homem alto entrou. A chuva pingava do sobretudo e do cabelo do padre. Durante algum tempo, o rapaz ainda perguntava a Cato o que ele havia feito para chegar assim, no meio da noite, depois de uma ausência de vários dias. Mas sempre recebia respostas tão exaustivamente longas e detalhadas sobre a condição miserável de pessoas que ele nem conhecia que parou de fazer perguntas. No entanto, naquela noite, Cato parecia ainda mais cansado que de costume.

— Noite difícil? — indagou ele, torcendo para ouvir um simples "sim" ou "não".

— Ah, você sabe — disse o velho, dando um sorriso meio apagado.
— Os seres humanos. Os seres humanos. Aliás, eu quase fui morto agora há pouco.

— Ah, é? — continuou o rapaz, arrependendo-se no mesmo instante. Agora haveria um longo discurso, com certeza.

— Um motorista quase me atropelou agora mesmo — disse Cato e continuou andando rumo à escada.

O rapaz suspirou aliviado e voltou a se debruçar em seu gibi do Fantasma.

O homem velho e alto colocou a chave na porta de seu quarto e a girou. Mas, para sua surpresa, descobriu que já estava aberta.

Ele entrou. Apertou o interruptor, mas a luz do teto não se acendeu. Olhou para cima. Viu que a lâmpada ao lado da cama estava acesa. O homem que estava sentado ali era alto e vestia um sobretudo longo, exatamente como ele, Cato. A água pingava da roupa e caía no chão. Eles não poderiam ser mais diferentes, mas, ainda assim, o velho agora percebia pela primeira vez que olhar para aquele homem era como encarar sua própria imagem refletida em um espelho.

— O que você está fazendo? — sussurrou.

— Obviamente, forcei a entrada — disse o outro. — Para ver se você tinha algo de valor.

— Achou alguma coisa?

— De valor? Não. Mas achei isso aqui.

O velho pegou o que o outro jogou para ele. Segurou-o entre os dedos. Fez um gesto lento de compreensão. Era uma peça de algodão engomada em forma de U. Não tão branca quanto deveria ser.

— Então, achou isso na minha casa? — perguntou o velho.

— Achei. No seu quarto. No guarda-roupa. Coloque.

— Por quê?

— Porque quero confessar meus pecados. E porque você parece nu sem ele. Cato olhou para o homem, que agora estava inclinado para a frente.

A água escorria do cabelo, passando pela mandíbula ao longo da cicatriz e indo até o queixo. Dali, pingava no chão. Ele havia posicionado a única cadeira no meio do quarto. O confessionário. Na mesa, havia um maço aberto de Camel e, ao lado dele, um isqueiro e um cigarro encharcado.

— Como você quiser, Harry.

Ele se sentou e desabotoou seu próprio sobretudo, encaixando o colarinho clerical em forma de U nas aberturas da gola da camisa. O outro homem teve um sobressalto quando ele enfiou a mão no bolso.

— Cigarros — disse o velho. — Para nós. Os seus parecem ter se afogado.

O ex-policial fez que sim, e o velho tirou a mão do bolso, estendendo-lhe um maço de cigarros.

— Você fala bem norueguês.

— Um pouquinho melhor do que o sueco. Como você é norueguês, não percebe o sotaque quando eu falo sueco.

Harry tirou um dos cigarros do maço. Olhou para ele.

— O sotaque russo, você quer dizer?

— Sobranie Black Russian. O único cigarro bom que existe na Rússia. Aparentemente, está sendo produzido na Ucrânia agora. Costumava roubar alguns de Andrey. Falando nisso, como ele está?

— Mal — respondeu o ex-policial e deixou o velho acender o cigarro para ele.

— Lamento ouvir isso. Mas, por falar em estar mal, você deveria estar morto, Harry. Sei que você estava no túnel quando abri as comportas.

— Eu estava, sim.

— As comportas se abriram ao mesmo tempo, e os reservatórios de água estavam cheios. Você deveria ter sido jogado para o meio do túnel.

— Fui jogado para o meio do túnel, sim.

— Então não entendo. A maioria entra em choque e acaba se afogando ali mesmo.

Harry soltou a fumaça do cigarro pelo canto da boca.

— Assim como os membros da resistência que foram atrás do chefe da Gestapo?

— Não sei se chegaram a testar a armadilha em uma fuga de verdade.

— Mas você testou. Com o agente infiltrado.

— Ele era exatamente como você, Harry. Homens que pensam ter uma missão são perigosos. Tanto para si mesmos quanto para o meio. Você deveria ter morrido afogado como ele.

— Mas, como vê, ainda estou aqui.

— Ainda não entendo como isso é possível. Você alega que, depois de ter levado uma surra da água, ainda tinha ar nos pulmões para nadar oitenta metros em água gelada por um túnel estreito e de roupa?

— Não.

— Não?

O velho sorriu, mostrando uma curiosidade genuína.

— Não, eu não tinha ar suficiente nos pulmões. Tinha o suficiente apenas para quarenta metros.

— E então?

— Então fui salvo.

— Salvo? Por quem?

— Por aquele que você disse que, *no fundo*, era um homem bom. — Harry pegou a garrafa de uísque vazia. — Jim Beam.

— Você foi salvo por um uísque?

— Por uma garrafa de uísque.

— Uma garrafa de uísque *vazia*?

— Pelo contrário. Cheia.

Harry colocou o cigarro no canto da boca, tirou a tampa, segurou a garrafa virada ao contrário.

— Cheia de ar.

O velho olhou para ele, incrédulo.

— Você...?

— O maior problema depois de eu ter esvaziado os pulmões na água foi virar a garrafa de ponta-cabeça e abri-la de forma a não entrar água, e então finalmente inalar o ar pela boca. É como praticar mergulho pela primeira vez, o corpo se revolta. Pois ele tem compreensão limitada da física e acha que vai engolir água e se afogar. Você sabia que os pulmões têm capacidade para quatro litros de ar? Bem, uma garrafa inteira de ar e um pouco de força de vontade foram o suficiente para nadar mais quarenta metros. — Harry pousou a garrafa no chão, tirou o cigarro do canto da boca e olhou para o padre com ceticismo. — Os alemães deveriam ter construído um túnel um pouco mais comprido.

Harry observou o velho. Viu as rugas se moverem no rosto idoso. Ouviu a risada. O som lembrava o de uma antiga barca de madeira.

— Eu *sabia* que você era diferente, Harry. Fui informado de que voltaria a Oslo assim que ficasse sabendo de Oleg. Por isso me informei sobre você. E percebo que os boatos não foram exagerados.

— Bem... — Harry mantinha os olhos nas mãos entrelaçadas de Cato. Ele estava sentado na beirada da cama, com os pés no chão, ciente do fiozinho de náilon embaixo da sola de seu sapato. — E você, Rudolf? Os boatos sobre você são exagerados?

— Qual deles?

— Bem... Por exemplo, o de que você comandava um cartel de heroína em Gotemburgo e matou um policial por lá.

— Então quem vai se confessar sou eu, não você?

— Pensei que seria bom para você depositar seus pecados aos pés de Jesus antes de morrer.

Mais som de motor de barca.

— Boa, Harry! Boa! Pois é, foi preciso eliminá-lo. Ele era nosso queimador, e fiquei com a sensação de que não era confiável. E eu não podia ir para a cadeia mais uma vez. A prisão tem uma umidade que consome a alma, assim como o mofo faz com as paredes. A cada dia ela tira mais um pedaço de você; sua humanidade é corroída, Harry. Isso é algo que só desejo para meu pior inimigo. — Ele olhou para o ex-policial. — O inimigo que eu odeio acima de tudo.

— Você sabe por que eu voltei a Oslo. Qual foi seu motivo? Achei que a Suécia era um mercado tão bom quanto a Noruega.

— Pelo mesmo motivo que você, Harry.

— O mesmo?

Rudolf Asaiev deu uma tragada no cigarro preto antes de responder.

— Esquece. A polícia estava no meu encalço depois do assassinato. E é curioso como a Noruega fica longe da Suécia, apesar da proximidade geográfica.

— E quando voltou, você se tornou o misterioso Dubai. O homem que ninguém viu. Mas, de acordo com o que dizem por aí, você andava pela cidade à noite. O fantasma de Kvadraturen.

— Eu precisava me esconder. Não só por causa dos negócios, mas porque o nome Rudolf Asaiev traria péssimas recordações à polícia.

— Os anos 1970 e 1980... Os viciados em heroína morriam feito moscas. Mas talvez você tenha se lembrado deles em suas orações, padre?

O velho deu de ombros.

— Ninguém julga quem produz carros esportivos, paraquedas para *base jumping*, pistolas ou outras coisas que as pessoas compram para se divertir e que as levam à morte. Eu forneço algo que as pessoas querem, com uma qualidade e um preço que me tornam competitivo. O que os clientes fazem com a mercadoria fica a critério deles. Você está ciente de que existem cidadãos funcionais que usam drogas?

— Estou. Fui um deles. A diferença entre você e um produtor de carros esportivos é que o que você faz é proibido por lei.

— É preciso tomar cuidado para não confundir a lei com a moral, Harry.

— Então você conta com a absolvição de seu Deus?

O velho apoiou o queixo na mão. Harry notou sua exaustão, mas sabia que aquilo poderia ser fingimento. Continuou atento a seus movimentos.

— Eu sabia que você era um policial e moralista zeloso, Harry. Oleg falava muito de você para Gusto, sabia? Oleg te amava como um pai deseja que um filho o ame. Moralistas zelosos e pais ansiosos para serem amados como nós têm uma determinação enorme. Nossa fraqueza é que somos previsíveis. Era apenas uma questão de tempo antes que você aparecesse. Temos um conhecido no Aeroporto de Oslo que tem acesso às listas de passageiros. Sabíamos que estava a caminho da cidade antes mesmo de você embarcar no voo em Hong Kong.

— Entendi. Foi o queimador, Truls Berntsen?

O velho só sorriu em resposta.

— E que tal Isabelle Skøyen? Você tinha um acordo com ela também?

O velho suspirou.

— Você sabe que levo as respostas comigo para o túmulo. Posso morrer como um cachorro, mas não como um delator.

— Bem, o que aconteceu depois?

— Andrey te seguiu do aeroporto até o Hotel Leon. Já me hospedei em diversos hotéis parecidos com esse quando circulo pela cidade como Cato. O Leon é um velho conhecido. Por isso fiz o check-in um dia depois de você.

— Por quê?

— Para ficar de olho no que estava fazendo. Eu queria ver se você se aproximava de nós.

— Assim como fez quando o Homem da Boina se hospedou aqui? O velho fez que sim.

— Entendi que você poderia se tornar perigoso, Harry. Mas gostava de você. Por isso tentei te dar alguns avisos. — Ele suspirou. — Mas você não quis ouvir. Claro que não. Pessoas como eu e você não querem ouvir ninguém, Harry. É por isso que somos bem-sucedidos. E também é por isso que sempre fracassamos no final.

— Hã... O que você tinha medo de que eu fizesse? Convencesse Oleg a delatar vocês?

— Isso também. Oleg nunca havia me visto, mas eu não tinha como saber o que Gusto havia contado a ele sobre mim. Infelizmente, não dava para confiar em Gusto, menos ainda depois de ele próprio começar a usar violino.

Tinha algo no olhar do velho que Harry, de repente, percebeu não ser causado por cansaço. Era dor. Dor pura e simples.

— Então, quando você pensou que Oleg pudesse se abrir comigo, você tentou arquitetar a morte dele. E como isso não deu certo, você se ofereceu para me ajudar. Para que eu te levasse ao lugar onde Oleg estava escondido.

O velho fez um gesto lento de assentimento.

— Não é nada pessoal, Harry. São só as regras do jogo. Os delatores são eliminados. Mas você sabe disso, não sabe?

— Sei, sim. Mas o fato de você ter seguido suas regras não vai me impedir de matá-lo.

— Você fica dizendo isso o tempo todo. Por que não me matou ainda? Não tem coragem? Tem medo de queimar no inferno, Harry?

Harry apagou o cigarro no tampo da mesa.

— Porque quero saber algumas coisas primeiro. Por que você matou Gusto? Você tinha medo de que ele te denunciasse?

O velho puxou o cabelo branco para trás das orelhas de abano.

— Gusto tinha o sangue de gente ruim em suas veias, assim como eu. Ele era delator por natureza. Ele teria me entregado antes, tudo de que precisava era algo a ganhar com isso. Mas aí ele ficou desesperado. Era o desespero por violino. É pura química. A carne é mais forte do que o espírito. Todos viramos traidores quando ficamos desesperados.

— Pois é — concordou Harry. — Todos viramos traidores.

— Eu... — O velho pigarreou. — Eu tive que deixá-lo seguir seu caminho.

— Seguir seu caminho?

— Sim. Ir embora. Afundar nas drogas. Desaparecer. Não podia deixar ele assumir os negócios, logo percebi isso. Gusto era esperto, tinha herdado isso do pai. Era caráter que lhe faltava. E isso ele tinha herdado da mãe. Tentei dar responsabilidade a Gusto, mas ele não passou no teste. — O velho continuou puxando o cabelo para trás, com força, como se os fios estivessem impregnados com alguma coisa que ele tentava tirar. — Ele não passou no teste. Sangue ruim. Então decidi que tinha que ser outra pessoa. Primeiro pensei em Andrey e Peter. Você os conheceu? Cossacos siberianos de Omsk. Cossaco significa "homem livre", sabia? Eles eram meu regimento, minha *stanitsa*. Foram leais com seu *ataman*, leais até a morte. Mas Andrey e Peter não eram homens de negócios, entende? — Harry notou como o velho gesticulava, como que absorto em seu próprio raciocínio. — Não podia deixar o negócio com eles. Então decidi que seria Sergey. Ele era jovem, ainda tinha um futuro pela frente, podia ser moldado...

— Você me disse que talvez tivesse tido um filho.

— Sergey pode não ter tido a cabeça de Gusto para números, mas ele era disciplinado. Ambicioso. Disposto a fazer o que fosse preciso para ser um *ataman*. Por isso dei a navalha a ele. Só faltava o último teste. Antigamente, para um cossaco se tornar um *ataman*, ele tinha que ir sozinho para a taiga e voltar com um lobo vivo, com as patas atadas. Sergey estava disposto a isso, mas eu precisava ver se ele também seria capaz de realizar o *chto nuzhno*.

— Como?

— O necessário.

— Aquele filho era Gusto?

O velho colocou o cabelo para trás com tanta força que repuxou os olhos, formando duas linhas.

— Gusto tinha seis meses quando fui preso. A mãe dele buscou consolo onde conseguiu. Pelo menos por um breve tempo. Ela não tinha condições de cuidar dele.

— Heroína?

— O Conselho Tutelar tirou a criança dela e a entregou a uma família adotiva. O consenso era que eu, o pai preso, não existia. Ela morreu de overdose no inverno de 1991. Já devia ter feito isso há muito tempo.

— Você disse que voltou a Oslo pelo mesmo motivo que eu. Seu filho.

— Ouvi falar que ele tinha saído da casa da família adotiva, que estava indo para o mau caminho. De qualquer forma, eu já estava pensando em ir embora da Suécia, e a concorrência em Oslo não era muito acirrada. Descobri que lugares Gusto frequentava. Primeiro, eu o observei a distância. Ele era tão lindo. Tão insuportavelmente lindo. Assim como a mãe, claro. Eu podia ficar só observando ele. Observando e observando e pensando que ele era meu filho, meu próprio...

A voz do velho ficou embargada.

Harry olhou para baixo, para o fio de náilon que ele ganhara no lugar de um novo varão de cortina e que agora estava sob a sola de seu sapato.

— E aí você colocou ele no negócio. E testou se ele era capaz de assumir o comando.

O velho fez que sim.

— Mas eu nunca disse nada. Quando ele morreu, não sabia que eu era seu pai.

— Por que tanta pressa assim de repente?

— Pressa?

— Por que você precisava de alguém para assumir o comando tão depressa? Primeiro Gusto e depois Sergey.

O velho deu um sorriso apagado. Inclinou-se para a frente na cadeira, para dentro da área iluminada pela lâmpada ao lado da cama.

— Estou doente.

— Ah. Pensei que fosse algo assim. Câncer?

— Os médicos me deram um ano. Isso faz seis meses. A navalha sagrada que Sergey usou ficou embaixo de meu colchão por muito tempo. Está sentindo dor em sua ferida? A navalha transferiu meu sofrimento para você, Harry.

Harry meneou a cabeça lentamente. Fazia todo sentido. E, ao mesmo tempo, não fazia.

— Se você tem apenas mais meio ano de vida, porque teve tanto medo de ser denunciado por seu próprio filho a ponto de mandar matá-lo? Por que trocar a longa vida dele pela sua, que está prestes a acabar?

O velho tossiu.

— Os *urkas* e os cossacos são homens simples do regimento, Harry. Juramos lealdade a um código, e então o seguimos. Não cegamente, mas de olhos abertos. Somos treinados para disciplinar nossas emoções. Isso nos torna donos de nossas vidas. Abraão aceitou sacrificar seu filho porque...

— ... foi isso que Deus mandou. Não faço ideia de a qual código você se refere, mas ele diz que é permitido deixar um jovem de 18 anos como Oleg cumprir a pena por seus crimes?

— Harry, Harry, você não entendeu? Eu não matei Gusto.

Harry olhou atentamente para o velho.

— Você não acabou de dizer que esse era seu código? Matar seu próprio filho se fosse preciso?

— Sim, mas também disse que nasci de gente ruim. Amo meu filho. Nunca seria capaz de tirar a vida de Gusto. Pelo contrário. Que se fodam Abraão e seu Deus.

A risada do velho se transformou em tosse. Ele colocou as mãos no peito e curvou-se, sem parar de tossir.

Harry piscou.

— Quem matou Gusto então?

O velho se endireitou outra vez. Na mão direita, segurava um revólver. Era uma coisa grande e feia, parecia ainda mais velha que o dono.

— Você deveria saber que não convém me visitar sem uma arma, Harry.

Ele não respondeu. A MP-5 estava no fundo de um porão inundado, a carabina tinha ficado na casa de Truls Berntsen.

— Quem matou Gusto? — repetiu Harry.

— Pode ter sido qualquer um.

Harry ouviu um rangido quando o dedo do velho se curvou sobre o gatilho.

— Porque matar não é tão difícil, Harry. Concorda?

— Concordo — disse Harry, erguendo o pé. Houve um sibilo embaixo da sola do sapato no instante em que o fio fino de náilon se soltou e subiu em direção ao suporte do varão da cortina.

Harry viu a interrogação nos olhos do velho, viu como o cérebro dele trabalhou rapidíssimo com os fragmentos de informação de que dispunha.

A luz, que não estava funcionando.

A cadeira, que estava exatamente no meio do quarto.

Harry, que não o tinha revistado.

Harry, que não havia se movido um centímetro sequer do lugar onde estava sentado.

E talvez agora ele também estivesse vendo o fio de náilon na penumbra, passando por baixo da sola do sapato de Harry e pelo suporte do varão da cortina, até o local onde estaria a lâmpada do teto, logo acima de sua cabeça. Ali não havia mais uma lâmpada, mas sim a única coisa que Harry tinha levado de Blindernveien além do colarinho clerical. Aquilo foi seu único pensamento quando estava deitado na cama de dossel de Rudolf Asaiev, encharcado, ofegante, enquanto pontinhos pretos entravam e saíam de seu campo de visão, e ele tinha certeza de que perderia a consciência a cada segundo, mas lutava para se manter acordado, para se manter do lado de cá das trevas. Quando finalmente se pôs de pé, foi para o outro quarto e pegou o *zhuk* que estava ao lado da Bíblia.

Rudolf Asaiev se jogou para a esquerda, evitando por um triz que os pregos de aço atingissem sua cabeça. Em vez disso, o tijolo acertou a pele entre a clavícula e o músculo trapézio, que se estende até um conjunto de nervos, o plexo braquial. Como resultado, dois centésimos de segundo depois, quando Asaiev apertou o gatilho, o músculo da parte superior do braço já estava paralisado, e o braço tinha baixado uns sete centímetros. No milésimo de segundo em que a bala demorou a sair do cano do antigo revólver Nagant, a pólvora soltou faíscas. Três milésimos de segundo depois, a bala se cravou na cama, entre as panturrilhas de Harry.

O ex-policial se levantou. Abriu a trava de segurança e apertou o pequeno botão. O cabo da navalha tremeu levemente assim que a lâmina saltou. O braço esticado de Harry passou pelo quadril, e a lâmina longa e fina da navalha entrou bem entre as abas do sobretudo, na parte inferior da camisa clerical. Ele sentiu a resistência do tecido e da pele ceder no momento da perfuração, então a lâmina foi entrando sem obstáculos até o cabo. Harry soltou a navalha, sabendo que Rudolf Asaiev era um homem moribundo no instante em que a cadeira tombou para trás e o russo atingiu o chão com um gemido. Ele se desvencilhou da cadeira com chutes, mas continuou no chão, onde se encolheu feito uma vespa ferida, porém, ainda perigosa. Harry se posicionou com uma perna de cada lado dele, curvou-se e tirou a navalha de seu corpo. Olhou para a cor vermelha, excepcionalmente escura, do sangue. Do fígado, talvez. A mão esquerda do velho tateou o chão em torno do braço direito paralisado, procurando a arma. E num momento desvairado, Harry desejou que a mão a encontrasse, dando-lhe o pretexto que precisava para...

Harry chutou a pistola e a ouviu bater contra a parede.

— O ferro — sussurrou o velho. — Abençoe-me com o ferro, meu filho. Está queimando. Pela minha causa e pela sua própria causa, acabe logo com isso.

Harry fechou os olhos por um breve momento. Sentiu que o tinha perdido, que ele tinha desaparecido: o ódio. O ódio delicioso, puro, o combustível que o fizera ir adiante, de repente se esgotou.

— Não, obrigado — disse Harry. Passou por cima do velho e se afastou. Abotoou o sobretudo molhado. — Estou indo embora agora, Rudolf Asaiev. Vou pedir ao rapaz da recepção que chame uma ambulância. Depois vou ligar para meu ex-chefe e vou falar para ele onde você pode ser encontrado.

O velho riu baixinho, e manchas rosadas se formaram no canto da boca.

— A navalha, Harry. Não é homicídio, já estou morto. Você não vai acabar no inferno, prometo. Vou falar nos portões que eles não devem deixar você entrar lá.

— Não é do inferno que tenho medo — Harry colocou o maço molhado de Camel no bolso do sobretudo. — Mas sou policial. Nosso trabalho é levar criminosos e suspeitos à justiça.

O velho tossiu.

— Vamos, Harry, aquela sua estrela de xerife é de plástico. Estou doente, a única coisa que um juiz pode fazer é me dar atendimento médico, um beijo, um abraço e morfina. E eu matei tanta gente. Pendurei gente da concorrência nas pontes. Funcionários meus, que nem aquele piloto que morreu com o tijolo. Policiais também. O Homem da Boina. Mandei Andrey e Peter até seu quarto com a missão de darem cabo de você. Em você e em Truls Berntsen. E sabe por quê? Para que parecesse que vocês tinham matado um ao outro. Deixaríamos as armas como prova. Vamos, Harry.

Harry enxugou a lâmina da navalha no lençol da cama.

— Por que vocês queriam matar Berntsen, afinal, se ele trabalhava para vocês?

Asaiev se virou para o lado e parecia estar respirando melhor. Ficou assim por alguns segundos antes de responder.

— O risco, Harry. Ele arrombou um depósito de heroína em Alnabru pelas minhas costas. Não era minha heroína, mas se você descobre que seu queimador é tão ganancioso que não pode confiar nele e que ele sabe o suficiente para te derrubar, você percebe que o risco já ficou grande demais. E pessoas de negócios como eu eliminam o risco, Harry. Vi uma oportunidade perfeita para me livrar de dois problemas numa tacada só. Você e Berntsen. — Ele riu baixinho. — Do mesmo jeito que tentei matar seu filho na prisão. Você ouviu? Sinta o ódio, Harry. Quase matei seu filho.

Harry parou diante da porta.

— Quem matou Gusto?

— Os seres humanos seguem o evangelho do ódio. Siga o ódio, Harry.

— Quem são seus contatos na polícia e na prefeitura?

— Se eu te contar, você vai me ajudar a pôr um fim nisso daqui?

Harry olhou para ele. Fez um breve gesto de assentimento. Torceu para que ele não percebesse que estava mentindo.

— Chegue mais perto — sussurrou o velho.

Harry se abaixou. E, de repente, a mão do velho, como uma garra, se enganchou na lapela do sobretudo e puxou-o para si. A voz chiou baixinho em seu ouvido, feito faca sendo amolada em uma pedra.

— Você sabe que paguei um homem para confessar a morte de Gusto, Harry. Mas você achou que eu não seria capaz de matar Oleg enquanto ele cumpria a pena em local sigiloso. Errado. Meu contato na polícia tem acesso ao programa de proteção a testemunhas. Com a mesma facilidade, eu poderia mandar matar Oleg a facadas em qualquer lugar. Mas mudei de ideia, não queria que ele escapasse tão facilmente...

Harry tentou se desvencilhar, mas o velho o segurava firme.

— Eu queria que ele ficasse pendurado de ponta-cabeça, com a cabeça amarrada num saco plástico transparente, Harry — continuou a voz cavernosa. — Eu derramaria água na sola dos pés dele. A água seguiria pelo corpo e entraria no saco plástico. Eu teria filmado isso. Com som, para que você pudesse ouvir os gritos. E depois eu teria mandado o filme para você. E se você me deixar assim, esse vai continuar sendo meu plano. Você vai se surpreender ao ver a rapidez com que vão me soltar por falta de provas, Harry. E aí vou atrás de Oleg, Harry, eu juro. Você só vai precisar ficar de olho em sua caixa postal para quando o DVD chegar.

Harry agiu por instinto, simplesmente ergueu a mão. Sentiu a lâmina entrar. Ir fundo. Ele girou a navalha. Ouviu o velho arquejar. Continuou a girar a arma. Fechou os olhos e sentiu as entranhas e os órgãos se embrulharem, se rasgarem, virarem do avesso. E, quando Harry finalmente ouviu o velho gritar, o grito não era dele, mas o seu próprio.

42

Harry despertou com o sol brilhando no rosto. Ou teria sido algum barulho que o acordou?

Ele abriu um olho com cuidado e logo o semicerrou.

Viu a janela de uma sala e um céu azul. Nenhum barulho, pelo menos não naquela hora.

Ele inspirou o cheiro do sofá, impregnado de fumaça de cigarro, e ergueu a cabeça. Lembrou onde estava.

Do quarto do velho, ele tinha ido direto para o próprio quarto. Arrumou a mala de lona com calma, deixou o hotel pela escada dos fundos e pegou um táxi para o único lugar onde com certeza ninguém o encontraria: a casa dos pais de Nybakk em Oppsal. Não havia sinal de que alguém tivesse ido até o local desde a última vez em que estivera ali, e a primeira coisa que fez foi vasculhar as gavetas da cozinha e do banheiro até encontrar uma caixa de analgésicos. Tomou quatro comprimidos, lavou as mãos do sangue do velho e desceu até o porão para ver se Stig Nybakk tinha tomado uma decisão.

Ele tinha.

Harry subiu, despiu-se, pendurou as roupas para secar no banheiro, encontrou uma manta de lã e dormiu no sofá antes de ter tempo de pensar em qualquer coisa.

Ele se levantou e foi para a cozinha. Tomou dois analgésicos com um copo d'água. Abriu a geladeira e deu uma espiada. Havia muita comida cara; pelo jeito, Nybakk tinha alimentado bem Irene. O enjoo do dia anterior voltou, e ele percebeu que seria impossível ingerir algo. Voltou para a sala. Tinha visto o bar na noite anterior, mas passara longe dele antes de ir dormir.

Harry abriu a porta do bar. Vazio. Ele respirou aliviado. Sentiu um objeto dentro do bolso. A falsa aliança de casamento. E, no mesmo instante, ouviu um barulho.

O mesmo que achou ter ouvido ao acordar.

Ele foi até a porta aberta do porão. Escutou. Joe Zawinul? Ele desceu a escada e foi até um dos cômodos. Espiou pela janelinha. Stig Nybakk girava devagar, assim como um astronauta no espaço, livre da ação da gravidade. Harry se perguntou se o celular vibrando no bolso de trás poderia estar funcionando como propulsor. O toque, os quatro, ou, na verdade, três tons de "Palladium", de Weather Report, soavam como uma chamada do além. E foi exatamente isso que Harry pensou ao pegar o telefone, que Stig Nybakk estava ligando, querendo falar com ele.

Harry olhou para o número no visor. E apertou o botão de atender. Reconheceu a voz da recepcionista do Hospital de Oncologia.

— Stig! Alô! Você está aí? Você está me escutando? Tentamos falar com você várias vezes, Stig, onde você está? Era para você ter ido à reunião, a várias reuniões, estamos preocupados. Martin foi até sua casa, mas você não estava lá. Stig?

Harry desligou e enfiou o celular no bolso. Seria útil. O aparelho de Martine não tinha sobrevivido ao mergulho no porão de Dubai.

Ele pegou uma cadeira na cozinha e se sentou na varanda. Ficou ali com o sol da manhã no rosto. Pegou o maço, pôs um dos cigarros pretos ridículos na boca e o acendeu. Teria que servir. Ele digitou o número que conhecia tão bem.

— Rakel.

— Olá, sou eu.

— Harry? Não reconheci o número.

— Estou de celular novo.

— Ah, fico tão feliz de ouvir sua voz. Deu tudo certo?

— Deu — respondeu Harry, sentindo vontade de sorrir ao notar a alegria na voz dela. — Deu tudo certo.

— Está calor aí?

— Muito calor. O sol está brilhando, e daqui a pouco vou tomar o café da manhã.

— Café da manhã? O horário aí não é quatro da tarde ou coisa assim?

— Jet lag. Não consegui dormir no avião. Arranjei um bom hotel para nós. Fica em Sukhumvit.

— Você não faz ideia de como estou ansiosa para te ver, Harry.

— Eu...

— Não, espera, Harry. Estou falando sério. Passei a noite em claro pensando nisso. É a coisa certa a fazer. Quer dizer, vamos descobrir isso juntos. Mas é exatamente isso que é o mais legal: descobrirmos juntos. Ah, imagine se eu tivesse dito não, Harry.

— Rakel...

— Eu te amo, Harry. Eu te *amo*. Você está escutando? Você está escutando o quanto é banal, estranha e maravilhosa essa palavra? É como um vestido vermelho vivo: você só usa se tiver sérias pretensões. Eu te amo. Estou exagerando agora?

Ela riu. Harry fechou os olhos e sentiu o sol mais delicioso do mundo beijar sua pele, e a risada mais deliciosa do mundo beijando seus tímpanos.

— Harry? Você está aí?

— Estou, sim.

— É muito esquisito, você parece estar tão perto.

— Pois é. Daqui a pouco vou ficar bem pertinho de você, meu amor.

— Fala isso mais uma vez.

— O quê?

— Meu amor.

— Meu amor.

— Ahhh.

Harry percebeu que estava sentado em cima de uma coisa dura. Algo que tinha guardado no bolso de trás. Ele tirou o objeto. O sol fez a superfície do anel brilhar como ouro.

— Rakel — disse, passando a ponta do dedo sobre a risca preta —, você nunca foi casada, né?

Ela não respondeu.

— Alô? — disse Harry.

— Alô.

— Como você acha que seria?

— Harry, não brinca.

— Não estou brincando. Sei que você nunca cogitaria se casar com um cobrador de dívidas em Hong Kong.

— Não mesmo? Com quem eu cogitaria me casar então?

— Não sei. Que tal um ex-investigador de homicídios que leciona na Academia de Polícia?

— Não parece ninguém que eu conheço.

— Talvez seja alguém que você possa conhecer. Alguém que possa te surpreender. Coisas mais inusitadas já aconteceram.

— Você sempre disse que as pessoas não mudam.

— Então, se eu agora me tornei alguém que alega que as pessoas *podem* mudar, isso deve provar que *mudar* é possível.

— Seu espertinho.

— Vamos, hipoteticamente, dizer que tenho razão. Que as pessoas são capazes de mudar. E que *é* possível deixar as coisas para trás.

— Encarar os fantasmas até eles irem embora?

— Então, o que você diz?

— Em relação a quê?

— À minha pergunta hipotética sobre você se casar.

— Isso é para ser um pedido de casamento? Hipotético? Ao *telefone*?

— Acho que você está forçando um pouco a barra. Só estou aqui pegando sol e falando besteiras com uma mulher atraente.

— E eu vou desligar.

Ela desligou, e Harry afundou na cadeira da cozinha com os olhos fechados e um largo sorriso. Aquecido pelo sol e sem dor. Dali a quatorze horas, iria vê-la. Ele imaginava a expressão no rosto de Rakel assim que ela chegasse ao portão de embarque no Gardermoen e o visse sentado ali esperando-a. Seu olhar assim que Oslo desaparecesse embaixo deles. Sua cabeça, que ela apciaria no ombro dele ao adormecer.

Harry ficou ali até sentir uma queda brusca na temperatura. Abriu um olho. Parte de uma nuvem estava cobrindo o sol, mas ela não parecia perigosa.

Fechou o olho outra vez.

Siga o ódio.

Quando o velho disse isso, Harry primeiro pensou que era para ele dar vazão ao próprio ódio e matá-lo. Mas será que ele quis dizer outra coisa? O velho tinha dito aquilo logo depois que Harry perguntou quem matou Gusto. Será que tinha sido uma resposta? Será que ele quis dizer que Harry deveria seguir o ódio, que o ódio o levaria ao assassino?

Nesse caso, havia vários candidatos. Quem tinha mais motivo para odiar Gusto? Além de Irene, claro. Mas ela estava trancada no porão no dia em que o rapaz foi morto.

O sol se iluminou outra vez, e Harry decidiu que estava exagerando, que seu trabalho havia sido feito, que deveria relaxar, que logo precisaria de mais um comprimido e que depois ligaria para Hans Christian para dizer que Oleg finalmente estava fora de perigo.

Outra ideia ocorreu a Harry. Truls Berntsen, um mero agentezinho da CrimOrg, jamais poderia ter acesso aos dados do programa de proteção a testemunhas. Teria de ser outra pessoa. Alguém numa posição mais elevada.

Chega, pensou ele. Chega, caralho. Foda-se. Pense naquele voo. Voo noturno. As estrelas sobre a Rússia.

Então voltou ao porão, avaliou se deveria cortar a corda de Nybakk, desistiu da ideia e achou o pé de cabra que estava procurando.

O portão do número 92 da Hausmanns Gate estava aberto, mas a porta do apartamento tinha sido trancada e lacrada outra vez. Talvez por causa da nova confissão, pensou Harry, antes de inserir o pé de cabra entre a porta e o batente.

No interior, tudo parecia intocado. As listras de luz do sol da manhã incidiam sobre o piso da sala feito teclas de um piano.

Harry encostou a malinha de lona numa parede e se sentou sobre um dos colchões. Verificou que estava com a passagem de avião no bolso interno. Deu uma olhada no relógio. Faltavam treze horas para a decolagem.

Ele olhou em volta. Fechou os olhos. Tentou visualizar a cena.

Uma pessoa de touca ninja.

Que não disse palavra alguma porque sabia que reconheceriam sua voz.

Uma pessoa que tinha procurado Gusto ali. Que não queria tirar nada dele, a não ser a vida. Uma pessoa com ódio.

O projétil tinha sido um Makarov 9 × 18 mm, portanto, o mais provável era que o assassino tivesse atirado com uma Makarov. Ou com uma Fort-12. Em último caso, com uma Odessa, se é que elas tinham se tornando comuns em Oslo. Ele havia ficado ali. Apertado o gatilho. Ido embora.

Harry escutou, na esperança de que o apartamento falasse com ele.

Os segundos passavam, tornavam-se minutos.

Um sino de igreja começou a tocar.

Não havia mais nada ali.

Harry se levantou e fez menção de sair.

Tinha chegado à porta quando ouviu um ruído entre as badaladas. Esperou até a badalada seguinte terminar. Lá estava outra vez, um leve chiado. Ele deu dois passos para trás na ponta dos pés e olhou para dentro da sala.

Estava perto da soleira, virada de costas para Harry. Uma ratazana. Marrom, com uma cauda lisa, brilhante, orelhas cor-de-rosa por dentro, e um ou outro pontinho branco na pelagem logo acima da cauda.

Harry não sabia por que tinha ficado ali, parado. Era só uma ratazana, nada fora do comum.

O problema eram os pontinhos brancos.

Era como se a ratazana tivesse andado no meio do sabão em pó. Ou... Harry olhou em volta. O grande cinzeiro entre os colchões. Ele sabia que só teria uma chance, por isso tirou os sapatos, andou na ponta dos pés durante a próxima badalada, agarrou o objeto e ficou completamente imóvel a um metro e meio do animal, que ainda não se dera conta de sua presença. Fez os cálculos e cronometrou. Assim que o sino bateu de novo, ele tombou para a frente, estendendo a mão com o cinzeiro. A ratazana não teve tempo de reagir antes de ser capturada dentro da peça de cerâmica. Harry a ouviu guinchar, sentiu-a se debatendo ali dentro. Ele arrastou o cinzeiro pelo chão em direção à janela, onde havia uma pilha de revistas, e colocou algumas sobre a peça. Então começou sua busca.

Depois de vasculhar cada gaveta e cada armário do apartamento, não encontrou nem barbante nem linha de costura.

Pegou o tapete esfarrapado do chão da sala e arrancou a urdidura. Ela rendeu um barbante comprido que deveria servir para seu propósito. Fez um nó corrediço na ponta. Então tirou as revistas e soergueu o cinzeiro, o suficiente para espremer a mão ali dentro. Preparou-se para o inevitável. Assim que sentiu os dentes da ratazana afundarem na carne macia entre o polegar e o indicador, afastou o cinzeiro e pegou o animal com a outra mão. A ratazana guinchou enquanto

418

Harry apanhava um dos grãos brancos que se grudaram entre os pelos. Colocou-o na ponta da língua e sentiu o gosto. Amargo. Mamão passado. Violino. Alguém tinha um esconderijo de droga por ali.

Harry enfiou o nó corrediço na ratazana e o apertou bem na base da cauda. Pôs o animal no chão e o soltou. A ratazana saiu correndo enquanto o barbante deslizava pela mão de Harry. Para casa.

O ex-policial a seguiu. Entrou na cozinha. A ratazana se enfiou atrás do fogão engordurado. Harry inclinou o antiquado e pesado aparelho para que ficasse apoiado nas rodinhas de trás e o afastou da parede. Ali havia um buraco do tamanho de um punho, por onde a ratazana desapareceu.

O fio parou de correr.

Harry colocou a mão recém-mordida dentro do buraco. Apalpou a parte interna da parede. Mantas de isolamento térmico para a direita e para a esquerda. Tocou a parte superior do buraco. Nada. O isolamento térmico tinha sido escavado. Harry pôs a ponta do barbante embaixo de um dos pés do fogão, foi até o banheiro e pegou o espelho que estava manchado de saliva e muco. Quebrou-o contra a borda do lavatório e escolheu um caco do tamanho que precisava. Entrou num dos quartos, pegou uma luminária e voltou para a cozinha. Pôs o espelho no chão, deixando uma parte dele dentro do buraco. Ligou a luminária na tomada ao lado do fogão e direcionou a luz para o espelho. Conduziu a lâmpada ao longo da parede até chegar ao ângulo certo. Ele o viu.

O esconderijo.

Era um saco de pano, pendurado num gancho a meio metro do chão.

Era apertado demais para enfiar a mão e, ao mesmo tempo, virar o antebraço na direção do saco. Harry tentou raciocinar. Que ferramenta o dono usava para chegar àquele esconderijo? Ele tinha verificado cada uma das gavetas e armários do apartamento. Repassou os dados.

O fio de aço.

Foi até a sala. O fio encontrava-se no mesmo lugar onde o tinha visto da primeira vez que estivera ali, acompanhado de Beate. Despontava de baixo do colchão e estava dobrado num ângulo de 90 graus. Apenas o dono do objeto devia saber qual era a serventia daquilo. Harry o levou consigo de volta para a cozinha, inseriu-o no buraco e usou a ponta em forma de Y para tirar o saco do gancho.

Era pesado. Tão pesado quanto ele esperava. Teve de tirá-lo do buraco com jeito.

O saco devia ter sido pendurado alto o bastante para que as ratazanas não o alcançassem, mas, mesmo assim, elas tinham conseguido fazer um furo no fundo. Harry chacoalhou o saco, e alguns grãos do pó caíram lá de dentro. Isso explicaria os grãozinhos na pelagem. Então ele o abriu. Tirou três saquinhos de violino; havia provavelmente duas doses em cada. Não havia a parafernália toda de usuário, só uma colher com cabo dobrado e uma seringa usada.

No fundo do saco ele a encontrou.

Harry usou um pano de prato para não deixar impressões digitais.

Era inconfundível. Sem forma, esquisita, quase cômica. Foo Fighters. Era uma Odessa. Harry cheirou a arma. O cheiro de pólvora pode permanecer por meses depois do último disparo, a não ser que a arma seja lustrada e lubrificada depois. Não fazia muito tempo que essa tinha sido disparada. Ele conferiu o pente. Dezoito. Duas balas faltando. Harry não tinha dúvida.

Era a arma do crime.

Harry entrou na loja de brinquedos da Storgata, e ainda faltavam doze horas para o avião sair.

A loja tinha dois tipos de kit de impressões digitais. Harry escolheu o mais caro, que incluía uma lupa, uma lanterna de LED, um pincel com cerdas macias, pó de três cores, fita adesiva para extrair impressões digitais e um catálogo próprio para colecionar as impressões da família.

— Para o meu filho — explicou ele na hora de pagar.

A menina do caixa deu um sorriso forçado.

Ele caminhou de volta à Hausmanns Gate e começou a trabalhar. Usou a lanterninha ridícula de LED para procurar impressões e o pó de uma das caixinhas para derramar em cima delas. O pincel era tão pequeno, que ele se sentiu como o gigante de *As viagens de Gulliver*.

Havia impressões digitais na coronha da arma.

E uma impressão nítida, provavelmente do polegar, na parte de trás do êmbolo da seringa, onde também havia pontinhos pretos que poderiam ser qualquer coisa, mas o chute de Harry é que se tratavam de partículas de pólvora.

Assim que transferiu todas as impressões digitais para o filme de PVC, ele as comparou. A mesma pessoa tinha segurado a pistola e a seringa. Harry conferiu as paredes e o chão perto do colchão e encontrou algumas impressões, mas nenhuma era idêntica à da pistola.

Ele abriu a mala de lona e o bolso lateral interno, tirou algo dali e o colocou na mesa da cozinha. Acendeu a microlanterna.

Conferiu o relógio. Ainda faltavam onze horas. Um oceano de tempo.

Eram duas horas da tarde, e Hans Christian Simonsen parecia um peixe fora d'água ao entrar no restaurante Schrøder.

Harry estava sentado bem no fundo, perto da janela, sua mesa preferida de longa data.

Hans Christian sentou-se.

— Bom? — perguntou ele, fazendo um gesto em direção ao bule de café na frente de Harry.

Harry fez que não com a cabeça.

— Obrigado por ter vindo.

— Não há de quê. Sábado é um dia livre. Dia livre e nada para fazer. O que está acontecendo?

— Oleg pode voltar para casa.

O advogado se animou.

— Isso significa...

— Aqueles que poderiam fazer mal a Oleg já se foram.

— Se foram?

— Sim. Ele está longe daqui?

— Não. Está a vinte minutos de Oslo. Nittedal. Como assim, "se foram"?

Harry ergueu a xícara de café.

— Tem certeza de que quer saber, Hans Christian?

O advogado olhou para Harry.

— Isso significa que você desvendou o caso também?

Harry não respondeu.

Hans Christian se inclinou para a frente.

— Você sabe quem matou Gusto, não sabe?

— Sei.

— Como?

— Umas impressões digitais.

— E quem...

— Não importa. Mas estou indo embora, por isso seria bom poder me despedir de Oleg hoje.

Hans Christian sorriu. Um sorriso atormentado, mas ainda assim um sorriso.

— Antes de você e Rakel irem embora, você quer dizer?

Harry girou a xícara.

— Então ela te contou?

— A gente almoçou agora há pouco. Eu concordei em cuidar de Oleg por alguns dias. Entendi que alguém viria de Hong Kong para buscá-lo, alguns de seus homens. Mas eu devo ter me confundido com alguma coisa, pois achei que você já estivesse em Bangkok.

— Eu perdi o voo. Tem uma coisa que eu queria te pedir...

— Ela disse mais. Ela disse que você a tinha pedido em casamento.

— Ah, é?

— Sim. Do seu jeito, claro.

— Bem...

— E ela disse que tinha pensado no assunto.

Harry levantou uma das mãos, não queria ouvir o resto.

— E que a resposta era "não", Harry.

Harry soltou o ar.

— Bom.

— Por isso ela parou de pensar, foi o que ela me disse. E começou a sentir.

— Hans Christian...

— E a resposta é sim, Harry.

— Escuta aqui, Hans Christian...

— Você não ouviu? Ela quer se casar com você, Harry. Seu filho da puta sortudo. — O rosto de Hans Christian Simonsen parecia brilhar de felicidade, mas Harry sabia que era puro desespero. — Rakel disse que queria ficar com você até o último dia da vida dela. — Seu pomo de adão subia e descia, e a voz oscilava entre o falsete e a rouquidão. — Ela disse que com você a vida seria boa e ótima e mais ou menos. Com você, a vida seria uma droga e um desastre. Com você, a vida seria fantástica.

Harry sabia que Hans Christian repetia ao pé da letra as palavras que ouvira. E por que ele era capaz de fazer isso? Porque cada palavra estava gravada a ferro e fogo em seu coração.

— O quanto você ama Rakel? — perguntou Harry.

— Eu...

— Você a ama o suficiente para cuidar dela e de Oleg pelo resto de sua vida?

— O que...

— Responda.

— Sim, claro, mas...

— Jure.

— Harry.

— Estou falando para você jurar.

— Eu... eu juro. Mas isso não muda nada.

Harry deu um sorriso torto.

— Você tem razão. Não muda nada. Nada pode ser mudado. Jamais poderia. O rio continua correndo no mesmo maldito leito.

— Essa conversa não faz sentido. Não estou entendendo.

— Você vai entender — disse Harry. — E ela também.

— Mas... vocês se amam. Ela me disse isso sem rodeios. Você é o amor da vida dela, Harry.

— E ela da minha. Sempre foi. Sempre será.

Hans Christian olhou para ele com um misto de confusão e algo que se assemelhava à compaixão.

— E mesmo assim você não a quer?

— Não há nada no mundo que eu queira mais do Rakel. Mas pode ser que eu não exista por muito mais tempo. E se isso acontecer, você me fez um juramento.

Hans Christian fungou.

— Você não está sendo um pouco melodramático agora, Harry? Afinal, nem sei se ela me quer.

— Convença-a. — Era como se a dor no pescoço dificultasse a respiração. — Você jura?

Mudo, Hans Christian fez que sim.

— Vou tentar.

Harry hesitou. Então estendeu a mão.

O outro a apertou.

— Você é um bom homem, Hans Christian. Eu salvei seu contato como H. — Ele mostrou o celular. — E essa letra era ocupada por Halvorsen.

— Quem?

— Só um velho colega que espero rever. Agora preciso ir.

— O que você vai fazer?

— Encontrar o assassino de Gusto.

Harry se levantou, virou-se para o balcão e cumprimentou Rita, que acenou para ele.

Assim que chegou lá fora e atravessou a rua a passos largos entre os carros, ele sentiu a pressão em seus olhos e a dor no pescoço, que parecia prestes a rasgar. Em Dovregata, a bile subiu. Ele se curvou junto à parede, no meio da rua sossegada, vomitando os ovos, o bacon e o café de Rita. Em seguida, ele se endireitou e continuou andando em direção a Hausmanns Gate.

No fim, a decisão foi fácil, apesar de tudo.

Estava sentado num dos colchões sujos e sentia meu coração bater apavorado enquanto o telefone chamava. Queria e, ao mesmo tempo, não queria que ele atendesse.

Estava prestes a desligar quando ele finalmente atendeu, e a voz de meu irmão adotivo soou, inanimada e clara:

— Stein.

Pensei em como aquele nome era perfeito para ele. "Pedra", em norueguês. Uma superfície impenetrável envolvendo um núcleo rígido. Impassível, sombria, pesada. Mas as pedras também têm um ponto vulnerável, um lugar onde até mesmo uma leve marretada as faz rachar. No caso de Stein era simples.

Pigarreei.

— Aqui é Gusto. Sei onde Irene está.

Ouvi sua respiração leve. Stein sempre respirou assim. Era capaz de correr por horas a fio, mal precisava de oxigênio. Nem de um motivo para correr.

— Onde ela está?

— Esse é o problema. Sei onde, mas vai custar grana para você descobrir.

— `Por quê?

— Porque estou precisando.

Era como uma onda de calor. Não, de frio. Eu podia sentir seu ódio. Eu o ouvi engolir em seco.

— Quant...

— Cinco mil.

— Está bem.

— Quero dizer, dez.

— Você disse cinco.

Caralho.

— Mas tem que ser rápido — eu disse, mesmo sabendo que ele já estava de pé. — Tudo bem. Onde você está?

— Hausmanns Gate, 92. A fechadura do portão está quebrada. Terceiro andar.

— Estou a caminho. Não saia daí.

Sair daqui? Achei um isqueiro, peguei umas guimbas de cigarros no cinzeiro da sala e as fumei na cozinha, no silêncio da tarde. Caramba, como estava quente aqui dentro. Ouvi um barulho. Olhei na direção do som. Era a ratazana de novo, ela passou guinchando junto à parede.

Tinha surgido de trás do fogão. Devia ter um bom esconderijo ali.

Fumei outra guimba.

Então me levantei de repente.

O fogão era pesado pra caralho, até eu descobrir que tinha duas rodinhas traseiras.

A toca da ratazana era maior do que deveria ser.

Oleg, meu querido amigo, Oleg. Você é esperto, mas isso aqui você aprendeu comigo.

Caí de joelhos. Já sentia o barato enquanto trabalhava com o fio de aço para vasculhar o ninho. Os dedos tremiam tanto que tive vontade de arrancá-los a mordidas. Percebi que estava pegando alguma coisa, mas aquilo escapou outra vez. Tinha que ter violino ali. Certeza!

Finalmente o anzol foi mordido, e era peixe grande. Puxei a linha. Um saco de pano, grande e pesado. Abri o saco. Tinha que ser, tinha que ser!

Uma tira de borracha, uma colher de sopa, uma seringa. E três saquinhos transparentes. O pó branco era salpicado de marrom. Meu coração cantarolou. Eu tinha reencontrado o único amigo e amante em quem sempre pude confiar.

Meti dois saquinhos no bolso e abri o terceiro. Se economizasse, eu teria o suficiente para uma semana, era só uma questão de injetar essa dose e me mandar antes que Stein ou qualquer outra pessoa viesse. Transferi o pó para a colher, acendi o isqueiro. Costumava acrescentar umas gotinhas de limão, assim o pó não empelotava tão facilmente e você conseguia colocar tudo dentro da seringa. Mas eu não tinha limão nem paciência, agora só uma coisa importava: injetar o bagulho na corrente sanguínea.

Coloquei a tira de borracha na parte superior do braço, enfiei a ponta entre os dentes e dei uma boa apertada. Encontrei uma veia grande e azul. Deitei a seringa no ângulo certo para ter uma superfície maior e tremer menos. Porque eu estava tremendo. Caralho, como estava tremendo.

Errei.

Uma vez. Duas vezes. Respirei. Não pense demais agora, não fique tão feliz, não entre em pânico.

A ponta da agulha dançava sobre a minha pele. Tentei golpear a cobrinha azul.

Errei outra vez.

Lutei contra o desespero. Pensei que poderia fumar um pouco primeiro para me acalmar. Mas o que eu queria era o barato, a sensação na hora que a dose inteira entra direto no sangue, vai direto para o cérebro, o orgasmo, a queda livre!

Estava muito quente, e a luz do sol incomodava meus olhos. Fui para a sala, sentei na sombra perto da parede lateral. Caralho, agora eu não via aquela veia desgraçada! Calma. Esperei até minhas pupilas estarem dilatadas. Felizmente, meus antebraços estavam brancos como telas de cinema. A veia parecia um rio num mapa da Groenlândia. Agora.

Errei.

Eu não tinha forças para isso, senti as lágrimas brotarem. Ouvi o ruído de solas de sapato.

Eu estava tão concentrado que não tinha ouvido ninguém chegar. E, quando ergui os olhos, eles estavam tão cheios de lágrimas que os contornos da pessoa ficaram distorcidos, assim como uma merda de um espelho em um parque de diversões.

— Olá, Ladrão.

Fazia muito tempo que eu não ouvia ninguém me chamar assim.

Pisquei para afastar as lágrimas. E os contornos ficaram nítidos. Sim, reconheci tudo. Até a pistola. Ela não tinha sido roubada por assaltantes, como eu havia pensado.

O estranho é que não me deu medo. Pelo contrário. De repente, eu estava completamente calmo.

Olhei para a veia outra vez.

— Não faça isso — advertiu a voz.

Olhei para minha mão, estava firme como a de um batedor de carteiras. Essa era minha chance.

— Vou atirar.

— Duvido — afirmei. — Porque aí você nunca vai saber onde Irene está.

— Gusto!

— Só faço o que preciso fazer. — Injetei a seringa. Acertei. Ergui o polegar para colocá-lo em cima do êmbolo. — Então você pode fazer o que precisa fazer.

Os sinos da igreja começaram a tocar de novo.

Harry estava na sombra, perto da parede lateral. A luz do poste da rua incidia sobre os colchões. Ele conferiu o relógio. Nove da noite. Faltavam três horas para o voo rumo a Bangkok. A dor no pescoço tinha se intensificado de repente. Assim como o calor do sol pouco antes de sumir atrás de uma nuvem. Mas em breve o sol desapareceria, em breve não sentiria mais dor. Harry sabia como isso teria de terminar, era tão inevitável quanto sua própria volta a Oslo. Da mesma forma que sabia que era a necessidade humana de ordem e coerência que fazia com que ele tentasse encontrar algum tipo de lógica nisso. Pois a ideia de que tudo é apenas um caos, de que não há nenhum sentido, é mais insuportável do que a mais terrível, porém compreensível, tragédia.

Ele pôs a mão no bolso, procurando o maço de cigarros, e sentiu a navalha na ponta dos dedos. Tinha a sensação de que deveria ter se livrado dela, de que uma maldição pairava sobre a arma. Sobre ele. Mas não teria feito diferença nenhuma, ele fora jurado muito antes da navalha. E sua maldição era pior que qualquer lâmina: seu amor era uma peste que trazia consigo. Assim como Asaiev tinha dito que a navalha transferia o sofrimento e a doença do dono para aquele que levava uma estocada, todas as pessoas que se deixaram amar por Harry tinham pagado um preço muito alto por isso. Foram destruídas, foram tiradas dele. Só restavam os fantasmas. Todos. E agora, Rakel e Oleg também.

Ele abriu o maço de cigarros e olhou dentro da embalagem.

Qual foi sua ilusão? Que, de repente, poderia escapar da maldição, que poderia fugir para o outro lado da Terra com eles e viver feliz para sempre? Pensou nisso ao mesmo tempo que olhou para o relógio outra vez, perguntando-se até que horas poderia sair dali e ainda conseguir pegar o avião. Ele estava escutando seu próprio coração ganancioso e egoísta.

Pegou a foto de família amassada e olhou para ela mais uma vez. Para Irene. E para o irmão, Stein. Aquele do olhar cinzento. Quando o encontrou, Harry se deparou com duas imagens em sua memória. Uma era a da foto. A outra era da noite de sua chegada a Oslo. Stein estivera em Kvadraturen. O olhar perscrutador que ele lançara a Harry fez com que primeiro o identificasse como policial, mas estava errado. Totalmente errado.

Então ouviu os passos na escada.

Os sinos da igreja começaram a tocar. Soavam débeis e solitários.

Truls Berntsen parou no topo da escada e olhou para a porta. Sentiu as batidas do coração. Eles iriam se rever. Estava ansioso e receoso ao mesmo tempo. Respirou fundo.

E tocou a campainha.

Endireitou a gravata. Não se sentia bem de terno, mas entendeu que não havia como evitá-lo quando Mikael lhe contou quem estaria na festa de inauguração. Todos das mais altas patentes da polícia, desde o chefe de polícia, prestes se aposentar, e os chefes de seção até seu velho concorrente da Divisão de Homicídios, Gunnar Hagen. Haveria políticos. Aquela gatona cujas fotos tinham atraído seu olhar, Isabelle Skøyen. E ainda viriam algumas celebridades da TV, as quais Truls não fazia ideia de como Mikael conhecia.

A porta se abriu.

Ulla.

— Como você está elegante, Truls — elogiou ela. Sorriso de anfitriã. Olhos brilhantes. Mas ele logo entendeu que tinha chegado cedo demais.

Fez apenas um gesto de assentimento, pois não conseguiu dizer nada. Ela estava linda.

Ela lhe deu um breve abraço, convidando-o a entrar, e disse que as taças de champanhe de boas-vindas ainda não estavam preparadas. Ulla sorriu, torceu as mãos e lançou olhares meio desesperados em direção à escada. Com certeza estava esperando Mikael descer, para que ele pudesse assumir o comando. Mas o marido deveria estar se vestindo, dando uma conferida no espelho, verificando se o cabelo estava exatamente do jeito que queria.

Ulla fez comentários rápidos sobre as pessoas de sua infância em Manglerud. Perguntou se Truls sabia o que estavam fazendo agora.

Truls não sabia.

— Não tenho mais contato com eles — respondeu.

Truls tinha quase certeza de que ela sabia que ele, na verdade, nunca tivera contato com nenhum deles. Nem Goggen, nem Jimmy, Anders ou Krøkke. Truls havia tido um único amigo: Mikael. E ele também tratou de mantê-lo a distância conforme subia na hierarquia social e profissional.

Eles não tinham mais assunto. Ou melhor, ela não tinha mais assunto. Truls estivera sem assunto desde o começo.

— E as mulheres, Truls? — perguntou Ulla. — Alguma novidade?

— Nenhuma novidade, não. — Ele tentou dizer isso no mesmo tom brincalhão dela. O drinque de boas-vindas realmente teria caído bem naquele momento.

— Não tem mesmo ninguém que consiga conquistar seu coração?

Ulla estava com a cabeça ligeiramente inclinada e deu uma piscadela, risonha, mas Truls percebeu que ela já estava se arrependendo de ter perguntado. Talvez porque visse o rubor no rosto dele. Ou talvez porque ela soubesse a resposta, apesar de ele não ter dito nada. Sim, você, você, Ulla, seria capaz de conquistar meu coração. Ele sempre havia estado alguns passos atrás do casal vinte, Mikael e Ulla, em Manglerud, sempre presente, sempre solícito, mas sempre com aquela expressão carrancuda, indiferente, "estou-entediado--mas-não-tenho-nada-melhor-pra-fazer". Seu coração ardia por ela, seus olhos registravam qualquer movimento ou expressão dela, por menor que fosse. Ele não podia tê-la, sabia que era impossível. Mas, mesmo assim, tinha ansiado por isso, da mesma forma que o ser humano anseia por voar.

Enfim, Mikael, desceu a escada a passos majestosos enquanto puxava os punhos da camisa para baixo das mangas do paletó do smoking a fim de deixar as abotoaduras à mostra.

— Truls! — exclamou ele, com aquela cordialidade levemente exagerada que, em geral, é reservada às pessoas que não conhecemos de verdade. — Por que essa cara, amigão? Temos um palácio a festejar!

— Achei que era o cargo de chefe de polícia que seria festejado — disse Truls, olhando em volta. — Vi no noticiário hoje.

— A notícia vazou, mas ainda não é oficial. Mas é o seu terraço que vai ser homenageado hoje, Truls! Como está indo o champanhe, querida?

— Já vou preparar as taças — disse Ulla.

Ela tirou um pó invisível do ombro do marido e desapareceu.

— Você conhece Isabelle Skøyen? — perguntou Truls.

— Conheço — respondeu Mikael, ainda sorridente. — Ela vem aqui hoje à noite. Por quê?

— Nada. — Truls inspirou. Era agora ou nunca. — Tem outra coisa que eu queria saber.

— O quê?

— Uns dias atrás me mandaram prender um cara no Leon, sabe aquele hotel?

— Acho que sei qual é, sim.

— Mas, enquanto eu estava lá, dois outros policiais que eu não conheço apareceram de repente, e queriam prender nós dois.

— Dois coelhos com uma cajadada só? — Mikael deu uma risada. — Fale com Finn, é ele quem coordena a parte operacional.

— Acho que não.

— Não?

— Acho que alguém me mandou lá de propósito.

— Você quer dizer que alguém estava te sacaneando?

— Alguém estava me sacaneando, sim — confirmou Truls, perscrutando os olhos de Mikael, mas sem encontrar nenhum sinal de que o amigo estava entendendo o que ele *realmente* estava dizendo. Será que havia se enganado? Truls engoliu em seco. — Então pensei que poderia ser algo do seu conhecimento, que você estava por dentro.

— Eu? — Mikael jogou a cabeça para trás e desatou a rir. Quando Truls olhou dentro daquela boca aberta, lembrou como Mikael sempre voltava do dentista da escola sem cárie nenhuma. Nem mesmo as bactérias podiam com ele. — Quem me dera! — O futuro chefe de polícia gargalhou. — Eles fizeram você deitar no chão e te algemaram também?

Truls olhou para Mikael. Tinha se enganado. Por isso, riu junto. Mais de alívio do que da imagem dele próprio com dois policiais em cima. E a risada de Mikael era contagiante, era do tipo que sempre o convidava a rir junto com ele. Não, era do tipo que o *mandava* rir junto com ele. Mas também o envolvia, o aquecia, o tornava parte de algo, parte de uma dupla: ele e Mikael Bellman. Amigos. Ouviu seus próprios grunhidos enquanto as gargalhadas de Mikael se apagavam. Ele ficou com uma expressão pensativa.

— Você realmente achou que eu estava por dentro disso, Truls?

Berntsen olhou para Bellman, sorridente. Pensou em como Dubai tinha chegado até ele, pensou no garoto que ele havia espancado na cadeia até ficar cego, em quem poderia ter contado isso a Dubai. Pensou no sangue encontrado embaixo da unha de Gusto na Hausmanns Gate. Ele destruíra a amostra antes de ela chegar à análise de DNA, mas pegara uma parte, que estava guardada. Esse tipo de prova poderia ser valiosa em um momento difícil. E como Truls estava em um momento difícil, tinha ido ao Instituto de Medicina Forense pela manhã com o sangue. E pouco antes de sair de casa para ir à festa, recebera o resultado. A análise preliminar indicava que era o mesmo sangue e fragmentos de unha que eles haviam recebido de Beate Lønn fazia poucos dias; será que não se comunicavam lá? Não achavam que o pessoal do Instituto de Medicina Forense tinha mais o que fazer? Truls pediu desculpas e desligou. E refletiu sobre o resultado: o sangue nos fragmentos de unha de Gusto Hanssen era de Mikael Bellman.

Mikael e Gusto.

Mikael e Rudolf Asaiev.

Os dedos passaram pelo nó da gravata. Não foi o pai de Truls quem lhe ensinou a dar nó em gravatas, ele mal sabia fazer isso. Foi Mikael, quando estavam indo para o baile de formatura da escola, que lhe mostrou como fazer o nó simples de Windsor. Mas quando Berntsen lhe perguntou por que o nó de sua gravata parecia muito mais vistoso, Bellman respondeu que era porque tinha feito um nó duplo de Windsor e afirmou que aquele provavelmente não combinaria com Truls.

Mikael voltou-se para ele, aguardando uma resposta para sua pergunta. Por que Truls achava que ele tinha participado da brincadeira?

Por que Truls achava que ele havia participado da decisão de abatê-lo junto com Harry Hole no Hotel Leon?

A campainha tocou, mas Mikael não se moveu.

Truls fingiu coçar a testa, mas usou as pontas dos dedos para enxugar o suor.

— Não, por que eu pensaria isso? — disse, ouvindo seu próprio grunhido. — Foi só um devaneio. Esquece.

A escada rangeu com os passos de Stein Hanssen. Ele conhecia cada degrau e podia prever cada rangido lamuriante. Parou no topo da escada. Bateu à porta.

— Pode entrar — soou a voz lá dentro.

Stein Hanssen entrou.

A primeira coisa que viu foi a mala.

— Já está pronta? — perguntou.

A outra pessoa fez que sim.

— Achou o passaporte?

— Achei.

— Chamei um táxi para o aeroporto.

— Estou indo.

— Ok.

Stein olhou em volta. Assim como tinha feito nos outros cômodos. Estava se despedindo. Contando a eles que não voltaria. E escutando os ecos da infância. A voz instigante do pai. A voz segura da mãe. A voz entusiasmada de Gusto. A voz alegre de Irene. A única voz que ele não ouvia era a sua própria. Ele havia se mantido em silêncio.

— Stein?

Irene segurava uma foto na mão. Ele sabia qual era. A irmã tinha prendido a foto na cabeceira da cama na mesma noite em que o advogado, Simonsen, a trouxe de volta. A foto mostrava ela com Gusto e Oleg.

— O quê?

— Você alguma vez sentiu vontade de matar Gusto?

Stein não respondeu. Só pensou naquela noite.

Na ligação de Gusto dizendo que sabia onde Irene estava. Em como ele tinha corrido até Hausmanns Gate. E em quando chegou: as viaturas da polícia. As vozes ao seu redor dizendo que o rapaz lá dentro estava morto, baleado. E a forte emoção. Quase de alegria. Em seguida, o choque. O luto. Sim, de certa forma tinha chorado a morte de Gusto. Ao mesmo tempo, teve esperanças de que Irene seria encontrada. É claro que o sentimento desapareceu com o passar dos dias e a compreensão de que a morte do irmão adotivo, pelo contrário, significava que havia perdido a única possibilidade de encontrá-la.

Ela estava pálida. Abstinência. Seria difícil. Mas eles dariam conta do recado. Juntos dariam conta do recado.

— Vamos...?

— Vamos — disse a garota e abriu a gaveta da mesinha de cabeceira. Olhou para a foto. Pressionou os lábios rapidamente contra o papel e o deixou na gaveta, com o lado da imagem para baixo.

Harry ouviu a porta se abrir.

Ele estava imóvel na escuridão. Escutou os passos na sala. Percebeu o movimento perto dos colchões. O brilho do fio de aço ao captar a luz do poste na rua lá fora. Os passos foram até a cozinha, e a luz foi acesa. Harry ouviu alguém mexendo no fogão.

Levantou-se e foi até lá.

Ficou parado no vão da porta, observando a pessoa ajoelhada diante da toca da ratazana. Ela abriu o saco com as mãos trêmulas. Dispôs os objetos um do lado do outro. A seringa, a tira de borracha, a colher, o isqueiro, a pistola. Os saquinhos de violino.

A soleira rangeu quando Harry se moveu, mas a pessoa não notou, só continuou sua atividade frenética.

Harry sabia que era o vício. Que o cérebro estava focado em uma única coisa. Ele pigarreou.

A pessoa ficou paralisada. Os ombros se ergueram, mas ela não se virou. Ficou apenas imóvel, com a cabeça baixa e os olhos fixos em toda aquela parafernália. Não se virou.

— Eu estava contando com isso — disse Harry. — Que você viria até aqui primeiro. Você pensou que agora seria seguro.

A pessoa não se mexeu.

— Hans Christian te contou que a gente a encontrou, não? Mesmo assim, você tinha que vir aqui primeiro.

A pessoa se levantou. E mais uma vez Harry ficou impressionado. Ele tinha crescido. Era praticamente um adulto.

— O que você quer, Harry?

— Estou aqui para te prender, Oleg.

O garoto enrugou a testa.

— Por causa de alguns saquinhos de violino?

— Não pela droga, Oleg. Pelo assassinato de Gusto.

— Não! — repetiu ele.

Mas eu estava com a ponta da agulha dentro de uma veia que tremia de tanta expectativa.

— Achei que fosse Stein ou Ibsen chegando — eu disse. — Não você.

Não vi aquele pé desgraçado vindo em minha direção. Ele acertou a seringa, que voou, indo parar no fundo da cozinha, perto da pia superlotada de louça.

— Puta que pariu, Oleg! — exclamei e olhei para ele.

Oleg fixou um olhar demorado em Harry.

Era um olhar sério, calmo. Sem surpresa real, mas que sondava o terreno, tentando se orientar.

E quando ele enfim falou, parecia mais curioso do que irritado ou confuso. — Mas você acreditou em mim, Harry. Quando eu te contei que foi outro homem, um de touca ninja, você acreditou em mim.

— Sim. Acreditei em você. Porque queria *muito* acreditar.

— Mas Harry... — disse Oleg em voz baixa, olhando para o saquinho de pó que ele tinha aberto. — Se você não pode acreditar em seu melhor amigo, em quem você vai acreditar?

— Nas provas — disse Harry, sentindo a garganta se fechar.

— Que provas? Afinal, a gente achou a explicação para aquelas provas, Harry. Eu e você, nós dois destruímos aquelas provas juntos.

— As outras provas. As novas.

— Que novas?

Harry apontou para o chão diante de Oleg.

— Essa pistola é uma Odessa. Ela tem o mesmo calibre da arma que matou Gusto, Makarov 9 mm. De qualquer forma, os exames balísticos vão comprovar com cem por cento de certeza que essa é a arma do crime, Oleg. E ela tem suas impressões digitais. Apenas as suas. Se outra pessoa tivesse usado a pistola e a limpado depois, suas impressões digitais também teriam sido removidas.

Oleg pôs um dedo na arma, como se quisesse confirmar que estavam falando dela.

— E ainda há a seringa — continuou Harry. — Ela tem várias impressões, talvez de duas pessoas. Mas em todo caso, quem apertou o polegar no êmbolo foi você. A parte que se aperta na hora de aplicar a dose. E na impressão do polegar há partículas de pólvora, Oleg.

Oleg apontou para a seringa usada.

— Por que isso seria outra prova contra mim?

— Porque, em seu depoimento, você disse que estava chapado quando entrou na sala. Mas as partículas comprovam que você injetou a seringa *depois* de entrar em contato com a pólvora. Isso prova que você atirou em Gusto primeiro e injetou a droga depois. Você não estava sob efeito de drogas no momento do crime, Oleg. Foi assassinato a sangue-frio.

Oleg fez um gesto lento de assentimento.

— E você conferiu minhas impressões digitais na pistola e na seringa com o registro da polícia. Então eles já sabem que eu...

Harry fez que não com a cabeça.

— Eu não disse nada à polícia. Sou o único que sabe disso.

Oleg engoliu em seco. Harry viu o movimento de seu pomo de adão.

— Como você concluiu que são minhas impressões digitais, se não conferiu com as da polícia?

— Eu tinha impressões suas, podia fazer a comparação sozinho.

Harry tirou a mão do bolso do sobretudo. Colocou o Game Boy branco em cima da mesa da cozinha.

Oleg fitou o aparelho. Piscou repetidas vezes, como se tivesse alguma coisa no olho.

— O que te levou a suspeitar de mim? — sussurrou ele.

— O ódio. O velho. Rudolf Asaiev. Ele disse para eu seguir o ódio.

— Quem é ele?

— É aquele que vocês chamavam de Dubai. Demorou um pouco para eu entender que ele estava se referindo ao próprio ódio. Seu ódio por você. Seu ódio porque você tinha matado o filho dele.

— O filho dele?

Oleg levantou a cabeça e olhou, inexpressivo, para Harry.

— Sim. Gusto era filho de Dubai.

Oleg abaixou a cabeça outra vez e continuou ali, agachado, olhando fixamente para o chão.

— Se... — Ele meneou a cabeça. Começou outra vez. — Se for verdade que Dubai era o pai de Gusto, e se me odiava tanto, por que não tratou de me matar na prisão de uma vez?

— Porque era justamente ali que ele queria que você ficasse. Porque, para ele, a prisão é pior que a morte, a prisão consome a alma, a morte a liberta. A prisão era algo que Rudolf Asaiev só desejava para quem ele odiava mais que tudo. Você, Oleg. É claro que ele sabia tudo o que você fazia lá dentro. Foi só quando você começou a falar comigo que passou a representar um perigo, e ele teve de se contentar em matar você. Mas ele não conseguiu.

Oleg fechou os olhos. Continuou ali, de cócoras. Como se fosse fazer uma corrida importante, e os dois só precisavam ficar ali, em silêncio, juntos, se concentrando. A cidade tocou sua música lá fora: os carros, uma buzina distante de um barco, uma sirene pouco entusiasmada. Sons que resumiam a atividade humana, como os ruídos regulares e incessantes de um formigueiro: monótonos, soníferos, seguros feito um edredom quente.

Oleg se curvou lentamente, sem tirar os olhos do ex-policial.

Harry fez que não com a cabeça.

Mas Oleg empunhou a pistola. Com cuidado, como se tivesse medo de que explodisse em suas mãos.

43

Truls tinha fugido para a solidão do terraço.

Posicionara-se à margem de algumas conversas, bebericando o champanhe, provando petiscos e tentando dar a impressão de que pertencia àquele lugar. Umas duas pessoas bem-educadas esforçaram-se para incluí-lo no bate-papo. Cumprimentaram-no, perguntando quem era e o que fazia. Truls dera respostas curtas e não lhe passou pela cabeça fazer as mesmas perguntas. Como se não estivesse em posição para tanto. Ou como se tivesse medo de cometer uma gafe, como se fosse seu dever saber quem eram e que merda de cargos importantes tinham.

Ulla estava ocupada servindo, sorrindo e conversando com essas pessoas como se fossem velhos conhecidos, e Truls só conseguiu estabelecer contato visual com ela umas duas vezes. Ulla fazia uma mímica sorridente que, pelo que ele entendeu, significava que ela gostaria de falar com ele, mas as obrigações de anfitriã a chamavam. Ficou evidente que nenhum dos rapazes do mutirão da casa pôde vir. Nem os chefes de seção nem o chefe de polícia reconheceram Truls. Quase sentiu vontade de contar a eles que era o agente que tinha espancado aquele garoto até ele ficar cego.

Mas o terraço era bom, sim. Oslo reluzia feito uma joia lá embaixo.

O frio do outono tinha chegado com uma frente de ar polar. Foram noticiadas temperaturas perto de zero grau à noite nos pontos mais altos da cidade. Ouviu sirenes distantes. Uma ambulância. E pelo menos uma viatura de polícia. Os sons vinham de algum lugar do centro. O que Truls mais queria fazer era sair de fininho, ligar o rádio da polícia. Ouvir o que estava acontecendo. Sentir o pulso de sua cidade. Sentir que fazia parte dela.

A porta para o terraço se abriu, e Truls automaticamente deu dois passos para trás, para dentro das sombras, para se livrar de mais uma conversa em que se sentiria ainda mais diminuído.

Era Mikael. E a mulher da política. Isabelle Skøyen.

Evidentemente, ela estava de pileque, e Mikael a segurava. Uma mulher e tanto, era mais alta do que ele. Ficaram perto do parapeito, de costas para Truls, escondidos dos convidados dentro da sala.

Mikael se posicionou logo atrás dela, e Truls esperava ver um isqueiro acender um cigarro, mas isso não aconteceu. Quando ouviu o farfalhar do tecido de um vestido e a risadinha de protesto de Isabelle Skøyen, era tarde demais para revelar sua presença. Ele viu o reluzir branco da coxa da mulher antes de o vestido ser puxado para baixo com firmeza. Ela se virou para Mikael, e as duas cabeças se mesclaram numa silhueta só contra a cidade lá embaixo. Truls ouviu os sons molhados das línguas. Ele se virou para a sala de estar. Viu Ulla circular sorridente entre as pessoas, carregando bandejas com novas provisões. Truls não conseguia entender aquilo. Era impossível de entender, caralho. Não que estivesse chocado, não era a primeira vez que Mikael tinha um caso com outra mulher, mas Truls não conseguia entender como ele tinha estômago para isso. Como tinha coração para isso. Quando você tem uma mulher como Ulla, quando você tem uma sorte tão absurda e ganha na loteria, como você pode estar disposto a arriscar tudo por uma trepada com outra? Será que, quando Deus ou sei lá quem te deu tudo o que as mulheres querem — beleza, sucesso, um bom papo —, você se sente na obrigação de aproveitar todo seu potencial, por assim dizer? Do mesmo jeito que as pessoas de dois metros e vinte de altura acham que devem jogar basquete? Ele não sabia. Só sabia que Ulla merecia alguém melhor. Alguém que a amasse. Que a amasse do jeito que ele sempre a tinha amado. E sempre iria amar. Aquilo com Martine fora uma aventura impensada, nada sério, e não aconteceria de novo. Truls chegou a pensar que, de alguma forma, precisava fazer com que Ulla soubesse que ele estaria a seu lado, caso ela perdesse Mikael por algum motivo. Mas nunca encontrou o jeito certo de fazer isso. Ele aguçou os ouvidos. Os dois estavam conversando.

— Só sei que ele sumiu — disse Mikael, e Truls percebeu pela voz um pouco arrastada que ele também não estava totalmente sóbrio. — Mas acharam os outros dois.

— Os cossacos dele?

— Ainda acho que essa história de eles serem cossacos é mentira. De qualquer forma, Gunnar Hagen, da Divisão de Homicídios, entrou em contato comigo perguntando se eu poderia ajudar. Usaram gás lacrimogêneo e armas automáticas, por isso a teoria dele é de que pode ter sido um confronto entre cartéis. Ele queria saber se a CrimOrg teria alguns candidatos. Estão completamente perdidos.

— E você, o que respondeu?

— Respondi a verdade, que não faço ideia de quem poderia ter feito isso. Se for um cartel, eles conseguiram passar despercebidos.

— Você acha que o velho pode ter escapado?

— Não.

— Não?

— Acho que o cadáver dele está apodrecendo em algum lugar lá embaixo. — Truls viu a mão apontando para a cidade, com o céu estrelado como pano de fundo. — Talvez a gente encontre o corpo rápido, talvez a gente nunca o veja de novo.

— Os cadáveres sempre acabam aparecendo, não é?

Não, pensou Truls. Seu peso estava apoiado de forma igual nos dois pés, e ele os sentiu sobre o cimento do terraço. Nem sempre.

— De todo modo, alguém fez aquilo, e é alguém novo — disse Mikael. — Logo saberemos vai ser o novo rei das drogas de Oslo.

— E o que você acha que isso vai significar para nós?

— Nada, querida. — Truls viu Mikael Bellman pôr a mão na nuca de Isabelle Skøyen. Pela silhueta, parecia que estava tentando estrangulá-la. — Já chegamos ao fim da linha, vamos pular para fora do trem. De fato, não poderia haver um fim melhor do que esse. A gente não precisava mais do velho, e, se pensar em tudo que ele ficou sabendo sobre nós dois durante ... nossa cooperação, então...

— Então?

— Então...

— Tire essa mão, Mikael.

Truls ouviu um riso alcoolizado, suave como veludo.

— Se esse novo rei não tivesse feito o trabalho por nós, então eu mesmo talvez tivesse que cuidar disso.

— Ou deixar Beavis cuidar disso, você quer dizer?

Truls teve um sobressalto ao ouvir o odiado apelido. Foi Mikael quem o usara pela primeira vez quando estavam no ensino médio, em Manglerud. E o nome pegou, as pessoas captaram aquela coisa do queixo proeminente e o riso que mais parecia um grunhido. Certa vez, no último ano, Mikael o consolara dizendo que tinha pensado mais na "concepção anarquista da realidade" e "nas ideias anticonformistas" do personagem do desenho animado da MTV. Fez aquilo soar como se fosse uma porra de um tributo.

— Negativo. Nunca deixaria Truls saber do meu papel nessa história.

— Ainda acho estranho que você não confie nele. Vocês não são amigos de infância? Ele não fez esse terraço para você?

— Fez, sim. No meio da noite e totalmente sozinho. Você entende? Estamos falando de um homem que não bate bem. Ele é capaz de fazer qualquer coisa.

— Mesmo assim, você sugeriu ao velho que recrutasse Beavis como queimador?

— Isso é porque conheço Truls desde a infância e sei que ele é completamente corrupto e disposto a se vender.

Isabelle Skøyen deu uma gargalhada, e Mikael fez com que ela se calasse.

Truls parou de respirar. A garganta se fechou, e parecia que tinha um bicho na barriga. Um bichinho perdido que procurava a saída. Que fazia cócegas. Tentava sair. Pressionava o peito.

— Aliás, você nunca me contou por que me escolheu como parceiro — disse Mikael.

— Porque você tem um pau maravilhoso, é claro.

— Não, estou falando sério. Se eu não tivesse aceitado a proposta de cooperação com você e o velho, eu teria que prendê-la.

— Teria que me prender? — Ela fungou. — Tudo o que fiz foi para o bem da cidade. Você pode legalizar a maconha, distribuir metadona, financiar salas para o consumo seguro de drogas injetáveis. Ou pode abrir o caminho para uma droga que provoca menos mortes por overdose. Qual é a diferença? A melhor política contra as drogas é o pragmatismo, Mikael.

— Relaxa, é claro que concordo com você. A gente tornou Oslo uma cidade melhor. Vamos brindar a isso.

Ela ignorou sua taça levantada.

— De qualquer forma, você nunca me prenderia. Porque eu contaria a todos que quisessem ouvir que eu transava com você pelas costas da sua mulherzinha bonitinha. — Mais algumas risadas curtas. — Literalmente pelas costas. Você se lembra da primeira vez que nos vimos naquela *première* e eu disse que queria que você me comesse? Sua mulher estava logo atrás de você, por pouco não nos ouviu, e você nem pensou duas vezes. Só pediu quinze minutos para mandar Ulla para casa.

— Psiu, você está bêbada — disse Mikael, pondo a mão na parte inferior de suas costas.

— Foi aí que percebi que você era um homem que agradava meu coração. Por isso, quando o velho disse que eu deveria procurar um aliado com ambições tão altas quanto as minhas, eu sabia exatamente a quem me dirigir. Tim-tim, Mikael.

— Por falar nisso, nossas taças estão vazias, talvez seja bom a gente voltar e...

— Esquece o que falei sobre agradar meu coração. Não existem homens que agradem meu coração, só a minha... — Mais um riso cavernoso, profundo. Dela.

— Vamos.

— Harry Hole.

— Shh.

— Eis um homem que agrada meu coração. Um pouco burro, óbvio, mas... tudo bem. Onde você acha que ele está?

— Estamos procurando ele há tanto tempo sem sucesso que acho que saiu do país. Conseguiu absolver Oleg, não vai voltar.

Isabelle perdeu o equilíbrio, mas Mikael a segurou.

— Você é um filho da puta, Mikael, e nós, filhos da puta, nos merecemos.

— Pode ser, mas a gente deveria voltar lá para dentro — sugeriu Mikael, conferindo o relógio.

— Não fique tão nervoso, bonitão, tenho muita prática em pileques. Entende?

— Entendo, mas vai você primeiro, para não parecer tão...

— Suspeito.

— Algo assim.

Truls ouviu a risada e, em seguida, os saltos batendo no cimento. Isabelle desapareceu, e Mikael ficou ali, encostado no parapeito. Truls aguardou alguns segundos. Então se aproximou.

— Olá, Mikael.

O amigo de infância se virou. O olhar estava embaçado, o rosto, levemente inchado. Truls supôs que a demora em abrir um sorriso se devia à bebida.

— Aí está você, Truls. Não ouvi você chegar. Está animado lá dentro?

— Claro.

Os dois se entreolharam. E Truls se perguntou exatamente em que momento eles desaprenderam a conversar um com o outro, a ter aquele papo despreocupado, a compartilhar os sonhos, a falar sobre tudo e qualquer coisa, a ser unha e carne. Como no início da carreira, quando espancaram aquele cara que paquerou Ulla. Ou aquela bicha desgraçada que trabalhava na Kripos e deu em cima de Mikael, e a quem deram uma lição alguns dias depois, na sala das caldeiras de Bryn. O cara chorou e se desculpou, dizendo que tinha entendido tudo errado. Evitaram o rosto para não ficar muito evidente, mas aquela choradeira do caralho tinha deixado Truls tão enfurecido que ele acabou usando o cassetete mais forte do que pretendia, e já deveria estar passando dos limites quando Mikael o deteve. Talvez não fossem o que se chamaria de boas lembranças, mas eram experiências que uniam duas pessoas.

— Pois é, estou aqui admirando o terraço — disse Mikael.

— Obrigado.

— Por sinal, me lembrei de uma coisa. Aquela noite em que você fez a fundação...

— O que é que tem?

— Você disse que estava inquieto e não conseguia dormir. Mas eu me lembrei de que foi a mesma noite em que prendemos Odin e fizemos uma batida em Alnabru. E ele tinha sumido, aquele...

— Tutu.

— Isso, Tutu. Era para você ter participado daquela prisão. Mas você me falou que não podia ir porque estava doente. E aí, em vez disso, você vem e faz um terraço?

Truls sorriu. Olhou para Mikael. Enfim conseguiu atrair o olhar dele, sustentá-lo.

— Ok, Mikael. Você quer ouvir a verdade?

Mikael pareceu hesitar antes de responder.

— Com certeza.

— Dei o cano.

Houve alguns segundos de silêncio no terraço, e só se ouvia o frêmito distante da cidade.

— Deu o cano?

Mikael começou a rir. Incrédulo, mas bem-humorado. Truls gostava daquela risada. Todos gostavam, tanto as mulheres quanto os homens. Era uma risada que dizia "você-é-engraçado-e-simpático-e--com-certeza-inteligente-e-merece-uma-risada".

— *Você* deu o cano? Você que nunca dá o cano e adora prender marginais?

— Dei — disse Truls. — Eu simplesmente não podia ir. Tinha marcado uma trepada.

Silêncio.

Então Mikael soltou uma gargalhada estrondosa. Ele jogou a cabeça para trás e riu até perder o fôlego. Sem nenhuma cárie na boca. Recompôs-se e deu um tapa nas costas de Truls. Foi uma risada tão alegre que, depois de alguns segundos, Truls simplesmente não aguentou e riu junto.

— Trepar e construir um terraço. — Mikael Bellman gargalhou novamente. — Caralho, você é um homem e tanto, Truls. Um homem e tanto.

Truls sentiu que era um elogio, e isso o fez crescer um pouco, voltar ao seu tamanho normal. Por um instante, era quase como nos velhos tempos. Não, não quase, *era* como nos velhos tempos.

— Você sabe... — Truls riu. — Às vezes é preciso fazer as coisas por conta própria. Só assim elas são bem-feitas.

— É verdade — disse Mikael, pondo um braço no ombro de Truls e batendo com os pés no piso do terraço. — Mas isso aqui, Truls, isso aqui é *muito* cimento para um homem só.

Sim, pensou Truls, e sentiu uma risada exultante ecoar no peito. É muito cimento para um homem só.

— Eu deveria ter ficado com aquele Game Boy — disse Oleg.

— Deveria, sim — concordou Harry, encostando no batente da porta da cozinha. — Para ter melhorado sua técnica no Tetris.

— E você deveria ter tirado o pente dessa pistola antes de colocá-la de volta no esconderijo.

— Talvez. — Harry tentou não olhar para a Odessa que estava meio apontada para o chão, meio apontada para ele.

Oleg deu um sorriso pálido.

— Parece que tanto eu como você cometemos alguns erros. Não é?

Harry fez que sim.

Oleg tinha se levantado e estava ao lado do fogão.

— Mas eu não fiz só coisa errada, fiz?

— Não. Você fez muita coisa certa também.

— Como o quê?

Harry deu de ombros.

— Como dizer que você se lançou sobre a pistola daquele assassino fictício. Que ele usava uma touca ninja e não disse uma só palavra, que apenas fazia gestos. Isso fez com que eu tirasse as conclusões óbvias. Que isso explicava as partículas de pólvora em sua pele. E que o assassino não falava porque temia que você reconhecesse a voz dele, ou seja, ele era alguém ligado ao tráfico de drogas ou à polícia. Imagino que você teve a ideia da touca ninja porque o policial que foi com vocês a Alnabru usava uma. Na sua história, o assassino foi até os escritórios aqui do lado, pois estavam vazios e abertos, ou seja, qualquer pessoa podia entrar ali e escapar em direção ao rio. Você me deu as pistas para que eu construísse minha própria explicação convincente de como você *não* matou Gusto. Você sabia que meu cérebro encontraria essa explicação. Porque nossos cérebros estão sempre dispostos a deixar as emoções decidirem. Sempre prontos para encontrar as respostas reconfortantes que nossos corações precisam.

Oleg fez um gesto lento de assentimento.

— Mas agora você já tem todas as outras respostas. As certas.

— Menos uma. Por quê?

Oleg não respondeu. Harry levantou a mão direita enquanto enfiava a mão esquerda devagar no bolso da calça e tirava um maço amassado de cigarros e um isqueiro.

— Por que, Oleg?

— O que você acha?

— Por algum tempo achei que tinha a ver com Irene. Ciúmes. Ou talvez você soubesse que ele a tinha vendido para alguém. Mas se Gusto era o único que sabia onde ela estava, você não podia matá-lo antes de ele ter contado o paradeiro dela. Então deveria ter sido alguma outra coisa. Uma coisa que era no mínimo tão forte quanto o amor por uma mulher. Porque no fundo você não é um assassino, é?

— Diga você.

— Você é um homem com um motivo clássico, o qual já levou bons homens a fazerem coisas horríveis, incluindo eu. A investigação andou em círculos. Voltou à estaca zero. Estou no mesmo lugar onde começamos. Com uma história de amor. Do pior tipo.

— O que você sabe sobre isso?

— Porque já me apaixonei por essa mesma mulher. Ou por uma irmã dela. De noite, é linda de morrer, mas, quando você acorda na manhã seguinte, é o mapa para o inferno. — Harry acendeu o cigarro preto com o filtro dourado e a águia imperial russa. — Mas, assim que chega a noite, você já esqueceu tudo e está tão apaixonado quanto antes. E não há nada que possa competir com esse amor, nem Irene. Estou errado?

Harry deu uma tragada no cigarro e olhou para Oleg.

— Para que você precisa de mim? — perguntou Oleg. — Você já sabe tudo.

— Porque quero ouvir de sua boca.

— Por quê?

— Porque quero que você ouça. Quero que perceba o quanto é doentio e sem sentido.

— O quê? É tão doentio atirar em alguém porque tentam roubar sua droga? A droga que você suou pra conseguir?

— Você não percebe como isso é banal e triste?

— Diga você!

— Digo, sim. Perdi a mulher da minha vida porque não fui capaz de resistir. E você matou seu melhor amigo, Oleg. Fale o nome dele.

— Para quê?

— Fale o nome dele.

— Sou eu quem tem a arma.

— Fale o nome dele.

Oleg deu um sorriso desdenhoso.

— Gusto. O que iss...

— Mais uma vez.

Oleg inclinou a cabeça para o lado e olhou para Harry.

— Gusto.

— Mais uma vez! — gritou Harry.

— Gusto! — gritou Oleg.

— Mais uma v...

— Gusto! — Oleg respirou fundo. — Gusto! Gusto... — A voz começou a tremer. — Gusto! — Ela ficou embargada. — Gusto. Gus... — Um soluço o interrompeu. — ...to. — As lágrimas brotaram quando ele fechou os olhos e sussurrou: — Gusto. Gusto Hanssen...

Harry deu um passo para a frente, mas Oleg levantou a arma.

— Você é novo, Oleg. Ainda pode mudar.

— E você, Harry? Você não pode mudar?

— Gostaria de ser capaz disso, Oleg. Gostaria de ser capaz de cuidar melhor de vocês. Mas é tarde demais para mim. Não posso deixar de ser o que sou.

— O quê? Alcoólatra? Traidor?

— Policial.

Oleg riu.

— Só isso? Policial? Não um ser humano e coisa e tal?

— Um policial.

— Um policial — repetiu Oleg e meneou a cabeça. — Isso não é banal e triste?

— Banal e triste demais — disse Harry. Pegou o cigarro que tinha fumado pela metade e o olhou com cara de descontente, como se ele não surtisse o efeito que desejava. — Porque isso significa que não tenho escolha, Oleg.

— Escolha?

— Preciso me certificar de que você seja punido.

— Você não trabalha mais na polícia, Harry. Você está aqui desarmado. E ninguém mais sabe o que você descobriu ou que você está aqui. Pense na mamãe. Pense em mim! Pelo menos dessa vez, pense em nós, em nós três. — As lágrimas brotaram nos olhos de Oleg, e havia um tom estridente e metálico de desespero em sua voz. — Por que você não pode simplesmente ir embora daqui, e a gente esquece tudo e finge que isso não aconteceu?

— Gostaria de poder fazer isso. Mas você me encurralou. Sei o que aconteceu e preciso pôr um fim nisso.

— Por que você me deixou pegar a arma então?

Harry deu de ombros.

— Não posso te prender. Você precisa se entregar. Essa é a sua corrida.

— Eu mesmo me entregar? Por que eu faria isso? Acabei de ser solto!

— Se eu te prender, perco tanto sua mãe quanto você. E sem vocês, não sou nada. Não posso viver sem vocês. Entende, Oleg? Sou um rato que foi deixado do lado de fora do ninho e só há um caminho para entrar. E ele passa por você.

— Então me deixe ir! Vamos esquecer esse negócio todo e começar do zero!

Harry fez que não com a cabeça.

— Assassinato a sangue-frio, Oleg. Não posso. É você quem tem a chave e a pistola agora. É você quem tem que pensar em nós três. Se a gente for até Hans Christian, ele vai resolver tudo. Você poderá se entregar e ter uma boa redução da pena.

— Que será longa o suficiente para eu perder Irene. Ninguém espera tanto tempo.

— Talvez sim, talvez não. Talvez você já a tenha perdido.

— Você está mentindo, você sempre mente! — Harry viu Oleg piscar para tirar as lágrimas dos olhos. — O que você vai fazer se eu não me entregar?

— Eu vou ter que te prender.

Oleg soltou um gemido, uma mistura de soluço com riso incrédulo.

— Você é louco, Harry.

— É o meu jeito, Oleg. Faço o que preciso fazer. Assim como você faz o que precisa fazer.

— *Precisa?* Você fala como se isso fosse uma porra de uma maldição.

— Talvez.

— Besteira!

— Então quebre a maldição, Oleg. Porque você realmente não quer matar outra vez, quer?

— Vá embora! — gritou Oleg. A pistola tremeu em sua mão. — Vá embora! Você não é mais da polícia!

— Tem razão — concordou Harry. — Mas, como eu disse, sou... — Ele comprimiu os lábios em torno do cigarro preto e deu uma tragada.

Fechou os olhos, e, durante dois segundos, simplesmente ficou ali, parecendo saborear o fumo. Então soltou o ar e a fumaça dos pulmões outra vez — ... Policial.

Ele jogou o cigarro no chão. Pisou nele e se aproximou de Oleg. A cabeça erguida. O garoto era quase tão alto quanto ele. Harry encontrou o olhar do rapaz atrás da mira da pistola. Viu o cão se levantar. Já sabia o desfecho. Harry estava em seu caminho. O rapaz tampouco tinha escolha, eles eram duas incógnitas numa equação sem solução, dois corpos celestes numa rota de colisão inevitável, um jogo de Tetris que só um deles poderia ganhar. Só um deles *iria* ganhar. Ele torceu para que Oleg tivesse juízo o suficiente para se livrar da pistola depois, que pegasse aquele voo para Bangkok, que nunca contasse nada a Rakel, que não acordasse no meio da noite, gritando, assombrado por seus fantasmas, que fosse capaz de ter uma vida que valia a pena viver. Pois a dele não era. Não mais. Harry se manteve firme e continuou seguindo em frente, sentindo o peso do próprio corpo, o olho negro da boca da arma crescer. Um dia de outono, Oleg, 10 anos, o vento que bagunçava seu cabelo, Rakel, Harry, folhas cor de laranja, eles olhavam para a câmera e aguardavam o clique do disparador automático. A prova fotográfica de que eles tinham chegado ao topo, de que tinham atingido o auge da felicidade. O indicador de Oleg, com a articulação branca, puxava o gatilho. Não havia nenhum caminho de volta. Nunca havia tido tempo de pegar aquele voo. Nunca havia tido voo algum, nem Hong Kong, só uma ideia de uma vida que nenhum deles teria sido capaz de viver. Harry não sentiu medo. Só tristeza. A rajada breve soou como um único tiro e fez as vidraças tremerem. Ele sentiu a pressão física das balas que atingiram seu peito. O coice fez o cano se erguer, e a terceira bala atingiu sua cabeça. Ele caiu. Embaixo dele havia escuridão. E ele caiu lá dentro. Até que ela o engoliu e o envolveu em um vazio suave e indolor. Finalmente, pensou. E esse foi o último pensamento de Harry Hole. Que finalmente, finalmente, estava livre.

A ratazana estava à escuta. Os gritos dos filhotes soavam ainda mais nítidos agora que o sino da igreja já havia batido suas dez badaladas e estava em silêncio, e a sirene da polícia, que por um tempo se aproximara, tinha se afastado outra vez. Só as batidas fracas do coração restavam. Em algum lugar de sua memória estava armazenada a lembrança do cheiro de pólvora e do outro corpo humano, mais novo, que estivera deitado ali, sangrando no chão. Mas aquilo foi no verão, muito antes de os filhotes nascerem. Além do mais, o corpo não tinha bloqueado a entrada do ninho.

Ela descobriu que era mais difícil passar pelo estômago do homem do que tinha imaginado, por isso precisava achar outro caminho. Então voltou ao ponto de partida.

Mordeu mais uma vez o sapato de couro.

Lambeu mais uma vez o metal que despontava entre os dedos da mão direita.

Passou por cima do paletó que cheirava a suor, sangue e comida, tantos tipos de comida, que o tecido de linho teria que ter estado em um lixão.

E, outra vez, ali havia algumas moléculas do cheiro estranho e forte de fumaça que não tinha sido removido. E até aquelas poucas moléculas faziam os olhos arderem e dificultavam a respiração.

Ela percorreu o braço, passou pelo ombro, encontrou uma faixa ensanguentada em torno do pescoço, que a distraiu por um momento. Então ouviu os gritos dos filhotes mais uma vez e foi até o peito. Os dois orifícios redondos no paletó tinham um forte odor. Enxofre, pólvora. Um dos furos entrava onde ficava o coração, pelo menos a ratazana pôde sentir as vibrações quase imperceptíveis quando ele batia. Mal batia. Ela continuou até a testa, lambeu o sangue que escorria num único fiozinho da raiz dos cabelos loiros. Continuou até as partes carnudas: os lábios, o nariz, as pálpebras. Havia uma cicatriz no rosto. Seu cérebro trabalhava como os cérebros das ratazanas trabalhavam em experimentos de laboratório, com racionalidade e eficiência surpreendentes. A face. A cavidade bucal. A nuca. Então ela estaria lá atrás. A vida de uma ratazana é dura e simples. Você faz o que precisa ser feito.

Parte Cinco

44

O luar se refletiu no Akerselva, conferindo ao riacho pequeno e sujo que corria pela cidade o aspecto de um colar de ouro. Não havia muitas mulheres que optassem por andar pelo caminho deserto junto à água, mas Martine sempre fazia isso. Tinha sido um longo dia no Farol, e estava cansada. Mas era bom. Tinha sido um dia longo e bom. Um rapaz saiu das sombras e veio em sua direção, viu seu rosto na luz do poste, murmurou um "olá" baixinho e se afastou.

Algumas vezes, Rikard tinha perguntado se não deveria pegar outro caminho para casa, ainda mais com a gravidez, mas ela respondera que esse era o caminho mais curto para Grünerløkka. E se recusava a deixar que alguém lhe tirasse sua cidade. Além do mais, conhecia tantos daqueles que ficavam embaixo das pontes que se sentia mais segura ali do que num bar badalado da região oeste. Ela já havia passado pelo pronto-socorro e pela Schous plass, e se aproximava do clube de jazz Blå quando ouviu estalidos no asfalto, estalidos curtos e secos de solas de sapato. Um jovem alto veio correndo em sua direção. Esgueirou-se pelas partes escuras e iluminadas do caminho. Ela viu o rosto de relance antes de ele passar e ouviu sua respiração ofegante desaparecer atrás de si. Era um dos rostos conhecidos, um daqueles que tinha visto no Farol. Mas eram tantos e, às vezes, ela pensava ter visto pessoas que, de acordo com os colegas, estavam mortas fazia meses, anos até. No entanto, por algum motivo, o rosto a fez pensar em Harry de novo. Nunca falava dele com ninguém, muito menos com Rikard, evidentemente, mas Harry tinha conseguido um lugarzinho em seu coração, um pequeno espaço onde ela, de vez em quando, podia visitá-lo. Será que aquele jovem era Oleg, será que foi por isso que pensou em Harry agora? Virou-se. Viu as costas do rapaz que estava correndo. Como se o próprio diabo o perseguisse, como se tentasse fugir de alguma coisa. Mas Martine não viu ninguém o seguindo. Então ele foi ficando menor. E desapareceu por completo na escuridão.

Irene deu uma olhada no relógio. Onze e cinco. Ela se recostou no banco e olhou para o monitor em cima do balcão de embarque. Em alguns minutos, começaria o embarque. O pai tinha enviado uma mensagem dizendo que os encontraria no aeroporto de Frankfurt. Ela suava, e o corpo doía. Não seria fácil. Mas tinha que dar certo.

Stein apertou sua mão.

— Como está indo, minha querida?

Irene sorriu, apertando a mão do irmão.

Tinha que dar certo.

— A gente conhece aquela mulher que está sentada ali? — sussurrou Irene.

— Quem?

— Aquela morena que está sozinha.

A mulher estivera ali desde que chegaram, num dos assentos perto do portão de embarque em frente ao deles. Lia um guia da Lonely Planet sobre a Tailândia. Era bonita, um tipo de beleza que não desaparecia com a idade. E irradiava alguma coisa, uma espécie de alegria serena, como se estivesse rindo por dentro, mesmo estando ali sozinha.

— Eu não. Quem é?

— Não sei. Ela parece com alguém.

— Quem?

— Não sei.

Stein riu. Aquela risada segura e tranquila de irmão mais velho. Ele apertou a mão de Irene outra vez.

Houve um "pling" suave e prolongado, e uma voz metálica anunciou que o embarque para o voo com destino a Frankfurt estava prestes a começar. As pessoas se levantaram e seguiram em massa para o portão. Irene segurou Stein, que também fez menção de se levantar.

— O que foi?

— Vamos esperar até a fila acabar.

— Mas é...

— Não aguento ficar naquela ponte de embarque tão... perto das pessoas.

— Claro. Eu não tinha pensado nisso. Como está?

— Continuo bem.

— Bom.

— Ela parece sozinha.

— Sozinha? — disse Stein, lançando um olhar para a mulher. — Acho que não. Ela parece feliz.

— Sim, mas sozinha.

— Feliz e sozinha?

Irene riu.

— Não, acho que estou me enganando. Talvez seja o cara que ela me lembra que parece sozinho.

— Irene?

— Sim.

— Você se lembra do que combinamos? Só pensamentos felizes?

— Sei. Nós dois não estamos sozinhos.

— Não, porque podemos contar um com o outro. Para sempre, não é?

— Para sempre.

Irene enfiou a mão debaixo do braço do irmão e encostou a cabeça em seu ombro. Pensou no policial que a encontrou. Harry, foi como ele disse que se chamava. Primeiro, ela pensou naquele Harry de que Oleg não parava de falar; ele também era policial. Mas do jeito que Oleg tinha falado, ela sempre o imaginara mais alto, mais jovem, talvez mais bonito que o homem feio que a libertou. No entanto, ele tinha visitado Stein também, e agora ela sabia que era ele: Harry Hole. E sabia que se lembraria dele pelo resto da vida. De seu rosto com a cicatriz, a ferida que atravessava o queixo e a grande faixa em volta do pescoço. E da voz. Oleg não havia contado que ele tinha uma voz tão agradável. E, de repente, ela teve certeza, uma certeza que não fazia ideia de onde vinha, só sabia que estava ali.

Tudo ia dar certo.

Ao ir embora de Oslo, Irene deixaria tudo para trás. Não podia chegar perto de nada, nem de bebida, nem de drogas. Foi o que lhe explicaram, o pai e aquele médico com quem ela havia falado. O violino continuaria ali, sempre, mas ela ficaria longe dele. O fantasma de Gusto a assombraria. O fantasma de Ibsen. E todos aqueles coitados para quem tinha vendido a morte em pó. Era só deixá-los vir. E, daqui a alguns anos, todos talvez desaparecessem. E ela voltaria a Oslo. Ou talvez não. O importante era que ia dar certo. Que ela ia conseguir ter uma vida que valia a pena viver.

Olhou para a mulher que estava lendo. De repente, ela ergueu a vista, como se tivesse notado seu olhar. Deu-lhe um sorriso breve, mas radiante, e voltou para o guia de viagem.

— Vamos, então — disse Stein.

— Vamos, então — repetiu Irene.

Truls Berntsen passou por Kvadraturen. Dirigiu devagar pela Tollbugata. Subiu a Prinsens Gate. Desceu a Rådhusgata. Ele tinha saído cedo da festa, entrado no carro e começado a rodar sem destino. Fazia frio, o céu estava limpo, e o bairro parecia animado essa noite. As prostitutas o chamavam, deviam farejar a testosterona. Os traficantes tentavam bater os preços uns dos outros. De um Corvette estacionado, o baixo ressoava *bum, bum.* Um casal se beijava perto do ponto do bonde. Um homem desceu a rua correndo, rindo, eufórico, com o paletó aberto esvoaçando. Outro homem, com um terno idêntico, corria atrás dele. Na esquina da Dronningens Gate, uma única camisa do Arsenal. Ninguém que Truls tivesse visto antes; devia ser novo. Seu rádio de polícia chiou. E Truls sentiu um bem-estar estranho, o sangue que fluía em suas veias, o baixo, o ritmo de tudo que acontecia. Ficou ali sentado, olhando, observando todas as engrenagens que não sabiam da existência umas das outras, mas mesmo assim faziam as outras girarem. Só ele via isso, a totalidade. E era exatamente do jeito que deveria ser. Pois, agora, essa era sua cidade.

O padre da Igreja de Gamlebyen abriu a porta e saiu. Escutou o sopro nas copas das árvores do cemitério. Olhou para a lua. Uma noite linda. O recital tinha sido um sucesso, e o número de espectadores, bom. Maior do que seria no culto no dia seguinte de manhã. Suspirou. O sermão que faria para os bancos vazios trataria do perdão dos pecados. Desceu a escada, passou pelo cemitério. Tinha decidido usar o mesmo sermão que usara no enterro na sexta-feira. De acordo com a parente mais próxima, a ex-mulher, o falecido estivera envolvido em atividades criminosas no fim da vida, e antes disso havia cometido tantos pecados que mesmo aqueles que aparecessem talvez não fossem capazes de ignorá-los. Não precisava ter se preocupado; os únicos que compareceram foram a ex-mulher e os filhos, e uma colega de trabalho que não parava de chorar. A ex-mulher lhe confidenciou que a jovem provavelmente era a única aeromoça da companhia aérea que o falecido não tinha levado para a cama.

O padre passou por uma das lápides, viu, ao luar, que estava com resquícios de algo branco, como se alguém tivesse escrito nela com giz e depois apagado. Era a pedra de Askild Cato Rud. Também conhecido por Askild Øregod. Desde tempos imemoriais, a regra era que os túmulos prescreviam depois de uma geração, a não ser que alguém pagasse por sua manutenção, um privilégio reservado aos ricos. Mas, por razões desconhecidas, o túmulo do pobretão Askild Cato Rud foi mantido. E depois de ficar muito antigo, foi tombado. Talvez tivessem a esperança de que o túmulo pudesse se tornar uma atração turística: um túmulo vindo do bairro mais pobre de Oslo, onde os parentes do coitado só tinham dinheiro para uma lápide pequena, as iniciais na frente do sobrenome e os anos, nada de datas completas ou epígrafe, uma vez que o entalhador cobrava por letra. Alguém tinha até alegado que o sobrenome certo era Ruud, e que economizaram uns trocados com isso também. Ainda tinha aquela lenda de que Askild Øregod andava assombrando por aí. Mas a história nunca pegou. Askild Øregod estava esquecido e podia, literalmente, descansar em paz.

Assim que o padre fechou o portão do cemitério e saiu, um vulto surgiu das sombras perto do muro. O sacerdote automaticamente permaneceu imóvel.

— Tenha misericórdia — disse uma voz rouca, estendendo a mão grande e aberta.

O padre olhou para o rosto debaixo do chapéu. Era um rosto velho, com uma paisagem cheia de vales profundos, um nariz forte, orelhas grandes e um par de olhos surpreendentemente límpidos, azuis, inocentes. Sim, inocentes. Foi justamente isso que o pastor pensou depois de ter dado uma moeda de 20 coroas ao coitado e retomado o caminho para casa. Os olhos azuis e inocentes de um recém-nascido que ainda não precisa de perdão pelos pecados. Ele deveria incluir alguma coisa sobre isso no sermão de amanhã.

Agora cheguei ao fim, pai.

Estou sentado ali, Oleg está de pé, segurando a Odessa com as duas mãos como se fosse sua tábua de salvação, um galho no meio de um precipício. Segurando a arma e gritando, totalmente enlouquecido.

— Onde ela está? Onde está Irene? Me fale, senão... senão...

— Senão o que, seu drogado? Você não é capaz de usar essa pistola. Você não foi feito pra isso, Oleg. Você é um dos mocinhos. Relaxa, a gente divide a dose. Ok?

— Não, caralho, não antes de você dizer onde ela está.

— Aí eu ganho a dose toda?

— Metade. É a última que tenho.

— Negócio fechado. Primeiro largue a pistola.

O idiota fez o que eu disse. Ele não tinha aprendido nada. Ainda era tão fácil de ser enganado quanto na primeira vez, na saída do show do Judas Priest. Ele se inclinou, pôs a pistola estranha no chão à sua frente. Vi que a chave na lateral estava no C, o que significava que dispararia rajadas de tiros. Só um leve aperto no gatilho, e...

— Então, onde ela está?

E agora que eu já não tinha o cano daquela arma apontado para mim, eu senti ela chegar. A raiva. Ele tinha me ameaçado. Como meu pai adotivo tinha feito. E se tem uma coisa que não suporto é ser ameaçado. Então, em vez de usar a versão boazinha de que ela estava numa clínica de reabilitação na Dinamarca, em isolamento, sem contato com amigos que poderiam levá-la de volta para o mundo das drogas e bla-bla-blá, eu enfiei a faca na ferida. Tinha que enfiar a faca na ferida. Sangue ruim corre em minhas veias, pai, pode calar a boca. Quer dizer, o que ainda resta de sangue, porque a essa altura a maior parte já escorreu para o chão da cozinha. Mas eu enfiei a faca na ferida, idiota que sou.

— Eu vendi Irene. Por alguns gramas de violino.

— O quê?

— Eu a vendi para um alemão na Estação Central. Não sei como ele se chama nem onde mora, Munique, talvez. Quem sabe, nesse momento, ele esteja num apartamento em Munique com um amigo, e os dois estão sendo chupados pela boquinha de Irene, que se drogou até não poder mais e não sabe qual é o pau de quem porque ela só consegue pensar naquele que ama. E ele se chama...

Oleg estava boquiaberto e não parava de piscar. Tão bobo quanto ao me dar aquelas 500 coroas. Abri os braços como a porcaria de um mágico:

— ... violino!

Oleg ainda estava piscando, tão chocado que não reagiu quando me lancei na direção da pistola.

Foi o que pensei.

Pois tinha esquecido uma coisa.

Que ele tinha me seguido aquela vez, ele tinha percebido que não iria experimentar metanfetamina nenhuma. Ele sabia das coisas. Ele também sabia ler as pessoas. Um ladrão.

Deveria ter me dado conta. Deveria ter me contentado com metade da dose.

Oleg alcançou a pistola antes de mim. Talvez tivesse apenas encostado no gatilho. Estava no C. Olhei para sua expressão chocada antes de tombar no chão. Ouvi o silêncio. Ouvi ele se inclinar sobre mim. Ouvi um sibilo, como se alguma coisa estivesse em ponto morto, como se ele quisesse chorar, mas não conseguisse. Então ele foi lentamente até os fundos da cozinha. Um viciado de verdade faz as coisas por ordem de prioridade. Ele injetou a seringa ali do meu lado. Até perguntou se a gente ia dividir. Uma boa, mas eu não era mais capaz de falar. Só de ouvir. E ouvi seus passos pesados e lentos na escada quando ele foi embora. E eu estava sozinho. Mais sozinho do que nunca.

O sino da igreja parou de tocar.

Parece que deu tempo de contar a história.

Já não está doendo tanto.

Você está aí, pai?

Você está aí, Rufus? Você já estava me esperando?

Aliás, me lembro de uma coisa que o velho disse. Que a morte liberta a alma. Liberta a porra da alma. Sei lá. Vamos ver.

Fontes & Agradecimentos

Audun Beckstrøm e Curt A. Lier, por me ajudar com o trabalho da polícia em geral. Torgeir Eira, EB Marine, pelas orientações sobre mergulho. Are Myklebust e a Divisão contra o Crime Organizado de Oslo, pelas informações sobre narcóticos. Pål Kolstø, *Russia*. Ole Thomas Bjerknes e Ann Kristin Hoff Johansen, *Investigative Methods*. Nicolai Lilin, *Siberian Upbringing*. Berit Nøkleby, *Karl A. Martinsen's Life and Career*. Dag Fjeldstad, por me ajudar com o idioma russo. Eva Stenlund, com o idioma sueco. Lars Petter Sveen, com dialetos. Kjell Erik Strømslag, com farmacologia. Tor Honningsvåg, com aviação. Jørgen Vik, com cemitérios. Morten Gåskjønli, com anatomia. Øystein Eikeland e Thomas Halle-Velle, com medicina. Birgitta Blomen, com psicologia. Odd Cato Kristiansen, com a vida noturna de Oslo. Kristin Clemet, com a Administração Municipal de Oslo. Kristin Gjerde, com cavalos. Julie Simonsen, com a digitação. E obrigado a todos da Aschehoug Publishing House e da Salomonsson Agency.

Este livro foi composto na tipologia Sabon
LT Std, em corpo 11/15, e impresso em
papel off-white no Sistema Cameron da
Divisão Gráfica da Distribuidora Record.